안나 카레니나 3

안나 카레니나 3

레프 니콜라예비치 톨스토이 지음 | 장영재 옮김

더클래식

| 차례 |

제6부

1

다리야 알렉산드로브나는 아이들을 데리고 포크로프스코예에 살고 있는 여동생 키티 레비나를 찾아가 여름을 지냈다. 사유지에 있던 집이 무너지는 바람에 레빈 부부가 자신의 집에서 여름을 지내도록 제안을 한 것이다. 스테판 아르카지치는 이 계획에 적극적으로 찬성했다. 그에게도 너무나 행복한 계획이지만 공무 때문에 갈 수 없어 유감이라고 말하며 모스크바에 남았다. 대신 하루나 이틀 시간을 내 가겠다고 했다. 그해 여름 레빈 부부 집에는 아이들과 가정교사를 데리고 온 오블론스키 가족 외에 늙은 공작 부인도 와 있었다. 부인은 '그런 상태'에 있었던 적이 없는 딸을 보살피는 것이 당연한 일이라고 생각했다. 더구나 키티가 외국에서 만난 친구 바렌카도 있었는데 그녀는 키티가 결혼을 하면 만나러 오겠다고 했던 약속을 지키기 위해 온 것이었다. 전부 레빈 부인의 친척이거나 친구였다. 레빈은 그들에게 호감을 가지고 있었다. 하지만 '쉐르바츠키적 요소'가 밀어닥쳐서 자신의 레빈 세계와 질서가 어지럽혀진 것이 아쉽다고 속으로 생각했다. 레빈의 친척 중 올여름을 같이 보낸 이는 세르게이 이바노비치뿐이었다. 그러나 이바노비치는 레빈 사람 기질이 아니라 코즈니셰프 사람 기질을 가지고 있었다. 그래서 레빈 정신은 모두 사라져 버렸다.

오랫동안 썰렁했던 레빈의 집은 빈방이 없을 정도로 많은 사람들로 북적이고 있었다. 늙은 공작 부인은 매일 테이블에 앉을 때마다 사람 수를 세어 열세 번째 손자나 손녀를 다른 테이블에 앉혀야 했다. 부지런히 살림을 하고 있는 키티도 손님들과 아이들의 여름 나기를 책임지기 위해서는 꽤 많은 양의 칠면조와 오리를 구해야 했기에 매우 귀찮아했다.

가족이 테이블에 모여 앉아 밥을 먹고 있었다. 돌리의 자녀들과 가정교사, 바렌카는 버섯을 따러 어디로 갈지 계획을 세우고 있었다. 손님들 중 현명함과 똑똑함으로는 숭배에 버금가는 존경을 받던 세르게이 이바노비치가 대화에 끼어들었다. 다른 사람들은 깜짝 놀랐다.

"나도 함께 가겠소. 버섯 따는 걸 무척 좋아하거든요."

그는 바렌카를 바라보며 말을 이었다.

"시간 보내기에 그만한 일이 없죠."

"그럼요. 환영이에요."

바렌카는 얼굴을 붉히며 말했다. 키티와 돌리는 의미심장한 눈빛을 주고받았다. 지적이고 영리한 세르게이 이바노비치가 바렌카와 버섯을 따러 가겠다고 제의한 것은 최근 키티의 머릿속에 가득했던 추측을 확인시켜 주었다. 그녀는 시선을 숨기기 위해 급히 어머니에게 말을 걸었다. 세르게이 이바노비치는 식사 후 커피 잔을 들고 응접실 창가에 앉아 동생과 대화를 하며 문을 응시했다. 버섯을 따러 갈 아이들이 그 문으로 나올 것이기 때문이다. 레빈은 형 옆 창가에 앉아 있었다.

키티는 남편에게 이야기를 하려고 지루한 대화가 끝나기를 기다리는 듯 옆에 서 있었다.

"너 결혼하고 나서 많이 달라졌어. 물론 긍정적인 방향으로 말이야."

세르게이 이바노비치는 키티에게 미소를 지으며 동생에게 말을 했다. 하지만 그는 동생과의 대화에 별로 집중하지 않고 있었다.

"하지만 역설적인 주제를 옹호하는 너의 열정은 여전하구나."

"카챠, 서 있는 건 좋지 않을 거야."

남편은 키티에게 의자를 가져다주고 그윽한 눈빛을 보냈다.

"그래, 하지만 이럴 시간이 없어."

세르게이 이바노비치는 뛰어나오는 아이들을 보며 덧붙였다.

타냐가 맨 앞에 등장했다. 꼭 맞는 양말을 신고서 바구니와 세르게이 이바노비치의 모자를 가지고 깡충깡충 뛰면서 달려왔다.

그녀는 세르게이 이바노비치를 향해 대담하게 뛰어갔다. 아버지를 꼭 닮은 아름다운 눈을 반짝이면서 세르게이 이바노비치에게 모자를 내밀었다. 자신이 모자를 씌워 주고 싶다는 표정을 짓고 있었다. 그리고 조금은 어색하고 유연한 미소를 지으며 가벼운 행동을 무마하려고 했다.

"바렌카가 기다리고 있어요."

그녀는 세르게이 이바노비치의 얼굴을 보고 그래도 된다는 의미를 읽은 뒤 모자를 씌워 주었다.

바렌카는 사라사 천 재질의 노란색 옷으로 갈아입고 하얀 머릿수건을 감은 채 문 근처에 서 있었다.

"갑니다. 바르바라 안드레예브나."

세르게이 이바노비치는 커피 잔을 마저 비우고 주머니에 손수건과 시가 상자를 챙겨 넣으면서 말했다.

"나의 친구 바렌카는 정말 매력이 넘쳐요. 그렇지 않나요?"

키티는 세르게이 이바노비치가 일어나자마자 남편에게 물었다. 그녀는 세르게이 이바노비치가 들을 수 있도록 크게 말했다. 듣기를 바랐다.

"정말 아름답죠. 얼마나 우아하고 고상한지. 바렌카!"

키티가 크게 소리를 쳤다.

"물방앗간 숲에 있을 건가요? 우리도 그곳으로 갈게요."

"키티, 너의 상황을 깜박했나 보구나."

늙은 공작 부인이 급하게 문을 열고 들어왔다.

"그렇게 소리를 지르면 안 된다."

키티의 목소리와 그녀의 어머니가 꾸중하는 것을 들은 바렌카가 키티에게 다가왔다. 빠른 동작, 생기 넘치는 얼굴의 발그레한 뺨, 이 모든 것은 그녀 안에서 심상치 않은 일이 벌어지고 있다는 것을 알려주고 있었다. 키티는 심상치 않은 일이 뭔지 알고 있었기에 그녀를 잘 지켜봤다. 키티가 바렌카를 부른 것은 숲에서 식사 후 중요한 사건이 일어날 것이라고 예상하고 바렌카를 진심으로 축복해 주기 위해서였다.

"바렌카, 나는 기뻐요. 내가 바라는 사건이 펼쳐진다면 그보다 더 행복할 수는 없을 거예요."

그녀는 속삭이면서 바렌카에게 키스를 했다.

"당신도 함께 가나요?"

당황한 바렌카는 키티의 말을 못 들은 척하면서 레빈에게 물었다.

"네. 탈곡장까지만 가서 그곳에 계속 있을 거예요."

"어, 무슨 일 때문에 가는 건가요?"

키티가 물었다.

"새 짐마차도 점검해야 하고 계산할 것도 있거든요."

레빈이 말했다.

"당신은 어디에 있을 거죠?"

"테라스에 있을 거예요."

2

테라스에서는 여자들만 참석하는 모임이 있었다. 여자들은 식사를 하고 나면 대부분 테라스에 앉아 있는 것을 즐겼다. 하지만 오늘은 따로 할 일이 있었다. 배냇저고리를 만들고 아기 담요를 뜨는 일에 집중을 하기도 했다. 지금 테라스에서는 아가피야 미하일로브나가 처음 접하는 방식에 따라 물을 넣지 않고 잼을 만들고 있었다. 키티가 친정에서 주로 이용했던 방법을 선보인 것이다. 아가피야 미하일로브나는 오래전부터 잼 만드는 일을 담당했었다. 그녀는 레빈 집안에서 써 온 방법이 나쁠 리가 없다고 생각했으며 다른 방법으로는 잼이 될 수 없다고 주장하면서 딸기와 산딸기 잼에 물을 섞었다. 그런데 그 사실을 들켜 버렸고 이제 모두가 보는 앞에서 라즈베리 잼을 만들고 있었다. 이제 아가피야 미하일로브나는 물을 쓰지 않고 잼을 잘 만들 수 있다는 사실을 믿어야만 할 것이다.

아가피야 미하일로브나는 헝클어진 머리에 화가 잔뜩 난 듯한 표정을 짓고 깡마른 팔꿈치까지 소매를 걷어붙인 채 화로 위에 올린 냄비 속을 휘휘 젓고 있었다. 그리고 잼이 끓기도 전에 굳어 버리기를 간곡하게 바라면서 침통한 얼굴로 잼을 응시하고 있었다. 공작 부인은 아가피야 미하일로브나의 불만이 라즈베리 잼 만들기에 가장 간섭을 많이 하는 자신을 향한 것이라는 것을 이내 알아챘다. 그래서 다른 일을 하느라 잼에는 관심 없다는 얼굴로 무관한 이야기들만 꺼내고 있었다. 그러면서 곁눈질로 화로를 흘끔흘끔 쳐다보았다.

"나는 항상 할인 매장에서 하녀들의 옷을 직접 사."

공작 부인은 자신이 꺼낸 화제를 이어 갔다.

"이제, 거품을 걷어 내야 되는 거 아니에요?"

공작 부인은 아가피야 미하일로브나를 바라보면서 말했다.

"직접 할 필요는 없단다. 뜨거우니까."

그녀는 키티를 말리면서 말했다.

"내가 해 볼게요."

돌리가 일어나 숟가락으로 거품을 조심조심 걷으면서 이따금 숟가락에 들러붙은 것을 떼어 내려고 숟가락을 접시에 탁탁 두드렸다. 접시는 이미 밝은 노란빛과 분홍빛을 띤 거품으로 가득했고 밑에는 검붉은 시럽이 흐르고 있었다.

'우리 아이들은 차를 홀짝거리면서 이걸 핥아 먹겠지!'

그녀는 어린 시절, 어른들이 너무나 맛있는 거품을 그냥 두는 것에 놀라던 것을 떠올리며 아이들을 생각했다.

"스티바는 돈을 주는 게 훨씬 좋다고 했어요."

돌리는 거품을 걷어 내는 동안 그들이 막 시작한 흥미진진한 화제, 하인들에게 어떤 선물을 주는 것이 가장 좋은지에 대해 이야기했다.

"하지만……."

"어떤 돈을 줄 수가 있어?"

공작 부인과 키티가 하나의 목소리를 냈다.

"선물을 훨씬 좋아해."

"예를 들어 볼게. 지난해 우리 집 마트료나 세묘노브나에게 포플린 비슷한 걸 사 주었단 말이지."

공작 부인이 말했다.
"기억나요, 어머니. 명명일에 그 옷을 입었잖아요."
"무늬가 정말 아름다웠어. 깔끔하고 고풍스러웠지. 만약 마트료나가 받지 않았다면 내 옷을 만들었을 거야. 바렌카가 입은 옷의 무늬와 비슷했어. 쌌지만 정말 예뻤어."
"다 된 것 같은데요."
돌리가 숟가락으로 뜬 시럽을 따라 냈다.
"크렌젤처럼 됐어요? 그럼 다 되었다. 조금만 더 끓여 줘요, 아가피야 미하일로브나."
"성가신 파리들!"
아가피야 미하일로브나가 성을 내더니 덧붙였다.
"아무리 저어도 소용없을걸요!"
"정말 귀엽네요. 새들을 놀라게 하지 말아요!"
키티는 난간에 앉아 산딸기를 뒤적거리며 열매를 쪼는 참새 한 마리를 보고 갑자기 말했다.
"알았어. 화로에서 좀 떨어지는 게 좋을 것 같은데."
어머니가 충고했다.
"바렌카 이야기인데요."
키티는 아가피야 미하일로브나가 들으면 안 되는 말을 할 때면 프랑스어를 사용했다.
"어머니는 내가 어떤 결정을 기다리고 있다는 거 아시죠? 무슨 말인지 아실 거예요. 그렇게만 된다면 얼마나 즐거울까."
"중매 솜씨가 엄청나던걸!"
돌리가 끼어들었다.
"얘가 어찌나 신중하고 집요하게 두 사람을 엮는지."
"제발 이야기해 주세요. 어머니의 생각을 듣고 싶어요."

"생각이라고 할 수 있는 게 있을까? 그—세르게이 이바노비치를 의미한다.—는 마음만 먹으면 러시아에서 훌륭한 짝을 언제든지 만날 수 있었어. 더 이상 젊지는 않지만 내가 알기로는 지금도 많은 여자들이 결혼하고 싶어 할걸. 그녀는 참 좋은 사람이지만 그는 더……."

"어머니, 아니랍니다. 그와 그녀에게 서로보다 더 좋은 짝은 생각할 수 없다는 걸 아셔야 해요. 우선 그녀는 아름다워요!"

키티가 손가락 하나를 꼽았다

"그가 그녀를 정말 좋아하는 건 확실해요."

돌리가 장단을 맞췄다

"그리고 그는 높은 지위에 올라 있기 때문에 아내의 재산이나 위치는 중요하지 않아요. 필요한 건 오직 하나, 사랑스럽고 평안한 아내뿐이죠."

"응. 그녀가 곁에 있으면 평안할 거야."

돌리가 수긍하면서 고개를 끄덕였다.

"세 번째는 그녀가 그를 사랑해야 한다는 것인데 조건은 충분히 갖춰져 있을 거예요. 나는 두 사람이 어서 숲에서 돌아오기를 기다리고 있어요. 그 후에 모든 것이 결정될 테니까요. 그들의 눈을 보면 금방 알아챌 수 있을 거예요. 아, 얼마나 기쁠까? 언니 생각은 어때?"

"흥분을 가라앉혀라. 너는 흥분하면 안 된단다."

어머니가 진정시켰다.

"나는 흥분하지 않았어요. 어머니, 오늘 그가 청혼을 할 것 같아요."

"아, 남자가 언제 그리고 어떻게 청혼하는지……. 참 신기해. 장애물이 있다가도 그 순간이 되면 와르르 무너져 버린다니까."

돌리는 생각에 잠긴 듯 미소를 머금고 스테판 아르카지치와 예전에 있었던 일을 떠올렸다.

"어머니, 아버지는 청혼을 어떻게 했어요?"

키티가 불쑥 물었다.

"특별한 건 없었고 무척 단순했어."

공작 부인은 간단하게 대답했지만 추억을 떠올리는 얼굴은 금세 환해졌다.

"어떻게 했는데요? 어머니는 청혼을 받기 전에도 아버지를 사랑했나요?"

키티는 어머니와 여자의 일생을 두고 볼 때 가장 중요하다고 할 수 있는 일에 대해 함께 이야기를 나눌 수 있다는 점에서 특별한 매력을 느꼈다.

"당연히 사랑했고말고. 그는 시골에 있는 우리 집에 방문하곤 했지."

"어머니, 어떻게 결정을 하게 됐어요?"

"너희들만 새로운 것을 생각해 낸 것 같나 보구나. 그때나 지금이나 같아. 그걸 결정하는 건 눈빛, 미소……."

"정말 멋져요! 어머니! 바로 눈빛과 미소였어요!"

돌리가 수긍했다.

"아버지는 무슨 말을 했어요?"

"코스챠는 너에게 뭐라고 했니?"

"그는 백묵으로 글씨를 썼어요. 그래서 놀랐지요. 아주 오래된 일 같아요."

그녀가 말했다.

세 여인은 같은 생각을 했다. 키티가 침묵을 깨뜨렸다. 결혼하기 전에 보낸 마지막 겨울과 브론스키에게 이끌렸던 일이 떠올랐기 때문이다.

"딱 하나, 바렌카의 옛 연인 말이죠."

그녀는 상념의 고리를 따라 자연스럽게 그것을 들춰냈다.

"나는 세르게이 이바노비치가 단단히 마음을 다지도록 알려 주고 싶었어요. 남자들은 여자 과거에 겁이 날 정도로 강한 질투를 하니까요."

"다 그렇지는 않아."

돌리가 의견을 내놓았다.
"넌 네 남편을 보고 그렇게 생각하는 거야. 그가 지금도 브론스키에 대한 기억으로 힘들어하니? 그래?"
"네."
키티가 깊은 생각을 하는 듯 눈웃음을 치며 대답했다.
"난 모르겠어."
공작 부인은 자신이 모성으로 딸을 보살폈던 것에 대해 변호를 시작했다.
"너의 어떤 과거가 그를 괴롭히는 걸까, 브론스키가 너에게 구애했던 거? 어떤 아가씨에게나 있을 법한 일이잖니."
"글쎄요, 하지만 지금 그런 얘기가 아니잖아요."
키티의 얼굴이 붉어졌다.
"아냐, 잠깐만."
어머니가 말을 이어 갔다.
"너는 그 일이 있은 후에 내가 브론스키와 대화를 하는 것을 원하지 않았잖니."
"어머니!"
키티가 괴로운 표정으로 말했다.
"요즘 같은 시대에 너 같은 아가씨들을 억지로 잡을 수는 없어. 너희 관계는 필요 이상으로 발전하지 못했어. 그랬다면 내가 브론스키를 불렀겠지. 사랑하는 딸아, 흥분은 정말 전혀 도움이 될 게 없어. 제발 명심하고 마음을 가라앉혀."
"어머니, 내 마음은 완벽하리만큼 평온해요."
"키티에게는 그때 안나가 온 게 얼마나 다행이었는지 몰라요."
돌리가 말했다.
"안나로서는 어찌나 불행한 일이었는지. 서로 반대가 됐어요."

돌리는 자신의 생각이었지만 충격을 받았다.

“안나는 행복하고 키티는 불행하다고 여기고 있었으니까요. 정말 반대예요. 나는 가끔 안나를 떠올려요.”

“누구를 떠올린다고? 심장도 가지고 있지 않은 추접스럽고 혐오스러운 그 여자를 말이니?”

어머니는 키티가 브론스키 말고 레빈과 결혼한 것에 아직도 신경을 쓰면서 말했다.

“도대체 왜 그 일을 입에 담으려고 하세요!”

키티가 화를 냈다.

“그 일은 생각하지도 않고 생각하고 싶지도 않아요. 이제는 정말 생각하기 싫어요.”

그녀는 테라스 계단에서 들리는 남편의 익숙한 발소리를 들으면서 말을 반복했다.

“무슨 뜻이지? 생각하고 싶지 않다고?”

레빈이 테라스에 들어서며 물었다. 하지만 아무도 대답을 해 주지 않았다. 레빈은 다시 묻지 않았다.

“여러분의 왕국을 방해한 것 같아 유감이네요.”

그는 침울하게 그들을 둘러보고는 자신이 있었더라면 하지 않았을 이야기를 하고 있었다는 것을 눈치챘다.

그리고 순간, 아가피야 미하일로브나가 물을 쓰지 않고 잼을 만드는 방법과 낯선 쉐르바츠키가의 영향에 대해 전반적인 불만을 가지고 있음을 깨달았다. 그는 살며시 웃으며 키티에게 다가갔다.

“괜찮아?”

그는 요즘 모든 사람들이 그녀를 대하는 것과 똑같은 표정을 지으며 물었다.

“괜찮아요. 당신은요?”

키티가 미소를 지었다.

“짐마차의 세 배 이상을 나르는군. 아이들을 데리러 갈까? 마차에 말을 매라고 시켜 놓았어.”

“뭐야, 키티를 리네이카(대형 사륜 무개 마차_옮긴이)에 태워서 가려는 건가?”

어머니가 핀잔을 주었다.

“하지만 말을 천천히 몰 겁니다, 공작 부인.”

레빈은 이제껏 다른 사위들처럼 공작 부인을 어머니라고 불러 본 적이 없었다. 공작 부인은 그 점이 상당히 불쾌했다. 레빈은 공작 부인을 사랑하고 존경해 마지않았지만 자신의 어머니에 대한 감정을 두고서는 도저히 그럴 수 없었다.

“어머니, 우리랑 같이 가요.”

키티가 입을 열었다.

“무분별한 행동을 보고 싶지 않아.”

“나는 걸어갈 거예요. 지금 무척이나 건강하니까요.”

자리에서 일어난 키티는 남편의 손을 잡았다.

“물론 건강하겠지만 일에는 정도라는 게 있어.”

공작 부인이 말했다.

“어때, 아가피야 미하일로브나, 잼은 완성됐어?”

레빈은 아가피야 미하일로브나를 보고 싱긋 웃으며 그녀의 기분을 밝게 해 주려고 애썼다.

“새로운 방법을 사용하니 잘되나요?”

“분명 잘될 거예요. 너무 끓인 것 같긴 하지만요.”

“그 방법이 좋답니다, 아가피야 미하일로브나. 잘 상하지 않으니까요. 이제 얼음이 다 녹아서 보관을 할 수도 없고요.”

키티는 남편의 뜻을 알아채고 똑같은 마음으로 노파를 대했다.

"어머니도 얘기했지만 할멈의 소금 절임은 어디에서도 먹기 어려운 음식이에요!"

그녀는 싱긋 웃으면서 노파의 머릿수건을 고쳐 주었다.

아가피야 미하일로브나는 새침한 얼굴로 키티를 보았다.

"마님, 굳이 위로하지 않아도 돼요. 전 이 사람과 마님이 함께 곁에 있다는 사실만으로도 기쁘답니다."

그녀가 말했다. 키티는 '이분'이 아닌 '이 사람'이라는 친근한 표현에 감동받았다.

"우리랑 버섯을 따러 가요. 할멈이 장소를 알려 주세요."

아가피야 미하일로브나는 미소를 지으며 고개를 흔들었다. 꼭 '당신에게 화를 내고 싶은데 그러지를 못하네요.'라는 의미를 담고 있는 것 같았다.

"내 충고대로 따라 줘요."

늙은 공작 부인이 말을 했다.

"위에 종이를 덮고 럼주에 적셔 주세요. 얼음 없이 곰팡이가 피지 않게 하려면요."

3

키티는 남편과 오직 둘만 있을 기회가 생겨 행복했다. 왜냐하면 그가 테라스에서 무슨 이야기를 하고 있었느냐고 질문했을 때 대답을 하지 않자, 모든 것이 그대로 드러나는 그의 얼굴에 슬픔이 드리워지는 것을 목격했기 때문이다.

다른 사람들보다 몇 발자국 앞서 걷고 있던 둘은 수레바퀴 자국이 나 있고 호밀 이삭과 낟알이 흩뿌려진 길을 걸어 집이 보이지 않는 곳까지 닿았다. 키티는 남편의 팔을 꼭 잡고 몸을 가까이 붙였다. 그는 좀 전의 기분이 상했던 기억을 잊고 있었다. 그리고 아내의 임신에 대한 생각으로 가득했다. 아내와 함께 있으면서 사랑하는 여자와 가까이 있다는 행복함, 그로서는 새롭고 기분이 좋은, 육욕에 때 타지 않은 즐거움을 느끼고 있었다. 할 말은 없었지만 외모와 마찬가지로 임신과 더불어 변한 그녀의 목소리가 듣고 싶었다. 아내의 목소리에는 자신이 즐겨 하는 일에 집중하고 있는 사람들에게서 자주 볼 수 있는 유연함과 진지함이 배어 있었다.

"당신, 피곤하지 않소? 편하게 기대요."

그가 입을 열었다.

"괜찮아요. 당신과 함께 있게 되어서 기쁜걸요. 솔직히 다른 사람들과 있는 것도 좋지만 우리 둘이 보낸 겨울밤이 그리웠어요."

"그것도 좋고 지금은 더 좋소. 둘 다 좋은걸."

그가 그녀의 손을 꼭 잡았다.

"아까 당신이 왔을 때 우리가 어떤 이야기를 하고 있었는지 알아요?"

"혹시 잼?"

"물론 잼에 대해서 이야기를 하기는 했어요. 그리고 어떻게 청혼을 받았는지 이야기했어요."

"아!"

레빈은 아내가 쏟아 내는 단어의 조합보다 목소리에 집중을 했다. 숲으로 이어질 길 상태에 신경을 쓰면서 아내가 행여나 잘못 디딜 만한 곳을 피했다.

"세르게이 이바노비치와 바렌카 이야기도 했어요. 당신도 눈치를 챘나요? 나는 진심으로 그들이 잘되기를 바라고 있어요."

그녀가 말을 이었다.

"이 문제에 대해 어떻게 생각해요?"

그리고 남편의 얼굴을 힐끗 바라보았다.

"글쎄, 잘 모르겠소."

레빈이 살며시 미소를 지었다.

"세르게이 형은 이런 점에서 정말 이상하다니까. 예전에 당신에게 말하지 않았었나……."

"네. 죽은 그 아가씨를 사랑했었다고요."

"내가 어렸을 때였소. 나도 들은 이야기요. 내 기억으로 그 시절의 형은 무척 멋진 사람이었소. 이후 형이 여자들과 있을 때도 쭉 지켜봤었지. 형은 친절했고 몇몇 여자들은 형을 좋아했소. 그런데 당신도 알겠지만 형은 여자들을 그저 인간으로만 느낄 뿐이었소."

"그렇긴 하지만 바렌카와는……. 둘 사이에 뭔가 있는 것 같은데……."

"그럴지도 모르오. 하지만 당신은 형에 대해 잘 알아야 해요. 형은 특별하고 놀랄 만한 기질을 가지고 있소. 정신적인 삶만으로 살아가고 있으니까. 형은 고귀하고 순결한 영혼을 지닌 사람이지."

"무슨 뜻인가요? 사랑이 그분을 방해하기라도 한다는 거예요?"

"아니요. 그런데 형은 혼자만의 삶에 이미 익숙해져서 실재와 자연스럽게 조화될 수 없소. 바렌카는 실재니까……."

레빈은 이제 자신의 생각을 정확하게 표현하기 위한 수고를 들이지 않고 과감하게 말하는 방식에 익숙해져 있었다. 사랑으로 넘치는 지금, 아내가 자신이 하고 싶은 말을 암시만 해도 알아듣는다는 것을 이미 알고 있었다. 그녀는 이번에도 그의 말을 쉽게 받아들였다.

"네. 하지만 바렌카는 나만큼이나 실재감이 없답니다. 당연히 그분은 날 절대 사랑하지 않을 거예요. 바렌카는 오로지 정신적인……."

"그렇지 않아. 형은 당신을 진심으로 사랑해요. 그 점은 항상 나를 행복하게 만들지요. 나의 사람들이 당신을 사랑한다는 것 말이오."

"그분은 언제나 친절하게 대해 주지요. 하지만……."

"죽은 니콜렌카 형만큼은 아니라는 거지……. 당신과 형은 서로를 사랑했으니까."

레빈은 말을 끝냈다.

"이런 말을 못 할 이유는 없지."

그는 다시 덧붙였다.

"나는 가끔 스스로를 책망하오. 인간은 망각을 통해 사라지지. 아, 형은 어찌나 무섭고 매력적이었는지……. 참, 우리가 어떤 이야기를 나누고 있었지요?"

레빈은 침묵을 지키다 이내 깨뜨렸다.

"당신은 형이 사랑을 할 수 없다고 단정 짓고 있군요."

키티는 레빈의 말을 자신의 말로 바꾸었다.

"그게 아니오."

레빈은 씩 웃었다.

"형은 사랑을 하는 데 가로막힐 만한 약점이 없어……. 난 항상 형을 부러워했소. 지금도 행복하지만 여전히 형이 질투 나는걸."

"형이 사랑에 빠지지 않는다는 게 부럽다고요?"

"형이 나보다 뛰어난 사람이라는 것을 부러워하는 거요."

레빈이 미소를 머금었다.

"형은 자신을 위해 살지 않았소. 자신의 생을 의무에 바쳤지요. 그래서 평화롭고 만족을 느낄 수 있었던 거요."

"당신은 어때요?"

키티는 장난기 가득하면서도 애정을 담은 미소를 지었다.

그녀는 자신을 웃게 한 상념의 흐름을 어떤 방법으로도 표현할 수 없을 것 같았다. 하지만 모든 것을 종합해서 내린 결론은 형에게 감탄하면서 자신을 한없이 낮추는 남편의 말이 진심만은 아니라는 것이었다. 키티는 그의 거짓말이 형을 향한 사랑으로부터, 그가 너무나 행복한 것에 대한 무안함으로부터, 특히 잠시라도 그가 벗어날 수 없었던 더 우월해지고 싶은 욕망에서 시작된 것임을 잘 알고 있었다. 그녀는 그의 이러한 부분까지 사랑했기에 기꺼이 미소를 띤 것이다.

"당신은요? 도대체 무슨 불만을 가지고 있지요?"

키티는 환한 미소를 띠면서 물었다.

자신에 대한 그의 불만을 그녀가 믿지 않는다는 자체만으로도 그는 기뻤다. 그래서 그녀가 그것을 믿지 않는 까닭을 말하도록 자극했다.

"나는 행복하지만 스스로에게 불만이 있어……."

그가 말했다.

"당신이 행복한데 스스로에게 만족하지 않을 수 있나요?"

"그러니 당신에게 어떻게 이야기를 해야 하겠소? 솔직히 당신이 바닥에 넘어지지 않는 것 말고는 바라는 게 없소. 어? 뛰면 안 된다고!"

그는 그녀가 오솔길에 놓인 큰 나뭇가지를 뛰어넘기 위해 빨리 움직이는 것을 막느라 말을 멈췄다.

"나 자신에 대해 고민하고 다른 이들, 특히 형과 비교를 할 때면 내가 많이 뒤처지는 것 같아요."

"어떤 점에서 그렇죠?"

키티는 계속 같은 미소를 지었다.

"당신도 타인을 위해 일하고 있잖아요. 당신의 농장, 농경, 책은 또 어떻고요."

"난 그렇지 않소. 지금은 특히나 더. 원인은 당신이고."

그는 키티의 손을 잡았다.

"그 일들을 별생각 없이 하고 있소. 내가 당신을 사랑하는 것처럼 모든 것을 사랑할 수만 있다면……. 난 요즘 그 일들을 숙제를 하는 것처럼 하고 있는걸."

"아버지에 대해선 어떻게 이야기할 건가요?"

키티가 질문을 던졌다.

"아버지도 공익을 위한 일을 하나도 하지 않았으니 별로 필요 없는 사람인가요?"

"그분? 그렇진 않아요. 하지만 다들 당신의 아버지처럼 솔직함과 유쾌함, 착한 성품을 가지고 있어야 해요. 나에게 과연 있기나 할까? 나는 아무 일도 하지 않고 힘들어하고 있소. 당신 때문에 말이오. 당신이 없고 '이것'이 없었을 적에는……."

그가 그녀의 배를 힐끗 쳐다봤다. 키티는 그 의미를 금세 알아챘다.

"나는 나의 일에 최선을 다했소. 하지만 지금은 그렇지 않소. 창피할 뿐이오. 숙제를 하듯 어렵게 하고 있으니까. 그저 일하는 척만 하고 있는 거요……."

"지금도 여전히 세르게이 이바노비치가 되고 싶나요?"

키티가 물었다.

"그분처럼 공공을 위해 헌신하고 주어진 숙제를 사랑하고 싶어요? 오직 그뿐인가요?"

"당연히 아니오."

레빈이 대답했다.

"어쨌든 나는 아무것도 이해하지 못할 정도로 정말 행복해. 당신은 오늘 형이 청혼을 할 거라고 예상해요?"

그는 잠시 조용했다가 이내 덧붙였다.

"그럴 것 같기도 한데 아닐 것 같기도 해요. 간절히 바라고 있을 뿐이지요. 잠시만요."

키티는 허리를 숙이고 길가에 핀 데이지를 꺾었다.

"세어 보세요. 청혼을 할지 안 할지 말이에요."

키티는 레빈에게 꽃을 건넸다.

"할 것이다, 안 할 것이다."

레빈이 홈이 파인 긴 하얀 꽃잎을 뜯었다.

"그게 아니에요!"

마음을 졸이며 보고 있던 키티가 그의 손을 잡았다.

"꽃잎을 두 장 뗐어요."

"그럼 이 작은 꽃잎은 넣지 않겠소."

레빈이 아직 채 자라지 않은 꽃잎을 뜯으면서 말했다.

"어? 리네이카가 우리를 따라잡았네."

"키티, 안 피곤하니?"

공작 부인이 크게 외쳤다.

"네, 조금도 피곤하지 않아요."

"말이 순해서 천천히만 가면 리네이카를 타도 좋다."

그들은 거의 도착했기 때문에 리네이카를 탈 필요가 없었다. 리네이카에서 내린 그들은 함께 걸었다.

4

검은 머리칼에 흰색 머릿수건을 쓴 바렌카, 아이들에게 둘러싸여 친절하고 쾌활하게 아이들을 돌보며 사랑하는 남자에게 고백을 받을지 모른다는 생각에 기분이 좋은 그녀는 충분히 매력적이었다. 세르게이 이바노비치는 그녀와 함께 걸으면서 그윽한 눈길로 그녀를 응시했다. 그녀를 바라보는 동안 그녀가 했던 사랑스러운 말들과 알게 된 그녀의 장점들을 생각했다. 그는 그녀에 대한 감정이 예전, 청년 시절에 단 한 번 느꼈던 특별한 감정이라는 것을 확신했다. 그녀의 곁에 있다는 기쁨은 점점 커졌다. 가는 뿌리에 갓의 가장자리가 위로 말린 커다란 자작나무 버섯을 발견했다. 그것을 그녀의 바구니에 넣으며 눈을 맞추던 중 기쁨과 당황스러움이 마구 섞인 흥분이 그녀의 얼굴을 붉게 물들인 것을 알아채고 그만 긴장해서는 많은 의미가 담긴 미소를 보이고 말았다.

'만약에 정녕 그러하다면…….'

그는 혼잣말로 중얼거렸다.

'심사숙고해서 결정을 내려야 해. 애들처럼 충동적으로 행동하지 말고.'

"다른 사람들과 떨어져서 버섯을 찾으러 가겠습니다. 그렇게 하지 않으면 내가 딴 것은 티도 나지 않을 것 같군요."

그는 그렇게 말하고는 듬성듬성 자리 잡은 자작나무 고목 사이로 비단실이 피어난 듯 짧게 자란 풀밭에 그녀를 두고 숲 가장자리로 떠났다. 그리고 흰 자작나무 줄기 사이로 잿빛 사시나무 줄기와 어두운 색을 띠고 있는 밤나무 덤불이 보이는 숲 가운데로 홀로 들어갔다. 세르게이 이바노비치는 마흔 발자국 정도 움직여 빨간 장밋빛 꽃차례를 지닌 꽃들이 활짝 피어 있는 회나무 덤불을 지났을 즈음, 자신의 모습이 이제 누구에게도 보이지 않는다는 것을 알고 자리에 멈춰 섰다. 주위는 적막할 정도로 고요했다. 머리 위로 쭉 뻗은 자작나무 꼭대기에서 파리들이 벌 떼처럼 모여 한시도 쉬지 않고 윙윙거렸고 간혹 아이들의 목소리가 들릴 뿐이었다. 그때 숲 언저리 가까운 곳에서 그리샤를 부르는 바렌카의 콘트랄토 목소리가 새어 나왔다. 세르게이 이바노비치의 얼굴에 즐겁기 그지없는 웃음이 번졌다. 세르게이 이바노비치는 자신의 웃음을 깨닫고 자신의 감정 상태가 마음에 들지 않는 듯 고개를 절레절레 젓다가 시가를 피웠다. 그는 자작나무 가지에 성냥을 그었지만 불은 오랫동안 붙지 않았다. 하얗고 부드러운 나무껍질의 얇은 막이 인에 붙어 불이 꺼졌기 때문이다. 드디어 성냥 한 개비에 불이 타올랐고 향이 좋은 시가 연기가 흔들리는 넓은 테이블보처럼 앞으로, 위로, 덤불 위로, 자작나무의 축 처진 가지 아래로 금세 퍼졌다. 세르게이 이바노비치는 연기 띠를 눈으로 따라가면서 자신의 상태를 천천히 점검하며 조용히 걸어갔다.

'왜 안 되는 거지?'

그는 생각했다.

'만약 지금 이것이 순간적인 충동이나 정욕이라면, 내가 이런 갈망, 상호적 갈망—나는 충분히 그것을 상호적이라 표현할 수 있어.—을 겪은 것에 불과하다면, 그것이 나의 모든 방식과 거꾸로 간다고 판단한다면, 이런 갈망에 몸을 맡겨 본분과 의무를 잊고 배신하고 있다고 느낀다면……. 그건 아니겠지. 내가 아니라고 이야기할 수 있는 한 가지 근거는 마리를 떠나보냈을 때 영원히 그녀의 추억에 성실하게 임하겠다고 나에게 다짐을 했다는 거야. 그것이 바로 내가 감정을 부정하며 말할 수 있는 전부지……. 무척 중요한 사실이야.'

세르게이 이바노비치는 이런 생각이 개인적으로 전혀 중요하지 않을 뿐만 아니라 타인 앞에서 자신의 시적 역할을 망칠 뿐이라는 것을 인지했다.

'그 점을 뺀다면 내가 아무리 부지런히 찾아도 스스로의 감정을 역행하며 표현할 만한 것을 전혀 찾지 못할 거야. 이성적으로만 선택한다면 이보다 더 괜찮은 여자를 결코 만날 수 없겠지.'

세르게이 이바노비치는 자신이 알고 있는 여성들을 아무리 떠올려 보아도, 냉정하게 판단해 아내에게 바라는 조건을 이 정도로 만족시킬 수 있는 아가씨를 도저히 찾을 수 없었다. 그녀는 젊음의 생생함과 미를 모두 갖추고 있었다. 하지만 그녀는 아이가 아니었다. 혹시 그녀가 세르게이 이바노비치를 사랑하고 있다면, 여성이라면 그래야 하듯 의식적으로 사랑하고 있을 것이다. 이것 또한 미덕이었다. 그녀의 다른 미덕은 사교성과는 거리가 있을 뿐 아니라 사교계를 혐오하지만, 그러면서도 사교계를 잘 알며 상류사회 여성으로서 갖추어야 할 몸가짐이 배어 있다는 점이었다. 세르게이 이바노비치로서는 그러한 몸가짐이 배어 있지 않은 반려자는 고려할 수도 없었다. 세 번째, 그녀의 신앙심은 독실했다. 아이같이, 예를 들어 키티처럼 분별력 없이 종교적이고 단지 선하기만 한 것이 아니었다. 삶 자체가 종교적 신념을 토대로 하고 있었다. 소소한 부분까지 세르게이 이바노비치는 그녀에게서 자신이 아내에게 원했던 모든 것을 찾았다. 그녀는 가난하고 외롭기까지 했다. 따라서 키티처럼 남편의 집에 넘쳐 나는 친척들을 들여 그들이 영향력을 행세하게 하는 일은 없을 것이고 어떤 점이든 남편에게 고마워할 것이다. 이는 그가 그렸던, 미래에 꾸릴 가정의 모습이었다. 지금 부족함이 없는 미덕을 겸비한 아가씨가 그를 사랑하고 있었다. 겸손한 그이지만 모를 리 없는 사실이었다. 그도 그녀를 사랑하고 있었다. 그러나 한 가지 걸리는 것은 그의 나이였다. 하지만 그의 가문은 장수를 했고 그는 흰 머리카락이 단 한 올도 없었으며 누구도 그의 나이를 마흔 살로 보지 않았다. 더구나 그는 바렌카가 오로지 러시아에서만 쉰 살 된 사람들이 스스로를 노인이라 지칭할 뿐 프랑스에서는 쉰 살 정도의 사람들은 스스로를 '장년'으로 생각하고 마흔 살 정도의 사람들은 스스로를 '청년'이라 생각한다고 말했던 것을 기억하고 있었다. 자신을 20년 전과 변함없이 젊다고 여긴다면 나이가 무슨 소용인가? 반대편에서 다시 숲 가장자리를 향해 걸어가며 비스듬한 태양 광선의 눈부심 속에서 노란 옷을 입고 바구니를 든 채 오래된 자작나무 줄기를 사뿐히 지나치는 바렌카의 우아한 모습을 보고 있는 지금, 그에게 아름다움으로 강한 인상을 남긴, 빛 속에 잠긴 누런 귀리 밭의 모습과 귀리 밭 너머 멀리 노란색이 흩뿌려진 묵은 숲, 푸르스름한 먼 곳으로 소멸되는 묵은 숲의 형상과 하나 되는 그녀를 보며 그가 느끼고 있는 이 감정이야말로 바로 젊음이 아닌지. 그의 심장이 기쁨으로 요동쳤다. 유연한 감정이 그를 가득 채웠다. 그는 자신의 마음이 결론을 내렸음을 알았다. 바렌카는 버섯을 따려고 앉았다가 부드러운 몸짓으로 일어나 주위를 살폈다. 세르게이 이바노비치가 성큼성큼 그녀를 향해 왔다.

5

'바르바라 안드레예브나, 나는 젊은 시절, 내가 사랑하게 될, 아내라 부르며 함께할 여인의 모습을 상상했습니다. 긴 시간을 살았고 이제야 당신에게서 나의 이상형을 발견했습니다. 당신을 사랑해요. 그래서 청혼을 합니다.'

세르게이 이바노비치는 바렌카와 불과 열 걸음 떨어진 거리가 되자 마음속으로 이렇게 되뇌었다. 그녀는 무릎을 꿇고 버섯을 그리샤에게 넘기지 않으려고 양손으로 감싸면서 어린 마샤를 불렀다.

"이쪽이야! 작은 버섯들이 정말 많아!"

바렌카는 특유의 부드러운 미성으로 말했다.

그녀는 세르게이 이바노비치가 자신에게 다가오는 것을 발견하고도 일어나지도, 자세를 바꾸려 들지도 않았다. 하지만 주변의 모든 것들이 그녀가 그가 다가오고 있음을 느끼고 무척 기뻐하고 있음을 보여 주고 있었다.

"어떠세요? 뭘 좀 발견했나요?"

하얀 머릿수건 아래로 고운 미소를 짓던 바렌카가 그를 향해 얼굴을 돌렸다.

"아무것도 없었어요."

세르게이 이바노비치가 물었다.

"당신은 어떤가요?"

바렌카는 자신을 둘러싼 아이들을 보느라 답하지 않았다.

"여기 또 있어. 가지 옆에 있구나."

그녀는 어린 마샤에게 마른 풀 사이에서 탱탱한 장밋빛 갓을 가로로 찢긴 채 밑으로 삐져나온 조그만 버섯을 가리켰다. 그리고 마샤가 버섯을 반으로 찢어서 따자 자리에서 일어났다.

"지금 이러고 있으니 어릴 때가 기억나네요."

바렌카는 아이들 틈에서 나와 세르게이 이바노비치와 나란히 서서 걸으며 말했다.

둘은 아무 말도 하지 않고 잠시 걸었다. 바렌카는 그가 무슨 말을 하고 싶어 한다는 것을 눈치챘다. 그리고 내용을 추측하면서 설렘과 두려움으로 가슴이 두근거려 기절할 것만 같았다. 그들은 자신들의 이야기를 아무도 듣지 못할 정도로 멀리 갔다. 하지만 세르게이 이바노비치는 아직 아무 말도 하지 않았다. 바렌카도 침묵을 지켰으면 좋았을 것이다. 버섯에 대해 이야기한 뒤보다는 잠시 침묵한 뒤에 말하는 게 더 수월했을 것이다. 하지만 바렌카는 의지와는 달리 무심코 말을 꺼내고 말았다.

"버섯을 하나도 못 찾았다고요? 음, 숲 속에는 버섯이 더 적긴 하죠."

세르게이 이바노비치는 깊은 숨만 내쉴 뿐 대답을 하지 않았다. 바렌카가 버섯 이야기를 해서 짜증이 났기 때문이다. 그녀가 어린 시절에 대해 재잘거리던 순간으로 되돌리고 싶었다. 하지만 자신의 의지를 역행하는 듯, 그는 몇 분 동안 침묵한 뒤 그녀의 마지막 말에 대한 의견을 밝혔다.

"대부분의 흰 버섯이 숲 언저리에서 자란다는 말을 듣기는 했지만 구별하지는 못하거든요."

몇 분의 시간이 흘렀고 아이들에게 점점 멀어져 이제 완전히 둘만 남았다. 바렌카의 심장이 힘차게 뛰어 박동 소리가 귓가에 들렸다. 그녀는 자신의 얼굴이 붉어졌다 하얗게 돌아왔다, 다시 붉어지는 것을 느꼈다.

코즈니셰프의 아내가 되는 것은 슈탈 부인에게 신세를 지는 상황에 처했다가 온 그녀에게 최고의 행복이라 느꼈다. 게다가 그녀는 자신이 세르게이 이바노비치를 사랑하고 있다고 자신했다. 그리고 이제 결론이 날 것이다. 바렌카는 겁이 났다. 그가 말을 할까 봐 겁이 났고, 또 말을 하지 않을까 봐 겁이 났다.

지금 이 순간이 아니면 앞으로 서로 진심을 이야기할 순간이 주어지지 않을 것이다. 세르게이 이바노비치도 같은 생각을 했다. 그녀의 시선, 붉은 낯빛, 아래를 향한 눈동자 속의 모든 것이 지나친 기대를 드러냈다. 세르게이 이바노비치는 바렌카가 가여워졌다. 게다가 지금 이 순간, 침묵을 지키는 것은 그녀를 모욕하는 일이라고 생각했다. 그는 머릿속으로 결심을 지지해 줄 이유를 재빨리 외워 보았다. 청혼하는 의미를 설명하려고 했던 말을 반복해 보기도 했다. 하지만 뜬금없이 떠오른 다른 생각에 불쑥 질문을 던졌다.

“흰 버섯은 자작나무 버섯과 어떤 차이점을 가지고 있습니까?”

대답을 하는 바렌카의 입술이 긴장으로 인해 부르르 떨렸다.

“갓 모양은 비슷하고 뿌리 모양이 달라요.”

말을 마치고 그와 그녀는 이제 그 문제가 끝났다는 것, 입 밖으로 꺼냈어야 할 말이 이제 나오지 못할 것이라는 것을 깨달았다. 그래서 절정에 이르렀던 흥분이 가라앉기 시작했다.

“자작나무 버섯의 뿌리는 이틀째 면도를 하지 않은 다갈색 수염 같아요.”

세르게이 이바노비치는 이미 진정된 말투로 말했다.

“네, 그래요.”

바렌카가 옅은 미소를 지으면서 말했다. 그리고 두 사람의 산책 방향은 얼떨결에 바뀌었다. 그들은 아이들을 향해 걸었다. 바렌카는 마음이 쓰리고 부끄러웠지만 동시에 안도감이 들었다.

세르게이 이바노비치는 집으로 돌아와 이유들을 하나하나 되짚었다. 그리고 자신이 잘못 판단했다는 것을 인정했다. 마리에 대한 추억을 배신하고 떠날 수 없었던 것이다.

"애들아, 조용히 하렴!"

아이들이 무리를 지어 건너편에서 기쁨에 겨운 소리를 지르며 뛰어오자 레빈은 아내를 보호하려고 앞을 막아서면서 화가 난 목소리로 외쳤다.

세르게이 이바노비치와 바렌카는 아이들을 뒤따라 숲에서 나왔다. 키티는 바렌카에게 이것저것 확인할 필요가 없었다. 두 사람의 차분하지만 민망한 얼굴에서 자신의 계획이 성사되지 않았음을 알아차렸기 때문이다.

"어, 무슨 일이 있었던 걸까요?"

그들이 돌아오자 키티의 남편이 물었다.

"실패하고 말았어요."

키티는 말했다. 그녀의 미소와 태도가 장인과 닮았다는 점을 발견할 때마다 레빈은 기뻤다.

"왜 실패했다는 거요?"

"왜냐하면요."

키티는 남편의 손을 자신의 앙다문 입술에 살짝 댔다.

"신부님 손에 입을 맞추는 것과 같으니까요."

"누구 때문일까?"

그가 싱긋 웃었다.

"둘 다겠죠. 이렇게 했으면 되었을 텐데……."

“농부들이 오고 있소.”

“괜찮아요, 우리를 보지 못했어요.”

6

아이들이 차를 마시는 동안, 어른들은 발코니에서 평소와 다름없이 대화를 나누고 있었다. 하지만 모두, 특히 세르게이 이바노비치와 바렌카는 무척 중대하지만 부정적인 일이 일어났다는 것을 알고 있었다. 두 사람은 시험에 떨어져 유급되었거나 제적당한 학생의 심정을 느끼고 있었다. 지금 같이 있는 사람들도 일이 벌어졌다는 것을 감지하면서 상관없는 화제들을 중심으로 활발하게 이야기에 참여하고 있었다. 오늘 밤 레빈과 키티는 특별한 행복과 사랑이 넘치는 기분에 휩싸여 있었다. 그리고 사랑으로 행복해하는 자신들의 모습이, 바랐으나 결국 이루지 못한 사람들에게 불쾌함을 줄 수도 있다는 사실에 겸연쩍기도 했다.

"내 말을 기억하렴. 알렉산드르는 오지 않을 거란다."

공작 부인이 말했다.

그들은 오늘 밤 스테판 아르카지치가 기차를 타고 도착하기를 기다리고 있었다. 그는 알렉산드르도 함께 갈 수도 있다고 편지에 썼다.

"나는 그 이유를 이미 알고 있지."

공작 부인이 계속 말을 이었다.

"그이는 결혼 초에는 신혼부부 단둘이 지낼 수 있게 해 줘야 한다고 했거든.”

“아버지가 그래서 우리만 지내게 했구나. 그동안 아버지를 만날 수 없었어요.”

키티가 말했다.

“우리가 무슨 신혼부부예요! 아주 오래된 부부죠.”

“그가 오지 않는다면 나도 이만 너희랑 헤어져야 한단다.”

공작 부인은 슬픔이 담긴 한숨을 내쉬었다.

“어머니, 도대체 무슨 얘기를 하는 거예요!”

놀란 두 딸이 덤비듯 말했다.

“아버지가 어떨지 생각해 봐. 지금은 정말…….”

공작 부인의 목소리가 별안간 떨렸다. 딸들은 입술을 굳게 다물고 눈짓을 주고받았다.

‘어머니는 항상 스스로 슬픈 뭔가를 찾아내고는 해.’

눈짓은 이렇게 말하고 있었다. 딸들은 공작 부인이 딸의 집에서 유쾌한 시간을 보내고 있을지라도, 그곳에서 자신을 꼭 필요로 한다 해도 사랑하는 막내딸을 결혼시키면서 집이 텅 빈 뒤, 자신이나 남편이 괴로울 정도로 슬퍼하고 있다는 것을 모르고 있었다.

“아가피야 미하일로브나, 무슨 일이죠?”

키티가 아가피야 미하일로브나에게 물었다. 아가피야는 갑자기 비밀스러운 태도로 의미심장한 얼굴을 한 채 나타났다.

“저녁 때문에 그래요.”

“잘됐군요.”

돌리가 말했다.

“너는 이만 가서 저녁을 지시해. 나는 그리샤에게 가서 복습을 시키고 있을 테니. 그렇게 하지 않으면 그 아이는 오늘 아무것도 하지 않은 게 되어 버리거든.”

"내가 할 일이잖아요! 아니에요, 돌리. 내가 갈게요."

레빈이 자리를 박차고 일어나면서 말했다.

이미 중학교에 입학한 그리샤는 여름에 학과를 복습해야 했다. 모스크바에서도 아들과 같이 라틴어 공부를 하던 다리야 알렉산드로브나는 레빈의 집에 머물면서도 하루에 한 번은 반드시 산수와 라틴어에서 가장 복잡한 부분을 아들과 함께 복습했다. 레빈은 그녀를 대신하겠다고 자청했다. 하지만 레빈의 수업을 지켜본 어머니는 그가 모스크바의 교사와 비슷한 방식으로 가르치지 않는다는 것을 알고 무척 당황해했다. 그녀는 레빈의 기분을 상하지 않게 하면서 복습은 교사가 하는 것처럼 교과서를 따라 가르쳐야 하니 자신이 그 일을 하는 것이 좋겠다고 딱 잘라 말했다. 레빈은 교수법에 대한 지식이 전혀 없는 어머니에게 수업 감독을 맡길 정도로 무심한 스테판 아르카지치가, 그리고 아이들을 엉망진창으로 가르치고 있는 교사가 언짢았다. 하지만 처형에게 그녀가 원하는 방식으로 수업을 하겠다고 약속했다. 이미 자신만의 방식이 아니라 교과서대로 그리샤의 공부를 도와주고 있었다. 그래서 내키지 않아 하며 수업을 했고 가끔 수업 시간도 깜빡하고는 했다. 오늘도 마찬가지였다.

"아니에요. 돌리, 내가 갈 테니 앉아 있어요."

그가 말했다.

"교과서대로 잘 가르칠 테니까요. 다만 스티바가 와서 사냥을 하러 갈 때는 수업을 빼겠습니다."

레빈은 그리샤를 찾아갔다.

바렌카도 키티에게 같은 말을 했다. 행복하고 편안한 레빈의 집에서조차 바렌카는 도움이 되는 사람이었다.

"내가 식사 준비를 할 테니 앉아 있도록 해요."

바렌카는 이렇게 말하고 일어나 아가피야 미하일로브나에게 갔다.

"그렇게 해요. 오늘 영계를 구하지 못했을 거예요. 그러면 우리 집에서 키우는 닭이라도 어떻게…….”

키티가 말했다.

“아가피야 미하일로브나와 의논을 하죠.”

바렌카는 아가피야 미하일로브나와 자리를 떠났다.

“사랑스럽기 그지없는 아가씨로구나.”

공작 부인이 바렌카를 칭찬했다.

“어머니, 사랑스럽다는 표현으로는 부족해요. 저렇게 아름다운 사람은 찾기 힘드니까요.”

“지금 여러분은 스테판 아르카지치를 기다리고 있는 건가요?”

세르게이 이바노비치는 바렌카에 대한 이야기가 이어지는 것을 바라지 않는 듯 대화에 끼어들었다.

“이 집의 두 남편들처럼 닮은 점이 전혀 없는 동서지간을 찾기도 힘들 겁니다.”

그의 입가에 희미한 미소가 번졌다.

“한 사람은 물속의 고기처럼 사회생활만 하는 듯 활발하고 또 다른 사람인 내 동생 코스챠는 활동적이고 날쌔고 모든 것에 예민하게 반응을 하면서도 사회생활을 하면 뭍에 나온 물고기처럼 정신을 잃거나 무작정 팔딱거리기만 하니 말입니다.”

“맞아요. 그는 정말 경솔해요.”

공작 부인이 세르게이 이바노비치를 바라보며 맞장구를 쳤다.

“내가 당신에게 부탁하고 싶었던 게 있어요. 그에게 키티는 이곳에 머물 수 없으니 다시 모스크바로 돌아가야 한다고 설득해 주세요. 그가 의사를 불러오겠다고는 했지만 말이에요.”

“어머니, 그는 무슨 일이든 할 거예요. 어떤 일이든 찬성할 거예요.”

키티는 어머니가 자신의 문제에 세르게이 이바노비치를 끌어들인 것에 화가 나서 말했다.

그들이 대화를 한창 이어 가고 있을 때 가로수 길에서 말이 콧김을 뿜어내며 자갈 위를 마구 달리는 바퀴 소리가 요란스레 들렸다.

돌리가 남편을 마중하려고 채 일어서기도 전에 그리샤가 공부를 하던 아래층 방 창문으로 레빈이 튀어나왔다. 그리고 그리샤를 안아 밖으로 내려 주었다.

"스티바가 왔어요!"

레빈이 발코니 아래에서 크게 외쳤다.

"돌리, 우리는 공부를 모두 마쳤으니 걱정하지 말아요."

그는 돌리를 안심시키기 위한 한마디를 덧붙이고 소년처럼 마차를 향해 뛰어갔다.

"이즈, 에아, 이드, 에쥐스, 에쥐스, 에쥐스(라틴어 삼인칭 대명사의 주격과 소유격_옮긴이)."

그리샤가 가로수 길을 가로지르면서 소리 질렀다.

"누군가가 함께 있어요. 장인어른이 틀림없어요!"

레빈이 가로수 길 입구에서 고함을 쳤다.

"키티, 내리막이 심한 계단으로 오지 말고 천천히 돌아와."

하지만 쌍두마차 안에 오블론스키와 앉아 있는 사람이 노공작이라고 예상한 것은 레빈의 착각에 불과했다. 그는 쌍두마차에 가까이 다가가고 나서야 오블론스키 옆에 앉아 있는 사람은 공작이 아니라 뒤에 리본을 길게 늘어뜨린 스코틀랜드 모자를 쓴, 잘생기고 풍채 좋은 청년이라는 것을 알았다. 그는 쉐르바츠키 가문의 육촌 형제인 바센카 베슬로프스키였다. 페테르부르크와 모스크바 사교계의 훌륭한 청년으로 스테판 아르카지치의 설명에 따르면 '가장 우수한 남자이면서 열정이 타오르는 사냥꾼'이었다.

베슬로프스키는 노공작이 아닌 자신이 당도함으로써 불러일으킨 실망에 조금도 당황한 기색 없이 예전의 친분을 떠올리게끔 하면서 레빈과 반가운 인사를 했다. 그리고 그리샤를 마차 속으로 안아 올려 스테판 아르카지치가 데려온 포인터 사냥개 위에 앉혔다.

레빈은 마차에 오르지 않고 뒤를 따라갔다. 그는 알고 지낼수록 깊이 사랑할 수밖에 없는 노공작 대신에 등장한 낯설고 필요 없는 바센카 베슬로프스키를 보고 화가 났다. 레빈은 어른과 아이들이 활기를 띠며 모여 있는 현관 계단으로 가다, 바센카 베슬로프스키가 친절하고 정중하게 키티의 손에 입술을 대는 것을 보자 자신이 생각했던 것처럼 그가 필요 없는 존재임을 확신했다.

"당신의 부인과 나는 육촌이면서 오랜 친구이기도 하죠."

바센카 베슬로프스키는 한 번 더 레빈의 손을 힘주어 잡았다.

"새는 있어?"

스테판 아르카지치는 사람들에게 황급히 인사를 건네고 레빈에게 질문을 던졌다.

"저 사람과 나는 아주 잔인한 사냥을 계획하고 왔습니다. 어머니, 당연해요. 그 이후로는 모스크바에 아무것도 없어요. 타냐, 너에게 줄 것이 있단다. 마차 뒤에서 찾아오려무나."

그는 주변을 살펴보면서 말했다.

"돌렌카, 정말 얼굴이 좋아졌군."

그는 키티의 손에 입을 맞춘 뒤, 한 손으로 잡고 다른 손으로 잡은 손을 경쾌하게 토닥이면서 말했다.

조금 전까지 기분이 좋았던 레빈은 이제 사람들을 우울하게 응시했다. 그는 사람들이 썩 내키지 않았다.

'저 사람 입술은 어제는 누구에게 키스를 했을까?'

레빈은 아내에게 친근한 스테판 아르카지치의 모습을 보면서 생각했다. 그는 돌리를 쳐다봤다. 그녀 역시 그의 마음에 들지는 않았다.

'사실 그녀는 그의 사랑을 믿지 않고 있어. 그런데 왜 저렇게 기뻐하는

거지? 너무 역겨워.'

레빈은 속으로 중얼거렸다.

이번에는 공작 부인에게 시선을 옮겼다. 잠시 전까지만 해도 가까이 느껴졌던 공작 부인이었지만 이곳이 자신의 집이라도 되는 것처럼 바센카와 그 리본을 환대하는 그녀의 태도가 싫었다.

그는 다른 사람들과 함께 현관 계단에 나온 세르게이 이바노비치가 가식적인 친절로 스테판 아르카지치를 맞는 것도 신경질이 날 정도였다. 레빈은 형이 오블론스키를 그다지 좋아하지도, 존경하지도 않는다는 것을 이미 알고 있었기 때문이다.

바렌카 역시, 어떻게 하면 결혼을 할 수 있을까 하는 고민만 하는 여자 주제에 새침한 위선자 같은 모습으로 신사와 인사를 나누는 모습이 그는 증오스러웠다.

그 누구보다 가증스러운 사람은 키티였다. 신사는 자신이 이 시골에 방문한 것이 이곳에 있는 다른 사람들의 축제라도 되는 것처럼 우쭐대고 있었고 그 태도에 키티가 굴복하는 모양새가 혐오스러웠다. 특히 짜증이 났던 것은 키티가 신사의 미소에 응할 때 보인 평소와는 다른 미소였다.

모두들 소란스럽게 이야기를 하면서 집 안으로 자리를 옮겼다. 그리고 의자에 앉자마자 레빈은 바깥으로 휙 나가 버렸다.

키티는 남편에게 무슨 일이 벌어졌다는 것을 눈치챘다. 그래서 남편과 대화를 할 기회를 만들려고 했지만 그는 사무실에 볼일이 있다면서 그녀를 두고 떠났다. 그는 실로 오랜만에 농사일이 중요하게 느껴졌다.

'저들에게는 하루하루가 축제겠지.'

레빈은 생각했다.

'하지만 이곳에서는 축제 기분을 느낄 수가 없어. 농사는 사람을 마냥 기다려 주지는 않아. 농사를 짓지 않으면 살 수 없어.'

7

레빈은 저녁 식사가 준비되었다는 연락을 받고 나서야 집으로 왔다. 키티와 아가피야 미하일로브나는 계단에 서서 마주 본 채 저녁 식사에 꺼내 놓을 포도주에 대해 대화를 나누고 있었다.

"무슨 일로 수선을 떨고 있죠? 평소처럼 하면 되잖소."

"그렇게 할 수 없어요. 스티바는 그런 술은 마시지 않을 테니까……. 코스챠, 잠시만요. 당신, 무슨 일이 있나요?"

키티는 레빈 뒤를 따라가며 질문을 했지만 그는 차갑게 그녀를 외면하고 성큼성큼 식당으로 들어가 바센카 베슬로프스키와 스테판 아르카지치가 주고받고 있던 잡담에 참여했다.

"내일 사냥을 하러 가는 게 어떨까?"

스테판 아르카지치가 제안했다.

"그래요, 부탁합니다. 같이 가 주세요."

베슬로프스키는 다른 의자로 옮겨 비딱하게 앉더니 통통한 한쪽 다리를 다른 쪽 다리 위에 올려놓으며 말했다.

"같이 가면 나도 좋을 것 같습니다. 이번 해에 벌써 사냥을 하고 왔습니까?"

레빈은 베슬로프스키의 다리를 주목하면서 이미 키티가 알고 있는 그에게 어울리지 않는, 밝은 척하는 태도로 말했다.

"멧도요를 사냥할 수 있을지 잘 모르겠네요. 하지만 도요새는 충분히 있죠. 다만 일찍 집을 나서야 합니다. 괜찮겠습니까? 스티바, 피곤하지 않아?"

"피곤하냐고? 지금껏 한 번도 피곤해 본 적이 없어. 날을 새우는 게 어떨까? 산책을 하러 가자고."

"그래, 날을 새워 보자! 좋아요!"

베슬로프스키가 긍정적인 호응을 보냈다.

"그럼요, 잘 알죠. 당신이 날을 새울 수 있다는 것도 그리고 다른 사람이 자지 못하게 할 수 있다는 것도."

돌리는 최근 남편을 대할 때 항상 그렇듯 눈치채기 어렵게 비꼬는 말투로 말했다.

"이제 시간이 된 것 같네요. 난 이만 가 볼게요. 저녁은 됐어요."

"돌렌카, 잠깐 앉아 봐."

그는 사람들이 저녁을 먹고 있는 식탁 앞, 그녀의 자리로 다가갔다.

"당신에게 이야기할 게 아직도 많다고."

"별것 아니겠죠."

"있지, 베슬로프스키가 안나를 만나고 왔어. 그는 다시 그들에게 갈 거야. 이곳에서 고작 칠십 베르스타 떨어진 곳에 있거든. 나도 한번 들를 생각이야. 베슬로프스키, 이리 좀 와 봐."

바센카는 여자들 근처로 와서 키티와 나란히 앉았다.

"부디 알려 주세요. 그녀의 집에 다녀왔다고 했죠? 그녀의 상태는 좀 어떤가요?"

다리야 알렉산드로브나가 물었다.

레빈은 테이블 저쪽 끝에서 공작 부인과 바렌카와 함께 쉴 없이 대화를 하면서 돌리와 키티, 베슬로프스키 사이에 비밀스러운 이야기가 펼쳐지고 있는 것을 목격했다. 비밀스러운 이야기를 하는 것에 그치지 않고 있었다. 키티가 흥분해서 떠들어 대는 바센카의 잘생긴 얼굴을 주시할 때 그녀의 얼굴에서 진지함을 읽었다.

"그곳에서 아주 재미있는 시간을 보내고 왔습니다."

바센카는 브론스키와 안나에 대해 말했다.

"나는 물론 그들을 판단할 생각은 전혀 없습니다. 하지만 그들의 집에서 마치 가족이 된 느낌을 받고 왔습니다."

"그들은 어떻게 할 계획인 거죠?"

"겨울이 되면 모스크바로 떠날 것 같습니다."

"모두 다 같이 그들의 집에 가면 얼마나 즐거울까! 자네는 언제 갈 생각이지?"

스테판 아르카지치가 바센카에게 질문을 던졌다.

"칠월 한 달 동안 그들의 집에서 머물까 합니다."

"당신도 같이 가겠어?"

스테판 아르카지치는 아내에게 물었다.

"예전부터 바라던 바예요. 갈래요."

돌리가 대답했다.

"그녀가 안됐어요. 나는 그녀에 대해 무척 잘 알고 있어요. 흠 잡을 데 없는 여자죠. 당신이 떠나면 나 혼자서라도 방문하겠어요. 이 일로 그 누구도 괴롭히고 싶지 않으니까요. 오히려 당신이 없는 게 나을 수도 있고요."

"알았어!"

스테판 아르카지치가 말했다.

"키티는 어때?"

"내가 왜 가야 하죠?"

키티의 얼굴이 벌겋게 달아올랐다. 그리고 남편을 살짝 쳐다봤다
"당신도 안나 아르카지예브나에 대해 알고 있습니까?"
베슬로프스키가 궁금해했다.
"그녀는 매력이 넘치는 여자예요."
"그래요."
얼굴이 더 붉어진 키티는 베슬로프스키에게 대답을 한 뒤 자리에서 일어나 남편에게 갔다.
"내일 사냥하러 나갈 건가요?"
키티가 물었다.
그의 질투는 앞선 몇 분 동안 키티가 베슬로프스키와 담소를 나누면서 그녀의 얼굴에 번진 홍조를 보며 극에 달했다. 지금 키티의 이야기를 자기 임의대로 해석하고 있었다. 나중에 이 일을 돌이켜 봤을 때는 이상했지만, 지금 그는 분명 아내가 사냥을 가느냐고 질문하는 것이 바센카 베슬로프스키에게 그가 기쁨을 선사할 것인지 확인하는 것으로 느껴졌다. 그리고 그의 생각에는 아내는 바센카에게 반해 있었다.
"그래요, 사냥을 하러 갈 거요."
그는 어색한, 자신이 듣기에도 불편한 목소리로 대답했다.
"가지 마요. 내일 하루 정도는 집에 있는 것이 좋아요. 그렇게 하지 않으면 돌리가 남편을 볼 수 없을 테니까요. 모레 사냥을 가도록 해요."
키티가 말했다.
키티가 하는 말의 의도를 레빈은 다르게 받아들였다.
'나를 저 사람과 함께 있게 해 줘요. 당신이 사냥을 나가는 건 신경 쓰이지 않지만 이 매력적인 젊은 남자와 시간을 보낼 수 있게 해 달란 말이에요.'
"알았소. 당신이 원한다면 내일 기꺼이 집에 함께 있지."
레빈은 유난히 밝은 목소리를 냈다.

다른 한편, 자신이 와서 발생한 고통을 짐작조차 하지 못한 바센카는 키티를 따라 테이블에서 일어났다. 그리고 미소를 짓고는 부드러운 눈빛을 키티에게 보내며 뒤를 따랐다.

레빈은 그 눈빛을 보고 창백해져서는 숨도 제대로 쉬지 못했다.

'나의 아내를 어쩜 저런 눈빛으로 볼 수 있지?'

레빈의 속은 끓고 있었다.

"내일은 어떻습니까? 꼭 가자고요."

바센카가 의자에 앉으면서 습관처럼 다리를 꼬면서 말했다.

레빈의 질투는 점점 심해졌다. 레빈은 자신이 아내와 정부가 불편 없는 생활을 하기 위해 필요로 하는 배신당한 남편이 된 것 같았다. 그렇지만 레빈은 최대한 예의 바르고 상냥하게 그의 사냥과 부츠 등에 대해 확인을 하고 내일 사냥을 가는 것에 동의했다.

다행히 나이 든 공작 부인이 자리에서 일어나 키티에게 잠자리에 들라고 권함으로써 레빈의 고통을 멈추어 주었다. 바센카는 안주인과 작별 인사를 나누면서 다시 그녀의 손에 입술을 가져다 대려고 했다. 하지만 얼굴이 달아오른 키티는 손을 쑥 빼고 나중에 어머니에게 지적을 받을 만큼 순진하면서도 거칠게 말했다.

"우리 집에서는 이런 행동이 허락되지 않아요."

레빈은 그러한 행동을 허락한 그녀의 잘못이 크다고 생각했다 그리고 그런 행동이 싫다고 어설프게 표현한 것이 더 잘못이라고 판단했다.

"이 상황에서 왜 잠을 자고 싶어 하지?"

스테판 아르카지치가 저녁 식사를 마치고 포도주 몇 잔을 마시더니 기분이 좋아졌는지 시적으로 말했다.

"키티, 저기 좀 봐요. 저기 좀 보라니까."

그는 보리수 위로 서서히 얼굴을 내미는 달을 가리켰다.

"정말 아름다워. 베슬로프스키, 세레나데를 부를 시간이 되었네. 이 사람의 목소리는 멋져. 우리는 여기 올 때까지 같이 노래를 불렀지. 이 사람은 설레는 로망스 노래 두 곡을 가지고 왔어. 바르바라 안드레예브나하고 같이 노래를 불러야겠어."

사람들이 자리를 파한 뒤에도 스테판 아르카지치는 베슬로프스키와 가로수 길을 산책하면서 시간을 더 보냈다. 새로운 노래를 부르는 사람들의 목소리가 귓가에 울렸다.

레빈 역시 노랫소리를 들었지만 얼굴을 찡그리고 아내의 침실에 있는 안락의자에 앉아 무슨 일이 있느냐는 그녀의 물음에도 침묵을 고수했다. 키티가 무안해하면서 "베슬로프스키에게 불만이 있었던 거 아니에요?"라고 말하자 레빈은 그동안 참았던 울화통을 터뜨리며 전부 털어놓았다. 그러나 입 밖으로 나온 내용은 스스로에게 수치스러움을 안겼고 화를 더욱 부채질하고 말았다.

눈썹을 잔뜩 찌푸린 레빈은 무서운 눈빛으로 그녀 앞에 서서 참기 위해 온 힘을 모으는 듯 거친 팔로 가슴을 눌렀다. 그의 얼굴에서 키티를 감동시킨 고통이 배어나지 않았다면 표정은 무섭고 잔인하게 보이기까지 했을 것이다. 레빈의 턱뼈는 후들후들 떨렸고 목소리는 중간 중간 끊겼다.

"나는 지금 질투하는 것이 아니라는 걸 알아줘요. 불쾌한 단어니까. 나는 질투를 하지 못할 뿐만 아니라 믿고 싶지도 않아……. 내 생각을 말하고 싶지 않소. 하지만 끔찍하기 짝이 없어……. 나는 질투를 하고 있지 않소. 그렇지만 다른 사람이 당신을 감히 그딴 눈빛으로 보려고 하거나 보는 것은 나에게 충분히 모욕적이고 자존심 상하는 일이야……."

"어떤 눈길을 의미하는 거죠?"

키티는 오늘 밤 했던 말과 행동, 뉘앙스를 양심껏 전부 기억하려고 애썼다.

키티의 마음속 깊은 어딘가에서는 레빈이 자신을 따라 테이블 반대편 끝으로 옮겼을 때 무슨 일이 있었다는 것을 알고 있었다. 하지만 자신이 그것을 인정할 용기가 도저히 안 났고 더군다나 그에게 다시 한 번 상기시켜 고통을 극한으로 몰고 싶지도 않았다.

"나에게 무슨 매력이 있겠어요? 나를 자세히 봐요."

"악!"

레빈이 머리칼을 움켜쥐고 소리쳤다.

"그런 이야기는 하지 않는 게 좋았소. 당신에게 매력이 있다면……."

"코스챠, 그건 아니에요. 잠시만 내 이야기를 들어 줘요."

키티는 연민이 가득한 얼굴로 레빈을 바라봤다.

"당신은 그런 생각을 어떻게 했나요? 내 곁에 아무도 없다면, 없다면, 없다면……. 당신은 내 곁에 아무도 없기를 그리고 아무도 만나지 않기를 원하는 거예요?"

처음에는 레빈의 질투가 키티에게 모욕감을 주었다. 자신은 순수하게 최소한의 기분 전환마저 할 수 없다는 사실에 화가 났다. 하지만 지금 자신의 평온을 유지하기 위해서라면, 그를 고통에서 구하기 위해서라면 소소한 것뿐 아니라 전부를 희생하고 싶은 마음이었다.

"내 상황이 끔찍하고 우습다는 것을 받아들여 줘요."

레빈이 슬픔에 잠긴 목소리로 힘없이 말했다.

"그 사람은 내 집에 와서 격식 없는 행동과 다리를 꼬고 앉은 것 말고 별다르게 무례한 행동은 하지 않았소. 그런 걸 멋지다고 생각하니까 말이야. 나는 그를 예의를 갖춰 대해야 했고."

"코스챠, 당신은 지금 사실을 부풀리고 있어요."

키티는 실은 속으로 지금 그의 질투 속에 담긴, 자신을 향해 품고 있는 사랑에 내심 기뻐하면서 말했다.

"가장 끔찍한 것은 당신은 항상 똑같은 모습이라는 거요. 그런데 지금 당신이 나에게 이렇게 숭고하고, 우리가 이렇게 즐겁고 특별한 시기에 갑자기 왜 그런 쓰레기 같은 놈이……. 그래, 쓰레기 같은 놈은 아니오. 그런데 왜 나는 그에게 욕을 하는 걸까? 아무 상관도 없는데 말이지. 하지만 나와 당신의 행복이…….”

“난 왜 이런 일이 일어났는지 잘 알고 있어요.”

키티가 말했다.

“왜 그런 거요?”

“나는 저녁을 먹을 때 당신이 우리가 대화하는 모습을 어떤 눈빛으로 응시하고 있는지 봤어요.”

“그랬소!”

깜짝 놀란 레빈의 눈이 휘둥그레졌다.

키티는 둘이 주고받았던 대화의 내용에 대해 설명해 주었다. 흥분을 한 그녀는 숨을 거칠게 내쉬었다. 레빈은 잠시 동안 아무 말도 하지 않았다. 키티의 창백하고 공포에 질린 얼굴을 쳐다보다가 자신의 머리를 움켜잡았다.

“카챠, 내가 잘못했소. 당신을 괴롭게 했다고! 나의 사랑, 나를 부디 용서해 줘! 미친 짓을 하다니! 카챠, 전부 다 내가 잘못했소. 내가 왜 그런 바보 같은 일로 이렇게 괴로워했을까?”

“괜찮아요. 나는 당신이 안쓰러워요.”

“나? 내가 도대체 뭐길래. 그저 미친놈에 불과한걸. 하지만 무엇이 당신을? 낯선 이들이 우리의 행복을 망칠 수 있다고 생각하는 건 힘들어요.”

“당연히 견딜 수 없이 괴롭겠죠.”

“아니요. 나는 앞으로 일부러라도 그 사람이 우리 집에서 여름을 보낼 수 있도록 만들고 과잉 친절로 대하겠소.”

레빈이 키티의 손에 키스를 했다.

“지켜봐요. 내일……. 내일은 정말 사냥을 가겠어.”

8

다음 날 여자들이 일어나기도 전에 사냥용 사륜마차 두 대, 이륜마차, 소형 짐마차가 현관 입구에 나란히 서서 대기하고 있었다. 아침부터 사람들이 사냥하러 가는 것을 알아챈 라스카는 소란스럽게 떠들어 대고 사방을 뛰어다녔다. 그리고 이륜마차 마부 옆자리에 앉아 잔뜩 상기되어서는 출발이 늦어지는 것에 잔뜩 불만을 품고 아직도 사냥꾼들이 나오지 않는 문을 쳐다보았다. 바센카 베슬로프스키가 문을 맨 처음 열고 나왔다. 살찐 허벅지의 중간까지 오는 넉넉한 새 부츠를 신고 초록색 윗도리에 가죽 냄새가 나는 새 탄약통을 맸으며 리본 달린 모자를 쓰고 멜빵이 없는 영국식 새 소총을 가지고 있었다. 라스카는 자신의 방식대로 그에게 달려가 반기면서 다른 사람들도 금방 나오는지 묻는 듯했다. 그러나 라스카는 이렇다 할 대답을 듣지 못하고 자신의 자리로 가서 고개를 옆으로 돌리고 한쪽 귀를 쫑긋 세운 채 얼음처럼 요지부동 상태가 되었다. 드디어 시끄러운 소리와 함께 문이 활짝 열리고 스테판 아르카지치의 점박이 포인터 클라크가 뱅뱅 돌고 공중제비를 하듯 날뛰며 밖으로 나왔다. 입에 시가를 문 채 소총을 들고 있는 스테판 아르카지치의 모습이 보였다.

"클라크, 얌전히 있어야지!"

그는 사냥감 주머니를 앞발로 잡고 자신의 배와 가슴에 앞발을 갖다 대는 개를 다정하게 타일렀다. 스테판 아르카지치는 찢어진 바지와 짧은 외투 차림으로 가죽신을 신고 각반을 착용하고 있었다. 머리에는 모자처럼 생긴 넝마를 쓰고 있었지만 신식 소총은 귀여운 장난감 같았고 낡긴 했지만 탄약통과 탄띠는 최고급 물건이었다.

예전에 바센카 베슬로프스키는 사냥꾼이 멋 부리는 것, 몸에는 누더기를 걸치고 사냥 도구는 최고급을 가지고 다니는 것을 도무지 이해할 수 없었다. 하지만 지금 넝마 속에서 고풍스럽고 풍채 좋고 활발한 귀족의 면모를 보이고 있는 스테판 아르카지치를 보고 충분히 받아들일 수 있었고 자신도 다음 사냥에는 그런 옷차림을 하리라 결심했다.

"그나저나 이 집 주인은 어찌된 거죠?"

그가 질문했다.

"젊은 아내 때문이라네."

스테판 아르카지치가 살짝 미소를 지으면서 말했다.

"정말 아름답더군요."

"그는 옷을 입고 나갈 채비를 끝냈다가 분명 다시 아내에게 달려갔을 거야."

스테판 아르카지치의 추측이 맞았다. 레빈은 아내를 찾아가 어제 자신이 했던 바보 같은 행동을 용서해 줄 수 있는지 재차 묻고 그녀에게 부디 몸조심을 하라는 당부를 하고 있었다. 가장 중요한 것은 아이들과 거리를 두어야 한다는 것이다. 아이들은 때를 가리지 않고 그녀와 부딪칠 수 있다. 그는 아내에게 다시 한 번 자신이 이틀 동안 집에 들어오지 않는 것에 대해 화를 내지 않겠다는 약속을 받고 그녀가 안전한지 알 수 있도록 두어 마디라도 좋으니 내일 말을 탄 심부름꾼에게 편지를 보내 달라고 부탁했다.

키티는 항상 그랬던 것처럼 이틀 동안 남편과 떨어져 있어야 한다는 사실을 힘들어했다. 하지만 사냥용 부츠를 신고 흰색 상의를 입고 있는, 유독 잘빠지고 당당하게 보이는 남편의 활달한 모습과, 자신은 이해할 수 없는, 사냥에 대한 흥분에서 뿜어져 나오는 기묘한 광채를 보고는 그의 기쁨 안에서 자신의 슬픔을 잠시 내려 두고 작별 인사를 했다.

"여러분, 미안해요!"

레빈은 현관 계단을 내려가면서 말했다.

"도시락은 챙겼어? 밤색 말을 오른쪽에 맨 특별한 이유가 있나? 괜찮아, 뭐 어떻든 상관없지. 라스카, 이제 가서 앉아!"

"어린 암소들이랑 두지그래."

레빈은 거세한 소들에 대해 물어보기 위해 현관 입구에서 자신을 기다리던 가축지기에게 외쳤다.

"미안합니다. 또 다른 악당이 오고 있군요."

레빈은 이륜마차에서 뛰어내리더니 자를 가지고 현관 입구를 향해 오고 있는 고용 목수에게 갔다.

"어제는 사무실에 찾아오지 않더니 이제 내 발목을 잡으려고 하는군. 무슨 일이지?"

"계단 굽이를 하나 더 만들 수 있도록 해 주세요. 층계를 세 단만 올리면 됩니다. 꼭 알맞게 만들어 드리지요. 지금보다 훨씬 편하게 다닐 수 있을 겁니다."

"내 말을 좀 진작 듣지 그랬나."

화가 난 레빈이 말했다.

"계단 틀을 설치하고 디딤판을 하라고 했잖아. 고칠 방법이 없으니 내 말대로 새로 잘라서 하게."

목수가 이미 건축 공사 중인 별채의 계단을 쓸 수 없게 만들었다는 문제가 있었다. 계단의 높이를 측정하지 않고 디딤판 나무를 따로따로 잘라 버리는 바람에 계단 전체가 비뚤어진 것이다. 그런데 이제 와서 목수는 계단은 그 상태로 두고 세 단의 층계만 더하려고 하는 것이다.

"지금보다 훨씬 좋아질 텐데요."

"층계를 세 개 늘리면 계단이 어떻게 될 것 같나?"

"죄송합니다."

목수의 얼굴에 무시하는 듯한 미소가 번졌다.

"이번만큼은 그럴 일이 없을 겁니다. 제가 하고자 하는 이야기는 아래부터 시작을 하면……."

그는 확신에 찬 몸짓을 했다.

"계속 올라가면 들어맞게 될 것입니다."

"층계를 세 단 늘리면……. 계단 모양새가 어떻게 되겠느냐고!"

"계단을 밑에서부터 올리면 아무 문제 없다니까요."

목수가 고집을 부리면서 당연하다는 듯 말했다.

"천장까지 닿겠군."

"전혀 그렇지 않습니다. 밑에서부터 올리면 괜찮을 겁니다. 올리고 올리면 정상적으로 될 테니까요."

레빈은 탄약 꽂을대를 가지고 흙먼지 위에 계단을 그려 보였다.

"자, 이제 알겠나?"

"좋을 대로 하십시오."

목수의 눈이 반짝였다. 드디어 문제가 무엇인지 알아낸 것 같았다.

"목재를 다시 잘라서 마련해야겠어요."

"내가 시킨 대로 그렇게 해."

레빈이 이륜마차에 다시 올라타면서 외쳤다.

"이제 출발하자고! 필리프, 개를 꼭 잡아!"

레빈은 지금 가족과 농장 일을 뒤로한 채, 언급하고 싶지 않을 만큼 인생의 즐거움과 기대에 찬 짜릿한 감정을 느끼고 있었다. 더군다나 그는 사냥꾼들이 사냥터에 가까워질 때 전달되는 집중된 흥분을 맛보고 있었다. 만약 지금 무엇인가 그의 마음을 채우고 있다면 그저 콜페노 늪지에서 그들이 찾게 될 것은 무엇일지, 라스카가 클라크에 비해 어떤 활약을 보일지 그리고 오늘 자신의 사냥 성적이 얼마나 될지 정도였다. 새 손님 앞에서 창피를 당하면 어떻게 하지? 오블론스키가 나보다 사냥감을 더 많이 잡으면 어쩐담? 다양한 생각이 그의 머릿속을 가득 채웠다.

오블론스키도 레빈과 비슷한 생각을 하고 감정에 빠져 있었기에 말수가 줄었다. 바센카 베슬로프스키만 줄곧 활발하게 떠들어 댔다. 레빈은 이야기를 들으면서 어제 자신이 그에게 얼마나 잘못된 생각을 가지고 있었는지 부끄러워하고 있었다. 바센카는 소박하고 착한, 다분히 활동적인 청년이었다. 만약 레빈이 총각이었던 때 만났더라면 필시 친해졌을 것이 확실했다. 레빈에게 기분 나빴던 점은 삶을 마치 축제를 즐기는 듯 사는 붕 뜬 태도와 우아함에 대해 조심스럽지 않은 모습이었다. 그는 긴 손톱과 작은 모자, 자신에게 어울리는 것들에 대해 기품 있고 확신에 찬 의미를 부여하고 있는 것 같았다. 그러나 바센카의 선함과 친절함을 생각하면 그 정도쯤이야 넘어갈 수 있었다. 레빈은 그가 훌륭한 교양을 갖추고 있고 프랑스어와 영어를 훌륭한 발음으로 구사하며 레빈 자신과 똑같은 세계에 속해 있다는 것도 마음에 들었다.

바센카는 돈 강 유역 초원에서 자란, 왼쪽에 묶어 놓은 말을 좋아했다. 계속 황홀함이 가득한 눈빛으로 그 말을 응시했다.

"초원의 말을 몰면서 초원을 가로지르면 얼마나 멋질까? 어때요, 내 말에 동의합니까?"

레빈이 말했다.

그는 초원의 말을 모는 것에서 거친 야성과 시적인 것을 떠올리고 있었다. 그것에서 얻을 수 있는 것은 실로 아무것도 없었지만 말이다. 바센카의 순진함은 호감 가는 외모, 사랑이 담긴 미소, 고상한 몸짓과 한

데 섞여 무척 매력적이었다. 베슬로프스키의 타고난 성품이 레빈에게서 공감을 이끌어 냈는지 아니면 레빈이 어제의 잘못을 씻기 위해 그에게서 장점을 찾아내려고 노력해서인지, 레빈은 그와 같이 있는 것이 사뭇 즐거웠다.

삼 베르스타쯤 지났을 때 베슬로프스키는 시가와 지갑을 가지고 있지 않다는 것을 깨달았다. 시가와 지갑을 잃어버렸는지 아니면 테이블 위에 놓고 온 것인지 정확하게 기억이 나지 않았다. 지갑에 삼백칠십 루블이나 들어 있어서 그냥 넘길 수가 없었다.

"저, 레빈. 돈산의 말을 몰고 집에 다녀와야겠어요. 그러는 편이 좋겠어요. 괜찮겠죠?"

베슬로프스키는 말에 탈 채비를 하면서 말했다.

"아니에요. 그럴 필요 있습니까."

레빈은 바센카의 몸무게가 육 푸드는 거뜬히 나갈 것이라고 생각하면서 말했다.

"마부를 보내면 되죠."

마부가 말을 타고 집으로 향했다. 그래서 레빈은 직접 쌍두마차를 몰았다.

9

"그나저나 우리의 계획은 어떻게 되는 거야? 좀 구체적으로 설명을 해 봐."

스테판 아르카지치가 물었다.

"이제 우리는 그보즈데보에 갈 거야. 그보즈데보에 가면 근처에 멧도요들이 살고 있는 늪이 있거든. 그보즈데보 너머에는 황홀한 도요새 늪이 펼쳐져 있어. 멧도요를 종종 볼 수 있어. 지금 날씨는 뜨거워. 아마 우리는 저녁이 되어서야 도착을 할 거야. 이십 베르스타쯤 된다네. 밤 사냥을 할 거야. 그곳에서 하룻밤 지내고 내일 큰 늪지로 출발하는 거지."

"가는 중에 아무것도 없나?"

"있기는 하지만 일정이 늘어질 수도 있어. 덥기도 하고. 괜찮은 장소가 두 곳 정도 있긴 한데 딱히 뭔가 있을 것 같지는 않아."

레빈도 그곳에 가고 싶었지만 집에서 가깝기 때문에 언제든 들를 수 있었다. 더군다나 세 명이 가서 사냥을 하기에는 장소가 비좁았다. 그래서 사냥감이 없을 것 같다고 핑계를 댔다. 작은 늪지에 도착을 했을 때 레빈은 그냥 지나가려고 했다. 하지만 노련한 사냥꾼인 스테판 아르카지치의 시선은 길에서 바로 보이는 풀밭을 향하고 있었다.

"잠시 들렀다 가지 않을래?"

그가 작은 늪을 가리켰다.

"레빈, 부탁이에요. 정말 괜찮은 곳이잖아요!"

바센카 베슬로프스키까지 졸라 대자 레빈도 반대를 할 수 없었다.

마차가 채 정지하기도 전에 개들은 경쟁이라도 하듯 늪지를 향해 빠르 속도로 달려갔다.

"클라크! 라스카!"

개들이 돌아왔다.

"세 명이 사냥을 하기에는 많이 좁을 거야. 난 이곳에 있을게."

레빈은 그들이 개들 위로 휘청휘청 날며 늪 위에서 서글피 울어 대는 댕기물떼새 외에는 볼 수 없기를 바라면서 말했다.

"레빈, 아닙니다. 같이 갑시다!"

베슬로프스키가 외쳤다.

"정말 좁아요. 라스카, 이쪽으로 와! 라스카! 개가 두 마리나 필요하진 않을 거요."

레빈은 사륜마차 옆에 서서 질투가 가득 담긴 눈길로 사냥꾼들을 응시했다. 사냥꾼들은 작은 늪을 자세히 훑었다. 작은 늪에는 쇠물닭과 댕기물떼새 말고는 다른 것을 발견할 수 없었고 바센카가 겨우 한 마리 잡았다.

"어떻습니까? 내가 그 늪을 아까워한 게 아니라는 걸 확실히 알았죠?"

레빈이 말했다.

"시간을 소모할 뿐입니다."

"아닙니다. 충분히 재미있었습니다. 혹시 보고 있었습니까?"

바센카 베슬로프스키는 두 손에 총과 댕기물떼새 한 마리를 들고 마차에 어설프게 뛰어오르면서 말했다.

"내가 이 녀석을 멋진 모습으로 쏘아 맞히는 모습을 말이에요. 정말 그렇죠? 음, 그건 그렇고 이제 우리 목적지에 도착하는 건가요?"

말들이 갑자기 달렸다. 레빈은 누군가의 총신에 머리를 쿵 부딪혔다. 그리고 총소리가 울렸다. 총소리는 이전에 울렸지만 레빈의 느낌이 그랬던 것이다. 바센카 베슬로프스키가 공이치기를 푼다고 하면서 공이치기를 그냥 두고 방아쇠를 당겨 버린 것이었다. 탄환이 땅에 충돌을 했지만 다행히 다친 사람은 없었다. 스테판 아르카지치가 고개를 가로젓고 베슬로프스키에게 핀잔을 주듯 웃었다. 하지만 레빈은 그를 나무랄 생각이 없었다. 첫 번째, 어떤 방법으로 나무라든 이미 끝나 버린 위험과 자신의 이마에 솟은 혹 때문에 그러는 걸로 비칠 것 같았다. 두 번째, 베슬로프스키가 처음에는 순진해 보일 정도로 미안해하다가 자신들이 벌인 소동에 선하고 즐겁게 웃음을 터뜨리는 바람에 레빈도 웃을 수밖에 없었다.

꽤 규모가 크고 사냥을 하는 데 시간이 오래 걸릴 것 같은 두 번째 늪에 가까워졌다. 레빈은 마차에서 내리지 말라고 설득했다. 하지만 베슬로프스키가 오히려 그에게 간곡하게 부탁을 했다. 레빈은 두 번째 늪도 작았기 때문에 손님에 대한 배려로 마차에 계속 남아 있었다.

클라크는 목적지에 도착하자 늪지 둔덕으로 곧장 달려갔다. 바센카 베슬로프스키가 제일 먼저 개를 쫓아갔다. 그리고 스테판 아르카지치가 채 다가가기도 전에 멧도요가 푸드덕 날갯짓을 하며 하늘로 사라졌다. 베슬로프스키가 총을 잘못 쏴서 멧도요가 풀이 무성한 풀밭으로 날아갔다. 이 멧도요는 베슬로프스키가 담당하기로 했다. 클라크가 다시 그 새를 찾아 사냥감이 있는 지점을 알리자 베슬로프스키가 총으로 쏘아 맞히고 사륜마차로 복귀했다.

"이제 당신이 사냥을 하세요. 내가 마차에 있겠습니다."

베슬로프스키가 말했다.

레빈은 사냥꾼으로서 질투가 났다. 그래서 베슬로프스키에게 말고삐를 건네고 늪으로 향했다.

아까부터 애잔하게 짖어 대며 불공평하다고 하소연하는 라스카는 레빈이 잘 알고 있는, 기대를 가질 만한 흙더미를 향해 앞서서 달렸다. 아직 클라크가 밟지 않은 새로운 지점이었다.

"저 녀석을 왜 그냥 내버려 두지?"

스테판 아르카지치가 외쳤다.

"라스카는 새들을 깜짝 놀라게 하지 않으니까."

레빈은 개의 모습을 보면서 즐거움에 들떠 발걸음을 재촉했다.

사냥감의 위치를 찾는 동안 라스카는 낯익은 흙무더기에 다가갈수록 한층 더 차분해졌다. 라스카가 늪의 작은 새에게 한눈을 팔았던 건 아주 잠시였다. 라스카는 작은 흙무더기 앞에서 한 바퀴 돌고 다시 한 바퀴를 돌다가 몸을 파르르 떨더니 움직일 생각을 하지 않았다.

"스티바! 이쪽이야!"

레빈은 더 세차게 뛰는 심장 박동을 느끼면서 외쳤다. 갑자기 그의 긴장된 청각을 가로막고 있던 빗장이 풀리기라도 하는 듯 주변의 소리가 거리감을 잃고 어지럽게, 하지만 분명하게 그의 귓전을 때렸다. 레빈은 스테판 아르카지치의 발자국 소리를 멀리서 들리는 말발굽 소리로, 자신이 풀뿌리와 흙무더기를 밟을 때 나는 소리를 멧도요의 나는 소리로 착각했다. 거리가 멀지 않은 뒤쪽에서 마치 물을 찰싹 때리는 듯 요상한 소리를 듣기도 했다. 그 소리의 정체는 도무지 알 수 없었다.

그는 발을 디딜 수 있을 만한 곳을 찾아 개가 있는 쪽으로 천천히 이동했다.

"잡아!"

개의 아래쪽에서 멧도요가 아니라 도요새가 날아올랐다. 레빈이 총을 챙겨 들고 뒤를 따라갔다. 그런데 도요새를 겨냥한 순간 물을 철썩 때리는 소리가 점점 크게, 가까이 들렸고 바로 베슬로프스키가 이상할 정도로 큰 소리로 외쳤다. 레빈은 그가 뒤에서 도요새를 향해 총부리를 겨누고 있는 것을 보았으나 그냥 발사했다.

레빈은 총알이 명중하지 못했다는 것을 확신한 후 주위를 살피다 말과 이륜마차가 길이 아닌 늪 속에 있는 것을 발견했다.

베슬로프스키는 사격을 보기 위해 늪지 안쪽으로 깊이 들어왔다가 말을 그만 늪 속에 처박고 만 것이다.

"참 나, 악마에게 끌려가라!"

레빈은 늪에 빠진 마차를 향해 다가가면서 중얼거렸다.

"왜 왔죠?"

그는 무뚝뚝하게 한마디 던지고 마부를 불러 말을 밖으로 끌어올렸다.

레빈은 사격을 하는 데 방해받은 것과 자신의 말을 늪에 빠뜨린 것에 대해 화가 잔뜩 났다. 그중 레빈을 가장 화나게 만든 것은 스테판 아르카지치와 베슬로프스키는 마구를 채우는 지식이 전혀 없었기 때문에 그와 마부가 말을 밖으로 끌어내고 마구를 푸는 일을 전혀 돕지 못했다는 것이다. 레빈은 그곳이 완벽하게 마른땅이었다고 확신하는 바센카의 이야기를 듣고도 대꾸를 전혀 하지 않고 마부와 같이 말을 끌어내는 일에 집중했다. 그러다 작업을 하느라 몸에서 열도 나고, 베슬로프스키가 젖 먹던 힘을 다해 이륜마차의 흙받기가 부서질 정도로 부지런히 잡아당기는 것을 보고는 어제 품었던 감정들 때문에 베슬로프스키를 차갑게 대한 것을 자책하면서 특별히 정중하게 대함으로써 자신의 무뚝뚝함을 덮으려고 했다. 모든 것이 대체로 정리되고 마차가 길 위로 나오자 레빈은 도시락을 꺼내라고 시켰다.

"좋은 식욕은 좋은 위장! 이 닭은 장화 밑바닥까지 소화돼서 내려갈 겁니다."

다시 활발해진 바센카가 닭을 두 마리째 해치우면서 프랑스어로 능청스럽게 농담을 했다.

"이것으로 우리의 재앙은 끝이 났습니다. 앞으로 모든 일들이 술술 잘

풀릴 것입니다. 다만 나는 내 잘못을 만회하기 위해 마부석에 앉아야 합니다. 그렇지 않나요? 아닙니다. 절대 아니에요. 나는 아우토메돈(《일리아스》에 나오는 아킬레우스의 마부_옮긴이)이니까요. 내가 당신들을 목적지까지 얼마나 안전하게 잘 데리고 가는지 두고 보세요!"

레빈은 그에게 마부에게 마차를 맡기라고 부탁했지만 그는 여전히 말고삐를 잡고 말했다.

"나는 속죄해야 합니다. 그렇기 때문에 마부석에 앉아 있는 것이 더할 나위 없이 좋습니다."

레빈은 바센카가 말들을, 특히 잘 다루지 못하는 왼쪽 말을 지치게 하지나 않을까 염려스러웠다. 하지만 자신도 모르는 사이, 그의 활발함에 매료되어 마부석에 앉아 목적지에 이르기까지 계속 흥얼거리는 노래, 사두마차를 영국식으로 모는 흉내와 이야기들을 들었다. 그들은 식사 후 매우 즐거운 감정을 유지하면서 그보즈데보 늪에 다다랐다.

10

바센카가 말을 무척 빠른 속도로 몰았기 때문에 그들은 너무 이른 시간에 늪지에 도착하고 말았다. 날씨는 여전히 뜨거웠다.

사냥 여행의 주 목적지인 큰 늪지와 거리가 가까워졌다. 레빈은 얼떨결에 어떻게 하면 바센카와 떨어져 방해받지 않고 다닐 수 있을지 고민했다. 스테판 아르카지치도 분명 같은 생각을 하는 것 같았다. 레빈은 그의 얼굴에서 사냥을 목전에 둔 베테랑 사냥꾼들에게서 나타나는 걱정스러운 표정과 특유의 선한 교활함을 발견했다.

"시작을 어떻게 하면 좋을까? 둘러보니 늪이 정말 멋지군! 매도 있고 말이야!"

스테판 아르카지치는 사초 위를 날아다니는 큰 새 두 마리를 가리키면서 말했다.

"매가 있는 것은 사냥감도 있다는 것을 의미하지."

"신사 여러분, 저곳이 보이나요?"

레빈이 우울한 표정을 지으며 부츠를 동여매고 총의 뇌관을 살피면서 말했다.

"저기 저 사초가 보이느냔 말입니다."

그는 강 오른쪽에 위치한, 반쯤 베인 넓고 습기 찬 풀밭 속에서 희미하게 모습을 드러낸 암녹색 둔덕을 가리켰다.

"늪은 우리 앞에 있는 저기에서 시작되고 있어요. 색이 더 짙은 저곳을 보시겠습니까? 늪은 거기에서 오른쪽으로 말들이 다니는 곳까지 계속되고 있습니다. 그곳에 조그만 언덕이 있고 멧도요가 서식하고 있어요. 사초 주변에서 오리나무 숲까지 그리고 제분소까지 쭉 이어지고 있어요. 바로 저곳입니다! 후미진 곳을 보세요. 사냥을 하기 가장 훌륭한 장소입니다. 예전에 도요새를 열일곱 마리나 잡았던 적이 있죠. 자, 이제 두 팀으로 나누어서 각각 개 한 마리씩을 데리고 사냥을 한 뒤 제분소에서 만나자고요."

"어떻게 오른쪽과 왼쪽을 나눌 거지?"

스테판 아르카지치가 물었다.

"아무래도 오른쪽이 넓으니까 당신들이 가고 나는 왼쪽으로 가지."

그는 무심한 듯 말했다.

"좋습니다. 우리가 저 사람보다 더 많이 사냥합시다. 이제 갈까요? 가자고요!"

바센카가 그의 말에 찬성했다.

레빈은 동의하지 않을 수 없었다. 그들은 그렇게 다른 방향으로 갈라졌다.

그들은 개 두 마리와 함께 사냥감을 찾아 흙탕물에 들어갔다. 레빈은 조심스럽고 애매한 라스카의 방식을 잘 알고 있었다. 그 역시 장소를 익히 꿰고 있었기에 도요새 떼를 기다리고 있었다.

"베슬로프스키, 여기로 와요, 옆에 서서 나란히 가자고요."

레빈은 첨벙첨벙 물을 튀기면서 오고 있는 동료를 향해 숨죽여 말했다. 레빈은 콜페노 늪에서 뜻하지 않았던 발사를 당한 뒤 자신도 모르게 총구 방향에 주의를 기울이고 있었다.

"아닙니다. 당신을 방해하고 싶지 않습니다. 나에게 신경 쓰지 않아도 됩니다."

레빈은 무심결에 키티가 자신을 보면서 했던 당부를 떠올렸다.

"행여나 서로에게 총을 쏘지 않도록 각별히 조심하세요."

개 두 마리는 앞서거니 뒤서거니 자신의 방향대로 가면서 점점 거리를 좁혔다. 레빈은 도요새에 대한 기대가 너무 큰 탓에 자신이 진창에서 뒤축을 뺄 때 나는 소리가 도요새의 울음소리처럼 느껴졌다. 그래서 그때마다 총의 개머리판을 힘주어 잡았다.

탕! 탕! 총소리가 들렸다. 바센카가 늪지를 맴돌다 사정거리를 벗어난 먼 곳에서 사냥꾼들을 향해 날아오던 야생오리 떼에게 쏜 것이었다. 레빈이 뒤를 돌아볼 새도 없이 도요새 한 마리가 날아올랐고 이어서 한 마리, 또 한 마리, 여덟 마리 남짓의 도요새가 차례대로 날갯짓을 했다.

스테판 아르카지치는 도요새 한 마리가 지그재그로 날려고 하는 순간 총을 쏘아 명중시켰다. 도요새는 마치 작은 덩어리처럼 진흙 위로 찰싹 떨어졌다. 오블론스키는 침착하게 갈대밭 위로 낮게 날던 다른 도요새를 향해 총을 겨누었다. 총소리와 함께 도요새가 사람이 베어 놓은 사초 더미 위에 풀썩 떨어졌다. 공중으로 뛰어 오르기라도 하는 것처럼 상처 입지 않은 흰 날개 한쪽을 푸드덕거렸다.

레빈의 운은 좋은 편이라고 할 수 없었다. 처음으로 발견했던 도요새를 너무 가까운 거리에서 쏘는 바람에 놓치고 만 것이다. 새가 날아오를 때 조준을 했지만 그때 다른 새가 발밑에서 날아올라 집중력을 분산시키는 바람에 사냥을 성공하지 못했다.

그들이 총알을 준비하는 동안 도요새 한 마리가 하늘로 날아올랐고 총알을 다시 넣은 베슬로프스키는 작은 산탄을 물에 두 발이나 잘못 쏘고 말았다. 스테판 아르카지치는 자신이 사냥한 도요새들을 줍고 총명한 눈으로 레빈을 슬쩍 보았다.

"자, 이제 따로 떨어지자."

스테판 아르카지치가 말했다. 그리고 왼쪽 다리를 가볍게 절뚝거리면서 언제라도 쏠 수 있도록 총을 다잡더니 가끔 휘파람을 불어 개에게 신호를 주기도 하면서 한쪽 방향으로 걸어갔다. 레빈은 베슬로프스키와 같이 다른 방향으로 향했다.

레빈은 첫 사격을 성공하지 못하면 흥분해서 화를 내다가 종일 빈손으로 돌아가기 일쑤였다. 오늘 역시 마찬가지였다. 도요새들은 꽤 많았다. 개 밑에서, 혹은 사냥꾼 발밑에서 도요새가 쉼 없이 날아올랐기 때문에 레빈도 실수를 만회할 기회는 충분히 있었다. 그러나 총을 쏠수록 베슬로프스키 앞에서 창피함만 느낄 뿐이었다. 베슬로프스키는 새들이 사격을 할 수 있는 거리에 오든 말든 신나게 총을 쏘기만 했다. 결국 한 마리도 잡지 못했지만 전혀 당황하지 않았다. 레빈은 계속 서둘렀고 자제력을 잃은 채 흥분 상태가 되었다. 그는 사냥감을 맞힐 것이라는 기대도 없이 계속 발사만 하는 상태가 되고 말았다. 라스카도 눈치를 챈 것 같았다. 점점 느리게 주변을 탐색했고 사냥꾼들에게 망설임과 비난의 시선을 보냈다. 총알은 계속 발사되었다. 사냥꾼들 주변에 화약 연기가 자욱했지만 사냥감을 담는 크고 넓은 그물주머니 안에는 깃털처럼 가볍고 작은 도요새 세 마리만 있었다. 한 마리는 베슬로프스키가 사냥한 것이었고 다른 한 마리는 둘이 같이 사냥한 것이었다. 한편 늪의 반대편에서는 자주는 아니었지만 스테판 아르카지치의 명중한 총소리가 들렸고 다음에는 항상 같은 말이 들렸다.

"클라크! 저기 가서 가지고 와!"

레빈은 이 소리를 듣고 점점 흥분 상태에 빠졌다. 도요새들은 사초 위의 하늘을 계속해서 돌고 있었다. 땅에는 진흙탕에 빠진 부츠를 잡아당기는 소리가, 공중에는 도요새들의 날카로운 울음소리가 가득했다. 조금 전에 날아올라 재빠르게 허공을 가로지르던 도요새들이 사냥꾼 앞에 내려앉았다. 어느새 두 마리가 아닌 십여 마리의 매가 가느다란 소리를 내면서 늪지 주변을 서성였다.

레빈과 베슬로프스키는 늪지의 넓은 곳을 지나 농부들의 목초지 중 어떤 곳은 발에 밟힌 자국이, 또 어떤 곳은 풀베기가 끝난 자취가 경계선이 나누어진 긴 줄무늬를 이루며 사초와 맞닿은 곳에 도착했다. 줄들 가운데 반 이상은 이미 풀베기를 마친 상태였다.

풀베기가 끝나지 않은 구역에서 풀베기가 끝난 곳처럼 많은 사냥감을 찾게 될 것이라는 희망을 품을 수 없었지만 레빈은 스테판 아르카지치에게 한 지점에서 만나자고 약속을 했기에 풀을 벤 곳이든 아닌 곳이든 가리지 않고 동료와 같이 앞으로 갔다.

"거기 사냥꾼들!"

말을 풀어 놓은 짐마차 옆에서 휴식을 취하고 있던 농부들 가운데 한 명이 외쳤다.

"여기로 와서 같이 참이나 들고 가시오! 술도 한잔 마시고 말이오!"

레빈은 주위를 살폈다.

"괜찮으니 와요!"

풍성한 수염의 활달한 농부가 발갛게 달아오른 얼굴로 하얀 이를 드러내며 햇살에 반짝이는 초록색 병을 위로 들고 말했다.

"뭐라고 떠들어 대는 거죠?"

베슬로프스키가 물었다.

"보드카를 마시러 오라네요. 저들은 목초지를 나눈 것 같군요. 나라면 술을 마시러 갈 텐데요."

이야기를 하는 레빈에게 교활한 마음이 아예 없는 건 아니었다. 그는 베슬로프스키가 보드카의 유혹에 휩쓸려 그들에게 가기를 원했다.

"저들이 우리를 대접하려는 이유가 뭘까요?"

"함께 즐기자는 거죠. 재미있을 테니 한번 가 보세요."

"갑시다. 재미있군요."

"얼른 가 보세요. 제분소로 가는 길을 찾을 수 있을 테니까요."

레빈은 그렇게 말하고 걸어갔다. 그리고 베슬로프스키가 허리를 굽히고 지친 다리를 겨우 옮기며 축 처진 한 손으로 총을 쥐고 늪을 빠져나가 농부들에게 향하는 것을 만족해하면서 쳐다봤다.

"당신도 와요!"

농부가 레빈에게 말했다.

"어떻습니까? 고기만두 맛 좀 봐요. 저기요!"

레빈은 보드카와 빵 한 조각을 정말 먹고 싶었다. 녹초가 된 그는 자신이 비틀거리는 다리를 진흙에서 겨우 옮기고 있다는 것을 알고 고민했다. 하지만 걷던 개가 멈췄다. 곧 피로가 싹 가셨고 레빈은 개를 따라 진창 속을 가벼운 발걸음으로 걸어갔다. 개의 발밑에서 도요새 한 마리가 날아올랐다. 그는 총을 발사해 맞혔다. 개는 계속 자리를 옮기지 않았다.

"가지고 와!"

개의 발밑에서 한 마리가 더 날아올랐다. 레빈이 사격을 했다. 하지만 운이 썩 좋지는 않았다. 사냥감을 놓친 데다 조금 전에 맞힌 새는 찾지도 못했다. 그는 사초를 샅샅이 뒤졌다. 하지만 라스카는 레빈이 새 사냥에 성공했다는 사실을 믿지 않았고 새를 찾아오라고 시켜도 찾는 척만 했다.

레빈은 사냥 실패를 바센카 문제로 돌렸지만 그가 없다 해도 상황은 딱히 좋아지지 않았다. 도요새는 그곳에 많았지만 별 소용이 없었다.

비껴 내리쬐는 햇볕은 아직도 뜨거웠다. 땀에 푹 젖은 옷이 몸에 찰싹 붙었다. 왼쪽 부츠에 물이 가득 들어 있어 무거웠고 걸음을 옮길 때마다 쑥쑥 소리가 났다. 화약 검댕으로 지저분해진 얼굴을 따라 땀방울이 흘러내렸다. 입은 썼고 콧속은 화약과 녹의 냄새로 가득했으며 귓속에는 도요새들의 울음소리가 계속 들리는 것만 같았다. 총신은 손으로 잡을 수 없을 만큼 뜨거워져 있었다. 심장은 빠르게 뛰었고 손은 흥분으로 부들부들 떨렸다. 힘이 빠진 다리로 흙더미와 진창을 돌아다니는 동안 걸음이 엉키고 말았다. 하지만 계속 돌아다니면서 사격을 했다. 마침내 창피할 정도로 허탕을 친 후 총과 모자를 바닥에 내동댕이치고 말았다.

'정신을 차려야 한다.'

레빈은 속으로 다짐했다. 그리고 총과 모자를 챙겨서 라스카를 불러 늪 밖으로 나갔다. 그는 습기가 없는 땅으로 나와 흙더미 위에 앉았다. 부츠를 벗고 거꾸로 들어 안에 있던 물을 쏟아 냈다. 그리고 늪으로 가서 녹 맛이 나는 물로 갈증을 달랬다. 그리고 뜨거워진 총신을 물에 담가 놓고 더러워진 얼굴과 손을 씻었다. 기분이 나아진 레빈은 이제 흥분하지 않겠다는 다짐을 하고 도요새들이 있는 장소로 출발했다.

그는 냉정을 차리고 싶었지만 쉽게 그리되지는 않았다. 새를 겨냥하기도 전에 손가락이 방아쇠를 당겨 버렸다. 상황은 점점 악화되었다.

레빈이 스테판 아르카지치와 만나기로 한 오리나무 숲으로 갔을 때 사냥 주머니에는 고작 새 다섯 마리뿐이었다.

스테판 아르카지치보다 개를 먼저 발견했다. 몸에 온통 악취가 나는 늪의 진흙이 묻어서 까매진 클라크가 잔뜩 흐트러진 오리나무 뿌리에서 튀어나와 승리자의 표정을 짓고는 라스카와 서로 냄새를 맡으면서 킁킁댔다. 클라크의 뒤를 이어 오리나무 그늘에서 스테판 아르카지치의 잘빠진 몸이 나타났다. 벌겋게 달아오른 그는 땀에 흠뻑 젖은 채 옷깃을 젖히고 계속 다리를 절며 맞은편에서 걸어왔다.

"어땠나? 총소리가 자주 들리던데."

그는 활기찬 미소를 지으면서 물었다.

"자네는 좀 어떤가?"

레빈도 물었다. 하지만 대답을 기다릴 필요는 없었다. 이미 배가 부른 사냥 주머니를 발견했기 때문이다.

"그냥저냥."

그는 열네 마리를 가지고 있었다.

"대단한 늪지야! 베슬로프스키가 자네를 방해했나 봐. 두 사람이 개 한 마리로 사냥을 하려니 불편했지?"

스테판 아르카지치가 승리의 기쁨을 자제하면서 말했다.

11

레빈은 스테판 아르카지치와 함께 자신이 항상 머물던 농가에 도착했다. 이미 베슬로프스키가 와 있었다. 오두막 중앙에서 양손으로 긴 의자를 잡고 앉아 안주인의 군인 남동생에게 진흙으로 휩싸인 자신의 부츠를 벗기게 하면서 전염성 강한 특유의 쾌활한 웃음을 터뜨리고 있었다.

"지금 막 왔어요. 매력적인 사람들이었어요. 상상해 보세요. 그들은 나에게 음료와 음식을 넘치도록 주었습니다. 빵은 또 어땠는지, 정말 환상의 맛이었습니다. 정말 맛있어요! 그리고 보드카는 말입니다, 그렇게 맛이 뛰어난 보드카를 마셔 본 적이 없습니다. 그 사람들은 도무지 돈을 받으려고 하지 않더군요. 계속 같은 말만 되풀이하더군요. '성질나게 하지 마십시오!'라고."

"그들이 무슨 이유로 돈을 받겠습니까? 설명을 하자면 당신을 대접한 것입니다. 돈을 받고 팔 보드카가 있었겠습니까?"

군인은 드디어 때가 타서 새까만 양말과 부츠를 벗기고는 말했다.

오두막은 사냥꾼들의 부츠와 자기 몸을 핥는 진흙투성이의 개들 때문에 지저분해지고 늪과 화약 냄새가 진동하는 데다 나이프와 포크도 갖추어지지 않았지만 사냥꾼들은 차를 마시고 사냥을 하러 왔을 때만 누릴 수 있는 감정으로 식사를 했다. 그들은 깨끗하게 씻고 깔끔하게 정리를 해 놓은 건초 헛간으로 갔다. 마부가 신사들을 위해 정돈된 잠자리를 마련해 주었기 때문이다.

날은 어둑어둑해졌지만 사냥꾼들 어느 누구도 자려고 하지 않았다.

사격과 개, 과거의 사냥에 대한 이야기와 추억을 나누다 어느덧 대화는 모두의 흥미를 불러일으킬 주제로 넘어갔다. 바센카가 숙박과 건초 향기와 부서진 짐마차—그는 짐마차의 앞부분을 분리시킨 것을 보고 부서졌다고 여겼다.—의 매력에 대해, 자신에게 기꺼이 보드카를 내준 농부들의 친절함에 대해, 그리고 자신의 주인의 발치에 누워 있는 개들을 보고 감탄 어린 표현을 되풀이했다. 오블론스키는 작년 여름 말투스의 영지에서 했던 사냥의 환희에 대해 이야기를 들려주었다. 말투스는 철도 사업으로 부자가 된 유명한 사람이었다. 스테판 아르카지치는 말투스가 트베르 현에서 어떤 방법으로 늪지를 샀는지, 늪지를 어떻게 관리하고 있는지, 어떤 사륜마차와 개 수레가 사냥꾼들을 태우고 갔는지, 밥을 먹기 위해 늪 옆에 어떤 천막을 쳤는지 설명해 주었다.

"나는 자네를 이해할 수 없어."

레빈이 건초에서 일어나 앉았다.

"어떻게 그런 인간들을 싫어하지 않을 수 있지? 라피트주를 마시는 식사가 꽤 괜찮을 거라는 데는 동의를 하지만 그런 사치 자체에 거부감을 갖지 않는단 말인가? 예전 세금 징수인들처럼 사람들의 조롱을 받으며 돈을 모은단 말일세. 그들은 조롱을 겁내면서 나중에는 깨끗하지 못하게 벌어들인 돈으로 예전에 받았던 조롱을 어떻게든 없던 일로 만들려고 하지."

"옳은 말입니다!"

바센카 베슬로프스키가 호응했다.

"당연히 맞고말고요! 당연히 오블론스키는 담백한 마음에서 그러겠지만 다른 이들은 '오블론스키가 그 집에 왕래한다.'고 흉을 본다니까요."

"절대 그렇지 않다네."

레빈은 오블론스키가 씩 웃으면서 말하는 것을 알아챘다.

"솔직히 그 사람이 다른 부자 상인이나 귀족보다 정직하지 못하다고는 여기지 않아. 우리와 마찬가지로 노동과 지혜를 통해 돈을 벌었어."

"그럴까? 그런데 어떤 노동? 이권을 차지해서 전매(專賣)를 하는 것이 노동이라고 할 수 있을까?"

"당연히 노동이라고 할 수 있지. 그 사람이나 같은 부류의 사람들이 만약 없었다면 철도도 없었을 것이라는 가정하에서 충분히 노동이라 할 수 있어."

"하지만 농부와 학자의 노동과는 다르지 않나?"

"그건 그렇지. 하지만 활동을 해서 철도를 제공하지 않았나? 그런 의미에서 노동이라고 할 수 있어. 자네는 철도가 아무런 이익이 없다고 생각을 하지."

"아니야. 다른 문제라네. 나는 철도의 유익함을 받아들여. 그러나 거기에 투입된 노동에 응당하지 않는 획득물은 전부 부정이라고 할 수 있지."

"그렇다면 노동에 상응한다고 누가 정할 수 있는 건가?"

"정직하지 못한 방법과 간사한 술책으로 획득한 것은……."

레빈은 스스로 정직과 부정의 경계를 정확하게 나누지 못하고 있음을 느끼면서 말했다.

"은행의 획득물과 같다고 볼 수 있겠지."

그는 계속 말을 이었다.

"그건 악이라고 볼 수 있어. 세금 징수처럼 노동하지 않고 방대한 재산을 축적하는 것이 형태만 달라진 것이라고. 왕은 죽었지만 또 다른 왕은 건재하다! 세금 징수 제도를 없애자마자 철도와 은행이 나타났어. 이 역시 마찬가지로 노동을 하지 않는 돈벌이야."

"그래, 어찌 보면 모든 것이 핵심을 관통하는 예리한 말일지도 몰라……. 클라크, 가만히 누워 있으렴."

스테판 아르카지치는 몸을 박박 긁으면서 건초를 파헤치고 있는 개에게 외쳤다. 그는 자신이 펼친 논리의 정당성을 확신했고 그 덕분인지 차분하고 여유 있어 보였다.

"아직 자네는 정직한 노동과 부정한 노동의 경계를 정확하게 나누지 않았어. 내 서기장이 나보다 일을 자세히 알고 있는데 내가 그보다 월급을 많이 받고 있다는 것이 부정한 것인가?"

"잘 모르겠네."

"내가 자네에게 한번 이야기를 해 보지. 자네는 농사를 짓고 노동을 인정받아 오천 루블 정도를 챙기는데 이 집 주인인 농부가 무척 열심히 일을 해도 오십 루블 이상 받지 못하는 것은 내가 서기장보다 월급을 더 많이 받는 것이나 말투스가 철도 기술자보다 돈을 더 많이 버는 것과 같은 이치야. 나는 거꾸로 이런 사람들에 대한 사회의 태도에서 근거를 전혀 찾을 수 없는 적의를 보고 있어. 내가 생각하기에 아무래도 적의에는 질투가……."

"그 말은 공정하지 않아요."

베슬로프스키가 입을 열었다.

"과연 질투를 할까요? 이 문제에는 수상한 것이 숨어 있어요."

"잠시만."

레빈이 말을 이었다.

"자네는 내가 오천 루블을 받고 농부가 오십 루블을 받는 것이 공정하지 않다고 했어. 그 말이 맞아. 공정하지 않지. 나도 느끼고는 있었어. 하지만……."

"그래요. 우리는 먹고 마시고 사냥을 다니면서 일을 하지 않고 놀고 있는데 농부는 끝도 없이 많은 일을 하니 도대체 어떻게 된 일입니까?"

바센카는 태어나서 처음으로 이 문제에 대해 고심을 해 본 것 같았고 그래서인지 꽤 진지했다.

"자네는 그걸 알면서도 영지를 농부에게 주지 않았군."

스테판 아르카지치가 고의적으로 레빈에게 싸움을 거는 것처럼 말했다.

요즘 들어서 두 사람 사이에는 은밀한 적대감이 생겼다. 두 사람이 자매와 결혼을 하고 누가 더 가정을 잘 꾸려 가고 있는지 마치 경쟁이 붙은 것 같았다. 그리고 그 적대감은 사적인 어조를 띠는 대화에서 드러났다.

"내가 땅을 주지 않은 건 어느 누구도 나에게 요구를 하지 않았기 때문이지. 만약 내가 그렇게 하기를 원한다 해도 그럴 수는 없어."

레빈이 말했다.

"마땅히 줄 만한 사람이 없으니까."

"이 집 농부는 어때? 거절하지 않을 텐데."

"그런데 어떤 방법으로 줄 수 있어? 같이 부동산에 가서 등기라도 해 줘야 하나?"

"글쎄, 나는 모르겠어. 그렇지만 자네가 스스로에게 땅에 관한 권리가 없다고 생각을 한다면……."

"그렇게 생각하지는 않아. 거꾸로 땅을 내줄 권리를 가지고 있지 않다고, 나에게는 땅과 가족에 대한 의무가 있다고 항상 느끼고 있지."

"잠시만. 혹시 자네가 그 불평등이 부당하다고 여긴다면 왜 행동을 하지 않는 건가?"

"행동하고 있다네. 나와 농부 사이에 지위의 차이가 더 이상 커지지 않도록 노력한다는 점에서 말이야."

"미안한데 궤변이라 할 수 있겠군."

"그래요, 좀 궤변 같아요."

베슬로프스키가 그의 이야기에 호응했다.

"주인장!"

그는 문을 삐거덕거리면서 안으로 들어오는 농부에게 말했다.

"아직 자지 않고 있었나?"

"자다니요! 우리 나리들이 주무실 거라 생각을 했는데 도란도란 담소 나누는 소리가 들렸습니다. 전 갈고리를 챙기러 왔습니다. 그 개가 사람을 물지는 않습니까?"

농부는 신중하게 발걸음을 옮기면서 말했다.

"자네는 어디에서 잠을 자나?"

"불침번을 서러 가야지요."

"캬, 정말 멋진 밤이군!"

베슬로프스키는 조금 전에 열린 문의 큰 틀로 들어오는 희미한 빛 속에서 농가와 말을 풀어 놓은 이륜마차의 귀퉁이를 응시하면서 감탄했다.

"귀를 기울여 보세요. 여자들의 노랫소리가 들리잖아요. 나쁘지 않은데. 주인장! 누가 노래를 부르고 있는 거지?"

"하녀 일을 하고 있는 아가씨들이 근처에서 노래를 부르는 것입니다."

"함께 가서 산책을 합시다. 지금 누구도 잠을 이룰 것 같지는 않으니까요. 오블론스키, 일어납시다!"

"지금처럼 누운 상태로 돌아다닐 수 있다면!"

오블론스키는 기지개를 켜면서 대답을 했다.

"누워 있는 게 정말이지 너무 좋거든."

"그렇다면 나 혼자라도 가지요."

베슬로프스키는 힘차게 일어나 신발을 신으면서 말했다.

"신사 여러분, 나중에 봅시다. 혹시 즐겁다면 여러분을 부르도록 하지요. 여러분은 나에게 새들을 대접해 주었으니 잊지 않겠소."

"정말 멋진 청년이야. 동의하지?"

베슬로프스키가 밖으로 나가고 바로 농부가 나가면서 문을 닫자 오블론스키가 말했다.

"멋진 청년이군."

레빈은 방금 전의 대화 주제를 떠올리면서 맞장구를 쳤다. 그는 자신의 생각과 감정을 할 수 있는 한 정확하게 표현한 것 같았다. 그런데 솔직한 집단에 속하는 두 사람이 그가 궤변을 즐기고 있다고 한목소리를 낸 것이다. 그 말이 그를 당황하게 만들었다.

"그래, 친구. 둘 중 하나를 선택할 수밖에 없다네. 지금 사회구조가 정당하다고 받아들이고 자신의 권리를 지키기 위해 노력을 하든가, 나처럼 스스로가 부당한 우위에 있음을 받아들이고 충분히 누리든가 말이야."

"만약 그것이 정당하지 않다면 자네는 충분히 누릴 수 없을 걸세. 나라면 그렇게 하지 못할 거야. 나에게 무엇보다 중요한 것은 잘못하고 있지 않다고 느끼는 것이니까."

"그나저나 정말 안 갈 건가?"

스테판 아르카지치는 필시 생각을 하느라 발생한 긴장으로 인해 지쳐 보였다.

"우리 어차피 잠들지 못할 것 같은데 함께 나가 보는 게 어때?"

레빈은 아무 대답도 하지 않았다. 대화를 하던 중 소극적인 의미로 바르게 행동하고 있다고 내뱉은 자신의 말이 마음을 가득 채워 버렸다.

'정말 소극적으로밖에 정당할 수 없는 것일까?'

레빈은 스스로에게 질문을 던졌다.

"갓 만든 건초가 뿜어 내는 향이 강하군."

스테판 아르카지치가 자리에서 일어나면서 말했다.

"잠이 오지 않는군. 바센카가 밖에서 일을 벌이는 모양인데 왁자한 웃음소리와 그의 목소리가 들리지 않나? 함께 가지?"

"싫어. 가지 않겠네."

레빈이 거절했다.

"이 역시 자네의 원칙인가?"

스테판 아르카지치는 미소를 지으며 어둠 속에서 테가 없는 자신의 모자를 찾기 위해 더듬거렸다.

"원칙 때문에 그런 건 아니야. 내가 무슨 이유로 가겠나."

"알고 있어. 자넨 스스로 불행을 자초할 거야."

모자를 찾은 그는 자리에서 일어났다.

"왜?"

"자네가 아내와 무슨 의논을 했는지 내가 모를 것 같나? 자네에게는 이틀 동안 사냥을 가느냐 마느냐가 중요한 문제였다고 들었어. 다 좋고 전원시처럼 멋져. 하지만 일생 동안 그것만으로는 부족하다네. 남자라면 자유롭고 남자다운 관심사가 있어야 해. 남자는 남자다워야 한다고."

오블론스키가 문을 열면서 말했다.

"지금 무슨 말을 하고 있는 거지? 농장 처녀들과 같이 놀러 가자는 의미인가?"

레빈이 물었다.

"재미가 있다면 못 할 이유가 있을까? 아무 일도 없을 거잖아. 내 아내는 이 일로 기분을 상하지 않을 거고 나는 재미를 얻을 테니 말이지. 가장 중요한 것은 '가정의 신성함을 지켜라.'라는 것이야. 가정에 분란이 없게 하면 된다네. 그러니 손을 묶어 두지는 말라고."

"그럴 수도 있겠지."

레빈이 딱딱한 말투로 대답을 하고 옆으로 몸을 돌려 누웠다.

"내일은 일찍 나갈 거야. 새벽에 일어나서 아무도 깨우지 않고 혼자 갈게."

"여러분, 빨리 와요!"

밖에 나갔다 헛간으로 돌아온 베슬로프스키가 외쳤다.

"황홀해요! 내가 찾았어요! 완벽한 그레트헨(《파우스트》에 등장하는 파

우스트의 연인_옮긴이)입니다. 우리는 이미 가까워졌어요. 그녀는 너무나 아름다운 아가씨예요."

베슬로프스키는 그녀가 꼭 자신을 위해 아름답게 태어난 것처럼 그리고 자신을 위해 이런 자리를 마련한 이에게 만족하는 듯한 모습으로 시끄럽게 굴어 댔다.

레빈은 눈을 감고 자는 척했고 오블론스키는 슬리퍼를 챙겨 신고 시가에 불을 붙여 헛간 밖으로 나갔다. 그들은 이내 조용해졌다.

레빈은 오랜 시간 잠들지 못했다. 자신의 말이 건초를 씹는 소리를 들었고 집주인이 큰아들과 준비를 마치고 불침번을 나가는 소리를 들었다. 그리고 군인이 집주인의 작은아들인 조카와 함께 헛간 맞은편에서 눈을 붙이기 위해 눕는 소리를 들었다. 다음으로 소년이 우락부락하고 커 보이는 개들의 모습에 대해 가늘고 작은 목소리로 숙부에게 속삭이는 소리를 들었다. 소년이 저 개는 어떤 사냥감을 잡느냐고 질문을 했고 군인은 졸음에 흠뻑 빠진 목쉰 소리로 내일 사냥꾼들이 늪에 가서 사격을 할 것이라고 대답하는 것을 들었다. 그가 소년의 질문을 막으려고 "바시카, 자렴. 얼른 자. 자지 않을 거면 망을 보고."라고 한 뒤 바로 코를 고는 소리를 들었다. 이내 사방은 고요해졌다. 침묵을 깨는 것이라고는 말이 힝힝 거리는 소리와 도요새의 울음소리뿐이었다.

'나는 결국 소극적으로밖에 대처할 수 없는 것일까?'

그는 자신에게 계속 되물었다.

'그런데 뭐가 어떻다고? 내가 잘못한 것이 아니잖아.'

그는 내일 계획에 대해 생각하기 시작했다.

'내일 아침 일찍 사냥을 떠나고 흥분하지 않겠어. 도요새는 충분히 많으니까. 멧도요도 있고 말이야. 사냥을 끝내고 숙소에 오면 키티의 편지가 도착해 있을 거야. 어쩌면 스티바의 말이 맞을지도 몰라. 나는 키티와 함께 있을 때 썩 남자답다고 할 수는 없을 테니. 의지가 약해져 버렸

어……. 그렇다고 뭘 어떡하겠어. 다시 소극적이 되어 버렸어.'

레빈은 잠결에 베슬로프스키와 스테판 아르카지치의 웃음소리와 경쾌한 대화 소리를 듣고는 순간, 눈이 번쩍 떠졌다. 하늘에 달이 떴고 그들은 내리쬐는 환한 달빛을 받으며 틈이 열린 문가에 서서 이야기를 주고받았다. 스테판 아르카지치는 한 명의 아가씨를 막 껍질을 깐 호두에 비유하면서 그녀의 싱싱함에 대해 이야기했고 베슬로프스키는 어떤 이유에선지 특유의 전염성 강한 웃음을 터뜨리면서 농부에게 들은 것 같은 말을 반복하고 있었다.

"마음에 드는 아가씨가 있다면 어디 한번 잘 다뤄 보게나."

레빈은 잠결에 혼잣말을 했다.

"신사 여러분, 내일은 새벽에 나가겠어."

그리고 이내 잠에 빠져들었다.

12

레빈은 새벽 일찍 일어나 친구들을 깨워 보려고 시도했다. 바센카는 엎드린 채 양말을 신은 한쪽 발은 곧게 뻗고 깊이 잠들어 있어 목소리를 듣는 것도 포기해야 했다. 오블론스키는 잠을 완전히 깨지 않은 채 일찍 나가고 싶지 않다면서 거절했다. 건초 언저리에서 몸을 동글게 말고 자던 라스카마저 어쩔 수 없이 일어나 느리게 뒷다리를 교대로 쭉 폈다. 레빈은 신발을 신고 총을 챙긴 뒤 삐거덕거리는 헛간 문을 살짝 열고 밖으로 나갔다. 마부는 사륜마차 옆에서 잠들어 있었고 말들도 꾸벅꾸벅 졸고 있었다. 그저 한 마리만 콧등으로 여물통 주위의 귀리를 훑으며 씹고 있었다. 밖은 아직도 어두컴컴했다.

"무슨 일로 일찍 일어나셨나요?"

오두막에서 나오던 안주인 노파가 오래 사귀어 온 착한 이웃에게 하듯 다정하게 말을 걸었다.

"사냥을 하러 가던 참입니다. 아주머니, 이쪽으로 가면 늪을 찾을 수 있지요?"

"뒷마당을 지나 쭉 걷다 우리 집 탈곡장을 거친 다음 삼밭을 지나면 샛길이 펼쳐집니다."

노파는 햇볕에 그을린 맨발로 조심조심 걸으면서 레빈에게 길을 설명해 주고 탈곡장 옆 울타리 문을 열어 주었다.

"그 길로 가면 늪지가 보일 거예요. 우리 아이들도 어제저녁에 거기로 말을 타고 갔어요."

앞장선 라스카는 오솔길을 따라 신나게 달렸다. 레빈은 가볍고 잰걸음으로 라스카를 따라가면서 계속 하늘을 쳐다보았다. 그리고 늪에 도착하기 전까지 태양이 뜨지 않기를 진심으로 바랐다. 태양은 조금도 지체하지 않았다. 레빈이 길을 떠날 때만 해도 환한 빛으로 가득했던 달은 이제 수은 조각처럼 느껴질 뿐이었다. 아까 쉽게 볼 수 있었던 아침노을도 이제는 일부러 찾아야 했다. 또 조금 전만 해도 먼 들판에서 흐리게 보이던 점들이 뚜렷하게 보였다. 바로 호밀 단이었다. 이미 꽃가루를 털어 낸 향기롭고 높다란 삼에 매달려 있는 이슬, 햇빛이 나지 않아 아직 눈에 보이지 않는 이슬은 레빈의 다리뿐만 아니라 허리 위 윗옷까지 축축하게 스며들었다. 아침의 맑은 고요 속에서는 미세한 소리까지 들을 수 있었다. 작은 꿀벌 한 마리가 레빈의 귓가를 마치 총알처럼 재빠르게 스치고 지나갔다. 자세히 살피니 한 마리, 또 한 마리가 있었다. 벌들은 양봉장의 바자울과 삼밭 위에서 날아와 늪쪽으로 모습을 감추었다. 오솔길은 늪으로 바로 뻗어 있었다. 늪은 물안개를 품고 있어서 한눈에 알아볼 수 있었다. 하지만 물안개가 더 짙게 낀 곳도 있고 더 옅게 끼어 있는 곳도 있으므로 사초들과 버드나무 덤불은 섬 모양을 이루어 사방으로 움직였다. 늪과 길 가장자리에서 불침번을 서고 있던 남자아이들과 농부들은 카프탄을 쓰고 바닥에 누워 날이 밝기 전까지 잠을 청하고 있었다. 거리로 치면 멀지 않은 곳에서 다리를 묶어 놓은 세 마리의 말이 주변을 배회하고 있었다. 한 마리는 철커덕거리는 족쇄 소리를 요란하게 내고 다녔다. 라스카는 먼저 뛰게 해 달라며 애원을 하고 주위를 살피기도 하면서 주인의 옆에서 걷고 있었다. 레빈은 잠들어 있는 농부들 곁을 지나 첫 번째 늪에 당도하자 뇌관을 검사하고 개를 자유롭게 풀어주었다. 세 마리 말 중 두 살이 된 살이 오른 갈색 말이 개를 발견하고 뒤로 물러서더니 꼬리를 위로 치켜세우고 부르르 콧김을 뿜었다. 깜짝 놀란 나머지 말들도 묶여 있는 두 다리로 물을 차고 질척한 진흙 속에서 철푸덕철푸덕 발굽 빼는 소리를 내며 늪 밖으로 뛰어나가기 시작했다. 라스카는 자리에 멈춰서 그린 말들을 비웃기라도 하듯 쳐다보더니 레빈에게 궁금한 것이 있다는 눈길을 보냈다. 레빈은 라스카를 쓰다듬고 이제 시작을 해도 된다는 의미가 담긴 휘파람을 불었다.

라스카는 활발하고 신중한 태도로 발밑에서 질퍽이는 진창을 향해 달려갔다.

늪으로 가서는 풀뿌리와 물풀, 흙탕물처럼 익숙한 냄새와 섞이지 않는 말똥 냄새 중 전체를 아우르는 새들의 냄새, 선명한 체취를 풍기며 다른 종류의 어떤 새들보다 자신을 흥분시키는 그 새들의 냄새를 바로 찾아냈다. 특히 이끼와 늪 우엉이 있는 사방에서 이 냄새가 진하게 났다. 하지만 냄새가 어느 부분에서 강해지고 약해지는지 판단을 내리기 어려웠다. 정확한 방향을 찾아내기 위해서는 바람이 부는 쪽으로 더 멀리 이동을 해야 했다. 라스카는 자신의 발동작조차 느끼지 못한 채 때에 따라 언제든지 멈출 수 있도록 긴장을 늦추지 않고 달리다가 동쪽에서 불어오는 해 뜨기 전의 산들바람을 피해 오른쪽으로 가더니 바람을 향해 홱 돌아섰다. 라스카는 콧구멍을 벌름거리면서 바람을 마시고 거기에, 눈앞에 '그들'이 남긴 흔적뿐만 아니라 그들이 무수히 있다는 것을 알아차렸다. 라스카는 속도를 줄였다. 도요새는 정말 그곳에 있었다. 하지만 정확한 지점을 아직은 판단할 수 없었다. 라스카는 도요새를 찾기 위해 원을 그리면서 돌았다. 그런데 그때 주인의 목소리가 라스카의 시선을 다른 곳으로 향하게 했다.

"라스카! 저기야!"

레빈은 반대 방향을 지시했다. 라스카는 자신이 지금 시작한 일을 계속하는 것이 좋을지 어떻게 해야 할지 물어보려고 잠시 하던 일을 멈추었다. 하지만 주인은 아무것도 없을 것 같은 물에 잠긴 작은 언덕을 손가락으로 가리키면서 화난 목소리로 같은 명령을 반복했다. 라스카는 주인의 말에 복종하며 기쁨을 안기고자, 수색을 하는 척 작은 언덕을 돌아다니다 원래의 자리로 돌아왔다. 바로 그들의 존재가 포착되었다. 주인이 훼방을 놓지 않는 지금 라스카는 자신이 할 일이 무엇인지 깨달았다. 그래서 높은 둔덕에 걸려 넘어지고 물에 빠지면서 성질을 내기도 했지만 발아래를 쳐다보지 않고 부드럽고 강한 두 다리로 버티면서 지금까지의 일을 해명해 줄 원을 그리기 시작했다. 라스카는 명확해지고 강해진 그들의 냄새를 맡고 깜짝 놀랐다. 그때 새 한 마리가 정면으로 다섯 발자국 정도 떨어진 둔덕 뒤에 있음을 느낀 라스카는 자리에 서서 얼음처럼 가만히 있었다. 다리가 짧아서 눈으로 볼 수 있는 것은 없었지만 냄새만으로도 새가 가까운 곳에 있다는 것을 알 수 있었다. 라스카는 새에 대한 확신을 느끼면서 기대가 커졌다. 긴장한 꼬리는 뻣뻣하게 뻗어 끝만 살짝 떨리고 있었다. 입은 살짝 벌어졌고 양쪽 귀는 쫑긋 서 있었다. 라스카는 깊이, 조심스레 숨을 내쉬었다. 고개를 돌리지 않고 눈알을 굴리면서 주인을 쳐다봤다. 레빈은 라스카에게 익숙하지만 매서운 눈빛을 보내며 둔덕에 걸려 비틀거리면서 왔다. 라스카는 레빈이 무척 여유로워 보였다. 주인은 느긋하게 걸어오는 것 같았지만 실은 뛰어오고 있는 중이었다.

라스카가 뒷다리를 넓은 보폭으로 움직여 땅을 파려는 것처럼 땅바닥에 밀착되어 입을 벌리고 있자 레빈은 라스카 특유의 행동을 보고 도요새를 겨냥하고 있음을 눈치챘다. 그리고 속으로 하느님에게 부디 잘되게 해 달라고, 첫 번째 새를 잡을 수 있게 해 달라고 기도를 하면서 라스카에게 서둘러 갔다. 그는 라스카에게 다가가 자신의 키 높이에서 눈앞을 응시하다가 라스카가 코로 발견한 새들을 마침내 목격했다. 둔덕 사이

오솔길에서 멧도요 한 마리가 포착되었다. 멧도요는 고개를 돌리고 귀를 기울이고 있었다. 날개를 펴려다 다시 접고 궁둥이를 보기 싫게 뒤뚱거리면서 모퉁이 너머로 모습을 감추었다.

"잡아!"

레빈이 뒤에서 라스카를 쿡 찌르면서 신호를 주었다.

'나는 그럴 수 없어.'

라스카는 곰곰이 생각했다.

'어디로 가라는 거지? 여기에서 새들이 있다는 것을 알 수 있지만 앞으로 가면 어디에 어떤 새가 있는지 알 수 없을 거란 말이야.'

레빈은 무릎으로 라스카를 툭툭 치면서 들뜬 목소리로 소곤거렸다.

"라스카, 잡아! 잡으라고!"

'음, 주인이 바란다면야 해 주지 뭐. 그런데 이제 더 이상은 책임 못 져!'

라스카는 결심을 하고 둔덕 사이를 재빠르게 뛰었다. 하지만 아무 냄새도 나지 않았고 단지 보고 들을 수만 있었다.

처음 있었던 곳에서 열 발자국 정도 떨어진 장소에서 혼탁한 울음소리와 그 특유의 활기찬 날갯짓과 함께 멧도요 한 마리가 공중으로 날아올랐다. 한 발의 총성이 울렸고 멧도요는 둔탁한 소리를 내면서 흰 가슴을 진창에 부딪쳤다. 다른 한 마리는 개가 오기 전에 레빈의 뒤에서 날아올랐다.

레빈이 그 새를 발견했을 때는 이미 멀리 달아난 뒤였다. 하지만 총알이 놓치지 않았다. 스무 발자국 정도 날아갔던 새는 위로 치솟았다가 바닥에 꽂히는 공처럼 빠르게 떨어지면서 마른 땅에 퍽 소리를 내며 추락했다.

'이런 식으로만 된다면 좋을 것 같은데.'

레빈은 아직 체온이 남아 있는 살진 멧도요 두 마리를 자루에 챙겨 넣었다.

"라스카, 오늘 잘될 것 같지?"

레빈이 총을 장전하고 이동했을 때 구름에 가려서 잘 보이지는 않았지만 해가 이미 떠 있었다. 달은 제빛을 잃고 하얗게 질린 채 한 조각의 구름처럼 하늘에 머물러 있었다. 잠시 전까지만 해도 이슬을 머금고 은빛을 띠고 있던 늪지는 이제 금빛으로 반짝이고 있었다. 진흙탕은 완전한 호박색이었다. 푸르스름했던 풀은 노란빛이 섞인 초록색으로 변해 있었다. 늪의 작은 새들은 긴 그림자를 품고 있던, 이슬에 광을 내는 시냇가 덤불에 와글와글 모여 있었다. 잠에서 깬 매 한 마리가 건초 더미에 자리를 잡고 고개를 양쪽으로 돌리면서 못마땅한 표정으로 늪을 응시하고 있었다. 갈까마귀들은 들판으로 날갯짓을 하고 맨발의 사내아이는 카프탄 아래를 벗어나 몸을 긁고 있는 노인 방향으로 말들을 데려가고 있었다. 사격으로 인해 생긴 연기가 초록색 풀밭 위로 우유처럼 서서히 퍼져 나갔다.

사내아이들 중 한 명이 레빈에게 뛰어왔다.

"아저씨, 어제 여기에서 야생오리들을 봤어요."

사내아이는 이렇게 외치고는 꽤 먼 간격을 유지하면서 레빈을 따라왔다.

레빈은 자신의 사격 실력에 감탄하는 사내아이 앞에서 도요새 세 마리를 연속으로 명중시켜 갑절로 좋았다.

13

애초에 목표로 했던 맹수와 새를 놓치지만 않는다면 그날 사냥은 성공한다는 사냥꾼들의 미신은 옳은 것으로 밝혀졌다.

삼십 베르스타 정도 돌아다닌 레빈은 열 시가 다 될 즈음, 피곤하고 배고프고 행복한 감정에 빠져 묵직한 들새 열아홉 마리와 사냥 자루에 더 이상 박아 넣을 수 없어 허리춤에 달고 다닌 야생오리 한 마리를 가지고 숙소로 돌아왔다. 아까 잠에서 깬 그의 동료들은 허기가 져서 아침 식사를 이미 다 한 상태였다.

"잠시만. 내가 알고 있기로는 분명 열아홉 마리였는데."

레빈은 하늘을 나는 멋진 모습은 온데간데없고 갈고리처럼 구부러진 채 딱딱하게 굳어 버린, 피가 묻고 모가지가 옆으로 처진 멧도요와 도요새를 한 번 더 확인하면서 말했다.

숫자는 정확했고 스테판 아르카지치의 질투는 레빈의 기분을 좋게 했다. 숙소로 돌아왔을 때 심부름꾼이 가져온 키티의 편지를 보고 한결 기뻤다.

"나는 정말 건강하고 재미있게 시간을 보내고 있어요. 혹시 걱정을 하고 있다면 이제 마음을 편히 먹기를 바라요. 나에게는 새로운 수행원, 마리야 블라시예브나가 있으니까요.—그녀는 산파로서 레빈의 가정에서 새롭지만, 중요한 사람이었다.—그녀는 나의 상태를 살피러 왔어요. 그리고 내가 무척 건강한 것을 확인했지요. 우리는 당신이 집으로 돌아올 때까지 함께 있어 달라고 설득을 했어요. 모두 활기차고 건강해요. 당신도 사냥이 즐겁다면 하루 더 지내다 오도록 해요."

레빈은 행운이 깃들었던 사냥과 아내가 보낸 편지, 두 가지 기쁨에 정말 황홀해서 잠시 후 벌어진 두 번의 작은 불쾌한 소동도 그냥 넘길 수 있었다. 먼저 한 가지는 밤색 말이 어제 너무 무리를 한 탓인지 먹이를 입에 대지 않고 축 처져 있다는 것이었다. 마부는 말이 피곤해서 지친 것이라고 말했다.

"어제 말을 너무 혹사시켰습니다, 콘스탄친 드미트리치."

그가 입을 열었다.

"당연히 그렇고말고요. 십 베르스타나 되는 거리를 무리해서 달리게 했으니까요."

다른 불쾌했던 일 한 가지는, 처음에는 레빈의 유쾌한 기분을 망쳐 놓았으나 나중에는 실컷 웃을 수 있었다. 키티가 일주일 안에는 도저히 먹을 수 없을 만큼 풍족하게 챙겨 주었던 음식이 동이 난 것이었다. 사냥터에서 피곤하고 배고픈 몸으로 발걸음을 재촉하는 동안, 레빈은 선명하게 고기만두를 떠올린 끝에, 라스카가 사냥감을 감지하듯 고기만두의 냄새와 맛을 이미 느끼고 있었다. 레빈은 필리프에게 고기만두를 준비해 달라고 말했다. 하지만 고기만두는 고사하고 닭조차 남아 있지 않다는 사실을 알게 되었다.

"정말 엄청난 식욕이군!"

스테판 아르카지치가 깔깔 웃어 대면서 바센카 베슬로프스키를 가리켰다.

"나도 입맛이 없어서 괴로운 일은 없지만 저 녀석의 식욕은 대단해…….”

“하지만 너무 맛있는걸요.”

베슬로프스키가 자신이 막 해치운 쇠고기를 향해 찬사를 보냈다.

“어쩔 수 없지.”

풀이 죽은 레빈은 베슬로프스키를 쳐다보면서 말했다.

“필리프, 대신 쇠고기를 가져다줘.”

“저 신사께서 마지막 쇠고기를 다 드셨고 개에게 뼈를 나눠 줬습니다.”

필리프가 말했다.

레빈은 기분이 나빠서 화를 내면서 외쳤다.

“내 것을 조금이라도 남겨 줬어야지요!”

울고 싶은 마음까지 들었다.

“그렇다면 새의 내장이라도 긁어 내.”

레빈은 바센카에게 시선을 돌리고 살짝 떨리는 목소리로 필리프에게 말했다.

“그리고 쐐기풀로 채워. 나에게 유유라도 가져다줘.”

레빈은 우유를 마셔서 배를 채우고 나자 다른 사람에게 화를 낸 것이 창피하게 느껴졌다. 그래서 배고픔 때문에 벌컥 화를 낸 사실에 웃음을 터뜨렸다.

그날 저녁 그들은 다시 사냥을 하러 나갔고 베슬로프스키도 몇 마리를 잡는 데 성공했다. 그리고 밤에 집으로 돌아왔다.

돌아오는 길은 떠나는 길만큼이나 재미있었다. 베슬로프스키는 노래를 불렀고 보드카를 내주면서 “성질나게 하지 마십시오.”라고 엄포를 놓던 농부들과의 소동을 신나게 떠올리기도 하고 호두알 같은 농가의 하녀, 농부와 밤에 즐겼던 일을 떠올리기도 했다. 농부는 그에게 결혼을 했는지 물었고 그가 아직 총각인 것을 알고 “다른 사람의 아내를 탐하지 말게나. 자네는 아내를 맞이하려면 무던히 노력을 해야겠어.”라고 말했다.

특히나 그 말이 베슬로프스키의 웃음을 자극했다.

"나는 이번 여행에 전반적으로 만족을 합니다. 레빈, 당신은 어떤가요?"

"나도 그렇습니다."

레빈은 진심을 담아서 대답했다. 그리고 무엇보다 자신의 집에 있을 때보다 바센카 베슬로프스키에게 적대감을 품지 않게 되고 깊은 우정을 느낄 수 있어서 좋았다.

14

레빈은 이튿날 아침 열 시쯤 일찍 농장을 살펴보고 바센카가 머물고 있는 방 문을 노크했다.

"들어오세요."

베슬로프스키가 외쳤다.

"용서하십시오. 방금 목욕을 마쳐서."

바센카는 속옷만 입은 채로 레빈 앞에서 웃으며 말했다.

"부끄러워하지 마시오."

레빈은 창가에 걸터앉았다.

"밤새 잠은 잘 잤나요?"

"죽은 것처럼 깊이 잤습니다. 사냥하기에 안성맞춤인 날씨네요."

"그렇군요. 차나 커피를 하시겠습니까?"

"아닙니다. 괜찮아요. 이제 아침을 먹어야죠. 부끄럽기 그지없네요. 부인들은 진작 기상을 하셨겠죠? 지금 산책을 나가면 무척 멋질 텐데 말입니다. 저에게 말들을 구경할 기회를 주시겠습니까?"

레빈은 손님과 정원을 걷다가 마구간에 들어가 평행봉에 매달려 체조까지 마치고 집으로 들어와 응접실로 향했다.

"참 멋진 사냥이었어요. 꽤 인상 깊었습니다!"

베슬로프스키는 사모바르 옆에 앉아 있던 키티에게 가까이 가면서 말을 걸었다.

"부인들이 이런 신나는 일을 경험하지 못했다는 것이 정말 아쉽습니다."

'저 정도야 어떤가. 저이로서는 안주인에게 무슨 말이라도 걸어야 할 테니까.'

레빈은 생각했다. 하지만 키티에 대한 손님의 시선과 미소, 당당한 표정에 무엇인가 숨어 있는 것처럼 느껴졌다.

공작 부인은 마리야 블라시예브나, 스테판 아르카지치와 함께 테이블 건너편에 앉아 있었다. 그녀는 레빈을 곁으로 불러 키티의 분만을 위해 모스크바에 머물 곳을 마련하는 일에 대해 설명했다. 레빈은 결혼을 할 때도 그 순간의 숭고함을 특유의 초라함으로 모욕하는 모든 준비 과정이 불쾌했다. 그때보다 더 오매불망 기다리는 곧 다가올 미래의 출산을 위한 준비 과정에 대해서는 더욱 모욕을 당하는 듯 기분이 나빴다. 그는 미래의 아이에게 기저귀를 갈아 주는 방법에 대한 대화들을 무시하려고 노력했다. 그리고 뜨개질로 만든 무어라 형용할 수 없는 몽환적이고 끝이 보이지 않는 천 조각과 돌리가 의미를 부여한 세모꼴 모양의 아마포 천 등을 외면하기 위해 애썼다. 그가 약속을 받은, 하지만 아직 실감이 나지 않는 아들의 탄생—그는 아들이라고 확신을 가졌다.—이라는 사건은 무척이나 대단했다. 그 사건은 한편으로는 도저히 가질 수 없는 행복 같았고 다른 한편으로는 너무나 경이로워서 앞으로 벌어질 일에 대한 가상의 지식과 절차에 따라 평소의 일을 준비하듯 하는 이 상황이 몹시 불쾌했다.

하지만 공작 부인은 레빈의 마음을 읽지 못했고 그가 이 일을 고민하고 이야기하고 싶어 하지 않는 것을 경솔함과 관심이 없기 때문이라고 해석해서 가만히 두고 보지만은 않았다. 공작 부인은 스테판 아르카지치에게 머물 곳을 찾아봐 달라고 부탁을 한 뒤 이제 레빈을 부른 것이었다.

"공작 부인, 저는 아는 것이 없습니다. 원하는 대로 하십시오."

레빈이 말했다.

"자네 부부가 언제쯤 거처할 장소를 옮길지 이제 결정을 해야 하네."

"글쎄요. 아무것도 모르겠습니다. 제가 알고 있는 것이라고는 모스크바와 의사들이 곁에 없더라도 수백만 명의 아이들이 무사히 태어나고 있다는 것입니다……. 도대체 무엇 때문에……."

"만약 그렇게……."

"아, 아닙니다. 키티가 원하는 대로 하게 해 주십시오."

"키티랑은 이 문제에 대해 상의할 수 없다니까! 자네는 내가 키티를 깜짝 놀라게 하기를 바라고 있나? 올봄에만 해도 나탈리 골리치나가 돌팔이 산부인과 의사를 만나서 목숨을 잃었단 말이네!"

"공작 부인이 지시하시는 대로 따르겠습니다."

그는 우울한 표정으로 대답했다.

공작 부인은 레빈에게 이야기를 하기 시작했지만 그는 공작 부인의 말에 집중을 하지 않았다. 공작 부인과의 시간은 레빈의 기분을 상하게 했지만 그가 의기소침해진 것은 사모바르 옆에서 본 장면 때문이었다.

'그럴 리가 없지!'

레빈은 키티에게 몸을 구부리고 본연의 황홀한 미소로 그녀에게 뭔가 전하고 있는 바센카와 얼굴이 달아올라 흥분해 있는 키티를 종종 흘끗거리며 생각했다.

그의 자세, 시선, 미소는 순수하지만은 않았다. 레빈은 키티의 자세와 눈빛에서도 순수하지 못한 의도를 발견했다. 레빈은 눈앞이 컴컴했다. 다시 한 번 어제처럼 최소한으로 거치는 중간 단계도 생략되고 불현듯 행복과 평화, 기품의 꼭대기에서 절망과 악, 모욕의 바닥으로 내동댕이

쳐진 기분이 들었다. 주변에 있는 모든 사람들과 존재하는 것들에 대한 증오로 가득 차기 시작했다.

"공작 부인의 뜻대로 하십시오."

레빈은 사방을 둘러보면서 말했다.

"모노마흐 관이 무겁소!(푸쉬킨의 희곡《보리스 고두노프》중 한 대사_옮긴이)"

스테판 아르카지치는 필시 공작 부인과의 대화뿐만 아니라 레빈이 화가 난 원인을 암시하면서 농담을 건넸다. 레빈의 상태를 알아챈 것이다.

"돌리, 오늘은 많이 늦었어."

다들 돌리를 맞이하기 위해 자리에서 일어섰다. 바센카는 아주 잠깐 일어서더니 부인들을 정중하게 대하지 않는 젊은이들의 특징을 보이면서 고개를 까딱하고는 일정한 대상에 대해 웃음을 터뜨리면서 이야기를 이어 갔다.

"마샤가 혼을 빼놓네요. 어제는 잠을 안 자더니 오늘은 변덕을 너무 부리고 있어요."

돌리가 말했다.

바센카와 키티는 어제의 주제를 끄집어내서 대화를 했다. 안나에 대한 이야기와 '사랑은 사회적 조건을 넘어설 수 있는가.'라는 화제로 되돌아왔다. 키티는 그 화제 때문에 기분이 상했다. 화제의 내용과 바센카의 말투 때문에 불안함을 느꼈기 때문이다. 그녀는 더욱이 그것들이 남편에게 어떤 영향을 미칠지 잘 알았기에 마음을 졸였다. 하지만 그녀는 지나칠 정도로 단순하고 순진해서 화제를 멈추지도 못했고 더군다나 이 젊은 사내가 대놓고 드러내는 관심이 그녀에게 준 만족을 감추지도 못했다. 그녀는 대화를 마치고 싶었다. 하지만 무엇을 어떻게 해야 하는지 몰랐다. 그녀는 이것만은 분명히 알고 있었다. 자신이 어떤 행동을 하든 남편이 모두 눈치챌 것이며 나쁜 의미로 받아들일 거라는 것을. 실로 그녀가 마샤는 어떠냐고 돌리에게 질문을 하고 바센카도 지겨운 대화의 끝을 기다리면서 무심하게 돌리를 쳐다보았을 때, 레빈에게 이 질문은 어색하고 증오스러운 간계로 여겨졌다.

"오늘 버섯 따러 나갈까? 어떻게 할래?"

돌리가 키티에게 물었다.

"나도 같이 갈래."

얼굴이 발그레해진 키티가 대답을 했다. 그녀는 무례하지 않은 범위에서 바센카에게 같이 갈 것인지 묻고 싶었지만 도저히 그럴 수가 없었다.

"코스챠, 어디 가나요?"

레빈이 단호한 걸음으로 옆을 지나가자 그녀는 미안함이 담긴 표정으로 말했다. 하지만 그 표정은 레빈이 의심을 확신하도록 만들었다.

"내가 없을 때 정비 기사가 들렀다는데 나는 아직 만나 보지를 못했거든."

레빈은 그녀에게 눈길 한 번 주지 않고 말했다. 레빈은 아래층으로 갔다. 하지만 서재를 나가기도 전에 자신을 향해 조심성 없이 잰걸음으로 다가오는 아내의 익숙한 발소리를 들었다.

"무슨 일이오?"

레빈은 키티에게 딱딱한 말투로 물었다.

"우리는 바쁘거든."

"실례할게요."

키티가 정비 기사를 쳐다봤다.

"남편이랑 할 이야기가 있어서요."

그 독일인은 밖으로 나가려고 했지만 레빈이 잡았다.

"전혀 신경 쓰지 않아도 됩니다."

"세 시 기차인가요?"

독일인이 물었다.

"늦으면 안 돼서요."

레빈은 이렇다 할 대꾸를 하지 않고 아내와 함께 서재를 나갔다.

"도대체 나에게 할 이야기가 뭐요?"

레빈이 프랑스어로 말했다.

레빈은 키티의 얼굴을 보지 않았다. 아이를 가진 아내가 얼굴을 파르르 떨면서 슬픔이 드리운 안쓰러운 표정을 짓는 것을 보려 하지 않았다.

"나……. 나는 이렇게는 살 수 없다고 솔직하게 털어놓고 싶어요. 고문과도 마찬가지니까요……."

키티가 조용히 말했다.

"식료품 저장실에 하인들이 있소."

레빈이 화가 난 목소리로 타일렀다.

"시끄러운 일을 만들지 않았으면 좋겠소."

"그렇다면 여기로 오세요!"

둘은 통로 방에 서 있었다. 키티는 옆방으로 옮기고 싶었다. 하지만 거기에는 영국인 가정교사가 타냐를 공부시키고 있었다.

"정원으로 가요!"

레빈과 키티는 정원에서 샛길을 청소하던 농부와 마주쳤다. 그들은 벌써 농부가 눈물로 얼룩진 그녀의 얼굴과 잔뜩 흥분이 어린 그의 얼굴을 보고 있다는 것을 염두에 두지 않은 채, 또 자신들이 어떤 불행에서 도망치려는 사람의 표정을 짓고 있다는 것은 생각도 않은 채, 두 사람이 같이 살아가기 위해서는 그리고 그들이 직면한 고통으로부터 벗어나기 위해서는 모든 것을 터놓고 서로의 생각을 변화시키지 않으면 안 된다고 절감하며 빠른 걸음으로 앞을 향해 갔다.

"계속 이렇게 살 수는 없어요. 이건 고문이니까요! 나도 힘들고 당신도 힘들어요. 도대체 왜죠?"

마침내 보리수 가로수 길 한 귀퉁이 있는 외딴 벤치에 이르자 그녀가 말했다.

“딱 한 가지만 대답해 주시오. 그 사람의 말투에서 수상하고 불쾌하고 자존심이 상할 만큼 거슬리는 점은 없었소?”

레빈은 다시 한 번 그날 밤 그녀 앞에 섰을 때와 마찬가지로 가슴에 두 주먹을 올려놓고 말했다.

“있었어요.”

키티의 목소리가 가늘게 떨렸다

“그렇지만 코스챠, 당신은 나에게 잘못이 없다는 것을 믿고 있나요? 나는 아침부터 줄곧 품위를 지키려고 했어요. 하지만 그들이……. 그는 도대체 이곳에 무슨 이유로 온 거죠? 우리는 정말 행복했는데!”

키티는 만삭의 몸을 들썩일 정도로 흐느끼면서 거친 숨을 내뱉었다.

정원사는 벤치에서 특별한 즐거움을 찾았을 리 없을 텐데 그들이 평화롭고 온화함으로 밝게 빛나는 얼굴로 그의 옆을 지나 집으로 돌아가는 모습을 보고 어안이 벙벙했다.

15

레빈은 키티를 이층으로 데려다 주고 돌리가 머물고 있는 곳을 찾아갔다. 다리야 알렉산드로브나도 오늘은 정말 괴로웠다. 그녀는 방 안을 휘젓고 다니면서 한쪽 구석에 서서 큰 소리로 울고 있는 딸에게 성난 목소리로 이야기를 하고 있었다.

"종일 구석에 서 있어! 밥도 혼자 먹고 인형을 볼 생각은 하지도 마. 너에게 새 옷도 만들어 주지 않을 거야"

그녀는 딸에게 어떤 벌을 더 줘야 할지 알지 못했다.

"아니, 이 아이는 추접스러운 계집애예요."

그녀는 레빈을 보았다.

"이 아이의 더러운 성질은 도대체 어디에서 생긴 걸까요?"

"무슨 행동을 했기에 그러시오?"

레빈이 관심 없다는 듯 물었다. 그는 그녀에게 자신의 문제를 상의하고 싶었는데 하필 이런 상황에 오게 되어 기분이 언짢았다.

"이 아이는 그리사랑 나무딸기 덤불에 가서, 그곳에서……. 아, 이 아이가 한 짓은 차마 말로 할 수 없어요. 정말 어찌나 추접스러운지. 미스 엘리어트가 없는 것을 천 번은 아쉬워하게 될 거예요. 이번 가정교사는 기계 같아서 아이들을 전혀 신경 쓰지 않으니까요. 생각해 보세요. 저 계집애가…….”

다리야 알렉산드로브나는 마샤의 죄악을 거론했다.

“그 정도는 정말 별것 아닙니다. 절대 추접스러운 기질이라 할 수 없지요. 그저 장난에 불과하지 않나요.”

레빈은 그녀를 안정시켰다.

“그런데 당신의 기분이 좋지 않은 것 같군요. 무슨 일로 온 거죠?”

돌리가 물었다.

“아래층에서 나쁜 일이 있었나요?”

레빈은 질문의 음조에서 자신이 하려던 이야기를 쉽게 전할 수 있을 것 같다는 생각이 들었다.

“나는 거기에 있지 않았어요. 키티와 둘이서 정원에 있었지요. 음…….스티바가 이곳에 머물기 시작하면서 우리는 오늘 두 번째 싸움을 했어요.”

돌리는 지혜롭고 배려 깊은 눈으로 레빈을 보고 있었다.

“가슴에 손을 얹고 이야기를 해 주세요. 키티가 아니라 그 신사에게서 불쾌하기 짝이 없는, 불쾌하기보다 소름 돋는, 남편으로서 자존심이 상할 뻔했던 적이 없었습니까?“

“음, 어떻게 이야기를 할까요……. 서 있지 못해? 구석에 서 있으라고!”

그녀는 어머니의 얼굴에서 옅은 미소를 발견하고 꿈틀거리기 시작하는 마샤를 돌아보았다.

“사교계 사람들은 그 사람이 보통의 젊은이들과 다름없는 행동을 한다고 이야기를 할 거예요. 그는 젊고 아름다운 여자를 따라다니는 거예요. 세속적인 남편이라면 기뻐할 일이죠.”

“그렇군요.”

레빈이 침통하게 말했다.

“당신도 알아차렸나요?”

"나는 물론 스티바도 알고 있어요. 차를 마시고 나서 나에게 솔직하게 털어놓더군요. '베슬로프스키가 키티의 마음을 사려고 하는 것 같아.'라고요."

"하, 잘됐네요. 이제 마음이 놓여요. 그 사람을 내쫓겠습니다."

레빈이 말했다.

"지금 제정신이에요?"

깜짝 놀란 돌리가 외쳤다.

"코스챠, 대체 무슨 말을 하고 있는 거예요! 정신 차려요! 마샤, 파니에게 가도 괜찮아."

그녀가 방긋 웃으면서 힘주어 말하고는 말을 이었다.

"당신이 원한다면 내가 스티바에게 이야기를 하지요. 그이가 데리고 이곳을 떠날 테니까요. 다른 사람들이 올 예정이라고 말을 하면 돼요. 그는 이 집과 전혀 어울리지 않아요."

"아니에요. 아닙니다. 내가 직접 말을 하겠습니다."

"싸움을 하려고요?"

"절대 그렇지 않아요. 내가 이야기를 하면 재미있을 것 같아서요."

실제로 레빈은 두 눈을 환하게 반짝이면서 말했다.

"자, 이제 마샤를 용서해 주세요, 돌리! 앞으로는 절대 그러지 않을 테니까요."

그는 잘못을 저지른 어린 범죄자를 위해서 돌리를 설득했다. 마샤는 파니에게 가지 않고 어머니 앞에서 머뭇거리면서 기대로 가득한 눈을 크게 뜨고 어머니의 시선을 잡아 두려고 애썼다.

어머니가 그녀를 보았다. 마샤는 눈물을 흘리면서 어머니의 무릎에 얼굴을 파묻었다. 돌리는 마른 손을 아이의 머리에 정겹게 얹었다.

'우리와 그 사내 사이에 공통점이 있기나 한 걸까?'

레빈은 베슬로프스키를 찾으러 갔다.

그는 대기실을 지나치다가 기차역에 가기 위해 마차에 말을 매 준비시키라고 지시를 했다.

"어제 용수철이 고장 났습니다."

하인이 말했다.

"짐마차라도 준비해 줘. 서둘러 주게나. 지금 손님은 어디에 있나?"

"방에 있습니다."

레빈이 바센카의 방에 들어갔을 때 그는 트렁크에서 물건들을 밖으로 꺼내 놓고 새 로망스 악보들을 펼치고서는 말을 타기 위해 가죽 각반을 다리에 착용하고 있었다.

레빈의 얼굴에 특별한 것이 있었는지, 바센카 자신이 하려고 했던 '작은 알랑거림'이 여기에 어울리지 않는다고 느꼈는지 어찌 됐든 그는 레빈을 보고 살짝—사교계 사람이 드러낼 수 있는 만큼—당황했다.

"가죽 각반을 하고 말을 탈 생각입니까?"

"네. 훨씬 단정하니까요."

바센카는 두꺼운 다리를 의자에 걸고 아래쪽 고리를 조이면서 활발하고 착한 미소를 지었다.

그는 훌륭한 청년이었다. 레빈은 바센카의 시선에서 소심함을 읽어 냈을 때 그가 괜스레 불쌍해졌고 집주인인 스스로에게 부끄러움을 느끼기까지 했다.

탁자 위에는 오늘 아침 그들이 체조를 하면서 습기를 먹은 평행봉을 들어 올리다 반토막을 낸 막대 조각이 있었다. 레빈은 말을 어떻게 시작해야 할지 몰라서 조각의 갈라진 끝부분을 부러뜨리기 시작했다.

"당신에게 할 말이……."

그는 입을 닫았다. 하지만 불현듯 키티와 그간 있었던 일들이 생각나 굳게 결심을 하고 그를 쳐다보면서 말했다.

"당신을 위해서 마차를 준비해 놓으라고 했습니다."

"무슨 뜻인지."

화들짝 놀란 바센카가 물었다.

"어디를 가는 건가요?"

"당신은 기차역으로 갈 겁니다."

레빈은 막대 끝을 뜯어내면서 침울하게 말했다.

"당신이 다른 곳으로 떠나는 것입니까? 아니라면 무슨 일이 있나요?"

"손님들이 방문하기로 했습니다."

레빈은 손가락에 더 힘을 주어 막대의 갈라진 끝을 빠르게 부러뜨렸다.

"아니, 손님들이 오는 것은 아니고 별일이 없기는 하지만 당신에게 이 집을 떠나 달라고 부탁을 하고 있는 것입니다. 나의 무례함에 대해서는 좋을 대로 받아들여 주십시오."

바센카가 몸을 곧게 폈다.

"나에게 설명을 해 주세요……."

그는 상황에 대해 이해를 하고 엄숙하게 말했다.

"설명을 해 줄 수 없습니다."

레빈은 턱뼈의 흔들림을 감추려고 조용히, 속도를 늦춰서 말했다.

"당신은 이유를 듣지 않는 것이 더 나을 것입니다."

레빈은 막대의 갈라진 끝을 전부 다 부러뜨렸다. 그래서 손으로 막대의 양끝을 잡아 반 토막 낸 후 떨어지는 한쪽 끝을 잡았다.

예민해진 그의 두 팔, 오늘 아침 체조할 때 느껴 본 근육, 빛나는 눈, 조용한 목소리, 턱뼈의 움직임, 이런 것들이 바센카를 말보다 더 잘 설득시킨 것 같았다. 그는 어깨를 으쓱하고 경멸하는 듯한 미소를 지으면서 고개를 끄덕였다.

"오블론스키를 만날 수 없나요?"

위로 올렸다 내린 어깨와 미소는 레빈에게 자극을 주지 못했다.

'그 외에 어떤 일을 더 할 수 있겠어?'

그는 생각했다.

"바로 당신에게 오블론스키를 보내도록 하지요."

"이게 무슨 황당한 행동이야!"

스테판 아르카지치는 친구에게서 이 집을 나가게 되었다는 소식을 듣고 정원에서 손님이 출발하기를 기다리며 여기저기를 걷고 있는 레빈에게 말했다.

"하지만 우스운 일이야! 파리에게 물린 거 아니지? 하지만 정말 우스운 일이야! 자네 도대체 어떤 생각을 한 거냐고, 만약 청년이……."

그러나 레빈은 '파리에게 물린' 곳이 아픔을 더한 것 같았다. 스테판 아르카지치가 원인을 알려 주려고 하자 레빈은 안색이 창백하게 변하면서 급하게 그의 말을 중단시켰다.

"제발 그에게 이유를 말하지 마! 나도 다른 방법이 없었어. 나는 지금 자네와 그 사람 앞에서 창피해서 견딜 수가 없다고. 하지만 나는 그가 떠나는 것에 대해 그다지 유감스럽지 않아. 나와 아내는 그가 여기에 있다는 것이 불쾌하니까."

"그에게는 상당히 모욕적일 거야. 게다가 어리석은 일이야!"

"나에게도 마찬가지로 모욕이면서 동시에 고통을 주고 있어. 나는 잘못이 없어. 고통을 받을 이유가 전혀 없다고."

"자네에게 이런 대접을 받게 되리라고는 상상도 못 했어. 질투하는 건 좋아. 하지만 이쯤 되면 정말 우스운 짓이야!"

레빈은 뒤로 돌아서서 그의 곁을 떠나 가로수 길의 으슥한 장소에 가서 홀로 걸었다. 곧이어 짐마차의 바퀴 소리가 났다. 나무 사이로 스코틀랜드 모자를 쓰고 있는 바센카가 건초 더미에 앉아—애석하게도 타란타스에는 좌석이 없었다.—짐마차가 덜컹거릴 때마다 아래위로 몸을 움직이면서 떠나는 모습이 보였다.

'어? 저건 뭐지?'

집에서 하인이 뛰어나와서 짐마차를 멈추자 레빈은 갸웃거렸다. 그는 레빈의 기억에 없던 정비 기사였다. 정비 기사는 베슬로프스키와 인사를 하고 잠깐 이야기를 나누더니 짐마차에 타고 함께 떠났다.

스테판 아르카지치와 공작 부인은 레빈의 행동에 화를 냈고 레빈 자신도 스스로가 우스울 뿐만 아니라 전적으로 책임을 져야 하며 수치스럽다고 느끼고 있었다. 하지만 자신과 아내가 겪었던 고통이 상기되자 다시 한 번 비슷한 일이 발생하면 어떻게 대처할 것인지 자문했고 그때도 지금과 별반 다르지 않을 것이라고 대답했다.

오늘 있었던 일에도 불구하고 날이 저물 무렵 레빈의 행동을 용서하지 않는 공작 부인을 빼고는 그 외 많은 사람들이 벌을 다 받고 난 후의 아이처럼 혹은 힘든 공적인 접대를 마친 어른들처럼 대단히 밝고 활기찼다. 그래서 저녁때 공작 부인이 자리를 비운 사이, 바센카가 쫓겨난 일이 예전에 있었던 것인 양 이야기하기도 했다. 그리고 아버지에게서 재미있는 이야기를 하는 재능을 물려받은 돌리가 사건에 유머가 담긴 새로운 이야기를 더해 가며 서너 번씩 이야기를 해 바렌카가 웃다 진이 빠지게 만들었다. 돌리는 손님을 위해 새 리본을 장식해 주려고 응접실로 나오다 큰 마차가 덜컹거리는 소리를 들었다는 것이다. 과연 누가 저렇게 큰 마차를 타고 있는 것일까 했더니 스코틀랜드 모자를 쓴 바센카가 로망스 악보를 가지고 가죽 각반을 찬 채 건초 위에 덩그러니 앉아 있더라는 것이었다.

"당신은 사륜마차라도 준비를 시켰어야 했어요. 아, 그리고 '잠깐만요!' 라고 누가 외치더군요. 나는 저 사람을 보고 있자니 안쓰러웠던 거구나 생각하며 보고 있었죠. 그런데 마부가 덩치 좋은 독일인을 그의 옆에 태우고 가 버리더군요……. 나의 리본도 소용이 없어졌어요!"

16

다리야 알렉산드로브나는 자신의 계획을 실천해 안나를 만나러 갔다. 그녀는 동생의 마음을 힘들게 하고 동생의 남편에게 불쾌함을 느끼게 해 무척 미안해했다. 레빈 부부가 브론스키와 관계를 맺지 않으려고 하는 것도 당연하다고 생각했다. 하지만 그녀는 안나를 방문해 안나가 처한 상황이 달라졌다 해도 자신의 마음은 절대로 변하지 않는다는 것을 알려 주는 것이 도리라고 생각했다.

다리야 알렉산드로브나는 이 여행에 대해 레빈 부부에게 부담을 주지 않기 위해서 마을에 사람을 보내 말을 빌리게 했다. 하지만 이 사실을 알게 된 레빈이 찾아와 핀잔을 주었다.

"내가 왜 당신의 여행을 부정적으로 생각할 것이라고 여겼나요? 만약 내가 불쾌하다 치더라도 당신이 내 말을 이용하지 않는 쪽이 더 그렇습니다. 당신은 나에게 거기에 가게 되었다고 한 번도 일러 주지 않았습니다. 나로서는 마을에서 말을 빌린다는 것 자체가 기분이 좋지 않습니다. 그들은 당신은 목적지까지 데려다 준다고 말해 놓고 절대로 그렇게 하지 않을 거예요. 나는 말을 가지고 있습니다. 만약 날 괴롭게 만들 의도가 없다면 내 말을 타고 가도록 하세요."

그가 말했다.

다리야 알렉산드로브나는 그의 의견에 동의하지 않을 수가 없었다. 레빈은 정해진 날짜에 맞춰서 처형을 위해 사두마차를 준비했다. 짐말과 승마용 말 중 빼어나게 잘생기지는 않았지만 다리야 알렉산드로브나를 하루 걸려 목적지까지 데려다 줄 수 있는 말을 골랐다. 곧 집을 떠나야 할 공작 부인과 산파를 위해서라도 말이 꼭 있어야 하는 지금, 이렇게 처리하는 것은 레빈으로서도 곤욕스러운 일이었다. 하지만 레빈은 손님을 극진히 살펴 주어야 할 주인으로서 다리야 알렉산드로브나가 자신의 집이 아닌 다른 곳에서 말을 빌리게 할 수는 없었다. 그뿐만 아니라 다리야 알렉산드로브나가 이 여행을 위해 써야 할 이십 루블이 그녀에게 무척 큰 돈이라는 것을 잘 알고 있었다. 그리고 그에게는 어려운 상황에 처한 다리야 알렉산드로브나의 돈 문제가 마치 자신의 일 같았다.

다리야 알렉산드로브나는 레빈이 했던 조언을 듣고 먼동이 트기 전에 길을 나섰다. 길 상태는 좋았고 마차는 아늑했으며 말은 힘차게 달렸다. 마부석에는 마부와 레빈이 안전을 위해 하인 대신 보낸 사무원이 있었다. 다리야 알렉산드로브나가 잠깐 졸다 깨자 마차는 여인숙을 향해 가고 있었다. 그들은 여인숙에서 말을 바꿔야 했다.

다리야 알렉산드로브나는 레빈이 스비야슈스키의 집에 가는 길에 잠시 들렀던 풍족한 농부의 집에서 차를 실컷 마시고 처자들과 아이들에 대해, 노인이 입술에 침이 마르도록 칭찬하는 브론스키 백작에 관한 대화를 나누고 열 시에 길을 나섰다. 그녀는 집에 있는 동안 아이들이 걱정되어서 다른 생각을 할 틈이 없었다. 그런데 지금 네 시간 정도 걸린 여정에서 지금까지 억눌려 있던 생각들이 갑자기 그녀의 머릿속을 어지럽혔다. 그래서 자신이 걸어온 삶을 다양한 측면에서 되돌아보게 되었다. 이는 그녀에게도 낯선 시도였다. 처음으로는 아이들을 떠올렸다. 공작 부인과, 특히 키티가—그녀는 키티를 신뢰했다.—아이들을 잘 보살펴 주겠다고 약속을 했지만 마음이 마냥 쓰이지 않는 것은 아니었다.

'마샤가 다시는 그런 장난을 치면 안 되는데, 그리샤가 말에 차이면 어쩌나, 릴리의 위가 더 나빠지면 큰일 나는데.'

그다음부터는 현재의 문제들이 가까운 미래의 문제들로 바뀌었다. 모스크바에서 올겨울부터 지낼 셋집을 어떻게 구할지, 응접실의 가구는 어떻게 꾸밀지, 큰딸의 외투를 마련할 방법에 대해 고민했다. 다음에는 조금 더 먼 장래의 문제들이 그녀에게 나타났다. 아이들을 세상에 어떻게 내보내지?

'딸들은 지금까지는 괜찮아.'

그녀는 생각했다.

'그런데 아들은 어쩐담?'

'내가 지금 그리샤를 가르치고 있으니 괜찮을 거야. 하지만 내가 임신을 하지 않은 자유로운 몸이라 가능한 거잖아. 스티바에게는 기대할 수 있는 게 없어. 나는 친절한 사람들의 도움을 받아 아이들을 세상으로 내보내야 하겠지. 하지만 아이를 또 갖게 된다면…….'

그녀는 여자들이 고통을 겪으면서 출산을 하도록 저주를 받았다는 이야기가 옳지 않다고 생각했다.

'아이를 낳는 것은 오히려 아무것도 아니야. 배 속에 아이를 가지고 있는 것이야말로 정말 힘들지.'

그녀는 자신의 마지막 임신과 아기의 죽음을 떠올렸다. 마침 여인숙에서 농가의 젊은 아낙네와 나누었던 대화가 생각났다. 아이가 있느냐는 물음에 아름답고 젊은 아낙은 명랑하게 답했다.

"딸이 하나 있었어요. 하느님이 아이를 낳도록 해 주셨죠. 하지만 사순절에 아기를 하늘로 보낼 수밖에 없었어요."

"아이가 무척 안쓰러웠겠어?"

다리야 알렉산드로브나가 물었다.

"안쓰럽긴요. 저 노인은 손주가 정말 많아요. 오로지 걱정거리일 뿐이겠죠. 아이가 있으면 어떤 일이든 하기 어렵거든요. 단지 짐으로 느껴질 뿐이에요."

젊은 아낙의 얼굴은 선하고 아름다웠지만 대답은 다리야 알렉산드로브나가 혐오감을 느낄 정도였다. 하지만 그녀는 자신도 모르게 젊은 아낙의 말을 상기했다. 비도덕적인 말에도 진리가 있긴 했던 것이다.

'대체적으로 그렇게 볼 수 있지…….'

다리야 알렉산드로브나는 십오 년이 된 결혼 생활을 돌이켜보았다.

'임신이랑 입덧, 자꾸만 뒤처지는 사고력, 주변에 대한 무관심, 무엇보다 추해지는 겉모습. 키티도 말이지. 싱그럽고 예뻤던 키티도 많이 망가졌어. 나도 임신을 하면 흉하게 변할 거야. 나도 충분히 잘 알고 있어. 분만에 따르는 고통. 얼굴을 짓이길 정도의 고통 그리고 마지막 순간……. 다음으로는 젖 먹이기, 잠 못 이루는 날들, 끔찍한 아픔…….'

다리야 알렉산드로브나는 아이들을 출산할 때마다 항상 겪어야 했던 젖꼭지가 갈라지는 아픔을 떠올리는 것만으로도 몸을 떨었다.

'그리고 아이들이 걸렸던 병, 끝이 없는 공포, 다음은 교육, 못된 기질—그녀는 어린 마샤가 딸기나무 틈에서 저지른 잘못을 떠올렸다.—공부와 라틴어, 다른 것들 역시 이해하기 힘들지. 그리고 아이들의 죽음이 항상 연결되어 있어.'

그녀는 어머니로서 자신을 끝없이 괴롭혔던 아픈 기억이 생각났다. 크루프(급성 폐쇄성 후두염_옮긴이)로 인해 목숨을 잃은 젖먹이 막내아들의 죽음, 아들의 장례식, 작은 장밋빛 관 앞에 서 있었던 이들의 무심함, 곱슬거리는 귀밑머리를 가지고 있는 하얗게 질린 작은 이마 앞에서 레이스 십자가가 장식되어 있는 장밋빛 관 뚜껑을 닫으려는 순간 깜짝 놀란 것처럼 살며시 벌리고 있던 작은 입을 보면서 그녀가 느꼈던 가슴을 찢는 듯한 외로운 아픔.

'그렇다면 그것들은 도대체 무엇을 위한 것일까? 내가 얻을 수 있는 것은 무엇일까? 나의 자식들이 불행하고, 교육도 제대로 받지 못하고 가난한 아이들로 자랄지라도, 나는 한순간의 평화도 누리지 못하고 임신과 수유 때문에 화를 내고 불만을 털어놓느라 나 자신을 기진맥진하게 하고 다른 사람들을 힘들게 만들고 남편은 혐오감에 휩싸이게 하면서 평생을 살아야 할 거야. 지금만 봐도 그렇지. 만약 레빈 부부의 집에서 여름을 나지 않았다면 어떻게 지내고 있었을지 모르겠다. 그래, 코스챠랑 키티는 눈치챌 수 없을 만큼 무척 세심해. 그렇지만 계속 그럴 것이라는 보장은 없지. 두 사람도 아이를 낳게 되면 우리에게 도움을 줄 수 없을 테니까. 지금도 답답해하고 있는 상태고. 자신을 위해서도 남겨 놓은 것이 없는 아버지가 우리를 도와줄 수 있을까? 다른 사람들이 도와주지 않는 한, 모욕을 견디지 않는 한, 나 혼자 아이들을 양육할 수 없어. 뭐, 가장 다행스러운 경우라고 가정을 해 봤자 아이들이 살아 있는 것, 내가 평범하게 아이들을 키워 나가는 것일까. 고작해야 아이들은 건달이나 되지 않는 정도겠지. 그게 내가 바라는 전부야. 겨우 그것들을 위해서 수없는 고통과 어려움이……. 인생을 망치고 말았어!'

그녀는 다시 젊은 아낙의 말을 떠올렸고 그녀는 다시 증오감이 생겼다. 하지만 그 말에 진실이 담겨 있다는 것을 부정할 수 없었다.

"도착하려면 아직 한참 남았나, 미하일라?"

다리야 알렉산드로브나는 자신을 깜짝 놀라게 만든 생각에서 벗어나기 위해 사무원에게 물었다.

"이곳에서 칠 베르스타 떨어져 있다고 합니다."

마차는 마을을 지나치고 작은 다리로 향했다. 한 무리의 젊은 아낙들이 어깨에 새끼줄을 메고 다리 위에서 밝고 활기찬 목소리로 대화를 하면서 걸어가고 있었다. 아낙들은 자리에 서서 호기심으로 가득한 시선으로 마차를 봤다. 다리야 알렉산드로브나는 자신을 향한 얼굴들이 행복하고 건강하게 느껴졌고 생의 기쁨으로 자신을 약 올리는 것만 같았다.

'모두 생을 즐기면서 살고 있구나.'

마차는 아낙들을 지나쳐 언덕으로 들어갔다. 마차가 빠른 속도로 달리는 동안 그녀는 마차 안에서 몸을 흔들거리며 계속해서 생각했다.

'나는 감옥에서 벗어난 것처럼 날 죽이는 별별 걱정이 가득한 세계에서 풀려나서 잠깐이나마 정신을 차렸어. 모두 인생을 펼쳐 나가고 있어. 아낙들과 동생 나탈리, 바렌카도 말이야. 지금 만나러 가는 안나도 마찬가지고. 나만 그렇지 않구나.'

'한데 사람들이 지금 안나를 공격하고 있어. 무슨 연유로? 그런데도 내가 더 괜찮다고 할 수 있을까? 나는 날 사랑해 주는 남편이 있어. 비록 원하는 방식으로 사랑해 주는 건 아니지만 나는 그를 사랑하고 있어. 하지만 안나는 자기 남편을 사랑하지 않았어. 그녀는 도대체 무슨 잘못을 한 거지? 단지 살고 싶었던 거야. 하느님이 우리 영혼에 그걸 담아 놓았으니까. 행여나 나도 그녀처럼 행동을 할지도 모르는 일이지. 그녀가 모스크바에 있는 날 만나러 왔던 불행한 시절에 내가 그녀의 말대로 한 것이 잘한 일인지는 아직도 알 수가 없어. 그때 남편과 헤어지고 인생을 다시 시작해야 했어. 다른 사람을 사랑하고 그에 걸맞은 사랑을 받을 수도 있었을 테니까. 그런데 지금이 더 괜찮은 거라고 말할 수 있을까? 나는 그를 존경하고 있지 않아. 단지 필요할 뿐.'

그녀는 남편을 떠올렸다.

'난 그를 참아 내고 있어. 이게 더 나은 것일까? 그때 나는 사랑을 계속 받을 수 있는 상태였어. 아직은 아름다움을 간직하고 있으니까.'

다리야 알렉산드로브나는 잠시도 생각을 놓지 않다가 갑자기 거울을 보고 싶어졌다. 손가방에 조그만 손거울이 들어 있었고 그것을 꺼내고 싶었다. 하지만 마부와 중심을 잡느라 흔들리는 사무원의 등을 보면서 그들 중 누가 돌아보면 창피할 거 같다는 생각에 거울을 꺼내지 않았다.

거울을 보지는 않았지만 늦은 건 아니라고 생각했다. 그리고 자신을 대할 때 친절을 베풀었던 세르게이 이바노비치와 스티바의 친구인 선한 투로프친을 떠올렸다. 투로프친은 아이들이 성홍열을 앓고 있을 때 그녀와 아이들을 극진히 보살폈고 더군다나 그녀에게 사랑을 품고 있었다. 또 무척 젊은 청년 한 명도 있었다. 남편이 그녀에게 장난 삼아 해 주었던 말을 빌리자면 그는 세 자매 중 그녀가 제일 아름답다고 생각했다고 한다. 다리야 알렉산드로브나는 표현할 수 없을 정도로 열정적이고 현실에서 있을 것 같지 않은 연애를 그리고 있었다.

'안나는 선택을 잘했어. 난 그녀를 비난할 자격이 없어. 스스로도 행복하고 다른 사람도 행복하게 만들어 주니까. 나처럼 억압되어 있지도 않고. 항상 그랬던 것처럼 힘 있고 현명하고 어떤 일이든 솔직하게 하겠지.'

생각에 잠긴 다리야 알렉산드로브나의 간사하고 만족스러운 미소가 그녀의 입술을 주름지게 만들었다. 그럴 만한 이유가 있기는 했다. 다리야 알렉산드로브나는 안나의 연애를 떠올리면서 동시에 자신을 사랑해 주는 가상의 남성과 같이 안나와 비슷한 연애를 하는 상상을 했다. 상상 속에서 안나와 마찬가지로 남편에게 모든 것을 털어놓았다. 당황해서 깜짝 놀란 스테판 아르카지치의 모습이 그녀를 웃음 짓게 만들었다.

그녀는 상상에 빠져 큰길에서 보즈드비젠스코예로 나누어지는 분기점에 다다랐다.

17

마부는 마차를 멈추고 오른쪽에 위치한 호밀밭을 살펴보았다. 농부들이 짐마차 옆에 자리를 잡고 있었다. 사무원은 마차에서 내리려다 생각을 바꿔 한 농부에게 명령을 내리듯이 소리치며 자신에게 오라고 손짓을 했다. 마차가 달리면서 불었던 산들바람은 마차가 멈춤과 동시에 사라져 버렸다. 등에 떼는 미친 듯이 자신들을 쫓아내느라 땀에 흠뻑 젖어 있는 말들에게 엉겨 붙었다. 짐마차 옆에서 낫을 두드리던 쇳소리도 조용해졌다. 한 농부가 일어나 마차를 향해 왔다.

"게을러 가지고서는!"

사무원은 맨발로 길의 고르지 않은 곳을 밟으면서 천천히 오는 농부에게 성난 목소리로 짜증을 냈다.

"와 보라니까!"

구부러진 등이 땀으로 거뭇하게 젖은, 보리수 껍질을 곱슬머리에 감싼 노인이 걸음을 재촉하며 마차로 와서는 햇볕에 그을려 까매진 손으로 마차의 흙받기를 잡았다.

"보즈드비젠스코예의 주인님 댁을 이야기하는 겁니까? 백작님 댁을 말씀하는 것이지요?"

그가 같은 말을 반복했다.

"저 언덕만 넘어가면 있습니다. 왼쪽으로 난 길을 따라 곧장 가면 됩니다. 그런데 어떤 분을 찾으십니까? 혹시 백작님을 찾으십니까?"

"노인장, 다들 집에 있습니까?"

다리야 알렉산드로브나는 농부에게 안나에 대한 질문을 어떻게 해야 할지 몰라 모호하게 말했다.

"댁에 머물고 계실 겁니다."

농부가 흙을 밟자 다섯 발가락 자국이 선명하게 남았다.

"확실히 댁에 계십니다."

그는 말하고 싶어 하는 기색이 역력했다. 자꾸 같은 말을 되풀이했다.

"어제도 손님이 방문했거든요. 정말 많은 손님들이 온답니다……. 혹시 어떤 분을 찾아오셨는지……."

그는 짐마차에서 그에게 뭐라고 말을 하는 청년들을 쳐다보았다.

"아, 맞다! 좀 전에 다들 말을 타고 탈곡기를 구경하면서 이곳을 지나쳤습니다. 지금은 댁에 계실 겁니다. 한데 당신들은 어디에서 왔습니까?"

"조금 먼 곳에서 왔습니다."

마부가 마부석에 오르면서 대답했다.

"조금만 더 가면 도착하겠군요."

"바로 저기라고 하지 않았습니까. 저 너머……."

그는 마차의 흙받기를 한 손으로 만지면서 말했다.

젊고 건강하고 탄탄하게 생긴 청년도 그들에게 왔다.

"추수할 건 없습니까?"

그가 물었다.

"노인장, 글쎄 모르겠습니다."

"왼쪽으로 돌아가면 저택이 있을 겁니다."

농부가 설명했다. 그리고 못내 아쉬워하면서 여행객들을 보내 주었다.

대화를 계속 이어 가고 싶어 하는 기색이 다분했다.

마부가 마차를 몰았다. 그런데 모퉁이를 돌자마자 농부가 소리쳤다.

"잠시만! 저기요! 기다려요!"

두 명의 목소리가 들렸다. 마부가 마차를 세웠다.

"그분들이 오고 있어요! 저기 보이십니까?"

그는 큰길을 달리는 이륜마차에 앉아 있는 두 사람과 말을 타고 있는 네 사람을 가리켰다.

시중꾼을 데리고 있는 브론스키와 베슬로프스키 그리고 안나가 말을 타고 있었다. 이륜마차에 앉아 있는 사람은 바르바라 공작 영애와 스비야슈스키였다. 그들은 승마도 하고 새로 산 탈곡기의 움직임을 살펴보기 위해 밖으로 나온 것이었다.

마차가 정지하자 말을 탄 사람들이 천천히 다가왔다. 가장 앞에서 안나와 베슬로프스키가 나란히 말을 몰고 있었다. 안나는 갈기와 꼬리가 짧은 영국산 말을 차분하게 타고 있었다. 실크 모자 아래로 늘어진 그녀의 아름다운 검은 곱슬머리, 살집이 있는 어깨, 검정 승마복에 싸인 늘씬한 허리, 침착하고 고상한 승마 자세는 돌리에게 인상적이었다.

처음에 그녀는 안나가 말을 타고 있는 것이 예의를 벗어나는 것처럼 받아들여졌다. 다리야 알렉산드로브나의 머릿속에서 부인이 말을 타고 돌아다니는 것은 젊은 여자들이 교태를 부리는 것만 같았기 때문이다. 하지만 그녀가 판단하기에 그러한 교태는 안나와 어울리지 않았다. 안나를 마주하자마자 돌리는 그녀가 말을 타는 것을 용인하게 되었다. 기품 있어 보이는 것은 물론 안나의 몸매, 의상, 모든 행동이 단순하고 침착하고 뛰어나서 이보다 더 자연스러워 보일 수는 없었다.

안나의 옆에서 리본이 휘날리는 스코틀랜드 모자를 쓰고 있는 바센카 베슬로프스키가 통통한 다리를 앞으로 곧게 뻗고 자신에게 반한 듯한 모습으로 회색의 성질이 거친 기병대 말을 타고 있었다. 다리야 알렉산드로브나는 그를 알아보고 경쾌한 웃음을 참을 수 없었다. 브론스키가 말을 몰며 그들을 뒤따르고 있었다. 그의 말은 짙은 밤색의 순종 말이었는데 달리느라 흥분 상태가 된 것 같았다.

그 뒤에는 기수복을 입은 작은 남자가 말을 타고 있었다. 스비야슈스키와 공작 영애는 몸이 큰 검정색 경주마가 매여 있는 새 이륜마차에 앉아 말 탄 사람들을 따라오고 있었다.

낡은 마차의 구석에 기대어 앉아 있던 몸집 작은 사람이 돌리라는 것을 발견한 순간, 안나의 얼굴이 즐거움의 미소로 가득 찼다. 마구 소리를 지르면서 안장 위에서 몸을 살짝 움직이더니 말을 최대한 빨리 몰았다. 마차 옆에 다다른 안나는 다른 사람들의 도움을 받지 않고 말에서 내린 후 승마복의 옷자락을 움켜쥐고 돌리에게 뛰어왔다.

"당신일 거라고 추측은 하고 있었지만 실제로 그럴 거라고는 상상도 하지 못했어요. 정말 기뻐요! 내가 얼마나 기쁜지 절대 모를 거예요!"

그녀는 돌리의 얼굴에 자신의 얼굴을 부비며 키스를 했고 한 발자국 뒤로 물러서 미소를 머금은 얼굴로 그녀를 바라보면서 말했다.

"너무나도 기뻐요, 알렉세이!"

안나는 말에서 내려 그들에게 오는 브론스키를 향해 말했다.

브론스키는 회색 실크해트를 벗어 손에 들고 돌리에게 왔다.

"우리가 당신의 방문에 얼마나 신나는지 모를 겁니다."

그는 자신의 말에 특별한 의미를 담으면서 나란하고 하얀 이를 보이며 씩 웃었다.

바센카 베슬로프스키는 말에서는 내리지 않고 모자를 벗었다. 손님을 환대하면서 즐거운 얼굴로 머리 위의 리본을 흔들었다.

"이분은 바르바라 공작 영애입니다."

이륜마차가 그들에게 가까이 오자 안나는 질문을 하는 듯한 돌리의 눈을 보고 말했다.

"아하!"

다리야 알렉산드로브나가 입을 열었다. 그녀는 무의식중에 불만을 얼굴에 드러냈다.

바르바라 공작 영애는 남편의 친척 아주머니였다. 돌리는 꽤 오래전부터 그녀를 알고 있었지만 존경의 마음은 없었다. 돌리는 바르바라 공작 영애가 평생 사정이 넉넉한 친척들의 집을 다니면서 떠돌이 손님으로 지낸 것을 알고 있었기 때문이다. 하지만 지금 바르바라 공작 영애가 연고가 전혀 없는 브론스키의 집에서 생활하는 것을 보자 그녀가 남편의 가족이라는 사실이 수치스러웠다. 안나는 돌리의 표정을 읽고 당황한 나머지 발그레해진 얼굴로 승마복 옷자락을 놓쳤다. 하마터면 옷자락에 걸려서 넘어질 뻔했다.

다리야 알렉산드로브나는 멈추어 있는 이륜마차에 다가가 바르바라 공작 영애에게 싸늘하게 인사했다. 스비야슈스키도 그녀와 안면이 있었다. 그는 자신의 괴짜 친구와 젊은 아내의 근황에 대해 물었다. 그리고 마차에 어울리지 않는 말들과 흙받기를 다닥다닥 달아 놓은 마차를 힐끔 보고는 부인들에게 이륜마차를 타고 가기를 권유했다.

"제가 저 '탈것'으로 가지요."

그가 말했다.

"말이 순하고 공작 영애의 마차 모는 솜씨가 뛰어나거든요."

"아닙니다. 두 분은 그대로 타고 계세요."

안나가 가까이 오면서 말했다.

"우리가 마차를 탈게요."

그녀는 돌리의 팔을 잡아당겼다.

다리야 알렉산드로브나는 여태껏 본 적이 없는 고상한 마차와 아름다운 말과 그녀를 둘러싼 기품 있는 얼굴들을 보자 눈이 부셨다. 하지만 그녀를 가장 놀라게 만든 것은 자신이 잘 알고 있는 사랑하는 안나에게 생긴 변화였다. 세심하지 않거나 안나를 잘 모르던 사람이라면, 다리야 알렉산드로브나가 이곳에 오면서 고민했던 것들을 한 번도 떠올려 본 적이 없는 여자라면 안나에게서 특별한 부분을 찾지 못했을 것이다. 하지만 돌리는 지금 안나의 얼굴에 나타난 아름다움에, 오직 사랑의 순간에만 여자들에게 발견할 수 있는 아름다움에 깊은 인상을 받았다. 그녀의 얼굴 전부, 보조개와 턱, 입술 주름의 선명함, 얼굴에 맴돌고 있는 미소, 눈동자의 반짝임, 몸짓의 고풍스러움과 재빠름, 목소리의 풍성함, 게다가 말이 오른발부터 달리도록 가르칠 테니 그녀의 말을 타게 해 달라고 부탁하는 베슬로프스키에게 신경질이 난 것 같으면서도 부드럽게 대하는 태도까지 상당히 매력적이었다. 그녀 스스로도 알고 기뻐하는 것 같았다.

두 여자는 마차에 오른 뒤 당혹감을 느꼈다. 안나는 돌리가 자신을 쳐다볼 때 무엇인가 묻는 듯한 시선에 당황했다. 돌리가 당황한 이유는 스비야슈스키가 '탈것'이라고 말한 뒤였으므로 안나와 함께 탄 진흙투성이의 낡은 마차가 창피해졌기 때문이다. 마부 필리프와 사무원도 같은 생각이었다. 사무원은 당황한 것을 들키지 않기 위해 부인들이 마차에 오르는 것을 도우며 부지런히 행동했다. 하지만 마부 필리프는 마음이 가라앉아 외적인 뛰어남에 패하지 않도록 마음을 다잡았다. 그는 검은 경주마를 슬쩍 보고는 이륜마차에 매인 검은 말이 산책할 때나 요긴하지 사십 베르스타를 무더위 속에서 한 번도 쉬지 않고 달리는 것은 힘들 것이라고 결론을 내리고 비아냥거리듯 웃었다.

농부들은 짐마차에서 일어나 호기심으로 빛이 나는 눈빛으로 손님들의 해후를 즐겁게 바라보며 한마디씩 거들었다.

"정말 기뻐하네. 오랜만에 만났나 보군."

보리수 껍질을 동여맨 곱슬머리 노인이 끼어들었다.

"게라심 영감, 저것 좀 봐. 검은 종마로 곡식 더미를 옮기면 일을 마무리하는 속도가 빨라지겠지."

"어? 반바지를 입은 사람은 여자인가?"

농부들 중 한 명이 부인용 안장에 앉아 있는 베슬로프스키를 가리키면서 궁금해했다.

"남자인데 어쩜 말을 저리 못 탈까?"

"이봐. 우리 낮잠을 자야 할 것 같은데."

"무슨 잠을 잔다고 그래."

노인은 힐끗 해를 보고는 핀잔을 주었다.

"벌써 한낮이 지났어. 낫을 들고 어서 일을 시작하자고!"

18

안나는 돌리의 마르고 피곤한, 먼지가 잔주름을 덮은 얼굴을 쳐다보며 자신의 의견, 즉 돌리가 야위었다는 것을 솔직하게 말하려고 했다. 하지만 자신의 외모가 예뻐졌다는 사실과 돌리의 시선이 그렇게 말하고 있다는 것을 깨닫고 깊은 숨을 내쉬며 자신의 이야기를 시작했다.

"당신은 내가 이러한 상황에 처해서도 행복할 수 있을까 생각을 할 거예요. 난 괜찮습니다. 받아들이기 창피하기는 하지만 나는……. 누군가에게 용서받지 못할 만큼 행복하답니다. 마법 같은 일이 일어났어요. 마치 꿈을 꾸는 것처럼 말이죠. 꿈에서 무섭고 공포를 느끼다 잠에서 깨면 두려움이 한꺼번에 날아가는 것 같잖아요. 나는 아프고 힘들게 살았어요. 하지만 지금은 아니, 아주 예전부터, 특히 이곳에 온 뒤로 정말 행복해요!"

안나는 돌리를 보면서 질문을 하는 듯한 부자연스러운 미소를 지었다.

"나도 너무나 기뻐요!"

돌리는 웃었지만 자신도 모르게 의도했던 것보다 더 냉정하게 말했다.

"당신을 만나서 정말 좋아요! 그런데 왜 나에게 편지를 보내지 않았나요?"

"이유가 뭐냐고요? 편지를 쓸 용기가 없었어요. 당신은 나의 상황을 잊어버렸군요."

"나에게요? 용기가 없었다고요? 당신이 나를 안다면, 내가 당신을 얼마나……."

다리야 알렉산드로브나는 오늘 아침 자신이 했던 생각을 안나에게 전하고 싶었다. 하지만 지금 그렇게 행동하는 것은 적당한 것 같지 않았다.

"뭐, 그 이야기는 나중에 하기로 해요. 이 건물들은 다 뭐죠?"

그녀는 화제를 바꾸기 위해 아카시아와 라일락으로 된 초록색 산울타리 저편에 있는 빨강색, 초록색 지붕을 가리키며 물었다.

"작은 마을 같군요."

하지만 안나는 그녀의 말에 대꾸를 하지 않았다.

"아뇨, 아니에요! 당신은 내 상황에 대해 어떤 생각을 가지고 있죠? 어떻게 생각하고 있나요?"

그녀가 물었다.

"나는……."

다리야 알렉산드로브나가 이야기를 시작했다. 그런데 마침 말을 오른발부터 달리게 하는 데 성공한 짧은 재킷 차림의 바센카 베슬로프스키가 가죽으로 된 여성용 안장에서 육중한 소리를 내며 그들 옆을 무척 빠르게 지나갔다.

"말이 방법을 배웠네요, 안나 아르카지예브나!"

그가 외쳤다.

안나는 그에게 시선을 주지 않았다. 하지만 다리야 알렉산드로브나는 마차에서 시간이 오래 걸릴 이야기를 시작한다는 것이 거북했다. 그래서 자신의 요점을 짧게 간추렸다.

"나는 아무 생각도 하지 않았어요."

그녀가 말했다.

"나는 항상 당신을 사랑했어요. 누군가를 사랑한다는 건 내가 상대에게 원하는 모습이 아닌 그 모습 그대로를 사랑하는 거죠."

안나는 친구의 얼굴에서 눈길을 뗐다. 그리고 눈을 가늘게 뜨고—이것은 돌리가 미처 본 적이 없는 그녀의 새로운 습관이었다.—그 말의 의미를 온전히 받아들이기 위해 돌리를 봤다.

"혹시 당신에게 죄가 있다면 당신이 와 준 것과 지금 한 그 말로 인해 전부 용서받을 수 있을 거예요."

돌리는 그녀의 눈에서 눈물을 발견했다. 그녀는 조용히 안나의 손을 꼭 잡았다.

"그런데 이 건물들의 정체는 무엇이죠? 건물이 무척 많아요!"

침묵의 순간이 끝나고 그녀가 다시 물었다.

"하인들이 지내는 숙소, 종마 사육장, 마구간 등이에요."

안나가 말했다.

"지금부터는 공원이 시작되지요. 전에는 황량한 곳이었지만 알렉세이가 다시 생명력을 불어넣었어요. 그래서 그는 이 영지를 진심으로 사랑한답니다. 전혀 예측할 수 없을 정도로 영지 관리에 정성을 기울이고 있어요. 소질이 있어서 어떤 일이든 손만 대면 완벽하게 해내고는 하지요. 싫증을 내지 않고 정열적으로 심혈을 기울이고 있어요. 내가 보기에 그는 완벽하고 뛰어난 영주가 되어 있어요. 더군다나 영지 관리를 할 때는 돈을 쓰지 않아요. 인색할 만큼 말이에요. 하지만 영지를 관리할 때만 그러곤 해요. 수만 루블을 쓰는 문제에 대해서는 계산도 하지 않는다니까요."

안나는 보통의 여자들이 자신만 알고 있는 사랑하는 이의 은밀한 특징에 대해 전할 때 흔히 짓는 즐거워 보이면서도 능청스러운 미소를 지으며 말했다.

"저기 큰 건물은 새 병원이에요. 나는 저 건물에 십만 루블 이상이 필요할 거라고 생각하고 있어요. 지금은 그의 '도락'이 되었지요. 저 건물을 어떻게 하다 올리게 된 줄 아세요? 농부들이 그에게 임대료를 낮춰 달라고 부탁을 했었나 보더라고요. 하지만 그는 싫다고 했지요. 나는 그에게 너그럽지 못하다고 비난을 퍼부었어요. 당연히 그뿐만 아니라 다른 상황들이 있긴 했지만요. 그는 자신이 너그럽다는 것을 보여 주기 위해 병원을 짓기 시작했어요. 쓸데없는 일이에요. 그렇지만 나는 그 일로 인해 그를 더 깊이 사랑하게 되었어요. 이제 집을 볼 수 있을 거예요. 조상 대대로 물려받은 집인데 외관을 그대로 유지하고 있어요."

"무척 훌륭하군요!"

돌리는 정원에 자리 잡은 고목들의 다채로운 초록빛 사이로 보이는, 기둥이 있는 아름다운 집을 발견하고 자기도 모르게 탄성을 질렀다.

"정말 그렇죠? 2층에서 바라보는 경치도 정말 아름다워요!"

그들은 바닥에 자갈이 깔리고 꽃으로 꾸며진 안마당으로 들어가 차양을 친 현관 입구에 마차를 세웠다. 안마당에서는 일꾼 두 명이 흙을 부드럽게 다진 꽃밭 주변에 구멍이 많이 뚫린 자연산 돌을 쌓고 있었다.

"벌써 도착했군요!"

안나는 하인들이 현관 계단에서 말들의 마구를 벗기는 것을 보면서 말했다.

"저 말 훌륭하죠? 내가 가장 마음에 들어 하는 코브라는 종의 말이에요. 말을 여기로 데려와서 설탕을 먹여 주세요. 백작님은 어디에 있나요?"

그녀는 밖으로 나온 제복 차림을 하고 있는 두 명의 하인에게 물었다.

"어? 저기 있다!"

그녀는 건너편에서 오고 있는 브론스키와 베슬로프스키를 보면서 말했다.

"공작 부인을 어디에 모신 건가요?"

브론스키는 안나에게 시선을 보내면서 프랑스어로 물었다. 하지만 그는 그녀의 대답을 듣기도 전에 다리야 알렉산드로브나의 손에 입술을 대고 다시 한 번 인사를 했다.

"발코니가 있는 큰 방이 좋을 것 같아."

"아, 아니에요. 그 방은 너무 멀거든요. 우리가 더 자주, 많이 만나려면 모퉁이에 있는 방이 괜찮을 것 같아요."

안나는 하인이 가져다준 설탕을 아끼는 말에게 주면서 말했다.

"당신은 할 일을 잊고 있군요."

그녀는 현관 입구에 나와 있는 베슬로프스키에게 말했다.

"미안하지만 나도 주머니에 잔뜩 갖고 있어요."

그는 미소가 담긴 얼굴로 손가락을 조끼 주머니에 찌르면서 말했다.

"하지만 너무 늦게 오셨어요."

그녀는 말이 설탕을 먹느라 적신 손을 손수건으로 닦아 내면서 말했다. 안나는 돌리에게 시선을 옮겼다.

"오랫동안 있을 수 있어요? 하루? 그건 절대 안 돼요!"

"나는 이미 약속을 했어요. 아이들도……."

돌리는 당황스러웠다. 마차에서 손가방을 가져와야 했고 자신의 얼굴이 먼지로 뒤범벅되어 있으리라는 것을 알아챘기 때문이다.

"돌리, 안 돼요. 제발요……. 하, 잠시 후에 만나요. 우선 방으로 가세요. 들어가요!"

안나는 돌리를 방으로 데리고 갔다.

브론스키가 권유했던 화려한 방이 아니라 안나가 돌리에게 용서를 구하면서 추천했던 방이었다. 그런데 용서를 구해야만 한다던 방은 돌리가 이제껏 접한 적도 없는 외국의 최고 호텔을 연상시키는 호화로운 물건들로 가득했다.

"정말 행복해요!"

승마복을 입고 있는 안나가 돌리 옆에 잠깐 앉으면서 말했다.

"가족들에 대해 들려주세요. 일전에 스티바를 잠깐 봤어요. 그렇지만 오빠는 아이들에 대한 이야기를 하지 않더라고요. 내가 제일 귀여워하는 타냐는 어떻게 지내나요? 많이 컸겠어요!"

"그럼요, 많이 컸어요."

다리야 알렉산드로브나는 자신이 아이들에 대해 차갑게 말할 수 있다는 사실에 깜짝 놀라면서 간단하게 대답했다.

"우리는 레빈 부부의 집에서 아주 잘 지내고 있는걸요."

그녀는 말을 덧붙였다.

"당신이 나를 싫어하지 않는다는 것을 미리 알았더라면……."

안나가 말했다.

"모두 우리 집에 놀러 올 수 있었을 거예요. 스티바는 알렉세이와 오래 사귄 친구니까요."

그녀의 얼굴이 갑자기 붉어졌다.

"당연하지요. 그렇지만 우리는 잘……."

당황한 돌리는 말했다.

"네. 지금 너무 기쁜 나머지 멍청한 소리를 하고 있네요. 한 가지만 더 이야기할게요. 당신이 방문을 해 줘서 정말 즐거워요!"

안나는 다시 돌리에게 입을 맞추었다.

"당신은 아직 말해 주지 않았어요. 나를 어떻게 생각하고 무슨 생각을 가지고 있는지. 나는 전부 알고 싶어요. 당신이 날 있는 그대로 볼 것이라고 상상하니 정말 기뻐요! 다른 것보다 사람들이 내가 어떤 사실을 증명하고 싶어 한다고 여기지 않았으면 좋겠어요. 나는 전혀 그러고 싶지 않거든요. 단지 살고 싶을 뿐인데 말이에요. 나는 그럴 만한 권리를 가지고 있으니까요. 그렇죠? 아무래도 이야기가 길어질 것 같으니 나중에 더 이야기하기로 해요. 옷을 갈아입어야겠어요. 하녀를 보내 줄게요."

19

혼자가 된 다리야 알렉산드로브나는 주부의 시선으로 방을 살폈다. 이 집에 오면서, 이 집을 들어와서 지금 방에서 목격한 모든 것들은 그녀에게 넉넉함과 세련된 이미지를, 영국 소설에서만 접했을 뿐 시골은 말할 것도 없고 러시아에서 한 번도 겪어 보지 못했던 새로운 유럽식 화려함이라는 인상을 받았다. 프랑스산 벽지부터 방마다 깔린 양탄자까지 전부 새것이었다. 용수철 장치가 있는 침대의 매트리스, 특이한 모양의 침대 머리, 까칠한 실크 커버를 씌운 작은 베개가 놓여 있었다. 대리석 세면대, 화장대, 소파, 테이블, 벽난로 선반 위의 걸린 청동 시계, 얇고 두꺼운 재질들의 커튼, 모든 것이 값비싼 새 물품들이었다.

시중을 들러 온 하녀의 머리 모양과 옷은 돌리보다 더 세련되었고 하녀는 방처럼 새롭고 비싼 느낌을 주었다. 다리야 알렉산드로브나는 하녀의 예의 바름, 단정함과 친절함이 좋았으나 같이 있는 것은 어색했다. 다리야 알렉산드로브나는 운 나쁘게 실수로 챙긴, 천을 덧댄 드레스 때문에 얼굴이 달아올랐다. 집에서만큼은 뿌듯했던 헝겊 조각과 덧댄 흔적이 부끄러웠다. 집에서 블라우스 여섯 벌을 만들려면 일 아르신에 육십오 코페이카 하는 얇은 무명이 이십사 아르신 정도 필요하므로 수공과 장식을 빼더라도 십오 루블이 넘게 들어가는데, 그 십오 루블을 아꼈다는 사실을 하녀에게 보이기가 부끄럽고 불편했다. 다리야 알렉산드로브나는 예전부터 알고 있던 안누슈카가 방을 찾아왔을 때 큰 위로를 받았다. 멋쟁이 하녀가 마님의 부름을 받자 다리야 알렉산드로브나는 안누슈카와 단둘이 남았다

안누슈카는 부인의 방문이 기쁜 듯 계속 떠들어 댔다. 돌리는 그녀가 마님의 입장에 대해, 특히 안나 아르카지예브나를 향한 백작의 사랑과 성실함에 대해 자신의 생각을 피력하고 싶어 한다는 것을 알아챘다. 하지만 돌리는 그녀가 이야기를 시작하려고 할 때마다 중단시켰다.

"안나 아르카지예브나와 저는 같이 자랐어요. 그래서 저에게는 가장 소중한 사람이죠. 판단이야 제가 할 몫은 아니지만요. 그렇지만 어쩌면 말이죠. 진심으로 사랑을 한다면……."

"그나저나 이것 좀 세탁실에 맡겨 줄래?"

다리야 알렉산드로브나는 그녀의 이야기를 끊었다.

"알겠어요. 우리 집에는 세탁실을 맡고 있는 여자가 두 명 있어요. 속옷이나 시트 같은 리넨 제품은 기계로 돌리고 있어요. 백작님이 손수 모든 일을 감독하고 있어요. 정말 좋은 남편이지요……."

안나가 방에 들어오자 그녀의 등장만으로도 안누슈카의 수다는 멈췄기 때문에 돌리는 기뻤다. 그녀는 단순한 아마포 옷을 입고 있었다. 돌리는 그 옷을 자세히 살펴보았다. 안나는 단순함이 어떤 의미를 담고 있는지, 또 그것에 얼마만큼의 돈을 써야 하는지 잘 알고 있었다.

"오래 사귄 친구예요."

안나가 안누슈카에 대해 설명했다.

안나는 더 이상 당혹스러워하지 않았다. 이제 평안하고 차분해 보였다. 돌리는 안나가 자신의 방문으로 인한 감동에서 완전히 벗어나, 감정과 속내가 담겨 있는 구획의 문을 잠그기라도 한듯 진부하고 무심한 태

도를 보이는 것만 같았다.

"아, 안나, 당신의 어린 딸은 잘 지내고 있나요?"

돌리가 물었다.

"아니—그녀는 자신의 딸 안나의 호칭을 '아니'라고 불렀다.—를 말하는 건가요? 무척 튼튼해요. 살이 통통하게 올랐어요. 그 아이를 보고 싶나요? 만나게 해 줄 테니 지금 가요. 보모들 때문에 짜증 나는 일이 정말 많았어요."

그녀가 이야기를 풀어냈다.

"우리는 이탈리아 여자를 유모로 썼어요. 무척 착하기는 한데 멍청해요. 우리는 그녀를 자르고 싶은데 딸이 유모에게 익숙해지는 바람에 계속 지켜보고 있어요."

"어떤 방법으로 해결했어요……?"

돌리는 아기에게 누구의 성을 따르게 할 것인지 질문을 하려고 했다. 하지만 안나가 얼굴을 찡그린 것을 보고 질문에 담긴 의미를 바꾸었다.

"이제 젖을 먹지 않나요? 어떻게 뗐지요?"

하지만 안나는 곧 눈치챘다.

"당신이 물어보려고 했던 것은 그게 아니잖아요? 아기의 성이 궁금했던 거죠, 그런 거죠? 알렉세이도 그 문제로 힘들어하고 있어요. 아기는 아직 성이 없어요. 카레니나예요."

안나는 속눈썹만 보일 정도로 눈을 가늘게 떴다.

"그렇지만……."

안나의 얼굴이 갑자기 밝아졌다.

"그 문제는 차차 다루기로 해요. 그 아이를 보러 같이 가요. 정말 귀여워요. 벌써 기어 다니고 있어요."

집 안 곳곳에서 다리야 알렉산드로브나를 화들짝 놀라게 했던 호화스러움은 아기 방에서 절정에 이르렀다. 영국에서 주문한 장난감 짐마차,

걷는 방법을 알려 주기 위한 가구, 아기가 기어 다닐 수 있게 당구대처럼 만든 소파, 요람, 특이한 새 목욕통이 있었다. 전부 영국산으로 견고하고 좋은 것이라 비쌀 것 같았다. 그 방의 높은 천장은 넓고 환했다.

그들이 안에 들어서자 속옷만 입은 아기가 테이블 옆에 놓은 작은 팔걸이의자에 앉아 수프를 가슴에 잔뜩 흘리며 먹고 있었다. 아기 방에서 시중을 드는 러시아 하녀는 아기에게 수프를 먹이면서 같이 먹고 있었던 모양이었다. 유모와 보모는 없었다. 그들은 옆방에 있었다. 거기에서 이상한 프랑스어로 대화를 하는 말소리가 들렸다. 그들은 그런 언어를 통해서 겨우 의사소통할 수 있었던 것이다.

안나의 목소리를 듣고 미심쩍은 표정을 짓고 있는 불쾌한 얼굴의 키가 큰 영국인 여자가 틀어 올린 금발 머리를 흔들며 부리나케 안으로 들어왔다. 안나가 별 잔소리를 하지 않았음에도 불구하고 구구절절 변명을 해 댔다. 영국인 여자는 안나의 말에 다급하게 같은 말을 반복했다.

"네, 마님."

검은 눈썹과 머리카락, 붉은 뺨, 닭고기 살처럼 탱탱하고 팽팽한 피부, 비록 아이가 낯을 가리느라 미운 표정을 짓고 있어도 다리야 알렉산드로브나는 아기가 무척 마음에 들었다. 그녀는 아기의 건강한 모습에 샘이 나기도 했다. 아기가 기는 모습도 예뻤다. 그녀의 아이들 중에는 이런 모습으로 기었던 아이가 단 한 명도 없었다. 아기를 양탄자에 앉히고 옷자락을 넘겨 주자 아기는 놀랄 만큼 사랑스러웠다. 아기는 귀여운 동물처럼 환하게 빛나는 크고 까만 눈동자로 어른들을 보면서 사람들이 자신에게 감탄의 눈길을 보내는 것에 내심 기뻐하는 것 같았다. 아기는 밝게 웃으면서 다리를 옆으로 벌리더니 양손으로 몸을 지탱하며 재빠르게 엉덩이를 들어 올리고 다시 조그만 손을 앞으로 뻗었다.

하지만 다리야 알렉산드로브나는 아기 방의 전체적인 분위기, 특히 영국인 여자가 그저 그랬다. 사람에 대해 안목이 나름대로 뛰어난 안나가 그런 무정하고 호감 가지 않는 영국인 여자를 고용해 자신의 딸을 보살피게 한 것에 대해 다리야 알렉산드로브나는 이처럼 비정상적인 가정에는 단정한 여자가 오지 않기 때문일 거라고만 생각했다. 더군다나 그들의 대화를 통해 다리야 알렉산드로브나는 안나가 유모, 보모, 아기와 친하지 않다는 것, 어머니의 방문이 특별한 일이라는 것을 금방 눈치챘다. 안나는 아기에게 장난감을 주고 싶어 했지만 어디에 있는지 찾지 못했다.

그중 가장 놀라운 일은 안나가 아기의 이 개수에 대한 질문에 정답을 말하지 못한 데다 최근에 난 두 개에 대해서는 전혀 모르고 있다는 것이었다.

“가끔 어려워요. 내가 이곳에서 정말 쓸모없는 존재인 것만 같아서요.”

안나는 아기 방에서 나오면서 문가에 있는 장난감을 건드리지 않기 위해 치맛자락을 들었다.

“첫째 때는 전혀 이렇지 않았어요.”

“그 반대였던 것 같은데요.”

다리야 알렉산드로브나는 우물거렸다.

“아니랍니다. 당신은 내가 세료자를 만났다는 사실을 알고 있죠?”

안나는 먼 곳에 시선을 보내는 것처럼 실눈을 뜨면서 말했다.

“그렇지만 그 이야기는 나중에 나누기로 해요. 당신은 믿지 못하겠지만 나는 눈앞에 차려진 진수성찬을 보고 어느 음식부터 먹어야 할지 모르는 배고픈 사람 같아요. 진수성찬은 바로 당신, 내 앞에 있는 당신과 대화를 하는 거예요. 내가 아무와도 할 수 없었던 대화를 말이죠. 어떤 이야기부터 해야 할지 잘 모르겠어요. 그러나 두려운 건 아니에요. 나의 모든 것을 털어놓을 거예요. 그래, 당신이 우리 집에서 본 사람들에 대해 설명해 줘야 하겠군요.”

그녀는 이야기를 이끌어 나갔다.

"부인들에 대해 알려 줄게요. 바르바라 공작 영애. 당신도 아는 사람이죠? 나는 그녀를 당신과 스티바가 어떻게 생각하고 있는지 잘 알고 있어요. 스티바는 그녀의 인생의 목표가 오로지 자신의 언니인 카테리나 파블로브나보다 훨씬 뛰어나다는 것을 증명하는 것이라고 말하지요. 그렇지만 그녀는 무척 착해요. 나는 그녀에게 진심으로 고마워하고 있어요. 페테르부르크에 있을 때 샤프롱—젊은 부인이 공적인 자리에 나갈 때 필요한 동행인—이 필요했던 적이 있었어요. 그때 우연히 그녀를 만나게 되었어요. 그녀는 무척 착해요. 그녀는 내가 어려운 상황에 처해 있을 때 무척 편하게 대해 주었거든요. 당신은 내가 겪었던 갖가지 어려움을 절대 받아들일 수 없을 거예요……. 거기 페테르부르크에서……."

그녀는 말을 이었다.

"여기에서 나는 평화롭고 행복해요. 그 이야기는 나중에 할까요? 설명해야 할 사람들이 많으니까요. 다음은 스비야슈스키, 귀족 회장이고 정말 기품이 있죠. 하지만 알렉세이에게 뭔가를 원하고 있어요. 당신도 알겠지만 우리가 시골에 자리를 잡은 뒤 알렉세이는 그의 재산으로 인해 무척 큰 영향력을 갖게 되었거든요. 다음은 투슈케비치, 당신도 그 사람을 만난 적이 있죠? 전에 벳시를 쫓아다녔잖아요. 지금은 버림을 받아서 우리 집에 와 있답니다. 알렉세이 이야기에 따르면 그는 자신이 원하는 모습을 남들이 있는 그대로 받아들여 주기만 하면 무척 자상해지는 부류의 사람이래요. 게다가 무척 훌륭한 사람이지요. 바르바라 공작 영애가 하는 말에 따르면요. 다음은 베슬로프스키……. 당신도 그 귀여운 소년을 알고 있죠?"

그녀가 말했다. 능청스러운 미소가 그녀의 입술을 주름지게 만들었다.

"그와 레빈 사이에 벌어졌던 난폭했던 사건의 경위는 도대체 무엇인가요? 베슬로프스키가 알렉세이에게 알려 주기는 했지만 우리는 믿을 수 없었어요. 그는 정말 점잖고 순진한 사람이에요."

그녀는 말을 하면서 좀 전의 미소를 그대로 지었다.

"남자들은 가끔 기분 전환을 해야 하죠. 알렉세이에게도 청중이 필요하답니다. 나는 그 일행들을 중요하게 생각하고 있어요. 집 안을 활발하고 경쾌한 장소로 만들어야 해요. 그래야 알렉세이가 새로운 다른 것을 찾지 않을 테니까요. 다음은 독일인 집사. 사람이 좋고 자신의 일에 대해 정확하게 파악을 하고 있어요. 알렉세이는 그를 좋게 평가하고 있어요. 다음은 의사. 이 젊은이는 완벽한 허무주의자는 아니지만 자신의 작은 칼을 이용해 음식을 먹고는 해요. 무척 뛰어난 의사지요. 다음은 건축가……. 하나의 작은 궁전이지요."

20

"공작 영애님, 돌리와 함께 왔어요. 돌리를 만나고 싶어 했잖아요."

안나는 다리야 알렉산드로브나와 넓은 석조 테라스로 나오면서 말했다. 바르바라 공작 영애는 테라스 그늘 아래 자수틀 건너편에 앉아 알렉세이 키릴로비 백작을 위해 안락의자의 시트에 수를 놓고 있었다.

"이분은 저녁 전까지 음식을 먹고 싶지 않다고 했어요. 그렇지만 공작 영애님이 가벼운 먹을거리라도 가져오라고 말해 주세요. 나는 밖으로 가서 알렉세이를 만나 일행들을 전부 데려올게요."

바르바라 공작 영애는 상냥하고, 조금은 보호자 같은 태도로 돌리를 맞았다. 그리고 자신이 안나의 집에서 지내고 있는 이유에 대해 설명하기 시작했다. 그녀는 항상 안나를 키운 자신의 언니 카테리나 파블로브나보다 안나를 더 깊이 사랑했고 모두 안나를 떠난 지금도 엄청난 고통스러운 과도기에 안나를 도와주는 일을 자신의 의무로 생각하고 있다는 것이었다.

"안나의 남편은 안나와 이혼할 거야. 그때 나도 나의 자리로 돌아갈 거란다. 그렇지만 지금은 내가 안나에게 도움을 줄 수 있으니 다른 사람들과 다르게 의무를 완벽하게 수행할 예정이다. 내가 아무리 어렵고 힘들지라도 말이야. 너는 정말 착한 사람이구나. 이곳을 방문한 것은 정말 잘 한 거야. 두 사람은 천생연분 같아. 그들에 대해 판단하는 것은 하느님이지, 우리는 아니란다. 과연 비류조프스키와 아베니예바가……. 니칸드로프는, 바실리예프와 마모노브나는, 리자 네프투노바는……. 이 사람들이 정말 아무 말도 하지 않았을까? 어찌됐든 다들 그들을 받아 주는 것으로 일은 마무리됐지. 그건 그렇고 이 집에서는 무척 즐겁고 예의 바른 풍습이 행해지고 있어. 완전히 영국식이지. 아침 식사 때 모두 얼굴을 맞대고 그 뒤엔 뿔뿔이 흩어져. 만찬 때까지는 모두 자신이 하고 싶은 일을 하고 있어. 만찬은 일곱 시에 시작될 거야. 스티바가 널 여기에 보내 준 건 정말 잘한 행동이야. 스티바도 저 사람들 편에 있어야지. 너도 알고 있겠지만 알렉세이는 자신의 어머니와 형의 도움을 받아서 어떤 일이든 할 수 있어. 그리고 저 사람들은 좋은 일을 많이 하고 있어. 그가 너에게 병원에 대해 이야기해 줬지? 훌륭한 건물이 될 거야. 모든 물건을 파리에서 받거든."

그들의 대화는 당구실에서 남자들 일행을 데리고 온 안나가 테라스로 들어오면서 중단이 되었다. 만찬 때까지 남은 시간은 넉넉했고 날씨도 화창했다. 그래서 만찬까지 남은 두 시간을 보낼 여러 가지 방법에 대해 의논했다. 보즈드비젠스코예에는 시간을 때울 방법이 다양했다. 그리고 그것들은 포크로프스코예에서 하던 것과는 새삼 달랐다.

"테니스 한 게임."

특유의 미소를 머금은 베슬로프스키가 제안했다.

"안나 아르카지예브나, 우리 이번에도 같은 조가 되는 거 어때요?"

"너무 더워. 정원을 걷거나 보트를 타면서 다리야 알렉산드로브나에게 강가를 구경시켜 주는 편이 더 좋을 거야."

브론스키가 말했다.

"나는 무슨 일이든 찬성이야."

스비야슈스키가 말했다.

"돌리는 산책을 제일 좋아할 것 같네요. 그렇죠? 그다음에 보트를 타러 가는 건 어때요?"

안나가 말했다.

어떤 일을 할지 결정되자 베슬로프스키와 투슈케비치는 강가의 욕장에 가서 보트를 준비하고 사람들을 기다리기로 했다.

안나와 스비야슈스키, 돌리와 브론스키는 둘씩 짝을 지어 오솔길을 걸었다. 돌리에게는 자신이 처한 상황이 황당하기도 하고 걱정되기도 했다. 추상적으로든 이론적으로든 돌리는 안나의 행동에 정당성을 부여했을 뿐 아니라 찬성하기까지 했다. 일반적으로 완벽하게 도덕적인 여자들이 간혹 그러하듯 도덕적인 생활의 단순함에 이골이 난 그녀는 먼발치에서 불륜의 사랑을 용서했을 뿐 아니라 안나를 부러워하기까지 했다. 더군다나 그녀는 안나를 진심으로 사랑했다. 그러나 실은, 그녀에게는 낯설게만 느껴지는 세련된 사람들 속에 있는 안나를 보자 거북한 느낌이 들었다. 특히 그녀는 바르바라 공작 영애와 마주치는 것이 유쾌하지 않았다. 바르바라 공작 영애는 자신의 편의를 위해 그들을 전부 용서한 것처럼 보였기 때문이다.

대체적으로, 돌리는 관념적으로는 안나의 행동을 응원했다. 하지만 그런 행동을 하게 만든 사람을 보는 것은 그녀로서는 편안하지만은 않았다. 그녀는 그가 무척 거만하다고 느꼈고 그에게서 재산 말고는 그럴 만한 이유를 찾을 수 없었다. 하지만 그는 의지와는 달리 자신의 집에서 그녀에게 예전보다 강한 압박감을 주었다. 다리야 알렉산드로브나는 그와 마음을 터놓고 지낼 수가 없었다. 그녀는 예전에 그에게서 드레스 때문에 하녀 앞에서 느꼈던 감정을 똑같이 느꼈다. 그녀는 그와 있는 동안 그런 감정을 계속 품고 있었다.

돌리는 자신이 당황하고 있음을 눈치채고 다른 화제를 꺼냈다. 그녀는 그처럼 거만한 사람에게 집과 정원을 칭송해 봤자 오히려 불쾌하게 만들 것이라고 여겼지만 다른 화제를 찾기란 쉽지 않았다. 그래서 그에게 집이 정말 멋지다고 말했다.

"맞아요. 정말 아름다운 건축물이지요. 고전적인 분위기를 풍기고요."

그가 말했다.

"현관 계단 앞의 안뜰이 마음에 쏙 들어요. 이전에도 같은 모습이었나요?"

"아닙니다."

그가 대답했다. 그의 얼굴이 환희로 가득 찼다.

"지난봄에 안뜰을 보셨어야 하는데!"

그는 처음에는 신중하다가 점점 열정적으로 집과 정원의 구체적인 장식을 설명하며 그녀의 주의를 끌었다. 영지를 바꾸고 꾸미는 데 정성을 쏟아부었던 브론스키는 새로운 사람 앞에서 자랑할 필요가 있다고 생각했으므로 다리야 알렉산드로브나의 칭찬에 진심으로 좋아했다.

"혹시 병원을 구경하고 싶다면, 피곤하지 않다면 병원이 여기에서 멀지 않으니 한번 가 보겠습니까?"

그는 그녀가 지루하지 않은지 확인을 하려고 그녀의 표정을 쳐다봤다.

"안나, 같이 가겠소?"

그는 안나를 쳐다봤다.

"우리 같이 가요. 어떻게 할래요?"

그녀는 스비야슈스키에게 동의를 구했다.

"하지만 베슬로프스키와 투슈케비치를 보트 안에서 기다리게 하면 어떡해요. 그들에게 사람을 시켜서 알리도록 하세요. 그건 알렉세이가 이곳에 세운 기념비예요."

안나는 아까 병원에 대해 이야기할 때처럼 모든 것을 꿰뚫고 있다는 듯한 능청스러운 미소를 짓고 돌리를 쳐다봤다.

"아, 아주 큰 사업이야!"

스비야슈스키가 말했다. 하지만 브론스키에게 호응을 하는 것처럼 보이지 않으려고 비난이 섞인 언급을 더했다.

"그렇지만 백작, 나는 깜짝 놀랐네……."

그가 말했다.

"자네처럼 보건 쪽에서 다양한 일을 하고 있는 사람이 학교에는 관심이 없다니 말이야."

"학교는 이제 너무 흔하니까."

브론스키가 말했다.

"당신은 이해해 줄 거라고 생각합니다. 그것 때문만은 아니고 이 일에 너무 집중을 하고 있기 때문입니다. 병원은 이쪽이에요!"

그는 다리야 알렉산드로브나에게 가로수 길에서 벗어나는 샛길을 알려 주었다.

부인들은 양산을 쓰고 작은 샛길을 걸었다. 굽이 몇 개를 지나고 쪽문 한 개를 통과한 후 다리야 알렉산드로브나는 눈앞의 높은 곳에서 세밀한 형태를 띤, 완공되어 가는 크고 붉은 건축물을 발견했다. 아직 페인트칠을 하지 않은 철제 지붕이 뜨거운 햇살을 받아 반짝반짝 빛났다. 완성된 건물 옆에는 목재로 둘러싼 다른 건물을 올리는 중이었고 건축 현장에 있는 판자 위에서는 앞치마를 한 일꾼들이 벽돌을 쌓고 통 속의 회반죽을 부어 흙손으로 부드럽게 만드는 작업 중이었다.

"작업을 빠른 속도로 하고 있네요!"

스비야슈스키가 말했다.

"지난번에 왔을 때는 지붕이 없었는데."

"가을까지 완공을 할 거예요. 내부 공사는 거의 끝났고요."

안나가 말했다.

"이 새 건물의 정체는 무엇인가요?"

"의무실과 조제실이에요."

브론스키가 설명했다. 그는 자신을 향해 다가오는 짧은 외투를 입고 있는 건축가를 보고서는 부인들에게 양해를 구하고 그쪽으로 갔다.

그는 일꾼들이 석회를 뜨고 있는 곳의 주변으로 돌아가서는 건축가와 제자리에 서서 열띤 대화를 나누었다.

"박공이 지금도 너무 낮소."

그는 어떤 이야기를 했느냐고 묻는 안나에게 말했다.

"기초를 올려야 한다고 지적을 했었잖아요."

안나가 말했다.

"당연합니다. 그렇게 하는 게 훨씬 좋았을 겁니다, 안나 아르카지예브나."

건축가가 말했다.

"지금은 늦었습니다."

"나는 이쪽 방면에 정말 관심이 많아요."

안나는 자신의 해박한 건축 지식을 놀라워하는 스비야슈스키에게 이렇게 말했다.

"새 건축물과 병원을 조화롭게 만들었어야 해요. 하지만 나중에 건물을 고안하는 바람에 설계도도 없이 공사에 들어갔어요."

브론스키는 건축가와 대화를 하고 부인들 곁으로 와서 그들을 병원 안으로 데려갔다.

건물 외부의 코니스는 한창 마무리 작업을 하는 중이었고 아래층은 칠을 하고 있었지만 위층은 거의 마친 상태였다. 그들은 층계참의 널따란 철제 계단을 올라가 첫 번째 큰 방으로 갔다. 벽은 대리석처럼 회반죽을 칠했고 큰 통유리도 이미 설치를 끝냈으며 나무 마루만 아직 작업을 진행 중이었다. 목수들은 이 층으로 가지고 온 각목에 대패질을 하다가 신사들에게 인사를 하기 위해 작업을 중단하고 머리에 묶고 있던 끈을 풀었다.

"여기는 환자 대기실이에요."

브론스키가 말했다.

"책상과 테이블, 장식장만 들여놓을 거예요."

"이쪽입니다. 여기로 오세요. 창가 쪽으로는 가지 말고요."

안나는 페인트칠이 말랐는지 확인하면서 말했다.

"알렉세이, 페인트가 다 말랐네요."

그녀는 한마디 덧붙였다.

그들은 환자 대기실에서 나와 복도를 지났다. 여기에서 브론스키는 사람들에게 자신이 설치한 새로운 환기 장치를 보여 주었다. 그리고 대리석 욕조와 특수 용수철이 달린 침대를 선보였다. 다음은 큰 병실, 창고, 환자복과 침대 시트 보관실을 구경시켜 주었고 새 건물의 신식 난로와 복도를 통해 필요한 물건을 실어 나를 수 있는 소음 없는 외바퀴 손수레 등도 설명해 주었다. 스비야슈스키는 새로운 개량품에 이미 익숙한 사람으로서 모든 것을 긍정적으로 평가했다. 돌리는 이제껏 접해 보지 못한 물건들에 솔직한 놀라움을 표현하며 그것들에 대해 궁금해 자세하게 물었다. 그녀의 태도는 브론스키를 기쁘게 만들었다.

"나는 이 건물이 러시아에서 제대로 만든 유일한 병원이라고 생각합니다."

스비야슈스키가 말했다.

"이 병원에 산부인과는 없나요?"

돌리가 물었다.

"시골에는 산부인과가 꼭 필요할 거예요. 나는 가끔……."

브론스키는 원래 예의 바른 사람이었지만 돌리의 말을 끊었다.

"여기는 조산원이 아니라 병원이거든요. 전염병을 뺀 나머지 모든 병에 대해 다룰 거예요."

그가 말했다.

"여기를 다시 한 번 살펴보시겠습니까?"

그는 새로 주문한 회복기 환자용 의자를 다리야 알렉산드로브나에게 내밀었다.

"한번 보시겠습니까?"

그는 의자에 앉아 의자를 작동시켰다.

"환자는 걸을 수 없는 상태입니다. 무척 약하거나 다리에 문제를 가지고 있습니다. 하지만 그에게는 공기가 필요하기 때문에 의자를 타고 다니는 것입니다……."

다리야 알렉산드로브나는 모든 것에 흥미가 생겼다. 전부 마음에 들었다. 무엇보다 그녀의 시선을 끈 것은 자연스럽고 순수한 열정을 지닌 브론스키였다.

'그래, 이 사람은 착하고 좋은 사람이야.'

그녀는 그의 말을 건성으로 들으며 종종 생각했다. 그리고 그를 쳐다보고 그의 표정을 뚫어지게 응시하면서 마음속으로 자신을 안나의 입장에 놓아 보았다. 그녀는 지금 생기발랄한 그가 너무나 좋았기에 안나가 그에게 어떻게 사랑을 느낄 수 있었는지 받아들일 수 있었다.

21

"내가 생각하기에 공작 부인은 피곤해서 말에 별 관심이 없을 것 같아."

브론스키는 종마장까지 산책을 하자고 이야기를 꺼내는 안나에게 말했다. 스비야슈스키는 거기에서 새 종마를 구경하고 싶어 했다.

"두 분은 다녀오세요. 나는 공작 부인을 집으로 모시고 가서 대화를 하겠습니다."

그가 말했다.

"두 분이 동의한다면 말입니다."

그는 그녀를 쳐다봤다.

"나는 말에 대해 전혀 아는 것이 없어요. 그렇게 해 준다면 무척 기쁠 것 같군요."

다리야 알렉산드로브나는 살짝 놀라면서 말했다.

그녀는 브론스키의 표정을 접하고 그가 자신에게 무엇인가 원하는 것이 있다는 것을 알았다. 그녀의 생각은 맞았다. 그들이 쪽문을 통해 정원에 들어서자 그는 안나가 떠난 곳을 바라보며 그녀가 그들의 말을 들을 수도, 그들을 볼 수도 없는 거리에 있다는 것을 확인한 후에야 입을 열었다.

"내가 당신과 이야기를 하고 싶어 한다는 것을 예측하고 있었죠?"

그녀를 보는 그의 눈에는 웃음이 서려 있었다.

"나는 당신이 안나의 친구라고 여기고 있는데 내 생각이 맞죠?"

그는 모자를 벗고 손수건을 꺼내 머리가 벗겨진 곳을 닦아 냈다.

다리야 알렉산드로브나는 아무 말도 하지 않고 휘둥그레진 눈으로 그를 바라봤다. 그녀는 그와 단둘이 남게 되자 갑자기 불안해졌다. 그의 웃는 눈과 엄숙한 표정이 그녀를 그렇게 만들었다.

그가 자신에게 어떤 이야기를 하려는 것인지 다양한 추측들이 머릿속을 스쳐 지나갔다.

'그는 나에게 아이들과 같이 자신의 집에서 지내 달라고 부탁을 할 거야. 그럼 나는 거절을 해야겠지. 아니면 모스크바에서 안나의 모임에 참석해 달라고 이야기를 하려는 것일까……, 아니면 바센카 베슬로프스키나 그와 안나의 관계에 대한 것일까? 혹시 키티에 대한? 자신이 죄책감을 느끼고 있다는 것을 알리려고?'

그녀는 갖가지 나쁜 경우를 짐작할 뿐 그가 자신과 어떤 이야기를 하려고 하는지 감을 잡을 수 없었다.

"당신은 안나에게 엄청난 영향력을 지니고 있어요. 안나는 당신을 무척 사랑하고 있고요."

그가 말했다.

"제발 나를 도와주세요."

다리야 알렉산드로브나는 의심스러워하며 망설이는 눈길로 보리수 그늘 아래로 들어오는 약한 햇살에 한 번은 전부, 한 번은 부분적으로 드러났다가 그늘에 가려 어두워지는 그의 정력적인 얼굴을 바라보면서 다음 말을 기다렸다. 하지만 그는 지팡이로 자갈을 툭툭 치면서 그녀 옆에서 아무 말 없이 걷기만 했다.

"당신이, 안나의 이전 친구들 중 유일하게 당신이 우리를 방문한 것은 말입니다. 나는 바르바라 공작 영애를 안나의 친구라 여기지 않습니다. 당신이 우리를 찾아 주신 것은 우리의 상황을 정상적이라고 생각해서가 아니라 이런 상황에서 직면한 어려움을 잘 알면서도 지금도 그녀를 사랑하고 그녀를 돕고 싶어 하는 마음 때문이라는 것을 잘 알고 있습니다. 제가 당신을 그렇게 받아들여도 될까요?"

그가 그녀에게 물었다.

"당연하죠."

다리야 알렉산드로브나가 양산을 접으면서 대답했다.

"그렇지만……."

"아니에요."

그는 그녀의 말을 끊고 자신의 행동이 상대방을 불쾌하게 만들 수도 있다는 것을 잊고 무의식적으로 그 자리에 서 있었다. 그녀도 하는 수 없이 그 자리에 멈췄다.

"안나가 직면한 상황의 어려움을 나처럼 강렬하고 절실하게 느끼고 있는 사람은 없을 것입니다. 어쩌면 당연한 결과지요. 행여나 당신이 내가 심장을 가지고 있는 사람이라고 여긴다면 말입니다. 나는 이러한 상황을 만들었기에 몸소 느끼고 있는 것입니다."

"충분히 이해할 수 있어요."

다리야 알렉산드로브나는 진지하고 야무지게 말하는 그에게 무의식적으로 빠져들면서 말했다.

"그렇지만 당신은 자신을 원인이라고 생각하고 있기 때문에 예민하게 반응하는 것 같네요. 사교계에서 그녀의 입장은 난감하기는 하죠. 당연히 이해해요."

다리야 알렉산드로브나가 말했다.

"사교계에서 그녀의 입장은 지옥과도 같았어요."

그는 우울하게 얼굴을 찡그리면서 재빠르게 말했다.

"그녀가 이 주일 동안 페테르부르크에서 겪었던 것보다 더욱 심각한 도덕적 고통은 도저히 짐작조차 할 수 없습니다……. 제발 믿어 주었으면 합니다."

"그랬을 거예요. 하지만 여기에서 안나가……. 당신들이 사교계의 필요성을 느끼지 않는 한……."

"사교계!"

그가 증오를 드러내면서 외쳤다.

"내가 사교계에 대한 필요성을 어떻게 느끼겠습니까?"

"영원히 필요 없을 가능성도 배제할 수 없을 거예요. 당신들은 행복하고 평화로울 테니까요. 나는 안나가 행복하다는 사실, 완벽할 정도로 행복하다는 사실을 알았어요. 그녀도 이미 나에게 충분히 전했고요."

다리야 알렉산드로브나가 미소를 머금으면서 말했다. 하지만 그렇게 말은 하면서도 그녀가 진심으로 행복한지는 의심이 되었다.

하지만 브론스키는 철석같이 믿고 있는 것 같았다.

"네."

그가 입을 열었다.

"나는 그녀가 모든 고통을 겪은 후에 기운을 차린 것으로 알고 있습니다. 그녀는 행복합니다. 현재 행복해한다고요. 하지만 나는……? 나는 어떤 일들이 우리를 기다리고 있을지 불안합니다……. 죄송합니다. 당신은 계속 산책을 하고 싶겠죠?"

"아니요. 어떻게 하든 좋아요."

"그렇다면 여기에 좀 앉으시겠습니까?"

다리야 알렉산드로브나는 가로수 길 구석에 자리하고 있는 정원의 벤치에 앉았다. 그가 그녀 앞에 섰다.

"나는 그녀가 행복하다는 것을 알고 있어요."

그가 재차 말했다. 그렇지만 다리야 알렉산드로브나는 안나가 진심으로 행복한지 강한 의문이 들었다.

"하지만 과연 지속될 수 있을까요? 우리의 행동이 옳은지 그른지는 다른 문제입니다. 주사위는 이미 던져졌어요."

그는 러시아를 사용하다 프랑스어로 바꾸어 말했다.

"우리는 일생을 함께하게 되었습니다. 우리는 우리에게 가장 고귀한 사랑의 매듭으로 이어졌습니다. 아이도 있고 앞으로 더 낳을지도 모릅니다. 하지만 우리의 상황에 따르는 조건들이며 법이 그렇지 않습니까, 자주 복잡하고 어려운 일들이 생길 테니까요. 안나는 자신에게 닥친 고통과 시련을 모두 겪은 뒤 이제야 숨을 돌리게 되었습니다. 하지만 현실적인 상황은 보지도, 보려고 하지도 않더군요. 하지만 나까지 그럴 수는 없습니다. 내 딸은 법적으로 카레닌의 딸이니까요. 나는 이러한 거짓은 싫습니다."

그는 세찬 부정의 몸짓으로 이야기를 하면서 슬프면서 의문에 찬 눈빛으로 다리야 알렉산드로브나를 응시했다.

그녀는 아무 말 없이 그를 쳐다볼 뿐이었다. 그는 말을 계속 이어 갔다.

"당장 내일 나의 아들이 태어날 수도 있습니다. 하지만 그 아이는 법적으로 카레닌의 아이입니다. 나의 이름과 재산을 물려받을 수 없습니다. 우리가 가정이라는 울타리 안에서 행복에 빠져 있다 해도, 정말 많은 아이들이 생긴다 해도 나는 아이들과 아무런 관계를 맺을 수가 없습니다. 그 아이들은 곧 카레닌이 되기 때문입니다. 당신은 이러한 처지의 고통과 아픔을 이해하겠죠! 나는 안나와 이 문제에 대해 이야기하려고 했습니다. 이 문제는 안나를 화나게 했습니다. 그녀는 이해하지 못하니까요. 그래서 나는 그녀에게 나의 진심을 전할 수가 없어요. 이제 다른 시각으로 봐 주세요. 나는 그녀의 사랑을 받으면서 행복해하고 있습니다. 하지만 일자리를 가져야 하니까 일을 찾았고 무척 자랑스러워하고 있습니다. 궁정과 부대에 있는 나의 옛 동료들이 하던 일보다 훨씬 숭고하게 생각하고 있습니다. 나는 절대로 이 일과 그들의 일을 바꾸지 않을 것입니다. 이곳에 여전히 남아서 일을 계속하고 있어요. 나는 정말 행복하고 만족해하고 있습니다. 우리의 행복을 위해서는 어떠한 것도 필요하지 않습니다. 나는 일을 사랑합니다. 그것이 결코 나쁘다고는 할 수 없습니다. 오히려……."

다리야 알렉산드로브나는 그가 이 부분에서 설명을 하다가 방향을 잡지 못하는 것을 눈치챘고 옆길로 샌 이야기를 온전히 받아들일 수 없었다. 하지만 그가 안나에게 차마 이야기하지 못했던 자신의 속마음에 대해 털어놓은 이상 앞으로 모든 것을 전할 것이라는 것, 시골에서의 일에 대한 중요성은 그와 안나의 관계에 관한 문제만큼이나 은밀한 생각의 영역에 속한다는 것을 깨달았다.

"그래서 말인데 이야기를 계속하자면……."

그가 정신을 퍼뜩 차리고 말했다.

"중요한 것은 일을 하면서 사업이 나와 함께 끝나 버리지 않을 것이라는 확신, 나에게 후계자들이 생길 것이라는 확신을 가져야 한다는 것입니다. 하지만 나에게는 그게 전혀 없습니다. 생각해 보십시오. 사랑하는 아내가 낳은 자식들이 내가 아닌 타인의, 그들을 증오하면서 그들을 알고 싶어 하지 않는 누군가의 자식들이 되리라는 것을 앞서 아는 처지를 말입니다. 정말 끔찍하기 그지없습니다."

그는 흥분했는지 잠시 말을 하지 않았다.

"나도 당연히 이해할 수 있어요. 하지만 안나가 도대체 어떤 일을 할 수 있다고 생각하는 거죠?"

다리야 알렉산드로브나가 말했다.

"당신의 말이 날 이 이야기의 목적에 다다르게 만드는군요."

그는 애써 마음을 차분히 가라앉히며 말했다.

"안나는 충분히 할 수 있어요. 이 문제는 그녀가 해결할 수 있으니까요……. 아이들을 양자로 삼기 위해서 황제께 청원하기 위해서라도 이혼은 피할 수 없습니다. 하지만 전적으로 안나에게 달려 있다는 이야기입니다. 그녀의 남편은 이혼을 하겠다고 했습니다. 지난번에 당신 남편이 그 문제에 대해 완전히 해결을 해 주었지요. 나는 알고 있습니다. 지금이라도 싫다고 하지는 않을 겁니다. 안나가 그에게 편지를 써서 보내기만 하면 됩니다. 그때 그는 정직한 답변을 해 주었습니다. 만약 그녀가 자신의 뜻을 표현하면 거절하지 않겠다고 말입니다. 그야 물론……."

그는 우울한 표정으로 말했다.

"심장이 없는 사람들만이 할 수 있는 위선적인 잔인함에 속하겠지요. 그는 자신에 대한 기억이 그녀에게 어떤 고통을 주었는지 알고 있고, 그녀를 알기에 그녀에게 편지를 달라고 했던 것입니다. 하지만 워낙 중대한 사안인지라 무슨 일이 있어도 이러한 감정의 섬세함이라는 문제는 딛고 넘어서지 않으면 안 됩니다. 안나와 아이들의 행복과 생존에 관한 일이니까요. 내 이야기가 아닙니다. 하지만 저는 정말 힘듭니다. 너무 힘들어요."

그는 자신의 괴로움에 대해 누군가를 협박하는 듯한 표정을 짓고 말했다.

"공작 부인, 그래서 염치 불구하고 구원의 닻이라도 붙잡고 싶은 심정으로 당신에게 매달리고 있는 것입니다. 그녀가 남편에게 편지를 보내 이혼을 요구할 수 있도록 말입니다."

"당연하죠."

다리야 알렉산드로브나는 알렉세이 알렉산드로비치와 마지막으로 만났던 일을 떠올리면서 생각에 잠겼다.

"물론입니다."

그녀는 안나를 상기하며 단호하게 말했다.

"그녀에게 당신의 영향력을 행사하세요. 그녀가 편지를 쓸 수 있도록 해 주세요. 나는 이 문제에 대해 그녀에게 더 이상 거론하고 싶지 않고 그렇게 할 수도 없습니다."

"그래요. 내가 말을 해 보도록 하죠. 그런데 안나는 어떤 생각을 가지고 있나요?"

다리야 알렉산드로브나는 순간, 안나가 눈을 가늘게 뜨는 새로운 버릇이 생겼음을 떠올렸다. 그리고 안나가 눈을 가늘게 뜰 때는 생활의 가장 은밀한 부분을 자극했을 때라는 것을 기억했다.

'그녀는 자신의 삶을 전부 제대로 보지 않으려고 실눈을 뜨는 것만 같았어.'

돌리는 생각했다.

"나를 위해 그리고 그녀를 위해서 꼭 대화를 해 볼게요."

다리야 알렉산드로브나는 그의 고마워하는 얼굴을 보며 말했다.

그들은 일어나서 집을 향해 걸었다.

22

안나는 벌써 집으로 돌아온 돌리를 보고 돌리와 브론스키 사이에 어떤 대화가 오갔는지 질문이라도 하는 것처럼 그녀의 눈을 뚫어져라 응시했지만 묻지는 않았다.

"저녁 먹을 시간이 다 되었나 봐요."

그녀가 말했다.

"우리는 아직도 얼굴을 자세히 보지 못했네요. 저녁 시간은 괜찮을 것 같아요. 옷을 갈아입고 올게요. 당신도 그래야 할 것 같네요. 건축 현장에서 같이 먼지를 뒤집어썼으니 말이에요."

돌리는 자신의 방으로 돌아왔지만 우스웠다. 갈아입을 옷이 없었기 때문이다. 이미 가장 좋은 옷을 입고 있는 상태였다. 하지만 만찬에 참석할 때 자신의 준비성을 드러내기 위해 그녀는 하녀에게 옷 손질을 맡기고 커프스와 나비 리본을 바꾸었으며 머리는 레이스로 장식을 했다.

"이것이 내가 할 수 있는 일의 전부에요."

그녀는 미소를 지으면서 안나에게 말했다. 안나는 세 번째로 갈아입은 지극히 단순한 옷을 입고 돌리를 찾아왔다.

"그래요, 우리가 너무 격식을 차리는 거죠."

안나는 자신의 아름다운 옷차림에 대한 변명을 하듯이 말했다.

"알렉세이는 당신이 이곳에 온 것에 대해 정말 기뻐하고 있어요. 그가 어떤 일에 기쁨을 느끼는 모습은 좀처럼 보기 힘들어요. 그는 당신을 좋아해요. 확실하죠."

그녀는 질문을 덧붙였다.

"피곤하지는 않나요?"

저녁 식사 전까지 대화를 할 시간이 없었다. 응접실에 들어선 그들은 바르바라 공작 영애와 검정 프록코트를 입은 남자들이 이미 그곳에 와 있는 것을 보았다. 건축가는 연미복 차림이었다. 브론스키는 손님에게 의사와 집사를 소개했다. 건축가는 병원에서 이미 돌리에게 소개했었다.

덩치가 좋은 수석 하인이 깨끗하게 면도를 한 둥근 얼굴과 하얀 넥타이의 풀 먹인 나비매듭을 뽐내면서 식사가 준비되었다고 알렸다. 부인들은 자리에서 일어났다. 브론스키는 스비야슈스키에게 안나 아르카지예브나의 팔을 잡아 달라고 부탁을 하고 자신은 돌리를 향해 갔다. 베슬로프스키가 투슈케비치보다 먼저 바르바라 공작 영애에게 손을 내밀었기 때문에 투슈케비치는 집사, 의사와 같이 혼자 걸어갔다.

식사, 식당, 식기, 하인, 술, 음식은 새롭고 화려한 전반적인 분위기와 잘 어울렸고 다른 것들보다 훨씬 더 호화롭고 새로워 보였다. 다리야 알렉산드로브나는 이 호사를 세세히 관찰하면서 한 집안을 관리하는 안주인으로서 자신이 본 것 중 어느 하나라도 자신의 집에 적용시키기를 바랄 수는 없었다. 호화로운 면에서 그녀의 생활양식을 뛰어넘었기 때문이다. 그녀는 자신도 모르게 모든 것에 깊이 빠져들면서 그런 것들을, 누가, 어떤 방법으로 준비했을까 자문했다. 바센카 베슬로프스키, 그녀의 남편 그리고 스비야슈스키를 비롯해 그녀가 알고 있는 많은 이들은 그것에 대해 전혀 생각하지 않았다. 그들은 얌전한 집주인이 손님에게 느끼게 하려는 것, 집이 깔끔하게 정리된 것은 집주인이 아무런 노력을 하지 않고 저절로 완성되었다는 말을 그대로 믿었다. 하지만 다리야 알렉산드로브나는 아이들의 아침 식사로 먹일 죽조차 저절로 만들어지지 않는다는 것, 복잡하고 뛰어난 배치에는 누군가의 방대한 관심이 주요하다는 것을 잘 알고 있었다. 알렉세이 키릴로비치가 테이블을 자세히 보고 있을 때, 그가 수석 하인에게 고개를 까닥이면서 신호를 했을 때, 그가 그녀에게 차가운 수프와 보통 수프 중 어떤 것을 선택할지 물었을 때, 다리야 알렉산드로브나는 그의 눈빛을 보고서는 이 모든 것이 집주인의 배려로 이루어지고 있다는 것을 깨달았다. 안나는 살림에 베슬로프스키보다 더 많이 공을 들이는 것 같지는 않았다. 그녀를 비롯해 스비야슈스키, 공작 영애, 베슬로프스키는 모두 자신들을 위해 준비된 것을 경쾌하게 즐기는 손님일 뿐이었다.

안나는 대화를 이끌어 가는 방면에서만 안주인 노릇을 했다. 집사나 건축가 같은 완전히 다른 세계의 사람들, 낯선 호화로움에 기죽지 않으려고 애쓰며 공통의 대화에 오래 참석할 수 없는 사람들이 섞인 작은 식탁에서 나누는 대화는 안주인에게는 꽤 어려운 일인데도 안나는 평소의 익살과 자연스러움으로 잘해 내고 있다는 것을 다리야 알렉산드로브나는 깨달았다.

화제는 어느덧 투슈케비치와 베슬로프스키만 보트를 타게 되었는지에 이르렀다. 투슈케비치는 페테르부르크 요트 클럽에서 열렸던 최근의 경주에 대해 이야기했다. 안나는 이야기가 잠시 멈추기를 기다리다가 건축가가 입을 열 수 있도록 그에게 말을 걸었다.

"니콜라이 이바니치가 깜짝 놀랐답니다."

그녀는 스비야슈스키에 대해 말했다.

"그가 지난번에 이곳을 방문한 뒤, 어떻게 이렇게 빨리 새 건물이 완공될 수 있느냐고요. 그렇지만 나도 매일 거기를 다니면서 공사가 어찌나 빨리 진행되는지 날마다 놀랐다니까요."

"백작님과 함께 일해서 좋습니다."

건축가가 웃으면서 말했다. 그는 자신의 위치에 대해 잘 알고 있는 예의 바르고 조용한 인물이었다.

"도청의 일을 할 때와는 완전히 다릅니다. 그 사람들과 일을 할 때는 서류를 산더미처럼 만들어야 하는데 백작님에게는 보고만 하면 함께 논의를 하고 단 세 마디만으로도 일이 끝난다니까요."

"미국식이에요."

스비야슈스키가 조용히 웃었다.

"그렇습니다. 미국에서는 합리적인 건축을 하죠……."

화제는 미합중국의 권력 남용에까지 넘어갔다. 하지만 안나는 집사가 대화에 참석하도록 다른 화제로 유도했다.

"당신은 탈곡기를 본 적이 있어요?"

그녀는 다리야 알렉산드로브나에게 말을 걸었다.

"우리가 당신을 만났을 때 마침 우리는 탈곡기를 보고 오는 중이었어요. 나도 탈곡기를 처음 봤답니다."

"탈곡기는 어떤 원리로 작동하나요?"

돌리가 물었다.

"가위랑 똑같더라고요. 한 장의 판자와 많은 양의 작은 가위로 만들어졌더라고요. 이렇게 말이에요."

안나는 반지를 끼고 있는 아름답고 하얀 손으로 가위와 포크를 가지고 설명을 했다. 그녀는 자신의 설명을 듣고 이해할 수 있는 사람이 없다는 것을 눈치챘을 것이다. 하지만 스스로 이야기가 재미있다는 것과 손이 예쁘다는 것을 알았기에 설명을 계속해 나갔다.

"펜나이프에 가까운 것 같아요."

베슬로프스키는 그녀에게 시선을 고장하고 장난스레 이야기했다.

안나는 희미한 미소를 지었지만 그에게 대꾸를 하지는 않았다.

"카를 페도리치, 가위 같지 않아요?"

그녀는 집사에게 물었다.

"네, 그렇습니다."

독일인이 말했다.

"아주 간단한 것입니다."

그는 기계의 구조에 대해 말했다.

"묶는 장치가 달려 있지 않아서 유감입니다. 저는 빈의 박람회에서 철사로 묶는 장치가 달린 기계를 보았습니다."

스비야슈스키가 호응했다.

"그 편이 더 유용할 텐데 말이에요."

"그렇다고 하더라도…… 철사값을 산정해야 하니까요."

침묵에서 벗어난 집사는 브론스키를 쳐다보았다.

"그럼 한번 산정해 볼까요."

독일인은 호주머니에 진작 손을 넣고 있었다. 거기에는 그가 모든 것을 계산해서 써 둔, 연필을 끼워 놓은 조그만 공책이 있었다. 하지만 밥을 먹는 중이라는 것을 기억하고 브론스키의 차가운 눈빛을 눈치챘으므로 자제했다.

"하지만 너무 복잡하고 번거로워지네요."

바센카 베슬로프스키는 독일인을 놀리듯 독일어로 말했다.

"돈을 가지고 싶으면 번거로움도 겪어야 하죠."

그는 다시 미소를 머금고 안나를 쳐다보며 프랑스어로 말했다.

"나는 독일어를 사랑합니다."

"그만하세요."

그녀는 그에게 농담 같지만 엄한 말투로 말했다.

"우리는 당신과 들판에서 만날 거라고 예상하고 있었어요, 바실리 세묘니치."

그녀는 병약해 보이는 의사에게 말을 걸었다.

"당신도 거기에 있었나요?"

"네. 하지만 곧 사라져 버렸지요."

의사는 침울하지만 재치 있게 대답했다.

"산책을 충분히 했겠군요."

"무척이요!"

"할머니의 건강은 어떠세요? 티푸스가 아니면 좋으련만."

"티푸스일 수도 있고 아닐 수도 있어요. 그렇지만 상태가 나쁩니다."

"저런, 정말 안됐네요."

안나가 말했다. 이렇게 집안 식구들에게 예의를 다하고 자신의 친구들에게 시선을 돌렸다.

"당신의 이야기를 들으면 기계를 만들기 힘들 것 같네요, 안나 아르카지예브나."

스비야슈스키가 농담을 걸었다.

"왜 그렇죠?"

안나가 미소를 지으며 물었다. 안나의 미소는 기계의 구조에 대한 자신의 풀이에 스비야슈스키도 눈치챈 매력적인 무엇인가 있다는 것을 스스로도 안다는 듯했다. 돌리는 젊은 여자의 교태라는 안나의 새로운 모습에 상당히 불쾌했다.

"그 대신 건축에 대한 안나 아르카지예브나의 지식은 정말 뛰어나더군요."

투슈케비치가 말했다.

"당연하죠. 어제는 안나 아르카지예브나가 '기둥'이니 '주춧돌'이니 하는 이야기를 하더군요."

베슬로프스키가 말했다.

"내가 올바르게 말하고 있나요?"

"그처럼 자주 접한다면 놀라울 게 없죠."

안나가 입을 열었다.

"그나저나 당신, 혹시 집을 어떤 재료로 만드는지도 모르는 거 아닌가요?"

다리야 알렉산드로브나는 안나가 불쾌해하면서도 베슬로프스키와 시시덕거리고 있었고 그녀 자신도 모르게 빠져들고 있다는 것을 발견했다.

브론스키는 이런 경우 레빈과 다른 방식으로 행동했다. 그는 분명 베슬로프스키의 잡담을 가볍게 여기는 것 같았고 오히려 그러한 농담을 부추겼다.

"베슬로프스키, 자, 이야기해 보세요. 돌을 붙일 때 어떤 걸 쓰죠?"

"당연히 시멘트죠."

"브라보! 시멘트는 무엇인가요?"

"음, 풀이랑 비슷한데……. 아니다, 접착제!"

베슬로프스키의 말에 모두 웃음을 터뜨렸다.

우울한 침묵을 지키고 있는 의사와 건축가, 집사를 빼고는 식사를 하는 사람들 사이에 이어지는 대화는 자연스레 흘러가다 때로는 누군가를 찌르고 아프게 만들면서 계속되었다. 다리야 알렉산드로브나가 무안을 당해 얼굴이 달아오르도록 흥분을 했다가 나중에는 자신이 쓸데없는 말로 기분을 상하게 하지 않았는지 생각하기도 했다. 스비야슈스키는 레빈에 대해 언급하면서 기계는 러시아의 농업 발전을 방해할 뿐이라는 레빈의 이상한 의견을 말해 주었다.

"나는 유감스럽지만 레빈이라는 신사를 몰라……."

브론스키가 방긋 웃었다.

"그는 자신이 비난하는 기계를 마주한 적이 전혀 없는 것 같군요. 만약 그가 기계를 보고 시험했다고 해도 외국 제품이 아니라 러시아 제품이었을 겁니다. 그런데 어떤 의견을 가질 수 있겠습니까?"

"대부분 터키식이겠죠."

베슬로프스키가 안나를 쳐다보면서 웃음 띤 얼굴로 말했다.

"내가 그를 변호해 줄 수는 없지만 말이에요."

얼굴이 붉어진 다리야 알렉산드로브나가 말했다.

"나는 그가 꽤 교양 있는 사람이라고 말할 수 있어요. 만약 그가 여기에 있었다면 여러분에게 어떻게 대답을 해야 하는지 알았을 거예요. 그렇지만 나는 그렇게 할 수가 없네요."

"나는 그가 정말 좋아요. 우리는 절친한 사이입니다."

스비야슈스키가 선한 표정을 지었다.

"그러나 미안하지만 그는 좀 변덕스럽다고 할까요. 예를 들면 그는 지방자치회도 지방법원도 필요 없다고 주장하면서 어디에도 함께하려 하지 않습니다."

"우리 러시아인들에게 공통된 무관심이라고 할 수 있겠네요."

브론스키는 눈처럼 차가운 유리병 안의 물을 발이 달린 가는 컵에 따르면서 말했다.

"우리의 권리가 우리에게 준 의미를 잘 모르고 있습니다. 그런 의미를 부정하고 있고요."

"나는 그보다 더 엄격하게 자신의 의무를 다하는 사람을 본 적이 없어요."

다리야 알렉산드로브나는 브론스키의 거만함에 짜증이 나서 이렇게 말했다.

"반대로……."

브론스키가 이야기를 이었다. 그는 어쩐지 이 화제로 아픈 곳을 자극받은 것 같았다.

"나는 반대로, 여러분이 알다시피 이렇지만 저기 니콜라이 이바니치—

그가 스비야슈스키를 가리켰다.—덕에 나에게 주어진 명예를 무척 감사히 여기고 있습니다. 그가 나를 치안 판사로 선출해 주었거든요. 나는 법정에 나가서 농부와 말에 대한 사건을 재판하는 의무는 내가 누릴 수 있는 모든 권리처럼 중요하다고 여깁니다. 만약 내가 의원으로 선출된다면 그 역시 영예로 받아들일 것입니다. 내가 지주로서 누린 이익에 대한 유일한 보답이거든요. 불행하게도 사람들은 대지주들이 국가에 대해 치르지 않으면 안 될 의무의 의미를 모르지요."

다리야 알렉산드로브나는 그의 말을 듣다가 고개를 갸웃거렸다. 어쩜 저리도 태연히 자기 집의 테이블에서 자신의 의견이 갖는 정당성을 확신하는 것일까. 그녀는 반대 의견을 가지고 있는 레빈도 자신의 집 테이블에서는 자신의 생각에 대해 마찬가지로 단호했다는 것을 떠올렸다. 하지만 그녀는 레빈을 좋아했기에 그의 편을 들었다.

"우리가 다음 모임에서 당신과 백작을 만나게 될 것이라고 기대를 해도 좋을까요?"

스비야슈스키가 말했다.

"팔일까지 도착하려면 일찍 출발을 해야 합니다. 우리 집을 가장 먼저 들러 준다면 영광일 것입니다."

"나는 당신 제부의 생각에 어느 정도 동의를 해요."

안나가 말했다.

"하지만 그분과 똑같지는 않아요."

그녀가 미소 띤 얼굴로 말을 이었다.

"최근 들어서 우리에게 사회적 의무가 너무 많이 부여되는 것이 아닌가 하는 생각이 들어요. 예전에는 각 사안마다 관료가 있을 만큼 관료들이 지나칠 정도로 많았는데 지금은 사회 활동가가 넘쳐 나니까요. 알렉세이는 이곳에서 지낸 지 여섯 달밖에 되지 않았는데 벌써 대여섯 개의 사회 기관에서 위원을 하고 있어요. 감독관, 판사, 시 의원, 배심원, 말과 관련된 모임까지. 이대로 가다가는 일을 하다 시간을 다 뺏기고 말겠어요. 그리고 일이 많은 경우 모든 것이 형식적으로 끝나지 않을까 걱정스러워요. 니콜라이 이바니치, 당신은 몇 곳의 임원을 하고 있나요?"

그녀가 스비야슈스키를 쳐다봤다.

"아마 스무 곳이 넘을 거예요."

안나는 장난스럽게 말했지만 말투에 짜증이 묻어났다. 안나와 브론스키를 자세히 관찰하던 다리야 알렉산드로브나는 바로 눈치챘다. 또 그녀는 대화가 지속되는 동안 브론스키의 얼굴이 심각하고 진지해진 표정으로 변한 것을 보았다. 돌리는 그뿐 아니라 바르바라 공작 영애가 화제를 바꾸려고 황급히 페테르부르크의 지인들에 대해 이야기하는 것을 알았다. 그리고 브론스키가 정원에서 갑자기 자신의 활동에 대해 했던 이야기를 상기하고 사회적 활동에 대한 문제가 안나와 브론스키의 어떤 은밀한 다툼과 관계 있다는 것을 깨달았다.

식사, 술, 테이블, 모든 것은 완벽했다. 그렇지만 그것들은 다리야 알렉산드로브나가 도저히 익숙해질 수 없었던 공식 만찬과 무도회에서 접한 것들이었고 그와 같이 천편일률적이고 부자연스러운 성격을 띠고 있었다. 그래서 평소의 소규모 모임이 그런 분위기라는 것은 그녀에게 기분 나쁜 인상을 주었다.

사람들은 식사를 마치고 테라스에 잠시 머물렀다. 그러고 나서 그들은 테니스를 시작했다. 경기자들은 두 편으로 갈려 신중하게 고르고 다진 크로케 그라운드에서 두 개의 황금빛 기둥에 팽팽하게 친 네트 양쪽에 각각 자리를 잡았다. 다리야 알렉산드로브나도 테니스 치는 것을 시도해 보려고 했다. 하지만 오랫동안 경기 방법을 터득하지 못했고 막상 터득했을 때는 지친 나머지, 바르바라 공작 영애와 앉아서 경기하는 사람들을 바라볼 수밖에 없었다. 그녀의 파트너였던 투슈케비치도 그만두었다. 하지만 나머지 사람들은 오랜 시간 경기를 했다. 스비야슈스키와 브론스키는 둘 다 실력이 뛰어났고 진지한 태도로 임했다. 그들은 자신에게 넘어오는 공을 예리하게 보다가 서두르지도, 늑장을 부리지도 않으면서 재빠르게 공 쪽으로 달려가 공이 튀어 오르자 라켓으로 정확하고 분명하게 쳐올려서 네트 너머로 넘겼다. 베슬로프스키의 솜씨는 다른 사람들보다 떨어졌다. 그는 지나칠 정도로 흥분 상태였지만 대신 특유의 쾌활함으로 경기자들의 기운을 북돋았다. 그리고 그의 웃음과 외침은 계속되었다. 그는 부인들의 이해를 구하고 다른 남자들처럼 프록코트를 벗었다. 하얀 셔츠를 입고 땀에 젖은 발그레한 얼굴의 그는 다부지고 멋진 모습과 활기찬 동작을 사람들의 기억 속에 깊이 남겼다.

다리야 알렉산드로브나는 그날 밤 침대에 누워 눈을 감자마자 크로케 그라운드를 누비는 바센카 베슬로프스키를 보았다.

하지만 다리야 알렉산드로브나는 경기 중에도 전혀 신나지 않았다. 그녀는 계속된 바센카 베슬로프스키와 안나의 가벼운 관계가 내키지 않았다. 그리고 어른들이 아이들과 함께하지 않고 자기들끼리 아이들의 놀이를 할 때 풍기는 전반적인 부자연스러움도 싫었다. 하지만 다른 사람들의 기분을 맞춰 주면서 어떻게든 시간을 보내기 위해 그녀는 휴식을 취한 뒤 다시 경기에 참가해 재미있는 척을 했다. 그날 그녀는 자신보다 연기를 잘하는 배우들과 극장에서 연극을 하는 듯했고 자신의 서툰 연기가 전체적인 분위기를 망치고 있다는 생각을 했다.

그녀는 즐겁게 지낼 수만 있다면 여기에서 이틀 정도 머무를 계획이었다. 하지만 그날 저녁 경기를 하면서 다음 날 떠나기로 마음먹었다. 이곳에 오면서 증오했던 어머니로서의 힘든 걱정들이, 그런 것을 배제하고 하루를 지낸 지금에 와서는, 다른 빛으로 나타나 그녀를 잡아당겼다.

다리야 알렉산드로브나는 저녁의 차 모임과 밤의 뱃놀이를 마친 뒤, 방으로 가서 옷을 벗고 잘 준비를 하기 위해 엉킨 머리카락을 빗으려고 앉았을 때 비로소 평안해졌다.

이제 안나가 올 것이라고 생각을 하니 기분이 상하기까지 했다. 혼자 자신만의 생각에 잠기고 싶었기 때문이다.

23

돌리가 침대에 누우려고 할 때 잠옷을 입은 안나가 방으로 들어왔다.

이날 안나는 재차 속마음을 전하려고 했지만 계속 몇 마디 말을 하려다가 멈춰 버렸다.

"나중에 단둘이 있을 때 대화해요. 당신에게 들려줄 이야기가 많거든요."

그녀는 말했다.

이제 단둘이 남았다. 하지만 안나는 어떤 이야기를 해야 할지 감을 잡을 수 없었다. 그녀는 창가에 앉아 돌리를 보면서 마음 깊이 간직했던, 끝을 모르는 이야기를 기억 속에서 끄집어냈다. 하지만 아무것도 건져 낼 수 없었다. 순간, 그녀에게는 전부 털어놓은 것만 같았다.

"키티는 어떤가요?"

그녀가 무거운 어조로 미안한 표정을 지었다.

"돌리, 솔직하게 이야기해 주세요. 키티는 나에게 화가 나 있죠?"

"화가 나 있다고요? 아니에요."

다리야 알렉산드로브나가 살며시 웃었다.

"그렇지만 그녀는 나를 미워하죠? 증오하죠?"

"오! 정말 아니랍니다. 하지만 당신도 이미 알다시피 그 일은 용서받을 수 없어요."

"그렇겠죠."

안나는 열린 창문으로 시선을 돌리면서 말했다.

"나는 잘못을 하지 않았어요. 도대체 누구의 잘못일까요? 그런데 잘못이라는 것은 무엇이죠? 행여나 다른 길이라는 것이 있었을까요? 당신의 생각은 어떤가요? 당신이 스티바의 아내가 되지 않았을 수도 있었을까요?"

"글쎄요. 하지만 당신이 나에게 솔직히 이야기할 것이……."

"맞아요. 하지만 키티에 대한 이야기를 마무리하지 않았어요. 그녀는 행복해하나요? 사람들은 그를 훌륭한 사람이라고 하더군요."

"훌륭하다는 말로는 표현이 안 돼요. 나는 그보다 뛰어난 사람을 모른답니다."

"정말 얼마나 기쁜지! 너무 기뻐요! 훌륭하다는 말로는 부족하다……."

그녀는 같은 말을 반복했다.

돌리가 싱긋 미소를 지었다.

"이제 당신의 이야기를 해 보세요. 당신과 긴 대화를 나눠야 해요. 나는 대화를 했어요. 그……."

돌리는 그의 호칭을 어떻게 해야 할지 몰랐다. 백작이나 알렉세이 키릴리치라고 부르는 것이 부자연스러웠다.

"알렉세이와 이야기를 나누었죠?"

안나가 말했다.

"나도 당신이 그랬다는 것을 알고 있었어요. 당신에게 솔직하게 질문을 하고 싶어요. 당신은 나와 나의 생활에 대해 어떤 생각을 가지고 있나요?"

"갑자기 물으면 어떤 대답을 할 수 있겠어요. 나는 정말 아무것도 모르겠어요."

"안 돼요! 제발 말해 주세요……. 당신은 나의 생활을 봤잖아요. 하지만 당신이 여름에 왔고 우리끼리만 있는 게 아니라는 걸 잊지 마세요……. 우리는 초봄에 이곳으로 와서 우리끼리만 지냈어요. 앞으로도 우리끼리만 살아가겠죠. 나는 그 이상 바라는 게 없어요. 하지만 내가 그 사람 없이 혼자 지낸다고 생각해 보세요. 혼자……. 앞으로 그런 일이 발생할 거예요……. 모든 상황을 종합해 보면 그 일이 자주 되풀이되리라는 것을, 그가 시간의 반을 집 밖에서 보내리라는 것을 알 수 있어요."

그녀는 자리에서 일어나 돌리 옆에 앉으면서 말했다.

"당연히……."

그녀는 반박하려고 하는 돌리를 막았다.

"당연히 나는 그를 억지로 잡아 둘 수 없어요. 나는 지금도 그렇게 하지 않고 있어요. 요즘은 경마가 있어서 그의 말이 나가기 때문에 그도 함께 나가요. 나는 정말 행복해요. 하지만 나를 생각해 보세요. 나의 처지를 말이죠……. 아, 뭐하러 이런 이야기를 하고 있담."

그녀가 가벼운 미소를 지었다.

"그가 당신에게 어떤 이야기를 했나요?"

"그는 나에게 말하고 싶은 것을 전했어요. 나로서는 그의 대변인이 된 것 같아 마음이 놓여요. 그의 이야기는 가능성이 존재할지 아닐지, 당신이 할 수 있을지 없을지에 대한……."

다리야 알렉산드로브나가 말을 매끄럽게 이어 가지 못했다.

"당신의 처지를 바로잡고 변화시키기 위해서는……. 당신도 잘 알고 있잖아요, 내가 어떤 생각을 가지고 있는지……. 그래도 가능하다면 결혼을 해야 한다고 생각해요."

"즉 이혼을 하라는 이야기인가요?"

안나가 물었다.

"당신도 알고 있죠? 페테르부르크에서부터 벳시 트베르스카야가 날 보러 와 준 유일한 여자라는 걸 말이에요. 사실 그 여자는 이 세상에서 가장 썩어 빠진 여자예요. 그녀는 너무나 지저분한 방법으로 남편을 속여 가며 투슈케비치와 관계를 하고 있어요. 그런데 그녀가 나에게 말하기를, 내 상황이 합법적이라고 할 수 없는 한 나를 모른 척하고 싶다고 했어요. 내가 당신과 그 여자를 비교한다고 여기지는 말아요……. 나는 당신을 잘 알고 있어요. 나의 소중한 사람. 그렇지만 나도 모르는 사이, 떠올랐어요……. 자, 그가 당신에게 어떤 이야기를 했죠?"

그녀가 같은 말을 반복했다.

"그는 당신 때문에, 그리고 자신으로 인해 괴롭다고 했어요. 당신은 이기주의라고 표현할지도 몰라요. 그렇지만 너무나 당연하고 숭고한 이기주의라고 할 수 있어요. 그는 먼저 자신의 딸을 합법적인 자식으로 받아들이고 당신의 남편으로서 당신에 대한 권리를 찾고 싶어 해요."

"어떤 아내가, 하물며 어떤 노예가 나처럼 이런 처지에 있겠어요?"

그녀가 우울한 얼굴로 말을 가로챘다.

"그가 가장 바라는 것은……. 당신이 괴로워하지 않는 것이에요."

"불가능한 일이에요. 다른 것은요?"

"합법적이 되기를 바라고 있어요. 그는 당신들의 아이들이 성을 갖기를 원해요."

"어떤 아이들을 말하는 건가요?"

안나는 돌리에게 시선을 주지도 않고 눈을 가늘게 뜨고 물었다.

"아니와 앞으로 태어날……."

"그 문제라면 걱정하지 않아도 되어요. 나는 아이를 더 갖지 않을 거예요."

"아이를 갖지 않겠다니, 어쩜 그런 말을 할 수 있죠?"

"아이를 갖지 않겠어요. 내가 원하는 바가 아니니까요."

몹시 흥분한 안나는 돌리의 얼굴에 비친 호기심과 놀라움 그리고 두려움이 섞인 순진한 표정을 눈치채고는 미소를 지었다.

"내가 병을 앓고 난 뒤 의사가 말했어요……."

"설마!"

돌리의 눈이 휘둥그레졌다. 그녀에게 그 이야기는 엄청난 결과와 결론을 가지고 있는지라 처음에는 전부를 판단할 수 없을 것 같아도 무척 신중하게 고민을 해야 하는 발견 중 하나였다.

그녀가 과거에 이해할 수 없었던 가정들, 아이를 하나 혹은 둘을 둔 가정에 대해 뜬금없이 모든 것을 알려 준 발견은 그녀의 마음속에 너무나 많은 생각과 의견, 모순된 감정을 자극시켜 한 마디도 못 하고 그저 눈을 크게 뜨고 안나를 응시할 뿐이었다. 그녀가 오늘 여기에 오면서 상상했던 그것이었다. 하지만 이제 그것이 실제로 가능하다는 것을 알게 되자 몸서리를 쳤다. 그녀는 이것은 분명 너무나도 복잡한 문제를 지나칠 정도로 간단하게 해결하는 것이라고 느꼈다.

"부도덕한 일이 아닐까요?"

그녀는 잠시 침묵했지만 이내 입을 열었다.

"왜죠? 한번 생각해 봐요. 나는 둘 중에 하나를 선택할 수밖에 없어요. 임신을 하든가, 그러니까 병을 얻든가, 아니면 내 남편, 남편이라고 해도 괜찮겠지요. 남편의 동료가 되어야 해요."

안나는 일부러 가볍고 천한 말투를 썼다.

"네, 그렇겠죠."

다리야 알렉산드로브나는 자신도 펼친 적 있는 주장에 주목했지만 그 속에서 예전의 확신을 도저히 찾을 수 없었다.

"당신이나 다른 사람들에게는……."

안나는 마치 돌리의 생각을 읽은 것처럼 말했다.

"아직도 의심할 여지가 남아 있을 수도 있어요. 그렇지만 나는……. 그냥 받아들여 주세요. 나는 아내가 아니니까요. 그가 나를 사랑하는 한, 나를 사랑해 줄 거예요. 하지만 어떤 방법으로, 무슨 수를 쓰면 내가 그의 사랑을 계속 지킬 수 있을까요? 이렇게요?"

그녀는 뽀얀 두 팔을 배 앞으로 내밀었다.

흥분의 순간이 되면 으레 그런 것처럼 다리야 알렉산드로브나의 머릿속에는 기억이 빠르게 떠오르고 생각이 맴돌았다.

'나는…….'

그녀는 생각했다.

'스티바를 유혹하지 못했어. 그는 다른 여자를 찾아서 나를 떠나고 말았어. 그가 나를 버리고 얻은 첫 번째 여자는 항상 아름답고 쾌활했지만 그것으로는 그를 잡아 두기 부족했어. 그는 그녀를 떠나 다른 여자를 만났어. 그런데 안나가 이것만으로 브론스키 백작의 마음을 얻을 수 있을까? 만약 그가 원하는 것이 그것이라면 그는 훨씬 더 예쁘고 화려한 몸치장과 몸가짐을 찾을 수 있을 거야. 안나의 손이 하얗고 아름답다고 해도, 그녀의 풍만한 몸매와 검은 머리카락이 맞닿아 있는 그녀의 홍조를 띤 얼굴이 아무리 개성 있다고 해도 그는 더 뛰어난 여자를 찾을 거야. 나의 증오스럽고 불쌍하고 사랑스러운 남편이 그런 여자들을 바라고 찾아낸 것처럼.'

돌리는 아무런 말도 하지 않고 깊은 숨을 내쉬었다. 안나는 그 깊은 숨에 반대의 의미가 담겨 있다는 것을 알아챘지만 말을 이었다. 그녀는 뭐라고 반박할 수 없을 만큼 강력한 논리를 더 가지고 있었다.

"당신은 나쁘다고 생각하는 것인가요? 신중하게 고려해야 해요."

그녀가 이야기를 계속했다.

"당신은 내 상황을 잊고 있어요. 내가 어떻게 다른 자식을 바라겠어요? 나는 고통에 대해 말하는 게 아니에요. 그런 건 전혀 두렵지 않으니까요. 내 아이들의 미래를 상상해 보세요. 남의 성을 갖게 될 불행한 아이들. 자신이 태어났다는 그 이유만으로. 아이들은 어머니와 아버지, 자신의 출생을 부끄러워할 수밖에 없는 처지로 내몰려요."

"그래서 이혼이 필요한 거죠."

안나는 그녀의 말을 경청하지 않았다. 자기 자신을 설득할 때 자주 썼던 논거들을 풀어 놓고 싶어 했다.

"내가 불행한 아이들을 낳지 않는 데 이성을 쓰지 않으면 무슨 연유로 내게 이성이 주어졌겠어요?"

그녀는 돌리를 쳐다봤다. 하지만 대답을 듣지 않고 이야기를 이었다.

"불행한 아이들을 보면 나는 항상 죄책감을 느낄 거예요."

그녀는 말했다.

"아이들이 존재하지 않는다면 아이들은 불행해지지 않아요. 그리고 혹시 아이들이 불행해진다면 나만의 책임으로 남을 거예요."

그것은 다리야 알렉산드로브나가 제시했던 논거였다. 하지만 지금 논거들을 듣자니 그녀는 도저히 이해할 수 없었다.

'그녀는 어떻게 존재하지 않는 존재 앞에서 죄책감을 느낄 수 있지?'

그녀는 고민했다. 문득 이런 생각이 들었다. 어떤 상황이든 그녀가 사랑하는 그리샤가 처음부터 존재하지 않았던 것이 그 아이에게 더 긍정적이었을까? 그녀는 이 생각이 너무 이상하고 천박하게 느껴져서 머릿속에서 혼란을 일으키며 미치광이 같은 생각이 떠올라서 고개를 저었다.

"아니에요. 나는 잘은 모르지만 그건 좋지 않은 것 같아요."

그녀는 불쾌한 표정을 지으면서 겨우 말했다.

"그렇지만 잊지는 마세요. 당신은 어떤 처지에 있고 또 나는 어떤 처지에 있는지……. 더군다나……."

안나의 논거는 다양했고 돌리는 빈약한 논거를 제시했지만 안나는 그것이 좋지 않다는 것을 받아들인다는 듯 덧붙였다.

"내가 지금 당신와 같은 처지가 아니라는 것을 잊지 마세요. 당신에게 문제는 당신이 아이를 더 원하지 않는다고 여기는가 하는 것이지만, 나에게 문제는 내가 아이를 원하는가 하는 거예요. 그것은 엄청난 차이죠. 당신은 이해할 수 있죠? 내가 이런 상황에서 아이를 바랄 수 없다는 것을 말이에요."

다리야 알렉산드로브나는 반대 의견을 이야기하지 않았다. 그녀는 갑자기 안나와 사이가 너무 멀어져 버려서 절대 의견을 일치시킬 수 없으며 말하지 않는 편이 나은 문제들이 있다는 것을 느꼈다.

24

“그럼 당신의 상황을 가능한 한 좀 더 정리해야 할 것 같네요.”

돌리가 충고했다.

“그럴 수만 있다면 그래야죠.”

안나는 갑자기 낮고 슬픈 어조로 말했다.

“그런데 이혼은 정말 할 수 없나요? 사람들 이야기로는 남편이 해 주겠다고 했다던데.”

“돌리! 그 문제는 언급하고 싶지 않아요!”

“그럴게요. 말하지 않아도 돼요.”

다리야 알렉산드로브나가 안나의 힘든 표정을 보고 다급히 말했다.

“나는 당신이 우울하게 고민을 하는 것 같아서…….”

“나는 그렇지 않아요. 정말 신나고 행복해요. 당신도 충분히 알잖아요. 나는 열정에 따르기도 하니까요. 베슬로프스키가…….”

“솔직히 나는 베슬로프스키의 태도가 썩 마음에 들지 않아요.”

다리야 알렉산드로브나는 화제를 돌리기 위해 노력했다.

“전혀요! 알렉세이를 즐겁게 자극할 뿐 지나치지 않아요. 그는 마치 어린아이 같아서 내가 쥐락펴락하는걸요. 당신도 눈치챘겠지만 나는 그 사람을 마음대로 대하고 있는걸요. 당신의 그리샤 같다니까요, 돌리!"

안나가 말투를 달리했다.

"당신은 내가 우울한 고민을 한다고 했죠. 당신은 나를 전부 이해할 수는 없을 거예요. 너무나 가혹한 일이죠. 나는 애초에 떠올리지 않으려고 노력하고 있어요."

"그렇지 않아요. 생각하세요. 가능한 무슨 일이든 하세요."

"무슨 일을 할 수 있을까요? 전혀 없어요. 당신은 나에게 알렉세이와 결혼을 하라고 하지만 나는 전혀 염두에 두고 있지 않아요. 그 문제는 떠올리지도 않는다고요."

얼굴이 붉어진 그녀는 똑같은 말을 반복했다. 그리고 자리에서 일어나 가슴을 내밀고 무겁게 한탄을 하더니 특유의 경쾌한 걸음걸이로 방 안을 서성이며 종종 멈춰 섰다.

"내가 전혀 생각하지 않을 것 같아요? 단 하루도, 단 한 시간도 머릿속을 떠날 때가 없고 그런 생각을 한다는 사실에 항상 자책을 하고 있어요……. 그 문제가 떠오르면 미쳐 버릴 것 같거든요……."

그녀는 계속해서 같은 말을 했다.

"그 문제를 고민할 때면 난 모르핀 없이는 잘 수 없어요. 이제 침착하게 이야기를 해 볼까요? 사람들은 나에게 이혼을 권하죠. 그는 나와 이혼해 주지 않을 거예요. 지금 리디야 이바노브나 백작 부인이 영향을 미치고 있거든요."

다리야 알렉산드로브나는 의자 위에서 몸을 꼿꼿하게 한 뒤 방 안을 헤집고 다니는 안나를 괴로우면서도 이해한다는 듯한 표정으로 쳐다봤다.

"그래도 시도는 해야죠."

그녀가 낮게 말했다.

"시도를 한다고 쳐요. 의미나 있을까요?"

안나는 필시 수천 번 고민을 거듭하면서 이제는 외우다시피 한 생각을 내뱉는 것 같았다.

"그건 말이에요. 내가, 그를 미워하면서도 그의 앞에서 죄를 인정하는 내가 창피를 무릅쓰고 그에게 편지를 보내야 한다는 것이겠죠……. 당연히 나는 그가 너그럽다고 판단하고 있어요. 내가 애써 그렇게 한다고 해요. 뭐, 수치스러운 답장을 받든가 동의를 얻든가 하겠지요. 그래요, 그의 동의를 받았다고 해요."

안나는 방 끝에서 멈춰 서서 창문 커튼을 만지작거렸다.

"동의를 받고 나서 내 아들은 어떻게 될까요? 그들은 나에게 아들을 주지 않겠죠. 아이는 내가 떠난 아버지에게서 어머니를 경멸하면서 자랄 거예요. 부디 나를 이해해 주세요. 나는 두 명을, 세료자와 알렉세이를 똑같은 깊이로 나보다 더 사랑하고 있으니까요."

안나는 방 가운데로 와서 양손으로 가슴을 누르고 돌리 앞에 섰다. 하얀 실내복 차림의 그녀는 유난히 덩치가 커 보였다. 안나는 고개를 숙이고 촉촉한 두 눈을 위로 뜨고서는 작고 마른, 꿰맨 잠옷과 나이트 캡 속에서 가련해 보이는, 흥분으로 떨고 있는 돌리를 쳐다봤다.

"나는 오로지 그 두 존재를 사랑하지만 하나가 다른 하나를 밀어내고 있어요. 하지만 그들을 결합시킬 수 없죠. 내가 원하는 것은 그것뿐이에요. 그것을 얻을 수 없다면 나는 뭐라도 상관이 없어요. 어떻게 되든 괜찮아요. 결말이야 나겠죠. 그래서 나는 그 문제를 언급할 수 없고 꺼내고 싶지도 않아요. 제발 나를 비난하지 말고 판단하지도 마세요. 당신의 깨끗한 마음으로는 내가 고통스러워하는 이유를 다 알 수는 없을 테니까요."

그녀는 돌리 옆으로 가서 앉았다. 그리고 죄를 지은 듯한 얼굴로 돌리를 바라보며 그녀의 손을 꼭 잡았다.

"무슨 생각을 하고 있나요? 나에 대한 생각이 궁금해요. 나를 미워하지 마세요. 그럴 가치도 없으니까요. 나는 불행하기 짝이 없어요. 만약 불행한 사람이 있다면 나일 거예요."

그녀는 말을 마치고 얼굴을 돌리더니 눈물을 흘렸다.

혼자 남은 돌리는 기도를 하고 침대에 누웠다. 그녀는 안나와 대화를 나누는 동안 안나가 진심으로 불쌍했다. 하지만 지금 그녀는 안나에게 집중을 할 수 없었다. 그녀의 집과 아이들로 이루어진 추억이 이전에는 몰랐던 새롭고 다양한 매력, 어떤 빛과 더불어 그녀의 마음속에 떠올랐다. 그녀의 이 세계가 너무나 중요하고 사랑스럽게 느껴져서 어떤 것을 준다고 해도 이 세계를 떠나 하루도 있고 싶지 않았다. 그녀는 내일 꼭 돌아가겠노라고 마음먹었다.

자신의 방으로 돌아온 안나는 유리잔을 꺼내 약 몇 방울을 넣었다. 약은 모르핀 성분이었다. 그녀는 약을 마시고 안정을 찾은 뒤 가만히 앉아 있다가 편하고 경쾌한 기분으로 침실로 갔다.

그녀가 침실에 갔을 때 브론스키는 세심하게 그녀를 쳐다보았다. 그는 안나가 돌리의 방에 오랜 시간 있으면서 그녀와 분명히 주고받았을 대화의 흔적을 찾았다. 하지만 흥분과 자제가 섞인, 무엇인가를 숨기려는 그녀의 표정에서 그는 자신에게 익숙한, 하지만 지금도 그를 유혹하는 아름다움과 자신의 아름다움에 대한 인지 그리고 그에게 영향을 주고 싶어 하는 그녀의 욕구 외에는 아무것도 발견할 수 없었다. 그는 그녀에게 어떤 이야기를 했는지 묻지 않았지만 그녀가 먼저 말해 주기를 원했다. 하지만 그녀는 단지 이렇게 말했다.

"당신이 돌리를 좋아해 줘서 얼마나 기쁜지 몰라요. 그런 거 맞죠?"

"당연하오. 나는 돌리를 오래전부터 알고 있었는걸요. 그녀는 정말 착해요. 하지만 지극히 평범한 여자지. 그래도 그녀가 이곳에 온 것이 굉장히 기뻐요."

그는 안나의 손을 꼭 잡고 그녀의 눈을 응시했다.

그녀는 시선을 다른 의미로 받아들이고 그를 보면서 미소를 지었다.

다음 날 아침, 다리야 알렉산드로브나는 주인 부부의 간곡한 청에도 불구하고 떠날 준비를 했다. 낡은 카프탄 차림을 하고 어딘지 모르게 마치 우편배달부의 분위기를 풍기는 모자를 쓴 레빈의 마부는 침울하면서도 절도 있는 모습으로 어울리지 않는 말들과 판자를 덧댄 흙받기가 달린 마차를 몰아 모래를 깔아 놓은 현관 입구로 들어섰다.

다리야 알렉산드로브나는 바르바라 공작 영애와 남자들과의 작별 인사가 정말 불편했다. 하루를 지내고 그녀도 주인들도 서로 어울리지 않는다는 것, 같이 있지 않는 것이 어쩌면 더 낫다는 것을 확실히 알고 있었다. 오로지 안나만 슬퍼했다. 그녀는 돌리가 이곳을 떠나면 짧은 만남 동안 그녀의 마음속에 일어난 감정을 앞으로 누구도 그녀의 마음속에서 불러일으켜 주지 않으리라는 것을 잘 알고 있었다. 그러한 감정을 자극시키는 것은 정말 괴로운 일이었다. 하지만 그녀는 그것이 실로 자신의 영혼에서 가장 빼어난 부분이라는 것과 지금 보내고 있는 시간에서 그 부분이 무척 빠르게 잡초로 뒤덮일 것이라는 것을 예상하고 있었다.

다리야 알렉산드로브나는 들판으로 나오자 마음이 편해지면서 한결 즐거워졌다. 그녀는 하인들에게 브론스키의 집이 정말 좋았는지 묻고 싶었다. 그때 마부 필리프가 처음으로 말했다.

"부자 같기는 한데 말에게 귀리를 고작 삼 푸드만 먹이더라고요. 말들은 닭이 울기도 전에 그릇의 바닥이 보이도록 하나도 남기지 않고 해치웠습죠. 삼 푸드가 대체 뭡니까? 식사는커녕 입가심 정도일 뿐이에요. 요즘 여인숙에서 귀리를 사십오 코페이카에 팔고 있어요. 우리 집은 손님들이 말에게도 나눠 줄 수 있을 만큼 양을 넉넉하게 주죠."

"주인이 너무 인색해."

사무원이 호응했다.

"그 집의 말들은 마음에 들었지?"

돌리가 물었다.

"말은……, 글쎄요. 먹이가 좋더라고요. 하지만 저는 웬일인지 지루하기 짝이 없었습니다. 다리야 알렉산드로브나 마님은 어떠셨습니까?"

그의 호감 가고 선한 얼굴이 그녀를 향했다.

"나 역시도 그랬어. 저녁에는 도착할 수 있을까?"

"그럴 수 있도록 하겠습니다."

다리야 알렉산드로브나는 집에 도착했다. 그녀는 모든 사람들이 무척 건강하고 유독 사랑스럽다고 생각하면서 기운 넘치는 모습으로 자신의 여행이나 극진한 대우에 대해, 브론스키가의 화려한 생활과 멋진 취향에 대해, 그들이 즐기는 놀이에 대해 들려주었다. 그리고 어느 누구도 그들에 대한 뒷이야기를 하지 못하도록 했다.

"친절하고 상냥한 안나와 브론스키를 이해하려면 먼저 그들을 알아야 해요. 난 지금에서야 그들을 잘 알게 되었어요."

이제 그녀는 거기에서 느꼈던 불만과 불편함을 잊어버리고 진심을 담아 말했다.

25

브론스키와 안나는 이혼을 하기 위한 어떤 조치도 하지 않고 여전히 동일한 조건으로 여름을 보내고 가을을 시골에서 지내고 있었다. 그들은 다른 곳에 가지 않는다는 결심을 이미 한 상태였다. 그러나 자신들만의 생활을 오래 할수록, 더군다나 가을이라 손님도 찾아오지 않는 상태로는 생활을 버티지 못하리라는 것, 생활에 변화가 있어야 한다는 것을 새삼 느끼고 있었다.

생활은 완벽해 보였다. 재산이 있고 튼튼한 아이도 있고 두 사람은 일도 하고 있었다. 안나는 손님이 없어도 자신에게 집중했고 소설과 진지한 책 등 유행하는 책을 닥치는 대로 읽었다. 그녀는 자신이 보고 있는 외국 신문과 잡지에서 찬사를 받은 책들을 모두 샀고 고독 속에서 집중력을 발휘하면서 읽어 내려갔다. 더군다나 그녀는 브론스키가 관심 있어 하는 분야에 대해 특별한 잡지로 공부를 했다. 그래서 그는 가끔 농업과 건축학, 종마와 스포츠에 대한 궁금증을 가지고 찾아왔다. 그는 그녀의 지식과 기억력에 감탄하면서 처음에는 믿지 못하고 직접 확인을 하려고 했었다. 그녀는 그럴 때면 책에서 답을 찾아 보여 주고는 했다.

병원 설립도 그녀의 시선을 끌었다. 그녀는 마냥 돕는 일뿐 아니라 많은 것을 직접 만들고 생각해 냈다. 하지만 그녀의 걱정은, 지금도 자신이 브론스키에게 얼마나 중요한 존재인지, 자신이 그가 포기한 것들을 과연 대신해 줄 수 있을지에 대한 것이었다. 그녀 삶의 목적이 되어 버린 소망, 그에게 사랑을 받고 도움이 되고자 하는 소망을 브론스키는 존중해 주었다. 하지만 동시에 그녀가 그를 사랑의 올가미로 구속하려는 것 같아 부담이 되기도 했다. 시간이 지날수록, 그가 구속을 당하고 있는 자신을 발견하는 순간이 많아질수록, 그는 구속에서 벗어나고 싶기보다는 자신의 자유가 방해받고 있는지 시험해 보고 싶었다. 혹시 자유롭고자 하는 욕망이 더 강해지지 않았다면, 모임이나 경주를 하기 위해 도시에 다녀와야 할 때마다 야단이 나지 않기를 바라지 않았다면, 브론스키는 자신의 생활에 충분히 만족했을 것이다. 그가 선택한 역할, 러시아 귀족의 중심이 되는 부자 지주 역할은 그의 적성과 아주 잘 맞았을 뿐 아니라 반년을 지낸 지금은 크나큰 만족감을 주었다. 게다가 그를 이끌며 매혹시킨 일은 완벽하게 진행되었다. 병원과 기계들, 스위스에서 가져온 암소들과 그 외의 많은 것들은 막대한 비용에도 불구하고 재산을 낭비하는 것이 아니라 불리고 있다고 생각했다. 수입, 목재와 곡물과 양털 판매, 토지 임대 문제를 논하면서 브론스키는 무척 완고했으며 자신이 결정한 가격을 고집했다. 규모가 큰 농업 문제에 대한 것은, 이 영지에서든 다른 영지에서든, 브론스키는 제일 단순하고 실패할 확률이 적은 방법을 택했다. 집안의 작은 문제에는 절대적으로 검소하고 침착했다. 재빠르고 간사한 독일인은 그에게 구매를 강요하면서 처음에는 많은 돈이 들지만 같은 것을 싸게 살 수 있으니 바로 이익을 얻을 수 있다고 항상 견적을 보여 주었다. 브론스키는 그런 말에 현혹되지 않았다. 집사의 말을 들어 보고 이것저것 세심하게 물으면서 그가 주문하거나 만들려고 하는 것이 지금까지는 러시아에 알려지지 않은, 사람들을 놀라게 할 수 있는 새로운 것일 때만 그의 의견에 호응을 했다. 그 밖에도 그는 여윳돈이 있을 때만 큰 금액의 지출을 하려 들었고 지출을 할 때도 작은 것까지 연구하며 같은 돈으로 최고를 원했다. 그가 일하는 방식을 보면 재산을 불리고 있는 것이 틀림없었다.

시월, 카쉰 현에서 귀족 선거가 있었다. 카쉰 현에는 브론스키와 스비야슈스키, 코즈니셰프와 오블론스키의 영지가 있었다. 레빈의 작은 영지도 있었다.

이번 선거는 참가자들뿐 아니라 여러 가지 상황으로 많은 이들의 관심을 끌었다. 사람들은 선거에 대해 떠들면서 준비를 했다. 모스크바, 페테르부르크 사람들, 외국에 거주하는 이들까지 단 한 번도 선거를 하지 않았던 사람들조차 그 선거에 참여했다.

브론스키는 예전부터 스비야슈스키에게 자신도 갈 것이라고 약속했었다.

선거를 앞두고 보즈드비젠스코예를 가끔 방문하던 스비야슈스키가 브론스키를 만나러 왔다.

브론스키는 전날, 이 계획된 여행으로 인해 안나와 싸우다시피 했다. 때마침 시골에서 가장 힘들고 어려운 가을이었기 때문에 브론스키는 싸울 작정을 하고 지금까지 안나와 대화를 하면서 단 한 번도 하지 않았던 무뚝뚝하고 서늘한 표정으로 그녀에게 여행 이야기를 했다. 하지만 안나는 놀라울 정도로 차분하게 받아들였고 그저 언제 오느냐고 물었다. 그는 그녀의 차분함이 이상해서 한동안 시선을 떼지 못했다. 그녀는 그의 시선을 느끼고 밝게 웃었다. 그는 자기 안으로 가라앉는 그녀의 능력을 꿰뚫고 있었다. 그리고 그것은 자신의 계획을 그에게 전하지 않고 혼자서 어떤 결정을 했을 때에만 드러난다는 것을 잘 알고 있었다. 그는 그것이 겁이 났다. 하지만 소란을 피우고 싶지 않아서 자신이 믿고 싶어 하는 것, 그녀의 이성이 올바르다는 것을 믿는 척했고 어느 정도는 진심으로 믿기도 했다.

"당신이 심심해하지 않았으면 좋겠소."

"그래요."

안나가 말했다.

"어제 고티에(모스크바의 고서점_옮긴이)에서 책 한 상자를 받았어요. 괜찮을 거예요."

'안나가 이런 방식으로 나가려고 하는군. 오히려 그 편이 나을 거야.'

그는 생각했다.

'그렇지 않으면 같은 일이 벌어질 테니까.'

그는 그녀에게 설명해 달라고 말하지 못한 채 선거를 위해 길을 떠났다. 두 사람이 관계를 맺은 이래 서로의 의사를 완전히 밝히지 않고 떨어져 있는 것은 처음이었다. 그는 한편으로 불안해하면서 한편으로는 오히려 좋다고 여겼다.

'처음에는 지금처럼 애매하고 찜찜한 기분이 있을 거야. 하지만 그녀도 곧 익숙해지겠지. 하여튼 그녀에게 뭐든 줄 수 있지만 나의 남자로서의 독립만은 포기할 수 없어.'

26

구월에 레빈은 키티의 출산을 위해 모스크바로 숙소를 옮겼다. 그는 진작부터 모스크바에서 꼬박 한 달 동안 일을 하지 않고 지냈다. 그때 카쉰 현에 영지를 가지고 있고 선거에 많은 관심을 보이던 세르게이 이바노비치가 선거장에 가기 위해 준비를 하고 있었다. 그는 셀레즈네프 현의 투표권을 가지고 있는 동생에게 같이 가자고 권했다. 더군다나 레빈은 외국에 사는 누이에게 무척 중요한 후견과 상환금 수령 문제로 카쉰 현에 들러야 했다.

레빈은 그럼에도 결심하지 못하고 있었다. 하지만 남편이 모스크바에서 지루해하는 것을 눈치챈 키티가 선거에 가 보라고 권유하면서 그를 위해 혼자 팔십 루블이나 하는 귀족 제복을 주문한 상태였다. 제복 값 팔십 루블은 레빈이 선거에 참석하는 데 결정적인 역할을 했다. 그는 카쉰으로 향했다.

레빈이 카쉰에 도착한 지 엿새째가 되었다, 그는 하루도 빠짐없이 회의에 나갔고 누이의 일로 바빴다. 하지만 누이의 일은 해결이 되지 않았다. 귀족 회장들이 모두 선거에 매달려 있었기 때문에 후견에 관한 단순한 용무도 해결되지 않았다. 다른 일, 돈을 받는 일도 비슷한 어려움에 빠졌다. 금지령 해제를 위한 많은 노력 끝에 돈을 지급받을 수는 있었지만 품성 좋은 공증인도 수표를 발행해 줄 수 없었다. 의장의 서명이 반드시 있어야 하는데 의장이 업무 인계도 하지 않은 상태에서 회의에 가 버렸기 때문이었다. 산만함, 여기저기 돌아다니는 것, 청원자의 짜증 나는 입장을 이해하면서도 그 사람을 돕지 못하는 정말 선하고 훌륭한 사람들과의 대화. 아무런 결과도 볼 수 없었던 이 모든 긴장은 레빈의 마음에 고통을 주었고 꿈에서 육체적 힘을 발휘하고 싶을 때 느끼는 끝없는 무력감과 비슷한 상태에 빠졌다. 그는 자신의 물러 터진 대리인과 이야기를 하면서 간혹 그런 느낌을 받았다. 대리인은 레빈을 곤란한 상황에서 빼내기 위해 자신이 할 수 있는 최선을 다하고 모든 지력을 동원하는 것 같았다.

"이렇게 해 보세요."

그는 여러 번 이렇게 말해 주었다.

"거기하고 거기에 가 보세요."

그리고 일을 훼방 놓는 근본적인 원인을 피하기 위해 빈틈없는 계획을 세우기도 했다. 하지만 바로 한마디 덧붙였다.

"계속 늦어지긴 할 겁니다. 그래도 다시 해 보세요."

레빈은 걷거나 마차를 타고 다니면서 다양한 시도를 해 보았다. 사람들은 예의 바르고 상냥했다. 하지만 피했던 것들이 다시 나타나 진전을 막고는 했다. 레빈이 가장 불쾌했던 것은 자신이 싸우고 있는 대상이 누구인지, 그의 볼일이 끝나지 않아서 어떤 사람이 이익을 보는지 전혀 알 수 없다는 점이었다. 이에 대해서는 아무도 모르는 것 같았다. 대리인마저도 몰랐다. 만약 레빈이 줄을 서지 않으면 왜 기차표의 매표구에 다다를 수 없는지 아는 것처럼 그것을 이해할 수 있었다면 그는 화가 나거나 기분이 나쁘지 않았을 것이다. 하지만 그가 그 일로 자꾸 부딪히는 장애물이 어째서 있는지 아무도 알려 주지 못했다.

그렇지만 레빈은 결혼을 하고 참 많이 변했다. 참을성이 강해지면서 왜 그렇게 됐는지 이해할 수 없을 때에는 자신이 모든 것을 아는 것은 아니니 쉽게 결론을 내릴 수 없다고, 그렇게 될 수밖에 없었을 것이라고 되뇌면서 화를 내지 않으려고 노력했다.

그는 지금 선거에 참석하고 참견을 하면서 비난을 하거나 논쟁에 끼어들려고 하지 않았고 할 수 있는 한 자신이 존경하는 정직하고 뛰어난 사람들이 진지하게 노력하는 일을 이해하기 위해 애썼다. 결혼을 하고 나서 과거에는 자신의 가벼운 태도 때문에 쓸데없어 보이던 것들에도 새롭고 진지한 면들이 발견되었기 때문에 레빈은 선거에 진지한 의미가 있을 것이라고 생각하고 그 의미를 찾으려고 집중했다.

세르게이 이바노비치는 그에게 선거가 불러올 대변혁의 의미와 중요함에 대해 일러 주었다. 법에 의해 무거운 사회 문제들, 즉 후견 문제—레빈이 속을 썩고 있는 그 문제—귀족들의 어마어마한 자금, 남녀 중학교와 군사학교, 새 조례에 따른 민중 교육, 지방자치회 등의 문제들을 장악하고 있는 현 귀족 회장 스네트코프는 막대한 재산을 써 버린 구식 귀족의 특성을 지닌 인물로 착하고 나름 정직하기는 하지만 새 시대의 요구를 전혀 받아들이지 못했다. 그는 어떤 문제든 항상 귀족 편을 들었고 민중 교육의 확산은 대놓고 반대했다. 그리고 무척 중요한 의의를 가져야 할 지방자치회가 계급적 성격을 띠게 만들었다. 새롭고 현대적이고 능력 있는 사람, 완벽하게 새로운 사람에게 그 자리를 줄 필요가 있었다. 또 귀족, 특히 단순한 귀족이 아니라 지방자치회의 구성원인 귀족이 행사하는 권리에서 자치의 이익을 최대한 끌어내는 방식으로 업무를 할 필요가 있었다. 어떤 면에서든 항상 다른 현들을 앞질러 가는 부자 카쉰 현에는 이제 그런 힘들이 몰려 있어 사안들을 잘 해결하기만 한다면 다른 현들과 러시아 전체에 모범이 될 수도 있을 것 같았다. 따라서 모든 사안은 중요했다. 스네트코프 대신 의장으로 뽑힐 것이라고 추측 되는 사람은 스비야슈스키나 그보다 훨씬 뛰어난 네베도프스키였다. 네베도프스키는 전직 교수였는데 똑똑한 데다 세르게이 이바노비치의 친한 친구이기도 했다.

지사가 의회 개회를 선언했다. 그는 공평성을 잃지 말고 공헌도에 따라 나라의 이익에 이바지할 수 있는 임원을 뽑아야 한다며, 자신은 카쉰 현의 숭고한 귀족들이 과거의 선거에서처럼 자신의 의무를 착실하게 이행하고 군주의 굳은 믿음을 지켜 주기를 바란다고 연설했다.

지사는 연설을 마치고 회의장 밖으로 나갔다 귀족들은 수다스럽고 활발하게, 약간은 열광적으로 그의 뒤를 따라갔다. 지사가 외투를 챙겨 입으며 현재의 귀족 회장과 정답게 대화를 하는 동안 그의 주위를 둘러쌌다. 모든 것을 구체적으로 입증하고 한순간도 놓치기 싫었던 레빈은 그곳의 군중들 틈에 껴서 지사가 "마리야 이바노브나에게 전해 주십시오. 나의 아내가 고아원을 방문해야 해서 찾아뵙지 못해 미안해하고 있습니다."라고 말하는 것을 들었다. 뒤이어 귀족들은 쾌활하게 겉옷을 입고 큰 교회당으로 갔다.

레빈은 큰 교회당에서 다른 사람들과 마찬가지로 한 손을 들고 사제장의 말을 따라 하면서 지사가 바라는 것은 모두 이행하겠다는 엄숙한 선서를 했다. 교회 예배는 항상 레빈에게 영향을 주었다. 그는 "십자가에 입을 맞추겠습니다."라고 나지막하게 말했다. 그리고 자신과 같은 말을 하는 젊은이와 노인 무리를 보고 감동받았다.

둘째 날과 셋째 날의 의제는 귀족들의 돈과 여자 중학교에 대한 것이었다. 세르게이 이바노비치에 의하면 이는 전혀 중요하지 않은 것이었다. 레빈은 볼일을 보느라 바빠서 참관할 수 없었다. 넷째 날에는 도 위원회가 도의 자금을 감사했다. 그리고 처음으로 신구 사이에서 충돌이 벌어졌다. 회계 감사를 위임받은 위원회는 의회에 자금이 여전히 똑같은 상태로 보존되어 있다고 했다. 도 귀족 회장은 자리에서 벌떡 일어서서 귀족들의 신뢰에 감사를 하면서 눈물 흘렸다. 귀족들은 그를 보면서 크게 환호하고 손을 꽉 잡았다. 하지만 세르게이 이바노비치의 당에서 한 귀족이 일어나더니 위원회가 감사를 도 귀족 회장에 대한 모욕으로 판단해 자금을 감사를 받지 않았다는 이야기를 들었다고 말했다. 위원회의 한 위원이 경솔하게도 금방 수긍해 버렸다. 그때 젊은 이미지를 가지고 있으면서 얼굴에 나쁜 의도가 가득한 마른 신사가 회계 보고를 하는 것이 현 귀족 회장으로서도 좋을 것이고 위원회 위원들의 지나친 예의바름은 현 귀족 회장에게서 정신적인 만족을 빼앗아 갈 것이라고 의견을 내놓기 시작했다. 세르게이 이바노비치는 그들이 자금을 감사했는지 아닌지 확인해야 할 타당한 근거를 논리적으로 입증하고 그 딜레마를 세세하게 풀어 나갔다. 반대당의 한 연설가가 세르게이 이바노비치의 말에 반대했다. 다음은 스비야슈스키, 다시 나쁜 의도를 가지고 있는 듯한 신사가 받아쳤다. 논쟁은 오랜 시간 계속되었고 결론은 나지 않았다. 레빈은 사람들이 그 문제를 오랜 시간 의논하는 것에 놀랐다. 특히 세르게이 이바노비치에게 지금 진심으로 도 귀족 회장이 자금을 가로챘다고 생각하는지 물었을 때 세르게이의 대답을 듣고는 깜짝 놀랐다

“아니! 그는 정직해. 그러나 귀족 업무를 가부장적이고 강압적으로 이끌어 나가는 고리타분한 방법을 바꿀 필요가 있어.”

다섯째 날, 현 귀족 회장 선거가 열렸다. 몇 개의 현에서 그날은 정말 파란만장했다. 셀레즈네프 현에서 스비야슈스키가 투표를 하지 않고 만장일치로 뽑혔고 그의 집에서는 잔치가 벌어졌다.

27

여섯째 날, 도 귀족 회장 선거가 이루어졌다. 크고 작은 홀은 다양한 제복을 입은 귀족들로 가득 찼다. 오로지 그날을 기다려 온 사람들이 많았다. 크림과 페테르부르크에서 온 사람, 외국에서 온 사람 등 오랜 시간 보지 못한 지인들이 홀에서 해후했다. 군주의 초상화 아래에 위치한 현 지사의 테이블에서는 열띤 토론이 벌어졌다.

귀족들은 홀에서 진영별로 모여 있었다. 눈빛에 어려 있는 경계와 불신으로 미루어 보아, 타 진영 사람들이 지나갈 때마다 말을 멈추는 것으로 보아, 몇몇 사람들이 속닥거리며 멀리 복도까지 나가는 것으로 보아, 양쪽 진영은 서로에게 비밀을 숨기고 있는 것 같았다. 겉으로 볼 때 귀족들은 두 종류로 나이 든 부류와 젊은 부류로 확실하게 나누어졌다. 나이 든 집단은 단추를 대부분 채우는 구식 귀족 제복에 장검과 모자를 갖추고 있거나, 해군, 기병대, 보병대 등 출신에 따라 특수한 군복 차림이었다. 나이 든 귀족들의 제복은 어깨가 불룩 튀어나온 구식이었다. 그들의 제복은 작고 허릿단은 짧았으며 옷은 꽉 조여 사람들의 몸에 딱 맞지는 않았다. 그에 비해 젊은 집단은 그와 반대로 허릿단이 길고 어깨 부분이 넉넉했으며 단추를 푼 귀족 제복에 하얀 조끼를 덧입거나 검은 칼라를 달고 사법부의 마크인 월계수를 수놓은 제복을 입고 있었다. 젊은 쪽에는 확연히 구분되는 궁정 관리의 제복을 입은 이들도 곳곳에 있었다.

그러나 젊은 사람들과 나이 든 사람들의 구분으로 당의 구분을 할 수는 없었다. 레빈이 유심히 살펴본 바로는 젊은 사람들 가운데 몇 명은 구당이었고 반대로 나이가 가장 많이 보이는 몇몇의 귀족들은 스비야슈스키와 이야기를 하는 것으로 보아 신당의 전폭적인 지지자임이 확실했다.

레빈은 사람들이 각자의 진영 부근에서 담배를 태우거나 간단하게 식사를 하고 있는 작은 홀에서 그들의 대화에 집중을 하고 이해하느라 괜스레 온 신경을 곤두세우며 서 있었다. 세르게이 이바노비치는 다른 무리의 핵심이었다. 지금 그는 스비야슈스키와 흘류스토프의 이야기를 경청하고 있었다. 흘류스토프는 다른 군의 귀족 회장으로 그들과 같은 당이었다. 흘류스토프는 스네트포크를 후보로 내세우려는 자기 쪽의 노선에 응하지 않고 스비야슈스키는 그렇게 하도록 설득했다. 그리고 세르게이 이바노비치는 그 계획에 동의를 하고 있었다. 레빈은 반대당이 무슨 이유로 자신들이 떨어뜨리고 싶어 하는 도 귀족 회장을 추천하려고 하는지 도무지 이해할 수 없었다.

시종 제복 차림의 스테판 아르카지치는 방금 술을 곁들인 간단한 식사를 끝내고 가장자리를 장식한 향기 나는 삼베 손수건으로 입을 닦고 그들을 향해 왔다.

"만반의 준비를 갖추었네요, 세르게이 이바니치!"

그는 양쪽의 볼수염을 쓰다듬으면서 말했다.

그리고 대화에 집중을 하다 스비야슈스키의 의견에 호응했다.

"한 현만으로도 괜찮습니다. 스비야슈스키는 반대파인 게 확실하네요."

그는 레빈을 제외한 나머지 사람들이 이해하는 말을 했다.

"응, 코스챠, 자네도 그 맛을 알게 된 것 같군. 그런가?"

그는 레빈을 쳐다보며 한마디 덧붙이고 그의 팔을 잡았다. 레빈도 그

맛을 봤더라면 좋았겠지만 도무지 무슨 일인지 알 수 없었다. 그래서 그는 대화를 하는 사람들에게서 약간 떨어져 스테판 아르카지치에게 어떤 이유로 도 귀족 회장을 후보로 추천하는지 모르겠다면서 당황스러움을 털어놓았다.

"성자 같은 단순함이여!"

스테판 아르카지치는 이렇게 말하고 간단하게 상황을 설명했다.

작년처럼 전체 현이 도 귀족 회장을 추천한다면 만장일치로 선출될 것이다. 하지만 그래서는 안 된다. 현재 여덟 현이 그를 추천하는 데 동의했다. 만약 두 현이 추천을 거절하면 그는 출마를 하지 않을 수도 있다. 구당은 자신들 중 다른 사람을 선출할지 모르고 그렇다면 계획이 모두 물거품이 될 것이다. 하지만 만약 스비야스슈키의 현만 추천을 하지 않는다면 스네트코프는 출마할 것이다. 우리 당은 반대파에게 혼란을 주기 위해 그를 추천해 선출해 줄 것처럼 할 것이다. 그렇다면 우리 당의 후보가 나갔을 때 그들은 잘못 계산하고 우리 후보에게 투표할 것이다.

레빈은 내용을 받아들이기는 했지만 완벽히 이해할 수 없었다. 그래서 궁금한 부분에 대해 질문을 하려고 했다. 그런데 그때 소란스러워지더니 다들 큰 홀로 이동했다.

"무슨 일이지? 누구?" "위임? 누구에게? 무엇을?" "반박하고 있는 중이라고?" "위임이 아니라는데." "플레로프를 인정하지는 않아. 그가 재판을 받고 있는 게 뭐 어때서?" "이런 방식으로 하면 아무도 인정받을 수 없어. 치사해." "법이 그렇다잖아."

레빈은 웅성거리는 소리를 들었다. 그는 급하게 어디를 향해 가면서 중요한 것을 놓칠까 봐 겁을 내는 사람들과 큰 홀로 갔다. 그리고 귀족들에게 떠밀려 지사의 테이블에 이르렀다. 거기에는 도 귀족 회장과 스비야슈스키 그리고 다른 지도자들의 열띤 논쟁이 한창이었다.

28

레빈은 거리가 꽤 떨어진 곳에 있었다. 그의 옆에서 힘들게 숨을 내쉬는 한 귀족과 두꺼운 구두창을 삐걱대는 다른 귀족 때문에 사람들의 이야기를 정확히 들을 수 없었다. 그는 도 귀족 회장의 상냥한 목소리만 겨우 들을 수 있었다. 그리고 잔뜩 성질이 난 귀족의 사나운 목소리가, 다음은 스비야슈스키의 목소리가 들렸다. 그가 이해한 것은 그들이 법 조항의 해석과 '심리를 받고 있는 자'라는 단어가 가지고 있는 의미에 대해 토론을 하고 있다는 것이었다.

군중들은 테이블로 가려는 세르게이 이바노비치에게 길을 터 주기 위해 양쪽으로 비켜섰다. 세르게이 이바노비치는 악에 받친 귀족의 이야기가 끝나기를 기다렸다가 자신이 볼 때 법 조항과 대조해 보는 것이 가장 옳을 것 같다고 말을 하고 비서에게 그 조항을 찾아 달라고 했다. 조항은 이견이 있을 경우 투표를 해야 한다고 밝히고 있었다.

세르게이 이바노비치는 조항을 읽고 그 의미에 대해 말했다. 하지만 키가 크고 덩치가 크고 등이 굽은, 콧수염을 염색하고 옷깃이 목 뒤를 떠받친 꽉 끼는 제복 차림의 지주가 그의 말을 멈췄다. 그는 테이블로 가서 보석 반지로 테이블을 두드리고 크게 소리쳤다.

"투표해요! 투표합시다! 투표함에 표를 넣어요! 이렇게 떠들 필요 없습니다. 투표함으로!"

몇몇의 목소리가 들리기 시작했다. 보석 반지를 낀 귀족은 흥분해서 점점 더 크게 외쳤다. 하지만 그가 무슨 말을 하는지 알아들을 수 없었다.

그는 세르게이 이바노비치의 제안과 똑같은 것을 말하고 있었다. 하지만 확실히 세르게이 이바노비치와 그의 당 전부를 싫어했고 증오의 감정은 당에 전해졌으며 상대편에게 차분하기는 했지만 그와 비슷한 정도의 분노를 일으켰다. 고성이 오갔고 잠시 엉망이 되어 도 귀족 회장이 질서 준수 요청을 해야 할 정도였다.

"투표! 투표! 귀족이라면 누구나 나와 같을 겁니다. 우리는 피를 흘리고 있습니다……. 군주의 신뢰를……. 귀족 회장을 그런 식으로 생각하지 마세요. 집사가 아니란 말입니다……. 참, 문제는 이것이 아니고……. 투표함으로 갑시다! 너무나도 지저분해!"

사방에서 잔뜩 화가 난 날카로운 외침이 들렸다. 그것에는 마음속 깊은 증오가 담겨 있었다. 레빈은 도통 상황을 알 수 없었다. 그는 사람들이 플레로프에 대한 의견을 투표로 할지에 대한 문제를 상의하는 열정에 깜짝 놀랐을 뿐이다. 나중에 세르게이 이바노비치가 그에게 알려주었듯이 그는 이와 같은 연역법을 잊고 있었다. 모두의 복지를 위해서는 도 귀족 회장의 지위를 없애야 하고 그러기 위해서는 다수의 표가 필요하며 다수의 표를 위해서는 플레로프에게 투표권을 부여해야 하고 플레로프의 자격을 인정받기 위해서는 법 조항을 어떤 방식으로 해석해야 할지 충분한 설명이 있어야 한다는 것이었다.

"한 표가 이 문제의 결론을 낼 수도 있어. 만약 네가 사회적 명분을 위해 일을 하고 싶다면 진중하고 일관성 있는 자세를 보여야 해."

세르게이 이바노비치는 결론을 냈다.

하지만 레빈은 이미 그런 논리를 생각하고 있지 않았기에 자신이 존경하는 사람들이 기분 나빠 하고 주체할 수 없는 흥분에 빠져 있는 것을 지켜보기 괴로웠다. 그는 괴로움을 벗어나려고 논쟁 도중에 밖으로 나와 버렸다. 홀에는 테이블 주위에 있는 하인들 외에는 아무도 없었다. 접시를 닦고 식기와 술잔을 배치하느라 바쁜 하인들을 보자, 그들의 평온하고 기운이 넘치는 얼굴을 대하자, 레빈은 악취가 나는 방에서 깨끗한 공기 속으로 나온 것처럼 마음이 풀어지는 것을 느꼈다. 그는 하인들을 기쁜 마음으로 보면서 이리저리 걸어 다녔다. 특히 볼수염이 희끄무레한 한 하인이 자신을 놀리는 젊은이들을 무시하며 냅킨 접는 방법을 알려 주는 모습이 정말 좋았다. 레빈이 그 하인과 이야기를 하려고 하자 귀족 신탁의 서기인 한 노인이 그의 주의를 끌었다. 그 노인이 잘하는 행동은 현 내 귀족들의 이름과 부칭을 외우는 것이었다.

"콘스탄친 드미트리치."

그가 레빈에게 말을 걸었다.

"형님께서 찾고 계세요. 그 문제에 대해 투표를 한답니다."

레빈은 혼자 가서 작은 흰색 공을 받았다. 그리고 형 세르게이 이바노비치를 따라 테이블로 갔다. 테이블 옆에는 스비야슈스키가 무엇인가 의미심장하고 비꼬는 표정으로 턱수염을 한 손으로 그러쥔 채 킁킁거리면서 서 있었다. 세르게이 이바노비치는 투표함 속에 한 손을 넣고 자신의 공을 움직이더니 레빈에게 자리를 비켜 주고 옆에 서 있었다. 레빈은 가까이 다가가긴 했지만 뭐가 뭔지 잘 몰라 당황했다. 그는 세르게이 이바노비치를 보면서 "이것은 어디에 넣는 거지?"라고 물었다. 그는 자신의 질문을 아무도 듣지 못하기를 원하면서 주위 사람들이 이야기를 하는 동안 작은 목소리로 말했다. 하지만 때마침 주위 사람들이 이야기를 중단하는 바람에 자신의 부적절한 질문이 주목을 받고 말았다. 세르게이 이바노비치는 얼굴을 찡그렸다.

"그건 서로의 신념에 달려 있는 것이지."

그는 엄격한 말투로 말했다.

몇몇 사람들이 빙긋 웃었다. 얼굴이 빨개진 레빈이 다급하게 천 밑으로 손을 넣어 오른쪽에 공을 놓았다. 오른손으로 공을 들고 있었기 때문이다. 공을 내려놓고 그는 왼손도 마저 넣어야 한다는 사실을 상기하고 행동했지만 이미 늦고 말았다. 그는 더 당황해서 맨 뒷줄로 부리나케 가 버렸다.

"찬성 백스물여섯 표! 반대 아흔아홉 표!"

서기는 에르(r) 자를 발음하지 않고 삼키면서 크게 외쳤다. 바로 웃음소리가 터졌다. 투표함에서 단추 한 개와 호두 두 알이 나왔기 때문이다. 문제의 귀족은 투표권을 인정받았고 신당은 승리했다.

그러나 구당은 자신들이 패배를 하지 않았다고 생각했다. 레빈은 귀족들이 스네트코프에게 출마를 해 달라고 요청하는 이야기를 들었고 그들의 무리가 도 귀족 회장을 둘러싸는 모습도 보았다. 레빈은 가까이 갔다. 귀족들에게 답하면서 스네트코프는 십이 년간 몸 바쳐 일하며 귀족들에게 충성을 다한 것밖에 없는 자신처럼 별것 아닌 사람에게 귀족들이 보여 준 신뢰와 사랑에 대해 말하고 있었다. 몇 번이고 같은 이야기를 반복했다.

"나는 정직하고 충성을 다해 근무했습니다. 여러분, 고맙고 또 고맙습니다."

그리고 감정에 복받친 듯 말을 잇지 못하고 홀을 나가 버렸다. 이 눈물은 자신이 당했던 부당함에 대한 깨달음 때문이든, 귀족들을 향한 애정 때문이든, 그것도 아니면 자신이 사면초가의 처지에 있다는 것을 느끼고 긴장했기 때문이든, 그의 흥분은 귀족들에게 고스란히 전달되었고 대다수의 귀족들은 감동을 받았다, 레빈도 스네트코프에게 상냥한 감정을 느꼈다.

레빈은 출입구에서 도 귀족 회장과 마주쳤다.

"죄송합니다. 실례했습니다. 사과를 받아 주십시오."

그는 처음 대하는 사람인 것처럼 말했다. 하지만 레빈을 알아보고 무안한 미소를 지었다. 레빈이 볼 때 그는 할 말이 있었지만 흥분을 하는 통에 말을 못 하는 것 같았다. 그의 표정, 제복과 십자가, 줄이 달린 흰 바지 차림, 그가 바쁘게 걷는 모습, 레빈은 뒤에서 바라보면서 사냥꾼에게 쫓겨 곤란한 입장에 처한 짐승이 떠올랐다. 도 귀족 회장의 얼굴은 레빈의 감정을 움직였다. 그 이유는 어제 레빈이 후견의 문제로 그의 집을 방문했다가 선하고 가정적인 사람의 위풍당당함을 목격했기 때문이었다. 조상 대대로 물려받은 고풍스러운 가구가 배치된 큰 집, 신식이 아니고 볼품없기는 하지만 정중하고 나이 든 하인들, 과거에는 분명히 농노였고 이제껏 주인을 한 번도 바꾸지 않았을 그 나이 든 하인들, 레이스 모자를 쓰고 터키풍 숄을 걸친 예쁜 손녀, 딸을 품에 안고 있던 살집 있는 착한 안주인, 학교에서 돌아와 아버지에게 인사를 하면서 그의 큰 손에 입맞춤을 하는 육학년생 아들, 가장의 따뜻하고 인정 많은 말과 행동, 이 모든 것은 레빈에게서 무의식적인 존경과 공감을 이끌어 냈던 것이다. 레빈은 지금 이 노인이 가엾고 불쌍했다. 그래서 그의 기분을 한결 낫게 해 줄 수 있는 이야기를 하고 싶었다.

"그렇다면 당신이 다시 한 번 귀족 회장이 되겠군요."

레빈이 말했다.

"아닙니다."

화들짝 놀란 귀족 회장은 주위를 살피면서 말했다.

"나는 이미 지쳤고 게다가 늙기까지 했다오. 나보다 젊고 유능한 사람들이 있는데 그 사람들에게 자리를 내줘야지."

도 귀족 회장은 말을 마치고 옆문으로 나갔다.

가장 경건한 시간이 되었다. 바로 선거를 시작해야 되었다. 두 당의 지도자들은 흰 공과 검은 공을 세고 있었다. 플레로프에 대한 논쟁은 신당에게 플레로프의 한 표뿐만 아니라 시간적 여유를 주었기 때문에 그들은 구당의 간계로 선거를 할 수 없게 된 귀족 세 명을 데려올 수 있었다. 술을 무척 좋아하는 두 귀족은 스네트코프 일당들 때문에 술을 마셨고 다른 한 사람은 귀족 제복을 잃어버렸다.

이 사실을 알게 된 신당은 플레로프에 대한 이야기를 하는 동안 사람들을 삯마차에 태워 보내 옷을 도둑맞은 귀족에게 제복을 가져다주었고 술에 취한 둘 중 한 명을 회의에 참석하도록 했다.

"한 명을 데리고 왔습니다. 물을 얼마나 퍼부었는지 모릅니다."

술 취한 귀족을 데려온 지주가 스비야슈스키에게 와서 말했다.

"괜찮습니다. 도움이 될 거예요."

"많이 취하지는 않았죠?"

스비야슈스키가 고개를 가로저었다.

"괜찮습니다. 여기에서 술을 더 주지만 않는다면요. 바텐더에게 어떤 일이 있어도 그에게 술을 내줘서는 안 된다고 일렀습니다."

29

담배를 피우거나 가벼운 식사를 하기 위한 좁은 방은 귀족들로 가득 차 있었다. 흥분은 점점 더 높아져 갔고 사람들의 얼굴엔 불안감이 역력해 보였다. 특히 자세한 상황과 공의 수를 전부 알고 있던 지도자들이 매우 흥분했다. 그들은 막 전투를 앞둔 지휘관이었다. 나머지 사람들은 전투를 앞둔 병사들로서 전투를 준비하면서도 잠깐이나마 즐길 수 있는 것들을 찾고 있었다. 어떤 사람들은 테이블에 앉거나 일어선 채로 무엇인가를 먹고 있었고, 어떤 사람들은 흡연을 하며 긴 방을 따라 이리저리 걸어 다니면서 오랫동안 만나지 못했던 지인들과 이야기를 나누고 있었다.

레빈은 음식에 대한 생각도 없었고 담배도 피우지 않았다. 그는 그와 자주 몰려다니던 사람들, 즉 세르게이 이바노비치, 스테판 아르카지치, 스비야슈스키 등과 어울리고 싶은 마음도 없었다. 왜냐하면 시종 무관의 제복을 입은 브론스키가 그들과 함께 활기차게 이야기를 나누고 있었기 때문이다. 어제도 레빈은 선거하는 자리에서 브론스키를 보고 그와 마주치고 싶지 않아서 일부러 그를 피해 다녔다. 그는 창문가에 앉아 친구들을 둘러보며 주위에서 들려오는 소리에 귀 기울이고 있었다. 그가 특히 더 우울했던 이유는 그의 눈에 보이는 사람들 모두가 활기차고 걱정스러운 얼굴로 바쁘게 돌아다니는데, 자기만 해군 제복을 입은 늙은 노인네와, 그것도 이도 없어 말도 제대로 알아듣기 힘든 상늙은이와 함께 아무런 흥미도 하는 일도 없이 있었기 때문이다.

"그자는 엄청난 사기꾼이죠! 난 그에게 말했습니다. 하지만 정말 아니에요. 그놈은 삼 년이 지나도 그 사실을 몰랐으니까요."

포마드를 바른 머리카락을 자수가 놓인 제복 옷깃까지 늘어뜨린 굽은 등의 체구가 작은 지주가 선거를 위해 새로 신은 것 같은 부츠의 뒤축을 힘차게 구르며 열띤 어조로 말했다. 그리고 불만 가득한 눈으로 레빈을 바라보더니 고개를 홱 돌렸다.

"네, 말하기에도 고상하지 못하고 추한 일이죠."

체구가 작은 지주는 높고 날카로운 소리로 말했다.

그 뒤를 이어 지주들이 뚱뚱한 장군을 둘러싼 채 무리를 지어 레빈을 향해 매우 급히 다가왔다. 지주들은 그들의 이야기가 들리지 않을 것 같은 곳을 찾고 있었던 것이 확실했다.

"그놈이 어떻게 두려움을 무릅쓰고 과감하게 그런 말을 할 수 있단 말입니까! 내가 그놈의 바지를 훔치라고 했다니! 내 생각에는 그놈이 바지를 잡히고 술을 마신 것이 확실한 것 같습니다. 그놈과 놈의 공작 작위에 침이나 뱉으라고 하세요. 그 녀석, 어디서 그따위 말을 하는지! 참 비열하군!"

"잠깐만요! 그들은 법 조항에 근거를 두고 있어요!"

다른 사람들이 모인 자리에서 이런 말이 들려왔다.

"아내가 귀족으로 등록되어 있어야 합니다."

"젠장, 법 조항 따위에는 관심 없소! 난 내 솔직한 심정을 말하는 거요. 그래서 우리가 귀족인 거죠. 믿음을 갖도록 하시오."

"각하, 함께 가시지요. 코냑이 있습니다."

한 무리의 사람들이 뭐라고 큰 소리로 외치는 귀족을 따라가고 있었다. 그는 술 취한 세 명의 사람 중 하나였다.

"난 마리야 세묘노브나에게 늘 세를 주라고 권유합니다. 그녀는 돈 버는 재주가 없기 때문이죠."

콧수염이 희끗희끗하고 옛 참모 본부의 대령 제복을 입은 지주가 명랑하고 활발하게 이야기했다. 그는 바로 레빈이 스비야슈스키의 집에서 만났던 바로 그 지주였다. 레빈은 그를 바로 알아보았고 지주 역시 레빈을 눈여겨보았다. 그래서 그들은 서로 인사를 나누었다.

"너무 반갑습니다. 정말이에요! 전 너무 잘 기억하고 있습니다. 작년에 니콜라이 이바노비치 귀족 회장 집에서 만났었잖아요."

"네, 참 당신의 농장은 잘되어 가고 있나요?"

레빈이 물었다.

"여전하죠. 똑같이 손해를 보고 있죠."

지주는 옆에서 체념 가득한 미소를 지으며 당연하다는 듯이 침착하고 확신에 찬 표정을 지으며 답했다.

"그런데 당신은 어떡하다 우리 현에 오게 된 겁니까?"

그가 물었다.

"우리의 쿠데타에 같은 편이 되어 힘을 더하기 위해 온 것입니까?"

그는 프랑스어로 단호하지만 서툰 발음으로 이야기했다.

"온 러시아가 다 모인 것 같네요. 시종에 장관급 인사들까지 말이죠."

그는 흰 바지와 시종 제복을 입은 채 어느 장관과 걷고 있는 스테판 아르카지치를 가리켰다.

"당신께 고백해야 할 것 같습니다. 난 귀족 선거의 의미를 이해하기가 힘들군요."

레빈이 입을 열었다.

지주가 그를 쳐다보았다.

"여기서 대체 뭘 이해하려 한다는 겁니까? 아무 의미도 없습니다. 굳어진 습성에 의해서만 운동을 지속할 수 있는 퇴락한 제도일 뿐이에요. 저 제복들을 보세요. 저것들조차 당신에게 말하는 것 같지 않습니까? 이곳은 치안 판사, 상임위원 등의 회의이지, 귀족들의 회의가 아니란 말이죠."

"그럼 당신은 왜 여기에 왔습니까?"

레빈이 물었다.

"습관 때문이라고 할 수 있죠. 그게 다입니다. 인간관계 유지도 하나의 이유가 되겠지요. 일종의 도덕적 의무라고 할 수 있죠. 그리고 더 솔직히 말하자면, 나 스스로의 이해관계 때문이기도 하고요. 사위가 상임위원에 출마하고 싶어 해서요. 그 집안은 부유층도 아니에요. 때문에 내가 그 사람을 데리고 다녀야 합니다. 그런데 저 신사들은 왜 여기에 왔을까요?"

그는 현 지사의 테이블에서 대화를 나누고 있는 악의로 가득 찬 신사를 가리키며 말했다.

"저 사람들은 새로운 세대의 귀족이지요."

"새롭다는 말은 맞지만 귀족은 아니에요. 저들은 단지 소유주일 뿐이고 우리가 지주입니다. 저들도 귀족들이 그런 것처럼 자신을 죽이고 있군요."

"하지만 아까 당신은 그것이 시대에 뒤처진 제도라고 이야기하지 않았습니까?"

"시대에 뒤처진 것은 맞습니다. 하지만 아직은 좀 더 예의 있고 겸손하게 대해야 합니다. 스네트코프만 하더라도 그렇죠. 좋아하든 싫어하든 우리는 천 년 동안 성장해 오지 않았습니까? 집 앞에 작은 정원을 만들려면 측량부터 해야 하는데 그 자리에 만약 백 년 묵은 나무가 있다면 꽃밭을 위해 그것을 과감히 베어 버리지는 않을 것입니다. 오히려 그 나무를 남겨 둘 수 있는 꽃밭을 만들려고 하겠죠. 그런 나무는 일 년 만에 자랄 수 있는 있는 것이 아니니까요."

그는 조심스럽게 말하면서 바로 다른 이야기로 말을 돌렸다.

"그런데 당신의 농장은 어떤가요?"

"저도 좋지 않죠. 이익이 오 퍼센트 정도예요."

"그렇군요. 하지만 당신은 자신을 함께 계산하지 않는군요. 당신도 자신만의 가치를 가지고 있습니다. 내 얘기를 해 보지요. 난 농사를 짓기 전에 삼천 루블의 연봉을 받는 공직에 있었습니다. 지금 나는 공직에 있을 때보다 훨씬 더 많은 일을 하고 있지만 당신처럼 오 퍼센트의 소득만을 얻었죠. 그것만으로 다행이라고 생각합니다. 그렇지만 나는 나 자신의 노동에 대한 대가는 받지 못하는 겁니다."

"그렇다면 당신은 왜 이 일을 하죠? 이렇게 손해가 분명한데 말이죠."

"이유는 없습니다. 그냥 하는 거지요. 그저 습관일 뿐이에요. 당연히 그래야 하는 일인 거죠. 좀 더 자세히 말할까요?"

지주는 창가에 팔꿈치를 괸 채 이야기에 열중하며 계속했다.

"사실 내 아들은 농사에 관심이 없습니다. 그 애는 학자가 될 것 같습니다. 그러니 이 일을 계속 이어 나갈 사람이 없는 것이죠. 그렇지만 나는 이 일을 계속하고 있습니다. 올해는 정원까지 만들었지요."

"네. 맞는 말씀이십니다. 나도 내 농사에 실질적인 전망이 없다고 느끼면서도 계속해 나가고 있는 것은 대지에 대한 어떤 의무감 때문이지요."

레빈이 말했다.

"내가 하고 싶은 말도 바로 그것입니다."

지주가 계속해서 말을 이어 갔다.

"언젠가 이웃 상인이 우리 집을 방문했을 때, 우리는 함께 이야기하며 농장과 정원을 걸었습니다. '스테판 바실리치, 당신의 집은 모든 것이 질서정연한데, 정원만은 황폐하군요.' 하지만 우리 집 정원은 매우 잘 정돈되어 있었습니다. '내가 만약 정원을 가꾼다면 이 보리수들을 다 베어 버리겠습니다. 나무들은 양분만 빨아들일 뿐이죠. 보리수 천 그루를 베면, 보리수 한 그루당 질 좋은 수피(樹皮)가 두 장씩 나오지요. 요즘 수피 값이 많이 올랐고 꽤 많은 목재도 얻을 수 있으니까요.' 그가 그렇게 말했습니다."

"그 사람은 그 돈으로 가축이나 땅을 싼값에 사들여 다른 농부들에게 빌려 주고 돈을 받겠죠."

레빈은 미소 지으며 말했다. 그 역시 이미 여러 번 그런 식의 이해타산에 대해 고민해 봤다는 말투였다. "그렇게 그는 재산을 늘려 나가겠죠. 하지만 당신이나 나 같은 사람들은 지금 갖고 있는 것이라도 잘 지켜서 자식들에게 물려준다면 그나마 다행이겠죠."

"당신이 결혼을 했다는 소식을 들은 적이 있습니다."

지주가 말했다.

"네, 그렇습니다."

레빈은 자랑스럽고 기쁜 표정으로 말했다.

"그래요. 정말 이상한 점이 있네요."

그는 계속해서 말을 이었다.

"그럼 우리는 아무런 소득 없이 마치 고대 베스타 여신(순결한 불의 여신_옮긴이)처럼 어떤 불을 지키도록 임명받은 것처럼 살아가고 있네요."

지주는 하얗게 센 콧수염을 실룩이며 씩 웃었다.

"우리들 중 그런 사람이 또 있지요. 한 예로 우리의 친구 니콜라이 이바니치나 얼마 전에 이곳에 정착한 브론스키 백작을 보면 그들은 농업에 산업을 도입시키고 싶어 합니다.그런데 지금껏 돈만 날렸을 뿐 아무것도 얻지 못했지요."

"그럼 어떤 이유로 우리는 상인들처럼 하지 않을까요? 수피를 얻기 위해 정원의 나무를 베지 않는 이유는 어디에 있을까요?"

레빈은 자신에게 충격을 주었던 여러 가지 생각들을 떠올리며 말했다.

"그건 아마도 당신이 말한 것처럼, 불을 지키기 위해서겠죠. 귀족답지 않은 일이니까요. 우리 귀족들의 일이 이루어지는 곳은 선거장이 아니라

저기, 각자가 살고 있는 곳입니다. 또한 사람들은 각자 무엇을 해야 하는지, 무엇을 하지 말아야 하는지에 대한 계급적 본능이 존재합니다. 난 가끔씩 농부들을 관찰하는데 그들 역시 그렇습니다. 건전하고 진실한 농부들은 자신이 할 수 있는 한 많은 땅을 빌립니다. 땅이 아무리 척박하더라도 그들은 계속 쟁기질을 하죠. 그들도 이득이 되지 않더라도 그렇게 합니다. 그것이 손해라는 것을 알면서도 그렇게 하죠."

"우리와 같군요."

레빈은 말했다.

"당신을 뵙게 돼서 매우 즐거웠습니다."

그는 자기를 향해 걸어오는 스비야슈스키를 보고 이렇게 덧붙였다.

"당신 집에서 이분을 만난 이후로, 이곳에서 처음 만났습니다. 그래서 이야기에 정신없이 빠져 있었죠."

"무슨 이야기를 하셨나요? 새로운 제도에 대해 비난이라도 퍼붓고 있었습니까?"

스비야슈스키는 웃으며 물었다.

"당연히 그 얘기도 했죠."

"답답한 속이 풀려 시원하시겠습니다."

30

스비야슈스키는 레빈의 팔을 이끌고 자기 쪽 사람들에게로 향했다. 그는 더 이상 브론스키를 피할 수 없었다. 그는 스테판 아르카지치와 세르게이 이바노비치와 나란히 서서 그들을 향해 걸어오는 레빈을 똑바로 응시했다.

"정말 반가워요. 당신을 만나는 기쁨을 전에 누린 적이 있죠. 아마 쉐르바츠키 공작 댁이었던 것 같군요."

그는 레빈에게 악수를 청하며 말했다.

"네, 당신과 만났던 일을 아주 잘 기억하고 있습니다."

그는 이렇게 대답하고 얼굴을 붉히며 고개를 돌린 채 형과 대화하기 시작했다.

브론스키는 미소를 살짝 지은 채, 스비야슈스키와 계속 이야기하고 있었다. 그 역시 레빈과 더 이상의 대화를 나누고 싶어 하는 것 같지 않았다. 하지만 레빈은 형과 대화를 하면서 계속해서 브론스키를 쳐다보며 자신의 무례함을 만회하기 위해 그에게 어떤 말을 꺼내야 할지 고민하며 생각했다.

"지금 무엇이 문제입니까?"

레빈은 스비야슈스키와 브론스키를 쳐다보며 물었다.

"스네트코프가 문제지요. 그가 거절이든 승낙이든 어떤 결정이라도 내려야 하는데 말입니다."

스비야슈스키가 말했다.

"그는 승낙을 했습니까? 아니면 안 했습니까?"

"어느 쪽도 아니니 문제지요."

브론스키가 대답했다.

"만약 그가 거절하면 누가 출마하게 되는 겁니까?"

레빈은 브론스키를 바라보며 물었다.

"출마하고 싶은 사람이 하겠죠."

스비야슈스키가 대답했다.

"당신이 출마하는 겁니까?"

레빈이 말했다.

"물론 전 출마하지 않습니다."

스비야슈스키는 당황하며 세르게이 이바노비치와 함께 옆에 서 있는 악의로 가득 찬 신사를 두려움에 찬 표정으로 바라보았다.

"그럼 누가 출마하는 거죠? 네베도프스키인가요?"

레빈은 당황하며 말했다.

하지만 분위기는 더욱 악화되었다. 네베도프스키와 스비야슈스키 둘 다 입후보자였기 때문이었다.

"어떤 일이 생기더라도 난 출마하지 않겠습니다."

악의에 찬 신사가 말했다.

그가 바로 네베도프스키였고 스비야슈스키는 그에게 레빈을 소개했다.

"뭐야? 자네의 아픈 곳을 찌른 건가."

스테판 아르카지치는 브론스키를 쳐다보며 말했다.

"이건 마치 경마와 비슷하군. 내기를 걸어도 좋겠어."

"자네의 이야기가 더욱 아픈 곳을 후벼 파는 것 같군."

브론스키가 말했다.

"그리고 일단 일을 시작하면 끝까지 하고 싶은 법이지. 완전 전쟁이야!"

그는 인상을 쓴 채 강인한 턱뼈를 꽉 움켜쥐고 말했다.

"스비야슈스키는 일을 꾸미는 재간이 뛰어나지! 그에게는 모든 것이 너무나 분명하니까 말이야."

"아, 그렇군."

브론스키는 무심하게 대답했다.

그리고 서로 아무 말도 없었다. 그동안 브론스키는 뭐라도 봐야 했기 때문에 레빈을, 그의 발을, 그의 제복을 쳐다보았다. 그의 얼굴을 보았을 때, 브론스키는 자신을 보는 레빈의 우울한 눈빛을 눈치채고 무슨 말이라도 해야겠다는 생각이 들어 입을 열었다.

"당신같이 오랫동안 시골에서 살았던 사람이 치안 판사가 아니라니 대체 어떤 이유에서 그렇습니까? 치안 판사의 제복을 입지 않고 있어서 하는 말입니다."

"지방 법원은 어리석은 제도일 뿐이라고 생각하기 때문입니다."

레빈은 우울한 목소리로 대답했다. 그는 자신이 범한 무례함을 씻고 싶어 줄곧 브론스키와 이야기할 기회를 엿보고 있었다.

"난 그 반대라고 생각합니다."

브론스키는 침착하지만 놀란 듯한 목소리로 말했다.

"그것은 장난감에 불과할 뿐이죠."

레빈이 그의 말을 가로막으며 말을 이었다.

"우리에겐 치안 판사가 필요 없으니까요. 난 지난 팔 년 동안 단 한 번의 소송도 제기한 적 없습니다. 사건이 일어나면 완전히 잘못된 판결이 내려지죠. 치안 판사는 우리 집에서 사십 베르스타 떨어진 곳에 삽니다. 난 고작 이 루블의 문제를 해결하기 위해 십오 루블이나 들여 대리인을 보내야 합니다."

그리고 레빈은 어느 농부가 제분소에서 밀가루를 훔쳤던 일화를 이야기해 주었다. 제분소 주인이 그에게 농부가 밀가루를 훔쳤다고 하자 농부는 오히려 명예훼손으로 소송을 제기했다는 내용이었다. 하지만 이 이야기는 상황과 전혀 어울리지 않는 어리석은 이야기였다. 레빈은 이야기를 하는 동안 그것을 느끼고 있었다.

"오, 이야기가 정말 독창적이군!"

스테판 아르카지치는 그만의 특별한 달콤한 미소를 흘리며 말했다.

"이제 저쪽으로 가 보세. 투표를 하고 있는 것 같군."

그래서 그들은 각자 흩어졌다.

"참 이해하기 힘들군."

세르게이 이바노비치는 동생의 서툰 말과 행동을 눈치채고 이렇게 말했다.

"정말 이해가 안 돼. 어쩌면 그렇게도 정치적 감각이 떨어질까? 하긴 그것은 우리 러시아인들에게 부족한 부분이기도 해. 도 귀족 회장은 우리의 적이야. 그런데 너는 그와 사이좋게 지내며 더군다나 출마를 권하고 있잖아. 그리고 브론스키 백작도 마찬가지야. 나 역시 그와 친구가 되고 싶지 않아. 그가 저녁 식사에 초대했지만 난 그의 집에 가지 않을 생각이야. 하지만 그는 우리 편이야. 그러니 그를 적으로 삼을 이유는 없어. 그리고 네베도프스키에게 출마할 거냐고 물으면 안 되는 거야."

"난 하나도 모르겠어! 다 하찮은 일들일 뿐이잖아."

레빈이 침울한 목소리로 말했다.

"너는 하찮다는 이유로 모든 것을 다 뒤죽박죽으로 만들어 버리는군."

레빈은 입을 다물 수밖에 없었다. 그리고 그들은 함께 어떤 큰 넓은 방으로 들어갔다. 도 귀족 회장은 회의장 분위기에서 자신을 향한 계략을 느꼈음에도, 또한 모든 사람들이 그에게 출마를 권하지 않았는데도 출마를 결심했다. 방 안의 사람들은 모두 아무 말이 없었다. 서기는 큰 목소리로 근위 대장 미하일 스테파노비치 스네트코프의 도 귀족 회장 직 출마를 선언했다.

현 귀족 회장들은 공이 담긴 작은 접시를 들고 자신의 테이블에서 현 지사의 테이블로 걸어갔고 마침내 선거는 시작되었다.

"오른쪽에 넣으면 돼."

레빈이 형과 함께 귀족 회장을 뒤따라 걷고 있을 때, 스테판 아르카지치가 말했다. 하지만 레빈은 사람들이 그에게 설명해 주었던 계획을 잊고 스테판 아르카지치가 실수로 잘못 말한 게 아닌가 생각했다. 스네트코프는 적이 아니었나. 그는 오른손에 공을 쥐고 투표함으로 걸어갔다. 그러나 문득 자신이 실수하는 것 같은 생각에 투표함 앞에서 공을 왼손에 바꿔 쥐었다. 그런 다음 그는 왼쪽에 공을 넣었다. 투표함 옆에 서 있기 때문에 누가 어디에 공을 넣는지 다 알고 있는 전문가는 그것을 보고 인상을 썼다. 그는 자신의 통찰력을 도무지 발휘할 수 없었다.

주위는 침묵으로 가득했고 공을 세는 소리만이 들렸다. 곧 한 사람이 찬성과 반대의 수를 발표했다.

귀족 회장은 상당히 많은 표를 얻었고 다들 웅성대며 문을 향해 황급히 달려갔다. 스네트코프가 안으로 들어왔고, 귀족들은 그 주위를 둘러싸며 축하했다.

"음, 이제 다 끝난 건가?"

레빈은 형에게 물었다.

"이제 시작입니다."

스비야슈스키가 세르게이 이바노비치 대신 미소 지으며 대답했다.

"새 후보가 표를 더 많이 얻을 수도 있습니다."

레빈은 또 그것에 대해 까맣게 잊었다. 그제야 그는 이곳에 어떤 미묘한 점이 있었다는 것을 생각해 냈다. 그러나 그게 무슨 일이었는지 기억해 내는 것은 매우 따분한 일이었다. 갑자기 그는 우울해졌다. 그래서 그는 그곳에서 벗어나고 싶은 생각이 간절했다.

아무도 그에게 관심이 없었고 아무도 그를 필요로 하지 않았다. 그래서 그는 사람들이 가볍게 식사를 하고 있는 작은 방으로 슬그머니 갔다. 그리고 하인들을 보자 마음이 편안해졌다. 몸집이 작은 늙은 하인이 그에게 먹을 것을 권했고 그는 그 권유를 받아들여 강낭콩을 곁들인 커틀릿을 먹었다. 하인들과 그들의 전 주인에 대한 이야기를 나누고 나니 레빈은 불쾌하기 이를 데 없는 그 큰 방으로 돌아가고 싶은 마음이 전혀 들지 않아서 청중석으로 발길을 돌렸다.

청중석은 한껏 꾸미고 차려입은 부인들로 가득 차 있었다. 그들은 난간 너머로 몸을 구부린 채 아래쪽에서 들려오는 말을 한 마디도 놓치지 않기 위해 애쓰고 있었다. 우아한 변호사와 안경을 쓴 교사들이 그 부인들 주변에 앉거나 서 있었다. 어디를 가도 사람들은 선거나, 귀족 회장이 얼마나 괴로워하는지, 논쟁이 얼마나 훌륭한지에 대해 말했다. 레빈은 어떤 사람들 무리에서 형에 대한 칭찬을 듣게 되었다. 어느 부인이 변호사에게 말했다.

"코즈니셰프의 연설을 듣다니 너무 기뻐요. 그의 연설은 배고픔을 참으며 들을 가치가 있어요. 아주 훌륭하고 분명해요! 더군다나 그의 연설은 전부 똑똑히 잘 들렸어요. 당신의 법정에서 저렇게 말할 수 있는 사람은 아마 없을 거예요. 굳이 찾자면 마이델 정도겠죠. 하지만 그의 연설도 저런 달변과는 비교할 수조차 없어요."

난간 옆 빈자리를 찾은 레빈은 난간 너머로 몸을 구부린 채 보고 듣기 시작했다. 귀족들은 칸막이 너머 군별로 앉아 있었는데 방 가운데 제복을 입은 한 남자가 서서 고조된 어조로 다음과 같이 선언했다.

"기병 이등 대위 예브게니 이바노비치 오푸흐친을 도 귀족 회장 후보로 추천합니다!"

죽은 듯이 고요한 침묵이 흘렀다. 뒤이어 약하고 가는 노인의 목소리가 들렸다.

"기권합니다!"

"칠등 문관 표트르 페트로비치 볼을 천거합니다."

"기권합니다!"

젊은이의 새된 목소리가 울렸다. 다시 같은 절차가 반복되었고 다시 '기권합니다!'라는 소리가 들렸다. 그렇게 한 시간이 흘렀을 무렵, 레빈은 여전히 난간에 팔꿈치를 괸 채 보고 들었다. 처음에 그는 그것이 무엇을 의미하는지 알 수 없어서 깜짝 놀랐다. 그러나 자기로서는 그것을 이해하기 힘들다는 것을 알고 따분해졌다. 그다음, 그는 사람들의 얼굴에 떠오른 흥분과 분노를 보고 슬픔에 잠기기 시작했다. 그는 떠나야겠다는 결심이 들어 아래층으로 내려갔다. 그는 청중석을 나오다 부은 눈을 한 채, 갈팡지팡하는 우울한 학생을 보았다. 그리고 그는 계단을 내려가다 한 쌍의 남녀과 부딪쳤는데 그들은 바쁘게 하이힐을 신고 달려가는 부인과 기분 좋은 발걸음의 검사보였다.

"늦지 않겠다고 했잖아요."

레빈이 부인에게 길을 내주기 위해 옆으로 비켜섰을 때, 검사가 말했다.

레빈이 출구로 나와 조끼 호주머니에서 외투 번호표를 꺼내려 했을 때, 서기가 그를 붙잡았다.

"콘스탄친 드미트리치, 지금 투표가 진행 중입니다."

그토록 단호히 거절했던 네베도프스키가 후보로 출마했다. 레빈은 다시 크고 넓은 방의 입구로 다가갔지만 문은 잠겨 있었다. 서기가 문을 두드리자 문이 열렸고 얼굴이 빨갛게 달아오른 두 지주가 레빈 옆으로 지나갔다.

"더 이상은 참을 수 없어!"

벌겋게 달아오른 얼굴로 한 지주가 이야기했다. 그 지주 뒤로 도 귀족 회장이 쑥 나왔다. 그의 얼굴은 극도의 피로와 두려움으로 가득한 무시무시한 표정을 짓고 있었다.

"사람들을 내보내지 말라니까!"

그는 수위에게 크게 호통을 쳤다.

"각하, 들여보내려 한 것입니다."

"오! 주여!"

현 귀족 회장이 무거운 목소리로 한탄하며 숨을 내쉬었다. 그는 고개를 푹 숙이고 흰 바지 자락을 기운 없이 질질 끌며 방 한가운데에 있는 커다란 테이블로 걸어갔다.

예상했듯이 네베도프스키가 많은 표를 얻고 새로운 도 귀족 회장으로 선출되었다. 많은 사람들이 즐거워했고 만족해하고 행복해하며 열광했다. 하지만 또 다른 한편에서는 많은 사람들이 불만스러워했고 불행해했다. 도 귀족 회장은 절망감을 감출 수 없었다. 네베도프스키가 방에서 나가자 군중들은 그를 둘러싸고 즐겁고 기쁨에 찬 모습으로 그를 따랐다. 그것은 첫날에 선거의 시작을 알렸던 지사를 뒤따라가던 때와 같은 모습이었고, 많은 표를 얻었던 스네트코프를 뒤따라가던 때와 같은 모습이었다.

31

그날 밤, 새롭게 선출된 도 귀족 회장과 승리를 거둔 새로 조직된 당의 많은 사람들이 브론스키의 집에서 성대한 저녁 식사를 즐겼다.

브론스키가 선거에 참여한 것은 따분한 시골 생활을 벗어나고 싶은 마음과 안나 앞에서 자신의 자유에 대한 권리를 선언하고 싶어서였다. 또한 선거에서 스비야슈스키를 도움으로써 지방자치회 선거 때, 그가 브론스키를 위하여 열심히 일해 준 것에 대한 신세를 갚고 싶어서였다. 그러나 가장 중요한 이유는 자신이 선택한 지주 귀족이라는 지위의 모든 업무를 엄격히 수행하기 위함이었다. 하지만 선거가 그토록 자신의 마음을 사로잡고 흥분하게 만들 줄 몰랐고 또한 자신이 그 일을 이토록 잘해 낼 것이라고는 생각하지 못했다. 그는 귀족 사회에서 완전히 새로운 인물이었지만 분명 성공했고 그들 사이에서 이미 영향력을 확보했다고 해도 과언이 아니었다. 그의 재산, 가문, 시내에 있는 그의 화려한 저택은 그 영향력에 큰 영향을 미쳤다. 그 저택은 카쉰에 나날이 잘되어 가는 은행을 세운 금융가이자 오랜 친구인 쉬르코프에게서 양도받은 것이었다. 또한 시골에서 데려온 그의 뛰어난 요리사 역시 영향력에 도움을 주었고 도지사와의 우정도 그러했다. 도지사는 브론스키의 은혜를 받은 적이 있는 그의 동료였다. 무엇보다 가장 큰 도움이 되었던 것은 사람들을 대하는 그의 소탈하고 한결같은 태도였다. 이것은 소문으로 떠돌던 그의 오만함에 대해 사람들이 달리 생각하게 만들었다. 그는 키티 쉐르바츠카야와 결혼한 그 미친 신사, 이렇다 할 이유 없이 자신에게 우스운 적의를 드러내며 상황에 어울리지도 않는 얼토당토않은 어리석은 소리만 퍼붓는 그 신사를 제외하면 자신과 알게 된 대부분의 귀족들이 자기편이 된 것을 느꼈다. 그가 네베도프스키의 성공에 큰 도움을 주었다는 것은 자신뿐 아니라 다른 사람들도 인정하는 바였다. 지금도 그는 자기 집의 테이블 앞에서 네베도프스키의 당선을 축하하며 자신이 선택한 사람에 대한 기분 좋은 승리감을 마음껏 느끼고 있었다. 선거 자체가 그를 사로잡아 그는 만일 앞으로 삼 년 안에 결혼하게 되면 자기도 직접 선거에 출마해 봐야겠다는 생각을 했다. 그것은 마치 기수를 통해 상금을 탄 후, 직접 말을 몰고 싶어 하는 마음과 비슷했다.

하지만 지금은 네베도프스키의 승리를 축하하는 중이었다. 브론스키는 테이블 상석에 앉았으며 그의 오른편에는 시종 장관인 젊은 도지사가 앉아 있었다. 지사는 선거의 개회를 선언하고 연설을 한, 몇몇 이들에게는 존경심을 불러일으키고 무조건 그를 따르게 하는 도의 주인이었다. 브론스키가 본 그는 그랬다. 그러나 브론스키에게 그는 단지 용기를 북돋아 주기 위해 애쓰던 마슬로프 카치카—육군사관학교 시절 그의 별명—일 뿐이었다. 브론스키의 왼편에는 젊고 단호하고 악의에 가득 찬 네베도프스키가 앉았다. 브론스키는 그에 대해 수수하고 털털하면서도 정중한 태도를 취했다.

스비야슈스키는 자신의 실패를 명랑하고 활발하게 견뎌 냈다. 그 자신이 잔을 들고 네베도프스키에게 말했듯이 그것은 실패라 말할 수도 없었다. 귀족이 따라야 할 새로운 노선의 대표자로 네베도프스키보다 나은 사람은 없었기 때문이다. 그래서 그가 말했듯이 정직한 이들은 모두 오늘의 성공을 지지하고 축하하는 것이다.

스테판 아르카지치도 즐겁고 상쾌한 시간을 갖게 된 것에 대해, 그리고 모두가 만족스러워하는 것에 대해 기뻤다. 멋진 만찬을 즐기면서 사람들 사이에서 선거에 대한 에피소드들이 조금씩 쏟아져 나왔다.

스비야슈스키는 귀족 회장의 눈물 어린 연설을 익살스럽게 흉내 내더니, 네베도프스키를 돌아보며 각하는 회계를 감사할 때 눈물보다는 좀 더 복잡한 다른 방법을 찾아야 할 것이라고 말했다. 다른 귀족은 도 귀족 회장의 무도회를 위해 긴 양말을 신은 하인들이 불려 왔다고 말하면서 만약 새롭게 선출된 도 귀족 회장이 긴 양말을 신은 하인들과 무도회를 열지 않으면 그 하인들을 되돌려 보내야 한다며 익살을 떨었다.

만찬이 벌어지는 동안 사람들은 계속해서 네베도프스키를 향해 '우리의 도 귀족회장 각하'라는 말을 반복해서 늘어놓았다.

이 말은 젊은 부인에게 '마님'이라는 호칭이나 남편의 성으로 부를 때와 같은 만족감을 주면서 사람들에게 계속 언급되었다. 네베도프스키는 관심이 전혀 없는 척, 이런 호칭을 경멸하는 척했다. 그러나 그 역시 행복을 느끼면서도 모두가 속한 새로운 자유주의적 환경에 어울리지 않는 희열을 감추고자 자신을 억누르고 있는 것이 분명해 보였다.

몇몇 사람들은 선거의 진행 상황에 관심 있는 사람들에게 전보를 보냈는데 매우 유쾌한 기분의 스테판 아르카지치도 다리야 알렉산드로브나에게 다음과 같이 전보를 보냈다.

'네베도프스키가 스무 표로 당선됨. 축하 중. 소식을 전해 주길 바람.'

그는 그들도 기쁘게 해 줘야 한다며 전보 문구를 받아 적게 했다. 그러나 전보를 받은 다리야 알렉산드로브나는 그저 전보 값으로 낸 일 루블에 한탄하며 한숨을 쉴 뿐이었고 그가 전보를 보낸 때가 만찬이 끝날 무렵이었다는 것을 알았다. 그녀는 스티바가 훌륭한 만찬이 끝날 때쯤 전보를 남발하는 좋지 못한 습관이 있다는 것을 알고 있었다.

훌륭한 만찬, 그리고 러시아 주류 상인들을 통한 것이 아닌 해외에서 병으로 밀봉된 채 직수입된 술을 비롯한 모든 것들이 매우 고상하고 담백했으며 사람들을 즐겁게 했다. 그 모임을 구성한 두 명은 스비야슈스키와 뜻을 같이하는 자유주의적 성향을 갖고 있는 새로운 활동가들 중에 재치 있고 점잖은 사람들로 특별히 뽑힌 사람들이었다. 그들은 농담 섞인 어조로 신임 현 귀족 회장을 위해, 현 지사를 위해, 은행장을 위해, 그리고 '우리의 친절한 집주인을 위해' 축배를 들었다.

브론스키는 시골에서 그런 친근한 분위기를 맛보리라고는 짐작도 할 수 없었기에 너무 뿌듯했다.

만찬이 끝날 무렵, 분위기는 더욱 흥겹게 달궈졌다. 지사는 브론스키를 자기 아내가 주최한 형제들을 위한 음악회에 초대했다. 그의 아내 역시 브론스키와 가까이 지내고 싶어 했기 때문이었다.

"그곳에서 무도회가 열릴 거야. 미인들도 볼 수 있다네. 사실 그녀는 아주 멋져!"

"내 취미에는 안 맞는걸."

브론스키가 말했다. 그는 이 표현을 썩 마음에 들어 했다. 그러나 곧 미소를 지으며 무도회에 참석하겠다고 약속했다.

다들 테이블을 떠나기에 앞서 담배를 피우고 있었는데 브론스키의 시종이 쟁반에 담긴 편지를 가져왔다.

"보즈드비젠스코예에서 심부름꾼이 가져온 것입니다."

그는 의미심장한 표정을 지으면서 말했다.

"스베치츠키 검사보와 이렇게 닮다니! 놀랍군."

손님들 중 한 명이 시종에 대해 프랑스어로 이렇게 말할 때, 브론스키는 인상을 쓰면서 편지를 읽었다.

편지를 보낸 사람은 안나였다. 그는 편지를 읽기도 전에 그 내용을 알 수 있었다. 그는 선거가 닷새 안에 끝날 것이라 예상하고 그녀에게 금요

일에 돌아가겠다고 약속했었다. 그런데 오늘은 토요일이었다. 그러므로 그는 그 편지는 그가 제때 돌아오지 않은 것에 대한 질책이라는 것을 눈치챌 수 있었다. 그는 어제저녁에 안나에게 편지를 보냈는데 그것은 아직 도착하지 않은 듯했다.

내용은 그가 생각한 것과 같았다. 그러나 형식은 전혀 예상하지 못한 것이었으며 그를 불쾌하게 했다.

"아이가 매우 아파요. 의사는 염증이 생겼을지도 모른다고 말했어요. 나 혼자 어떻게 해야 할지 모르겠어요. 바르바라 공작 영애는 도움 대신 방해만 될 뿐이에요. 난 그제도 어제도 당신만을 기다렸어요. 그리고 지금도 기다려요. 당신이 어디에 있는지 무엇을 하고 있는지 알아보려고 이렇게 사람을 보내요. 내가 직접 가고 싶지만, 당신이 불쾌해할 것 같아서 생각을 바꾸었어요. 내가 어떻게 해야 할지 어떤 식으로든 답장을 부탁해요."

아이가 아픈데 그녀는 이곳에 직접 오려고 했다. 딸이 아프다는데 이렇게 적의 가득한 말투라니.

선거의 순수한 즐거움과 그가 돌아가야만 하는 그 어둡고 답답하고 무거운 사랑이 대조되어 브론스키에게 충격으로 다가왔다. 하지만 그는 떠나야 했다. 그래서 그는 그날 밤 가장 일찍 출발하는 기차를 타고 집으로 향했다.

32

브론스키가 선거하러 가기 전, 그가 집을 떠날 때마다 그들 사이에 되풀이되는 소동이 그의 마음을 차갑고 무관심하게 할 뿐 그의 마음을 붙잡아 놓을 수 없다고 생각한 안나는 그와 떨어져 있는 것을 침착하게 견디려고 할 수 있는 한 꾹 참아 보자고 결심했다.

그러나 그가 자신이 떠남을 알리러 왔을 때, 그녀를 바라보던 차갑고 가혹한 그의 눈빛은 그녀에게 모욕감을 주었다. 그래서 그가 출발하기도 전에 이미 마음의 평안은 깨져 버리고 말았다.

나중에 혼자 있는 동안, 그녀는 그가 자유의 권리를 표현할 때마다 그녀를 바라보던 그 시선을 되짚어 곰곰이 생각해 보고는 언제나처럼 자신이 모욕을 받았다는 결론을 내렸다.

'그는 자신이 원하면 언제든 떠날 권리가 있어. 떠날 뿐 아니라 나를 버리고 갈 수 있는 권리이기도 해. 그는 모든 권리를 갖고 있어. 하지만 나는? 나는 아무 권리도 갖고 있지 않아. 그런데 그가 그걸 알고 있다면 나를 그렇게 대하지 말았어야 해. 하지만 그는 어떻게 했지? 차갑고 냉담한 표정으로 나를 바라보았어. 물론 그건 막연하고 알기 힘든 것이지만, 전에는 그가 그런 적이 없었잖아. 그러니 그 눈빛과 표정은 많은 것

을 의미하고 있어.'

그녀는 생각했다.

'그 냉혹한 시선은 그의 마음이 식어 가기 시작하는 것을 의미해.'

그렇게 안나는 사랑이 식기 시작했다고 확신하면서도 여전히 아무것도 할 수 없었고, 그를 향한 자신의 태도 역시 조금도 변화시키지 못했다. 예전처럼 그녀는 오직 사랑과 그녀의 매력만으로 그를 붙잡을 수밖에 없었다. 그리고 예전과 같이 그녀는 그 사랑이 식으면 어떻게 될까 하는 무시무시한 생각을 잠재우기 위해 낮에는 일을 했고 밤에는 모르핀의 도움을 받았다. 사실 한 가지 방법이 더 있었는데 그것은 그를 붙잡는 것—그럴 수만 있다면 그녀는 그의 사랑 외에 그 어떤 것도 바라지 않았다.—이 아니라 그와 가깝게 지내며 그가 그녀를 버릴 수 없는 상황을 만드는 것이었는데 그것은 바로 이혼 후 그와 결혼하는 것이었다. 그래서 그녀도 그것을 원하게 되었고 그나 스티바가 언제든 그 문제에 대해 이야기를 꺼내면 바로 동의할 것이라고 굳게 결심했다.

그녀는 그가 없는 닷새 동안 홀로 그런 생각들을 하며 보냈다. 산책을 하고 바르바라 공작 영애와 대화를 나누며 병원을 방문하고 그리고 독서를 하면서, 무엇보다 쉴 새 없이 매달린 독서가 그녀의 시간 대부분을 차지했다. 그러나 엿새째 되는 날, 마부가 그를 태우지 않고 혼자 돌아왔을 때, 그녀는 자신에게 이미 그가 무엇을 하고 있는지, 그에 대한 생각을 억누를 그 어떤 힘도 남아 있지 않다는 것을 느꼈다. 바로 그때 그녀의 딸이 아프기 시작했다. 안나는 딸을 돌보기 시작했지만, 그것만으로는 그에 대한 생각을 멈출 수 없었다. 더구나 그녀의 딸이 아픈 정도가 가벼웠기 때문에 더욱 그랬다. 그녀는 아무리 노력을 해 봐도 그 딸을 사랑하기 힘들었고 사랑하는 척도 할 수 없었다. 그날 저녁, 혼자 남게 된 안나는 그에 대해 너무 불안한 마음이 들어서 시내로 나가야 하나 고민하다가 브론스키가 받았던 모순으로 가득한 편지를 쓰고 다시 읽어 보지도 않은 채, 심부름꾼의 손에 들려 그에게 보냈다. 다음 날 아침, 그녀는 그의 편지를 받고 자신의 섣부른 행동을 뉘우쳤다. 그녀는 그가 집을 떠났을 때처럼 그가 돌아왔을 때도 그의 냉혹한 시선이 반복되리라는 것을, 특히 그가 딸이 위독할 정도로 아프지 않았다는 것을 알게 되었을 때 더욱 그러리라는 것을 예감하고 두려움에 떨렸다. 하지만 그래도 그녀는 그에게 편지를 쓴 것이 기뻤다. 지금 안나는 그가 자신을 부담스러워하고 자신에게 오기 위해 자유를 버린 것에 대해 후회할 것이라는 것을 인정했지만 그럼에도 그가 돌아온다는 사실이 그녀를 기쁘게 했다. 비록 그가 중압감을 느끼더라도 그녀는 이제 그를 볼 수 있고, 그의 모든 움직임을 알 수 있는 이곳에 함께할 수 있다는 사실이 마냥 기뻤다.

그녀는 응접실의 램프의 불빛 아래에서 텐느(프랑스의 철학자, 문예비평가, 작가_옮긴이)의 신간을 읽으며 바깥의 바람 소리에 귀를 기울이고 매 순간 그의 도착을 기다렸다. 여러 번 마차의 바퀴 소리가 들렸지만 모두 그녀의 착각이었다. 마침내 바퀴 소리와 더불어 마부의 외침과 주랑 현관을 울리는 벨 소리가 들렸다. 카드 점을 보고 있던 바르바라 공작 영애까지 그것을 확인해 주었고, 그녀는 붉게 상기된 얼굴로 자리에서 황급히 일어났다. 그러나 그녀는 아래층에 이미 두 번이나 다녀왔으면서도 이번에는 아래층으로 내려가지 않고 그냥 그 자리에 멈춰 섰다. 그녀는 순간, 자신의 거짓말이 수치스럽게 느껴졌고 무엇보다 그가 그녀를 어떻게 대할까 하는 두려움에 어찌할 바를 몰랐다. 이미 그녀가 그에게서 느낀 모욕감은 사라졌다. 그녀는 그저 그가 불만을 드러낼까 두려울 뿐이었다. 그녀는 딸이 이미 이틀째 건강하다는 것을 떠올렸다. 그리고 그에게 편지를 보내자마자 딸이 회복된 것에 화가 났다. 그때 그녀는 그가 이곳에 있다는 것, 그의 눈동자, 그의 손, 그의 모든 것이 이곳에 있다는 것을 기억해 냈다. 그리고 그의 목소리가 들려왔다. 그러자 그녀는 순간, 모든 것을 잊고 그를 맞이하기 위해 기쁘게 달려 나갔다.

"아이는 어떻소?"

그는 자신을 향해 뛰어 내려오는 안나를 쳐다보며 미안하고 어색한 마음으로 물었다.

그는 의자에 앉아 있었고 하인이 그의 발에서 방한용 장화를 벗기고 있었다.

"괜찮아요. 많이 좋아졌어요."

"당신은 어떻소?"

그는 몸을 털면서 물었다. 그녀는 두 손으로 그의 손을 잡고 그의 눈을 바라보며 그 손을 자기 허리 쪽으로 끌어당겼다.

"아무 일 없어 정말 다행이오."

그는 그녀를, 그녀의 머리를, 그리고 그녀의 옷을 차갑고 냉정한 시선으로 쳐다보며 말했다. 그는 그녀가 그를 위해 그 옷으로 갈아입었다는 것을 눈치챘다.

그 모든 것이 그의 마음에 들었다. 하지만 벌써 몇 번이나 되풀이된 일인가! 그의 표정은 여전히 돌처럼 딱딱하게 굳어 있었다. 그녀가 그토록 두려워하던 것이었다.

"정말 다행이야. 그런데 당신은 아픈 데는 없소?"

그는 손수건으로 젖은 손을 닦고 그녀의 손에 키스하며 물었다.

'아무래도 상관없어.'

그녀는 생각했다.

'그가 여기에 나와 함께 있기만 한다면 말이야. 그가 여기에 있는 한 그는 나를 사랑하지 않을 수 없을 거야. 사랑하지 않을 수 없어.'

그날 저녁은 바르바라 공작 영애와 함께 행복하고 유쾌하게 지나갔다. 그런데 바르바라 공작 영애가 그에게 그가 없는 동안 그녀가 모르핀을 복용한 일을 말했다.

"잠을 이룰 수 없었기 때문에 어쩔 수 없었어요. 여러 상념들이 날 힘들게 괴롭혔어요. 하지만 알렉세이가 여기 있는 한, 난 절대 모르핀을 먹지 않아요. 아니 거의 먹지 않아요."

그는 선거에 대해 이야기했다. 그리고 안나는 이것저것 물어보면서 그를 기쁘게 했던 것, 즉 그가 선거를 성공으로 이끈 일에 대해 이야기할 수 있게 했다. 그녀는 그에게 그가 관심을 가졌던 집안의 일들을 들려주었다. 그리고 그녀가 전해 준 소식들은 모두 즐거운 것들이었다.

하지만 밤이 늦어 둘만 남게 되었을 때, 안나는 자신이 그를 완전히 지배하게 된 것을 깨닫고, 편지 때문에 생긴 것 같은 그의 무겁고 냉담한 인상을 씻어 내려고 애썼다.

"솔직히 편지를 받고 화가 많이 났죠? 당신은 내 말을 믿지 않았나요?"

이 말을 하자마자, 그녀는 그가 이 순간 아무리 그녀에게 사랑을 느끼고 있다고 하더라도 이것에 대한 일만큼은 그녀를 용서하지 않았다는 것을 느낄 수 있었다.

"그래요, 그 편지는 너무 이상했소. 처음에는 아이가 아프다고 하더니 나중에는 당신이 직접 오겠다고 하고 말이야."

"그것은 모두 사실이었어요."

"나도 그걸 의심하는 것은 아니오."

"아니, 당신은 지금 의심하고 있어요. 그리고 불만스럽게 생각하죠. 난 당신의 마음을 알아요."

"한순간도 당신을 의심한 적은 없소. 내가 불만스러운 건 단 하나, 이건 사실이오, 당신은 마치 의무가 존재한다는 것을 인정하지 않는 것 같소."

"음악회에 갈 의무에 대한 이야기인가요?"

"아니, 그 문제에 대해서는 이제 더 말하지 않기로 하지요."

그가 대답했다.

"왜 더 이야기하지 않겠다는 거죠?"

그녀가 말했다.

"난 단지 문제가 생길 수도 있다는 이야기를 하고 싶을 뿐이오. 살다 보면 피치 못할 일이라는 게 있잖소. 이제 난 집안일 때문에 모스크바에 다녀와야 하오. 아, 안나 왜 당신은 그렇게 초조해하는 거지? 당신은 정말 아직도 내가 당신 없이 살 수 없다는 것을 믿지 못하는 거요?"

안나는 목소리를 바꾸며 말했다.

"만약 당신의 말대로라면 당신은 이런 생활이 부담스럽게 느껴지겠네요. 그래요. 당신은 하루 와 있다가 또 떠나는군요. 여느 남자들처럼 말이에요."

"안나, 그건 말이 너무 심하잖소. 난 당신에게 나의 평생을 바칠 각오가 되어 있어요."

그러나 안나는 이미 그의 말은 들리지 않았다.

"당신이 모스크바로 간다면, 나도 따라가겠어요. 난 이곳에 혼자 남고 싶지 않아요. 헤어지든지, 함께 살든지, 둘 중 하나만 있을 뿐이에요."

"당신은 그중 하나가 나의 소원이라는 것을 이미 알고 있잖소. 하지만 그러기 위해서는……."

"이혼을 해야겠죠. 그에게 편지를 쓸게요. 난 내가 더 이상 이렇게 살 수 없다는 것을 알았어요. 어쨌든 난 당신과 함께 모스크바로 갈 거예요."

"당신은 날 협박하는 것 같군. 하지만 좋소. 나 역시 당신과 함께 있을 수 있는 것 외에는 아무것도 바라지 않소."

브론스키는 미소 띤 얼굴로 말했다.

하지만 그가 이 부드러운 말을 하는 순간에도 그의 눈에는 차가움 이상으로 추궁을 받느라 잔혹해져 버린 인간의 사악한 눈빛이 가득했다.

그녀는 그 눈빛을 보았고, 그것이 의미하는 것을 올바르게 알 수 있었다.

'그렇게 된다면 그것은 끔찍한 재앙과도 같아.'

그의 눈빛은 그렇게 말했다. 그것은 찰나였지만 그녀는 결코 그것을 잊을 수 없었다.

안나는 남편에게 이혼을 요구하는 편지를 썼다. 그리고 십일월 말, 그녀는 페테르부르크로 떠나야 했던 바르바라 공작 영애와 작별한 뒤, 그와 함께 모스크바로 향했다. 날마다 알렉세이 알렉산드로비치의 답장과 그 후의 이혼을 기다리면서 그 둘은 이제 결혼한 부부가 된 기분으로 살고 있었다.

제7부

1

레빈 부부가 모스크바에서 지낸 지 벌써 석 달이 흘렀다. 이 분야에 전문가인 사람들의 확실한 계산에 따르면 키티가 출산을 해야 할 시기는 이미 훨씬 전에 지났다. 그녀는 여전히 임신 중이었고, 지금이 두 달 전보다 해산의 시기에 가깝다는 것을 보여 주는 징조는 아무것도 없었다. 의사도, 산파도, 돌리도, 어머니도, 특히 아이가 태어나는 순간을 떠올릴 때마다 두려움에 휩싸이는 레빈도 초조와 불안감을 느끼기 시작했다. 오직 키티만이 완벽할 정도로 침착했고 행복할 뿐이었다.

지금 그녀는 그녀의 아기에 대한 사랑이, 그 새로운 감정이 자기 안에 싹트고 있음을 분명히 인식할 수 있었고, 즐겁게 그 감정에 귀 기울이고 있었다. 아기는 이제 더 이상 그녀의 일부가 아니었고, 때때로 그녀의 삶으로부터 독립된 자기만의 삶을 살기도 했다. 그녀는 종종 그때마다 고통을 느끼기도 했지만, 동시에 알 수 없는 묘한 기분과 새로운 기쁨으로 순간순간 소리 내어 웃고 싶어지기도 했다.

그녀가 사랑하는 모든 것이 그녀와 함께했다. 또한 모든 사람들이 그녀에게 호의적이었고, 그녀를 잘 보살펴 주었으며 그녀 역시 주어진 모든 것 속에서 즐거운 면만 보려고 노력했다. 그래서 만약 이것이 곧 끝날 수밖에 없다는 것을 알지 못하고 느끼지 못했다면, 그녀는 이보다 더 좋거나 행복한 삶은 바랄 수 없었을 것이다. 그녀가 느끼기에 이런 생활의 매력을 망치는 단 한 가지는 그녀가 사랑한 남편이 시골에서 보던 그 남자가 아니라는 것이었다.

그녀는 시골에서 보던, 침착하고 다정하며 특히 손님을 극진하게 대접하는 그의 태도를 좋아했다. 그러나 도시에서 그는 끊임없이 불안해하고 조심스러워했으며, 누군가가 자신을 모욕할까 봐 두려워하는 것처럼 보였다. 그곳 시골에서는 그는 자신의 자리를 잘 알고 어디에 가든 결코 서두르지 않았으며 할 일 없이 빈둥거리지도 않았다. 그런데 이 도시에서는 뭔가 빠뜨린 것처럼 늘 허둥댔으며 그러면서 막상 하는 일도 없었다. 그래서 그녀는 그가 불쌍하게 느껴졌다. 다른 사람들에게는 그가 전혀 그렇게 보이지 않는다는 것을 그녀도 알았다. 키티는 자신이 사랑하는 사람이 다른 사람들에게 어떤 인상을 불러일으키는지 궁금해서 모임에서 그를 낯선 사람을 보듯 바라보기도 했다. 그럴 때 그녀는 그가 불쌍해 보인다기보다 단정한 몸가짐과 여성을 대할 때의 약간 고지식하고 수줍은 태도와 강인한 체격과 특별하고 풍부한 표정—그녀에게는 그렇게 보였다.—으로 인해 매우 매력적으로 보인다는 것을 깨닫고 자신의 질투에 두렵기까지 했다. 하지만 그녀는 그의 외면이 아닌 내면을 보았다. 그녀는 이곳에 있는 레빈이 진정한 그가 아니라는 것을 알 수 있었다. 그녀는 그의 상태를 정의할 수는 없었다. 때때로 그녀는 마음속으로 도시에서 살 수 없는 그를 비난하기도 했지만 이곳에서의 삶을 만족스럽게 살아간다는 것 자체가 그에게 정말 힘든 일이라는 사실을 인정했다.

사실 그가 이곳에서 할 수 있는 일은 없었다. 그는 카드놀이도 좋아하지 않았고 클럽에 다니지도 않았다. 오블론스키 같은 쾌활한 남자들과 교제한다는 것이 어떤 의미인지 이제 그녀도 알았다. 그것은 술을 마시고 어딘가로 가는 것을 의미했다. 그녀는 그런 경우, 남자들이 가는 곳을 상상할 때마다 공포에 질렸다. 만약 사교계에 드나든다면 젊은 여자에게 접근하는 데서 즐거움을 발견할 수밖에 없다는 것도 알았다. 그래서 그녀는 그런 것들을 바랄 수 없었다. 자기와 어머니와 언니들과 함께 집에 머무는 것 역시 그에게는 틀림없이 따분할 것이라는 것을 그녀는 잘 알고 있었다. 그렇다면 도대체 그가 이곳에서 할 수 있는 일은 무엇일까? 책을 쓰는 작업에 계속 매달린다면 어떨까? 그도 그것을 하기 위해 처음에는 발췌와 조사를 위해 도서관에 다니기도 했다. 하지만 그는 아무것도 하지 않고 지내는 때가 많아질수록 오히려 시간이 점점 줄어든다고 그녀에게 말한 적이 있다. 게다가 그는 이곳에서 자신이 책에 관해 너무 많이 떠들고 다닌 바람에 그 책에 대한 생각들이 온통 뒤죽박죽 섞여 버려 흥미를 잃고 말았다고 불평했다.

이 도시의 유일한 장점은 그들 사이에 한 번도 다툼이 없었다는 것이다. 도시의 조건이 다르기 때문인지, 아니면 둘 다 서로에게 더 조심스러워지고 분별력이 생겨서인지, 모스크바에서는 그들이 도시로 오면서 그토록 두려워했던 질투로 인한 싸움이 한 번도 없었다.

이와 관련하여 그들에게 매우 중요한 사건이 하나 있기는 했다. 그것은 바로 키티가 브론스키와 만난 일이었다. 키티의 대모이자 언제나 그녀를 사랑하는 마리야 보리소브나 공작 부인이 그녀를 만나고 싶어 했다. 임신 중인 키티는 평소에 아무 데도 다니지 않았는데 아버지와 함께 존경하는 노부인 댁을 방문했다가 우연히 그 집에서 브론스키를 만나게 된 것이다.

키티가 그와의 만남에서 자신을 비난할 만한 점이 있다면 그것은 바로 자신이 한때 너무나 친근하게 생각했던 평복 차림의 그를 본 순간, 숨이 막히고 피가 심장으로 솟구쳐 그녀 스스로도 느낄 만큼 얼굴이 상기되었던 것뿐이다. 하지만 그것이 지속된 시간은 불과 몇 초였다. 일부러 큰 소리로 브론스키에게 말을 건넨 그녀의 아버지가 이야기를 미처 끝내기도 전에, 이미 그녀는 마리야 보리소브나 공작 부인과 대화를 나눌 때와 같이 브론스키를 바라보고 이야기할 만반의 준비를 하고 있었다. 무엇보다 마지막 어조와 미소까지 남편에게, 그녀가 마치 자기 위에 있는 것처럼 느낀 그 보이지 않은 존재에게 완전히 인정받을 수 있는 태도를 준비하고 있었다.

그녀는 그와 몇 마디 말을 나누었고 심지어 그가 '우리 의회'라고 칭한 선거에 관한 농담을 할 때조차 침착함을 잃지 않고 미소를 지었다. 그녀는 농담을 이해했다는 의미로 생긋 웃을 수밖에 없었다. 하지만 곧 그녀는 마리야 보리소브나 공작 부인을 향해 얼굴을 돌리고 그가 일어나 작별 인사를 청할 때까지 그를 쳐다보지도 않았다. 그녀는 작별할 때 그를 바라보긴 했지만, 그것은 단지 인사하는 사람에 대한 예의였을 뿐이다.

그녀는 브론스키와의 만남에 대해 그녀에게 아무것도 묻지 않는 아버지에게 고마웠다. 그러나 방문 후, 평소처럼 산책을 하는 동안 그녀는 특별히 다정하게 대하는 아버지의 태도에서 그가 딸에게 만족스러워하고 있다는 것을 알 수 있었다. 그녀 스스로도 자신이 대견했다. 그녀는 자신의 마음 깊숙한 어딘가에 브론스키에 대한 옛 감정의 기억들을 억누를 힘이 있다고는, 그에게 완전히 무관심하고 침착할 수 있으리라고는 전혀 예상하지 못했었다.

그녀가 레빈에게 마리야 보리소브나의 집에서 브론스키를 만났다고 이야기했을 때, 레빈은 그녀보다 더 얼굴을 붉혔다. 그래서 그녀는 그에게 그 일을 말하는 것이 무척 힘들었다. 그러나 그가 그 일에 대해 아무것도 묻지 않고 인상을 쓰며 그녀를 바라보고만 있었기 때문에 그녀로서는 그 만남에 대해 설명하는 것이 더욱 힘들었다.

"당신이 그곳에 없었다는 사실이 제겐 유감이에요."

그녀는 말했다.

"당신이 그 방에 있지 않아서 그런 것이 아니라 당신이 그곳에 있었다면 난 그처럼 자연스럽게 그를 대하기는 힘들었겠죠. 나는 지금 훨씬, 아까보다 더 훨씬 얼굴을 붉히고 있으니까요."

그녀는 눈물이 그렁그렁한 채 얼굴을 붉히며 말했다.

"당신이 문틈으로 나를 지켜볼 수 없었다는 게 유감이라는 거예요."

그녀의 진실한 눈동자가 레빈에게 그녀 스스로가 만족하고 있다는 것을 말해 주고 있었다. 비록 그녀가 얼굴을 붉히긴 했지만 그는 곧 마음을 진정시키고 그녀에게 이것저것 물었다. 그것은 그녀가 원한 유일한 것이었다. 레빈이 모든 것을 알게 되었을 때, 즉 그녀가 처음엔 그저 얼굴을 붉히지 않을 수 없었지만 곧 그를 처음 본 사람처럼 소탈하고 담백한 태도를 보였다는 자세한 정황까지 다 알게 되었을 때 그는 기분이 너무 좋아져서 자신은 그것을 무척 기쁘게 생각하며 더 이상 선거에서처럼 어리석은 행동은 하지 않을 것이고 다음에 브론스키를 만난다면 가능한 한 친절하게 대할 수 있도록 노력한다는 등 많은 말을 내뱉었다.

"만나는 것 자체가 괴롭고, 적이나 다름없는 사람이 있다고 생각하는 것은 정말 그 자체로 고통이야."

레빈이 계속해서 말했다.

"난 정말 너무 기뻐!"

2

“그럼 볼 백작 부인 댁에 들러 주겠어요? 부탁할게요.”

레빈이 열한 시쯤 집을 떠나기 전에 키티에게 들렀을 때, 그녀가 말했다.

“당신이 클럽에서 식사를 한다는 것을 알아요. 아버지가 당신 좌석을 예약하셨다고 말씀하셨어요. 그런데 아침에는 뭘 할 예정이에요?”

“그냥 카타바소프를 방문하려고.”

레빈이 말했다.

“이렇게 일찍 무슨 일 있나요?”

“그가 날 메트로프에게 소개해 주기로 했거든. 내 책에 대해 그와 이야기를 나누고 싶어. 그 사람은 페테르부르크의 유명한 학자거든.”

레빈이 대답했다.

“맞아요. 당신이 그렇게 칭찬했던 논문이 바로 그 사람이 쓴 거죠? 그럼 그다음에는 무엇을 할 건가요?”

키티가 물었다.

“누님 일로 법원에 갈지도 모르겠어.”

“음악회는 어떡하고요?”

그녀가 말했다.

"혼자서 어떻게 가겠어!"

"아니에요. 가 보는 것이 좋을 것 같아요. 그곳에서 새 작품을 공연한다고 하던데 당신, 그런 것에 관심 많잖아요. 나라면 혼자라도 꼭 가겠어요."

"음, 어쨌든 식사하러 가기 전에 집에 꼭 들르지."

그는 시계를 바라보며 말했다.

"볼 백작 부인 댁에 곧장 들를 수 있게 프록코트를 입고 가는 게 어때요?"

"정말 꼭 그렇게 해야 하는 거야?"

"당연하죠! 그분도 우리 집을 방문하셨잖아요. 그리고 뭐 힘든 일도 아니잖아요. 그 집에 들러 자리에 앉아 날씨에 대해 오 분 정도 이야기하다가 일어서서 나오면 돼요."

"그게, 난 그런 일에 익숙지 않아서 너무 쑥스럽단 말이야. 당신은 믿어지지 않겠지만 말이야. 그게 뭐지? 낯선 사람이 찾아와 자리에 앉더니 아무 볼일 없이 주인을 방해하다가 기분만 상하게 하고 떠나다니 말이야."

그의 이야기에 키티는 웃었다.

"당신도 결혼 전에는 종종 방문을 다녔잖아요?"

그녀가 말했다.

"그랬었지. 하지만 그때도 늘 부끄럽고 쑥스러웠어. 그런데 지금은 그런 게 너무 머쓱해서 그런 일 대신 차라리 이틀 동안 밥을 굶는 게 낫다고 생각할 정도야. 그들이 화를 내며 '당신은 아무 용건도 없으면서 대체 왜 왔습니까?'라고 말할 것 같아."

"아니에요. 그 사람들은 화내지 않을 거예요. 그건 내가 보증해요."

키티는 웃음 가득한 얼굴로 그를 바라보며 말했다. 그리고 그녀는 그의 손을 잡으며 말을 이었다.

"자, 어서 다녀와요. 가요."

그가 키티의 손에 입맞춤을 하고 나가려 하자 그녀가 그를 다시 불러 세웠다.

"코스챠, 이제 내게 오십 루블밖에 없어요."

"그래, 그럼 은행에 들러 찾아올게. 얼마나 찾으면 될까?"

그는 그녀가 이미 보아 알고 있는 불만스러운 표정으로 물었다.

"아니, 잠시 기다려 줘요."

그녀는 그의 손을 잡고 말했다.

"우리, 이야기 좀 나눠요. 그 문제 때문에 마음이 너무 불안해요. 난 돈을 낭비하지 않는데, 돈이 계속 흘러 나가는 것 같아서 너무 불안해요. 우리 뭔가 제대로 하지 않고 있나 봐요."

"아니, 전혀 그렇지 않아."

그는 헛기침을 하며 그녀의 눈을 바라보고 말했다.

그녀는 그의 이 헛기침의 의미를 잘 알고 있었다. 그것은 그가 강하게 불만을 드러내고 있다는 의미였다. 그리고 그 불만은 그녀에 대한 것이 아니라 자신에 대한 불만이었다. 그는 사실 돈이 많이 나가서가 아니라 그가 어딘지 모르게 이상하다는 것을 알면서도 잊고 싶은 무언가가 떠올라서 불만스러웠다.

"소콜로프에게 밀을 팔고 제분소를 사용한 금액을 선금으로 받으라고 지시했어. 곧 돈이 들어올 거야."

"아니에요. 그래도 난 너무 걱정되는걸요. 돈이 대체로 너무 많이 나가는 것 같아서요."

"절대 그렇지 않아, 걱정하지 마! 그럼 다녀올게, 여보."

"사실 난 가끔씩 어머니의 말을 따른 것을 후회해요. 그냥 시골에 있을 걸 그랬나 봐요. 그런데 이곳에서 난 당신과 사람들을 힘들고 괴롭게 하면서 돈을 낭비하고 있어요."

"아니야! 절대로 그렇지 않아. 난 당신과 결혼한 뒤로 '이렇게 하지 않는 것이 더 좋았을 텐데.'라고 후회하는 일을 한 적이 단 한 번도 없었어."

"정말이에요?"

그녀는 그의 눈을 응시하며 물었다.

그는 단지 그녀를 위로하기 위해 아무 생각 없이 그녀에게 그 말을 한 것이었다. 그러나 그녀의 사랑스럽고 진실한 두 눈동자가 자신을 미심쩍은 듯 바라보는 것을 느끼고 그는 아까 한 말을 다시 한 번 진심으로 말했다.

'난 키티를 완전히 잊고 있었나 봐.'

그는 생각했다. 그리고 그는 곧 그들에게 일어날 일들에 대해 기억했다.

"이제 정말 얼마 안 남았지? 기분이 어때?"

그는 그녀의 두 손을 잡은 채 속삭이듯 말했다.

"그동안 너무 많이 생각해서 그런지 아무 생각도 나지 않고 아무것도 모르겠어요."

"무섭지는 않은 거야?"

그녀는 그를 비웃듯 웃었다.

"전혀 그렇지 않아요."

"그럼 무슨 일이 생기게 되면 말이야. 난 카타바소프의 집에 머무르고 있을 테니까……."

"아니, 걱정 말아요. 아무 일도 없을 거예요. 그러니 그 일에 대해 생각하지 말아요. 난 아버지와 가로수 길을 산책할 거예요. 돌리의 집에도 들를 거고요. 그럼 식사 전까지 당신을 기다릴게요. 아, 참! 돌리의 형편이 많이 힘들어진 거 알아요? 돌리는 이미 여기저기에 빚을 졌는데 돈이 없어요. 어제 어머니와 아르세니—그녀는 형부인 리보프를 그렇게 불렀다.—와 대화를 했어요. 우리는 당신과 아르세니를 스티바에게 보내자고 생각했어요. 그 집 처지가 아주 어려운가 봐요. 아버지에게 그 문제를 말하기도 그렇고. 하지만 만일 당신과 아르세니가……."

"하지만 우리가 무엇을 할 수 있을까?"

레빈이 입을 열었다.

"그래도 당신이 아르세니를 찾아가서 함께 의논해 봐요. 우리가 어떤 결정을 내렸는지 그가 말해 줄 거예요."

"음, 아르세니의 말이라면 듣지 않더라도 무조건 찬성이야. 그럼 그의 집에도 들를게. 만약 음악회에 가게 된다면 나탈리와 함께 다녀올게. 그럼 갈게."

홀로 있던 시절부터 그를 섬겼고 지금은 그의 도시 살림을 관리하고 있는 늙은 하인 쿠지마가 현관 계단에서 레빈을 멈추게 하고 말했다.

"크라사프치크—시골에서 끌고 온, 왼쪽 채에 매는 말이다.—에게 편자를 새로 붙였는데 계속 다리를 절룩거리며 접니다. 어떻게 해야 하겠습니까?"

레빈은 모스크바에 온 지 얼마 되지 않았을 때, 시골에서 데리고 온 말들을 부리고 있었다. 그는 그 부분을 할 수 있는 한 저렴하게 잘 해결하고 싶었다. 하지만 자기 말이 삯말보다 비용이 오히려 더 든다는 것을 알고 그도 삯말을 이용했다.

"수의사를 불러 확인해 봐. 어쩌면 발에 염증이 났을지도 모르니까."

"그럼 카체리나 알렉산드로브나의 말은 어떻게 할까요?"

쿠지마가 물었다.

보즈드비젠카에서 시프체프 브라제크까지 가려면 무거운 마차에 튼튼한 말 두 필을 매고 눈이 질척거리는 좋지 못한 길을 따라 사 베르스타 정도 가다가 그곳에서 네 시간 동안 꼼짝없이 서 있어야 하고 그것에 오 루블을 지불해야 한다는 것을 레빈은 이제 모스크바에서 처음 지낼 때처럼 놀라지 않았다. 오히려 그것이 자연스럽게 느껴졌다.

"삯마차 마부에게 말을 끌고 와서 우리 마차에 매라고 하게."

그가 말했다.

"네, 그렇게 하겠습니다."

시골이라면 수고와 주의를 많이 기울였어야 할 문제를 도시의 환경 덕분에 너무나 손쉽게 해결한 뒤, 레빈은 현관 입구로 나가자마자 삯마차 마부를 불러 세워 마차에 올라탄 뒤 니키츠가야 거리로 달렸다. 도중에 그는 이미 돈에 대한 생각은 잊고 사회학을 연구하는 페테르부르크의 학자와 아는 사이가 되어 그와 자신의 책에 대해 어떤 이야기를 나눌지 고민했다.

모스크바에 처음 왔을 때, 레빈은 시골 사람에게는 너무 이상하게 느껴졌던, 사방에서 요구하는 생산적이지 못한 어쩔 수 없는 지출에 대해 깜짝 놀랐었다. 하지만 지금 그는 이미 그런 모든 것들에 익숙해졌다. 이러한 점에서 그에게 일어난 현상은 흔히 술 취한 사람에게 일어난다고 말하는 현상과 같았다. 첫 잔은 막대기가 목에 걸린 것 같은 느낌이고, 두 번째 잔은 매처럼 날아가고, 세 번째 잔부터는 작은 새들처럼 마구마구 넘어가는 것이다. 하인과 수위의 제복 구입을 위해 처음 백 루블짜리 수표를 바꿨을 때 그는 자기도 모르게 계산하고 있었다. 그런 것은 필요 없을 것 같다고 은근히 비쳤을 때 키티와 공작 부인이 놀라는 것으로 보아 반드시 필요한 제복, 이 제복은 여름철 일꾼 두 명의 품삯과 부활절부터 강림절까지 약 삼백 일 동안 매일 밤늦게까지 중노동을 한 품삯과 맞먹었다. 그래서 그 백 루블짜리 수표는 그때만 해도 막대기가 목구멍을 넘어가는 것처럼 느껴졌다. 하지만 그 후 친척들에게 만찬을 베풀기 위해 이십팔 루블어치의 식료품을 구입할 때는 백 루블의 지폐는 구 체트베르치의 귀리 값이며, 그 귀리를 얻기 위해서는 땀을 흘리며 베고 묶고 운반하고 탈곡하고 까부르고 체로 쳐서 부대에 담아야 한다는 것을 떠올리게 했지만 어쨌든 처음보다 쉽게 넘어갔다. 그리고 요즘은 수표를 바꿀 때도 이미 언젠가부터 그런 생각들은 나지 않고 작은 새들처럼 쉽게 넘어갔다. 돈을 얻기 위해서 들인 노동이, 그 돈으로 구입한 것이 주는 만족과 서로 견줄 만한가 하는 생각은 이미 오래전에 사라졌다. 일정한 곡물에 일정한 가격이 있어 그 밑으로는 절대 팔 수 없다는 경제적 고려도 이미 잊혀 갔다. 그가 아주 오랫동안 유지해 온 호밀의 가격에도 불구하고 호밀은 한 달 전 시세보다 한 체트베르치에 오십 코페이카나 더 저렴하게 팔렸다. 그런 식으로 돈을 써 나가다간 빚을 지지 않고는 일 년도 채 살 수 없을 거라는 생각도 이미 아무런 의미가 없었다. 오직 한 가지만 요구될 뿐, 즉 내일 쇠고기를 무슨 돈으로 살지 알고 있으려면 어떻게 생기는 돈이든 상관없이 은행에 돈을 갖고 있어야 한다는 것이다. 그리고 지금까지 그런 계산만큼은 잘 지켜져 왔다. 그는 은행에 돈을 항상 갖고 있었다. 하지만 이제 예금을 다 써 버렸고 어디서 돈을 끌어와야 할지 알 수 없었다. 키티가 돈 얘기를 꺼냈을 때 그가 인상을 찌푸린 이유도 바로 이 때문이었다. 하지만 그는 그것에 대해 생각할 시간조차 없었다. 그는 이미 마차를 타고 가며 카타바소프와 눈앞에 닥친 메트로프와의 만남을 생각하느라 바빴기 때문이다.

3

모스크바에서 지내는 동안 레빈은 결혼한 뒤 만나지 못했던 대학 동창 카타바소프 교수와 다시 친해졌다. 레빈은 카타바소프의 확실하고 단순한 세계관이 좋았다. 레빈은 카타바소프의 확실한 세계관이 유약한 천성에서 시작되었다고 여겼으며 카타바소프는 레빈의 한결같지 않은 사상은 지성의 훈련이 충분하지 못하기 때문이라고 생각했다. 그러나 레빈은 카타바소프의 단호함이 좋았고 카타바소프는 레빈의 틀에 박히지 않은 넉넉한 사유를 좋아했다. 둘은 만나서 논쟁하는 것을 즐겼다.

레빈은 카타바소프에게 자신의 책 중 몇 군데를 읽어 주었다. 카타바소프는 무척 마음에 들어 했다. 어제 대중 강연에서 레빈을 만난 뒤 레빈이 굉장히 좋아하는 논문을 쓴 유명한 메트로프가 모스크바에 있다는 것, 그에게 레빈의 책에 대해 이야기를 했더니 무척 관심을 가졌다는 것을 알려 주었다. 그리고 메트로프가 내일 열한 시에 그의 집을 방문하는데 레빈을 소개해 주면 기뻐할 것이라고 말했다.

"친구, 무척 향상되었군. 자네도 그를 만나면 좋을 거야."

카타바소프는 좁은 응접실에서 레빈을 맞으며 말했다.

"나는 벨 소리를 듣고 곰곰이 떠올렸어. 정시에 올 리가 없는데 말이지.

아, 몬테니그로 사람들은 어땠나? 무인의 후예니까 말이지."

"무슨 얘기를 하는 거지?"

레빈이 물었다.

카타바소프는 최근 소식을 간단하게 설명하고 서재로 들어가 평범한 체격의 건장하고 인상이 부드러운 남자에게 레빈을 소개했다. 그가 바로 메트로프였다. 대화는 잠깐 정치와 페테르부르크의 상류사회에서 요즘 일어난 사건을 어떤 시각으로 보고 있는지를 소재로 삼았다. 메트로프는 신뢰할 수 있는 소식통에게 들은 이야기를 해 주었다. 예측하건대 소식통은 군주와 장관 가운데 한 명 같았다. 그러나 카타바소프도 신뢰할 수 있는 소식통을 통해 군주가 다른 말을 한 사실을 알았다고 했다. 레빈은 두 가지 말이 동시에 나올 수 있는 상황을 가정해 보려고 고민했다. 하지만 그 주제를 다루던 대화는 끝이 났다.

"이 사람은 토지에 대한 노동자들의 자연적 조건에 대해 거의 책 한 권을 쓰고 있습니다."

카타바소프가 말했다.

"나는 그쪽 분야의 전문가가 아닙니다. 하지만 자연과학자로서 인간을 동물학적 법칙의 외부에 존재하는 무언가로 여기지 않고 인간이 환경에 속한다고 생각해 종속성 속에서 발전의 법칙을 연구한 부분이 좋았습니다."

"무척 재미있군요."

메트로프가 말했다.

"실은 농업에 대한 책을 쓰고 있습니다. 그런데 나도 모르는 사이 농업의 주요 도구라 할 수 있는 노동자에게 관심이 생기는 바람에……."

얼굴이 상기된 레빈이 말을 했다.

"염두에 두고 있지 않던 결론을 내게 되었습니다."

레빈은 지반을 조사하기라도 하는 것처럼 신중하게 자신의 의견을 제시했다. 그는 메트로프가 일반적인 정치경제적 학설을 반박하는 논문을 쓴 것을 알고 있었다. 하지만 자신의 새로운 의견에 메트로프가 얼마나 공감할지 감을 잡을 수 없었으며 학자의 지적이고 차분한 얼굴만을 보고서 짐작하기란 쉽지 않았다.

"그런데 당신은 러시아 노동자들이 고유의 어떠한 특징을 가지고 있다고 생각합니까?"

메트로프가 물었다.

"이를테면 그들의 동물학적 특징에서 찾을 수 있습니까? 그들이 처한 조건에서 찾을 수 있습니까?"

레빈은 그 질문에서 그가 동의하지 않는다는 의미가 내재되어 있다는 것을 눈치챘다. 하지만 러시아 노동자가 땅에 관해서는 다른 민족과는 전혀 다른 시각을 지니고 있다는 자신의 견해를 피력했다. 그리고 명제를 객관화하기 위해 자신이 생각하기에 러시아 민중의 시각은 사람을 찾아볼 수 없는 동부의 방대한 공간을 사람이 머무르는 땅으로 거듭나게 해야 한다는 자신의 소명을 자각하는 데서 비롯된 것이라고 황급히 덧붙였다.

"민족의 일반적인 사명이니 하는 것으로 결론을 내리면 오류를 범하기 쉽습니다."

메트로프가 레빈의 말을 끊으며 말했다.

"농민의 상태는 언제나 토지와 자본에 대한 관계에 의해 좌우되니까요."

그러고는 레빈에게는 그 생각을 끝까지 설명하게 해 주지 않고 자기 학설의 특성을 개진하기 시작했다.

레빈은 이해하려고 애쓰지 않았으므로 그의 학설의 특수성이 어디에 있는지 납득하지 못했다. 그러나 그는 메트로프가 그러한 논문을 써서 경제학자들의 학설을 반박하긴 했지만 그 역시 다른 사람들처럼 러시아 농민의 상태를 단순히 자본과 임금과 땅값의 견지에서만 보고 있다는 것을 깨달았다. 메트로프도 러시아의 최대 지방인 동부에서는 소작료를 아직 받지 않는다는 것, 그리고 자본도 가장 유치한 기구의 형태밖에 존재하지 않는다는 것을 인정하지 않을 수 없었다. 그럼에도 불구하고, 또 임금에 대해 레빈에서 설명했던 것과 같이 자기 나름대로 새로운 학설을 가지고 많은 점에서 일반적인 경제학자와는 다른 의견을 가졌음에도 불구하고 그도 이 견지에서만 농부들을 보고 있었다.

레빈은 마지못해 그의 말을 들으면서 처음에는 반박하기도 했다. 그는 종종 자기 의견을 모두 이야기했다면 그 이상의 설명은 불필요했을 것이라고 여기며 이를 술회하기 위해 메트로프의 이야기를 끊고 싶었다. 그러나 두 사람의 관점이 도저히 서로 이해할 수 없을 정도로 상반된다는 것을 깨닫고는 더 이상 반박하고 싶은 생각도 들지 않아서 그저 듣고만 있었다. 그래서 지금은 이미 메트로프가 말하는 내용에는 전혀 흥미가 없으면서도 상대방의 말을 들으면서 일종의 만족감을 느꼈다. 이런 훌륭한 학자가 이렇게까지 열심히 레빈의 지식에 신뢰를 가지고, 때로는 그저 암시만으로 문제의 전면을 나타내면서 자기 사상을 피력하고 있다는 사실이 레빈의 자존심을 만족시켰다. 그는 자신의 가치 덕분이라 여겼다. 그는 메트로프가 이미 주위의 모든 사람들을 상대로 몇 번이나 토론을 벌인 나머지 새로운 사람을 보면 신이 나서 이 문제를 말한다는 것, 그렇지 않더라도 대체로 자신에게 흥미가 있는 문제일 것 같으면 그 내용이 아직 자신에게도 명확하지 않더라도 누구에게든 이야기를 늘어놓는 사람이라는 것을 알지 못했다.

"그건 그렇고, 늦겠어요."

카타바소프는 메트로프가 설명을 마치자마자 시계를 보면서 말했다.

"오늘 애호가협회에서 스빈티치의 오십 주년 기념제가 있을 예정이야."

카타바소프는 레빈의 물음에 답했다.

"나는 포트르 이바느이치하고 같이 가기로 했어. 동물학상의 그의 공적에 대해 이야기를 나누기로 했거든. 같이 가겠어? 정말 흥미로울 거야."

"정말 시간이 다 되었군."

메트로프가 말했다.

"당신도 함께 가겠어요? 그리고 괜찮다면 끝나고 우리 집으로 와 주시죠. 저술을 읽어 주셨으면 합니다."

"아니, 별말씀을. 아직 다 되지도 않았습니다. 하지만 모임에 같이 가게 해 주시다니, 정말 기쁩니다."

"어때, 자네도 들었지? 나는 다른 의견서를 제출했어."

별실에서 프록코트로 갈아입고 나온 카타바소프가 말했다.

그러고 나서 대학 문제에 대한 이야기가 시작되었다.

대학 문제라는 것은 올겨울 모스크바에서 아주 중요한 사건이었다. 세 명의 노교수가 교수 회의에서 젊은 교수들의 의견을 받아들이지 않았기 때문에 젊은 교수들은 다른 의견서를 제출한 것이었다. 몇몇 사람들은 이 의견서가 무척 불쾌했다고 비평했고, 또 다른 사람들은 가장 간명하도 정당한 내용이라고 말했다. 그리하여 교수들은 두 파로 분열되었다.

카타바소프가 속한 파의 사람들은 상대파에서 비열한 무고와 기만을 보았고 다른 파 사람들은 이쪽 파에서 권위에 대한 불손과 유치함을 보았다. 레빈은 대학과 관계는 없었지만 모스크바에 온 뒤로 벌써 몇 번이나 이 사건에 대해 들었고 대화를 나누기도 했기 때문에 그 문제에 대한 그 나름의 의견을 가지고 있었다. 그래서 그도 이야기에 끼어들었다. 세 사람의 이야기는 한길에 나와서도 계속되었고 낡은 대학 건물에 도착할 때까지 이어졌다.

모임은 이미 시작되어 있었다. 카타바소프와 메트로프가 자리 잡은 나사의 탁자보가 덮은 테이블에는 여섯 명이 앉아 있었다. 그중 한 사람은 원고 위에 몸을 바짝 구부린 채 무언가를 낭독하고 있었다. 레빈은 테이블 주위에 있는 빈 의자에 앉아서 옆에 있는 대학생에게 무엇을 낭독하고 있는지 조용히 물었다. 대학생은 불만스러운 눈빛으로 레빈을 보더니 말했다.

"전기예요."

레빈은 학자의 전기에는 관심이 없었지만 무심코 듣고 있는 사이에 그 유명한 학자의 삶에 대해 이런저런 새로운 재미있는 사실을 알게 되었다.

낭독자가 원고를 다 읽고 나자 사회사는 감사를 표한 뒤, 이 오십 주년제를 위해서 시인 멘트가 보내 왔다는 작품 몇 편을 낭독하더니 다시 시인에 대해 감사의 말을 했다. 그다음, 카타바소프가 쩌렁쩌렁한 목소리로 고인이 남긴 학술상의 공적에 대해 쓴 자신의 원고를 낭독했다.

카타바소프가 다 읽고 났을 때 레빈은 시계를 보고 벌써 한 시가 지났음을 깨달았다. 그리고 음악회에 가기 전에 메트로프에게 자기의 저술을 읽어 줄 시간은 없겠다고 생각했다. 더군다나 그렇게 하고 싶지도 않았다. 낭독을 하는 사이, 그는 좀 전의 이야기를 계속 생각하고 있었다. 메트로프의 사상에 의의가 있다고 하더라도 자신의 사상에도 의의가 있다는 것, 그리고 이러한 사상이 명료해지고 무언가에 도움이 되기도 하려면 각자 자기의 길에서 활동해야 하며 아까와 같은 교환에서는 아무것도 얻을 수 없다는 것을 이제 그는 확신했다. 그래서 레빈은 메트로프의 초대를 거절하기로 결심하고 모임이 끝나자 메트로프에게 다가갔다. 메트로프는 마침 새로운 정치 사건에 대해 대화를 나누고 있던 사회자에게 레빈을 소개했다. 그때 메트로프는 오늘 아침 레빈에게 했던 것과 똑같은 이야기를 사회자에게 늘어놓고 있었다. 그래서 레빈도 오늘 아침 했던 것과 똑같은 이야기를 했지만 조금이나마 변화를 주려고 금방 떠오른 새로운 생각도 함께 이야기했다. 그러고 나서 다시 대학 문제에 대한 이야기가 시작되었다. 레빈은 그 이야기를 이미 들었기 때문에 메트로프에게 유감스럽게도 초대에 응할 수 없다고 한 뒤, 인사를 하고 황급히 나와 마차를 몰아 리보프에게 향했다.

4

키티의 언니 나탈리의 남편 리보프는 외국의 수도에서 일생을 살아왔다. 외국에서 교육을 받았고 외교관으로 활동하기도 했다.

작년에 리보프는 외교관을 그만두었다. 나쁜 일이 발생해서가 아니라—그는 여태껏 누구와도 나쁜 사고를 일으켰던 적이 없었다.—두 명의 아들이 최고의 교육을 받을 수 있도록 모스크바 궁내부로 일자리를 옮겼기 때문이다.

두 사람은 생활 습관과 사고방식에서 상당히 큰 차이를 가지고 있는데다 리보프가 레빈보다 나이가 한참 위이긴 했지만 그들은 올겨울 사이가 무척 가까워져 서로에게 호감을 갖게 되었다.

리보프는 집에 있었다. 그래서 레빈은 자신의 방문을 예고하지 않고 그를 찾아갔다.

그는 허리띠를 매고 긴 프록코트를 입고 스웨이드 구두를 신은 채 안락의자에 앉아 있었다. 아름다운 손가락으로 반쯤 피운 시가를 조심스레 멀리 잡고 푸른 렌즈가 달린 코안경으로 독서대에 놓은 책을 보고 있었다.

세심하고 기품 있으며 아직 젊어 보이는, 윤기가 흐르는 은빛 고수머리에 고귀한 표정을 더하고 있는 그의 얼굴은 레빈을 발견하고 미소로 밝아졌다.

"마침 잘됐네요. 안 그래도 당신에게 사람을 보내려고 했거든요. 키티는 좀 어떻습니까? 여기 앉으세요. 더 편할 거예요……."

리보프는 일어서서 직접 흔들의자를 가지고 왔다.

"〈페테르부르크 신문〉에 게재된 최근 회람문을 봤습니다. 무척 훌륭하다는 생각이 들더군요."

리보프의 말투에서 다소 프랑스 억양이 느껴졌다.

레빈은 페테르부르크에서 이야기되고 있는 것들에 대해 카타바소프로부터 전해 들은 것들을 말해 주었다. 그리고 정치에 대해 잠시 이야기하다 메트로프와 친분을 갖게 된 일과 모임에 참석했었던 것에 대해 들려주었다. 리보프가 무척 관심을 보였다.

"흥미로운 학문의 세계를 자유롭게 다닐 수 있는 당신이 부럽군요."

리보프가 입을 열었다. 그리고 대화에 집중하다가 평소처럼 자신에게 더 익숙한 프랑스어로 말했다.

"실은 나는 여유가 없어요. 일과 아이들을 교육하는 것만으로도 시간이 부족하니까요. 더군다나 나의 교양이 부족하다고 털어놓는 것을 부끄러워하지도 않는답니다."

"나의 의견은 그렇지 않습니다."

이야기를 하는 레빈의 입가에 미소가 번졌다. 레빈은 항상 그랬던 것처럼 자신에 대한 그의 겸손함에, 겸손한 척하려 하거나 겸손해지고 싶은 욕망에서 가식을 떠는 것이 아니라 진심이 묻어나는 그의 평가를 받고 감동했다.

"정말이에요! 나는 나의 부족하기 그지없는 교양을 절실히 느끼고 있어요. 아이들을 교육하기 위해서 닥치는 대로 공부를 해야 할 정도입니다. 당신의 농장에 일을 하는 사람과 관리자가 모두 있어야 하는 것처럼 교사가 있는 것만으로는 부족하기 때문에 관리를 하는 사람이 필요하거든요. 지금 내가 무슨 책을 읽고 있는지 한번 보세요."

리보프가 독서대에 있는 부슬라예프 문법책을 가리켰다.

"미샤에게 필요하거든요. 그런데 너무 어렵네요……. 이 부분 좀 알려줄래요? 그가 의미하는 것은……."

레빈은 그 부분은 이해할 수 없으며 외우는 방법밖에 없다고 설명하려고 했다. 하지만 리보프는 레빈의 말에 동의하지 않았다.

"보세요. 당신은 이런 것을 쉽게 생각하고 있다니까요!"

"절대 아닙니다. 오히려 반대지요. 당신은 상상조차 할 수 없을 겁니다. 나는 당신에게서 향후 내가 할 일, 이를테면 아이들의 교육에 대해 가르침을 받고 있습니다."

"딱히 그럴 것도 없습니다."

리보프가 말했다.

"내가 인지하고 있는 것은 단지……."

레빈이 말했다.

"이제껏 당신의 자녀만큼 훌륭하게 자란 아이들을 본 적이 없고 당신의 자녀보다 더 뛰어난 아이들을 바랄 수 없다는 것을 잘 알고 있습니다."

리보프는 기쁨을 감추기 위해 자신을 자제하는 것처럼 보였지만 환한 미소가 빛났다.

"나보다 낫기만을 원할 뿐입니다. 내가 바라는 전부이지요."

그가 대답했다.

"우리 아이들처럼 외국에서 계속 방치된 사내아이들을 교육시킨다는 것은……."

"당신은 전부 따라잡을 수 있을 겁니다. 특별한 재능을 가진 아이들이니까요. 가장 중요한 것은 도덕 교육입니다. 내가 당신의 아이들에게서 배우고 있는 부분입니다."

"방금 도덕 교육을 언급했죠? 당신은 도덕 교육이 얼마나 어려운지 상상할 수 없을 겁니다. 겨우 한쪽을 때려눕히면 또 다른 한쪽이 올라와 싸움을 하고 있습니다. 만약 종교가 뒷받침을 해 주지 않는다면……. 기억하실 거예요. 지난번에 우리는 함께 그 문제에 대해 토의한 적이 있지요. 종교의 도움을 받지 못한다면 어떤 아버지라 할지라도 온전한 자신의 힘만으로는 아이들을 키울 수 없을 것입니다."

항상 레빈의 관심을 끌던 화제는 외출을 하기 위해 옷을 차려입고 들어온 아름다운 나탈리야 알렉산드로브나로 인해 잠시 멈춰졌다.

"와 있는 줄 몰랐네요."

그녀가 말했다. 그녀는 미안해하기는커녕 예전부터 들어서 잘 알고 있는 화제를 다른 곳으로 돌린 것을 기뻐하고 있었다.

"키티는 좀 어때요? 나는 이따가 당신 집에서 저녁을 먹기로 했어요. 그렇다면 아르세니……."

그녀는 남편을 쳐다보았다.

"마차를 타고 올 거죠……."

남편과 아내는 오늘을 보낼 계획에 대해 이야기를 시작했다. 남편은 공무로 누군가와 약속을 했고 아내는 음악회와 남동 위원회의 대중 집회에 참석 예정이었기에 바로 결정을 내릴 수 없었고 많은 것을 고려해야 했다. 레빈은 가족의 구성원으로서 그들의 계획에 함께해야 했다. 레빈과 나탈리는 음악회와 대중 집회에 참석하고 아르세니를 위해 마차를 사무실로 보내면 번거롭지만 그가 와서 나탈리를 태워 키티에게 데려다 주거나, 약속을 끝내지 못할 경우 인편으로 마차를 보내 레빈이 그녀와 함께 가기로 했다.

"레빈이 나를 망치려고 했어."

리보프가 아내에게 말했다.

"우리 아이들이 훌륭하다고 고집을 피우지 뭐야. 아이들에게 단점이 얼마나 많은지 잘 알고 있는데 말이지."

"줄곧 이야기해 왔지만 아르세니는 극으로 치닫곤 해요."

아내가 말을 덧붙였다.

"완벽을 목표로 하면 절대로 만족할 수 없어요. 아버지의 이야기가 맞아요. 아버지는 우리를 키울 때 극단적인 풍조가 있어 부모는 제일 좋은 층에서 지내고 아이들을 다락방에 두었다고 했죠. 그런데 요즘 부모들이 창고같이 허름한 곳에서 생활을 하고 아이들이 제일 좋은 층에서 지낸다니까요. 부모들은 앞으로 자신의 삶을 가지면 안 되고 전부 아이들에게 양보하도록 돼 있으니 말이에요."

"아이들이 즐거워하면 그것도 나쁘지 않잖아?"

리보프가 그만이 지을 수 있는 부드러운 미소를 머금고 아내의 손을 가볍게 토닥였다.

"당신을 잘 모르는 사람은 친어머니가 아니라 계모인 줄 착각하겠어."

"아니, 어느 쪽이라 하든 극단적인 건 결코 좋을 수 없어요."

나탈리는 리보프의 페이퍼 나이프를 정해진 곳에 놓으면서 차분한 어조로 말했다.

"완벽한 아이들아, 여기로 오려무나."

리보프는 방으로 들어오고 있는 미소년들에게 말했다. 아이들은 레빈에게 고개를 숙여 인사를 하고 아버지에게 질문이 있는 듯 곁으로 다가섰다.

레빈은 아이들과 대화를 하고 싶고 또 아버지에게 무슨 이야기를 하는지도 궁금했지만 나탈리가 말을 걸어온 데다 리보프의 직장 동료 마호친이 그와 약속에 가려고 궁정 제복 차림으로 방에 들어섰다. 게르체고비나와 코르진스카야 공작 영애, 두마, 아프락시나야의 돌연사 등을 다루는 대화가 꽤 오랫동안 지속되었다.

레빈은 아내의 부탁을 잊고 있었다. 현관을 나설 때 비로소 머릿속을 스쳤다.
"참, 키티가 오블론스키의 문제에 대해 상의해 보라고 당부를 했는데요."
그는 자신과 아내를 배웅하기 위해 계단에 서 있던 리보프에게 말했다.
"아, 그랬군요. 장모님은 우리 동서들이 그를 공격했으면 하죠."
얼굴이 발그레해진 그가 방긋 웃었다.
"그나저나 왜 하필 나인가요?"
"그렇다면 내가 그를 덮치도록 하죠."
민소매 하얀 모피 외투를 걸친 리보프가 대화를 마치기를 기다리다 생긋거리면서 말했다.
"자, 이제 가요."

5

낮에 열린 음악회에서는 레빈이 평소 관심을 갖고 있는 흥미로운 두 작품이 연주되었다.

한 곡은 '광야의 리어왕'이라는 환상곡이었고 다른 하나는 바흐에게 바치는 사중주곡이었다. 두 작품 모두 새로운 작품이었으며 앞선 시대정신으로 가득했다. 레빈은 두 작품에 대해 자신만의 의견을 생각해 보고 싶었다. 그는 함께 음악회에 간 처형을 일 층에 자리 잡은 일등석으로 안내하고 자신은 기둥 옆에 서서 매우 집중하여 음악을 들어 보기로 마음먹었다. 그는 항상 음악에 대한 감상을 흐트러뜨리는 지휘자의 손동작, 음악회를 위해 한껏 멋을 부리고 귓가에 리본을 정성스럽게 묶은 부인들, 그리고 음악에 무관심한 이들이 다른 관심사에 빠져 있는 얼굴로 앉아 있는 모습들을 쳐다보느라 자신의 정신이 산만해지지 않도록 음악에 집중하기 위해 애썼다. 그는 음악 전문가나 말 많은 사람과 만나지 않도록 노력하며, 시선을 정면 아래쪽에 두고 음악에 귀를 기울였다.

하지만 리어왕 환상곡을 들으면 들을수록 그는 자신만의 어떤 명확한 의견을 정리하는 것이 불가능하지 않을까 생각했다. 감정을 향한 음악적 표현이 마치 한군데 모이기라도 하듯 끊임없이 시작되었다가 이내 음악적 표현을 위한 새로운 시작들의 조각들로 흩어지거나, 때때로 작곡가의 변덕에 지나지 않는 아무 상관 없는 복잡한 소리들로 흩어져 버렸다. 그 음악적 표현의 조각들이 때로는 아름답게 느껴지다가 순간 불쾌하게 다가왔다. 왜냐하면 전혀 예상할 수도 없을 뿐 아니라 그 무엇으로도 마음의 준비를 할 수 없는 것들이었기 때문이다. 즐거움, 슬픔, 비탄, 부드러움 등 그 어떤 것도 미친 사람의 감정처럼 아무런 명분 없이 나타났기 때문이다. 마치 미치광이처럼 이런 감정들이 예측할 수 없이 갑자기 스쳐 지나갔다.

연주 내내 레빈은 춤추는 사람들을 바라보는 귀머거리가 된 듯한 느낌이었다. 연주가 끝났을 때, 그는 완전히 당황하고 말았다. 그리고 그 무엇으로도 보상받지 못한 집중과 팽팽한 긴장감으로 지독한 피로를 느꼈다. 사방에서 박수갈채가 쏟아졌고 다들 자리에서 일어나 걸음을 옮기며 이야기를 나누기 시작했다. 레빈은 다른 사람들과의 소통을 통해 자신의 당혹스러움을 해결해 보고 싶어 전문가들을 찾아 일어났다. 그러다 그는 자신의 친구인 페스초프와 이야기를 나누고 있는 유명한 전문가를 발견하고 기뻐했다.

"매우 놀랍군요!"

페스초프가 굵은 목소리로 말했다.

"안녕하십니까, 콘스탄친 드미트리치. 매우 생생하지요. 색채감도 풍부하고 조형적인 느낌이더군요. 특히 '구원의 여성'이 운명과 싸우는 부분은 마치 코델리아가 다가오는 것처럼 느껴졌습니다. 그렇지 않습니까?"

"그런데 코델리아는 그것과 무슨 상관이 있습니까?"

레빈은 그 환상곡이 리어왕을 묘사한 것이라는 사실을 잊은 채 머뭇거리며 물었다.

"코델리아가 나오잖아요. 여기 보십시오!"

페스초프는 손에 들고 있던 프로그램을 손가락으로 가리키며 레빈에게 건넸다.

그제서야 레빈은 환상곡의 제목이 생각나 프로그램 뒤에 실린, 러시아어로 번역된 셰익스피어의 시를 서둘러 읽어 내려갔다.

"이것이 없으면 쫓아갈 수가 없어요."

페스초프는 레빈을 돌아보며 말했다. 그의 말 상대가 자리에서 일어나 다른 곳으로 가는 바람에 더 이상 이야기를 나눌 상대가 없었다.

막간에 레빈과 페스초프 사이에서 바그너파의 음악이 가진 장단점에 관한 논쟁이 일어났다. 레빈은 바그너와 그를 추종하는 이들이 음악이 다른 예술 영역들을 경계 없이 넘나들기를 바라는 것에 대해 비판했다. 그것은 회화로 표현해야 하는 무언가를, 예를 들어 얼굴 윤곽을 시로 그리려 할 때 저지르는 오류와 비슷하다는 것이었다. 그리고 다른 예로 어떤 조각가가 시인을 형상화할 때 시적 이미지들의 환영을 대리석 조각에 새기려고 했던 일화를 이야기했다.

"그 조각가는 시인의 조각에 시적 환영을 거의 부여하지 못했고 그것들은 마치 계단에 매달려 있는 듯이 보였습니다."

레빈이 말했다. 그는 자신의 이 표현이 마음에 들었다. 그러나 전에도 이와 똑같은 표현을 페스초프에게 한 적이 있었다는 기억이 어렴풋이 떠올라 말을 해 놓고 당황하고 말았다.

그러나 페스초프는 예술은 하나이며, 그 모든 형식의 결합 속에서만 최고의 발현을 얻을 수 있다고 주장했다.

레빈은 공연의 후반부 연주가 전혀 귀에 들리지 않았다. 페스초프가 그의 옆에 서서 그 곡의 과장되고 들척지근한 단순성을 비난하며, 회화에서 라파엘 전파가 보여 준 단순성에 비교하며 공연 내내 말을 걸었기 때문이다. 밖으로 나오는 길에 레빈은 많은 지인들을 만나 정치나 음악, 또는 공통으로 아는 또 다른 사람들에 관해 잠시 이야기를 나누었다. 그러던 중 그는 볼 백작을 만나게 되었다. 레빈은 볼 백작을 방문하기로 한 사실을 까맣게 잊고 있었다.

"그럼, 지금 가 보세요."

레빈이 리보바에게 그 이야기를 하자 그녀는 말했다.

"혹시 그들이 방문을 받지 않는다면 집회장에 들러 저를 데리고 가 주세요. 시간은 넉넉할 거예요."

6

"백작이 방문객을 접견하지 않으시나?"

레빈은 볼 백작의 집에 들어서며 입을 열었다.

"접견하고 계십니다. 어서 오십시오."

수위가 단호하게 그의 외투를 벗기며 말했다.

'아, 정말 귀찮게 되었군.'

레빈은 한숨을 쉬며 장갑을 벗고 모자를 다시 바로잡으며 생각했다.

'나는 여기 왜 온 거지? 백작의 사람들과 어떤 이야기를 해야 하지?'

레빈은 첫 번째 응접실을 지나치다 문가에서 엄한 표정으로 하인에게 뭔가를 지시하고 있는 볼 백작의 부인을 만났다. 레빈이 누군지 알아본 그녀가 미소를 지으며 사람들의 이야기 소리가 들려오는 작은 응접실로 그를 안내했다. 응접실에는 백작의 두 딸과 레빈도 알고 있는 모스크바의 대령이 앉아 있었다. 레빈은 그들에게 다가가 인사를 하고 소파 옆에 앉으며 모자를 무릎 위에 올려놓았다.

"레빈, 부인의 건강은 어떤가요? 당신은 음악회에 가셨죠? 우리는 어머니가 추도회에 가셔야 해서 못 갔어요."

"네, 저도 그 소식을 전해 들었습니다. 너무 갑작스러운 죽음이라……."

레빈이 말했다.

백작 부인도 응접실에 들어와 소파에 앉으며 레빈의 아내와 어제 열린 음악회에 대해 물었다.

레빈은 백작 부인의 질문에 대답하고, 다시 아프락시나야의 갑작스러운 죽음에 대한 질문을 반복했다.

"하지만 그녀는 늘 몸이 기력이 없고 약했어요."

"당신은 어제 오페라 공연을 보러 가셨나요?"

"네, 갔습니다."

"루카가 정말 대단했어요."

"네, 정말 대단했죠."

그는 말했다. 그리고 사람들이 자신을 어떻게 생각하는지에 대해 전혀 신경 쓰지 않았기 때문에, 그는 그 여가수의 특별한 재능에 대해 들었던 수많은 이야기들을 되풀이하기 시작했다. 볼 백작 부인은 그의 말을 귀담아 듣는 척했다. 레빈이 수없이 많이 떠들고 나서 입을 다물자, 그때까지 말이 없던 대령이 말문을 열었다. 대령도 오페라와 조명에 관한 이야기들을 늘어놓기 시작했다. 마침내 대령은 츄린 가에서 열릴 '광기의 날'에 대해 웃으며 말했다. 그러고 나서 부산스럽게 굴더니 자리에서 일어나 가 버렸다. 레빈도 백작을 따라 자리에서 일어났으나, 백작 부인의 표정을 보니 아직은 떠날 때가 아니라는 생각이 들어 다시 자리에 앉았다.

하지만 그는 눈치를 보는 자신이 얼마나 어리석은지 생각하느라 대화의 주제를 찾지 못한 채 입을 다물고 있었다.

"레빈은 대중 집회에 참가하지 않나요? 매우 재미있다고 하던데요."

백작 부인이 말했다.

"네, 안 갑니다. 다만 저의 처형에게 데리러 가겠다고 약속했습니다."

그가 말했다.

그리고 순간 침묵과 함께 정적이 흘렀고 백작 부인과 딸은 서로 눈짓을 주고받았다.

그 모습을 본 레빈은 이제 자리에서 일어나도 될 것 같다는 생각이 들어 자리에서 일어났다. 부인들은 그에게 다시 한 번 키티에게 안부를 전해 달라고 부탁했다.

수위는 레빈에게 외투를 건네며 물었다.

"성함이 어떻게 되십니까?"

그러더니 수위는 곧 장정이 잘된 큰 책자에 적기 시작했다.

레빈은 그런 수위가 민망하고 끔찍할 정도로 멍청하게 느껴졌다. 하지만 누구나 이런 일을 한다는 생각으로 스스로를 위로하며 대중 집회를 향해 마차를 몰았다. 레빈은 그곳에서 처형을 모시고 함께 집으로 가야 했다.

위원회의 대중 집회에는 사교계의 거의 모든 인사들을 포함한 많은 사람들이 와 있었다. 그는 집회의 전반적인 보고가 끝나기 전에 도착했다. 다른 사람들의 말처럼 그 보고는 매우 재미있었다. 보고문 낭독이 끝난 후 협회의 사람들이 모여들었다. 그는 그곳에서 스비야슈스키를 만났다. 스비야슈스키는 그에게 오늘 밤 농업 협회에서 유명한 강연이 열린다며 꼭 오라고 초대했다. 레빈은 경마를 마치고 막 도착한 스테판 아르카지치와 다른 많은 지인들을 만나 새로운 곡이나 집회, 재판 등 다양한 화제에 대한 의견을 나누기도 했다. 그러나 너무 피곤해서 집중력이 떨어진 탓인지 레빈은 재판에 대한 이야기를 하며 실수를 하고 말았다. 그리고 그 실수가 계속 머릿속에 맴돌았고, 그때마다 레빈은 화가 치밀었다. 러시아에서 재판을 받고 있는 어느 외국인에게 내려진 판결과 그를 국외 추방으로 인도하는 것이 얼마나 잘못된 일인지에 대해 말하면서, 레빈은 전날 친구에게 들은 이야기를 그대로 되풀이했다.

"그 외국인을 국외로 추방한다는 것은 가물치를 벌한다는 명목으로 물에 놓아주는 것과 무엇이 다릅니까?"

레빈이 말했다. 나중에 그는 자신의 것인 양했던 이야기가 사실은 친구에게서 들은 생각이며 크릴로프 우화의 한 부분으로 그 친구도 신문 칼럼에 나온 이야기를 따라 한 말이라는 것을 생각해 냈다.

레빈은 처형과 함께 집으로 가서 아내가 명랑하고 건강한 것을 확인한 뒤 클럽으로 발걸음을 옮겼다.

7

레빈의 도착과 함께 다른 손님과 회원들 역시 클럽에 속속 도착했다. 그는 대학 졸업 후 모스크바에 살면서 사교계에 드나들던 시절 이후로 아주 오랜만에 클럽을 찾았다. 레빈은 클럽의 외부는 기억이 났지만 그곳에서 느꼈던 인상들은 완전히 잊고 산 지 오래되었다. 그러나 그의 삯마차가 반원형의 안뜰에 들어서고 그가 마차에서 내려 현관 계단에 들어섰을 때, 그리고 장식 띠를 두른 수위가 소리 없이 문을 열며 인사했을 때, 오래전에 느낀 클럽의 인상이 떠오르기 시작했다. 수위실에서 위층으로 덧신을 신고 가는 것보다 아래층에 벗어 두고 가는 것이 편하다고 생각한 회원들의 덧신과 외투를 보았을 때도 그랬다. 그리고 그의 방문을 알리는 비밀스러운 벨 소리가 들렸을 때도, 양탄자가 깔린 완만한 계단을 올라가다 층계 한쪽에 놓인 조각상을 보았을 때도, 지금은 늙어 버린 전부터 알고 지내던 클럽 제복을 입은 세 번째 수위가 이 층 입구에서 지체 없이 문을 열며 손님들을 흘깃거리는 것을 보았을 때 역시 오래전 드나들던 클럽의 인상들이 떠올랐다. 그는 클럽의 편안한 느낌과 서로에게 매너로 대하는 예의 바른 모습 등에서 만족감을 느꼈다.

"모자를 주시지요."

수위가 레빈에게 말했다. 레빈은 너무 오랜만에 클럽에 왔기 때문에 모자를 두고 가야 하는 클럽의 규칙을 잊고 있었다.

"공작님은 아직 오시지 않았지만 어제 자리를 예약해 두셨습니다."

수위는 오래전부터 레빈과 아는 사이여서 그의 주변 사람들과 친인척들까지 알고 있었기 때문에 즉시 그가 알고 있는 사람들에 대해 이야기했다.

레빈은 칸막이로 나누어져 있는 첫 번째 큰 홀을 지나 과일 뷔페가 차려진 오른쪽 방을 통과해 앞에서 느리게 걷고 있는 노인을 지나쳐 사람들로 북적대는 식당으로 들어갔다.

그는 거의 손님으로 가득 찬 테이블을 따라 사람들을 흘깃거리며 지나갔다. 레빈은 노인들, 젊은이들, 그가 모르는 사람, 그와 친한 사람 등 다양한 사람들과 부딪쳤다. 하지만 어떤 사람들도 화가 나 있거나 걱정스러운 표정을 짓고 있지 않았다. 모든 사람들이 수위실에 모자와 함께 자신의 걱정과 불안들을 내려놓고 온 것만 같았다. 그리고 인생의 물질적 행복을 음미하기 위해 모인 것 같았다. 클럽에는 스비야슈스키, 쉐르바츠키, 네베도프스키, 노공작, 브론스키, 세르게이 이바노비치도 있었다.

"레빈, 왜 이렇게 늦었나?"

공작이 미소 띤 얼굴로 그에게 악수를 청했다.

"키티는 괜찮은가?"

공작은 조끼의 단춧구멍에 끼운 냅킨을 바로잡으며 물었다.

"키티는 건강합니다. 아내와 처형들은 집에서 식사를 하고 있습니다."

"아, '알리나-나이지' 말이지. 그런데 우리 테이블이 자리가 다 찼군. 저쪽 테이블에라도 가서 얼른 자리를 잡게."

공작은 등을 돌리며 말했다.

"레빈, 이쪽으로 오십시오!"

조금 떨어진 곳에서 투로프친의 선량한 목소리가 들렸다. 그는 젊은 군인과 앉아 있었고 그들 옆에는 의자 두 개가 뒤집힌 채 놓여 있었다. 레빈은 언제나 선량한 방탕아 투로프친을 좋아했기 때문에 주저하지 않고 바로 그에게로 갔다. 그는 레빈이 키티에게 청혼하던 기억과 얽혀 있었다. 하지만 신경을 곤두세워 온갖 지적인 이야기를 나누느라 지친 레빈에게 투로프친은 특히나 반가웠다.

"여기가 당신과 오블론스키의 자리입니다. 그도 이제 곧 도착할 겁니다."

그의 옆에 있는 유쾌한 미소를 짓고 있는 군인은 페테르부르크의 가긴이었다. 투로프친이 레빈과 군인을 서로 소개해 주었다.

"오블론스키는 항상 늦는군요."

"아, 저기 오네요."

"자네도 온 지 얼마 되지 않았지?"

오블론스키가 급하게 그에게 다가와 말했다.

"모두들 안녕하신가! 보드카는 마셨나? 그럼 시작해 볼까?"

레빈은 일어나 오블론스키와 함께 보드카와 간단한 안주들이 다양하게 차려진 커다란 테이블로 갔다. 스무여 가지의 안주 중에서 입맛에 따라 고르면 될 것 같았으나, 스테판 아르카지치는 뭔가 특별한 것을 주문하는 것 같았다. 그러자 제복 차림의 하인들 중 한 명이 바로 주문한 것을 가져왔다. 그들은 그것을 잔에 따라 마시고 테이블로 돌아왔다.

바로 그때 하인이 생선 수프를 먹고 있는 가긴에게 샴페인을 가져왔다. 가긴은 잔 네 개에 샴페인을 따르라고 하인에게 지시했다. 레빈은 그가 권하는 술을 거절하지 않고 마셨으며 오히려 한 병 더 주문하기까지 했다. 배가 고픈 그는 아주 즐거운 마음으로 먹고 마셨고, 함께한 사람들의 유쾌한 이야기도 기분 좋게 들어 주었다. 가긴은 페테르부르크의 새 일화를 낮은 목소리로 들려주었다. 그 이야기는 비록 외설스럽고 바보 같았지만 너무나 웃겨서 레빈은 주위 사람들이 쳐다볼 정도로 크게 웃었다.

"이 이야기는 '난 이제 그따위 것은 참을 수 없어!'라는 종류의 이야기네. 자네 아나?"

스테판 아르카지치가 물었다.

"아, 정말 멋진 이야기지! 여기 한 병 더 가져오게."

그는 술을 더 주문하고 다시 이야기를 시작했다.

"표트르 일리치 비노프스키가 드리는 겁니다."

이때 늙은 하인이 아직도 거품이 일고 있는 가는 샴페인 잔 두 개를 들고 와 스테판 아르카지치와 레빈에게 전했다.

스테판 아르카지치는 잔을 받고 반대편 테이블에 앉은 붉은 콧수염의 대머리 남자와 눈짓을 주고받으며 고개를 끄덕였다.

"저 사람은 누구야?"

레빈이 궁금한 듯 물었다.

"자네도 아는 사람인데 기억나지 않나? 저번에 우리 집에서 한 번 본 적이 있었던 것 같은데? 좋은 청년이야."

레빈은 스테판 아르카지치가 한 것처럼 반대편 테이블을 바라보고 고개를 끄덕이며 잔을 들었다.

스테판 아르카지치는 계속해서 이야기를 이어 나갔고 매우 재미있었다. 레빈 역시 재미있는 일화를 이야기했다. 그렇게 이어지던 대화는 말로, 오늘 낮에 열린 경마로, 브론스키의 말 아틀라스가 멋지게 일등상을 탄 이야기로 옮겨 갔다. 레빈은 식사 시간이 어떻게 흘러갔는지 모를 정도로 즐거운 시간을 보냈다.

"저기 그가 오는군!"

식사를 마칠 무렵, 스테판 아르카지치는 의자에 몸을 기댄 채 그를 향해 걸어오고 있는 브론스키와 훤칠한 근위 대령에게 악수를 청하며 말했다. 브론스키의 얼굴에도 클럽 전체의 즐겁고 상쾌한 선량함이 빛났다.

그는 스테판 아르카지치의 어깨에 팔꿈치를 짚고 기대어 명랑하고 활발하게 속삭인 뒤, 여전히 쾌활한 미소로 레빈에게 악수를 청했다.

"이렇게 만나게 되어 반갑습니다."

그는 말했다.

"그때 선거장에서 당신을 무척 찾았었는데 이미 떠난 뒤라고 하더군요."

그가 레빈에게 말했다.

"네, 그날 바로 떠났습니다. 우리는 지금 막 아틀라스에 대해 이야기하고 있었습니다. 축하합니다. 굉장히 빨리 달렸다고 들었습니다."

"당신도 말을 가지고 있지 않습니까?"

"아니요, 아버지께서 갖고 계셨지요. 하지만 저는 지금도 그 말들을 기억하고 있습니다."

"브론스키, 자네 어디에서 식사를 했나?"

스테판 아르카지치가 물었다.

"저기 기둥 뒤의 두 번째 테이블에 있었다네."

"브론스키의 말이 일등상을 탄 것을 축하하는 자리였지요."

훤칠한 대령이 말했다.

"그가 두 번째로 받는 황제 상이죠. 이 사람이 말에서 얻은 행운만큼 나의 카드에도 행운이 따라와 주었으면!"

"왜 황금 같은 시간을 낭비하고 있나? 난 지옥의 방으로 가겠네."

대령은 이렇게 말하며 테이블에서 일어났다.

"저 사람이 야쉬빈이야."

브론스키는 투로프친에게 이렇게 말하고 자리에 앉아 앞에 놓은 잔을 비우며 한 병 더 주문했다. 클럽의 분위기에 취해서인지 레빈은 브론스키와 가축의 우량종에 대한 대화를 나누며 그에게 어떤 적의도 느껴지지 않는 것에 기뻤다. 심지어 그는 아내가 마리야 보리소브나 공작 부인 집에서 그를 만났다고 하더라는 말까지 했다.

"마리야 보리소브나 공작 부인은 정말 매력적이지!"

스테판 아르카지치는 이렇게 말하며 그 공작 부인에 관한 일화를 들려주었고 그 이야기는 모든 사람들을 웃게 만들었다. 특히 브론스키는 너무 어질고 착하게 웃어서 레빈은 그와 자신이 완전히 화해한 것 같은 느낌이 들었다.

"어때, 다 끝났나?"

스테판 아르카지치는 자리에서 일어나 미소를 지으며 말했다.

"출발하지!"

8

레빈은 테이블을 떠나 발걸음을 옮기는 동안 자신이 유난히 규칙적이고 경쾌하게 팔을 흔들며 걷고 있다는 것을 느끼면서 가긴과 함께 천장이 높은 방을 지나 당구장으로 향했다. 그는 당구장을 향해 가는 길에 있는 큰 홀을 지나치다 장인과 마주쳤다.

"레빈! 우리의 안일의 전당이 마음에 드는가?"

공작은 그의 팔을 잡아 이끌며 말했다.

"나와 함께 산책을 하지 않겠나?"

"사실 저도 잠시 걷고 싶었습니다. 이곳은 정말 재미있는 곳입니다."

"그래, 당연히 재미있겠지. 하지만 나에게는 자네가 모르는 또 다른 재미가 있다네. 저들을 보게나."

공작은 등이 굽고 입술이 축 늘어진 늙은 회원을 가리켰다. 그는 걸을 힘도 없어 부츠를 신은 두 다리를 힘겹게 끌며 그들의 맞은편에서 걸어오고 있었다.

"레빈, 저 사람이 처음 태어날 때부터 슐류피크였다고 생각하지?"

"슐류피크요?"

"자네는 그 말을 알지 못하는군. 슐류피크는 우리 클럽의 은어지. 삶은 달걀을 너무 많이 굴리게 되면 온통 금이 가서 슐류피크가 되지. 우리도 마찬가지라네. 클럽에 빠져 너무 드나들면 자신도 모르게 슐류피크가 된다네. 자네는 재미있다는 듯이 웃는군. 하지만 우리의 형제는 자신이 슐류피크로 추락하는 것을 경험했다네. 혹시 체첸스키 공작을 아는가?"

레빈은 장인의 표정에서 뭔가 재미있는 이야기를 하려 한다는 것을 눈치챘다.

"아니요, 모릅니다."

"그 유명한 체첸스키 공작을 모르다니……. 뭐 아무래도 상관없네. 삼 년 전 그는 늘 당구를 치러 다녔지. 그때는 아직 그도 슐류피크가 아니었다네. 오히려 그는 다른 사람들을 슐류피크라고 부르며 자신은 으스대고 다녔지. 한번은 체첸스키 공작이 우리 수위 바실리에게 말했다네. '이봐, 누구누구 와 있나? 슐류피크도 있나?' 그러자 굉장한 익살꾼이었던 그 수위가 이렇게 답했지. '공작님이 세 번째 분입니다.' 그러자 그 친구도 정말 그렇게 되었다네."

레빈은 그렇게 이야기를 나누기도 하고 마주치는 사람들과 인사를 하기도 하면서, 장인과 함께 모든 방을 돌아다녔다. 늘 모이는 패거리들이 조그맣게 내기를 벌이고 있는 큰 방, 세르게이 이바노비치가 누군가와 이야기를 나누며 체스를 두고 있는 소파 방, 구석의 오목한 놓인 소파 주위에 가긴을 포함한 유쾌한 무리가 샴페인을 들고 모여 있는 당구장……. 그들은 많은 도박꾼들이 한 테이블에서 북적대고 있는 마치 지옥과 같은 방에도 잠깐 들렀다. 그곳에는 야쉬빈이 벌써부터 자리를 잡고 있었다. 레빈과 공작은 소리를 내지 않으려 애쓰며 어두운 독서실에도 들어가 보았다. 그곳에는 한 젊은이가 화가 난 표정으로 램프 아래서 잡지들을 계속 뒤적이고 있었고, 대머리 장군이 독서에 몰두하고 있었다. 그들은 공작이 '지혜의 방'이라 부르는 방에도 들어갔다. 그 방에는 세 명의 신사가 최근의 정치 소식에 대해 열띤 대화를 벌이고 있었다.

"공작, 들어오십시오. 준비됐습니다."

공작을 알아본 공작의 카드 파트너 가운데 한 명이 그를 발견하고 이렇게 말하자, 공작은 그 방을 떠났다. 레빈은 잠시 앉아 사람들의 이야기를 듣고 싶었다. 그러나 오늘 아침의 대화를 떠올리자, 불현듯 그는 끔찍할 정도로 지겨워지기 시작했다. 그는 황급히 일어나 오블론스키와 투로프친을 찾으러 나섰다. 그는 그들과 있는 것이 유쾌했다. 투로프친은 손잡이 달린 커다란 술잔을 든 채 당구장의 높다란 소파에 앉아 있었고, 스테판 아르카지치는 브론스키와 함께 멀찍이 떨어진 구석의 문가에서 뭔가에 대해 이야기를 나누고 있었다.

"그 애는 지루해서 그러는 게 아니야. 상황이 불명확하고 자신이 어떻게 될지 몰라서 그러는 거지."

레빈은 그 말을 듣고 황급히 자리를 피하려 했다. 하지만 스테판 아르카지치가 그를 불러 세웠다.

"레빈!"

스테판 아르카지치가 말했다. 그 순간 레빈은 그의 눈에 눈물이 아닌 촉촉한 물기가 어린 것을 눈치챘다. 그것은 그가 술을 마시거나 깊이 감동할 때면 늘 있는 일이었다. 이번에는 그 두 가지 모두 때문이었다.

"레빈, 가지 마!"

그는 이렇게 말하며, 레빈을 놓아주지 않으려는 듯 그의 팔꿈치를 꽉 잡았다.

"레빈은 나의 진실한, 거의 최고의 친구라 할 수 있지."

그는 브론스키에게 말했다.

"자네도 내게는 그 누구보다 더 가깝고 소중한 친구라네. 그래서 난 자네들이 서로 가까운 사이가 됐으면 좋겠고, 서로에게 절친한 친구가 되길 바라네. 또 그렇게 되리라는 것을 알고 있어. 자네들 둘 다 좋은 사람들이니까 말이야."

"그럼, 우리에게는 서로 입을 맞추는 일만 남았군요."

브론스키는 선의에서 우러나온 농담을 던지며 악수를 청했다.

레빈은 얼른 브론스키가 내민 손을 꽉 쥐었다.

"정말, 정말 기쁩니다."

레빈은 그의 손을 잡은 채 이렇게 말했다.

"어이, 샴페인 한 병 더 가져와."

스테판 아르카지치가 말했다.

"나도 기쁩니다."

브론스키가 말했다.

하지만 스테판 아르카지치의 희망과 그들 두 사람의 바람에도 불구하고, 그들에게는 더 이상 할 이야기가 없었고 어색한 분위기가 흘렀다. 이때, 스테판 아르카지치가 브론스키에게 말했다.

"자네는 레빈과 안나가 서로 모르는 사이라는 것을 알아?"

"정말?"

브론스키가 말했다.

"난 레빈을 안나에게 꼭 데려가고 싶어!"

스테판 아르카지치가 다시 말했다.

그러자 브론스키는 "안나가 정말 기뻐할 거야. 나도 지금 집으로 가면 좋겠지만 야쉬빈이 걱정돼서 그가 카드를 끝낼 때까지 이곳에 있어야 할 것 같아."라고 말했다.

야쉬빈은 계속 돈을 잃고 있었고 그를 제지할 사람은 브론스키밖에 없었기 때문에 그는 어쩔 수 없이 남아 있어야 했다.

스테판 아르카지치는 레빈에게 피라미드를 하자고 제안했다. 스테판 아르카지치가 점수 기록원을 돌아보며 피라미드를 준비해 달라고 말하며 돌아보자, 그는 이미 공을 삼각형으로 배치해 두고 빨간 공을 이리저리 치며 기다리고 있었다.

브론스키와 레빈은 가긴의 테이블에 나란히 앉았다. 레빈은 스테판 아르카지치의 말대로 에이스에 돈을 걸기 시작했다. 브론스키는 끊임없이 그를 찾아오는 지인들에게 둘러싸여 테이블 앞에 앉아 있기도 하고, 야쉬빈을 보러 갔다 오기도 했다. 레빈은 오전의 정신적 피로에서 벗어나 즐거운 휴식을 누리고 있었다. 그동안 갖고 있던 브론스키에 대한 적대감이 없어진 것이 그를 기쁘게 했고, 클럽이 주는 평온과 예의 바름과 만족스러운 느낌이 그를 떠나지 않았다.

게임이 끝나자, 스테판 아르카지치가 레빈의 손을 잡았다.

"자, 그럼 안나에게 가세. 난 오래전부터 그 애에게 자네를 데려가겠노라고 약속을 했지. 자네, 저녁때 어디에 갈 생각이었나?"

"스비야슈스키에게 농업 협회에 가겠노라고 약속하긴 했지만. 괜찮네. 가지."

레빈이 말했다.

"좋아, 어서 가자고! 내 마차가 와 있는지 확인해 보게."

스테판 아르카지치는 하인에게 말했다.

레빈은 테이블로 가서 게임에서 잃은 사십 루블을 내고 문 옆에 서 있던 늙은 하인에게 그들만의 은밀한 방식으로 클럽의 비용을 지불하고는 경쾌하게 팔을 흔들며 여러 홀을 지나 밖으로 나갔다.

9

"오블론스키 공작님의 마차가 들어옵니다."

마차가 다가오자 수위가 거친 베이스 음으로 마차의 도착을 알렸다. 두 사람은 마차에 올라탔다. 레빈은 마차가 클럽의 정문을 빠져나가는 동안에도 클럽 평온과 즐거움과 주위 사람들의 나무랄 데 없는 품격을 느낄 수 있었다. 하지만 마차가 거리로 나오자마자 그 인상은 무너지고 말았다. 울퉁불퉁한 길을 따라 마차는 흔들렸고 맞은편에서 삯마차를 몰고 오는 마부의 퉁명스러운 외침이 들렸다. 흐릿한 조명 아래에서 보이는 술집과 상점의 붉은 간판이 그에게서 순식간에 클럽에서 느꼈던 인상들을 지워 나갔다.

그는 마차를 타고 가는 동안 과연 안나에게 가는 것이 잘하는 것인가에 대한 생각에 잠겼다. 키티에게 뭐라고 말할 것인가? 스테판 아르카지치는 마치 그의 생각들을 짐작하고 있는 듯 그가 더 이상 생각을 이어 나갈 수 없게 말을 걸었다.

"자네가 안나를 만나게 되다니. 너무 기쁘다네. 돌리도 오래전부터 이렇게 되길 원했어. 리보프도 그 애를 만난 적이 있어. 지금도 계속 만나고 있다네. 그 애가 내 동생이긴 하지만 난 그 애가 훌륭한 여자라고 자신 있게 말할 수 있어."

스테판 아르카지치가 말했다.

"자네도 그 애를 만나 보면 알게 될 거야. 안타깝게도 그녀는 지금 무척 괴로운 처지에 놓여 있어."

"그녀에게 무슨 일이 있는 건가?"

"나와 안나는 그 애 남편과 이혼을 협의하고 있어. 그도 동의했지. 하지만 협의 과정에서 그들의 아들에 관한 곤란한 문제가 있어. 이미 오래전에 해결했어야 하는데, 벌써 석 달 동안 그 문제를 질질 끌고 있지. 이혼을 하게 된다면, 안나는 브론스키와 결혼할 거야. '이사야여, 기뻐하라!'라고 노래하며 원으로 도는 그 옛 풍습 말이야. 참 어리석다고 생각하지 않나? 아무도 믿지 않잖아. 그저 사람들의 행복이나 방해할 뿐이지!"

스테판 아르카지치가 말했다.

"안나가 처한 곤란한 문제가 뭔데?"

레빈이 물었다.

"그건 너무 길고 지루한 이야기야! 사실 이 사회는 모든 게 너무 불분명해. 안나가 석 달 동안 그 두 사람을 모르는 사람이 없는 이곳 모스크바에서 이혼을 기다리며 지내고 있다는 것도 문제야. 아무 데도 가지 않고 돌리 외에는 어떤 여자도 만나지 않는다네. 자네도 이해하겠지만 그 애는 사람들이 동정심에서 자기를 찾아오는 걸 바라지 않거든. 그 멍청한 바르바라 공작 영애도, 그런 여자까지도 민망하다며 떠나 버렸지. 아마 다른 여자가 이런 상황에 있었다면 매우 힘들어하고 어떤 방법도 찾아낼 수 없었을 거야. 하지만 그 애는 말이지. 자네도 보겠지만, 침착하고 기품 있게 자신의 생활을 잘 꾸려 가고 있다네. 왼쪽 골목으로, 교회의 맞은편일세!"

스테판 아르카지치는 마차의 창문 밖으로 몸을 쑥 내밀고 소리쳤다.

"덥군, 더워."

이렇게 말하며 그는 영하 12도인데도 활짝 젖힌 외투를 더욱더 열어 젖혔다.

"안나에겐 딸이 있으니 딸을 돌보느라 바쁘지 않겠나?"

레빈이 말했다.

"자네는 여자들을 그저 암컷으로만, '알을 품은 암탉'으로만 생각하는 것 같군."

스테판 아르카지치가 말했다.

"만약 여자가 바쁘다면 아이들 때문이라고 생각하는 것이지. 안나는 딸을 훌륭하게 양육하고 있어. 하지만 딸에 대한 이야기를 들은 바가 없군. 그 애는 동화책을 쓰고 있어. 그 애는 그 사실을 아무에게도 말하지 않았지만 내게는 읽어 주었지. 난 그 원고를 보르쿠예프에게 보여 주었어. 자네도 알지? 그 자신도 작가여서 이런 쪽을 잘 아는 출판사 사장 말이야……. 그런데 그가 말하길, 훌륭한 작품이라는 거야. 이 이야기를 듣고 자네는 그 애를 여성 작가라고 생각하겠지? 하지만 그 애는 다른 여자들처럼 심장을 가진 여자라네. 자네도 곧 만나면 알게 되겠지만 말이야. 지금 그 집에는 영국인 소녀와 그 가족이 있어. 지금 그 애는 그들을 돌보는 것에 온 힘을 쏟고 있지."

"무슨 뜻이야, 무슨 자선 같은 건가?"

"자네는 계속 나쁜 것만 보려 하는군. 그녀는 자선이 아니라 진심에서 우러나온 마음에서 그들을 돌보고 있어. 브론스키의 집에는 자신의 일에는 대가이지만 술주정뱅이인 영국인 종마사가 있어. 그는 가족들도 내팽개치고 알코올 중독자가 되어서 완전히 술에 절어 지냈지. 그 애는 그것을 보고 도와주다가 그 일에 푹 빠져서, 지금은 가족들이 다 그녀의 보호 아래에 있지. 그 애는 돈으로 오만한 동정심을 표현하려고 그들을 돌보는 것이 아니야. 직접 사내아이들의 진학 준비를 위해 러시아어 공부를 돕고 여자아이를 자기 옆에 붙여 두고 있다니까. 뭐 자네도 보게 될 테지만 말이야."

마차가 안뜰에 들어섰다. 스테판 아르카지치는 썰매가 놓인 현관 입구에서 요란하게 벨을 울려 대고는 문을 열어 준 하인에게 집에 누가 있는지 묻지도 않고 현관 안으로 들어갔다. 레빈은 계속해서 자신의 행동이 옳은지 그른지 더욱더 의심스러워하면서 그의 뒤를 따랐다.

거울을 들여다본 레빈은 자신의 얼굴이 붉어진 것을 보았다. 하지만 자신이 술에 취하지 않았음을 확신하고 스테판 아르카지치를 따라 양탄자 깔린 계단을 올라갔다. 2층에서 스테판 아르카지치는 하인에게 안나 아르카지예브나를 찾아온 사람이 있는지 물어보았고, 그에게서 보르쿠예프가 와 있으며 안나와 함께 서재에 있다는 대답을 받았다.

스테판 아르카지치와 레빈은 어두운 색 판자로 된 벽으로 둘러싸인 작은 식당을 지나, 부드러운 양탄자 위에 검은 갓이 달린 램프 하나가 어슴푸레 빛을 던지고 있는 서재로 들어갔다. 벽에는 한 여성의 전신 초상화를 또 다른 반사경이 빛을 내며 비추고 있었다. 레빈은 자기도 모르게 그 초상화를 바라보았다. 그것은 안나의 초상화로 이탈리아에서 미하일로프가 그린 그림이었다. 스테판 아르카지치가 격자 세공 가리개 뒤로 사라지고 이야기를 하던 남자의 목소리가 더 이상 들리지 않을 때까지, 레빈은 자신이 어디에 있는지도 잊은 채, 주위의 소리조차 듣지 못한 채 그것에서 눈을 떼지 못했다. 그녀의 초상화는 단순히 그림이 아닌 살아 있는 사람처럼 보였다. 검은 고수머리, 드러낸 어깨와 팔, 보드라운 솜털로 덮인 입술에 반쯤 웃는 듯한 슬픈 미소를 띤 그 여인이 그를 당혹스럽게 하는 눈길로 승리감에 도취된 채, 그러면서도 다정하게 그를 바라보고 있었다. 그림 속의 그녀는 단지 살아 있지 않다는 이유만으로 살아 있는 여자보다 더 아름다웠다.

"너무 반가워요."

순간 그는 바로 옆에서 자기를 향한 것임에 틀림없는 목소리를, 그가 넋을 잃고 바라보던 초상화 속 바로 그 여자의 목소리를 들었다. 안나는 격자 세공 가리개 뒤에서 그를 맞으러 나왔다. 레빈은 어슴푸레한 서재에서 검고 다채로운 색조가 감도는 푸른 옷을 입은, 초상화 속의 바로 그 여자를 보았다. 안나는 초상화와 똑같은 자세를 취하지도, 똑같은 표정을 짓지도 않았지만, 화가가 초상화에 포착한 그 더할 나위 없는 아름다움을 그대로 간직하고 있었다. 그러나 현실 속의 그녀는 그림만큼 눈부시지 않았다. 그 대신 살아 있는 그녀에게는 초상화에서 볼 수 없는 뭔가 새로운 매력이 느껴졌다.

10

그녀는 레빈을 만난 기쁨을 숨기지 않고 그의 방문을 맞이했다. 그녀는 그에게 작고도 힘찬 손을 내밀며 그를 보르쿠예프에게 인사시키고 자신이 돌보고 있는 아이라며 차분하게 그곳에 앉아 일을 하고 있는 얼굴이 발그레한 예쁘장한 소녀를 가리켰다. 안나에게는 친숙하고 기분 좋게 느껴지는, 언제나 차분하고 자연스러운 상류사회 부인의 태도가 자연스럽게 깃들어 있었다.

"당신을 만나 정말, 정말 기뻐요."

그녀는 같은 말을 되풀이했다. 이런 단순한 말조차 그녀의 입술에 머물면 왠지 특별한 의미를 띠는 것처럼 느껴졌다.

"오래전부터 당신에 대해 알고 좋아했어요. 당신과 스티바의 우정도 그렇고 당신의 부인도 좋아했어요. 내가 그녀를 알고 지낸 것은 아주 잠깐이지만, 그녀는 내게 아름다운 꽃 같은 인상을 남겼죠. 참, 이제 그녀도 곧 아이의 어머니가 되겠군요!"

그녀는 레빈과 오빠를 바라보며 서두르지 않고 허물없이 말했다. 레빈은 자신이 그녀에게 좋은 인상을 주었다는 것을 깨달았다. 곧, 그 역시 어릴 때부터 그녀를 알고 지내 온 것처럼 그녀와의 만남에서 편하고 허물

없는 즐거운 기분을 느끼기 시작했다.

"나와 이반 페트로비치가 알렉세이의 서재에 있었던 건 바로 담배를 피우기 위해서예요."

그러고는 레빈을 흘깃 쳐다보더니 '담배를 피우시겠어요?'라고 묻는 대신 거북이 등껍질로 만든 담뱃갑을 자기 쪽으로 끌어당겨 궐련 한 개비를 꺼냈다.

"요즘 너의 건강은 어떠니?"

오빠가 다정히 그녀에게 물었다.

"괜찮아요. 신경과민이야 늘 갖고 있는 거고요."

"대단히 훌륭한 그림이지, 그렇지 않아?"

스테판 아르카지치는 레빈이 초상화를 흘깃거리는 것을 보고 이렇게 말했다.

"이보다 훌륭한 초상화는 본 적도 없지."

"그리고 그림이 굉장히 닮았습니다. 그렇지 않습니까?"

보르쿠예프가 말했다.

레빈은 초상화에서 살아 있는 안나에게로 눈길을 옮겼다. 안나는 자신을 향한 그의 시선을 느낀 순간, 얼굴 전체가 독특한 광채로 빛났다. 레빈은 그녀를 보고 얼굴을 붉혔다. 그는 자신의 당혹감을 감추고자 안나에게 다리야 알렉산드로브나를 본 지 오래되었느냐고 물으려 했다. 하지만 바로 그 순간 안나가 입을 열었다.

"지금 이반 페트로비치와 바쉔로프의 요즘 그림에 대해 이야기를 나누고 있었어요. 당신도 최근 그들의 그림들을 보았나요?"

"네, 저도 보았습니다."

레빈이 대답했다.

"그런데 죄송해요. 내가 당신의 말을 막았나 봐요. 당신이 하려던 말은 무엇이었죠?"

레빈은 그녀에게 돌리를 본 지 얼마나 되었느냐고 물었다.

"어제 돌리가 우리 집을 방문했어요. 그녀는 그리샤의 일로 학교에 대해 대단히 화가 나 있었어요. 라틴어 선생님이 그리샤를 정당하지 못하게 대했나 봐요."

"그렇군요. 그리고 나도 그 그림들을 보았습니다. 난 그 그림들이 썩 마음에 들지 않았어요."

레빈은 그녀가 꺼낸 화제로 이야기를 돌렸다.

지금 레빈은 오늘 아침 대화를 나눌 때의 그 진부한 태도와는 전혀 다른 말투로 말하고 있었다. 그에게 그녀와의 대화는 모든 말이 특별한 의미를 갖는 것 같았다. 그래서 그는 그녀와 이야기하는 것이 즐거웠고, 그녀의 말을 듣는 것은 더욱 그를 즐겁게 했다.

그녀는 자연스럽고 지적이면서도 태연한 태도로 말했다. 안나는 자신의 생각에 작은 가치도 부여하지 않고 오히려 상대방의 생각에 큰 가치를 부여했다.

대화는 예술의 신경향으로, 프랑스의 어느 화가가 그린 최근의 성경 삽화로 이어졌다. 보르쿠예프는 조악한 수준으로까지 나아간 그 화가의 리얼리즘을 비판했다. 레빈은 프랑스인들이 이전에 누구도 하지 않던 방식으로 예술에 제약을 많이 끌어들였기 때문에 리얼리즘의 복귀에서 특별한 공적을 보고 있다고 말했다. 그들은 더 이상 거짓말을 하지 않는다는 점에서 시를 발견하고 있다는 것이다.

레빈이 지금까지 한 어떤 지적인 말도 이 말처럼 큰 만족을 주지 못했다. 안나는 불현듯 그 의견의 가치를 깨닫고 환하게 빛나는 얼굴로 웃기 시작했다.

"너무 비슷한 초상화를 볼 때 웃음이 나죠. 내가 웃는 건 바로 그것과 같아요. 당신은 오늘날의 프랑스 예술의 특징을 확실히 잡아냈어요. 회화뿐 아니라 졸라, 도데 등 문학에 대해서도 말이에요. 하지만 어쩌면 그런 일은 언제나 항상 일어나고 있죠. 처음에 사람들은 꾸며 낸, 양식화된 인물들로부터 자신의 개념을 구축하지만 나중에는, 그러니까 모든 조합이 다 나오면 말이에요. 꾸며 낸 인물은 지루하게 느껴지고 보다 자연스럽고 정확한 인물을 생각해 내기 시작하죠."

"정말 맞는 말입니다!"

보르쿠예프가 말했다.

"그런데 클럽에 갔다 온 거예요?"

그녀는 오빠를 돌아보며 물었다.

'그렇다, 얼마나 멋진 여자인가!'

레빈은 자기 자신을 잊어버린 채 풍부한 표정의 아름다운 얼굴을, 지금 갑자기 전혀 다른 표정으로 변해 버린 안나의 얼굴을 뚫어지게 바라보며 어쩌면 이리도 아름다울까 하고 생각했다. 그는 그녀가 오빠에게 몸을 구부리고 하는 이야기가 무엇인지 들을 수 없었지만 그녀의 표정 변화에 깊은 인상을 받았다. 조금 전만 해도 차분함 속에서 너무나 아름답던 안나의 얼굴은 갑자기 야릇한 호기심과 분노와 오만으로 가득했다. 하지만 그것은 단지 한순간에 불과했다. 그녀는 마치 무언가를 생각하는 듯 눈을 가늘게 떴다.

"그건 그래요. 하지만 그런 것을 재미있어하는 이는 아무도 없을 거예요."

그녀는 이렇게 말하고는 영국인 소녀를 돌아보며 말했다.

"응접실에 차를 준비하라고 전해 주겠니?"

소녀는 자리에서 일어나 서재에서 나갔다.

스테판 아르카지치는 소녀를 보고, 안나에게 소녀가 시험에 합격했는지를 물었다.

"훌륭하게 합격했죠. 아주 재능이 많은 아이예요. 게다가 천성이 착해요."

그는 안나에게 '저 애를 딸보다 사랑하게 되었나 보다.'라고 이야기했다. 안나는 남자들의 그런 사고방식에 기분이 좋지 않았다.

"남자들은 그런 식으로 말하죠. 사랑에 크고 작고는 없어요. 나는 이런 사랑으로는 내 딸을 사랑하고 다른 사랑으로는 저 애를 사랑하는 것뿐이에요."

보르쿠예프는 만약 저 영국인 소녀에게 쏟는 에너지의 백분의 일만이라도 러시아 아이들의 교육이라는 공공의 대의에 기울인다면, 안나 아르카지예브나는 중요하고 유익한 일을 하게 될 거라고 말했다.

"당신이 뭐라고 하든, 난 할 수 없어요. 알렉세이 키릴리치 백작이 나에게 시골 학교에서 아이들을 가르쳐 보라고 권했죠—그녀는 '알렉세이 키릴리치 백작'이라는 말을 하면서 애원하는 듯 수줍어하는 눈빛으로 레빈을 보았다. 그래서 그도 은근하고 긍정적인 눈빛으로 답하고 말았다—난 아이들을 사랑하지만 그 일에 애착을 느낄 수 없었어요. 에너지라고 하셨나요. 에너지는 사랑을 토대로 해요. 그런데 사랑은 어디에서 얻거나 명령으로 가질 수 있는 게 아니에요. 내가 저 영국인 소녀를 좋아하지만 어떤 이유에서 그 소녀를 좋아하는지 알 수 없는 것과 같죠."

그러더니 그녀는 다시 레빈을 쳐다보았다. 레빈은 그녀의 미소, 그녀의 시선, 그 모든 것들이 오직 그를 향한 것이라고, 그녀는 그의 견해를 소중히 여기고 있다고, 그와 동시에 그녀는 그들이 서로 이해한다는 것을 이미 알고 있었다고 말하고 있는 것처럼 느껴졌다.

그래서 레빈은 안나를 이해할 수 있었다.

"난 그 심정을 완전히 이해합니다. 학교나, 대체로 그런 비슷한 제도에는 마음을 쏟을 수가 없죠. 그래서 자선 사업이 대부분 그런 미미한 결과를 얻을 수밖에 없는 거라고 생각해요."

그녀는 빙그레 미소를 지으며 레빈의 말에 수긍했다.

"난 도저히 할 수 없었어요. 내 마음은 그렇게 넓지 않아서 더러운 여자애들이 우글대는 고아원 전체를 사랑할 정도는 아니에요. 난 그것을 도저히 잘해 낼 자신이 없어요. 그런 식으로 사회적 지위를 쌓는 여자들이 있긴 하지만……."

그녀는 서글프면서도 신뢰 어린 표정으로 말했다. 겉으로 보기에 그녀는 오빠를 향해 말하는 것 같았으나 레빈이 느끼기에는 그녀의 모든 것이 오직 그를 향해 있는 것이 분명한 것처럼 보였다.

"나에게 무슨 일이든 절실히 필요한 지금도 난 그렇게 못 하겠어요."

그러고는 갑자기 얼굴을 찌푸리더니 화제를 바꾸었다.

"난 당신을 알아요. 당신은 훌륭한 시민이 아니죠. 그런데도 난 가능한 한 내가 할 수 있는 것으로 당신을 옹호했어요."

"날 어떻게 옹호했죠?"

"공격에 따라 다르죠. 그건 그렇고 차를 드릴까요?"

그녀는 차를 권하며 자리에서 일어나 모로코산 가죽으로 장정한 책을 집어 들었다. 그러자 보르쿠예프는 안나의 책을 자신에게 달라고 말했다.

"오, 아니에요. 이건 아직 너무 미흡한걸요."

스테판 아르카지치는 레빈을 가리키며 그에게도 그녀가 쓴 책에 대해 말했다고 이야기했다.

"쓸데없는 말을 했군요. 내가 쓴 것은, 이것은 리자 메르칼로바가 가끔씩 감옥에서 가져와 내게 팔곤 하는 작은 세공 바구니들과 다르지 않아요. 그녀는 그 협회에서 감옥을 담당했죠."

안나는 레빈을 돌아보며 말을 이었다.

"그 불행한 사람들은 인내라는 기적을 만들어 내죠."

그때 레빈은 안나에게 우아함과 아름다움 외에 진실함도 있다는 것을 발견했다. 그녀는 자신의 처지가 안고 있는 온갖 어려움을 그에게 억지로 숨기려 하지 않았다. 그녀는 그 말을 내뱉고 탄식했다. 그리고 그녀의 얼굴은 마치 돌이 되기라도 한 듯 갑자기 딱딱한 표정을 띠었는데 그런 표정조차도 그녀를 전보다 훨씬 더 아름답게 보이게 할 뿐이었다. 하지만 그 표정은 생소했다. 그것은 행복으로 빛나고 행복을 주는 표정들, 화가가 초상화에 포착한 표정들과는 다른 영역의 것이었다. 그녀가 오빠의 손을 잡고 높다란 문을 지나가는 동안, 레빈은 한 번 더 초상화를 쳐다보고는 바로 살아 있는 그녀의 자태를 바라보았다. 그러면서 그는 그녀에게 애정과 연민을 느낀 자신에게 놀라워했다.

그녀는 레빈과 보르쿠예프에게 응접실로 가 달라는 부탁을 하고 자신은 오빠와 뭔가 이야기할 것이 있어 자리에 남았다. 레빈의 머릿속은 온통 그녀가 스테판 아르카지치와 무슨 이야기를 하고 있을까에 대한 생각으로 가득했다.

'이혼에 관한 이야기일까? 아니면 브론스키에 대해? 아니면 나에 관한 이야기일까?'

레빈은 이러한 여러 가지 의문들이 그를 너무나 흥분시켜서 안나가 쓴 어린이 소설의 가치에 대해 보르쿠예프가 하는 말이 거의 들리지 않았다.

차를 마시는 동안에도 즐겁고 의미 있는 대화는 끊임없이 계속되었다. 화젯거리를 찾기 위해 고민했던 순간은 단 한순간도 없었다. 오히려 하고 싶은 말을 할 틈조차 없는 데다 다른 사람의 말을 듣기 위해 기꺼이 자신의 욕구를 억누르는 것 같았다. 그녀의 배려와 말 덕분에, 그녀뿐 아니라 보르쿠예프와 스테판 아르카지치가 한 모든 말들이 특별하게 느껴졌다.

대화를 나누는 동안, 레빈은 계속 그녀에게 매혹되었다. 그녀의 아름다움에, 그녀의 지성과 교양에, 나아가 그녀의 소박함과 진실함까지도……. 그는 말하고 듣는 동안 그녀의 감정을 헤아리려고 노력하며 줄곧 그녀에 대해, 그녀의 내면에 대해 생각했다. 전에는 그녀를 그토록 가혹하게 비난했던 그가 이제는 어떤 기묘한 상념의 흐름 속에서 그녀를 옹호하게 되었고 동시에 그녀에게 연민을 느끼며, 브론스키가 그녀를 충분히 이해하지 못할까 봐 걱정되었다. 열 시가 지나 스테판 아르카지치가 그곳을 떠나려고 일어섰을 때—보르쿠예프는 훨씬 전에 떠났다.—레빈은 마치 방금 전에 온 것 같다는 생각이 들어 서운한 마음으로 자리에서 일어났다.

"안녕히 가세요."

그녀는 그의 손을 꼭 잡고 호소로 가득한 눈빛으로 그의 눈을 바라보며 말했다.

"정말 다행이에요, 얼음이 녹아서."

그녀는 그의 손을 놓고 눈을 가늘게 뜨고 말했다.

"부인에게 안부 전해 주세요. 내가 예전에 그랬던 것처럼 그녀를 사랑하고 있다고요. 만약 그녀가 나를 용서할 수 없다면 앞으로도 영원히 날 용서하지 말라고 전해 주세요. 날 용서하려면 내가 겪었던 것을 직접 겪어 보지 않으면 안 되니까요. 하느님이 그녀를 보호해 주실 거예요."

"네, 꼭 키티에게 그렇게 전하겠습니다."

레빈은 얼굴을 붉히며 대답했다.

11

그는 스테판 아르카지치와 함께 얼어붙을 듯한 대기로 나오며 안나는 정말 사랑스럽고 가여운 여자라고 생각했다.

"안나는 내가 말한 그대로지? 어떻게 생각해?"

스테판 아르카지치는 레빈이 완전히 압도된 것을 보고 그에게 이렇게 말했다.

레빈은 뭔가 생각에 잠긴 채 대답했다.

"대단한 여자야! 지적일 뿐 아니라 놀랍도록 진실한 여자인 것 같아. 난 그녀가 너무 가엾어!"

"하느님이 이제 곧 모든 문제를 해결해 주실 거라 믿어. 그러니 미리 판단하지 마."

스테판 아르카지치는 레빈에게 마차 문을 열어 주며 말했다.

"잘 가, 우린 서로 갈 길이 다르군."

레빈은 안나에 대해 깊은 생각에 잠겨, 그녀와 나눈 소탈하기 이를 데 없는 대화들과 그때 그녀의 얼굴에 떠오른 세세한 표정들까지도 떠올렸다. 그럴수록 그는 그녀의 상황에 대해 점점 더 공감하고 그녀에게 연민을 느꼈다.

레빈이 집에 도착하자 쿠지마가 레빈에게 카체리나 알렉산드로브나는 건강하며 그녀의 자매들이 방금 전에 돌아갔다고 전하면서 편지 두 통을 건네주었다. 레빈은 나중에 정신이 산만해지지 않도록 대기실에서 곧바로 그 편지들을 읽기 시작했다. 한 통은 집사인 소콜로프에게서 온 것이었는데, 말의 가격이 고작 오 루블 오십 코페이카밖에 안 되어 말을 팔 수 없다고, 이제 더 이상 돈을 구할 데가 없다고 썼다. 다른 편지는 누이의 편지였다. 그녀는 자기의 문제가 아직도 마무리되지 않은 것에 대해 그를 나무랐다.

예전의 그였다면 고민했을 첫 번째 문제가 그 자리에서는, 그 이상의 값을 받을 수 없다면 그냥 그 가격에 팔아야지 하고 굉장히 쉽게 결정되어 버렸다. 그리고 두 번째 편지에 대해 누이가 그에게 부탁한 일을 지금까지 해결하지 못한 것에서 죄책감을 느꼈다.

'오늘 또 재판소에 가지 못했어. 하지만 오늘은 정말 시간이 없었어.'

그는 내일 꼭 그 문제를 해결하겠다고 마음먹고 아내에게 갔다.

그녀에게 가는 동안, 레빈은 재빨리 그날 하루 동안 있었던 일들을 기억 속에 떠올려 보았다. 그날은 특별한 사건 없이 온통 대화로 가득한 날이었다. 그가 들은 대화, 그가 참여한 대화……. 모든 대화는 그가 시골에 혼자 있었다면 결코 관심을 갖지 않았을 주제에 관한 것이었지만, 이곳에서는 그런 주제들이 이전과 달리 매우 흥미롭게 느껴졌다. 게다가 모든 대화는 훌륭했다. 단지 두 가지만은 결코 좋지 못했는데 그가 가물치에 대해 말한 것과 안나에게 느낀 부드러운 연민 속에 뭔가 부적절한 것이 있었다는 것이다.

레빈은 아내가 우울하고 쓸쓸한 기분에 잠겨 있다는 것을 눈치챘다. 세 자매의 식사는 매우 즐거웠다. 그러나 그 후에는 그를 기다리고 기다리며 따분해하다 언니들은 각자 자기 집으로 돌아갔고 키티 혼자 남게 되었다.

"당신은 오늘 뭘 했나요?"

그녀는 왠지 유난히 수상쩍게 빛나는 그의 눈을 바라보며 그가 저녁을 어떻게 보냈는지 물었다. 그리고 그가 이야기하는 동안 방해하지 않기 위해서 그녀는 자신의 관심을 숨기고 그를 격려하는 듯한 미소를 지으면서 그의 이야기를 들었다.

"나는 브론스키를 만나서 굉장히 기뻤소. 아무튼 그와 같이 있어도 이번에는 마음이 가볍고 자연스럽게 대할 수 있었으니까 말이오. 당신도 알겠지만 나는 다시는 그를 만나지 않도록 애쓰고 있소. 그렇지만 더 이상 불편하지는 않아요."

그는 말했다. 그리고 그와 만나지 않으려고 노력하겠다는 말을 해 놓고 곧장 안나에게 간 사실을 떠올리고는 얼굴을 붉혔다.

"우리는 농민들이 술을 많이 마신다고 말하지요. 하지만 농민과 우리 계급 중 어느 쪽이 술을 더 많이 마시는지 생각할수록 모르겠소. 농민들은 축일 같은 특별한 날에나 마시지만……."

하지만 키티는 농민들이 술을 얼마나 마시는가에 대해서는 전혀 관심이 없었다. 그녀는 단지 그가 얼굴을 붉히는 것을 보고 왜 그런지 알고 싶었다.

"그럼, 그다음에 당신은 어디로 갔나요?"

"스티바가 간곡히 부탁해서 어쩔 수 없이 안나 아르카지예브나에게 갔소."

그렇게 말하고는 더욱 얼굴을 붉혔다. 그때, 그가 안나의 집으로 향하면서 자신의 행동이 옳은지 그른지에 대해 품은 의혹이 완전히 풀렸다. 그는 그렇게 하지 말았어야 했다는 것을 이제야 깨달은 것이다.

그녀의 이름을 듣는 순간, 키티의 두 눈이 휘둥그레 커지면서 반짝하고 빛났다. 하지만 그녀는 애써 마음을 감추고 그를 속였다.

"아!"

그녀는 이렇게만 말했을 뿐이다.

"당신, 혹시 내가 안나를 만났다고 화를 내지는 않겠지. 스티바가 간곡히 부탁했어. 돌리도 내가 그렇게 해 주길 바랐고."

레빈은 말했다.

"오, 그렇지 않아요."

그녀는 말했다. 그러나 그는 그녀의 눈에서 그녀가 자신을 억누르려고 애쓰는 모습을 볼 수 있었다.

"그녀는 무척 아름답고 가엾고 착한 여자더군요."

그는 안나와 그녀의 일에 대해, 그녀가 그에게 말해 달라고 부탁한 것에 대해 이야기했다.

"그래요. 물론 안나는 무척 가여워요."

키티는 레빈이 말을 끝내자 이렇게 말하며 그 편지는 누구에게 온 것인지 물었다.

그는 그녀의 침착한 말투에 안도하며 편지에 대해 이야기를 하고 옷을 갈아입으러 갔다.

그가 방으로 돌아왔을 때 키티는 여전히 똑같은 안락의자에 앉아 있었다. 그가 그녀에게 다가가자, 그녀는 그를 살짝 쳐다보고는 흐느껴 울기 시작했다.

"왜, 무슨 일이오?"

그는 이미 그녀가 왜 그러는지 알면서 이렇게 물었다.

"당신은 그 추악한 여자를 사랑하게 된 거예요. 그녀가 당신을 유혹했어요. 당신의 눈을 보면 알아요. 네, 그래요! 그 일이 어떤 결과를 가져오게 될까요? 당신은 클럽에서 술을 마시고, 또 마시고, 카드를 하고, 그러고는 찾아갔겠죠……. 그런 여자한테! 안 돼요. 우리 떠나요. 아니, 난 내일 떠나겠어요."

레빈은 오래도록 흐느껴 우는 아내를 진정시킬 수 없었다. 결국 그는 자신이 술과 결합된 연민의 감정 때문에 안나의 교활한 영향력에 굴복했으며 앞으로는 항상 그녀를 피하겠다고 말하고 나서야 겨우 그녀를 진정시킬 수 있었다. 그가 무엇보다 진심으로 고백한 한 가지는, 모스크바에서 그렇게 오랫동안 떠들고 먹고 마시기만 하며 지내는 동안 자신이 바보가 되어 버렸다는 것이었다. 그들은 그렇게 이야기를 나누다가 새벽 세 시가 되어서야 겨우 잠자리에 들어도 좋을 만큼의 화해에 이르렀다.

12

손님들을 배웅한 후, 안나는 방 안을 이리저리 서성이기 시작했다. 저녁 내내 무의식적으로—최근 그녀가 모든 젊은 남자들에게 그랬던 것처럼—레빈의 마음속에 자신에 대한 사랑의 감정을 불러일으키고자 했고 자신이 성실한 유부남에 대해 저녁나절에 할 수 있는 만큼은 그것을 성취했다는 것을 알았다. 그가 매우 마음에 들었지만—남자들의 시각에서는 브론스키와 레빈 사이에 큰 차이가 있는 것 같지만, 그녀는 여자의 시각에서 그들에게 공통점을 발견했다. 키티가 브론스키도 사랑하고 레빈도 사랑했던 것은 바로 그 이유 때문이다—그가 방에서 나가자마자 그녀는 더 이상 그를 생각하지 않았다.

그녀의 머릿속에는 그가 아닌, 오직 한 가지 생각만이 다양한 형태로 끈질기게 그녀를 따라다녔다.

'만약 내가 다른 사람들에게, 그 가정적이고 다정한 사람에게 그토록 큰 영향력을 미칠 수 있다면, 도대체 그이는 왜 내게 그토록 냉담한 걸까? 냉담한 건 아냐. 그는 날 사랑해, 나도 그걸 알 수 있어. 하지만 뭔가 새로운 것이 지금 우리를 갈라놓고 있어. 어째서 그는 저녁 내내 집에 오지 않는 거지? 그는 스티바를 통해 자신은 야쉬빈을 떠날 수 없고 그의 도박을 지켜봐야 한다는 전갈을 보냈지만 야쉬빈이 어린애야? 하지만 그 말은 사실이야. 그는 절대 거짓을 말하지 않으니까. 그는 자기에게 다른 의무가 있다는 것을 내게 보여 줄 기회를 얻어 기뻤을 거야. 난 그것을 알아. 나도 그것에 동의하니까. 하지만 왜 내게 그것을 증명해야 하는 걸까? 그는 나에 대한 그의 사랑이 그의 자유를 방해해서는 안 된다는 점을 내게 말하고 싶어 해. 하지만 내게 증명 같은 건 필요 없어. 내게 필요한 건 오직 사랑이야. 그는 이곳 모스크바에서의 나의 생활이 얼마나 힘든 것인지 이해했어야 해. 과연 난 살아 있기나 한 걸까? 이건 사는 게 아냐. 그저 결말을 기다리고 있을 뿐이야. 또 답장이 없어! 스티바마저 자기는 알렉세이 알렉산드로비치에게 갈 수 없다고 말하잖아. 난 더 이상 편지를 쓸 수조차 없어. 난 아무것도 못 하고, 아무것도 시작할 수 없고, 아무것도 변화시킬 수 없어. 난 나 자신을 억누르고, 나를 위해 영국인 가족, 집필, 독서 같은 소일거리를 만들며 기다릴 뿐이야. 하지만 그 모든 건 다 속임수지. 모든 게 모르핀과 같아. 그는 나를 가엾게 여겨야만 해.'

그녀는 자신에 대한 연민이 눈물로 차오르는 것을 느끼며 혼잣말을 했다.

그녀는 현관에서 울리는 갑작스러운 벨 소리를 듣고 황급히 눈물을 닦았다. 그녀는 눈물을 닦았을 뿐 아니라 램프 옆에 앉아 책을 펼치고는 자신을 속이고 차분한 척하고 있었다. 브론스키에게 그가 약속대로 돌아오지 않은 것에 대해 그녀가 불만스러워하고 있다는 것을 보여 주어야 했기 때문이다. 자신의 슬픔을, 무엇보다 자기 연민을 그에게 보여 주고 싶지 않았다. 그녀가 자신을 가엾게 여기는 것은 괜찮지만, 그가 그녀를 그렇게 여기게 해서는 안 된다. 그녀는 그와의 싸움을 원하지 않았고, 오히려 그가 싸우려 드는 것에 대해 비난했다. 하지만 그녀 스스로도 무의식중에 싸울 태세를 갖추고 있었다.

"지루하지 않았소?"

그는 활기차고 쾌활한 모습으로 그녀에게 다가와 물었다.

"노름이라는 것은 참으로 무서운 매력을 가지고 있어요."

"아니에요. 지루하지 않았어요. 이미 오래전부터 지루해하지 않도록 연습해 왔으니까요. 스티바가 왔었고, 레빈도 왔었어요."

"아, 그들은 당신을 방문하고 싶다고 했었지. 그래, 레빈은 마음에 들었소?"

"무척 마음에 들어요. 그들은 조금 전에 갔어요. 야쉬빈은 어떻게 됐나요?"

"땄소. 일만 칠천 루블. 내가 그를 불러냈지. 그는 나와 같이 떠나려다 결국 다시 돌아가더군. 그러더니 지금은 잃고 있어요."

그녀는 차갑고 적의에 찬 표정으로 그에게 말했다.

"그렇다면 당신은 왜 남아 있었던 거죠? 야쉬빈을 데리고 나오기 위해 남겠다고 말했잖아요. 하지만 결국 당신은 그를 버려 두고 왔어요."

브론스키 역시 싸움을 준비하는 듯한 차가운 표정으로 말했다.

"첫째, 난 그에게 어떤 말을 전해 달라고 부탁한 적 없소. 둘째, 난 결코 거짓말을 하지 않아요. 무엇보다 난 남고 싶어서 남았을 뿐이오."

그는 눈썹을 찌푸리며 말했다. 그녀는 안나의 이런 행동을 이해할 수 없었다.

"안나, 당신은 어째서?"

그는 잠시 침묵하다 그녀에게 몸을 구부리고 그녀가 그의 손에 손을 올려놓길 바라며 한 손을 펼쳤다.

그녀는 부드러운 애정으로 이끄는 그 초대에 기뻐 그의 손에 자신의 손을 올려놓고 싶었다. 하지만 어떤 알 수 없는 기이한 악의 힘이 그녀가 자신의 욕망에 몸을 맡기는 것을 허락하지 않았다.

"물론, 그랬겠죠. 당신은 남고 싶었고 그래서 남았을 테죠. 당신은 항상 당신이 원하는 대로 하잖아요? 하지만 나한테 왜 그런 말을 하는 거예요? 왜요?"

그녀는 점점 더 흥분하며 말했다.

"누가 당신의 권리에 대해서 이러쿵저러쿵하고 있죠? 당신은 자기만 정직한 사람이 되고 싶은 거군요. 어디 한번 실컷 정직한 사람이 되어 보세요."

그의 손이 오므라들었다. 그는 주춤하고 물러났다. 그의 얼굴은 전보다 더 완고한 표정을 띠었다.

"당신에게는 이러한 일은 고집의 문제겠죠."

그녀는 그를 뚫어지게 바라보다 문득 자신을 자극하는 그 표정의 명칭을 찾아내고 이렇게 말했다.

"그래요, 고집이에요. 당신에게는 단지 당신이 나를 누르고 승리자로 남느냐 마느냐가 문제겠지만, 나에게는……."

또다시 그녀는 자신이 가엾게 느껴져 울음이 터질 뻔했다.

"만약 당신이 내 문제가 뭔지 안다면! 지금처럼 당신이 적대적으로 멀게 느껴질 때, 그러니까 당신이 날 적대적으로 대한다는 느낌이 들 때, 그것이 내게 무엇을 의미하는지 당신은 모를 거예요! 내가 그 순간 얼마나 끔찍한 불행을 느끼는지, 내가 나 자신을 얼마나 무서워하는지, 당신이 그것을 안다면!"

그리고 그녀는 고개를 돌려 자신의 흐느낌을 감췄다.

"이게 다 무슨 말이오?"

그는 그녀의 절망적인 표정 앞에서 몸서리치며 다시 그녀에게 몸을 기울이고는 그녀의 손을 잡고 입을 맞추었다.

"무엇 때문에 이러는 거요? 내가 집 밖에서 다른 쾌락을 추구하기라도 해요? 내가 다른 여자와 교제라도 한단 말이오?"

"그러지 않기를 바라야겠죠!"

그녀는 외쳤다.

"자, 말해 봐요. 당신의 마음을 편안하게 해 주려면 도대체 내가 어떻게 뭘 해야 하지? 당신을 행복하게 할 수만 있다면, 난 뭐든지 다 할 준비가 되어 있소."

그는 그녀의 절망에 마음이 아파 이렇게 말했다.

"당신을 지금과 같은 그런 깊은 슬픔에서 구할 수만 있다면, 내가 뭔들 못 하겠소, 안나!"

"이제 괜찮아요, 이제 괜찮아요!"

그녀는 외쳤다.

"나도 잘 모르겠어요. 고독한 생활 때문인지, 신경과민 때문인지 정말 모르겠어요. 우리 이런 얘기 그만해요. 경마는 어떻게 됐어요?"

그녀는 결국 자기 쪽으로 기울어진 승리에 대한 성취감을 숨기려 애쓰며 말했다.

그는 하인에게 저녁 식사를 준비하라고 부탁하고 그녀에게 경마에 대하여 상세히 들려주었다. 그러나 점점 더 싸늘하게 변해 가는 그의 말투와 그의 시선에서, 그녀는 그가 그녀의 승리를 용서하지 않고 있다는 것을 느꼈다. 그녀가 맞서 싸워 온 그 고집의 감정이 그의 마음속에 다시 자리 잡고 있는 듯, 그는 그녀에게 굴복한 것을 후회하는 것처럼 전보다 더 싸늘했다. 그래서 그녀는 자기에게 승리를 안겨 준 그 말, 바로 '내가 얼마나 끔찍한 불행을 느끼는지, 내가 나 자신을 얼마나 무서워하는지'라는 그 말을 떠올리며, 그것이 위험한 무기라고 생각했다. 그리고 앞으로 두 번 다시 그 무기를 사용해서는 안 된다는 것을 깨달았다. 그녀와 그 사이에는 그들을 묶은 사랑과 더불어 모종의 투쟁을 일으키는 사악한 영이 존재하는 것만 같았다.

13

이 세상에 사람이 익숙해질 수 없는 환경이란 없다. 주위 사람들이 모두 똑같이 살아가는 것을 보면 특히 더 그렇다. 레빈은 석 달 전만 해도 목적도 의미도 없는 생활, 그것도 자신의 수입을 넘어선 생활을 하면서, 술에 취해 살아가는 요즘 같은 상황에서 편안히 잠들 수 있을 거라 상상조차 할 수 없었을 것이다. 한때 아내가 사랑한 남자와 말도 안 되는 우정을 나누고, 더욱더 꼴사납게도 타락한 여자라는 말 외에 달리 표현할 길 없는 여자의 집을 찾아가고, 그 여자에게 마음을 빼겨 아내를 슬프게 한 이런 상황에서 자신이 과연 편안하게 잠들 수 있다고는 믿을 수 없었을 것이다. 그러나 그는 매우 지쳐 있었고 밤에 잠도 못 잔 데다 술까지 마신 탓에 깊고 편안하게 잤다.

다섯 시 무렵, 문이 열리며 삐걱거리는 소리가 그를 깨웠다. 그는 벌떡 일어나 주위를 둘러보았다. 그리고 그의 옆에 키티가 없다는 것을 알았다. 그녀를 찾아 다시 한 번 주위를 둘러보았을 때 칸막이 너머로 가물거리는 불빛이 보이고 그녀의 말소리가 들렸다.

"무슨 일이오? 왜 그래요?"

그는 잠에 취해 중얼거리듯 말했다. 그녀는 손에 촛불을 든 채 칸막이 뒤에서 나오며 말했다.

"아무것도 아니에요. 몸이 좀 안 좋아서요."

그녀는 유난히 사랑스럽지만 의미심장한 미소를 지으며 말했다.

"진통이 시작된 거요? 시작됐어요?"

그가 깜짝 놀라 말했다.

"사람을 보내야겠군."

그는 부랴부랴 옷을 갈아입기 시작했다.

"아뇨, 아니에요. 몸이 안 좋았을 뿐이에요. 이제는 괜찮아진 것 같아요."

그녀는 미소를 지으며 그의 팔을 잡았다. 그리고 그녀는 다시 침대로 다가와 촛불을 끄고는 자리에 누워 조용히 있었다. 숨을 참고 있는 것 같은 그녀의 고요함이 의심스럽긴 했지만, 무엇보다 그녀가 칸막이 뒤에서 나올 때 "아무것도 아니에요."라고 말하며 보여 준 유난히 부드럽고 흥분한 것처럼 보이는 표정이 의심스럽긴 했지만, 그는 너무 졸려 그만 깜빡 잠들고 말았다. 한참 뒤에야 비로소 그는 그녀의 숨소리가 들리지 않았던 것을 기억했다. 그리고 그녀가 여자의 일생에서 가장 위대한 사건을 기다리며 그의 옆에 꼼짝 않고 숨죽여 누워 있는 동안 그 고귀하고 사랑스러운 영혼에서 일어난 모든 것을 이해하게 되었다. 일곱 시 무렵, 그의 어깨를 어루만지는 아내의 손과 나직한 속삭임이 그를 깨웠다. 그녀는 마치 그를 깨우는 것을 안쓰러워하는 마음과 그와 이야기하고 싶다는 욕구 사이에서 싸우고 있는 것 같았다.

"코스챠, 놀라지 말아요. 괜찮아요. 하지만 아무래도 리자베타 페트로브나를 부르러 사람을 보내야겠어요."

그녀는 그의 놀란 얼굴을 보고는 그를 안심시키려는 듯 그의 손을 잡아 그의 손을 그녀의 가슴에, 그리고 그녀의 입술에 댔다.

그는 황급히 일어나 자신을 의식하지도, 아내에게서 눈을 떼지도 못한 채 가운을 걸치고서 계속 그녀를 쳐다보며 말없이 그 자리에 서 있었다. 그는 나가 봐야 했지만 그녀에게서 눈을 뗄 수가 없었다. 지금의 모습을 한 그녀 앞에서 어제 그녀를 슬프게 한 것을 떠올리자, 그 자신이 얼마나 추하고 흉악하며 끔찍하게 느껴지는지! 발그레한 그녀의 얼굴, 나이트캡 밖으로 흘러내린 부드러운 머리카락에 감싸인 그녀의 얼굴은 어떤 기쁨과 결의로 빛나고 있었다.

대체로 키티의 성격에는 부자연스럽거나 가식적인 면이 거의 없었다. 그러나 갑자기 모든 덮개가 벗겨지고 그녀의 영혼의 핵 자체가 그녀의 눈동자에서 빛나는 순간, 레빈은 그의 앞에 드러난 것에 강렬하고 깊은 인상을 받았다. 그리고 그 단순성과 무방비 속에서 그녀가, 그가 사랑한 바로 그 여자, 키티가 훨씬 더 두드러져 보였다. 그녀는 미소를 지으며 계속 그를 바라보았다. 그러나 갑자기 그녀의 눈썹이 꿈틀거리더니, 그녀가 고개를 쳐들고 재빨리 그의 곁으로 다가와 그의 팔을 붙잡고는 그에게 착 달라붙어 뜨거운 숨결을 거칠게 내뿜었다. 그녀는 매우 고통스러워했고, 마치 그에게 자신의 고통을 호소하는 듯했다. 처음에 그는 언제나처럼 습관대로 자신에게 잘못이 있다고 생각했다. 하지만 언제나 그녀의 시선에는 다정한 부드러움이 깃들어 있었다. 그 부드러움은 그녀가 그를 비난하지 않을 뿐 아니라 이러한 고통 때문에 오히려 그를 사랑한다고 말해 주었다.

'만약 내 잘못이 아니라면 도대체 누구의 잘못이지?'

그는 자기도 모르게 이런 생각을 하며 그 고통을 일으킨 사람을 찾아 벌주고 싶었다. 그러나 잘못한 사람은 아무도 없었다. 비록 잘못한 사람이 없다 해도, 내가 그녀를 도와 저 고통에서 벗어나게 할 수는 없는 걸까? 하지만 그것조차 불가능했고, 또한 필요하지도 않았다. 그녀는 고통을 호소하면서도 그 고통 속에서 승리를 쟁취하고 그 속에서 큰 기쁨을 느끼며 그것을 사랑했다. 그는 그녀의 영혼 속에서 아름다운 무언가가 완성되어 가고 있음을 보았다. 하지만 그게 뭘까? 그는 도무지 상상조차 할 수 없었다. 그것은 그의 이해를 넘어선 어떤 것이었다.

"어머니에게 지금 사람을 보냈어요. 그러니 당신은 어서 리자베타 페트로브나를 데리러 가요……. 코스챠……, 괜찮아요, 이제 통증이 멈췄어요."

그녀는 그의 곁에서 물러나 일어서서 벨을 울렸다.

"자, 이제 가요. 곧 파샤가 올 거예요. 난 괜찮아요. 걱정 말아요."

레빈은 그녀가 밤에 들고 다니던 그 뜨개질감을 집어 다시 뜨기 시작하는 것을 보고 놀란 눈으로 그녀를 지켜보았다.

레빈은 한쪽 문으로 나가면서 또 다른 문으로 하녀가 들어오는 소리를 들었다. 그는 문가에 서서 키티가 하녀에게 이것저것 자세하게 지시를 내리고 하녀와 함께 침대를 옮기는 소리를 들었다.

그는 곧 옷을 갈아입었다. 그리고 아직 삯마차가 다니지 않았기 때문에 말에 마구를 채우게 하고는 다시 침실로 달려갔다. 침실에서는 하녀 두 명이 걱정 가득한 표정으로 무언가를 옮기고 있었다. 키티는 계속해서 방 안을 돌아다니며 빠른 손놀림으로 뜨개질을 하면서 지시를 내렸다.

"난 지금 의사를 찾아가겠소. 누가 벌써 리자베타 페트로브나를 데리러 떠났군. 하지만 나도 가 볼게. 뭐 필요한 것 없소? 그래, 맞아. 돌리를 불러오는 것이 어떨까?"

그녀는 그를 바라보았지만 그의 말을 듣고 있지 않는 것처럼 보였다.

"네, 알았어요. 다녀와요."

그녀는 찡그린 얼굴로 그를 향해 손을 내저으며 빠르게 중얼거렸다.

그가 응접실에 들어섰을 때, 갑자기 침실에서 애처로운 신음 소리가 들려오더니 뚝 그쳤다. 순간 그는 그 자리에 우뚝 섰다. 그는 한동안 상황을 파악할 수 없었다.

'그래, 저건 키티의 신음 소리야.'

그는 혼잣말을 하고는 머리를 한 손으로 움켜쥔 채 아래층으로 뛰어 내려갔다.

"주여, 은혜를 베푸소서. 하느님, 우리를 용서하시고 우리를 도와주소서!"

그는 자기도 모르게 하느님께 기도를 했다. 그렇다고 해서 신을 믿지 않는 그가 말로만 그 말을 되풀이한 것은 아니었다. 지금 이 순간 그는 깨달았다. 자신의 모든 의심뿐 아니라 자신이 내면에서 인식하고 있던 불가능성, 즉 이성을 통해서는 믿는다는 것이 불가능하다는 생각까지도 자신이 하느님께 기도로 호소하는 것을 결코 방해하지 않는다는 사실을……. 그 모든 것들은 이제 그의 영혼 속에서 먼지처럼 날아가 버렸다. 그 자신을, 자신의 영혼을, 자신의 사랑을 손아귀에 움켜쥐고 있는 것과 같은 그 존재에 호소하지 않는다면, 나는 과연 누구에게 호소해야 한단 말인가?

하지만 말은 아직 준비되지 않았다. 그는 자신의 안에서 육신의 힘과 앞으로 할 일에 대하여 온 마음을 집중시키며 그 힘이 팽팽하게 긴장되는 것을 느꼈다. 그는 일 분도 헛되이 버리고 싶지 않아 말을 기다리지 않고 걸어가면서 쿠지마에게 자신을 뒤따라오라고 일렀다.

모퉁이를 돌자 그는 빠르게 질주하는 야간 삯마차와 마주쳤다. 작은 썰매에는 벨벳 망토를 걸친 리자베타 페트로브나가 앉아 있었다.

"감사합니다, 오! 주여. 감사합니다!"

그는 매우 진지하고 엄격한 표정을 짓고 있는 그녀의 자그마한 금발 머리와 얼굴을 알아보고 기쁨에 넘쳐 중얼거렸다. 그는 마부에게 멈춰 달라는 지시도 내리지 않은 채 돌아서서 그녀와 나란히 달렸다.

"그럼 두 시간 정도 됐군요. 그 이상은 아니란 말이죠?"

그녀가 말했다.

"당신은 표트르 드미트리치를 찾아가는 것이 좋겠어요. 단, 그를 재촉하지는 말고요. 참, 약국에서 아편도 구해 와야 해요."

"그럼, 당신은 키티가 무사할 거라고 생각하는 거죠? 하느님, 제발 그녀를 도우소서!"

레빈은 현관을 빠져나오는 자기 말을 알아보고 이렇게 말했다. 그는 쿠지마와 나란히 썰매에 뛰어올라 곧장 의사의 집으로 달리라고 지시했다.

14

의사는 아직 잠자리에서 일어나지 않았다. 하인은 레빈에게 주인님이 늦게 잠자리에 들어 깨우지 말라고 지시했다고 전했다. 그 하인은 램프의 유리를 닦느라 매우 분주해 보였다. 하인이 유리에 대해 보여 준 신중함과 레빈의 집에서 일어나고 있는 일에 대해 하인이 보여 준 무관심이 처음에는 그를 몹시 놀라게 했다. 하지만 다시 생각한 끝에 레빈은 아무도 그의 감정을 모르며 알아야 할 의무도 없다는 것, 저 무관심의 벽을 뚫고 자신이 여기에 온 목적을 달성하기 위해서는 더욱더 침착하고 사려 깊고 단호하게 행동해야만 한다는 것을 깨달았다.

'그래. 서두르면 안 돼. 그리고 어떤 것도 놓쳐서는 안 돼.'

레빈은 육신의 힘과 앞으로 해야 할 모든 일에 대한 주의력이 점점 더 고조되어 가는 것을 느끼며 혼잣말을 했다.

의사가 아직 일어나지 않았다는 것을 알게 된 레빈은 그에게 떠오른 다양한 계획들 가운데 다음의 한 계획을 택했다. 쿠지마는 편지를 들고 다른 의사에게 가고, 자신은 아편을 구하러 약국으로 가는 것이다. 만약 그가 돌아왔을 때도 의사가 자고 있다면 하인을 매수하여 그를 깨운다. 만약 하인이 끝내 그것을 거절하면 무슨 수를 써서라도 의사를 강제로 깨운다.

약국에서는 야윈 약사가 좀 전에 의사네 하인이 유리를 닦을 때처럼 무관심한 태도로 약을 기다리는 마부를 위해 가루약을 종이로 싸면서 아편은 줄 수 없다고 말했다. 레빈은 서두르지도, 화를 내지도 않으려고 애쓰며 의사와 산파의 이름을 들먹이면서, 자기에게 왜 아편이 필요한지 자세히 설명한 뒤 약사를 설득하기 시작했다. 약사는 독일어로 누군가에게 아편을 팔아도 될지 묻고 칸막이 너머로부터 승낙을 받은 뒤, 동그란 작은 병과 깔때기를 꺼내어 큰 병에 든 것을 작은 병에 천천히 조심스럽게 따르고 상표를 붙인 다음, 레빈이 그렇게 하지 말라고 부탁했는데도 불구하고 병의 입구를 봉인하고 심지어 포장까지 하려고 했다. 레빈은 인내심에 한계를 느끼며 더 이상은 참을 수 없었다. 그는 단호하게 그의 손에서 유리병을 빼앗아 커다란 유리문으로 곧장 내달렸다. 하지만 의사는 아직 일어나지 않았고, 이제 양탄자를 까는 일에 열심인 하인은 의사를 깨워 달라는 그의 부탁을 단호히 거절했다. 레빈은 서두르지 않으려고 노력하며 침착하게 십 루블짜리 지폐를 꺼내어, 말을 천천히 또박또박 내뱉으면서도 시간을 낭비하는 일 없이 당장 그에게 지폐를 건넸다. 그리고 하인에게 표트르 드미트리치—전에는 너무나 시답잖게 보이던 표트르 드미트리치가 지금의 레빈에게는 얼마나 필요하고 중요한 인물로 보이던지!—는 언제라도 와 주겠다고 약속했기 때문에 분명 잠을 깨운 것에 화를 내지 않을 것이니 지금 당장 그를 깨워야 한다고 설명했다.

하인은 그 말에 동의하고는 의사를 깨우기 위해 이 층으로 올라가면서 레빈에게 대기실에 들어와 기다리라고 말했다.

레빈의 귀에 문 너머로 의사가 일어나서 기침을 하고 걸어 다니고 씻고 뭔가 말하는 소리가 들렸다. 그렇게 삼 분 정도 흘렀지만 레빈에게는 한 시간 이상 지난 것 같았다. 그는 더 이상 앉아서 기다릴 수 없었다.

"표트르 드미트리치, 표트르 드미트리치!"

그는 문틈으로 애원하는 듯한 목소리로 말했다.

"부디 무례를 용서하십시오. 지금 그대로도 좋으니 제발 만나 주십시오. 벌써 두 시간이 지났습니다."

"지금 바로 나갑니다. 나가요!"

의사가 대답했다. 레빈은 의사가 웃으면서 말하는 것을 듣고 이해할 수 없어 경악했다.

"잠깐만이라도……."

"바로 지금 나갑니다."

그렇게 의사가 부츠를 신는 동안 또 이 분이 더 흘렀다. 그리고 의사가 옷을 입고 머리를 빗는 동안 또다시 이 분이 흘렀다.

"표트르 드미트리치!"

레빈이 다시 한 번 애처로운 목소리로 말을 꺼내려는 순간, 옷을 차려입고 머리를 가지런히 빗은 의사가 밖으로 나왔다.

'양심도 없는 사람들 같으니라고! 사람이 죽어 가는 마당에 머리에 빗질이라니!'

레빈은 생각했다.

"좋은 아침입니다!"

의사는 레빈에게 손을 내밀며 특유의 침착한 태도로 마치 그를 놀리듯 말했다.

"서두르지 마십시오. 그런데 무슨 일인가요?"

레빈은 최대한 침착하고 신중하려고 애쓰면서 아내의 상태에 대해 온갖 불필요한 말들을 자세하게 늘어놓기 시작했다. 그러면서 그는 중간중간 말을 멈추며 의사에게 지금 당장 함께 가자고 부탁했다.

"자, 서두르지 마세요. 당신도 이미 잘 알겠지만, 아마 나는 필요도 없을 겁니다. 하지만 당신에게 전에 약속했으니 가기로 하죠. 다시 한 번 말하지만 서두를 것 없습니다. 제발 앉으세요. 커피라도 드릴까요?"

레빈은 지금 자기를 비웃느냐고 묻는 것 같은 눈으로 그를 바라보았다. 하지만 의사는 전혀 그를 비웃을 생각이 없었다.

"알았어요, 알았어."

의사는 빙그레 웃으며 말했다.

"저 역시 가정을 가진 사람이에요. 하지만 우리 남편들은 이럴 때 가장 불쌍한 사람이 되죠. 제가 진료하는 한 여자 환자가 있는데요, 그 여자의 남편은 이런 경우에 항상 마구간으로 달아난답니다."

"그렇지만 당신은 어떻게 생각하십니까, 표트르 드미트리치. 당신이 생각하기에 제 아내가 순산할 것 같습니까?"

"모든 상황으로 보아 그녀는 순산할 것 같은데요."

"그럼, 지금 출발할 건가요?"

레빈은 커피를 들고 오는 하인을 날카롭게 쏘아보며 말했다.

"한 시간 후에 가도록 하죠."

"오! 안 됩니다, 제발!"

"저, 잠깐 커피 좀 마십시다."

의사는 그렇게 커피를 마시기 시작했다. 그동안 두 사람은 잠시 침묵했다.

"그런데 터키인들이 과감하게 쳐부수고 있더군요. 당신은 어제 그 급보를 읽으셨습니까?"

의사가 천천히 흰 빵을 씹으며 말했다.

"아뇨, 더 이상은 참을 수 없습니다!"

레빈은 벌떡 일어서서 말했다.

"그럼 십오 분 뒤에는 출발할 겁니까?"

"삼십 분 후에요."

"정말이죠?"

레빈이 집으로 돌아왔을 때, 마침 공작 부인을 태운 마차도 그의 집에 도착했다. 그들은 함께 키티에게 가기 위해 침실 문으로 다가갔다. 공작 부인의 눈에는 눈물이 가득 차 그렁그렁했고 그녀의 손은 바들바들 떨렸다. 그녀는 레빈을 보더니 그를 와락 끌어안고 결국 울음을 터뜨리고 말았다.

"좀 어떤가, 리자베타 페트로브나."

그녀는 땀으로 번들번들한 얼굴로 걱정스러운 빛을 띠고 그들을 맞으러 나온 리자베타 페트로브나의 손을 꼭 잡으며 말했다.

"순조롭게 잘 진행되고 있어요."

그녀가 말했다.

"마님에게 누워 계시라고 제발 말해 주세요. 그러는 편이 더 편할 테니까요."

레빈은 잠에서 깨어 무슨 일이 일어나고 있는지 깨달은 순간부터, 더 이상 생각에 깊이 빠지는 일 없이 자신의 모든 생각과 감정을 단단히 묶어 둔 채 아무것도 짐작하지 않으면서, 아내의 마음을 어지럽히지 않도록 오히려 그녀를 진정시키고 그녀의 용기를 지지하면서 눈앞에 닥칠 일들을 꿋꿋하게 견디어 내겠다고 마음의 준비를 했다. 무슨 일이 생길지, 그 일이 어떻게 끝날지, 그 일이 대개 얼마 동안 지속되는지 사람들에게 물어보고 다니면서, 레빈은 그 일을 버텨 내리라, 다섯 시간 정도 마음을 꿋꿋이 다잡아 보리라 하고 상상 속에서 마음의 준비를 단단히 했던 것이다. 그리고 그에게는 정말 그것이 가능해 보였다. 하지만 의사를 만나고 돌아와 다시 그녀의 고통을 보게 되었을 때, 그는 '주여, 용서하소서. 그리고 도와주소서.'라는 말을 더 자주 되풀이하며, 깊은 탄식과 함께 고개를 들곤 했다. 그리고 그는 자신이 더 이상 그것을 참지 못하고 눈물을 보이거나 도망가게 될까 봐 두려움을 느꼈다. 그는 그만큼 매우 괴로웠다. 그런데 이제 겨우 한 시간이 지났다.

그러나 그 한 시간이 지난 후, 또 한 시간, 두 시간, 세 시간, 그리고 자신이 참을 수 있는 최대한의 시간으로 정했던 다섯 시간이 그렇게 모두 지나갔다. 그런데도 상황은 여전히 달라져 있지 않았다. 그는 계속 참고 기다렸다. 참는 것 외엔 달리 어떤 것도 할 수 없었기 때문이다. 매순간 자신이 인내의 한계에 도달했다고 생각하면서, 자신의 심장이 지금 당장이라도 고통으로 터져 버릴 것 같다고 생각하면서.

하지만 또 그렇게 몇 분이, 몇 시간이 지나고, 또다시 몇 시간이 지났다. 그리고 그의 고통과 공포의 감정은 시간이 흐르면 흐를수록 더욱 커지고 더욱 팽팽해졌다.

삶의 일상적 조건들은 더 이상 레빈에게 필요치 않았다. 그것들 없이는 아무것도 상상조차 할 수 없는 그였지만 말이다. 그는 시간에 대한 판단을 잃었다. 몇 분이—그녀가 그를 자기 옆으로 불렀을 때 땀에 흠뻑 젖은 그녀의 손을, 엄청난 힘으로 그의 손을 잡았다 밀쳤다 하는 그녀의 손을 꼭 잡아 준 그 몇 분—몇 시간처럼 느껴지기도 했고, 몇 시간이 몇 분처럼 느껴지기도 했다. 리자베타 페트로브나가 가리개 뒤에서 그에게 촛불을 켜 달라고 부탁했을 때, 그는 벌써 저녁 다섯 시가 되었다는 것을 알고 순간적인 시간의 흐름에 깜짝 놀랐다. 만약 이제 겨우 오전 열 시라는 말을 들었다면, 그는 이처럼 그렇게 많이 놀라지 않았을 것이다. 그는 자신에게 언제 무슨 일이 일어났는지뿐만 아니라, 이 순간 자신이 어디에 있는지조차도 몰랐다. 그는 키티의 타는 것 같은 얼굴을, 때로는 영문을 모른 채 고통스러워하고 때로는 생긋 웃으며 그를 안심시키려 하는 그녀의 얼굴만을 보았을 뿐이다. 그는 하얗게 세어 버린 머리카락을 풀어헤친 채 붉게 상기된 얼굴로 긴장하고 있는 공작 부인을, 그리고 그녀가 계속 아랫입술을 깨물며 애써 삼키고 참고 있는 눈물을 보았다. 그는 돌리를, 굵은 담배를 피우고 있는 의사를, 사람의 마음을 진정시키려는 듯 의연하고 단호한 표정을 짓고 있는 리자베타 페트로브나를, 찌푸린 얼굴로 초조하게 홀을 서성이는 노공작을 보았다. 하지만 그는 그들이 왜 여기에 어떻게 들어왔다 어떻게 나갔는지, 그리고 그들이 지금 어디에 있는지 몰랐다. 공작 부인은 때때로 의사와 함께 침실에 있기도 하고 테이블이 차려진 서재에 있기도 했는데 나중에 보면 그녀는 공작 부인이 아니라 돌리였다. 시간이 지난 후에 레빈은 사람들이 그를 어딘가로 보내고 하던 것을 기억해 냈다. 한번은 사람들이 그에게 테이블과 소파를 옮겨야 한다며 그를 어딘가로 보냈었는데 그는 그 일이 아내에게 꼭 필요한 일이라고 생각하고 열심히 했었다. 그러나 시간이 지나 나중에 알고 보니 그것은 자신의 잠자리를 마련하는 일이었다. 그다음 그는 서재에 가서 의사에게 무언인가를 물어보라는 부탁을 받았다. 의사는 대답을 하고 나서 두마에서 일어났던 소요에 대해 이야기하기 시작했다. 그러고 나서 그는 공작 부인에게 가서 금은 장식이 달린 성상을 받아 오라는 부탁을 받았다. 공작 부인의 늙은 하녀와 함께 찬장을 기어 올라가 성상을 꺼내려다가 성상의 작은 등을 깨뜨리고 말았다. 그러자 공작 부인의 하녀는 오히려 부인에 대해서도, 등에 대해서도 걱정하지 말라며 그를 안심시켰다. 그래서 그는 성상을 들고 가서 키티의 머리맡에 놓고 그것을 베개 뒤에 애쓰며 쑤셔 넣었다. 하지만 언제, 어디서, 무엇 때문에 그런 일들이 벌어졌는지, 그는 알 수 없었다. 또한 그는 어째서 공작 부인이 그의 손을 잡고 그를 애처롭게 쳐다보며 진정하라고 이야기하는지, 무엇 때문에 돌리가 그에게 뭘 좀 먹으라고 말하며 방에서 끌고 나가는지, 심지어 무엇 때문에 의사가 동정 가득한 눈으로 진지하게 그를 바라보며 물약을 주는지 이해할 수 없었다.

그는 그저 지금 자신에게 일어나고 있는 이 일이 일 년 전 현청 소재지의 어느 호텔에서 니콜라이 형의 임종 때 일어난 일과 비슷하다는 것을 느낄 뿐이었다. 하지만 그것은 슬픔이었고, 이것은 기쁨이었다. 하지만 그것이 슬픔이든, 기쁨이든 다 똑같이 삶의 일상적인 평범한 조건을 벗어나 있었고, 그것들은 마치 숭고한 무언가가 보여 주는, 일상 속의 틈새와도 같았다. 그리고 지금 일어나고 있는 일 역시, 똑같이 괴롭고 고통으로 시작되었지만 영혼은 그 숭고한 것을 직관할 때와 같이 예전에는 결코 파악할 수 없었던 경지까지, 이미 이성이 쫓아갈 수 없는 곳까지 높이 솟아올라 있었다.

'주여! 용서하소서. 그리고 도와주소서.'

그토록 오래 지속된, 완벽한 단절로 보였음에도 불구하고, 그는 어린 시절과 청년 시절에 했던 것과 똑같이 순수하고 단순한 마음으로 하느님을 향해 그 말을 끊임없이 되풀이했다.

그동안 그는 계속 서로 다른 두 가지 기분을 느꼈다. 하나는 키티와 떨어져, 줄곧 굵은 담배를 피워 대며 꽁초로 가득한 재떨이 가장자리에 담배를 비벼 끄는 의사나 돌리나 공작과 함께 있을 때의 기분이었다. 그럴 때면 그들은 식사와 정치와 마리야 페트로브나의 병에 대해 이야기를 나누었으며, 레빈은 그때마다 문득 순간적으로 무슨 일이 일어나고 있는지를 완전히 잊기도 하고 마치 잠에서 막 깬 느낌을 받기도 했다. 그리고 다른 하나는 그녀가 있는 곳에서, 그녀의 머리맡에서 느껴지는 기분이었다. 그럴 때면 그는 연민으로 마음이 찢어질 것 같으면서도 여전히 찢어지지 않는 가슴을 안고 끊임없이 자신도 모르게 주님께 기도를 드렸다. 그리고 침실에서 가끔씩 터져 나오는 비명 소리가 그를 망각의 순간에서 끌어낼 때마다, 그는 처음에 그를 덮친 것과 똑같은 기이한 상상에 빠지곤 했다. 매번 비명을 들을 때마다, 그는 벌떡 일어나 자신의 죄가 없음을 증명하러 달려갔다가 자기에게 잘못이 없다는 것을 기억해 내고는 그녀를 보호하고 그녀에게 도움을 주고 싶다는 생각을 했다. 하지만 그는 달려가 그녀를 보면서 도움이 불가능하다는 것을 다시 한 번 깨닫고는 두려움에 떨면서 이렇게 중얼거렸다.

'주여, 용서하소서. 도와주소서.'

그리고 시간이 지날수록, 두 기분은 점점 더 강해졌다. 그녀가 없는 곳에서는 그녀를 까맣게 잊은 채 더욱더 침착해졌지만, 그녀에게 다가 갈 때는 그녀의 고통 자체와 그 앞에서 느끼는 그의 무력감이 더욱 그를 더 고통스럽게 만들었다. 그는 벌떡 일어나 어디론가 달아나고 싶다가도 자기도 모르게 그녀에게로 달려가곤 했다.

가끔씩 그녀가 그를 자꾸만 부를 때면 그는 그녀를 비난하기도 했다. 그러나 그녀가 순종적인 얼굴로 빙그레 웃으며 "내가 당신을 괴롭히고 있나 봐요."라고 말하는 것을 들으면 하느님을 비난했다. 그러다가도 막상 주님을 떠올리면, 그는 금방 그분께 용서와 자비를 구했다.

15

그는 시간이 이른지 늦은지 알 수 없었다. 양초들은 이미 거의 다 타고 없었다. 방금 전 돌리가 서재에 들어와서 의사에게 잠시 누우라고 권유했다. 레빈은 앉아서 사기꾼 최면술사에 대한 의사의 이야기를 들으며 그가 피우는 담배의 재를 바라보고 있었다. 휴식의 시간이 찾아왔고 그는 망각의 늪에 빠져들었다. 그는 지금 자신에게 어떤 일이 일어나고 있는지조차 까맣게 잊고 있었다. 그는 의사의 이야기를 들으며 이야기를 제대로 이해하고 있었다. 갑자기 누군가의 비명 소리가 들렸다. 그 어떤 소리와도 같지 않은……. 비명 소리가 너무 끔찍해서 레빈은 벌떡 일어나지도 못하고 멈춰 서서 숨죽인 채 두렵고 미심쩍은 눈으로 의사를 바라보았다. 의사는 한쪽 고개를 기울인 채 가만히 귀를 기울이더니 만족스러운 미소를 지었다. 그 모든 것이 너무나 이상했기에 레빈은 더 이상 그 무엇에 놀랄 것도 없었다.

'아마 이렇게 되어야 하는가 보다.'

그는 이렇게 생각하며 계속 앉아 있었다. 방금 그건 누구의 비명이었을까? 그는 자리에서 벌떡 일어나 침실을 향해 달려가서 리자베타 페트로브나와 공작 부인을 돌아 침대 머리맡 옆의 자기 자리에 섰다. 비명 소리는 그쳤지만 지금은 아까와는 뭔가 달라져 있었다. 그것이 무엇인지, 그는 볼 수도 없었고 이해할 수도 없었다. 아니 어쩌면 보고 싶지도, 이해하고 싶지도 않았는지도 모른다. 하지만 그는 리자베타 페트로브나의 얼굴에서 무언가를 보았다. 리자베타 페트로브나의 얼굴은 엄격하고 창백하고 여전히 단호해 보였다. 그러나 그녀의 턱은 다소 떨렸고 그녀의 눈은 키티를 뚫어지게 쳐다보고 있었다. 땀에 젖은 이마에 머리카락이 끈적끈적하게 달라붙은, 고통으로 타는 듯이 붉고 일그러진 키티의 얼굴이 그를 향한 채 그의 시선을 찾고 있었다. 허공에 들린 그녀의 두 손이 그의 손을 찾았다. 그녀는 땀에 젖은 두 손으로 그의 차가운 손을 붙잡고서 자기의 얼굴에 그 손을 갖다 댔다.

"레빈, 가지 말아요! 난 두렵지 않아요, 난 괜찮아요!"

그녀가 빠르게 말했다.

"어머니, 귀걸이를 떼어 주세요. 거추장스럽고 불편해요. 당신도 두렵지 않죠? 이제 금방 끝날 거예요. 다 됐어요. 리자베타 페트로브나……."

그녀는 말을 빠르게 하며 미소를 지으려 노력했다. 그러나 갑자기 그녀의 얼굴이 일그러지기 시작하더니, 그녀가 그를 갑자기 밀쳐 냈다.

"아냐, 너무 끔찍해! 난 죽을 것 같아요. 아니, 곧 죽게 될 거예요! 저리 가요, 가!"

그녀가 소리치기 시작했고, 또다시 그 무엇과도 같을 수 없는 비명 소리가 들렸다.

레빈은 고통에 머리를 움켜쥐고 그 방에서 뛰쳐나갔다.

"괜찮아요, 레빈, 걱정 말아요. 다 잘될 거예요!"

돌리가 뒤에서 그를 위로했다. 하지만 그들이 무슨 말을 하든, 그는 이제 모든 게 끝이라고 생각했다. 그는 옆방 문설주에 머리를 기대고 서서 지금까지 한 번도 들어 본 적 없는 어떤 비명 소리를 듣고 있었다. 찢어지는 듯한 소리와 울부짖는 소리……. 그는 그 비명 소리가 키티에게서 나오는 소리라는 것을 알고 있었다. 그는 이미 예전부터 아이는 바라지도 않았다. 그는 지금 그 아이를 증오했다. 지금 그는 심지어 그녀의 생명도 바라지 않은 채, 오직 그 끔찍한 고통이 멈추기만을 바랐다.

"선생님! 이게 어떻게 된 것일까요? 이게 무슨 일입니까? 아, 하느님!"

그는 방으로 들어오는 의사의 손을 부여잡고 말했다.

"곧 끝날 겁니다."

의사가 말했다. 그런데 말을 하는 의사의 얼굴이 너무 진지해서 레빈은 '끝나 갑니다.'라는 의사의 말을 그녀가 죽어 간다는 의미로 이해했다.

그는 정신없이 급하게 침실로 뛰어 들어갔다. 그의 눈앞에 가장 먼저 보인 것은 리자베타 페트로브나의 얼굴이었다. 그 얼굴은 한층 더 찌푸려져 있었고 더 엄격했다. 그곳에 키티의 얼굴은 없었다. 전에 키티의 얼굴이 있던 그 자리에는 긴장된 표정과 함께 그것에서 나오는 소리와 뭔가 무시무시한 것이 있었다. 그는 나무로 된 침대의 틀에 고개를 숙이고 심장이 찢어지는 것 같은 기분을 느꼈다. 끔찍한 비명은 멈추지 않았고 그 소리는 더욱더 끔찍해져 갔다. 그러더니 마치 공포의 극한에 이른 순간 갑자기 그 소리가 잠잠해졌다. 레빈은 자신의 귀를 의심했지만 그것을 의심할 수는 없었다. 비명 소리가 멎고 조용한 이야기 소리와 옷자락 스치는 소리와 빠른 숨소리가 들려왔다. 그리고 끊어질 듯 끊어질 듯하며 이어지는, 생기 넘치고 부드럽고 행복한 목소리로 그녀가 나직하게 말했다.

"끝났어요."

그가 고개를 들었을 때, 놀랍도록 아름다워 보이는 그녀가 조용히 이불 위에 힘없이 두 팔을 늘어뜨린 채 말없이 그를 바라보고 있었다. 그녀는 미소를 짓고 싶어 했으나 그럴 수 없었다.

그때 문득 그는 지난 스물두 시간 동안 보냈던 시간들이 그 비밀스럽고 무시무시한 저편의 세상에서 이제는 그 스스로 감당할 수 없을 만큼 새로운 행복의 빛으로 빛나는, 예전의 평범한 세계로 자신이 순간적으로 옮겨진 것 같은 느낌을 받았다. 팽팽하게 당겨진 활이 뚝 끊어졌다. 전혀 예상하지 못했던 기쁨의 흐느낌과 눈물이 그의 몸 전체를 뒤흔들며 너무나 세차게 솟구치는 바람에, 그는 오랫동안 어떤 말도 할 수 없었다.

그는 침대 앞에 털썩 무릎을 꿇고는 아내의 손에 입맞춤을 하였다. 그러자 그 손이 그의 입맞춤에 답하듯 손가락을 희미하게 움직였다. 그러는 동안 침대의 발치에서는 리자베타 페트로브나의 민첩한 두 손에서 램프의 작은 불꽃 같은 한 인간의 새 생명이 떨리고 있었다. 지금까지 존재한 적 없는, 자신과 똑같은 권리와 중요성을 간직한 채 살아가며 자신과 닮은 존재로 번식할 한 생명이…….

"활기차고, 아주 씩씩해요! 더구나 아들이네요! 이제 걱정하지 않아도 돼요."

레빈은 리자베타 페트로브나의 목소리를 들었다. 그녀는 떨리는 손으로 아이의 등을 찰싹찰싹 때리고 있었다.

"어머니, 정말이에요?"

키티가 입을 열었다.

공작 부인의 흐느낌만이 그녀에게 대답했다.

그리고 침묵의 한가운데에서, 키티의 물음에 대한 명백한 응답인 것처럼 하나의 목소리가 들렸다. 방 안에서 조용조용 이야기하는 다른 모든 목소리들과 전혀 같지 않은……. 그것은 어디에서 왔는지 알 수 없는 새로운 인간의, 아무것도 이해하려 하지 않는 대담하고 뻔뻔스러운 외침이었다.

만약 조금 전에 사람들에게서 키티는 죽었고 그도 그녀와 함께 죽었으며 그들의 아이는 천사였고 그들 앞에 하느님이 계시다는 말을 들었다 해도, 그는 전혀 놀랍지 않았을 것이다. 하지만 현실의 세계로 돌아온 지금, 그는 그녀가 건강하게 살아 있으며, 날카로운 목소리로 그토록 절망적으로 울어 대는 존재가 그의 아들이라는 것을 이해하기 위해 많은 생각의 힘을 발휘하고 있었다. 키티는 살아 있었고 그녀의 고통은 끝났다. 그리고 그는 말로 표현할 수 없을 만큼 매우 행복했다. 그는 그것을 이해하였기 때문에 그것으로 인해 더할 나위 없이 행복했다. 하지만 아기는 어디에서 어떤 이유로 왔으며, 도대체 누구란 말인가? 그는 도저히 이해하기 힘들었고 그런 생각에 익숙해질 수도 없었다. 아기는 단지 그에게 불필요한 무언가로, 지나친 과잉으로 여겨질 뿐이었다. 그래서 그는 오랫동안 아기에게 익숙해지기 힘들었다.

16

열 시가 다 되었을 즈음, 노공작과 세르게이 이바노비치와 스테판 아르카지치는 레빈의 집에 둘러앉아 아이를 낳은 키티에 대해 잠시 동안 이야기하고 다른 주제들에 대해서도 이야기를 나누었다. 레빈은 그들의 대화를 들었다. 그러는 동안 그는 자기도 모르게 지난 일을, 즉 오늘 아침까지 일어난 모든 일을 떠올리면서, 그 일이 일어나기 전인 어제 자신의 모습이 어떠했는지에 대해서도 생각하게 되었다. 마치 그 후로 백 년이 지난 것처럼 느껴졌다. 자신이 어떤 도달하기 힘든 경지에 오른 것처럼 느껴졌다. 그래서 그는 함께 대화를 나누고 있는 사람들을 모욕하지 않기 위해 그 경지에서 내려오고자 힘썼다. 그는 말을 하는 동안에도 끊임없이 아내에 대해, 그녀의 소소한 현재 상태에 대해, 아기에 대해 생각했고, 아들의 존재에 대한 생각에 익숙해지려고 노력했다. 결혼 이후 그가 예전에 몰랐던 새로운 의미를 갖게 된 여성의 전 세계는 이제 그의 인식 속에서 너무나 높아져 그로서는 그것을 상상조차 할 수 없게 되었다.

그는 어제 클럽에서 일어났던 만찬에 대한 이야기를 들으며 생각에 잠겼다.

'지금 그녀는 무엇을 하고 있을까? 잠을 자고 있을까? 그녀의 몸 상태

는 괜찮을까? 그녀는 무슨 생각을 하고 있을까?'

그래서 대화 중간마다, 말 중간마다 그는 벌떡 일어나서 방에서 나가곤 했다.

"키티를 보러 가도 되는지 사람을 보내 알려 주게."

공작이 말했다.

"알겠습니다. 지금 당장 그렇게 하도록 하겠습니다."

레빈은 이렇게 대답하고는 지체 없이 그녀에게 갔다.

그녀는 아직 잠을 자지 않고 앞으로 있을 세례식에 대해 이런저런 계획을 세우며 어머니와 조용히 대화를 나누고 있었다.

단정한 차림으로 곱게 빗은 머리에 하늘색 장식이 달린 아름다운 모자를 쓴 키티는 이불 위에 자신의 두 손을 내놓고 반듯하게 누워 있었다. 그녀는 그와 눈길이 마주치자 눈빛으로 그를 자기 곁에 끌어당겼다. 그녀의 시선, 그토록 빛나는 그 눈빛은 그가 그녀에게 다가오는 동안 더욱 환하게 빛나는 것 같았다. 그녀의 얼굴에는 죽은 사람의 얼굴에서나 볼 수 있을 것 같은 지상에서 천상으로의 변화가 떠올라 있었다. 그러나 그 안에는 이별이 있었고, 여기에는 새로운 만남이 있다. 출산의 순간에 그가 경험한 그런 감정이 또다시 그의 가슴에 북받쳐 올랐다. 그녀는 그의 손을 잡고 그에게 잠을 잤는지 물어보았다. 그는 어떤 대답도 할 수 없어 새삼 자신의 나약함을 확인하며 계속 고개를 옆으로 돌리고 있었다.

"난 잠깐 잤어요, 코스챠!"

그녀가 그에게 말했다.

"그래서 지금 기분이 너무 좋은걸요."

그녀는 그를 바라보았다. 그런데 순간 그녀의 표정이 변했다.

"아기를 저에게 주세요."

그녀는 아기의 울음소리를 듣자 이렇게 말했다.

"리자베타 페트로브나, 아기를 이리 주세요. 레빈도 아기를 봐야죠."

"그럼요, 아버지도 보게 해 드려야죠."

리자베타 페트로브나는 꿈틀거리는 빨갛고 이상한 무언가를 들어 올려 그에게 데려오며 말했다.

"잠깐만요, 우리, 먼저 몸을 단장할까요?"

그러더니 리자베타 페트로브나는 그 꿈틀거리는 붉은 것을 침대에 조심스레 내려놓은 뒤 손가락 하나로 아이를 들어 올렸다 다시 내려놓고 뒤집었다 하고 뭔가를 깔기도 하면서 아기의 몸에 싼 것을 풀었다 쌌다 하기 시작했다.

레빈은 아주 작고 애처로워 보이는 그 존재를 쳐다보면서 마음속에서 그것에 대한 부성애의 흔적을 찾기 위해 부질없는 노력을 했다. 그에게 아기는 혐오감만 주었을 뿐이었다. 그러나 아기의 벌거벗은 몸, 손가락 발가락이 달린, 심지어 다른 것들과 구별되는 엄지손가락과 엄지발가락까지 달린 그 사프란 색의 작디작은 손발을 흘깃 본 순간, 그리고 리자베타 페트로브나가 그 쫙 펼친 작은 손을 마치 부드러운 스프링인 것처럼 꽉 쥐고 아마포 이불에 집어넣는 것을 본 순간, 그는 아들에 대한 강한 연민과 그녀가 그 존재를 다치게 하지나 않을까 하는 커다란 걱정에 휩싸여 그녀의 손을 막았다.

그러자 리자베타 페트로브나가 웃음을 터뜨렸다.

"염려하지 마세요, 걱정할 것 없어요!"

아기의 몸을 단장시키고 빳빳한 인형처럼 만들고 난 뒤, 리자베타 페트로브나는 마치 자신의 솜씨를 자랑하는 것처럼 아기를 한 번 어르고 나서, 레빈이 아들의 아름다움을 자세하게 볼 수 있도록 옆으로 물러났다.

키티는 시선을 떼지 않은 채 곁눈질로 같은 곳을 쳐다보았다.

"이리 줘요, 아기를 이리 줘요!"

그녀는 이렇게 말하며 심지어 자기 몸을 일으켜 일어나려고 했다.

"뭐 하는 거예요. 카체리나 알렉산드로브나. 그렇게 일어나면 안 돼요!

기다려요, 제가 아기를 안겨 드릴게요. 자, 아버지에게 아들이 얼마나 잘 생겼는지 보여 드립시다."

그리고 리자베타 페트로브나는 포대기의 가장자리 뒤에 머리를 숨긴 채 꿈틀거리는 그 기이한 붉은 존재를 한 손으로—다른 한 손은 이리저리 휘청대는 뒤통수를 손가락만으로 받치고 있었다.—들어 올려 레빈에게 보여 주었다. 그런데 그 존재에게는 숨을 쉬는 코도, 곁눈질하는 눈동자도, 쪽쪽 소리를 내는 귀여운 입술도 있었다.

"아기가 예쁘죠!"

리자베타 페트로브나가 말했다.

하지만 레빈은 슬프게 탄식했다. 그 어여쁜 아기는 그에게 혐오와 연민의 감정을 불어넣을 뿐이었다. 그것은 그가 원하고 기대하던 감정이 전혀 아니었다.

리자베타 페트로브나가 아기를 익숙지 않은 가슴에 안기는 동안, 그는 고개를 돌리고 있었다. 그러자 그는 문득 웃음소리에 고개를 들었다. 그것은 아내가 터뜨린 웃음소리였다. 아기가 그녀의 젖을 물었다.

"자, 그만하면 충분해요, 됐어요!"

리자베타 페트로브나가 말했다. 그러나 키티는 아기를 주려고 하지 않았다. 아기는 그녀의 팔 안에서 잠이 든 것 같았다.

"자, 봐요."

키티는 그가 아기를 볼 수 있게 아기를 그의 쪽으로 돌리며 이야기했다. 늙은 사람 같아 보이는 그 작은 얼굴이 더욱 찌푸려지더니, 아기는 재채기를 했다.

레빈은 감동의 눈물을 억지로 힘들게 감춘 채 미소를 지으며 아내에게 입맞춤을 하고 어둑한 방에서 나왔다.

그가 이 작은 존재에게서 느낀 감동은 그가 기대했던 것과 전혀 달랐다. 그 감정 속에는 즐거움도 기쁨도 존재하지 않았다. 오히려 그것은 새로운 고통이 가득한 두려움이었다. 그것은 나약함이라는 새로운 영역에 대한 깨달음이었다. 그리고 처음에는 그러한 인식이 너무나 고통스러워 힘겨웠다. 이 무기력한 존재가 혹시나 고통을 받지나 않을까 하는 걱정이 너무 커서, 그는 아기가 재채기를 할 때 느낀 뜻을 알 수 없는 기쁨과 자부심이라는 특별한 감정들마저 거의 알아차리지 못했다.

17

스테판 아르카지치의 사정은 나빠졌다.

산림을 판 대금의 삼분의 이는 이미 쓰고 없었으며, 나머지 삼분의 일에 대한 대금은 십 퍼센트를 공제해 준 나머지를 상인에게서 미리 거의 다 받은 상태였다. 상인은 그에게 더 이상 돈을 주지 않을 것이고, 더욱이 올겨울에는 다리야 알렉산드로브나가 처음으로 본인의 재산에 대한 권리를 강하게 주장하며 산림의 나머지 삼분의 일에 대한 대금의 영수증에 서명하기를 거절했다. 급여는 집안 살림의 비용과 자질구레한 빚을 청산하는 데 모두 쓰였다. 이젠 돈이 한 푼도 없었다.

스테판 아르카지치의 생각에 그것은 불쾌하고 곤란한 상황이어서 이대로 지속되어서는 안 되었다. 그는 매우 적은 봉급을 받는 것이 그 원인이라고 생각했다. 그가 차지한 직위는 오 년 전만 해도 매우 좋은 자리였지만 이제는 더 이상 그렇지 않았다. 은행장인 페트로프는 일만 이천 루블을 받았고 스벤치츠키는 회사의 임원으로 일만 칠천 루블을 받았다. 한편 은행 설립자인 미친은 오만 루블이나 받았다.

'분명 난 잠에 들었다가 사람들에게 잊혀 버린 거야.'

스테판 아르카지치는 본인에 대해 그렇게 생각했다. 그래서 그는 여기저기 귀를 기울인 채 자리들을 눈여겨보기 시작했으며, 겨울이 끝날 무렵에는 아주 좋은 자리를 하나 찾아냈다. 처음에 그는 모스크바에서 친척 아주머니와 친척 아저씨와 친구들을 통해 그 자리를 공략했고, 그 후 상황이 좋아지자 봄에 직접 페테르부르크로 갔다. 그것은 연봉이 일천 루블에서 오만 루블까지 다양하며 일도 어렵지 않고 뇌물도 쏠쏠히 들어오는 자리로 예전보다 요즘에 와서 더 많아지기 시작한 그런 자리들 가운데 하나였다. 그 자리는 남부 철도와 은행 기관의 상호신용금고를 위한 연합 기관의 위원회 위원직이었다. 그것은 그런 종류의 모든 자리들이 그렇듯이 한 사람이 다 갖추기 힘든 너무나 엄청난 지식과 활동을 필요로 했다. 그런 자질을 모두 갖춘 사람은 없겠지만, 그래도 '정직'하지 못한 사람보다는 정직한 사람이 그 자리에 앉는 편이 더 나았다. 그런데 스테판 아르카지치는 매우 정직한 사람일 뿐 아니라 모스크바에서 정직한 활동가, 정직한 작가, 정직한 잡지, 정직한 기관, 정직한 경향이라고 말할 때와 같은 조금은 더 특별한 의미에서 정직한 사람이었다. 또한 개인이나 기관이 정직하지 못하다는 의미에서의, 그리고 경우에 따라서는 정부를 비판할 능력이 있다는 특별한 의미에서의 정직한 사람이기도 했다. 스테판 아르카지치는 모스크바에서 이런 '정직'이라는 말이 통용되는 사회에 드나들었으며 그곳에서는 정직한 사람으로 여겨졌고, 따라서 그 자리에 대해 다른 사람들보다 더 충분한 자격이 갖춘 셈이었다.

그 자리는 일 년에 칠천 루블에서 일만 루블의 급여를 받는 자리였고, 더욱이 오블론스키는 자신의 관직을 지속하면서 그 자리에 오를 수 있었다. 그 자리에 대한 결정권은 장관 두 명과 한 명의 귀부인과 두 명의 히브리인에게 있었다. 비록 그 사람들에게 미리 부탁을 해 두긴 했지만, 스테판 아르카지치로서는 페테르부르크에서 그들을 직접 만나 볼 필요가 있었다. 게다가 스테판 아르카지치는 안나에게 카레닌에게서 이혼에 대한 긍정적인 답을 받아 주겠다고 약속한 상태였다. 그래서 그는 돌리에게 부탁해 오십 루블을 받아 들고 페테르부르크로 떠났다.

스테판 아르카지치는 카레닌의 서재에서 러시아의 재정 악화의 원인에 관한 그의 의견을 들으면서, 자신이 해야 할 일과 누이에 대한 이야기를 꺼내기 위해 그의 낭독이 끝날 때만 기다렸다.

"그래, 매우 맞는 말이야."

알렉세이 알렉산드로비치가 코안경을 벗고 의심 어린 눈으로 옛 처남을 바라보자, 스테판 아르카지치는 이렇게 말했다. 이제 알렉세이 알렉산드로비치는 글을 읽을 때는 코안경이 꼭 필요했다.

"세부적인 부분에서는 매우 옳아. 하지만 우리 시대의 기본적인 규칙은 자유지."

"그래요. 하지만 내가 제안하는 것은 자유의 원칙을 포함하는 다른 원칙입니다."

알렉세이 알렉산드로비치는 '포함하는'이라는 말을 강조하며 이렇게 말하고는 그것이 적힌 부분을 다시 한 번 읽어 주기 위해 다시 코안경을 썼다.

알렉세이 알렉산드로비치는 여백을 넉넉히 두고 아름답게 쓴 원고를 뒤적인 뒤, 설득력 있다고 생각하는 부분을 재차 읽었다.

"내가 보호관세 체제를 원하지 않는 것은 사사로운 개인의 이익을 위해서가 아니라 공공의 복지를 위해서지요. 하층계급과 상층계급 둘 다를 위해서요."

그는 코안경 너머로 오블론스키를 바라보며 말했다.

"하지만 그들은 그것을 이해하기 힘들 겁니다. 그들은 개인의 이해관계에만 관심을 쏟고 글을 이루고 있는 구절에만 정신이 팔려 있거든요."

스테판 아르카지치는 카레닌이 그들, 그의 계획안을 받아들이지 않으려 하고 러시아의 모든 악의 축이 되는 그 사람들이 무엇을 하고 무엇을 생각하는지에 대해 말을 꺼내자 그의 이야기가 거의 끝나 간다는 것을 알았다. 그래서 이제 그는 자유의 원칙을 기꺼이 포기하고 카레닌의 생각에 전적으로 동의했다. 알렉세이 알렉산드로비치는 깊은 상념에 잠긴 채 자신의 원고를 뒤적이며 아무 말도 하지 않았다.

"아, 그런데 말이야."

스테판 아르카지치가 말했다.

"자네에게 부탁 하나 해도 되겠나? 포모르스키를 만나게 되거든 아직 비어 있는 자리로 남아 있는 남부 철도 상호신용금고 연합 기관 위원회의 위원직을 내가 몹시 하고 싶어 하더라고 말해 줘."

스테판 아르카지치는 그의 마음에 매우 가까이 있는 그 직위의 명칭에 어느새 익숙해져 그 명칭을 실수 없이 빠르게 발음했다.

알렉세이 알렉산드로비치는 그 새로운 위원회가 무슨 일을 하는지에 대하여 이것저것 묻고는 생각에 잠겼다. 그는 그 위원회의 활동에 자신의 계획안과 반대되는 것이 있는 것은 아닌지 생각하고 있었다. 하지만 그 새로운 위원회의 업무는 매우 복잡한 데다 그의 계획안이 무척 광범한 영역을 포괄했기 때문에, 그는 그 자리에서 그것을 판단하기는 힘들었다. 그래서 그는 코안경을 벗으며 이렇게 말했다.

"물론 말해 줄 수는 있어요. 하지만 솔직히 무슨 이유로 그 자리를 얻으려 하는 겁니까?"

"급여가 좋거든. 구천 루블까지 받을 수 있어. 그런데 내 봉급은……."

"구천 루블이라……."

알렉세이 알렉산드로비치는 말을 되풀이하며 인상을 썼다. 그 봉급의 높은 숫자를 듣고 그는 그곳에서 예상되는 스테판 아르카지치의 활동이 늘 긴축으로 기울어지는 그의 계획안의 주요 취지와 반대된다는 것을 알게 되었다.

"난 전에 그것에 대한 보고서를 쓰기도 했는데, 우리 시대에 그런 높은 봉급은 우리 행정의 잘못된 경제 정책을 보여 주는 징후라고 생각합니다."

"그럼 자네는 무엇을 바라는 건가?"

스테판 아르카지치가 말했다.

"음, 은행장이 일만 루블을 받는다고 치지. 그건 그 사람이 그렇게 받을 만한 이유가 있어서야. 또 어떤 기술자는 이만 루블을 받아. 좋든 싫든 그것은 현실적인 문제라고!"

"난 봉급이 상품에 대한 노력의 대가이기 때문에 수요와 공급의 법칙을 따라야 한다고 생각합니다. 만약 봉급을 주는 것에 있어 이 법칙을 벗어날 경우, 가령 똑같은 대학을 졸업하고 똑같이 똑똑하고 능력 있는 한 기술자가 한 명은 사만 루블을 받고 다른 한 명은 이천 루블에 만족해하는 걸 본다든지, 아니면 특별한 전문 지식이 전혀 없는 법률가나 경기병이 높은 연봉을 받는 은행장에 임명되는 걸 보면, 난 봉급이 수요와 공급의 법칙에 따라서가 아니라 공정하지 못한 방법에 의해 결정된다고 결론내리지요. 그리고 여기에는 그 자체로도 중대하고 정부의 활동에 좋지 않은 영향을 끼치는 권력의 남용이 있어요. 내 생각에는……."

스테판 아르카지치는 급하게 매제의 말을 잘랐다.

"그래, 하지만 자네도 의심할 필요 없이 유익한 새로운 기관이 생기는 것에는 동의하겠지. 좋든 싫든 이건 현실적인 문제에 속하니까! 특히 사람들은 일이 정직하게 처리되는 것을 중요하게 생각해."

스테판 아르카지치는 힘주어 말했다.

하지만 알렉세이 알렉산드로비치는 '정직하다'라는 말의 모스크바적 의미를 알지 못했다.

"정직함이란 소극적인 자질일 뿐이지요."

그가 말했다.

"하지만 어쨌든 자네는 내게 큰 호의를 베풀게 되는 거네."

스테판 아르카지치가 말했다.

"포모르스키에게 말을 전해 준다면 말이지. 그저 둘이 이야기를 나눌 때……."

"하지만 그 일은 볼가리노프가 더 영향력이 클 것 같은데……."

알렉세이 알렉산드로비치가 말했다.

"볼가리노프도 전적으로 찬성하고 있어."

스테판 아르카지치는 붉어진 얼굴로 말했다. 스테판 아르카지치가 볼가리노프에 대한 언급에 얼굴을 붉힌 것은 그가 그날 아침, 히브리인인 볼가리노프의 집에 들렀다가 그 방문에서 기분 나쁜 기억을 얻었기 때문이었다.

스테판 아르카지치는 그가 하고자 하는 그 일이 새롭고 현실적이고 정직한 일이라고 굳게 믿고 있었다. 그러나 오늘 아침에 볼가리노프가 분명 일부러 그를 다른 청원자들과 함께 대기실에서 두 시간 동안 기다리게 했을 때 그는 갑자기 몹시 불쾌해졌다.

류리크의 후예인 오블론스키 공작이 유대인풍의 대기실에서 두 시간이나 기다렸다는 사실 때문이든, 아니면 자신이 태어나서 처음으로 나라를 섬겨 온 조상의 선례를 따르지 않고 새로운 분야에 걸음을 내디뎠다는 사실 때문이든, 그는 몹시 기분이 나빴다. 볼가리노프의 집에서 두 시간을 기다리는 동안, 스테판 아르카지치는 활기차게 응접실을 돌아다니며 구레나룻을 매만지기도 하고, 다른 청원자들과 대화를 나누기도 하고, 자신이 유대인의 집에서 어떻게 기다렸는지에 대해 다른 사람들에게 들려줄 우스운 말을 궁리하기도 하면서 자신의 감정을 다른 사람들뿐만 아니라 자신에게조차 일부러 감추었다.

그러나 그는 줄곧 거북하고 기분 나빴다. '유대인에게 볼일이 있어 기다렸다(발음이 비슷한 것을 이용한 말장난_옮긴이).'라는 우스갯소리에서 원하는 것을 얻지 못해서인지, 아니면 다른 무엇 때문인지, 그 자신도 왜 그런지 이유를 알 수 없었다. 마침내 자신이 준 모욕에 통쾌한 외침을 부르고 있을 볼가리노프가 그를 대단히 정중하게 맞이하고는 그에게 거의 거절과 비슷한 대답을 했을 때 스테판 아르카지치는 가능한 한 빨리 서둘러 그것을 잊고 싶어 했다. 그래서 지금 그는 그것을 떠올린 것만으로도 얼굴이 붉어진 것이다.

18

"아직 해야 할 일이 하나 더 있는데 말이야, 자네도 어떤 것인지 알 거야. 안나에 관한 건데."

스테판 아르카지치는 잠시 침묵하면서 그 불쾌한 기억을 떨쳐 버리고는 이렇게 말했다.

오블론스키가 안나의 이름을 거론하자마자, 알렉세이 알렉산드로비치의 표정이 확 변했다. 그의 얼굴에는 조금 전의 활기찬 표정은 사라지고 대신 지치고 시체처럼 창백한 표정이 떠올랐다.

"대체 내게 원하는 게 뭡니까?"

그는 안락의자에서 몸을 돌리고 코안경을 벗으며 말했다.

"결정이지, 어떤 분명한 결정 말이야. 알렉세이 알렉산드로비치, 난 지금 자네에게 호소하고 있어.—스테판 아르카지치는 '모욕받은 남편이 아닌'이라고 말하고 싶었지만 일을 망칠까 두려워 말을 바꿨다.—정치가가 아닌—이 말은 상황과 맞지 않았다.—그저 한 인간에게, 착한 인간에게, 그리스도교 신자에게 말이야. 자네는 그 애를 불쌍히 여겨야 해."

그가 말했다.

"도대체 왜 그래야 한단 말입니까?"

카레닌이 조용히 말했다.

"그래, 그 애를 가엾게 여겨야 해. 만약 자네가 나처럼 그 애를 보았다면, 난 겨울 내내 그 애와 함께 지냈지. 그랬다면 자네도 그 애를 불쌍하게 여겼을 거야. 그 애의 처지는 끔찍해, 그야말로 참혹하다니까."

"내가 보기에는……."

알렉세이 알렉산드로비치는 더욱 새된 목소리로, 거의 금속성이 느껴지는 높고 날카로운 목소리로 대답했다.

"안나 아르카지예브나는 자신이 원한 것을 모두 갖고 있는 것 아닌가요."

"아, 알렉세이 알렉산드로비치. 제발 비난하지 마! 지나간 건 과거일 뿐이야. 자네는 그 애가 무엇을 원하고 기다리는지 알잖아. 이혼 말이야."

"하지만 난 아들을 내게 두고 가는 조건을 제시할 경우 안나 아르카지예브나가 이혼하려고 하지 않을 것이라 생각합니다. 난 그렇게 대답했고 그 문제는 끝난 것으로 생각했습니다. 지금도 그 문제는 해결된 것으로 생각하고 있고요."

알렉세이 알렉산드로비치가 날카로운 소리로 말했다.

"제발 화내지 말게."

스테판 아르카지치는 그의 무릎을 가볍게 살짝 건드리며 말했다.

"그 문제는 아직 해결되지 않았어. 만약 내가 상황을 정리해도 괜찮다면 말이야, 문제는 이런 상태에 있다네. 두 사람이 헤어졌을 당시 물론 자네는 훌륭했어. 그보다 더 너그러울 수 없을 만큼 말이야. 자네는 그녀에게 모든 것을 내줬지. 자유, 심지어 이혼까지. 그 애는 그것을 감사하게 생각했어. 아니 그렇지 않아, 그 애는 정말로 고마워했다니까. 너무 고마운 나머지, 처음에는 자네 앞에서 자기의 죄를 절실히 느끼며 아무 생각도 하지 않았고 또 할 수도 없었어. 그 애는 모든 것을 단념했어. 하지만 현실이, 시간이 그 애에게 가르쳐 준 거야. 그 애의 처지가 고통스럽고 인내할 수 없는 것이라는 걸…….”

“안나 아르카지예브나가 어떻게 지내는지는 관심 없습니다.”

알렉세이 알렉산드로비치는 눈썹을 추켜올리며 그의 말을 가로막았다.

“그렇게 믿고 싶지 않군.”

스테판 아르카지치는 부드럽게 반대했다.

“그 애의 처지는 그 애 자신에게도 고통스럽겠지만 그 누구에게도 이로울 게 없어. 자네는 그 애의 처지가 그 애 스스로 때문에 생긴 일이라고 말하겠지. 그 애도 그것을 너무나 잘 알고 있기 때문에 자네에게 아무것도 원하지 않는 거야. 그 애는 솔직히 자기는 감히 아무것도 원할 수 없다고 말하지. 하지만 나와 우리 집안의 사람들과 그 애를 사랑하는 모든 이들이 모두 자네에게 이렇게 청하고 애원하네. 그 애가 왜 고통을 받아야 하나? 그렇게 해서 누구에게 더 이익이 된단 말이야?”

“잠깐만요, 당신은 나를 피고석에 세워 놓고 말하고 있는 것 같군요.”

알렉세이 알렉산드로비치가 말했다.

“아니, 전혀 그렇지 않아. 자네가 날 이해해 주었으면 좋겠네.”

스테판 아르카지치는 다시 그의 팔을 어루만지며 말했다. 마치 그는 그러한 행동이 매제의 마음을 누그러뜨릴 거라고 믿는 것 같았다.

“한 가지만 말하지. 그 애가 처한 현실은 고통스럽고 자네가 그 고통을 덜어 줄 수 있어. 물론 자네가 잃을 것은 하나도 없어. 내가 자네를 위해 모든 걸 해결하지. 자네가 알아차릴 수 없을 정도로 말이야. 자네도 그렇게 약속을 하지 않았나?”

“약속을 한 건 과거의 일이지요. 그리고 난 아들에 대한 문제가 이 일을 끝냈다고 생각했습니다. 게다가 난 안나 아르카지예브나가 너그러워지길 바랐습니다만…….”

핏기 없는 얼굴의 알렉세이 알렉산드로비치는 떨리는 입술로 힘겹게 말을 내뱉었다.

"그 애는 모든 걸 자네의 너그러움에 전적으로 맡기고 있어. 그 애가 자네에게 원하고 간청하는 것은 오직 한 가지, 그 애가 처한 그 참기 힘든 현실에서 그 애를 꺼내 달라는 거야. 그 애는 이미 아들도 원하지 않아. 알렉세이 알렉산드로비치, 자네는 좋은 사람이야. 잠깐만이라도 그 애의 입장에서 생각해 봐. 그런 상황에 있는 그 애에게 이혼의 문제는 삶과 죽음의 문제와도 같아. 만약 자네가 과거에 약속하지 않았더라면, 그 애도 자신의 처지를 체념하고 시골에서 살았을 거야. 하지만 자네는 예전에 약속을 했고, 그래서 그 애도 자네에게 편지를 쓰고 모스크바로 거처를 옮긴 거야. 그러고 벌써 여섯 달 동안 그 애는 매일을 자네의 결정만을 기다리며 모스크바에서 지내고 있어. 그곳에서 말이야. 그건 사형선고를 받은 사람에게 죽음을, 혹은 자비를 약속해 놓고 그 목에 몇 달 동안 계속 올가미를 씌워 놓는 것과 같아. 그 애를 가엾게 여겨 줘. 그럼 내가 나서서 모든 문제를 끝내도록 하지. 자네의 미묘한 입장은……."

"난 그것에 대해 말하는 게 아닙니다. 그 일에 대해서가 아니라……."

알렉세이 알렉산드로비치가 신경질적인 목소리로 말을 가로막았다.

"아뇨, 어쩌면, 나는 나로서는 약속할 권리가 없는 것을 약속한 것인지도 모릅니다."

"그럼 자네는 자네가 약속한 것을 부정하는 건가?"

"나는 한 번도 실행할 수 있는 일의 진행을 거부한 적이 없습니다. 하지만 내가 한 약속이 어느 정도 실행 가능한 것인지 고민할 시간을 갖고 싶습니다."

"안 돼, 알렉세이 알렉산드로비치!"

오블론스키는 자리에서 벌떡 일어서며 말했다.

"그런 말은 듣고 싶지 않아. 어느 여자도 그보다 더 불행할 수 없을 만큼 그 애는 너무 불행해. 자네도 그런 것까지 거부할 수는 없어……."

"내가 한 약속이 어느 정도로 실제로 행동 가능한지……. 당신은 자신을 자유사상가라고 단언하지요. 하지만 난 그리스도인으로서 그런 중요한 문제에서 그리스도교의 율법에 어긋나는 행동을 하기는 어렵습니다."

"하지만 그리스도교 사회는 이혼을 허용하고 있어. 내가 알기로는 우리나라도 마찬가지고."

스테판 아르카지치가 말했다.

"우리나라의 교회도 이혼을 허락하고 있지. 그리고 우리는……."

"허용하고는 있죠. 하지만 그런 의미에서는 아니라고 생각합니다."

"알렉세이 알렉산드로비치, 난 자네를 알 수가 없군."

오블론스키는 잠시 침묵하더니 이렇게 말했다.

"모든 것을 용서하고 다름 아닌 그 그리스도교의 사랑에 마음이 움직여 모든 것을 희생할 각오까지 했던 사람은 바로 자네였네. 자네가 말했잖아, 속옷을 빼앗으려 하면 겉옷까지 내어 주라고 말이야. 그런데 이제 와서……."

"부탁입니다."

알렉세이 알렉산드로비치는 갑자기 자리에서 일어나서 핏기 없는 얼굴로 턱을 덜덜 떨며 귀에 거슬리는 목소리로 입을 열기 시작했다.

"그만하십시오. 이런 이야기는 이제 그만……."

"미안해. 내가 자네를 화나게 했다면 나를 용서하게."

스테판 아르카지치는 난처한 미소를 지으며 그에게 손을 내밀었다.

"하지만 어쨌든 나는 안나에게 부탁받은 말을 전했을 뿐이야."

알렉세이 알렉산드로비치는 손을 내밀고 잠시 생각에 잠겼다.

"충분히 생각해 보고 방법을 찾아야겠습니다. 모레 확실한 답을 드리죠."

그는 무엇인가 생각하는 듯 이렇게 말했다.

19

스테판 아르카지치가 막 출발하려고 할 때 코르네이가 보고를 하러 들어왔다.

"세르게이 알렉세이치가 방문하셨습니다."

"세르게이 알렉세이치가 누구지?"

그렇게 물었다가 이내 스테판 아르카지치는 그가 누구인지 기억이 났다.

"아, 세료자!"

그가 말했다.

'세르게이 알렉세이치라니, 난 어느 부서의 국장인 줄 착각했네. 누이가 내게 그 아이를 만나 보라고 부탁했지.'

그는 기억해 냈다.

그리고 그는 안나가 그를 보내면서 "어쨌든 그 애를 만나요. 그 애가 어디에 있는지, 누가 그 애와 함께 지내는지도 자세히 알아보세요. 그리고 스티바, 가능하다면 말이에요! 할 수 있겠죠?"라고 말할 때의 그 두려워하는 것과 같은 애처로운 표정을 떠올렸다. 스테판 아르카지치는 '할 수 있다면 말이에요.'라는 그 말이 무엇을 뜻하고 있는지 잘 알고 있었다. 그것은 '그녀가 아들을 돌보는 방향으로 이혼을 해결할 수 있다면.'이라는 뜻이었다. 지금 스테판 아르카지치는 그것은 아예 생각조차 할 수 없다는 것을 알았지만, 어쨌든 조카를 보게 되어 무척 기뻤다.

알렉세이 알렉산드로비치는 처남에게 세료쟈는 한 번도 어머니에 대하여 들은 적이 없으니 그녀에 관해서는 한 마디도 하지 말아 달라고 부탁했다.

"그 아이는 예기치 못한 어머니와의 만남 이후로 매우 아팠습니다."

알렉세이 알렉산드로비치가 말했다.

"우리는 그 아이의 생명까지 걱정할 정도였으니까요. 하지만 합리적인 치료와 여름철의 해수욕 덕분에 다행히 건강을 회복했습니다. 그리고 의사의 말대로 그 아이를 학교에 보냈지요. 사실 친구들의 영향은 그 아이에게 좋은 역할을 했습니다. 덕분에 아이는 완전히 건강을 회복하고 공부도 열심히 하고 있어요."

"멋진 청년이 되었구나! 이젠 정말 세료쟈가 아니라 당당하고 떳떳한 세르게이 알렉세이치인걸!"

스테판 아르카지치는 거리낌 없이 활기차게 서재로 들어오는, 푸른 재킷과 긴 바지를 입은 아름답고 생기 있고 힘찬 모습의 소년을 보고 싱긋 웃으며 말했다. 소년은 건강하고 쾌활해 보였다. 소년은 외삼촌을 알아보지 못하고 낯선 사람으로 생각한 채 고개를 숙이며 인사했다. 그러나 곧 그가 누군지 알아보고는 붉어진 얼굴로, 마치 모욕을 받았거나 뭔가에 화난 사람처럼 황급히 고개를 돌렸다. 소년은 아버지에게 다가가 오늘 학교에서 받은 성적표를 내밀었다.

"음, 꽤 잘했구나."

아버지는 칭찬했다.

"나가도 좋다."

"살이 빠지고 키가 자라니 더 이상 아이처럼 보이지 않는군. 정말 소년이 다 된 것 같군. 난 이런 소년들을 좋아하지."

스테판 아르카지치가 말했다.

"혹시 나를 알아보겠니?"

소년은 재빨리 아버지를 쳐다보며 말했다.

"기억해요, 친척 아저씨."

그는 외삼촌을 흘깃 보면서 이렇게 답하고는 다시 고개를 숙였다. 스테판 아르카지치는 소년을 가까이 불러 그의 손을 잡았다.

"그래, 그동안 잘 지냈니?"

그는 이야기를 나누고 싶었지만 무슨 말부터 해야 할지 몰라 이렇게 말했다.

소년은 여전히 얼굴을 붉힌 채 대답도 하지 않았고 외삼촌의 손에서 자기의 손을 조심스레 빼려고 했다. 스테판 아르카지치가 소년의 손을 놓아주자마자, 소년은 뭔가 궁금한 눈으로 아버지를 흘깃 쳐다본 후 마치 자유롭게 풀려난 새처럼 재빠른 걸음으로 서재에서 나갔다.

세료자가 어머니를 마지막으로 본 뒤로 일 년이 흘렀다. 그 후로 그는 더 이상 그녀에 대해 어떤 이야기도 들을 수 없었다. 그리고 바로 그해, 그는 학교에 입학한 후 친구들을 사귀게 되었고 그들을 사랑하게 되었다. 어머니를 만난 후 그를 앓게 했던 어머니에 대한 몽상과 기억은 이제 더 이상 없었다. 그런 것들이 머리에 떠오를 때면, 그는 사내아이나 어엿한 학생이 아닌 여자아이에게나 어울리는 수치스러운 것으로 생각하며 마음속에서 없애기 위해 노력했다. 그는 아버지와 어머니 사이에 그들을 갈라놓은 불미스러운 사건이 있었다는 것을 알았고, 자기는 아버지와 여기에 남도록 정해졌다는 것도 알았다. 그래서 그는 그 생각에 익숙해지기 위해 노력했다.

어머니와 비슷하게 생긴 외삼촌을 보는 것은 그에게는 기분 좋은 일이 아니었다. 왜냐하면 그것은 자신이 수치스럽게 여기는 그 기억들을 생각나게 하기 때문이었다. 그것이 그에게 더욱 불쾌했던 것은, 서재의 문 옆에서 엿들은 몇 마디 말에서, 특히 아버지와 외삼촌의 표정에서, 그들이 어머니에 대해 이야기했다는 것을 알았기 때문이었다. 그래서 자신과 함께 살고 자신이 의지하고 있는 아버지를 판단하지 않기 위해, 무엇보다 자신이 모욕적으로 생각하는 감상적인 분위기와 기분에 빠지지 않기 위해, 세료자는 자신의 고요하고 평안한 마음을 깨뜨리러 온 외삼촌을 보지 않으려 노력하고 외삼촌이 기억나게 한 것에 대해 생각하지 않기 위해 애썼다.

하지만 뒤따라 나온 스테판 아르카지치가 계단에서 그를 보고 가까이 불러 학교에서 쉬는 시간을 어떻게 보내느냐고 묻자, 세료자는 아버지가 없는 자리에서 그와 대화를 하기 시작했다.

"우리 반에서는 요즘 기차놀이를 해요."

그가 외삼촌의 질문에 대답했다.

"본 적이 있으신지 모르겠지만, 그 놀이는 이렇게 하는 거예요. 두 사람이 긴 의자에 앉아요. 그 애들은 승객 역할이에요. 그리고 한 명이 그 의자에 올라서요. 그러면 나머지 사람들은 긴 의자를 잡죠. 손으로 해도 되고, 허리띠로 해도 돼요. 그러고는 의자로 강당을 누비는 거예요. 앞쪽의 문은 미리 열어 두죠. 그런데 차장이 되면 매우 힘이 들어요!"

"서 있는 사람 말이지?"

스테판 아르카지치가 세료자에게 빙긋 웃으며 물었다.

"네, 특히 갑자기 기차가 멈추거나 누군가가 떨어질 때 용감하고 민첩하게 행동해야 하거든요."

"그래, 그건 어렵지."

스테판 아르카지치는 어머니와 꼭 닮은 그 생기발랄한 눈을, 이제 더 이상 어린아이 같지도, 티 없이 천진난만하지도 않은 소년의 눈을 슬프게 들여다보며 말했다. 그러자 그는 세료자에게 안나에 대해 말하지 않기로 알렉산드로 알렉산드로비치와 약속했음에도 불구하고 더 이상 참을 수 없어서 말했다.

"너, 혹시 어머니 기억하니?"

갑자기 그가 물었다.

"아뇨, 기억나지 않아요."

세료쟈는 재빨리 대답하고는 얼굴을 새빨갛게 붉히며 고개를 숙였다. 그래서 외삼촌은 그에게서 더 이상 아무것도 얻을 수 없었다.

슬라브인 가정교사는 삼십 분 후 계단에서 자기의 학생인 세료쟈를 발견했다. 그는 그 학생이 화를 내는 것인지 우는 것인지 오랫동안 분간해 낼 수 없었다.

"무슨 일이에요? 넘어지면서 다쳤나요? 그런 놀이는 위험하다고 늘 말했잖아요. 교장 선생님께 말씀드려야겠어요."

가정교사가 말했다.

"나는 다친다 해도 울지는 않아요. 진짜예요."

"그럼 도대체 왜 그러는 거예요?"

"날 좀 내버려 두세요! 기억하든 말든……. 그게 나와 무슨 상관이야? 왜 내가 기억해야 해? 날 좀 가만히 내버려 두라고요!"

세료쟈는 이미 가정교사가 아닌 온 세상에 자신의 감정을 하소연하고 있었다.

20

스테판 아르카지치는 늘 그렇듯 페테르부르크에서의 시간을 헛되이 보내지 않았다. 페테르부르크에서 그는 누이의 이혼과 자신의 직위 같은 용무 외에도, 늘 그가 말한 대로 모스크바의 곰팡내를 씻어 버리고 자신을 재충전해야 했다.

모스크바는 음악 카페와 삯마차가 있었음에도 불구하고 역시 고인 늪과 같았다. 스테판 아르카지치는 언제나 그것을 느꼈다. 모스크바에서, 특히 가족과 함께 지내는 동안, 그는 자신의 기가 약해지는 것을 느꼈다. 오랫동안 모스크바에 처박혀 지내는 동안, 그는 아내의 불쾌한 기분과 잔소리, 아이들의 건강과 교육, 업무상의 자질구레한 이해관계를 걱정할 정도였다. 심지어 빚이 있다는 사실도 그를 괴롭게 했다. 하지만 페테르부르크에 와서 지내는 동안, 특히 그가 드나들던 사회에서 지내는 것은 그 자체만으로도 그에게 가치가 있었다. 그곳의 사람들은 살아 있는 것 같았다. 그들은 모스크바 사람들처럼 단조롭게 지내지 않고 정말 말 그대로 살아 있었다. 그래서 걱정들은 곧 사라져 버렸고 불 앞에 놓인 밀랍처럼 금방 녹아 버렸다.

아내? …… 오늘에서야 겨우 그는 체첸스키 공작과 함께 대화를 나누었다. 체첸스키 공작에게는 아내와 가정이, 사관학교에 다니는 큰 아들들이 있었다. 그리고 그에게는 또 다른 합법적이지 못한 가정이 있었는데 거기에도 자식들이 있었다. 첫 번째 가정도 좋지만, 체첸스키 공작은 두 번째 가정에서 더 큰 행복감을 느꼈다. 그리고 그는 맏아들을 두 번째 가정에 데려가기도 했는데, 그는 그것이 아들의 발전에 도움이 된다고 생각한다며 스테판 아르카지치에게 가끔씩 말하곤 했다. 모스크바 사람들은 이런 일에 대해 뭐라고 이야기할까?

아이들? 페테르부르크에서는 아이들이 아버지의 삶을 방해하는 존재가 아니다. 아이들은 국가나 사회의 체제 속에서 교육받았다. 이곳에서는 모스크바에 유포된 그런 야만적인 개념, 예를 들어 리보프처럼 아이들에게는 온갖 화려한 생활을 시키고 부모들은 그저 고생과 걱정만 해야 한다는 생각이 존재하지 않았다. 이곳 사람들은 교양 있는 사람이라면 으레 그래야 하듯 인간은 스스로를 위해 살아야 한다는 것을 이해하고 있었다.

근무? 이곳의 근무는 모스크바에서처럼 끝도 없고 보상도 없는 그런 참기 힘든 어려움이 아니었다. 이곳의 일에는 재미가 있었다. 만남, 호의, 적절한 말, 다양한 농담을 연출하는 솜씨, 이런 것만 있으면 어느 날 갑자기 브랸체프처럼 유명해질 수 있는 것이다. 브랸체프는 스테판 아르카지치가 어제 만난 사람으로 지금은 최고위층 높은 관리가 되었다. 그런 일들은 재미있었다.

특히 돈 문제에 관한 페테르부르크 사람들의 생각이 스테판 아르카지치의 마음을 진정시켰다. 생활해 나가는 방식으로 보아 적어도 오십만 루블을 쓰고 있는 바르트냔스키는 어제 그에게 그 문제에 대해 놀라운 말을 해 주었다.

만찬 전에 이야기를 나누는 동안, 스테판 아르카지치는 바르트냔스키에게 말했다.

"자네, 모르드빈스키와 친해 보이던데 말이야. 자네가 날 도울 수 있을지도 몰라. 날 위해 그에게 말 좀 해 줘. 내가 원하는 자리가 하나 있어. 남부 철도……."

"음, 어쨌든 난 기억하기 힘들 것 같은데……. 하지만 왜 자네는 유대인들과 그런 철도 사업을 하려고 하지? 뭐라 해도 역시 그것은 추하고 악한 짓이야!"

스테판 아르카지치는 그에게 그 일이 현실적인 문제 때문이라고 말하지 않았다. 바르트냔스키는 그 말을 이해할 수 없을 것 같았다.

"난 돈이 필요해. 먹고 살아야 하는데 가진 게 아무것도 없어."

"그래도 살아가고 있잖아."

"살아가고 있기는 하지. 하지만 빚이 있어."

"정말? 빚이 많은 거야?"

바르트냔스키는 그의 처지를 불쌍히 여기며 말했다.

"아주 많아, 이만 루블이나 있어."

바르트냔스키는 유쾌하게 웃어 댔다.

"아, 자네는 나에 비해 행복한 사람이군!"

그는 말했다.

"내가 진 빚은 오십만 루블이야. 게다가 가진 것도 아무것도 없고. 하지만 자네가 보는 것과 같이 난 아직도 그럭저럭 살고 있어."

스테판 아르카지치는 그것이 말뿐이 아니라 실제로도 그렇다는 것을 알 수 있었다. 쥐바호프는 삼십만 루블의 빚을 진 채 자기 돈이라고는 일 코페이카도 없이 그렇게 살아가고 있다. 그것도 아주 멋지게! 크리프초프 백작은 이미 오래전부터 사회에서 매장되었다. 그런데도 그는 여자를 둘이나 데리고 살고 있다. 페트로프스키는 오백만 루블을 날렸으면서도 여전히 변함없는 생활을 하고 있었고, 심지어 재무부의 책임자로서 이만 루블의 연봉을 받고 있었다. 하지만 그 밖에도 페테르부르크는 스테판 아르카지치에게 육체적으로도 기분 좋아지는 영향을 끼쳤다. 페테르부르크는 스테판 아르카지치를 젊어지게 했다. 모스크바에서 그는 이따금 희끗한 흰머리를 들여다보고, 식사 후에 꾸벅꾸벅 졸다 기지개를 켜고, 깊은 한숨을 쉬며 계단을 올라가고, 무도회에서도 젊은 여자들과 있는 것을 지루해하며 춤도 추지 않곤 했다. 그런데 페테르부르크에 오면 늘 뼛속부터 온몸이 십 년은 더 젊어진 것처럼 느껴지는 것이었다.

그는 외국에서 돌아온 지 얼마 되지 않은 예순 살의 표트르 오블론스키 공작이 어제 그에게 말해 준 것과 똑같은 기분을 페테르부르크에서 경험했다.

"우리는 이곳에서 살아갈 수 없을 거야."

표트르 오블론스키가 말했다.

"믿지 않을 수도 있겠지만, 난 바덴에서 여름을 보냈네. 그런데 정말이지 난 완전히 젊은 사람이 된 듯한 기분을 느꼈어. 젊은 여자를 보면 생각이……. 식사를 하고 술을 가볍게 한잔하고 나면 힘과 활력이 넘치더군. 그리고 러시아로 돌아왔지. 시골에 있는 아내에게도 가 봐야 했으니까. 음, 믿기 힘들겠지만 이 주일이 지나니 내가 가운만 입고서 만찬 때까지 옷도 갈아입지 않는 거야. 젊은 여자들에 대해선 더 이상 어떤 생각도 들지 않았어! 완전히 노인이 되고 만 거지. 오직 영혼을 구원하는 일만 남은 거야. 그래서 난 파리로 갔어. 그리고 다시 젊음을 회복했지."

스테판 아르카지치도 표트르 오블론스키가 말한 것과 똑같은 차이를 느낄 수 있었다. 모스크바에서 그는 너무나 초라하게 기운이 약해진 나머지, 사실 그곳에서 더 오래 지냈다면 그도 아마 영혼을 구원해야 할 지경에 다다랐을지도 모른다. 그런데 페테르부르크에서 그는 다시 자신을 품위 있고 수준 높은 인간으로 느끼게 된 것이다.

벳시 트베르스카야 공작 부인과 스테판 아르카지치 사이에는 오래전부터 알 수 없는 묘한 관계가 존재했다. 스테판 아르카지치는 늘 농담 섞인 말투로 그녀에게 아첨을 해 댔고, 역시 농담 가득한 말로 그녀에게 추잡하기 이를 데 없는 이야기들을 늘어놓곤 했다. 그는 그녀가 무엇보다 그런 농담들을 좋아한다는 것을 알고 있었다. 카레닌과 이야기를 나눈 그다음 날, 스테판 아르카지치는 그녀의 집에 들렀다가 자신이 너무나 젊은 사람처럼 느껴진 나머지, 그 농담조의 구애와 거짓말 속에서 뜻하지 않게 너무 과하게 멀리 나가 버리고 말았다. 불행히도 그는 그녀를 진심으로 좋아하지 않았을 뿐 아니라 그녀에게 혐오감마저 느꼈기 때문에, 그 상황을 어떻게 빠져나가야 할지 알 수 없었다. 이런 분위기가 만들어진 것은 그녀가 그를 몹시 좋아했기 때문이었다. 그래서 그는 때마침 먀흐카야 공작 부인이 방문해 둘만의 시간이 끝난 데 대해 몹시 기뻐했다.

"어머, 당신도 와 있었군요."

그녀는 그를 보고 말했다.

"저, 당신의 불쌍한 누이동생은 잘 지내고 있나요? 날 그렇게 보지 말아요."

그녀는 이렇게 덧붙여 말했다.

"모든 사람이, 그것도 그녀보다 천 배나 부족한 사람들이 그녀에게 비난을 퍼부었지만, 난 그녀가 잘했다고 생각해요. 그리고 난 브론스키를 용서할 수 없어요. 그는 그녀가 페테르부르크에 왔을 때 내게 그 소식을 알려 주지도 않았거든요. 만약 미리 알았더라면, 난 그녀를 찾아가서 어디든 함께 다녔을 거예요. 그녀에게 내 마음을 전해 주세요. 저, 그녀에 대해 이야기해 줘요."

"네, 그 애의 처지는 고통스럽고 힘듭니다. 그 애는……."

스테판 아르카지치는 친절하고 순진한 마음에 '당신의 누이에 대해 이야기해 달라.'라는 먀흐카야 공작 부인의 말을 글자 그대로 받아들이고 막 이야기를 시작하려고 했다. 바로 그때 먀흐카야 공작 부인은 평소 습관대로 그의 말을 가로채고 자기가 먼저 이야기를 하기 시작했다.

"그녀는 날 제외한 모든 사람들이 뒤에서 쉬쉬하면서 하는 일을 했을 뿐이에요. 그녀는 자신을 속이고 싶지 않았기 때문에 당당하게 한 거죠. 당신의 그 미치광이 매제와 헤어진 건 정말 잘한 일이고요. 날 용서하세요. 모두들 그 사람은 똑똑하다 말하지만, 나만은 그를 슬기롭지 못하다고 말했죠. 그가 리디야와 랑도와 얽힌 지금, 이제는 모든 사람이 그를 미친 사람 같다고 말하고 있어요. 나도 그 사람들 말에 동의하지 않을 수 있다면 기쁠 텐데. 이번에는 그럴 수가 없군요."

"나에게 무슨 뜻인지 이야기를 좀 해 주십시오."

스테판 아르카지치가 말했다.

"그게 무슨 말입니까? 어제 나는 누이의 일로 그의 집에 찾아가 확실한 답을 원했습니다. 그는 내게 대답을 주지 않고 좀 더 고민해 보겠다고 말했지요. 그런데 오늘 아침에 확답 대신, 저녁에 리디야 이바노브나 백작 부인의 집으로 와 달라는 초청을 받았습니다."

"그렇죠, 그렇다니까요!"

먀흐카야 공작 부인은 기쁜 듯이 말을 꺼냈다.

"그 사람들은 랑도에게 어떻게 해야 좋을지 물을 거예요."

"랑도요? 왜요? 도대체 랑도라는 사람은 누구입니까?"

"당신은 어떻게 쥘 랑도도 알지 못하죠? 천리안을 가졌다는 그 유명한 쥘 랑도를? 그 사람도 미치광이죠. 하지만 당신의 누이동생의 운명이 그 미치광이에게 달려 있어요. 당신이 지방에 있는 동안 그 일이 일어나서 당신은 모를 수도 있어요. 아시는지 모르겠지만, 랑도는 파리의 어느 상점의 점원이었는데, 어느 날 의사를 찾아갔죠. 의사를 기다리다 대기실에서 그는 깜빡 잠이 들었고 잠든 상태로 병자들에게 조언을 하기 시작했어요. 그런데 그것이 놀랄 만한 조언이었던 거죠. 나중에 유리 멜레진스키의, 참 그가 아픈 것을 아시나요, 아무튼 그의 부인이 랑도에 대해 알게 되어 그를 남편에게 데리고 왔어요. 그는 그녀의 남편을 치료하고 있어요. 하지만 내 생각에는 그것이 그에게 전혀 효과가 없는 것 같아요. 그는 여전히 몹시 기력이 없고 허약하니까요. 하지만 그들은 랑도를 믿고 어디든 그를 데리고 다녔죠. 그러다 러시아까지 데려온 거예요. 이곳 사람들은 다들 그에게 달려갔고, 그는 모든 사람을 치료하기 시작했죠. 그가 베즈주보바 백작 부인을 치료해 주자, 그녀는 그를 너무나 좋아한 나머지 아들로 삼았어요."

"아들이 되었다는 건가요?"

"네, 아들로 삼았어요. 그는 이제 더 이상 랑도가 아니고 베즈주보프 백작이에요. 하지만 그건 문제가 아니에요. 리디야는, 난 그녀를 무척 좋아하지만, 그녀는 제정신이 아닌 것 같아요. 물론 그녀는 이제 그 랑도라는 사람에게 착 달라붙어 있어요. 그녀도, 알렉세이 알렉산드로비치도 그 사람 없이는 어떤 것도 결정할 수 없어요. 따라서 당신의 누이동생의 운명도 이제 그 랑도라는 사람의, 일명 베즈주보프 백작의 손에 의해 달라질 수 있는 거죠."

21

바르트냔스키의 집에서 멋진 저녁 식사를 하고 많은 양의 코냑을 마신 스테판 아르카지치는 가기로 한 시간보다 조금 늦게 리디야 이바노브나의 집에 도착했다.

“백작 부인 댁에 방문객이 또 와 있나? 프랑스인?”

스테판 아르카지치는 알렉세이 알렉산드로비치의 낯익은 외투와 호크가 달린 색다르고 소박한 외투를 쳐다보며 수위에게 물었다.

“알렉세이 알렉산드로비치 카레닌과 베즈주보프 백작님이 와 계십니다.”

수위가 딱딱한 표정을 지으며 말했다.

‘마흐카야 공작 부인이 예상한 대로군.’

스테판 아르카지치는 계단을 오르며 생각했다.

‘이상해! 하지만 그녀와 친해 두는 것도 나쁘진 않겠지. 그녀는 엄청난 영향력을 갖고 있으니까. 그녀가 포모르스키에게 날 위해서 한마디 해 주면 그야말로 확실해질 텐데.’

바깥은 아직 환했지만, 커튼을 내린 리디야 이바노브나 백작 부인의 작은 응접실에는 램프가 타오르고 있었다.

백작 부인과 알렉세이 알렉산드로비치는 램프 아래의 둥근 테이블 앞에 앉아 나직한 목소리로 뭔가 대화를 하고 있었다. 반대편 끝에는 여자 같은 골반에 안짱다리를 한 작고 야윈, 빛나는 아름다운 눈과 프록코트의 깃까지 내려오는 긴 머리를 지닌 매우 창백하고 아름다운 사내가 벽에 걸린 초상화를 쳐다보며 서 있었다. 안주인과 알렉세이 알렉산드로비치와 인사를 나눈 뒤, 스테판 아르카지치는 자기도 모르게 그 낯선 남자를 한 번 더 쳐다보았다.

"랑도 씨!"

백작 부인은 오블론스키도 깜짝 놀랄 정도로 부드럽고 조심스럽게 그를 불렀다. 그리고 그녀는 그들을 인사시켰다.

랑도는 얼른 돌아서서 다가오더니 싱긋 웃으며 스테판 아르카지치가 내민 손을 땀에 젖은 손으로 힘없이 잡았다. 그러고는 곧 다시 그 자리에서 일어나 초상화를 보기 시작했다. 백작 부인과 알렉세이 알렉산드로비치는 서로에게 어떤 의미 있는 눈짓을 주고받았다.

"특히 오늘, 당신을 만나 무척 기뻐요."

리디야 이바노브나 백작 부인은 스테판 아르카지치에게 카레닌의 옆자리를 가리키며 말했다.

"당신에게는 저기 있는 분을 랑도라고 소개했지만……."

그녀는 그 프랑스인을, 그리고 곧 알렉세이 알렉산드로비치를 흘깃 쳐다본 후 작고 낮은 목소리로 이렇게 말했다.

"사실 저분은 베즈주보프 백작이에요. 당신도 분명 알고 있겠지만 말이에요. 다만 저분이 그렇게 부르는 것을 좋아하지 않아서요."

"네, 들은 적이 있습니다."

스테판 아르카지치가 대답했다.

"저 사람이 베즈주보프 백작 부인을 완전히 낫게 했다고 하더군요."

"그녀도 오늘 우리 집에 다녀갔어요. 그녀가 얼마나 가엾던지!"

백작 부인은 알렉세이 알렉산드로비치를 돌아보며 말했다.

"그녀로서는 이 이별이 끔찍한 거죠. 그건 그녀에게 굉장히 큰 영향을 줄 거예요!"

"그럼 저 사람은 정말 이곳을 떠나려고 하는 겁니까?"

알렉세이 알렉산드로비치가 물었다.

"네, 파리로 가요. 저분은 어제 신탁을 들었어요."

리디야 이바노브나 백작 부인이 스테판 아르카지치를 보고 대답했다.

"아, 신탁이요!"

오블론스키는 뭔가 특별한 일이 일어나고 있거나 일어날 것 같은 이 모임에서 가능한 한 조심스럽게 행동해야겠다고 느꼈다. 그에게는 아직 그 일을 해결하기 위한 열쇠가 없었다.

순간적으로 침묵이 찾아왔다. 잠시 후, 리디야 이바노브나 백작 부인은 중요한 화제를 찾아낸 것처럼 교활한 미소를 지으며 오블론스키에게 말했다.

"오래전부터 당신을 알고 있었지만 이렇게 당신을 더 가까이에서 보게 되니 무척 기뻐요. 내 친구의 친구는 곧 나의 친구와 마찬가지죠. 하지만 친구가 되기 위해서는 친구의 마음 상태를 잘 살펴야 돼요. 그런데 난 당신이 알렉세이 알렉산드로비치를 대할 때 그렇게 하지 않는 것 같아 걱정이 되더군요. 당신도 이해하시나요? 내가 무슨 말을 하는 지……."

그녀는 우수에 젖은 것 같은 아름다운 눈을 치켜뜨며 이렇게 말했다.

"일정 부분은 나도 이해합니다, 백작 부인. 알렉세이 알렉산드로비치의 처지가……."

오블론스키는 문제가 무엇인지 정확히 알지 못했기 때문에 두루뭉술하게 대답하고자 이렇게 말했다.

"겉으로 드러나는 상황의 변화를 말하는 것이 아니에요."

리디야 이바노브나 백작 부인은 엄한 어조로 말하면서 자리에서 일어나 랑도에게 다가가는 알렉세이 알렉산드로비치를 애정 어린 눈길로 쳐다보았다.

"그의 마음은 예전과 달라요. 새로운 마음이 그에게 생기게 된 것 같아요. 난 당신이 그의 마음속에 일어난 변화를 충분히 살펴보려 하지 않는 것 같아서 걱정이에요."

"간단하게 말하자면 말입니다. 난 그 변화를 상상할 수 있을 것 같습니다. 우리는 늘 절친한 친구였고 지금도……."

스테판 아르카지치는 백작 부인의 시선에 부드러운 눈빛으로 응답하며, 그녀가 두 장관들 중 누구와 더 친할지 생각하고 있었다. 그녀에게 그 두 사람 가운데 누구에게 청탁을 해 달라고 부탁해야 할지 알아내기 위해서였다.

"그의 내적인 변화는 이웃에 대한 그의 사랑을 약하게 만들 수 없어요. 그의 안에서 일어난 변화는 오히려 강한 사랑을 하게 한 것이 분명해요. 하지만 당신이 내 말을 이해할 수 없을까 봐 두렵군요. 차를 드시겠어요?"

그녀는 차 쟁반을 들고 온 하인에게 눈짓하며 말했다.

"완전히 이해할 수는 없습니다. 백작 부인, 물론 그의 불행은……."

"네, 불행이죠. 하지만 그 불행은 그의 마음을 새롭게 했고 '그분'으로 충만해졌을 때 커다란 행복으로 변했어요."

그녀는 사랑에 빠진 것과 같은 눈빛으로 스테판 아르카지치를 흘깃 보며 말했다.

'두 사람 모두에게 부탁해도 되겠어.'

스테판 아르카지치는 생각했다.

"오, 당연합니다, 백작 부인."

그가 말했다.

"하지만 내가 생각하기에 그런 변화는 겉으로 드러나지 않는 비밀스러운 것이어서 아무도 이야기하고 싶어 하지 않을 것 같군요. 심지어 가장 친한 친구에게도 말입니다."

"오히려 그렇지 않아요! 우리는 함께 이야기하면서 서로를 도울 수 있어야 해요."

"네, 물론입니다. 하지만 굳게 믿는 생각의 차이도 있고, 게다가……."

오블론스키는 부드럽게 미소를 지으며 말했다.

"거룩한 진리의 문제는 차이가 있을 수 없어요."

"아, 네, 물론입니다. 하지만……."

스테판 아르카지치는 당황하여 침묵했다. 그는 그들의 이야기가 뒤늦게 종교에 관한 것임을 눈치챘다.

"저 사람이 곧 잠에 빠져들 것 같군요."

알렉세이 알렉산드로비치는 리디야 이바노브나에게 다가와 의미 있는 귓속말을 했다.

스테판 아르카지치가 뒤를 돌아보았을 때, 랑도는 창가의 안락의자에 앉아 팔걸이와 등받이에 몸을 맡긴 채 고개를 숙이고 있었다. 그는 자신에게 향한 사람들의 시선들을 알아채고 고개를 들어 어린아이 같은 천진한 미소를 지어 보였다.

"다른 것에 주의를 쏟지 마세요."

리디야 이바노브나는 이렇게 말하고는 재빨리 알렉세이 알렉산드로비치에게 의자를 내밀었다.

"내 생각에는……."

그녀가 어떤 이야기를 하려는 순간, 하인이 편지를 들고 방으로 들어왔다. 리디야 이바노브나는 편지를 재빨리 읽고 손님들에게 양해를 구하고는 놀라운 속도로 답장을 쓴 뒤, 그것을 하인에게 전하고 테이블로 되돌아와서 앉았다.

"내 생각에는……."

그녀는 자신이 꺼낸 화제에 대해 계속해서 말했다.

"모스크바 사람들은, 특히 남자들은 종교에 매우 관심이 없는 것 같아요."

"오, 그렇지 않습니다. 백작 부인, 모스크바 사람들은 대단히 믿음성 있고 진실한 사람들이라는 평판을 듣고 있는 것 같은데요."

스테판 아르카지치가 말했다.

"하지만 내가 아는 한, 못마땅하고 섭섭하게도 당신은 무심한 사람의 부류에 속합니다."

알렉세이 알렉산드로비치는 그를 돌아보며 지쳐 보이는 미소를 지었다.

"어떻게 종교에 무관심할 수 있죠!"

리디야 이바노브나가 말했다.

"그 점에 있어서, 난 무관심한 것이 아니라 기다리는 것뿐입니다."

스테판 아르카지치는 자신이 할 수 있는 한 최대한 부드러운 미소를 띠며 말했다.

"난 그런 질문들을 위한 때가 아직 나에게 오지 않았다고 생각합니다."

알렉세이 알렉산드로비치와 리디야 이바노브나는 서로를 흘깃 쳐다보며 말했다.

"우리는 우리를 위한 시간이 왔는지 안 왔는지 전혀 알 수 없습니다."

알렉세이 알렉산드로비치가 엄하게 말했다.

"우리는 우리가 준비가 되었는지 아니면 그렇지 않은지에 대해 생각해서는 안 됩니다. 은총은 인간의 판단에 따라 올 수 있는 것이 아닙니다. 때때로 은총은 열심히 노력하는 자가 아니라 사울(사도 바울이 개종하기 전의 이름_옮긴이)처럼 준비되지 않은 자에게 내리곤 합니다."

"아뇨, 지금은 아직 시기가 아닌 것 같아요."

리디야 이바노브나는 프랑스인의 움직임을 살펴보며 말했다. 랑도는 자리에서 일어나 그들 가까이 왔다.

"여러분의 이야기를 듣고 싶습니다."

그가 말했다.

"오, 그럼요. 난 당신을 방해하기 싫었을 뿐이에요."

리디야 이바노브나는 그를 다정하게 쳐다보며 대답했다.

"여기, 옆에 앉으세요."

"빛을 잃지 않기 위해서는 그저 눈을 뜨고 있기만 하면 됩니다."

알렉세이 알렉산드로비치는 말을 계속했다.

"아, 당신이 우리가 겪었던 행복을 알 수 있다면! 우리의 영혼에 늘 함께하시는 그분의 존재를 느낀다면!"

리디야 이바노브나 백작 부인은 기쁨 가득한 미소를 지으며 말했다.

"하지만 때로 인간은 자신이 그런 경지에 오르는 것은 불가능하다고 생각할지도 모릅니다."

스테판 아르카지치가 말했다. 그는 종교의 거룩함과 존엄성을 인정하면서 자신이 양심을 속이고 있다고 느꼈다. 하지만 동시에 그는 포모르스키에게 말을 전함으로써 그가 원하는 자리를 줄 수 있는 그 특별한 여자 앞에서 자신의 자유사상을 이야기하는 것이 옳은 것인지 망설이고 있었다.

"그러니까 당신은 인간을 가로막는 것은 죄라고 생각하는 거죠?"

리디야 이바노브나가 말했다.

"하지만 그건 옳지 않은 생각이에요. 믿는 자에게는 죄가 있을 수 없어요. 주님께 이미 속죄받았으니까요. 실례할게요."

그녀는 또다시 편지를 들고 들어오는 하인을 쳐다보며 이렇게 말했다. 그녀는 편지를 읽고 나서 "내일 대공비 댁에서 이야기해 주세요."라며 말로 대답을 전했다.

"믿는 자에게는 죄가 존재할 수 없어요."

그녀는 대화를 계속 이어 갔다.

"그렇죠. 하지만 어떤 실천도 없는 믿음은 곧 죽은 것과 같습니다."

스테판 아르카지치는 교리문답에서 본 문구가 생각나서 이렇게 말했다. 그는 겨우 미소만으로 자신의 독립성을 굳게 지키고 있었다.

"그것은 야고보서에 나오는 구절이군요."

알렉세이 알렉산드로비치는 리디야 이바노브나를 돌아보며 다소 비난하는 듯한 어조로 말했다. 그것은 분명 그들이 벌써 수차례 이야기한 문제인 듯했다.

"그 구절에 대한 잘못된 해석이 얼마나 해로운 악을 끼쳤는지 모릅니다! 그 해석은 사람을 믿음으로부터 멀어지게 하니까요. '나에게는 어떤 실천도 없으니 믿음을 가질 수 없다.'라는 식입니다. 그런 말은 그 어디에도 존재하지 않는데 말입니다. 오히려 그 반대의 내용이 적혀 있죠."

"하느님을 위해 일하고 행위나 금식으로 자신의 영혼을 구원하려고 하는 것은……."

리디야 이바노브나 백작 부인은 혐오감과 경멸이 가득한 목소리로 말했다.

"그것은 우리나라 수도사들의 미개한 해석이에요……. 그런 말은 어디에도 없으니까요. 그것은 훨씬 단순하고 쉬운 방법이죠."

그녀는 오블론스키를 쳐다보며 이렇게 말했다. 그녀는 궁정에서 새로운 정치 동향에 당황하는 젊은 궁녀들을 격려할 때와 똑같은 미소를 지었다.

"우리는 우리를 위해 고난을 받으신 그리스도에 의해 구원받습니다. 우리는 믿음을 통해 구원받지요."

알렉세이 알렉산드로비치는 눈짓으로 그녀의 말에 동의하며 맞장구를 쳤다.

"영어를 할 줄 아세요?"

리디야 이바노브나는 이렇게 물어보고는 긍정적인 대답을 듣자 자리에서 일어나 책장에 꽂힌 책들을 찾기 시작했다.

"《안전과 행복》이나 《날개 밑에서》를 읽어 드리고 싶군요."

그녀는 뭔가 물어보고 싶은 듯한 눈빛으로 카레닌을 쳐다보며 말했다. 그리고 책을 찾아 다시 원래 자리에 앉고는 책을 펼쳐서 들었다.

"아주 짧아요. 이 책은 믿음을 어떻게 얻는지에 대한 방법과 그 후에 영혼을 채우는, 지상의 모든 것을 초월한 행복에 대해 이야기하고 있죠. 믿음을 가진 사람은 행복해요. 왜냐하면 그 사람은 혼자가 아니니까요. 당신도 이제 깨닫게 될 거예요."

그녀가 책을 막 읽으려는 순간, 하인이 다시 들어왔다.

"보로즈지나? 내일 두 시에 오라고 전하게."

"네."

그녀는 책갈피에 손가락을 끼운 채 한숨을 쉬며 우수 가득한 아름다운 눈으로 정면을 쳐다보았다.

"꾸밈없는 진실한 믿음이란 바로 이런 영향을 미치는 것이에요. 마리 사니나를 아시나요? 그녀의 불행에 대해 들어 본 적이 있나요? 그녀는 하나밖에 없는 아이를 잃고 비탄에 잠겼죠. 그런데 어떻게 됐느냐고요? 그녀는 그리스도를 찾았어요. 그녀는 이제 아이의 죽음에 대해 오히려 주님께 감사하고 있어요. 그것이 바로 믿음이 주는 행복이라고 할 수 있죠!"

"오, 네, 그건 매우……."

스테판 아르카지치는 그녀가 곧 책을 읽게 되면 그에게 잠깐이나마 냉정을 되찾을 여유가 주어진다는 사실에 기뻐하며 말했다.

'아니야, 오늘은 이 여자에게 어떤 부탁도 하지 않는 편이 좋겠어.'

그는 생각했다.

'문제를 복잡하게 만들지 않은 채 이곳에서 나갈 수만 있다면 말이지.'

"당신은 따분하겠군요."

리디야 이바노브나 백작 부인은 랑도를 돌아보며 말했다.

"당신은 영어를 알지 못하니 말이에요. 하지만 이건 짧아요."

"오, 나도 이해할 수 있을 것 같습니다."

랑도는 아까와 같은 미소를 지으며 이렇게 말하고는 눈을 감았다.

알렉세이 알렉산드로비치와 리디야 이바노브나는 의미 있는 눈빛을 서로 주고받더니 낭독을 시작했다.

22

스테판 아르카지치는 그가 들은 낯설고 이상한 화제에 완전히 얼떨떨해지고 말았다. 페테르부르크의 복잡한 생활은 그를 모스크바의 침체에서 벗어나게 하며 대체로 그에게 자극적인 영향을 주었다. 그러나 그는 친숙하고 익숙한 환경 속에서는 이런 복잡성을 이해하고 사랑했겠지만, 낯선 환경에서 주는 복잡성은 그도 어리둥절하게 하고 침묵하게 했다. 그는 모든 것을 이해하기가 힘들었다. 리디야 이바노브나 백작 부인의 이야기를 들으며, 그리고 자신을 향한 아름다고 순박한, 혹은 교활한, 아니, 그 스스로도 뭐가 뭔지 알 수 없는 랑도의 눈동자를 느끼며, 스테판 아르카지치는 머릿속이 묘하게 무거워지는 것을 느꼈다.

그의 머릿속에는 수없이 많은 생각들이 다양하게 뒤섞여 있었다.

'마리 사니나는 자기 아이가 죽은 것을 오히려 기뻐하고 있다……. 구원을 받으려면 믿음만 있으면 된다니, 수도사들은 그것을 어떻게 해석해야 할지 모르는데 리디야 이바노브나 백작 부인은 알고 있다……. 그런데 머리가 왜 이렇게 묵직해지는 거지? 코냑 때문인가, 아니면 이 모든 것이 너무도 이상해서 이해할 수 없어서 그런가? 어쨌든 난 지금까지 무례한 행동은 전혀 하지 않은 것 같은데. 하지만 그래도 지금은 그녀에게 청탁을 할 수 없어. 이 사람들은 다른 사람에게 기도를 시킨다고 하던데……. 설마 나에게 기도를 시키지는 않겠지. 그건 너무 바보 같은 짓이 될 거야. 그런데 저 여자는 도대체 무슨 말도 안 되는 소리를 읽고 있는 거야? 그래도 발음은 좋은 것 같군. 랑도가 베즈주보프라고 했지. 그런데 그가 왜 베즈주보프지?'

스테판 아르카지치는 문득 자신의 아래턱이 자신도 모르게 하품 때문에 참을 수 없이 벌어지는 것을 느꼈다. 그는 하품을 참느라 구레나룻을 쓰다듬으며 몸을 흔들었다. 그러나 뒤이어 그는 자신이 졸려서 곧 코를 골려고 한다는 것을 깨달았다. 그는 "그가 잠이 들었어요."라고 말하는 리디야 이바노브나 백작 부인의 목소리에 흠칫 놀라 정신을 차렸다.

스테판 아르카지치는 잘못을 들킨 사람처럼 느끼며 화들짝 눈을 떴다. 하지만 곧 '그가 자고 있어요.'라는 말이 자신을 향한 말이 아니라 랑도를 두고 한 말임을 깨닫고 안심했다. 프랑스인도 스테판 아르카지치처럼 졸고 있었다. 어쩌면 스테판 아르카지치의 선잠은 그가 생각한 것처럼 두 사람에게 모욕감을 주었을지도 모른다.—그렇지만 그는 그것에 대해 생각조차 하지 않았다. 모든 것이 이상하게 보였기 때문이다.—하지만 그와 달리 랑도의 잠은 그들을, 특히 리디야 이바노브나 백작 부인을 몹시 기쁘게 했다.

"나의 친구여!"

리디야 이바노브나는 옷자락 스치는 소리를 내지 않으려고 실크 드레스의 주름을 조심스럽게 모아 쥐고, 너무도 흥분해서 카레닌을 '알렉세이 알렉산드로비치'라 부르지 않고 '친구'라고 부르고 말았다.

"손을 주세요. 아시겠죠? 쉿!"

그녀는 다시 들어온 하인에게 조용히 하라고 주의를 주었다.

"아무도 만나지 않을 거야."

랑도는 안락의자의 등받이에 머리를 기대고 자고 있었다. 아니, 자는 척하는 것인지도 모르겠다. 그는 땀에 젖은 한 손을 무릎에 얹은 채 마치 무언가를 잡기 위한 것처럼 희미하게 움직였다. 알렉세이 알렉산드로비치는 자리에서 일어났다. 그는 조심하려고 했지만 테이블에 쿵 부딪치면서 랑도 쪽으로 다가가 그의 손안에 자신의 손을 들이밀었다. 스테판 아르카지치도 자리에서 일어났다. 그는 만약 자신이 아직도 졸고 있다면 잠에서 깨야겠다고 생각하며, 눈을 크게 뜨고서 이리저리 사람들을 쳐다보기 시작했다. 그 모든 것은 현실에서 일어나고 있었다. 스테판 아르카지치는 머리가 점점 더 무거워지는 것 같다고 느꼈다.

"마지막에 온 사람, 뭔가를 부탁하려고 하는 사람, 그 사람을 내보내요! 내보내요!"

랑도는 눈을 뜨지 않은 채 중얼거렸다.

"죄송합니다. 하지만 당신이 지금 보는 것처럼……. 열 시에 와 주세요. 내일 오시면 더 좋을 것 같아요."

"내보내요!"

프랑스인은 초조한 듯한 목소리로 그 말을 되풀이했다.

"그 사람이 나군요, 맞습니까?"

스테판 아르카지치는 그렇다는 대답을 듣고는 리디야 이바노브나에게 하려던 부탁도 잊고서, 누이에 대한 일도 잊고서, 그곳에서 빨리 벗어나고 싶다는 생각으로 머릿속이 가득했다. 그래서 뒤꿈치를 든 채 걸어 나온 뒤, 마치 전염병이 덮친 집에서 빠져나온 사람처럼 거리로 내달렸다. 그러고는 가능하면 빨리 정신을 차리고 싶은 마음에 마부와 오랫동안 이야기를 나누며 농담을 주고받았다.

스테판 아르카지치는 마지막 막이 끝나는 시간에 맞춰 들른 프랑스 극장에서, 그리고 그 후에 샴페인을 마시기 위해 들른 타타르인의 식당에서 아까와는 다른, 자신에게 더 잘 맞는 분위기를 느끼며 잠시나마 한숨을 돌릴 수 있었다. 하지만 그래도 여전히 그날 밤에는 기분이 좋지 않았다.

표트르 오블론스키의 집에 돌아온 스테판 아르카지치는 벳시가 보낸 편지를 발견했다. 그는 페테르부르크에 있는 동안 표트르 오블론스키의 집에서 머물고 있었다. 편지의 내용은 그녀가 하다 만 이야기를 마저 마치고 싶다며 내일 와 달라는 것이었다. 그가 편지를 읽고 얼굴을 찌푸렸을 때, 아래층에서 뭔가 무거운 것을 운반하는지 하인들의 육중한 발소리가 들려 왔다.

스테판 아르카지치는 무슨 일인지 살펴보기 위해 아래층으로 갔다. 그것은 다시 젊음을 찾은 듯한 모습의 표트르 오블론스키였다. 그는 계단을 올라올 수 없을 만큼 매우 취해 있었다. 하지만 그는 스테판 아르카지치를 보더니 자기를 일으켜 달라고 하인들에게 지시하고는 스테판 아르카지치의 부축을 받으며 방으로 들어갔다. 그는 스테판 아르카지치에게 오늘 밤에 했던 일들에 대해 이야기를 늘어놓더니 잠이 들었다.

스테판 아르카지치는 기운이 쭉 빠졌다. 그에게 평소에는 일어나지 않던 일이었다. 그는 오래도록 잠이 오지 않았다. 그가 떠올린 모든 것들, 그 기억들이 혐오스럽게 느껴졌다. 하지만 가장 혐오스러웠던 일은, 아니 정확히 말해 가장 수치스럽게 느껴졌던 일은 저녁에 리디야 이바노브나 백작 부인의 집에서 있었던 일이었다.

다음 날, 그는 알렉세이 알렉산드로비치에게서 안나와 이혼하지 않겠다는 확답을 받았다. 그는 그 결정이, 어제 랑도가 진짜로 잠이 든 것인지 잠든 척하는 것인지 알 수 없는 상태에서 한 말에 따라 결정되었다는 것을 알아차렸다.

23

가정생활에서 무언가를 실제 행동으로 옮기기 위해서는 부부 사이에 완벽한 분열이나 애정 어린 화합이 필요하다. 그러나 부부 관계가 명확하지 못하고 이도 저도 아닌 경우에는, 그 어떤 것도 실행할 수 없게 된다.

많은 가정이 단지 완전한 불화도 화합도 없다는 이유에서 지긋지긋한 묵은 자리에 수년 동안 머무르게 한다.

햇살은 이미 봄이 아닌 여름의 빛을 띠고 가로수 길에 서 있는 나무들은 이미 오래전에 잎사귀로 가득하며 그 잎사귀들은 벌써 먼지로 가득 뒤덮여 버린 이때, 무더위와 먼지 속에서 모스크바에서 보내는 생활은 브론스키에게도 안나에게도 참아 내기 힘든 것이었다. 그러나 그들은 예전에 내린 결정에 따라 보즈드비젠스코예에 머무르지 않고 두 사람 모두가 싫어하는 모스크바에서 계속 지내고 있었다. 왜냐하면 최근 두 사람은 화합하지 못했기 때문이다.

그들을 갈라놓은 분노에는 겉으로 드러나는 원인이 전혀 없었다. 그리고 그것에 대해 이야기하려 할 때마다 분노는 사라지지 않고 오히려 더 깊어지기만 했다. 그것은 내면에서 일어나는 분노였다. 그녀로서는 그의 사랑이 식었다는 생각에서 비롯된, 그로서는 그녀를 위해 자신을 괴로운 처지에 몰고 온 것에 대한 후회에서 비롯된 분노였다. 그녀는 처한 상황을 완화하려고 하기보다 더욱 고통스럽게 만들고 있었다. 두 사람 모두 자신이 왜 화가 났는지에 대해 말하지 않았다. 하지만 그들은 서로 상대방의 잘못이라고 생각하며 구실이 생길 때마다 상대방에게 그 사실을 입증해 보이려고 노력했다.

그녀에게 있어 브론스키의 모든 것, 즉 그의 습관과 생각과 욕구, 그의 정신적 기질과 육체적 기질은 결국 한 가지, 곧 여성을 향한 사랑을 뜻했다. 그런데 그 사랑이, 그녀 생각에는 오직 자신에게만 완전히 쏠려 있어야 할 그 사랑이 식어 버린 것이다. 따라서 그녀는 그가 사랑의 일부를 다른 여자들에게, 혹은 다른 한 여성에게 옮긴 것이 틀림없다고 판단했다. 그래서 그녀는 질투했는데 그녀의 질투는 어떤 한 여성이 아니라 그의 사랑이 식은 것에 대한 것이었다. 아직 질투의 대상을 갖지 못한 그녀는 그 대상을 찾고 있었다. 그녀는 아주 작은 암시에도 자신의 질투를 한 대상에서 다른 대상으로 옮겨 가며 계속했다. 그녀는 그의 독신 친구들과의 관계 때문에 너무나 손쉽게 관계를 가질 수 있는 천한 여자들을 질투하기도 했고, 그와 마주칠 가능성이 있는 사교계 여자들을, 그가 그녀와의 관계를 끊은 뒤 결혼하고 싶어 하는 상상 속의 여자들을 질투하기도 했다. 그리고 그중 마지막 질투가 가장 크게 그녀를 괴롭혔다. 특히 그가 속마음을 털어놓으면서 경솔하게도, 어머니가 자기에게 소로키나 공작 영애와 결혼하도록 설득했었다며 자신을 이해해 주지 않는다고 말했을 때는 더욱 그랬다.

그래서 안나는 질투하면서 그에게 분노했고 모든 것 속에서 그 분노의 원인을 찾고 싶어 했다. 그녀는 자신이 느낀 모든 괴로운 상황에 대해 그를 힐난했다. 그녀가 모스크바의 하늘과 땅 사이에서 기다림으로 가득한 그 고통스러운 처지, 알렉세이 알렉산드로비치가 명확하게 해 주지 않고 주저하는 것, 자신의 고독, 그녀는 그 모든 것의 이유를 그의 탓으로 돌렸다. 그가 나를 사랑한다면 내가 겪는 모든 괴로움을 이해하고 나를 그 속에서 꺼내어 줄 텐데……. 그녀가 시골이 아닌 모스크바에서 살고 있는 것 역시 그의 잘못이었다. 그는 그녀가 원하는 대로 시골에 파묻혀 살 사람이 아니었다. 그는 사교계가 필요했고 그랬기 때문에 그녀를 그런 끔찍한 상황에 몰아넣고도 그 고통을 이해할 수 없었다. 그리고 그녀가 아들과 영원히 만날 수 없게 된 것도 그의 잘못이었다.

그들 사이에 가끔씩 찾아오는 다정한 순간도 그녀를 안심시키지 못했다. 이제 그녀는 그의 다정함 속에서 예전에는 없던, 그리고 그녀를 격렬히 흥분시키는 침착하고 자신만만한 모습을 보았다.

이미 어두워지기 시작했다. 안나는 그가 독신자 만찬에서 돌아오기를 애타게 기다리며 그의 서재—그 방은 거리의 소음이 가장 적게 들리는 곳이었다.—를 이리저리 서성이며 거닐고 있었다. 그녀는 어제의 싸움에서 나온 표현들을 자세하게 돌이켜 생각하고 있었다. 그녀는 싸움에서 기억나는 모욕적인 말들을, 그 말들의 원인에 대해서 하나하나 되짚어 가다 마침내 대화의 시작에까지 이르렀다. 그녀는 그 누구의 마음도 담아내지 않은 그런 악의 없는 대화에서 다툼이 시작되었다는 것을 오랫동안 믿을 수 없었다. 하지만 그것은 사실이었다. 모든 것은 그가 여자 중학교를 필요하지 않은 것으로 여기며 그것을 비웃었을 때 그녀가 그것을 옹호한 데서 시작되었다. 그는 여성의 교육 전반을 중요하지 않게 여기며, 안나의 후원을 받고 있는 영국인 소녀에게도 물리학 지식 같은 것은 전혀 필요 없다고 말했다.

그것이 안나를 화나게 만들었고 그 속에서 그가 자신의 일에 대해 갖는 경멸을 엿보았다. 그래서 그녀는 그가 자기에게 준 고통만큼 그에게 돌려주고 싶어 고민하다가 그것을 입 밖에 냈다.

"난 사랑하는 연인들이 늘 하듯, 당신이 나를, 내 감정을 기억해 주기를 기대하지는 않아요. 하지만 점잖은 예의 정도는 기대했어요."

그녀가 말했다.

그러자 그는 정말 화가 나서 얼굴을 시뻘겋게 붉힌 채, 그녀에게 뭐라고 불쾌한 말을 내뱉었다. 그녀는 그때 자신이 그에게 뭐라고 대답했는지는 기억나지 않았지만, 그가 그녀에게 상처를 주려는 생각으로 뭔가에 대해 이야기했던 것을 생각해 냈다.

"난 그 여자아이에 대한 당신의 애정과 집착에는 정말이지 관심 없소. 왜냐하면 난 그것이 자연스럽지 않다고 생각하니까."

그녀가 자신의 괴로운 생활을 버티기 위해 그처럼 힘겹게 만들어 놓은 세계를 파괴해 버리는 그의 잔인함, 그녀에게 위선이며 자연스럽지 않다고 비난하는 그의 부당함이 그녀의 감정을 폭발시켰다.

"당신이 거칠고 조잡스러우며 물질적인 것만을 이해하고 자연스럽게 느끼는 것 같아 몹시 유감이군요."

그녀는 이렇게 말하고 방에서 나왔다.

어제저녁 그가 그녀에게 왔을 때, 그들은 전날의 싸움에 대해 다시 이야기하지 않았다. 하지만 두 사람 모두 싸움은 가라앉은 것일 뿐 아직 계속되고 있다는 것을 느끼고 있었다.

오늘 그는 온종일 집에 있지 않았다. 그러자 그녀는 그와의 다툼이 너무나 쓸쓸하고 고통스럽게 느껴졌기 때문에 모든 것을 잊고서 그를 용서하고 화해하고 싶었다. 그녀는 싸움에 대해 자신을 탓하고 그를 정당화하고 싶었다.

'내가 잘못한 거야. 내가 쉽게 화를 냈어. 분별없이 질투나 하고. 그와 화해하고 시골로 가면 좀 더 마음이 평온해질 거야.'

그녀는 마음속으로 중얼거렸다.

'자연스럽지 않다고.'

그녀는 문득 가장 모욕적으로 느껴졌던 말, 말 자체라기보다 그녀에게 상처를 입히고자 했던 그의 의도를 생각해 냈다.

'난 그가 무슨 말을 하고 싶어 했는지 알아. 그는 이렇게 말하길 원했던 거야. 자기 아이도 사랑하지 않으면서 남의 아이를 사랑하는 것은 자연스럽지 않다고 말이야. 그가 자식에 대한 사랑을 어떻게 알겠어? 내가 그를 얻기 위해 희생한 세료쟈, 그 아이에 대한 나의 사랑을 그가 어떻게 알 수 있겠어? 그건 나를 아프게 하고 싶어서 하려고 한 말이야! 아니, 그는 다른 여자를 사랑해. 그렇지 않고서야 이럴 수는 없어.'

그녀는 자신의 마음을 진정시키려고 이미 다 지나온 곳을 몇 번이고 다시 돈 끝에 처음의 분노로 되돌아온 것을 깨닫고는 스스로에 대해 몸서리를 쳤다.

'정말로 가능하지 않은 것일까? 정말로 나 자신이 책임질 수는 없는 걸까?'

그녀는 이렇게 중얼거리며 다시 처음부터 시작했다.

'그는 진실하고 정직해. 그는 날 사랑해. 난 그를 사랑하고 시간이 지나면 이혼 문제도 해결되지 않을까? 뭐가 더 필요하지? 우리에겐 평온과 신뢰가 필요해. 내가 모든 걸 책임지는 거야. 그래, 이제 그가 오면 내가 잘못을 인정해야겠어. 물론 내가 잘못한 것은 아니지만. 그리고 그 사람과 함께 시골로 떠나는 거야.'

그녀는 그것에 대해 더 이상 생각하지 않으려고, 분노에 굴복하지 않기 위해, 벨을 울려 시골에 가져갈 짐을 꾸릴 트렁크를 가져오라고 지시했다.

열 시에 브론스키가 도착했다.

24

"오늘 하루는 어땠어요? 재미있었어요?"

안나는 미안해하는 것 같은 온순한 표정으로 그를 맞으며 물었다.

"늘 똑같죠, 뭐."

그는 그녀의 기분이 아주 좋다는 것을 한눈에 알고 이렇게 대답했다. 그는 이미 그런 변화에 익숙해져 있었다. 게다가 오늘은 그도 기분이 매우 좋았기 때문에 이러한 변화가 기뻤다.

"아니, 이게 뭐야! 안나, 잘했어!"

그는 현관 대기실에 놓은 트렁크를 가리키고 쳐다보며 말했다.

"네, 시골로 가야겠어요. 마차를 타고 돌아다녔더니 기분이 좋아져서 시골로 돌아가고 싶어졌어요. 당신을 붙잡을 만한 어떤 일도 없는 거죠?"

"난 오직 한 가지를 바랄 뿐이야. 금방 옷을 갈아입고 올 테니 같이 이야기해 보자고. 차를 내오라고 해 줘."

그리고 그는 서재로 들어갔다.

'잘했어!'라는 그의 말이 그녀는 모욕적으로 느껴졌다. 마치 떼를 쓰다 멈춘 아이에게 어른이 하는 말 같았다. 더욱더 모욕적인 것은 죄를 지은 듯한 그녀의 태도와 자신에 찬 그의 태도가 보여 주는 차이였다. 그래서 그녀는 순간적으로 자기 안에서 싸움의 욕구가 꿈틀대는 것을 느꼈다. 하지만 그녀는 온 힘을 다해 그것을 억누르고 애써 밝은 태도로 브론스키를 맞이했다.

그가 그녀에게 오자, 그녀는 그에게 하려고 미리 준비했던 말을 어느 정도 되풀이하면서 자신이 보냈던 하루 일과와 그들의 출발에 대한 계획을 이야기했다.

"있잖아요, 어떤 영감 같은 것이 내게 문득 떠올랐어요."

그녀가 말했다.

"우리가 무엇 때문에 여기서 이혼을 기다려야 하죠? 사실 시골에 있어도 똑같지 않을까요? 난 더 이상 여기서 기다리고만 있을 수는 없어요. 난 이제 이혼은 바라지도 않고 그것에 대한 어떤 말도 듣고 싶지 않아요. 난 더 이상 내 인생이 이혼에 영향을 받지 않을 거라고 판단했어요. 당신도 동의하죠?"

"아, 그럼요!"

그는 그녀의 흥분한 것 같은 얼굴을 왠지 모를 불안감으로 쳐다보았다.

"그런데 당신은 그곳에서 어떤 일을 했나요? 누가 왔죠?"

그녀는 잠시 아무 말이 없더니 이렇게 말했다.

브론스키는 안나에게 손님들의 이름을 얘기해 주었다.

"저녁 식사가 훌륭했소. 보트 경주도 그렇고. 모든 것이 매우 재미있었소. 하지만 모스크바 사람들은 우스꽝스러운 짓이 없으면 참지 못하더군. 스웨덴 왕비의 수영 교사인 부인은 직접 자기의 기술을 보여 주었소."

"어떻게 보여 줬나요? 그 여자가 수영을 한 건가요?"

안나는 찡그린 얼굴로 물었다.

"빨간색과 비슷한 수영복을 입었는데 늙고 추해 보이는 여자였소. 그런데 언제 시골로 출발하겠소?"

"정말 멍청하고 괴이하며 망측한 행동이군요! 그래, 그 여자가 남들과 다른 특별한 수영을 하던가요?"

안나는 그의 물음에 대한 답을 하지 않고 이렇게 말했다.

"정말이지, 전혀 특별해 보이지 않았소. 내가 말했잖소. 멍청하고 끔찍했다고. 그런데 당신은 언제 갈 생각이오?"

안나는 마치 불쾌한 상상이라도 떨쳐 버리려는 듯이 머리를 흔들었다.

"언제 출발하느냐고요? 빠르면 빠를수록 좋겠죠. 내일은 안 될 것 같고. 모레 떠나는 것이 좋겠어요."

"그래……. 아, 안 돼요. 잠깐. 모레는 일요일이잖소. 나는 어머니에게 다녀와야 해요."

브론스키는 매우 당황하며 말했다. 왜냐하면 그가 어머니의 이름을 얘기하는 순간 자신을 뚫어지게 쳐다보는 의심 가득한 안나의 차가운 시선을 느꼈기 때문이었다. 하지만 오히려 그의 당황한 모습은 그녀를 더욱 의심하게 했다. 그녀는 얼굴을 확 붉히면서 그에게서 조금 떨어졌다. 지금 안나의 눈앞에 생각나는 사람은 더 이상 스웨덴 왕비의 수영 교사가 아닌 모스크바 근처의 시골에서 브론스카야 백작 부인과 함께 살고 있는 소로키나 공작 영애였다.

"내일 갔다 와도 되는 거잖아요?"

안나가 말했다.

"안 돼요! 내가 처리하러 가야 할 문제가 있어서 그런 거요. 내일은 위임장과 돈을 받을 수 없어서 안 돼요!"

그가 대답했다.

"그럼 아예 시골로 가지 말기로 해요."

"또 왜 그러는 거요?"

"더 늦게는 싫어요. 월요일에 간다면 몰라도 더 늦어진다면 절대 떠나지 않을 거예요."

"도대체 왜 그러는 거요?"

브론스키는 놀란 듯이 이렇게 말했다.

"언제 출발하는지는 아무 의미 없잖아!"

"당신은 어떤 의미도 찾지 못하겠죠. 당신은 내게 관심이 없으니까요! 당신은 내 생활을 이해하려 하지 않아요. 내가 이곳에서 마음을 쏟을 수 있는 건 오직 한나뿐이에요. 당신은 한나에 대한 나의 사랑을 위선이라고 말하죠. 당신은 어제, 내가 딸도 사랑하지 않으면서 그 영국인 여자아이를 사랑하는 척한다고, 그게 자연스럽지 못하다고 말했잖아요. 난 알고 싶어요. 도대체 어떤 생활이 이곳에서 나를 자연스럽게 할 수 있을까요!"

순간 그녀는 번쩍하고 정신이 들었다. 그녀는 스스로의 목적을 배신한 것에 몸서리를 쳤다. 하지만 그녀는 스스로를 파멸로 몰아가고 있다는 것을 알면서도 자신을 억제할 수 없었고 브론스키에게 그가 얼마나 부당한지 보여 주는 것을 멈출 수 없었다. 그녀는 그에게 굴복할 수 없었기 때문이었다.

"난 절대 그런 말을 한 기억이 없소. 난 그런 예상치 못한 애정에 공감할 수 없어서 그렇게 말했을 뿐이요."

"어째서 당신은 자신의 정직함을 자랑하면서 진실은 말하지 않는 거죠?"

"난 그런 것을 자랑한 적이 없고 더구나 거짓말을 한 적도 없소."

그는 속에서 끓어오르는 분노의 감정을 애써 참으며 낮고 작은 목소리로 말했다.

"정말 유감이오. 난 당신이 나를 존중한다고 생각했는데……."

"존중은 말이죠, 사람들이 사랑이 있어야 하는 자리가 텅 비자, 그것을 감추기 위해 궁리해 낸 거예요. 만약 당신이 날 사랑하지 않는다면 사실대로 말하는 것이 훨씬 더 좋아요. 그게 더 정직하니까요."

"아니, 이제 도저히 참을 수가 없군!"

브론스키는 의자에서 일어나 그녀에게 버럭 소리를 쳤다. 그러고는 안나 앞에 서서 천천히 이야기를 시작했다.

"무슨 일 때문에 당신은 내 인내력을 시험하는 거요?"

그는 마치 더 많은 것을 말할 수도 있었지만 참는다는 표정으로 이렇게 말했다.

"인내에도 한계는 있는 거요."

"당신이 하고 싶은 이야기가 뭐죠?"

그녀는 그의 얼굴 전체에 보이는, 잔혹하고 무서운 눈동자에 떠오른 뚜렷한 증오의 표정을 바라보고는 순간 겁에 질려 소리쳤다.

"내가 하고 싶은 말은……."

그는 말을 꺼내려다 멈추더니 곧 다시 이었다.

"난 당신이 내게 바라는 것이 무엇인지 묻고 싶소."

"내가 무엇을 바라겠어요? 난 그저 당신이 지금 나에 대해 생각하는 것처럼 날 버리지 않기만을 바랄 뿐이에요."

그녀는 그가 못다 한 말을 눈치채고 이렇게 말했다.

"하지만 내가 진짜로 바라는 건 그게 아니에요. 그건 부수적인 것뿐이에요. 난 당신의 사랑을 원해요. 그런데 사랑이 없어졌으니, 그러니 모든 게 끝이에요!"

그녀는 문을 향해 걸어 나갔다.

"잠깐! 안나! 잠깐만!"

브론스키는 눈썹에 파인 음울한 주름 가득한 표정으로 그녀의 손을 잡으며 말했다.

"도대체 무슨 문제 때문에 이러는 거요? 난 시골로 가는 것을 사흘만 연기하자고 한 것뿐인데, 당신은 내가 거짓말을 한다고 생각하고 정직하지 못한 사람이라고 하니 말이오."

"네, 당신께 다시 한 번 말하죠. 날 위해 모든 것을 버리고 희생했다고 날 나무라고 꾸짖는 사람은……."

그녀는 이전에 싸울 때 나온 말을 다시 한 번 생각하며 이렇게 말했다.

"그 사람은 거짓을 말한 사람보다 더 나빠요. 그 사람은 심장이 없는 사람과 같아요."

"안나! 참는 것에도 한계가 있는 거야!"

그는 너무 화가 나 버럭 소리를 지르며 그녀의 손을 확 놓아 버렸다.

'저이는 날 증오해, 그건 거짓 없는 사실이야.'

그녀는 이렇게 생각했다. 그러고는 뒤도 돌아보지도 않고 말없이 쓰러질 듯 위태로운 걸음으로 방에서 나갔다.

'그는 다른 여자를 좋아하고 있어. 그건 더욱더 분명해졌어.'

그녀는 자기 방으로 들어가며 혼자서 중얼거렸다.

'난 오직 사랑만을 원해. 그런데 그 사랑이 없어졌어. 그러니 모든 게 끝난 것과 마찬가지야.'

그녀는 자신이 한 말을 다시 한 번 되뇌었다.

'이제 그와 끝내야 해.'

'하지만 어떻게? 어떻게 그럴 수 있을까?'

그녀는 홀로 자문하며 거울 앞의 안락의자에 앉았다.

이제 나는 어디로 가야 할까, 날 길러 준 친척 아주머니에게 가야 하나, 아니면 돌리에게 가야 할까, 그것도 아니면 그저 혼자 외국으로 떠나야 하는 것일까, 그는 지금 혼자 서재에서 무엇을 하고 있을까, 이제 정말 끝인 걸까, 아니면 아직도 화해가 가능하긴 한 걸까, 이제 페테르부르크에 있는 나의 옛 친구들은 나에 대해 뭐라고 이야기할까, 알렉세이 알렉산드로비치는 어떻게 생각할까, 이제 이별을 하고 나면 어떤 일이 일어날까 하는 수많은 생각들이 그녀의 머릿속을 스쳐 갔다. 하지만 그녀는 그 생각에 온 마음을 쏟지는 않았다. 그녀의 영혼 속에는 유일하게 그녀의 마음을 끄는 어떤 흐릿하게 떠오르는 생각이 있었지만 그녀는 그것을 스스로 깨달을 수 없었다. 알렉세이 알렉산드로비치에 대해 한 번 더 떠올린 순간, 그녀는 아이를 낳은 직후 병을 앓던 무렵과 그때 그녀를 맴돌던 많은 감정들을 기억해 냈다.

'그때 왜 난 죽지 않았을까?'

그 당시의 말과 감정이 그녀에게 떠올랐다. 그 순간, 문득 그녀는 자신의 영혼 속에 무엇이 숨겨져 있는지 알아차렸다. 그렇다, 그것이다, 오직 한 가지만이 모든 것을 해결할 수 있는 것이었다.

'그래, 죽음……!'

'알렉세이 알렉산드로비치의 수치와 치욕도, 세료자의 수치와 모욕도, 나의 끔찍한 수치도, 모든 게 나의 죽음으로 구원받을 수 있을 거야. 죽자. 그러면 그도 뉘우치게 될 거야. 날 불쌍히 여기고 날 다시 사랑하게 될 수 있을 거야. 나 때문에 괴로워하겠지.'

그녀는 안락의자에 앉아 스스로를 불쌍히 여기는 굳은 미소를 띤 채 왼손에서 반지를 꼈다 뺐다 하며 자신이 죽은 뒤, 그가 느끼게 될 감정을 다양한 측면에서 생생하고 자세하게 상상해 보았다.

이때 들려오는 발소리가, 그의 발소리가 그녀의 주의를 분산시켰다. 그녀는 마치 반지를 정돈하는 일에 집중하는 것처럼 그를 돌아보지도 않았다.

그는 그녀에게 다가와 그녀의 손을 잡고 다정하고 조용한 목소리로 말했다.

"안나, 당신이 바라는 대로 모레 떠나기로 해요. 당신이 원한다면 난 모두 찬성하겠소."

그녀는 아무 말도 하지 않았다.

"왜 그래?"

그가 물었다.

"당신 자신이 더 잘 알잖아요."

그녀는 대답했다. 그 순간 그녀는 자신을 억제할 힘을 잃어버린 채 주체할 수 없는 감정으로 흐느끼기 시작했다.

"날 버려요, 차라리 버려!"

안나는 흐느끼며 말했다.

"난 내일 떠나겠어요……. 그보다 더한 것도 할 수 있어요. 내가 누구예요? 타락한 여자잖아요. 난 당신의 목에 걸린 돌이에요. 난 당신을 괴롭히고 싶지 않아요. 정말 그러고 싶지 않단 말이에요! 당신을 자유롭게 놓아줄게요. 당신은 날 사랑하지 않아요. 당신은 내가 아닌 다른 여자를 사랑하고 있어요!"

브론스키는 그녀에게 제발 진정하라고 애원하며 그녀의 질투에는 어떤 근거도 없다고, 그는 결코 그녀에 대한 사랑을 단 한 번도 멈춘 적이 없고 앞으로도 그녀에 대한 사랑을 계속할 것이며, 이전보다 지금 더 그녀를 사랑하고 있다고 단언했다.

"안나, 무엇 때문에 당신 자신과 나를 이렇게까지 힘들게 하는 거요?"

그는 그녀의 두 손에 입맞춤을 하며 말했다. 그의 얼굴은 이제 부드러움으로 가득했다. 그녀는 그의 목소리에서 눈물 어린 울림을 듣고 자신의 손에서 그가 흘린 눈물의 촉촉함을 느꼈다. 그러자 안나의 절망적인 질투는 순식간에 그에 대한 열정적인 애정으로 변해 있었다. 그녀는 그를 안은 채, 그의 머리와 목과 두 손에 계속해서 키스를 퍼부었다.

25

안나는 브론스키와 완전히 화해했다고 생각하며 아침부터 활기차게 떠날 준비를 했다. 어제는 두 사람이 서로를 배려하고 양보하느라 월요일에 떠날지 화요일에 떠날지 결정하지 못했지만, 안나는 언제 떠나든 전혀 신경 쓰지 않는 자신을 느끼며 활발히 시골로 떠날 준비를 했다. 그녀가 자신의 방에서 트렁크를 열고 그 앞에서 물건을 정리하고 있을 때, 벌써 옷을 차려입은 그가 평소보다 조금 일찍 그녀의 방으로 들어왔다.

"지금 어머니에게 다녀오겠소. 어머니가 예고르를 통해 내게 돈을 보낼 수도 있고 그렇게 된다면 내일이라도 당신과 함께 떠날 수 있소."

그가 말했다. 비록 그녀의 기분이 좋긴 했지만, 어머니에게 다녀온다는 그의 말은 그녀의 가슴을 아프게 했다.

"아니에요, 난 준비하려면 시간이 더 걸릴 거 같아요."

그녀는 이렇게 말하며 동시에 이런 생각을 했다.

'그럼 처음부터 그는 내가 원하는 대로 일을 조정할 수도 있는 거였잖아.'

"괜찮아요. 당신이 원하는 대로 해요. 식당으로 가요. 나도 이 불필요한 물건들을 정리하고 곧 갈게요."

그녀는 이미 낡고 해진 옷가지를 산더미같이 들고 있는 안누슈카의 팔에 또 무언가를 올려놓으며 말했다.

그녀가 식당으로 들어왔을 때, 브론스키는 비프스테이크를 먹고 있었다.

"당신은 내가 이 방을 얼마나 지겨워했는지 상상할 수 없을 거예요."

그녀는 그의 옆, 그녀의 커피가 놓인 자리에 앉으며 말했다.

"이렇게 가구가 딸려 있는 방들보다 더 끔찍한 것도 없어요. 이런 방은 표정도 영혼도 없죠. 이 시계, 이 커튼, 무엇보다 이 벽지는 정말 끔찍 그 자체예요. 내게는 보즈드비젠스코예가 내가 꼭 가야 할 약속의 땅처럼 여겨져요. 말은 아직 보내지 않을 건가요?"

"아니, 말들은 우리보다 나중에 출발할 거요. 그런데 당신은 어디에 가려는 거요?"

"윌슨 부인에게 다녀오려고요. 그녀에게 옷을 가져다줄까 싶어서요. 그런데 내일 확실히 떠나는 건가요?"

그녀는 밝고 명랑한 목소리로 물었다. 그러나 그녀는 갑자기 표정이 변했다.

브론스키의 시종이 페테르부르크에서 온 전보의 영수증을 받기 위해 들어왔다. 브론스키가 전보를 받았다는 사실에 대해 전혀 특별함은 없었다. 그러나 그는 마치 그녀에게 무언가를 숨기고 싶어 하는 모습으로 서재에 영수증이 있다고 말하고는 황급한 태도로 그녀를 돌아보았다.

"내일 꼭 모든 문제를 해결하겠소."

"전보는 누구에게서 온 건가요?"

그녀는 그의 말을 들으려 하지 않고 이렇게 물었다.

"스티바."

그는 어쩔 수 없이 대답했다.

"그럼 왜 나에게 보여 주지 않는 건가요? 스티바와 나 사이에 비밀이 없다는 걸 알잖아요?"

브론스키는 시종을 다시 불러 아까 온 전보를 가져오라고 지시했다.

"스티바가 전보 보내는 것을 워낙 좋아하니까 난 당신을 위해 보여 주려 하지 않은 거요. 아무것도 결정된 것 없이 전보를 보내서 어쩌겠다는 거야?"

"이혼에 관한 것이군요?"

"맞소, 하지만 스티바는 '아직 아무 대답도 듣지 못함, 며칠 뒤에 확실한 답을 주기로 약속함.'이라고 썼소. 자, 여기 봐요."

안나는 떨리는 손으로 전보를 쥐고 브론스키가 말한 그 내용을 읽었다. 마지막에는 이런 구절이 덧붙여져 있었다.

'희망은 거의 없음. 하지만 가능, 불가능을 떠나 열심히 노력해 보겠음.'

"내가 어제도 당신에게 말했잖아요. 언제 이혼이 될지, 심지어 이혼을 할 수 있을지 없을지 나에게는 전혀 상관없다고요."

그녀는 붉게 물든 얼굴로 말했다.

"그러니 앞으로 이런 일로 내게 전혀 숨길 필요 없어요."

'이처럼 그는 그동안 다른 여자들과 주고받은 편지도 내게 숨기고 있었던 건 아닐까? 아니, 숨기고 있어.'

그녀는 생각했다.

"야쉬빈이 오늘 아침에 보이토프와 함께 우리 집에 놀러 오고 싶어 해요."

브론스키가 말했다.

"야쉬빈이 페프초프의 돈을 전부 땄다고 하더군요. 페프초프가 지불할 수 없을 만큼 많은 돈을 말이오. 육만 루블 정도."

"아니에요, 잠깐만."

그녀는 그가 대화의 주제를 바꾸면서 너무나도 명백하게 그녀가 화난 것을 모르는 채 지나가려는 것에 짜증이 나서 말했다.

"왜 당신은 내게 감추려고 할 정도로 내가 그 소식에 신경을 쓰고 있다고 생각하죠? 말했잖아요. 난 그것에 대해 생각조차 하고 싶지 않다고요. 그러니 당신도 내가 그런 것처럼 그 일에 관심 두지 않았으면 좋겠어요."

"난 당신과 달리 관심이 있소. 난 뭐든 분명하고 확실한 걸 좋아하니까."

그가 말했다.

"분명하게 해야 하는 건 그런 외적인 형식이 아니라 내적인 사랑이죠."

그녀는 그의 말보다 그가 말할 때 보여 준 냉정하고 침착한 태도에 더 욱더 화를 내며 이렇게 말했다.

"당신은 무엇을 위해 이혼을 바라는 거예요?"

'아, 하느님, 또 사랑 타령이 시작되었군.'

그는 인상을 쓰며 생각했다.

"당신도 내가 무엇 때문에 이혼을 원하는지 알잖아. 당신을 위해, 앞으로 생길 아이들을 위해서지."

그가 말했다.

"아이는 앞으로 더 이상 생기지 않을 거예요."

"그것 참 유감이오."

그가 말했다.

"당신이 그것을 필요로 하는 건 자식들만을 위해서예요. 당신은 전혀 나에 대해서 생각하지 않는군요?"

그녀는 그가 '당신을 위해, 아이들을 위해'라고 했던 말은 하나도 기억하지 못한 채, 아니 아예 듣지도 않은 채 이렇게 말했다.

아이를 갖는 것에 대한 문제는 그들이 오랫동안 논의를 했음에도 불구하고 그녀를 짜증 나게 한 문제였다. 그녀는 아이를 갖고 싶어 하는 그의 마음을 그가 그녀의 아름다움을 소중하게 생각하지 않는다는 뜻으로 잘못 해석했다.

"아까 내가 말했잖소. 모든 것이 다 당신을 위해서라고. 그 무엇보다 당신을 위해서요."

그는 마치 어떤 통증을 느끼는 것처럼 얼굴을 찡그리며 말을 되풀이했다.

"나는 당신의 초조함과 불안이 불확실한 처지에서 비롯된다고 확신하오."

'그래, 이제야 위선을 벗기 시작하는 군, 나를 향한 그의 차가운 증오가 다 보이는 것 같아.'

그녀는 그의 말은 듣지도 않고 그의 눈동자에 비치는 그녀를 자극하며 바라보고 있는 차갑고 냉혹한 심판자를 두렵고 떨리는 마음으로 응시했다.

"이유는 그게 아니에요."

그녀는 말했다.

"그리고 난 도무지 이해할 수 없어요. 어떻게 당신은 내가 완전히 당신의 세력 안에 속해 있다는 것이 나의 초조함의 원인이라고 생각할 수 있는 거죠? 여기에 어떤 불확실한 처지가 있다고 말하는 거예요? 오히려 그 반대예요."

"당신이 상황을 이해하려 들지 않으니 매우 유감스럽소."

그는 자신의 생각에 고집을 부리며 그녀의 말을 가로막았다.

"당신이 생각하는 불확실함은 내가 얽매이지 않은 자유로운 몸으로 보인다는 데 있소."

"그것에 관한 이야기라면 당신은 전혀 신경 쓰지 않아도 돼요."

그녀는 이렇게 말하고는 그에게서 등을 돌린 채 커피를 마셨다. 그녀는 작은 손가락 하나를 뻗은 채 찻잔을 들어 올리고 커피를 입으로 가져갔다. 그녀는 그것을 몇 모금 마시고는 그를 흘깃 쳐다보았다. 그리고 그의 얼굴 표정에서 그가 그녀의 손과 그녀의 몸짓과 그녀의 입술로 낸 소리에 혐오감을 느끼고 있다는 것을 확실히 눈치챌 수 있었다.

"난 당신의 어머니가 어떤 생각을 가지고 당신을 결혼시키려 들든 전혀 관심 없어요."

그녀는 떨리는 손으로 찻잔을 테이블에 내려놓으며 말했다.

"하지만 우린 지금 그 이야기를 하고 있는 게 아니잖소."

"아뇨, 바로 그 얘기를 하고 있는 거예요. 내 말을 들어 봐요. 난 심장이 없는 여자에겐 전혀 관심이 없어요. 그 여자가 늙었든 젊든, 그 여자가 당신의 어머니든 남이든 말이에요. 난 그런 여자에 대해 전혀 알고 싶지도 않아요."

"안나, 내 어머니에 대해 예의 없게 말하지 말아요."

"아들의 행복과 명예가 어디를 향해 있는지조차 헤아릴 수 없는 여자는 심장이 없는 여자예요."

"다시 한 번 부탁하겠소. 내가 존경하는 어머니에게 무례하게 말하지 말아요."

그는 언성을 높이고 그녀를 무섭게 쳐다보며 말했다.

하지만 그녀는 대답하지 않았다. 그녀는 그를, 그의 얼굴을, 그의 손을 차례로 뚫어지게 바라보며 어제 화해했던 그 순간과 그의 열정적인 입맞춤을 하나씩 떠올렸다.

'그 애무를, 그가 퍼부은 그 똑같은 애무를 그는 나에게 그랬듯이 다른 여자들에게도 할 테고 또 하기를 원하고 있어.'

그녀는 생각했다.

"당신은 어머니를 진심으로 사랑하지 않잖아요. 항상 말뿐이죠. 말, 말!"

그녀는 증오가 가득한 눈길로 그를 노려보며 말했다.

"그러면 나도……."

"그래요. 결심할 수밖에 없겠죠. 그래서 나도 마음의 결정을 했어요."

그녀는 이렇게 말하고 일어나 그 자리를 뜨려고 했다. 그러나 마침 그때 방으로 야쉬빈이 들어왔다. 안나는 그와 인사를 하고 밖으로 나가지 못한 채 멈춰 섰다.

왜 마음속에 폭풍이 휘몰아치고 그것이 어떤 끔찍한 결과를 불러올지도 모를 인생의 전환기라고 느끼는 이 심각한 순간에, 왜 이런 순간에 자신이 남 앞에서, 조만간 모든 것을 알게 될 타인 앞에서 아무 일도 없는 척하는지, 그녀는 알 수 없었다. 그러나 그녀 역시 자기도 모르게 내면의 폭풍을 잠재운 뒤, 다시 자리에 앉아 손님과 이야기를 나누기 시작했다.

"당신의 일은 잘 되어 가고 있나요? 빚은 받았어요?"

그녀가 야쉬빈에게 물었다.

"네, 그럭저럭. 하지만 빚을 전부 받지 못할 것 같습니다. 수요일에는 떠나야 하거든요. 그런데 두 분은 언제 떠날 예정이죠?"

야쉬빈은 실눈으로 브론스키를 쳐다보며 물었다. 분명 그는 둘이 방금 전까지 싸우고 있었다는 것을 눈치챈 듯했다.

"모레 출발할 것 같아."

브론스키가 말했다.

"하지만 두 분이 이미 오래전부터 계획했던 일이잖아요?"

"하지만 이번에는 정말이에요."

안나는 브론스키의 눈을 똑바로 쳐다보며 말했다. 그에게 화해는 생각하지도 말라는 시선으로…….

"정말로 당신은 그 불행한 페프초프를 동정하지 않나요?"

안나는 야쉬빈과 계속 대화를 나누었다.

"한 번도 나 자신에게 그가 불쌍한지 아닌지를 물어본 적 없습니다. 안나 아르카지예브나, 그것은 생사의 기로에 선 전쟁터에서 스스로에게 불쌍한가 아닌가를 묻지 않는 것과 마찬가지입니다. 내 모든 재산은 바로 여기 있습니다."

그는 자신의 옆 호주머니를 가리켰다.

"지금 난 부자입니다. 하지만 지금 당장 클럽으로 달려가면 거지가 되어 나올지도 모릅니다. 나와 함께 앉은 자 역시 나를 발가벗기고 싶어 할 테니까요. 나도 그렇고요. 음, 우리는 지금 싸우고 있는 겁니다. 그리고 그런 싸움에는 희열이 있지요."

"그럼 만약 당신이 결혼을 했다면 어떨까요?"

안나가 말했다.

"당신의 아내는 어떤 심정일까요?"

야쉬빈은 웃음을 터뜨리며 말했다.

"내가 결혼을 하지 않는 것도, 또 할 생각조차 하지 않는 것도 아마 그 때문인가 봅니다."

"그럼 헬싱포르스는?"

브론스키도 대화에 끼어들며 미소를 짓고 있는 안나를 쳐다보았다.

그와 시선이 마주치자 안나의 얼굴은 순간 차갑고 딱딱한 표정을 띠었다. 그녀는 그에게 '아까 일은 잊지 않았어요. 지금도 모든 게 그대로예요.'라고 말하는 듯했다.

"당신도 사랑을 한 적이 있나요?"

그녀가 야쉬빈에게 물었다.

"오, 하느님! 당연히 여러 번 있지요! 하지만 이해할 수 있겠습니까? 어떤 사람은 카드를 하려 자리에 앉았다가도 밀회 시간이 되면 언제든 자리에서 일어날 수 있습니다. 하지만 나는 그 반대로 사랑에 몰두하다가도 저녁때 도박을 할 시간이 되면 늦지 않게 갈 수 있는 사람입니다. 난 그렇습니다."

"아뇨, 내가 묻는 건, 그게 아니라 참다운 사랑에 대해서예요."

그녀는 '헬싱포르스'에 대해서라고 말하고 싶었지만 브론스키가 한 말을 자신의 입에 담고 싶지 않았다.

종마를 산 보이토프가 도착했기 때문에 안나는 자리에서 일어나 방에서 나갔다. 집을 나서기 전, 브론스키는 그녀의 방으로 찾아왔다. 그녀는 테이블에서 어떤 것을 바쁘게 찾는 것처럼 행동하고 싶었지만, 거짓 행세를 하는 것이 왠지 부끄러워서 차가운 시선으로 그의 얼굴을 똑바로 쳐다보았다.

"뭐 필요한 것이 있나요?"

그녀는 프랑스어로 그에게 물었다.

"감베타의 혈통 증명서를 찾으러 왔소. 그 말이 팔렸거든."

그의 표정은 '난 당신과 논쟁할 시간이 없었어. 그래 봤자, 그것은 어떤 결과도 가져오지 않아.'라고 말하고 있는 듯했다.

'난 그녀에게 어떤 잘못도 하지 않았어!'

그는 생각했다.

'만약 그녀가 나를 벌하려고 한다면 그녀 자신에게 더욱 나쁠 거야.'

하지만 방에서 나왔을 때, 그는 그녀가 자신에게 뭐라고 말한 것만 같았다. 그러자 불현듯 그의 가슴이 그녀에 대한 연민으로 가득 차올라 떨리기 시작했다.

"안나, 뭐라고 했소?"

그가 물었다.

"아무 말도 하지 않았어요."

그녀는 여전히 차갑고 냉정하게 말했다.

'아무 말도 하지 않았다면 그것은 더욱 나쁘고.'

그는 생각했다. 그러고는 다시 냉담해진 마음으로 방에서 나갔다. 방에서 나가는 찰나에 그는 거울을 통해 입술을 바르르 떠는 그녀의 핏기 없는 하얀 얼굴을 보았다. 그는 그 자리에 멈춰 서서 그녀에게 어떤 위로의 말을 하고 싶었지만 그가 무슨 말을 할지 생각하기도 전에 두 다리가 그를 방에서 끌고 나갔다. 그날 하루 종일 그는 집 밖에서 시간을 보냈다. 그가 밤늦게 집에 들어 왔을 때, 하녀는 안나 아르카지예브나가 머리가 아프니 아무도 그녀의 방에 들어오지 말라고 부탁했다는 말을 그에게 전했다.

26

지금까지 이렇게 둘의 다툼이 하루 종일 지속된 적은 한 번도 없었다. 오늘 처음 있는 일이었다. 더군다나 그것은 싸움이 아니라 그의 사랑이 완전히 식었다는 명백한 인정이었다. 어떻게 그는 증명서를 가지러 방에 들어올 때처럼 그런 표정으로 그녀를 쳐다볼 수 있을까? 어떻게 그는 그런 눈빛으로 그녀를 바라보고 내 가슴이 절망으로 찢어지는 것을 보고도 그렇게 무심하게 태연한 척 아무 말 없이 지나칠 수 있었을까? 그는 그녀를 차갑게 대하는 것이 아니라 그녀를 증오하는 것이다. 이 모든 게 그가 다른 여자를 사랑하기 때문이었다. 그게 분명했다.

안나는 그가 내뱉은 잔인한 말들을 떠올리며 그가 그녀에게 하고 싶었거나 할 수도 있는 말까지 떠올려 보고는 더욱더 분노했다.

'당신이 떠난다면 난 당신을 붙잡지 않겠소.'

그는 그렇게 말하고 싶었는지도 모른다.

'당신이 원한다면 어디든지 가도 좋소. 당신은 이혼을 원하지 않았소. 그것은 분명히 다시 그에게 돌아가기 위해서요. 돌아가시오. 만약 당신에게 돈이 필요하다면 주겠소. 얼마나 필요하오?'

잔혹한 사람이 내뱉을 수 있는 가장 심한 말들. 그는 그녀의 상상 속에 나타나 그녀에게 들어 보지 못한 심한 말들을 내뱉었다. 그리고 그녀는 마치 그가 실제로 그 말들을 한 것처럼 그의 말을 용서할 수 없었다.

'진실하고 정직한 그가 나에게 사랑을 맹세한 것이 불과 어제였잖아? 난 이미 수차례 쓸데없이 슬픔의 탄식에 잠기곤 했잖아?'

그녀는 뒤이어 자신에게 이렇게 말했다.

그날 하루, 안나는 잠시 윌슨 부인을 찾아가 두 시간 정도 있다 온 것을 제외하고는 모든 것이 끝난 게 아닐까, 아직 화해할 가능성이 있을까, 지금 당장 떠나야 할까 아니면 한 번 더 그를 만나 봐야 하는 걸까 하는 의문 속에서 하루를 보냈다. 그녀는 그렇게 하루 종일 그를 기다렸다. 그리고 어두운 밤이 되자, 그녀는 방으로 가는 길에 자신이 머리가 아프다는 말을 그에게 전하도록 지시하고는 생각했다.

'만약 그가 하녀의 말을 듣고도 날 찾아온다면, 그건 그가 아직 날 사랑하고 있다는 뜻일 거야. 하지만 만약 그가 나를 보러 오지 않는다면, 그건 모든 게 끝났다는 뜻이겠지. 그때는 나도 앞으로 무엇을 해야 할지 결정하겠어!'

그날 밤에 그녀는 마차가 멈추는 소리, 그가 벨을 누르는 소리, 집으로 들어온 그의 발소리 그리고 그가 하녀와 이야기하는 소리를 들었다. 그는 자신이 하녀에게 전해 들은 말을 그대로 믿고 더 이상 알아보려 하지도 않으며 아무렇지 않게 자기 방으로 향했다. 따라서 결국 그녀는 모든 것이 끝났다고 생각했다.

그러자 그녀의 마음속에는 죽음이라는 것이 또렷하고 생생하게 떠올랐다. 그의 마음에 그녀에 대한 사랑을 되살려 깨닫게 하고, 그를 벌주고, 그녀의 마음에 살고 있는 사악한 영이 그와의 싸움에서 승리를 거둘 단 한 가지 방법…….

그녀는 이제 어떻게 되든 상관없었다. 보즈드비젠스코예에 가든 말든, 남편에게서 이혼에 관한 동의를 얻든 말든, 어떤 것도 필요하지 않았다. 이제 그녀에게 필요한 건 오직 하나, 그를 벌주고 싶은 것뿐이었다.

아편을 평소 분량만큼 직접 따르며 자신의 목숨을 끊으려면 그 한 병을 모두 다 마시기만 하면 된다고 생각하자, 그것은 그녀에게 너무나 쉽고 간단한 것처럼 느껴졌다. 그가 시간을 되돌릴 수 없을 만큼 늦었을 때 얼마나 괴로워하고 후회하며 그녀에 대한 기억을 사랑하게 될까 하고, 그녀는 행복하고 달콤한 상상에 빠지기 시작했다. 그녀는 뜬눈으로 침대에 누워, 거의 다 타 버린 초 한 자루의 흐릿한 불빛 속에서 칸막이 일부를 덮은 그림자와 천장의 돌림띠 장식을 쳐다보았다. 그리고 그녀가 목숨을 잃어 더 이상 이 세상에 존재하지 않고 오직 추억으로만 그에게 존재하게 될 때 그가 어떤 감정을 느낄지 생생하게 그려 보았다.

'내가 어떻게 안나에게 그런 잔혹하고 심한 말을 할 수 있었을까?'

그는 이렇게 말할 것이다.

'어떻게 내가 그녀에게 한마디 위로도 하지 않은 채 방에서 나갈 수 있었을까? 하지만 후회해도 이제 그녀는 없다. 그녀는 영원히 내 곁을 떠났다. 그녀는 저세상에…….'

갑자기 칸막이의 그림자가 움직이더니 돌림띠 전체를, 천장 전체를 뒤덮었다. 그리고 그것을 만나러 가기라도 하듯 반대편에서 다른 그림자가 돌진했다. 그림자들이 순간 흩어지나 싶더니 다시 빠르게 다가와 잠시 흔들리는 것 같더니 하나로 합쳐졌다. 그리고 그 모든 것들이 어둠 속에 잠겼다.

'그래, 죽음뿐이야.'

그녀는 생각했다. 그러자 갑자기 극심한 공포가 그녀를 덮쳐 와서 순간, 그녀는 오랫동안 자신이 어디 있는지조차 알 수 없었다. 그녀는 공포감에 손이 떨려서 성냥을 찾을 수도, 다 타서 꺼져 버린 초 대신 다른 초를 찾아 불을 붙일 수도 없었다.

'아냐, 그래도 역시 살아 있어야만 해! 난 진심으로 그를 사랑해. 그

도 정말 날 사랑하고 있어! 이것은 다 과거의 일일 뿐 곧 좋아질 거야.'

그녀는 삶으로 돌아온 것에 대한 기쁨에 자신도 모르게 눈물이 뺨을 타고 흐르는 것을 느끼며 혼잣말을 했다. 그리고 그녀는 죽음의 공포에서 벗어나기 위해 황급히 그의 서재로 향했다.

그는 서재에서 깊이 잠들어 있었다. 그녀는 그에게 다가가 그의 얼굴을 비추며 오래도록 가만히 잠이 든 그를 바라보았다. 잠든 그의 얼굴을 바라보고 있는 지금, 그녀는 그에 대한 사랑이 너무도 깊어 그를 바라보는 동안 흐르는 사랑의 눈물을 참을 수 없었다. 하지만 그녀는 알 수 있었다. 만일 그가 잠에서 깨면 그는 또다시 자신의 정당성에 신경 쓰며 차가운 시선으로 그녀를 바라보리라는 것을. 그리고 틀림없이 그녀는 자신의 사랑을 그에게 고백하기도 전에 그가 자기에게 얼마나 잘못했는지를 깨닫게 하려 들리라는 것을. 그녀는 그를 깨우지 않고 조용히 자기 방으로 돌아와 또 한 번 아편을 복용하고는 다음 날 아침까지 무겁고 불완전한 잠에 빠져들고 말았다. 하지만 그녀는 잠을 자고 있는 내내 계속 의식을 잃지 않았다.

아침에 끔찍한 악몽이, 그녀가 그와 관계를 맺기 전부터 그녀의 꿈에 여러 번 되풀이되었던 그 악몽이 또다시 나타나 그녀를 잠에서 깨웠다. 수염이 헝클어진 늙고 왜소한 농부는 쇠붙이 위에 몸을 구부린 채 어떤 행동을 하며 의미를 알 수 없는 프랑스 말을 중얼거렸다. 그리고 그 악몽을 꿀 때마다 늘 그랬듯이—그 꿈의 공포가 바로 여기에 있었다.—그녀는 그 왜소한 농부가 그녀에게는 전혀 관심을 두지 않은 채 그녀를 위해 쇠붙이로 무언가 무서운 것을 만들고 있다고 느꼈다. 그녀는 온몸에 식은땀을 흘리며 잠에서 깼다.

침대에서 일어나자, 어제의 일들이 마치 안개에 싸인 듯 어렴풋하게나마 떠올랐다.

'그와 싸움이 있었어. 이미 여러 번 있었던 일이 다시 한 번 일어난 거지. 난 머리가 아프다고 말했고, 그래서 그는 내 방을 지나쳐 갔어. 내일 우리는 함께 떠날 거야. 난 그를 만나 떠날 준비를 해야 해.'

그녀는 혼잣말을 했다. 그녀는 그가 서재에 있는 것을 알고 있었기 때문에 곧장 서재로 향했다. 그녀는 응접실을 지나치면서 현관 입구에 네 개의 바퀴가 달린 마차가 멈추는 것 같은 소리를 들었다. 그 소리에 창밖을 내다보니 마차 한 대가 보였다. 그리고 라일락색 모자를 쓴 젊은 여자가 마차에서 몸을 내밀며 벨을 누르고 있는 하인에게 무엇인가를 지시하는 것이 보였다. 현관의 대기실에서 논의와 절충이 끝나자 누군가가 이 층으로 올라갔고, 응접실 옆에서 브론스키의 발걸음 소리가 들렸다. 그는 빠른 걸음으로 계단을 내려갔다. 안나는 다시 창문으로 다가가서 밖을 내려다보았다. 라일락 색 모자를 쓴 젊은 여자는 그에게 꾸러미 같은 것을 건넸다. 브론스키는 미소를 지으며 그녀에게 뭐라고 말하는 듯이 보였다. 마차는 떠났다. 그는 다시 빠른 걸음으로 계단을 뛰어 올라오는 듯했다.

그녀의 마음속의 모든 것을 뒤덮고 있던 안개가 갑자기 사방으로 흩어지며 어제의 감정이 새로운 통증으로 찾아와 그녀의 아픈 심장을 다시 한 번 조여 왔다. 그녀는 어떻게 자신이 그의 집에서 그와 함께 꼬박 하루를 보낼 만큼 자신을 낮출 수 있었는지 도무지 이해할 수 없었다. 그녀는 그에게 자신의 결심을 이야기하기 위해 그의 서재로 들어갔다.

"소로키나 부인이 딸과 함께 들러 내게 어머니께서 보내 주신 돈과 서류를 대신 전해 줬소. 어제 내가 못 받았거든. 머리는 어때요, 괜찮아졌소?"

그는 그녀의 얼굴에 떠오른 침울하고 엄숙한 표정을 보려고 하지도 않고, 그녀가 왜 그런지 이해하려고 하지도 않으며 침착하게 말했다. 그녀는 방 한가운데 서서 말없이 그를 뚫어지게 응시했다. 그는 그녀를 흘깃 쳐다보고는 순간 인상을 쓰며 계속 편지를 읽어 내려갔다. 그녀는 돌아서서 천천히 서재에서 걸어 나갔다. 그는 그녀를 불러 다시 방으로 되돌아오게 할 수 있었지만, 그녀가 문 가까이에 이르도록 계속 침묵하고 있었다. 그 방에는 오직 서류를 넘기는 소리만 들릴 뿐이었다.

"아, 그래서 말인데……."

그는 그녀가 이미 문지방을 넘어섰을 때 입을 열었다.

"내일 우리 떠나기로 한 것 맞지? 그렇지?"

"당신은 떠나요. 하지만 난 아니에요."

그녀는 그를 뒤돌아보며 말했다.

"안나, 우리 이런 식으로는 계속 함께 살 수 없어……."

"당신은 가라고요. 하지만 난 가지 않을 거예요."

그녀가 말을 되풀이했다.

"도저히 참을 수 없군!"

"당신……, 당신은 그 말을 정말 후회하게 될지도 몰라요."

그녀는 이렇게 말하고 방에서 나가 버렸다. 이 말을 할 때의 그녀의 절망적인 표정에 깜짝 놀란 그는 자리에서 벌떡 일어나 그녀를 뒤쫓아 가려고 했다. 하지만 그는 금방 냉정을 되찾고 침착하게 다시 자리에 앉아 입을 굳게 다물고 얼굴을 찌푸렸다. 뭔가에 대한 그 무례한—그에게는 그렇게 느껴졌다.—협박이 그를 몹시 화나게 했다.

'난 모든 방법을 다해 봤어.'

그는 생각했다.

'남은 건 오직 하나, 그녀에 대해 신경 쓰지 않는 거야.'

그리고 그는 시내로 나가 다시 어머니를 찾아뵐 준비를 했다. 위임장에 어머니의 서명을 받아야 하기 때문이다.

그녀는 서재와 식당을 돌아다니는 브론스키의 발소리를 들었다. 그는 응접실에서 걸음을 멈추는 듯했다. 하지만 그는 그녀의 방으로 오지 않았고, 자기가 없더라도 보이토프에게 수말을 내주라는 지시만 내릴 뿐이었다. 그다음으로 그녀는 마차가 준비되는 소리, 문이 열리는 소리 그리고 그가 다시 나가는 소리를 들었다. 하지만 그는 다시 현관으로 들어왔고, 누군가가 이 층으로 뛰어 올라가는 듯한 소리가 들렸다. 그것은 시종이 브론스키가 깜빡 놓고 간 장갑을 가지러 뛰어 올라오는 소리였다.

그녀는 창문으로 다가가 창밖으로 보이는 그를 보았다. 그는 눈길도 주지 않고 장갑을 받아 들고는 한 손으로 마부의 등을 두드리며 그에게 뭐라고 말하는 듯이 보였다. 그런 다음 그는 창문은 쳐다보지도 않은 채 마차 안에서 늘 그렇듯이 다리를 꼬고 앉아 장갑을 끼며 모퉁이 너머로 사라져 갔다.

27

'그는 떠났어! 이제 끝이야!'

안나는 창가에 서서 혼자 중얼거렸다. 그러자 그 질문에 대한 답인 것처럼 촛불이 꺼졌을 때의 암흑과 끔찍한 꿈의 기억이 하나로 어우러져 그녀의 심장은 차가운 공포로 가득했다.

'아냐. 그럴 리가 없어!'

그녀는 이렇게 소리치고는 방을 지나쳐 벨을 세게 울렸다. 지금 그녀는 혼자 있는 것이 너무나 두려웠기 때문에 하인이 오기를 기다리지 않고 곧장 그를 맞으러 나갔다.

"백작님이 언제쯤 귀가하시는지 알아봐."

그녀가 말했다.

하인은 "백작님은 마구간에 계십니다." 하고 대답했다.

"백작님은 만약 마님이 외출하는 데 마차가 필요하다면 마님께 당장 돌려보내겠다고 알려 드리라 당부하셨습니다."

"좋아. 잠깐만 기다려. 당장 그에게 편지를 써야겠어. 미하일에게 편지를 줘서 그가 있는 마구간으로 보내. 어서."

그녀는 자리에 앉아서 그에게 편지를 썼다.

'브론스키, 내가 잘못했어요. 집으로 돌아와요. 우리 함께 의논해요. 제발, 돌아와 줘요. 전 지금 혼자 너무 무서워요.'

그녀는 편지를 봉인하고 하인에게 건넸다.

그녀는 혼자 있기가 두려워 하인을 따라 방에서 나와 아이 방으로 향했다.

'어머, 이 아이는 그 애가 아니야! 그 아이의 푸른 눈동자, 사랑스럽고 수줍은 미소는 어디로 간 거지?'

세료자 대신 검은 머리와 발그레한 뺨을 지닌 포동포동한 여자아이를 본 순간, 그녀의 머릿속에 처음 떠오른 생각이었다. 그녀는 생각이 뒤엉켜 있던 탓에 아이 방에서 자신의 아들 세료자를 볼 수 있을 거라 생각했던 것이다. 그 여자아이는 테이블 앞에 앉아 코르크로 테이블을 고집스레 쿵쿵 치면서 구스베리 열매 같은 까만 눈동자로 어머니를 멍하게 쳐다보고 있었다. 안나는 영국인 가정교사의 물음에 자신은 아주 건강하며 내일 그와 함께 시골로 떠날 거라고 답한 뒤, 아이 옆에 앉아 그 앞에서 코르크 마개를 빙글빙글 돌렸다. 그러나 해맑은 아이의 웃음소리와 한쪽 눈썹으로 짓는 눈짓이 너무나 생생하게 브론스키를 떠올리게 해서 그녀는 감정을 주체할 수 없었다. 그녀는 감정을 억누르며 황급히 일어나 방에서 나왔다.

'정말 모든 게 끝인 걸까? 아냐, 그럴 리 없어.'

그녀는 생각했다.

'그는 나에게 돌아올 거야. 하지만 그는 그 여자와 이야기하고 난 뒤 자신의 생기 넘치는 모습과 밝아진 미소를 어떻게 나에게 설명할까? 하지만 그의 변명이 없어도 난 그를 믿을 거야. 만약 믿지 못하면, 난 이렇게 혼자 남게 돼. 그러고 싶지 않아.'

시계를 바라보니 그 후로 십이 분이 지났다.

'지금쯤 그는 내 편지를 받고 집으로 돌아오는 중일 거야. 그리 오래 걸리지 않을 거야. 십 분만 더 지나면……. 하지만 그가 돌아오지 않으면 어떡하지? 아니야, 그럴 리 없어. 그에게 눈물 때문에 퉁퉁 부은 눈을 보여서는 안 돼. 씻으러 가야겠어. 참, 맞아, 머리는 빗었나?'

그녀는 스스로에게 물었다. 그러나 아무 생각도 나지 않았다. 그녀는 손으로 머리를 매만져 보았다.

'그래 빗었군. 하지만 언제 빗었는지 정확히 생각나지 않아.'

그녀는 자신의 손마저 믿을 수 없어서 자신이 정말로 머리를 빗었는지 보기 위해 거울 쪽으로 다가가 머리를 바라보았다. 머리는 곱게 빗겨져 있었다. 그러나 그녀는 자기가 언제 머리를 빗었는지 기억할 수 없었다.

'이게 누구지?'

그녀는 거울 속에서 두려움에 질린 채 알 수 없는 반짝이는 눈으로 자기를 바라보는 타오르는 듯한 얼굴을 쳐다보며 중얼거렸다.

'저건 나야.'

그녀는 문득 깨달았다. 그녀는 거울로 자신의 온몸을 유심히 훑어보는 동안 자신의 몸에 그의 키스가 닿는 것 같은 느낌이 들었다. 그녀의 몸은 떨렸고 어깨는 움찔했다. 그러고는 자신의 손을 입술에 대고 키스했다.

'뭐야, 내가 미쳤나 봐.'

그녀는 침실로 향했다. 그곳에서는 안누슈카가 방을 정돈하고 있었다.

"안누슈카."

안나는 하녀 앞에서 자신이 무슨 말을 하는지도 모르는 채 그녀를 쳐다보고 서 있었다.

"다리야 알렉산드로브나에게 가고 싶어 하셨잖아요."

하녀는 마치 그녀를 이해하는 것처럼 이렇게 말했다.

"다리야 알렉산드로브나에게? 그래, 맞아. 난 그곳에 가야겠어."

'그곳까지 가는 데 십오 분, 돌아오는 데 십오 분이 걸릴 거야. 하지만 그는 이미 출발했을 거야. 곧 도착할 거야.'

그녀는 시계를 꺼내 보았다.

'하지만 어떻게 이런 상황에 날 내버려 두고 집을 떠날 수 있지? 어떻게 나와 화해하지 않고 살 수 있는 거지?'

그녀는 창가로 다가가 그가 올 거리를 바라보았다. 그가 돌아오기에 충분한 시간이 흘렀었다. 하지만 그녀의 계산이 잘못되었는지도 모른다. 그래서 그녀는 그가 언제 출발했을지 다시 예상하며 시간을 계산하기 시작했다.

그녀가 자기 시계를 점검하기 위해 큰 시계 쪽으로 걸어가고 있을 때, 누군가가 마차를 타고 집 쪽으로 오는 것이 보였다. 그녀는 창문으로 흘깃 내다보고는 그것이 그의 마차임을 한눈에 알아보았다. 하지만 아무도 계단을 올라오지 않았고 아래층에서는 누군가의 목소리만 들려왔다.

그것은 편지를 전하기 위해 보낸 심부름꾼의 목소리였다. 그녀는 그를 향해 내려갔다.

"백작님을 찾지 못했습니다. 백작님은 이미 니제고로드선 기차를 타고 떠나신 뒤였습니다."

"뭐라고?"

그녀는 편지를 돌려준 붉은 얼굴의 명랑하고 활발한 미하일에게 말했다.

'그래, 그는 결국 편지를 받지 못했구나.'

그녀는 생각했다.

"이 편지를 들고 시골의 브론스카야 백작 부인 댁으로 가서 곧바로 답장을 받아 와."

그녀는 심부름꾼에게 말했다.

'그런데 그동안 난 도대체 뭘 하지?'

그녀는 생각했다.

'그래, 돌리에게 가자. 그게 좋겠어. 그렇게 하지 않으면 난 미칠지도 몰

라. 그래, 전보를 칠 수도 있지.'

그리고 그녀는 전보의 문구를 써 내려갔다.

'당신과 꼭 이야기를 하고 싶어요. 당장 돌아와 줘요.'

그녀는 전보를 보내고 나서 옷을 갈아입으러 방으로 갔다. 외출 준비를 위해 옷을 갈아입고 모자를 쓴 뒤, 그녀는 다시 포동포동 살찐 차분한 안누슈카의 눈을 쳐다보았다. 그 조그맣고 선한 회색 눈동자에 그녀를 향한 연민의 빛이 보였다.

"안누슈카, 난 어떻게 하면 좋지?"

안나는 순간 흐느끼며 안락의자에 힘없이 주저앉고 말았다.

"걱정하지 마세요. 안나 아르카지예브나? 이런 일은 종종 일어났잖아요. 밖으로 나가서 기분 전환이라도 하고 오세요."

하녀가 말했다.

"맞아, 나가야겠어."

안나는 그렇게 냉정을 되찾고 자리에서 일어나며 말했다.

"내가 없을 때 혹시 전보가 오면 다리야 알렉산드로브나의 집으로 사람을 보내……. 아냐, 내가 올게."

'그래, 그만 생각하자. 난 지금 뭐라도 해야 해. 나가는 거야. 우선 이 집을 벗어나야 해.'

그녀는 두려운 마음으로 가슴속에서 끓어오르는 무시무시한 소리에 귀를 기울이며 말했다. 그러고는 정신을 차리지 못할 정도로 매우 급히 밖으로 나가 마차에 올라탔다.

"어디로 모실까요?"

출발 전, 표트르가 마부석에 앉기 전에 물었다.

"즈나멘카의 오블론스키 댁으로."

그녀가 말했다.

28

날씨는 맑고 따뜻했다. 오전 내내 비가 가늘게 내리더니 지금은 날이 활짝 개었다. 함석지붕, 인도의 포석, 포장도로의 자갈, 마차 바퀴와 마구의 가죽, 사륜마차의 놋쇠판, 그 모든 것들이 오월의 햇살을 받아 매우 눈부시게 빛났다. 거리가 가장 활기를 띠는 시간인 세 시였다.

회색 말들이 빠르게 달렸음에도 불구하고 탄력 있는 스프링 덕분에 거의 흔들리지 않는 편안한 마차의 한구석에 앉아 계속해서 들리는 바퀴 소리와 맑은 대기의 빠르게 변하는 인상들 속에서 최근 일어났던 일들을 다시 곰곰이 되새기는 동안, 안나는 자신의 처지가 집에서 생각하던 것과는 전혀 다르다는 것을 깨달았다. 이제 그녀에게 죽음에 대한 생각은 더 이상 무섭거나 또렷하게 다가오지 않았고, 죽음 자체도 더 이상 피할 수 없는 것으로 보이지 않았다. 지금 그녀는 그렇게까지 자신을 낮춘 것에 대해 스스로를 꾸짖고 있었다.

'난 그에게 날 용서해 달라고 애처롭게 사정하고 있어. 난 그에게 굴복한 거야. 내가 잘못했다고 스스로 인정한 거지. 왜? 무엇 때문에? 정말 난 그 사람 없이는 살아갈 수 없는 걸까?'

그리고 안나는 그 없이 살아갈 수 있을까 하는 물음에 답하지 않고 주위 간판들을 읽기 시작했다.

'사무소와 창고, 치과 병원. 그래, 난 돌리에게 이 모든 것을 이야기할 거야. 그녀는 브론스키를 좋아하지 않아. 매우 부끄럽고 마음 아프지만, 그녀에게 나의 모든 걸 말하겠어. 그녀는 날 사랑하니까. 그리고 그녀의 조언을 따르겠어. 난 그에게 절대 굴복하지 않아. 그가 나를 가르치도록 두고 보지는 않겠어. 필립포프, 제과점. 그 사람은 페테르부르크에도 밀가루 반죽을 판다고 하던데. 모스크바의 물은 정말 좋아. 미치쉬치 우물과 블린.'

그리고 그녀는 아주 오래전, 그녀가 아직 열일곱 살이었을 때 친척 아주머니와 성 세르기우스 대수도원에 갔던 일을 기억해 냈다.

'그때도 마차를 타고 갔지. 손이 빨간 그 소녀가 정말 나였을까? 그 시절 그처럼 아름답고 다가갈 수 없을 것처럼 보였던 것들 가운데 얼마나 많은 것들이 지금은 보잘것없이 되어 버렸나! 하지만 그 시절의 것들은 지금도 앞으로도 영원히 손에 잡을 수 없어. 그때 내가 이렇게까지 떳떳하지 못하게 될 거라고 상상이나 했을까? 그는 내 편지를 받고 얼마나 잘난 체하고 건방진 모습으로 흡족해할까! 하지만 난 그에게 그의 잘못을 증명하고 말겠어……. 저 페인트 냄새는 정말 역해! 왜 사람들은 늘 페인트칠을 하고 건물을 짓는 걸까? 유행과 정장.'

그녀는 간판을 읽었다. 지나가던 한 남자가 그녀에게 허리 숙여 인사했다. 그 사람은 안누슈카의 남편이었다.

'우리 집의 더부살이.'

그녀는 브론스키의 말을 떠올렸다.

'우리? 어째서 우리지? 과거를 송두리째 뽑을 수 없다는 것은 끔찍한 일이야. 그에 대한 기억을 모두 뽑아낼 수는 없어도 감출 수는 있어. 난 모든 기억을 감출 거야.'

그리고 그때 그녀는 알렉세이 알렉산드로비치와의 과거를, 그때 자신이 그를 기억에서 어떻게 지웠는지를 떠올렸다.

'돌리는 내가 두 번째 남편을 버리면 안 된다고. 어쩌면 내가 잘못 생각했다고 말하겠지. 난 정말 바르게 살고 싶어! 하지만 지금 난 그럴 수 없어!'

그녀는 이렇게 혼잣말을 했다. 그녀는 소리 내어 울고 싶었다. 하지만 곧 저 두 아가씨가 무슨 이유로 저렇게 미소 지을 수 있는지 상상하기 시작했다.

'분명히 사랑에 관한 이야기겠지? 저 아가씨들은 몰라. 사랑이 얼마나 쓸쓸하고 낮고 보잘것없는 것인지……. 가로수 길. 아이들. 세 소년이 말놀이를 하면서 달려가고 있네. 세료자! 난 모든 걸 잃고 그를 돌아오게 할 수도 없을 거야. 그래, 그이가 돌아오지 않으면 난 모든 것을 잃게 돼. 어쩌면 그는 기차를 놓치고 지금쯤 벌써 집으로 돌아와 있을 거야. 넌 다시 자신에게 비굴해지고 싶은 거니!'

그녀는 스스로에게 말했다.

'아냐, 난 돌리의 집으로 가서 그녀에게 나의 상황을 솔직히 이야기하겠어. 난 불행해요. 내 불행은 내게 마땅하죠. 내 잘못이에요. 그렇지만 난 불행해요. 제발 날 도와줘요. 이렇게 말하는 거야. 저 말들, 이 마차. 이 마차 안에 있는 나 자신이 내게 얼마나 싫고 미운지, 모든 게 그의 것이야. 하지만 더 이상 이런 것들을 보지 않게 될 거야.'

돌리에게 하고 싶은 말들을 생각하고 일부러 자신의 마음을 고통스럽게 하면서, 안나는 계단을 올라갔다.

"누가 오셨어?"

그녀는 현관 대기실에서 하인에게 물었다.

"카체리나 알렉산드로브나 레비나께서 오셨습니다."

하인이 대답했다.

'키티! 한때 브론스키를 사랑했던 그 키티.'

안나는 생각했다.

'그가 사랑 가득한 마음으로 추억했던 그 여자야. 그는 그녀와 결혼하지 않은 것을 후회했어. 그리고 그는 증오심에 찬 마음으로 나를 생각하겠지. 그는 나와 만난 것을 후회하고 있는지도 몰라.'

안나가 도착했을 때, 두 자매 사이에는 육아에 대한 이야기들이 오가고 있었다. 돌리는 그들의 대화를 방해한 손님을 접견하러 혼자 나왔다.

"시골로 아직 안 떠났군요? 내가 직접 당신 집에 가려고 했는데."

그녀가 말했다.

"오늘 스티바에게서 편지가 왔어요."

"우리도 전보를 받았어요."

안나는 주변을 두리번거리며 눈으로 키티를 찾으며 말했다.

"그이는 알렉세이 알렉산드로비치가 도대체 무엇을 바라는지 모르겠지만 확답을 받기 전에는 떠나지 않겠다고 했어요."

"여기 누가 와 있는 것 같던데요. 혹시 제가 편지를 읽어 볼 수 있을까요?"

"네, 키티가 왔어요."

돌리는 당황스러운 목소리로 말했다.

"그 애는 아기 방에 있어요. 몸이 좋지 않아서요."

"그렇군요. 편지를 읽어 봐도 되나요?"

"곧 가져올게요. 하지만 그분은 거절한 게 아닌 것 같아요. 오히려 스티바는 희망을 갖고 있는 것 같았어요."

돌리는 문가에 서서 말했다.

"난 바라는 것도 없고 기대하지도 않아요."

안나는 말했다.

'뭐야, 키티는 나와 만나는 것을 모욕이라고 생각하는 걸까?'

혼자 남은 안나는 키티에 대한 생각에 잠겼다.

'어쩌면 그녀가 옳을지도 몰라. 하지만 그것이 사실이라 해도, 한때 브론스키를 사랑한 적이 있는 그녀가 내게 그런 감정을 드러내서는 안 되지. 나도 알아. 점잖은 여자들 가운데 이런 상황에 속해 있는 나를 이해해 줄 여자는 한 명도 없어. 나는 처음부터 그를 위해 모든 것을 바쳤어! 그런데 이게 그 대가인가! 아, 내가 그를 얼마나 몹시 미워하는지! 나 왜 이곳에 온 거지? 혼자인 것보다 더 좋지 않아. 훨씬 더 힘들고 괴로워.'

그녀는 다른 방에서 이야기를 나누는 자매들의 목소리를 들었다.

'이제 난 돌리에게 무슨 말을 해야 하지? 나는 불행하니 그 사실로 키티를 위로하고 나는 그녀의 위로를 받아야 하나? 아냐, 돌리도 전혀 나를 이해하지 못할 거야. 게다가 나도 이제 그녀에게 이야기할 것이 하나도 없어. 다만 키티를 만나 그녀에게 내가 모든 사람, 모든 것을 경멸하고 있고 이제 난 어떤 것도 상관없다는 것을 보여 줄 수만 있다면 재미있을 텐데.'

이때 돌리가 편지를 들고 들어왔다. 안나는 그것을 다 읽고 나서 말없이 그것을 건넸다.

"이건 다 알고 있는 이야기예요."

그녀는 말했다.

"그리고 난 이런 것에 전혀 흥미를 갖지 못해요."

"어머, 왜요? 난 오히려 그것에 대한 희망을 가지고 있는데."

돌리는 호기심 가득한 눈으로 안나를 쳐다보며 말했다. 그녀는 지금처럼 이상할 정도로 화내고 있는 안나를 한 번도 본 적이 없었다.

"당신은 언제 떠날 거예요?"

그녀가 물었다.

안나는 눈을 가늘게 뜨고 정면을 쳐다보면서 침묵했다.

"키티는 왜 나를 피하는 거죠?"

그녀는 문을 쳐다보고 얼굴을 붉히며 말했다.

"아, 무슨 그런 소리를! 그 애는 아기에게 젖을 주고 있어요. 그런데 그게 잘되지 않아서 내가 조언을 해 주고 있었어요……. 그 애는 당신의 방문을 무척 기뻐하고 있어요. 곧 올 거예요."

돌리는 거짓말을 하는 것에 서툴러서 어색하게 말했다.

"저기 오네요."

안나가 왔다는 것을 알았을 때, 키티는 안나를 만나러 나가고 싶지 않았다. 하지만 돌리가 그녀를 설득했기 때문에 어쩔 수 없이 온 힘을 짜내어 밖으로 나왔다. 그러고는 키티는 얼굴을 붉히며 안나에게 다가가 악수를 청했다.

"정말 반가워요."

그녀는 떨리는 목소리로 말했다.

키티는 자신의 마음속에서 일어나고 있는 싸움 때문에, 이 추하고 악한 여자에 대한 적의와 그녀를 너그럽게 대하고 싶은 마음 사이에서 벌어지고 있는 투쟁 때문에 당혹스러웠다. 하지만 안나의 아름답고 호소력 짙은 얼굴을 보자마자, 모든 적의가 순식간에 사라져 버렸다.

"당신이 날 만나기 싫어했다고 해도 난 놀라지 않았을 거예요. 그 모든 것에 익숙해 있으니까요. 많이 아팠다면서요? 그래요, 당신도 많이 변했군요."

안나가 말했다.

키티는 안나가 적대감을 가지고 자신을 바라본다고 느꼈다. 키티는 그러한 적의는 한때 자신을 깔보던 안나가 지금은 입장이 바뀌어 버린 민망한 상황 때문이라고 해석했다. 그러자 그녀는 문득 안나가 가여워졌다.

그들은 병과 아이와 스티바에 대한 이야기를 나누었다. 하지만 안나는 그 어떤 것에도 관심이 없어 보였다.

"떠나기 전에 작별 인사를 하려고 들렀어요."

그녀는 자리에서 일어나며 말했다.

"언제 출발하는데요?"

하지만 안나는 그 물음에 대한 대답 대신 다시 키티를 돌아보았다.

"당신을 보게 돼서 무척 반가웠어요."

그녀는 미소를 띤 채 말했다.

"난 당신 소식을 주변에서 아주 많이 듣고 있어요. 심지어 당신의 남편에게까지도 들었죠. 그분이 우리 집에 오셨거든요. 난 그분을 아주 많이 좋아하게 됐어요."

그녀는 악의에 찬 의도로 이렇게 덧붙인 것이 분명했다.

"그분은 지금 어디에 계시나요?"

"남편은 시골에 갔어요."

키티는 얼굴을 붉히며 말했다.

"그분에게 저의 안부를 전해 주세요. 꼭이요."

"네, 꼭 전하죠!"

키티는 그녀를 불쌍히 여기는 마음으로 그녀의 눈을 바라보며 순진하게 그녀의 말에 대답했다.

"그럼 잘 있어요, 돌리!"

그리고 안나는 돌리에게 입맞춤 인사를 하고 키티와 악수를 나눈 뒤 황급히 집을 나섰다.

"옛날 그대로네. 어쩜 변함없이 매력적이야. 정말 여전히 아름다워!"

키티는 언니와 단둘이 남게 되자 안나에 대해 이렇게 말했다.

"하지만 그녀에게는 뭔가 슬프고 처량해서 가엾은 구석이 있어. 너무 불쌍해!"

"아냐, 오늘 그녀에게 뭔가 다른 특별한 일이 있어서 그럴 거야."

돌리가 말했다.

"내가 그녀를 현관 대기실로 안내할 때, 그녀는 당장이라도 울음을 터뜨릴 것만 같았어."

29

안나는 집에서 출발할 때보다 훨씬 더 좋지 않은 상태로 마차에 올라탔다. 이전의 고통에 이제는 모욕과 배척을 받았다는 느낌까지 더해졌다. 그녀는 키티를 만나면서 그것을 분명히 느낄 수 있었다.

"어디로 갈까요? 집으로 모실까요?"

표트르가 물었다.

"응, 집으로 가 줘."

그녀는 말했다. 그녀는 이제 어디로 갈지 고민하지 않았다.

'그들은 나를 마치 무섭고 신기해서 이해할 수 없다는 듯한 눈빛으로 바라봤어. 무슨 이야기를 하고 있기에 남자는 저렇게 열띤 모습으로 다른 사람에게 이야기할 수 있는 걸까?'

그녀는 걸어가는 두 사람을 보며 생각했다.

'자기가 느낀 것을 다른 사람에게 전달한다는 게 과연 가능할까? 난 돌리에게 내 마음을 전하고 싶었어. 하지만 아까 말하지 않기를 잘했어. 그녀는 나의 불행에 매우 즐거워했을 거야! 그녀는 기쁨을 감추려 했겠지. 하지만 그녀가 느끼는 가장 주요한 감정은 그녀가 질투했던 그 쾌락 때문에 내가 벌을 받았다는 기쁨일 거야. 키티, 그 여자는 돌리보다 더 즐거워하겠지. 난 그녀의 마음을 읽을 수 있어! 그녀는 내가 자기 남편을 대할 때 평소보다 더 친절하게 대했던 것을 알고 있어. 그래서 날 질투하고 미워하는 거야. 그리고 업신여기기도 하지. 그녀의 눈에 난 부도덕한 여자겠지. 만약 내가 정말 부도덕한 여자라면, 그녀의 남편이 날 사랑하게 만들 수도 있었어……. 만약 내가 원했다면 말이야. 그래, 난 그가 날 사랑하길 원했어. 저 남자는 왜 혼자서 좋아하고 있지?'

그녀는 맞은편에서 마차를 타고 오는 뚱뚱하고 얼굴이 불그레한 남자를 보며 생각했다. 그 남자는 그녀를 아는 사람으로 착각하고 반드르르 빛나는 모자를 반들반들한 대머리 위로 살짝 들었다가 자신이 착각한 사실을 뒤늦게 깨달았다.

'저 남자는 날 안다고 착각한 모양이야. 이 세상의 어느 누구도 나에 대해 다 알지 못하듯 저 남자도 날 몰라. 나 자신도 날 모르겠는걸. 프랑스인들이 말하듯, 내가 아는 건 나 자신의 욕구뿐이야. 저 아이들은 왜 저런 더러운 아이스크림을 먹고 싶어 하지? 분명 저 애들이 아는 것도 자신의 욕구겠지.'

그녀는 아이스크림을 사 먹기 위해 아이스크림 장수를 불러 세운 두 소년을 쳐다보며 생각했다. 아이스크림 장수는 머리에서 나무통을 내려놓고 수건으로 땀에 젖은 얼굴을 훔치고 있었다.

'우리 모두 달콤하고 맛있는 것을 원해. 과자가 없으면 더러운 아이스크림이라도 말야. 키티도 똑같아. 브론스키를 갖지 못한다면 레빈이라도 갖겠다는 거야. 그래서 그녀는 날 질투하고 있어. 그리고 날 미워해. 우리는 모두 서로를 증오해. 난 키티를, 키티는 나를, 그것이야말로 사실이야. 추트킨 미용실……. 추트킨에서 머리 손질을 받았지……. 브론스키가 오면 말해 줘야겠어.'

그녀는 이렇게 생각하며 미소를 지었다. 그러나 그 순간 그녀는 이제 더 이상 재미있는 이야기를 해 줄 그가 없다는 것을 떠올렸다.

'그래, 우스운 것도 즐거운 것도 없어. 모든 게 다 추하고 악해. 저녁 기도의 종이 울리네. 저 상인은 정말 정확하게 성호를 긋고 있네! 마치 무엇인가를 떨어뜨릴까 봐 두려워하는 것 같아. 저 교회들, 저 종소리, 저런 거짓은 왜 존재하는 거지? 그건 오직 저렇게 악에 북받쳐 서로에게 욕설을 퍼붓는 저 마부들처럼 우리 모두가 서로를 미워하고 있다는 것을 감추기 위해서야. 야쉬빈이 말했지. 그도 나를 발가벗기고 싶어 하고 나 역시 그렇다고. 그게 진실이야!'

자신이 처한 상황을 생각하는 것조차 잊게 할 만큼 그녀의 마음을 유혹한 생각들, 이런저런 생각들을 하는 사이 그녀를 태운 마차가 그녀의 집 현관 앞에 도착했다. 그녀를 맞으러 나온 수위를 보고서야 그녀는 자신이 브론스키에게 편지와 전보를 보냈다는 것을 기억해 냈다.

"그에게서 답장이 왔나요?"

그녀가 물었다.

"지금 바로 찾아보겠습니다."

수위는 이렇게 대답하고 사무용 책상을 흘깃 보더니 얇은 직사각형의 전보 봉투를 안나에게 건네주었다.

'열 시 전에는 갈 수 없어. 브론스키.'

그녀는 전보를 읽었다.

"심부름꾼은 아직 돌아오지 않았나요?"

"네."

수위가 대답했다.

'그렇다면 난 내가 무엇을 해야 할지 확실히 알고 있어.'

그녀는 자신 안에서 막연한 분노와 복수를 향한 욕구가 끝없이 솟아오르는 것을 느끼며 이 층으로 뛰어 올라갔다.

'내가 그에게 직접 찾아가겠어. 그를 영원히 떠나기 전에 그에게 모든 걸 말해야겠어. 지금껏 난 그 사람만큼 누군가를 몹시 미워해 본 적

이 없어!'

그녀는 생각했다. 옷걸이에 걸린 그의 모자를 보자, 그녀는 그에 대한 혐오감으로 몸서리를 쳤다. 그녀는 그의 전보가 그녀의 전보에 대한 응답이며 그가 아직 그녀의 편지를 받지 못했다는 것을 알지 못했다. 그녀는 그가 지금 어머니와 소로키나와 함께 편안히 이야기를 나누면서 그녀의 고통에 기뻐하며 즐거워하는 모습을 눈앞에 상상해 보았다.

'그래, 어서 그에게 가 봐야 해.'

그녀는 지금 어디로 가야 할지도 모르면서 이렇게 혼자 말했다. 그녀는 자신이 이 소름 끼치는 집에서 느끼는 감정으로부터 잠시라도 빨리 벗어나고 싶었다. 이 집에 있는 하인들, 벽, 물건들, 모든 것들이 그녀에게 끔찍한 혐오와 악의를 불러일으키며 알 수 없는 중압감으로 그녀를 짓눌렀다.

'그래, 기차역으로 가야 해. 만약 그가 그곳에 없다면 내가 그곳으로 가서 그 현장을 덮쳐야 해.'

안나는 신문에서 기차 시간표를 살펴보았다. 마침 저녁 여덟 시 이 분에 떠나는 기차가 있었다.

'그래, 서둘러 가자.'

그녀는 마차에 다른 말들을 매라고 지시하고는 며칠 동안 지낼 때 필요한 물건들을 여행 가방에 급히 챙기기 시작했다. 그녀는 자신이 영원히 이곳으로 돌아오지 않을 것이라는 걸 알았다. 그녀는 막연하게 머릿속에 떠오른 여러 계획들 가운데, 기차역이나 백작 부인의 영지에서 어떤 일이 일어나든 그 후에는 니제고로드선 기차를 타고 첫 번째 도시로 가 그곳에 머물기로 결정했다.

식탁에 저녁 식사가 차려져 있었다. 그녀는 식탁으로 다가가서 빵과 치즈의 냄새를 맡자, 음식의 냄새가 역겹게 느껴졌다. 그녀는 마차를 준비하라 지시하고 밖으로 나왔다. 이미 거리 전체에 집 그림자가 드리워져 있었다. 햇살을 받아 아직은 따뜻하고 맑게 갠 저녁이었다. 하지만 짐을 들고 배웅하러 나온 안누슈카도 짐을 마차에 싣는 표트르도, 불만스러워 보이는 마부도 혐오스러웠고 그들의 말과 행동, 그 모든 것들이 그녀를 화나게 했다.

"동행할 필요 없어, 표트르."

"그럼, 기차표는 어떻게 하시려고요?"

"그럼 편할 대로 해. 난 아무래도 상관없어."

그녀는 짜증을 내며 말했다.

표트르가 마부석에 훌쩍 뛰어올라 양손을 허리에 댄 채 마부에게 기차역으로 가라고 말했다.

30

'또다시 마차군! 난 다시 모든 걸 이해하도록 노력하겠어!'

안나는 마차가 움직이며 자갈길을 따라 덜컹덜컹 요란한 소리를 내며 흔들리기 시작할 때, 이렇게 혼잣말을 했다. 또다시 마차 밖 인상들이 차례로 바뀌기 시작했다.

'참, 내가 맨 마지막에 그토록 열심히 생각했던 게 뭐였지?'

그녀는 어떻게든 기억해 내려고 노력했다.

'추트킨 미용실? 아냐, 그게 아니야. 그래 야쉬빈이 한 말에 대한 것이었어. 생존을 위한 투쟁과 증오. 사람들을 묶는 오직 하나의 것이라 했지. 아냐, 당신들은 어디에 가든 헛된 일이야.'

그녀는 교외로 놀러 나가는 것이 분명해 보이는 사두마차 속의 패거리들을 향해 마음속으로 말했다.

'당신들이 데려가는 개조차도 당신들을 도와주지 않을 거야. 당신들은 자신에게서 벗어날 수 없어.'

표트르가 고개를 돌린 쪽으로 시선을 둔 그녀는 고개도 가누지 못할 만큼 매우 취한 공장 노동자가 순경에게 잡혀 어디론가 끌려가는 것을 볼 수 있었다.

'저런 게 더 빠를지도 모르지.'

그녀는 생각했다.

'브론스키 백작과 나도 그것에서 많은 걸 기대했지만 어떤 만족도 찾을 수 없었어.'

그리하여 안나는 자신이 모든 것을 명확하게 비추는 듯한 이 밝은 빛을 이제야 비로소 그와 자신의 관계로 돌리게 되었다. 지금까지 그녀는 그 문제에 대해 직접 부딪쳐 생각하기를 피해 왔다.

'그는 내게서 무엇을 찾았을까? 그것은 사랑이 아닌 허영심의 충족이었어.'

그녀는 밀회를 나누던 초기에 순종적인 사냥개 같던 그의 말과 그의 표정을 떠올렸다. 그러자 모든 것이 이제 그것을 뒷받침하는 것 같았다.

'그래, 그에게는 허영을 충족시켰다는 성취감이 있었어. 물론 사랑도 있었겠지. 하지만 성공에 대한 자부심이 더 큰 부분을 차지했어. 그는 나를 자랑한 거야. 그것도 이젠 지난 일이야. 자랑할 것은 아무것도 없어. 자랑은커녕 오히려 수치스러워하지. 그는 내게서 그가 가질 수 있는 모든 것을 취했어. 그래서 이젠 내가 더 이상 필요 없어진 거야. 그는 날 부담스러워하면서도 날 명예스럽게 대하려고 노력해. 어제 그는 무심코 생각 없이 말했지. 자신의 앞날을 포기할 각오로 이혼과 결혼을 원한다고 말이야. 그는 날 사랑해. 하지만 어떻게 사랑한다는 거지? 이제 열정은 없어. 저 남자는 사람들을 놀라게 하는 것에 대해 스스로에게 매우 흡족해하고 있군.'

그녀는 조마장의 말을 타고 다니는 혈색 좋은 점원을 보며 생각했다.

'그래, 나 역시 더 이상 그를 향한 열정은 없어. 만약 내가 그를 떠난다면, 그는 마음속 깊이 진심으로 기뻐할 거야.'

그것은 그녀의 생각에 불과한 것이 아니었다. 그녀는 지금 자신 앞에 삶과 인간관계의 의미를 드러낸 저 예리한 빛 속에서 그것을 분명하고 선명하게 볼 수 있었다.

'내 사랑은 더욱더 열정적으로 커져 가는데, 더욱더 이기적으로 변해 가는데, 그의 사랑은 점점 꺼져 가고 있어. 우리가 서로 어긋나는 것도 바로 그 이유 때문이야.'

그녀는 계속 생각했다.

'이제 방법이 없어. 나로서는 모든 것이 오직 그 사람 하나이기 때문에, 그가 나에게 관심과 애정을 더욱더 많이 쏟아 주기를 바라는 거야. 그런데 그는 내게서 더욱더 멀어지려 하고 있어. 우리는 관계를 맺기 전까지 서로를 향해 나아가고 있었는데, 그 후로는 자신도 어찌할 수 없는 힘에 의해 각자 다른 방향으로 멀어져 가고 있어. 그리고 이것을 바꾸는 것은 이제 불가능해. 그는 내가 분별없이 질투만을 하고 있다고 말하지. 나도 스스로에게 내가 명확한 이유 없이 질투를 한다고 말하곤 했어. 하지만 그건 옳지 않아. 난 질투한 게 아니라 그의 사랑에 불만을 품었던 거야. 하지만…….'

그녀는 불현듯 어떤 생각이 떠올랐고 그것이 불러일으킨 흥분 때문에 입을 벌린 채 마차 안에서 자리를 바꿔 앉았다.

'내가 단지 그의 애무만을 뜨겁게 원하고 애타게 바라는 정부 말고 다른 특별한 무언가가 될 수 있다면……. 하지만 난 다른 무언가가 될 수도 없고 되고 싶지도 않아. 게다가 난 그런 헛된 희망 때문에 그에게 혐오를 불러일으키고, 그는 나에게 적의를 불러일으키는 거야. 달리 어쩔 방법이 없어. 그는 날 속이지 않는다는 것, 그가 소로키나에게 관심이 없다는 것, 그가 키티를 사랑하지 않는다는 것, 그가 날 배신하지 않으리라는 것을 과연 나는 알지 못하는 것일까? 나도 그 모든 걸 알고 있어. 하지만 그렇다고 해서 마음이 편해지는 것은 아니야. 만약 그가 날 사랑하지도 않고 단지 의무감으로 내게 친절하고 다정하게 대한다면, 내가 나 자신이 원하는 것, 사랑을 갖지 못하게 된다면, 그건 증오보다 천 배는 더 나빠! 그건 그 자체로 지옥이야! 그리고 바로 그게 지금 우리의 모습이야. 그는 이미 오래전부터 날 사랑하지 않았어. 그리고 사랑이 끝나는 곳에서 증오가 시작된 거야. 이 거리들은 내가 전혀 알지 못했던 곳인데. 무슨 언덕이 있고 죄다 집이네, 집……. 그리고 집 안에는 온통 사람들이야, 사람들……. 너무 많아서 끝도 없어. 저 사람들도 모두 서로를 증오할 거야. 음, 내가 행복을 위해 뭘 원하는지 생각해 볼까? 음, 내가 이혼 동의를 받고, 알렉세이 알렉산드로비치가 내게 세료자를 보내 주고, 내가 브론스키와 결혼을 하는 거지.'

알렉세이 알렉산드로비치를 떠올리자, 곧 그의 모습이 마치 살아 있는 사람인 것처럼 놀랍도록 생생히 그녀 앞에 나타났다. 유순하고 생기 없고 흐리멍덩한 눈, 하얀 손에 불거진 푸른 핏줄, 억양, 손가락으로 딱딱 내는 소리……. 안나는 한때 그들 사이에 존재했던, 역시 사랑이라 불렸던 그 감정을 떠올리고는 혐오감으로 몸을 떨었다.

'그래, 난 이혼 동의를 받을 테고 브론스키의 아내가 되겠지. 그렇게 된다고 해서, 키티가 나를 오늘처럼 그렇게 보는 일이 없어질까? 아니 그런다고 세료자가 과연 나의 두 남편에 대해 물어보지 않고 생각하지 않을까? 과연 브론스키와 나 사이에 어떤 새로운 감정을 기대할 수 있는 것일까? 행복까지는 아니더라도 그저 괴롭지만 않으면 될 텐데, 그런 게 가능할까? 아니, 아냐!'

그녀는 이제 조금의 망설임도 없이 자신에게 대답했다.

'불가능해! 우리의 삶은 이미 서로 어긋나게 가고 있어. 난 그를 불행하게 만들고 그도 날 불행하게 만들고 있지. 그 사람과 날 변화시키는 것은 가능하지 않아. 이미 모든 방법을 다 해 봤고, 이제 나사는 못쓰게 되어 버렸어. 어머, 아이를 데리고 있는 거지 아낙이 있네. 저 여자는 자기가 동정받아야 한다고 생각하겠지. 하지만 우리 모두는 단지 서로를 증오하고 자신과 남들을 괴롭히기 위해 세상에 던져진 게 아닐까? 학생들

이 웃으며 지나가네. 세료자는?'

그녀는 기억해 냈다.

'나 역시 그 애를 사랑한다고 생각하면서 나 자신의 애정에만 감동했던 거야. 하지만 난 그 애 없이도 잘 살았고, 그 애를 다른 사랑과 바꾸고도 그 사랑에 만족해하는 동안에는 그렇게 바꾼 것을 불평하지도 후회하지도 않았어.'

그녀는 자신이 사랑이라고 부른 것을 떠올리며 다시 한 번 혐오를 느꼈다. 그러자 이제 자신과 다른 사람들의 삶을 명확히 바라볼 수 있게 해 준 그 선명함이 그녀를 기쁘게 했다.

'나나, 표트르나, 마부 표도르나, 저 상인이나, 저 광고들로 사람들을 끌어들이는 볼가 강 유역의 사람들이나 다 마찬가지야. 어디나, 언제나 다 똑같아.'

그녀가 이런 생각을 하는 동안, 그녀를 태운 마차는 이미 니제고로드 기차역의 낮은 건물로 향하고 있었고 맞은편에서는 화물 운반인들이 마차를 향해 달려오고 있었다.

"오비랄로프카에 가는 표를 끊을까요?"

표트르가 물었다.

그녀는 자신이 어디로 가야 하는지, 그곳에 왜 가는지 전부 까맣게 잊고 있었기 때문에 그 질문을 이해하는 데만 해도 많은 노력이 필요했다.

"그래."

그녀는 그에게 돈지갑을 건네며 이렇게 대답하고는 빨간 작은 손가방을 팔에 낀 채 마차에서 나왔다.

군중을 헤치고 일등석 대기실로 향하면서, 그녀는 자기 처지에 대해 자세히 짚어 보고 자신이 어느 쪽을 택할지 망설이고 있는 여러 결심들을 조금씩 생각해 냈다. 그러자 또다시 때로는 희망이, 때로는 옛 상처에 대한 슬픔과 탄식이 무섭도록 요동치며 그녀의 고통스러운 심장의 상처를 자극했다. 별 모양의 소파에 앉아 기차를 기다리는 동안, 그녀는 드나드는 사람들—그들 모두가 그녀에게는 역겹게 느껴졌다.—을 혐오스럽게 바라보며 목적지의 역에 도착하면 그에게 편지를 쓸 것인지, 그에게 뭐라고 쓸 것인지, 그는 지금 자기 어머니—그녀의 고통을 이해하려 하지 않는—에게 자신의 처지에 대해 어떤 불만들을 늘어놓고 있을까, 어떻게 방에 들어갈 것인가, 그를 만나면 뭐라고 말할 것인가에 대해 생각했다. 때때로 그녀는 삶이 얼마나 더 행복해질 수 있을지, 자기가 얼마나 고통스러운 심정으로 그를 사랑하고 미워하는지, 자기의 심장이 얼마나 무섭게 뛰고 있는지에 대해 끊임없이 생각했다.

31

벨이 울리자, 추하고 뻔뻔스러운 모습으로 몹시 서두르며 다른 사람들에게 비치는 인상에 신경을 쓰는 젊은 남자들이 지나갔다. 하인 제복을 입고 각반을 두른 표트르도 둔한 동물 같은 얼굴로 대기실을 가로질러 안나를 객차까지 배웅하기 위해 다가왔다. 안나가 플랫폼에서 시끄럽게 떠들어 대는 남자들 옆을 지나가자 그들은 갑자기 말이 없어졌다. 그들 가운데 한 사람이 그녀에 대해 뭐라고 쑥덕거렸다. 물론 추하고 악한 말이었다. 그녀는 높은 계단을 올라 처음에는 흰색이었지만 지금은 온통 때가 묻어 회색빛인 객실의 스프링 의자에 혼자 앉았다. 표트르는 창문 밖에서 멍청하게 싱글벙글 웃으며 그녀에 대한 작별의 표시로 금몰이 달린 모자를 살짝 들어 올렸다. 예의 없는 차장은 문을 세게 닫고는 걸쇠를 길었다. 허리받이 치마를 입은 못생긴 부인—안나는 머릿속으로 그 부인의 옷 속에 있는 볼품없는 몸매에 진저리를 쳤다.—과 자연스럽지 못하게 생글거리는 여자아이가 창 아래쪽에서 달리고 있었다.

"카체리나 안드레예브나가, 그분이 다 가지고 있어요. 큰어머니!"

여자아이가 크게 소리쳤다.

'저 여자애는 몸이 성치 못하면서도 예쁜 척을 하네.' 안나는 생각했다. 그녀는 아무도 마주치지 않으려는 듯 얼른 자리에서 일어나 빈 객실의 맞은편 창가에 앉았다. 모자 밑으로 헝클어진 머리가 삐죽삐죽 튀어나온 못난 얼굴의 꾀죄죄한 농부가 기차 바퀴 쪽으로 허리를 구부린 채 창가를 지나쳤다.

'저 흉측하고 못생긴 농부에게는 낯익은 뭔가가 있어.'

안나는 생각했다. 그러다 자신의 꿈을 기억해 내고 그녀는 공포로 바들바들 떨면서 맞은편 문으로 물러났다. 차장이 문을 열고 어떤 부부를 들여보냈다.

"밖으로 나가시려고요?"

안나는 아무 대답도 하지 않았다. 차장과 함께 객실에 들어온 부부는 베일 아래 그녀의 얼굴에 숨겨진 공포를 눈치채지 못했다. 그녀는 구석에 있는 자기 자리로 돌아가 일단 앉았다. 부부는 맞은편에 앉아 유심히, 그러나 들키지 않도록 몰래 그녀의 옷을 훑어보았다. 안나는 부부에게서 둘 다 꺼림칙한 느낌을 받았다. 남편은 안나에게 담배를 피워도 괜찮겠느냐고 물었다. 그의 물음은 담배를 피우기 위해서가 아니라 그녀에게 말을 걸기 위해서인 것 같았다. 그는 승낙을 받은 뒤, 담배를 피우는 것보다 훨씬 더 필요 없는 하찮은 것들에 대해 아내와 프랑스어로 이야기를 나누기 시작했다. 그들은 단지 안나가 그들의 대화를 듣게끔 하기 위해 점잔을 빼며 어리석은 이야기들을 늘어놓았다. 하지만 안나는 그들이 서로에 대해 지겨워하고 있으며 서로를 증오하고 있다는 것을 알 수 있었다. 그리고 그렇게 불쌍하고 추하고 악한 인간들을 증오하지 않을 수 없었다.

두 번째 벨 소리가 울린 뒤, 뒤이어 화물을 운반하는 소리, 사람들이 웅성대거나 외치는 소리, 웃음소리가 들렸다. 안나는 그 누구에게도 기뻐할 일이 전혀 없다는 것을 너무나 분명히 알고 있었기 때문에, 그 웃음소리는 오히려 그녀를 아프게 했다. 그래서 그녀는 그 소리를 듣지 않기 위해 자신의 귀를 막고 싶었다. 마침내 세 번째 벨 소리가 울리고, 호루라기 소리와 함께 날카로운 엔진 소리가 났다. 연결 고리가 덜컹하며 팽팽하게 당겨지자, 남편은 성호를 그었다.

'무엇 때문에 저런 행동을 하는 건지 저 남자에게 직접 물어보면 재미있을 텐데.'

안나는 적의 어린 눈으로 그를 쳐다보고는 이렇게 생각했다. 그녀는 부인 옆의 창밖으로 마치 뒤로 움직이는 듯 보이는 사람들, 플랫폼에 서서 기차를 배웅하는 사람들을 바라보았다. 그녀가 탄 기차는 선로 접합부를 지나칠 때마다 규칙적으로 덜컹거리며 플랫폼과 돌담과 신호판 옆을, 다른 기차들 옆을 지나쳤다. 열차는 점점 더 부드럽고 매끄럽게 레일을 따라 작은 소리를 내며 달렸다. 창문은 눈부신 저녁 햇살로 밝아졌고, 산들바람은 커튼을 가지고 장난을 치는 것처럼 보였다. 안나는 객실에 함께 탄 사람들을 잊은 채 기차의 밝고 경쾌한 흔들림에 몸을 맡기고 신선한 공기를 들이마시며 다시 생각에 잠겼다.

'음, 내가 아까 어디까지 생각했었지? 맞아. 인생이 고통이 되지 않는 상황을 내가 생각해 낼 수 없다는 것, 우리 모두는 고통받기 위해 창조되었다는 것, 우리 모두 이미 그것을 알고 있지만 자신을 속일 방법을 계속 고민하고 있다는 것까지였지. 하지만 답을 알게 되면 난 도대체 무엇을 해야 할까?'

"인간에게 이성이 있는 것은 자신을 불안하게 하는 것에서 벗어나도록 하기 위해서죠."

부인이 프랑스어로 말했다. 그녀는 자신의 말에 만족한 듯 이 사이로 혀를 내밀며 얼굴을 찡긋거렸다.

그녀의 말은 마치 안나의 생각을 듣고 답하는 것 같았다.

'이성이 자신을 불안하게 하는 것에서 벗어날 수 있게 한다고.'

안나는 그녀의 말을 되뇌었다. 그리고 그녀는 뺨이 붉은 남편과 야윈 아내를 흘깃 쳐다보고는 병약한 아내가 스스로를 불쌍한 여자로 생각하고 있으며 남편은 그녀를 속이고 그녀의 스스로에 대한 이런 견해에 맞장구치고 있다는 것을 알아차렸다. 안나는 마치 그들에게로 빛을 비추어 그들의 사연과 그들 영혼을 구석구석 살펴보는 것 같았다. 하지만 그곳에는 그녀의 흥미를 끌 만한 것이 없었다. 그래서 그녀는 계속 자신의 생각에 집중했다.

'그래, 난 몹시 불안해. 그리고 이성이 인간에게 부여된 것은 인간을 불안에서 벗어나도록 하기 위해서야. 그러니까 난 이 불안에서 벗어나야 해. 하지만 더 이상 아무것도 보이지 않아, 저 모든 것을 보는 게 끔찍하기만 해. 차라리 촛불을 꺼도 되지 않을까? 그런데 어떻게 촛불을 끄지? 저 차장은 왜 승강용 발판을 뛰어다니고 있는 걸까? 저 객실에 있는 젊은 사람들은 무슨 이유로 소리를 지르지? 저 사람들은 무엇 때문에 말하고 무엇 때문에 웃는 걸까? 모든 것이 진실이 아냐. 그것은 거짓이고, 기만이고, 모든 것들은 다 악이야!'

기차가 역으로 들어서자 그녀는 다른 승객들 무리에 섞여서 기차에서 내렸다. 그녀는 마치 전염병 환자를 피하기라도 하듯 사람들에게서 멀찍이 물러나 플랫폼에 가만히 서서 자기가 왜 여기 왔으며, 무엇을 할 생각이었는지 기억해 내기 위해 애썼다. 전에는 너무 쉽게 가능해 보였던 일들이 이제는 그녀가 판단하기에 모든 것이 너무나 어렵게 느껴졌다. 특히 그녀를 가만히 내버려 두지 않는 그 추하고 악한 사람들의 시끌벅적한 무리 속에서는 그녀는 더욱 그랬다. 화물 운반인들이 도움을 주기 위해 그녀에게 달려오고, 청년들은 구두 뒤축으로 플랫폼의 판자를 쿵쿵 울리며 시끄럽게 떠들면서 그녀를 흘깃 훑어보고, 그녀와 마주치는 사람들은 그녀를 피해 온갖 방향으로 가곤 했다. 그녀는 만약 브론스키의 답장이 없을 경우 더 멀리 떠나려 했던 것을 기억했다. 그리고 화물 운반인 한 명을 불러 세워 이곳에 브론스키 백작에게 전할 편지를 가진 마부가 없는지 물었다.

"브론스키 백작님이요? 방금 그분 댁에서 누가 왔던 것 같습니다. 소로키나 공작 부인과 따님을 맞으러 말입니다. 마님의 마부는 어떻게 생겼습니까?"

그녀가 화물 운반인과 이야기하는 동안, 얼굴이 불그레하고 명랑 쾌활한 마부 미하일이 말끔히 차려입은 푸른 재킷에 시곗줄을 단 차림으로 임무를 아주 잘 수행한 것에 본인 스스로 뿌듯해하며 그녀에게 다가와 편지를 건넸다. 그녀는 편지의 봉인을 뜯었다. 순간, 편지를 읽기도 전에 그녀는 심장이 조여 오는 것을 느꼈다.

'편지를 늦게 받아 아쉽군. 열 시에 갈게.'

브론스키는 편지를 아무렇게나 막 휘갈겨 쓴 것 같았다.

'그렇구나! 역시 그럴 줄 알았어!'

그녀는 악의에 가득 찬 미소를 지으며 중얼거렸다.

"좋아, 그럼 자네는 집으로 가."

그녀는 미하일을 향해 나지막한 목소리로 조용히 말했다. 그녀는 호흡을 방해하는 심장의 빠른 고동을 느끼며 생각했다.

'아니, 난 네가 날 괴롭히도록 가만히 널 내버려 두지 않겠어.'

그녀는 그도 아니고 그녀 자신도 아닌, 그녀를 괴롭히는 누군가를 위협하며 속으로 생각했다. 그러고는 역 건물을 지나서 계속해서 플랫폼을 따라 걸었다.

플랫폼을 걸어가던 하녀 두 명이 고개를 돌려 그녀를 바라보며 안나의 의상에 대해 뭐라고 소리 내어 말했다. 그들은 그녀가 걸친 레이스에 대해 이야기했다. 청년들은 안나를 가만히 내버려 두지 않았다. 그들은 다시 그녀의 얼굴을 힐끔힐끔 쳐다보면서 자연스럽지 못한 어색한 목소리로 웃고 소리치며 그녀의 옆을 지나쳤다. 지나가던 역장은 그녀에게 기차를 타고 갈 건지 물었다. 크바스를 파는 소년도 안나에게 눈을 떼지 못한 채 계속 그녀를 쳐다봤다.

'아, 하느님, 저는 어디로 가야 할까요?'

그녀는 플랫폼을 따라 걸으며 계속해서 생각했다. 플랫폼 끝에서 갑자기 그녀는 걸음을 멈췄다. 그곳에는 안경 쓴 신사를 마중 나와 큰 소리로 웃고 떠드는 부인들과 아이들이 있었다. 그들은 그녀가 옆으로 지나가자 갑자기 입을 다물고 그녀를 쳐다보았다. 안나는 더 빨리 걸음을 재촉하여 그들에게서 멀어져 플랫폼 끝으로 갔다. 그때 화물 열차가 들어오고 있었다. 플랫폼은 들어오는 열차에 진동하기 시작했다. 그러자 그녀는 마치 자신이 다시 기차를 타고 있는 것처럼 느껴졌다.

그러자 그녀는 문득 예전에 브론스키와 처음 만난 날 기차에 치인 남자가 떠올랐다. 그녀는 그 순간 자신이 무엇을 해야 할지 알 것 같았다. 그녀는 급수탑에서 선로로 난 계단을 따라 빠른 걸음으로 내려간 후 그녀의 옆을 스쳐 지나가는 기차 가까이에 바짝 붙어 섰다.

그녀는 객차의 아래쪽에 있는 나사와 연결 고리를, 느리게 움직이는 첫 번째 객차의 높다란 쇠바퀴를 바라보며, 앞바퀴와 뒷바퀴 사이의 중간을 눈짐작으로 계산했다. 그리고 그 중간 지점이 그녀의 맞은편에 오는 순간이 언제인지 헤아렸다.

'바로 저기야!'

안나는 객차의 그림자를, 석탄 가루와 뒤섞여 침목을 뒤덮은 모래를 쳐다보며 혼잣말을 했다.

'저기가 바로 중간일 거야. 난 그에게 벌을 주고 모든 사람에게서, 그리고 나에게서 벗어날 거야.'

그녀는 첫 번째 객차의 중간 지점과 자신이 일직선에 선 순간 그 아래로 몸을 던지려 했다. 그러나 그녀가 팔에서 내려놓으려던 빨간 손가방이 그녀를 붙잡는 바람에 때를 놓치고 말았다. 기차의 중간 지점은 그렇게 그녀를 지나쳐 버렸다. 마치 수영을 하러 물속에 들어갈 준비를 할 때와 같은 느낌이 그녀를 사로잡았다. 그녀는 성호를 그었는데 십자가를 긋는 친숙한 동작이 그녀의 마음속에 처녀 시절과 어린 시절의 아련한 모든 기억을 불러일으켰다. 그러자 갑자기 눈앞의 모든 것을 가득 뒤덮고 있던 깜깜한 암흑이 찢어지고 그 순간, 과거의 모든 눈부신 기쁨과 함께 행복했던 그녀의 삶이 그녀 앞에 나타났다. 하지만 그녀는 그럼에도 불구하고 다가오는 두 번째 객차의 바퀴에서 시선을 떼지 않았다. 그리고 다시 한 번 바퀴와 바퀴 사이의 중간 지점이 그녀 앞으로 온 바로 그 순간, 그녀는 빨간 손가방을 휙 내던지고는 어깨 사이에 머리를 푹 숙이고 객차 밑으로 몸을 던졌다. 그녀는 두 손으로 바닥을 짚고는 마치 곧 다시 일어날 자세를 취하려는 듯 경쾌한 동작으로 무릎을 꿇었다. 하지만 그 순간 그녀는 자기가 한 행동에 놀라 몸서리를 쳤다.

'내가 어디에 있는 거지? 내가 대체 뭘 하고 있는 거야? 무엇 때문에? 왜?'

그녀는 재빨리 몸을 일으켜 고개를 뒤로 젖히려 했다. 하지만 빠져나오기에는 너무 늦어버렸다. 이미 거대하고 가차 없는 무언가가 그녀의 머리를 떠민 채 그녀를 질질 잡아끌고 갔다.

'주여! 나의 모든 것을 용서하소서!'

그녀는 더 이상 어떤 저항도 불가능하다는 것을 깨달으며 중얼거렸다. 그때, 왜소한 농부가 뭐라고 중얼거리면서 혼자 철로 위에서 일을 하고 있었다. 그리고 그녀가 불안과 허위와 슬픔과 악으로 가득 찬 책을 읽을 때마다 그녀 옆에서 빛을 비추던 촛불 하나가 어느 때보다 밝은 빛으로 활활 타올랐다. 하지만 이내 이전에 어둠 속에 갇혀 있던 모든 것을 그녀 앞에 비춰 보이더니 탁탁 소리를 내며 점점 흐려지다가 그렇게 영원히 꺼져 버렸다.

제8부

1

거의 두 달이 지났다. 무더운 여름이 어느새 훌쩍 다가왔고 세르게이 이바노비치는 이제야 모스크바를 떠날 준비를 했다.

그동안 그에게는 많은 일들이 있었다. 이미 일 년 전에 육 년의 시간을 오롯이 담아 만든 그의 저서가 《유럽과 러시아의 국가 체제의 원리와 형태에 대한 개괄 시도》라는 제목으로 완성되었다. 그의 책의 일부 내용과 서문이 정기 간행물에 실린 적이 있었으며 또 다른 부분들은 세르게이 이바노비치가 직접 주변 사람들에게 읽어 준 적이 있어서 대중들에게 그의 저서는 전혀 새롭게 느껴지지 않았다. 그러나 그는 자신의 저서가 분명히 그 자체만으로 사회에 진지한 인상을 남기고 학문에서의 혁명까지는 아니지만 어쨌든 학계에 강렬한 인상을 남길 것이라고 생각했다.

그 책은 꼼꼼한 퇴고를 거쳐 지난해 출간되었고 서점에 배포되었다. 세르게이 이바노비치의 친구들은 그를 만날 때마다 책이 잘 나가느냐고 물었는데 그럴 때마다 그는 무심한 척 대답하고 서적상에게조차 책의 판매 상황을 묻지도 않았다. 하지만 그의 마음은 온통 자신의 저서가 사회와 학계에 미치는 영향으로 향해 있었다.

한 주, 두 주, 세 주가 지나도록 사회와 학계에서는 그의 저서에 대한 어떤 언급도 일어나지 않았다. 그의 친구들, 전문가들, 학자들이 가끔 그의 책에 대해 이야기하곤 했지만 예의상 그런 것에 불과했다. 또 다른 친구들은 학문에 관심이 없었기 때문에 책에 대해 입도 벙긋하지 않았다. 특히 요즘처럼 다른 일로 바쁘게 돌아가는 사회에서는 완벽히 무관심할 수밖에 없었다.

세르게이 이바노비치는 사람들이 서평을 쓰는 데 필요한 시간까지 세밀히 계산해 보았지만 한 달이 지나고 또 한 달이 지나도록 똑같은 침묵만이 있을 뿐이었다.

〈세베르니 쥬크〉라는 잡지에서만 유머러스한 칼럼 난에 목소리가 망가진 가수 드라반티에 대한 글 뒤에 코즈니셰프의 저서에 대해 몇 마디 혹평을 곁들어 실었다. 이미 오래전부터 많은 사람에게 비판을 받으며 대중의 조롱감으로 전락했다는 내용이었다.

마침내 석 달이 지나서야 진지한 잡지에 비평 기사가 실렸다. 기사를 쓴 사람은 매우 젊고 병약한 칼럼니스트로서 매우 뛰어난 글 솜씨를 가졌지만 교양이 부족하여 사적인 관계에 소심함을 드러내는 사람이었다. 세르게이 이바노비치도 그 기사의 필자를 알고 있었으며 예전에 한 번 만난 적도 있었다. 그는 그 필자를 매우 무시하면서도 예의를 갖춰 기사를 읽기 시작했지만 기사는 너무 끔찍했다.

그 필자는 일부러 책을 이해하지 못하게 만드는 방식으로 책 전체를 해석한 것이 분명했다. 하지만 그가 너무 교묘히 인용을 하는 바람에 그 책을 읽지 않은 사람들은 틀림없이 책 전체를 왜곡되고 과장된 말들의 집합으로, 그 책의 저자를 완전히 무식한 사람으로 여길 것 같았다. 게다가 그 기사 전체가 너무 교묘해서 세르게이 이바노비치 자신조차 거부할 수 없을 것 같았다. 그러나저러나 그것은 무서웠다.

그는 비평가의 논증이 정당한가에 대해 열심히 검토했지만, 조롱의 대상이 된 결점과 오류에 대해서는 한순간도 주저하지 않았다. 그 기사에 인용된 발췌 부분들은 다분히 고의적이라는 것이 분명해 보였다. 하지만 세르게이 이바노비치는 필자와 만났던 일을 떠올리며 자신도 모르게 그에게 모욕을 준 것은 아닌지 생각했다.

곧 그는 그 청년을 만났을 때 청년이 무지를 드러낸 단어를 쓰자 자신이 정정해 준 일을 기억해 냈다. 그러자 그는 그 기사가 뜻하는 바를 알아차릴 수 있었다.

그 기사 이후, 인쇄물의 형태든 구두의 형태든 그의 책에 대해 죽음과 같은 침묵이 찾아왔다. 그렇게 그는 육 년간 애정과 심혈을 기울여 저술한 작품이 흔적도 없이 사라지게 되는 것을 경험했다.

세르게이 이바노비치의 상황을 더욱 괴롭게 했던 것은 그 책의 완성 이후에 그의 시간에서 대부분을 차지했던 연구 작업이 없어진 일이다.

그는 총명하고 교양 있으며 건강하고 활동적이 사람이었지만 이제 그는 자신의 정력을 어디에 쏟아야 할지 알 수 없었다. 집회, 모임, 위원회 등 말을 할 수 있는 곳에서의 대화가 그의 시간 중 일부를 차지했다. 하지만 오랫동안 도시에서 살아왔던 그는 자신의 미숙한 동생이 모스크바에서 그랬던 것처럼 대화에 모든 것을 쏟아부을 수는 없었다. 때문에 그에게는 여전히 많은 시간적 여유와 지적 능력이 남아 있었다.

저서의 실패로 그가 가장 힘들었던 시기에 다행히 사회에서 희미한 빛을 내는 데 불과했던 슬라브 문제가 이민족, 미국의 벗들, 사마라의 기근, 전람회, 강신술 같은 문제를 대신했다. 그래서 세르게이 이바노비치도 예전에 그 문제를 제기한 사람들 중의 하나로서 그 문제에 전념했다.

그 무렵, 사회에서는 슬라브 문제와 세르비아 전쟁 외에 다른 어떤 것에 대해서도 글을 쓰거나 이야기하지 않았다. 한가한 군중들이 시간을 죽이기 위해 하던 것들이 이제는 슬라브 민족을 위해 행해졌다. 무도회, 음악회, 만찬, 연설, 선술집 등이 슬라브 민족에 대한 공감을 표했다.

사람들이 이 주제에 대해 말하고 쓰는 것들에 대해 세르게이 이바노비치는 동의할 수 없는 것들이 있었다. 그는 슬라브 문제가 사회에 관심 대상을 제공하는 유행성 열광으로만 비치는 것과 허영에 젖어 이해타산적 목적을 갖고 사람들이 그 문제에 대해 접근하는 것을 보았다. 또한 그는 신문들이 자기 신문으로 관심을 모으고 다른 신문보다 더 큰 소리를 내기 위해 불필요하고 과장된 기사를 싣는다는 것도 눈치챘다. 그는 사회 전반적인 격동기에 앞에 나와 다른 이들보다 큰 소리로 외치는 사람들은 낙오자와 모욕받은 인간들이라는 것을 깨달았다. 군대 없는 총사령관들, 부서 없는 장관들, 잡지 없는 언론인들, 당원 없는 당수들 등 그는 그곳에서 경박하며 우스꽝스러운 인간들을 보았다. 그러나 그는 점점 커져 가는 열정을, 사회의 모든 계급을 하나로 결합하는 열정을, 사람들이 모두 공감하지 않을 수 없는 열정이 있다는 것을 간파했고 인정했다. 슬라브 형제들에 대한 학살은 고통받는 자들에 대한 동정과 박해자에 대한 분노를 불러일으켰다. 그리고 세르비아인들과 몬테니그로인들의 영웅적 행위들은 국민들의 가슴속에 더 이상 말이 아닌 행동으로 그들을 돕고 싶다는 열망을 낳았다.

세르게이 이바노비치를 기쁘게 한 또 다른 현상은 여론의 표명이었다. 그의 표현을 빌리자면 민중의 정신이 표현을 얻게 된 것이다. 그리고 그가 그 일에 점점 더 많이 관여할수록, 그에게 이것은 거대한 규모로 확산될, 나아가 시대에 한 획을 그을 대의라는 것이 더욱더 분명하게 다가왔다.

그는 이 위대한 대의에 대해 자신의 전부를 바치면서 저서에 대해 잊었다. 이제 그의 시간은 대의를 위한 일들로 가득 찼고, 봄과 초여름을 꼬박 일한 뒤, 칠월에야 겨우 그는 동생이 있는 시골로 떠날 준비를 했다.

세르게이 이바노비치는 민중의 가장 거룩한 지성소인 시골에서 이 주일 동안 휴식을 취하고 수도와 도시 사람들이 확신하고 있는 민중 정신의 고양을 눈으로 보고 즐기기 위해 떠났다. 카타바소프 역시 오래전부터 레빈의 집을 방문하겠다던 약속을 지키기 위해 그와 함께 떠났다.

2

유난히 활기를 띤 쿠르스크 기차역에 도착했다. 그들은 마차에서 내리며 짐을 마차에 싣고 하인을 찾기 위해 주위를 둘러보았다. 이때, 의용군을 태운 삯마차 네 대가 도착했고 꽃다발을 든 부인들이 의용군을 맞이했다. 의용군을 마중 나온 부인들 가운데 한 명이 대기실에서 나오다 그에게 말을 걸었다.

"당신도 배웅하러 오셨나요?"

"아뇨, 동생의 집에서 휴가를 보내려고 떠납니다. 그런데 늘 이렇게 배웅을 하십니까?"

세르게이 이바노비치는 은은한 미소를 지으며 이렇게 말했다.

"네, 당연하잖아요."

공작 부인이 대답했다.

"벌써 군인 팔백 명을 파견했다는 것이 사실이죠? 말빈스키가 내 말을 믿지 않아서요."

"팔백 명이 넘지요. 모스크바에서 출정하지 않은 사람들까지 합친다면 천 명도 넘을 것입니다."

세르게이 이바노비치가 말했다.

"역시 그렇군요. 그럼 기부금이 이제 백만 루블가량 된다는 것도 사실인가요?"

"그 이상입니다, 공작 부인."

"오늘 전보는 어떤 내용이죠? 또 터키 군을 격파했다고 하던데요?"

"네, 저도 그것에 대해 읽었습니다."

세르게이 이바노비치가 대답했다. 그들은 사흘 동안 연이어 터키 군이 격파당했으며 내일 결정적인 전투가 예상된다고 최신 소식을 전한 전보에 대한 대화를 했다.

"아, 참, 어느 훌륭한 청년이 지원을 했어요. 난 사람들이 왜 이렇게 일을 어렵게 만드는 건지 알 수 없어요. 난 당신에게 그를 위해 편지를 써 달라는 부탁을 드리고 싶었어요. 그는 리디야 이바노브나 백작 부인이 보낸 사람이에요."

그는 지원하려는 청년에 대해 공작 부인에게 자세하게 물어본 뒤, 일등석 대기실로 가서 그 문제를 좌우하는 사람에게 보낼 편지를 써서 부인에게 건네주었다.

"브론스키 백작 아시죠? 그 사람도 저 기차를 타고 떠나요."

편지를 받은 부인은 많은 의미를 담은 미소를 지으며 말했다.

"그가 출정한다는 소식은 들었지만 언제인지는 몰랐습니다. 저 기차로 갑니까?"

"그를 봤어요. 어머니만 배웅을 나왔던데 어쨌든 그가 할 수 있는 최선이니까요."

"네, 당연한 이야기죠."

그들이 이야기를 나누는 동안 군중들이 그들 옆으로 지나가 식사가 차려진 테이블로 쏟아져 나왔다. 그들도 그곳으로 가다가 의용군에게 연설하는 어느 신사의 우렁찬 목소리를 듣게 되었다.

"믿음을 위해, 인류를 위해, 우리의 형제를 위해 몸을 바치자!"

그 신사는 점점 더 목청 높여 큰 목소리로 말했다.

"그 위대한 큰 뜻에 대해 어머니 모스크바가 당신들을 축복합니다. 만세!"

그가 눈물 섞인 매우 크고 힘찬 목소리로 연설을 끝냈다.

모두 '만세!'라고 외쳤다. 그러자 또 다른 군중들이 대기실로 밀려들었다. 공작 부인은 사람들에게 치여 하마터면 넘어질 뻔했다.

"공작 부인! 이 모든 것에 대해 어떻게 생각합니까?"

이때 스테판 아르카지치가 군중 속에서 불쑥 모습을 드러내며 기쁨의 미소를 지었다.

"멋지고 훈훈한 연설이에요. 브라보! 세르게이 이바노비치도 있었군요! 당신도 몇 마디 격려의 말을 해 주는 게 어떻습니까?"

그는 존경을 담은 미소를 띤 채 세르게이 이바노비치의 팔을 살짝 밀며 조심스럽게 물었다.

"괜찮습니다. 전 지금 떠나야 해서요."

"어디로 가나요?"

"시골의 동생 집에 가는 중입니다."

세르게이 이바노비치가 말했다.

"그럼 제 아내를 만나게 되겠군요. 아내에게 편지를 쓰긴 했지만 그것보다 먼저 당신이 내 아내를 보겠군요. 날 만났다고, 잘 지낸다고 전해 주세요. 그럼 그녀는 알아들을 겁니다. 어쨌든 부디 아내에게 내가 연합 기관 위원으로 일하게 되었다고 전해 주십시오. 아시다시피 인생의 자질구레한 괴로움인 셈이죠!"

그는 마치 변명하듯이 공작 부인을 쳐다보았다.

"아, '마흐카야'라는 분이 말이죠. 리자 말고 비비슈 말입니다. 그분이 소총 천 자루와 열두 명의 간호사를 보내 준다고 하더군요. 내가 말한 적 있던가요?"

"네, 저도 들었습니다."

코즈니셰프는 마지못해 대답했다.

"당신이 떠나게 되어 유감입니다."

스테판 아르카지치가 말했다.

"내일 우리는 이곳을 떠나는 두 친구를 위해 만찬을 열려고 합니다. 페테르부르크에서 온 지메르 바르트냔스키와 그리샤를 위해 말입니다. 두 사람 모두 내일 떠납니다. 베셀로프스키는 결혼한 지 얼마 안 되었는데 정말 훌륭한 청년이죠! 그렇지 않나요, 공작 부인?"

그는 부인을 돌아보았지만 그녀는 아무 대꾸 없이 코즈니셰프를 쳐다보았다. 하지만 스테판 아르카지치는 세르게이 이바노비치와 공작 부인이 자기를 피하려는 것처럼 보이는 것에 당황하지 않고 미소를 지으며 부인의 모자에 달린 깃털을 보기도 하고 주위를 둘러보기도 했다. 그는 모금함을 들고 다니는 부인을 보자 오 루블짜리 지폐를 모금함에 넣었다.

"난 이 모금함을 보고 태연히 보아 넘길 수가 없어요. 오늘의 특보는 어떻습니까? 몬테니그로인들은 훌륭한 사람들이죠!"

"무슨 뜻입니까!"

공작 부인이 스테판 아르카지치에게 브론스키가 출정한다고 말해 주자 그는 이렇게 소리쳤고 그의 얼굴은 순간적으로 얼굴 전체에 슬픔이 번졌다. 그러나 브론스키가 있는 홀로 들어갔을 때, 스테판 아르카지치는 누이의 시체 위에서 비탄에 잠겨 흐느낀 일을 벌써 잊은 채 브론스키에게서 영웅이자 옛 친구의 모습만을 보았다.

"저 사람이 가진 부족한 점에도 불구하고 저 사람에게 정당성을 부여하지 않을 수 없군요."

부인은 오블론스키가 그들 곁에서 떠나자마자 이렇게 입을 열었다.

"저것이야말로 완전히 러시아적이며 슬라브적인 기질이죠! 다만 브론스키가 저 사람을 보고 기분 나빠하지 않을까 걱정이네요. 당신이 뭐라고 하든, 그 남자의 운명은 날 감동시켜요. 중간에 그와 이야기해 봐요."

공작 부인이 말했다.

"네, 기회가 된다면 말입니다."

"난 한 번도 그를 좋아한 적이 없어요. 하지만 그가 직접 출정을 할 뿐 아니라 자비로 기병 중대를 이끌고 간다는 이야기를 듣고 그 사실들이 그를 속죄해 줄 것이라 생각해요."

"네, 그렇습니다."

벨 소리가 들렸고 사람들이 출입구 쪽으로 우르르 몰려들었다.

"저기 그 사람이 가요!"

공작 부인은 긴 외투를 걸치고 테가 넓은 검은색 모자를 쓰고 어머니와 팔짱을 낀 채 걸어가고 있는 브론스키를 가리키며 말했다. 오블론스키는 그의 옆에서 함께 걸어가며 활기차게 이야기하고 있었다. 하지만 브론스키는 마치 스테판 아르카지치가 하는 말을 듣지 않는 것처럼 인상을 쓴 채 정면을 바라보고 있었다.

아마 오블론스키가 그들이 있는 곳을 이야기했는지 브론스키는 공작 부인과 세르게이 이바노비치가 서 있는 곳을 돌아보며 말없이 모자를 약간 들어 올렸다. 늙고 고통에 찬 그의 얼굴은 마치 돌과 같아 보였다.

플랫폼으로 나온 브론스키는 말없이 어머니를 객차 안으로 모셔다 놓고 자신도 그 안으로 자취를 감췄다.

플랫폼에서는 '주여, 황제를 보호하소서'가 울려 퍼지고 '만세'라는 외침이 하늘을 찔렀다. 의용군들 가운데 키가 크고 가슴이 우묵하게 꺼진 젊은 남자가 꽃다발을 머리 위로 흔들며 다른 사람들에 비해 도드라져 보이게 인사했다. 그 뒤에 장교 두 명과 턱수염이 더부룩하며 기름때로 얼룩진 군인 모자를 쓴 한 중년 남자도 얼굴을 내밀었다.

3

세르게이 이바노비치는 공작 부인과 작별 인사를 한 뒤 카타바소프와 함께 사람들로 북적이는 객차에 올라탔고 기차는 곧 출발했다.

차리친 역에서 기차는 '찬양받으소서'를 부르는 젊은이들의 아름다운 합창으로 환영받았다. 의용군은 다시 한 번 창밖으로 고개를 내밀고 인사를 했다. 하지만 세르게이 이바노비치는 의용군을 많이 대해 왔기 때문에 그들의 전반적인 유형을 알고 있어서 그들에게 관심을 쏟지 않았다. 그래서 그는 그들에게 흥미를 느끼지 않았다. 하지만 카타바소프는 달랐다. 그는 평소 학문 연구 때문에 의용군을 관찰할 기회가 없었기 때문에 그들에게 큰 흥미를 느끼고 세르게이 이바노비치에게 의용군에 관하여 이것저것 물었다.

세르게이 이바노비치는 그에게 직접 이등석 객차에 가서 의용군들과 이야기를 나누어 보라고 권했다. 다음 역에서 카타바소프는 세르게이 이바노비치의 말에 따르기로 했다.

기차가 첫 번째로 정차했을 때, 그는 이등석으로 건너가 의용군들과 친분을 쌓기 위해 이야기를 나누었다. 의용군들은 객차 구석에 따로 앉아 시끄럽게 이야기를 나누고 있었으며 이등석으로 들어온 카타바소프를 보고 그가 자신들에게 관심이 있다는 사실을 짐작했다. 의용군들 중 가슴이 움푹 들어간 키 큰 청년은 취한 모습으로 자기 학교에서 일어난 어떤 일화에 대해 매우 큰 소리로 떠들고 있었다. 그의 맞은편에는 오스트리아 근위대의 군복 상의를 입은 장교 한 명이 앉아 있었다. 그는 청년의 이야기에 미소를 짓고 귀 기울여 듣고 있었는데 이따금 청년의 말을 막기도 했다. 그들 옆에는 포병 군복을 입은 남자가 트렁크 위에 앉아 있었고 또 다른 한 사람은 자고 있었다.

카타바소프는 청년과의 대화를 통해 그가 스물두 살이 채 되기도 전에 막대한 재산을 탕진한 모스크바의 부유한 상인이었다는 사실을 알게 되었다. 응석받이인 데다 나약하고 허약한 그가 카타바소프는 마음에 들지 않았다. 특히 그가 술에 취해 자기가 영웅적인 행동을 하고 있다고 착각하는 듯한 모습으로 거들먹거리는 것은 더욱 마음에 들지 않았다.

다른 퇴역 장교 역시 카타바소프에게 불쾌한 인상을 불러일으켰다. 그는 철도 회사에서 일했고 관리인으로 일했으며 직접 공장을 세운 적도 있었다. 그는 마치 모든 것에 도전해 본 사람처럼 상황에 어울리지 않게 학문적 용어를 들먹이며 그런 것들에 대해 떠들어 댔다.

반면 포병은 아주 마음에 들었는데 그는 매우 겸손하고 조용한 사람이었다. 그는 자기에 관해서는 전혀 이야기하지 않았는데 카타바소프가 무엇이 그를 세르비아에 가도록 자극했는지 묻자 그는 겸손한 태도로 대답했다.

"남들도 다 가고 있지 않습니까. 세르비아인들을 돕는 것은 당연한 일이죠."

"네, 특히 그곳에는 당신 같은 포병들이 부족하니까요."

카타바소프가 말했다.

"전 포병으로 근무한 지 얼마 되지 않았으니 보병이나 기병으로 배치될 것 같습니다."

"설마 포병이 가장 필요한 시점에 보병으로 보낼까요?"

카타바소프는 포병의 나이로 보아 그가 이미 상당한 지위에 오른 사람일 거라고 생각하고 이렇게 말했다.

"저는 사관생도로 전역했기 때문에 포병으로 근무한 지 오래되지 않았습니다."

그는 이렇게 설명하며 자신이 시험에 왜 통과하지 못했는지에 대해 이야기하기 시작했다.

그 모든 것들이 카타바소프에게 불쾌감을 가져왔다. 그래서 의용군들이 술을 마시러 역으로 나가자. 그는 다른 사람에게 자신의 불쾌한 감정을 털어놓고 싶었다. 이때 군인 외투를 입은 한 늙은 승객이 자신과 의용군들의 대화에 귀를 기울이고 있었다는 것을 안 카타바소프는 그와 단둘이 남자, 그에게 말을 걸었다.

"그곳으로 떠나는 의용군들의 처지가 정말 각양각색이군요."

카타바소프는 자신의 의견을 표현하면서도 노인의 견해를 가늠하기 위해 애매하게 말했다.

노인은 전쟁터에 두 번이나 다녀온 군인이었기 때문에 그는 군인이 어떠한지 잘 알고 있었고 그 패거리들의 모양새와 대화를 통해 그들이 질 나쁜 군인이라고 판단했다. 게다가 군청 소재지의 주민이었던 그는 그 도시에서 어느 종신병이, 더 이상 아무 일꾼으로조차 써 주지 않은 술주정뱅이에 도둑이었음에도 불구하고 어떻게 출정하게 되었는지 들려주고 싶었다. 하지만 경험상 일반적인 견해에 대해 대립된 견해를 표현하는 것, 특히 의용군을 비판하는 것은 요즘 같은 사회 분위기에서는 위험하다는 것을 알았기에 그 역시 카타바소프의 눈치를 살폈다.

"그곳에는 사람들이 필요하니까요. 세르비아 장교들은 아무짝에도 쓸모없다더군요."

"네, 하지만 이 사람들은 용감무쌍할 겁니다."

카타바소프는 눈웃음을 지으며 말했고 곧 그들은 최근의 전쟁 소식에 대해 이야기하기 시작했다. 최근의 소식에 의하면 각지에서 터키 군이 격파당하고 있다는데 내일은 누구와 교전할 것인가에 대해 두 사람 모두 자신의 의혹을 감추었기 때문에 결국 서로 자신의 견해를 밝히지 못한 채 헤어졌다.

자신의 객차로 돌아 온 카타바소프는 자기도 모르게 양심을 속이고 의용군들이 훌륭한 젊은이라며 세르게이 이바노비치에게 자신의 관찰을 전했다. 자신이 본 바로는 그들이 훌륭한 젊은이라는 것이었다.

어느 도시의 큰 역에 도착하자, 또다시 노랫소리와 함성이 의용군을 맞이했고 모금함을 든 남녀 모금원들이 나타났으며 현의 귀부인들이 의용군에게 꽃다발을 증정한 후 의용군들은 간이식당으로 향했다. 하지만 이 모든 것들은 이미 모스크바에 비해 훨씬 보잘것없었다.

4

현청 소재지에 기차가 정차한 동안, 세르게이 이바노비치는 간이식당에 가지 않고 플랫폼을 거닐었다. 브론스키가 탄 객차 옆을 지나칠 때 그는 창문에 커튼이 내려진 것을 알아차렸다. 하지만 그곳을 두 번째 지나칠 때는 창문으로 늙은 백작 부인을 보았다. 그녀는 코즈니셰프를 불러 말했다.

"난 쿠르스크까지 아들과 동행하는 중이에요."

"네, 들었습니다."

세르게이 이바노비치는 창문 옆에 서서 안을 들여다보며 브론스키가 객차 안에 없다는 것을 눈치채고 말했다.

"브론스키는 참으로 훌륭한 성품을 가졌습니다!"

"하지만 그런 불행한 일을 겪은 후에 그 애가 대체 무엇을 할 수 있겠어요?"

"정말 끔찍한 사건이었습니다!"

그가 대답했다.

"아 얼마나 끔찍했는지! 자, 잠깐 들어와요."

백작 부인은 세르게이 이바노비치를 객차 안으로 들어오라고 권했고 그는 객차 안으로 들어와 긴 의자에 그녀와 함께 나란히 앉았다.

"당신은 상상할 수도 없을 만큼 그 애는 힘들어했어요. 육 주 동안 그 애는 아무 말도 하지 않았고 음식도 먹지 않아서 내가 애원을 해야 겨우 음식을 먹을 정도였어요. 그래서 단 한 시도 그 애를 혼자 둘 수 없었답니다. 우리는 그 애가 자살에 사용할 만한 것들을 모조리 치워 버렸죠. 우리는 아래층에서 지냈지만, 무슨 일이 일어날지 전혀 예측할 수 없었어요. 당신도 알죠. 그 애가 예전에 한 번 그 여자 때문에 권총 자살을 꾀한 적이 있다는 것을요."

그녀는 그때의 기억 때문인지 한쪽 눈썹을 찌푸리며 말했다.

"그 여자는 그런 여자가 마땅히 끝내야 하는 방식으로 종지부를 찍었어요. 죽음조차 비열하고 저급했어요."

"심판하는 것은 우리의 몫이 아닙니다."

세르게이 이바노비치는 탄식하며 말했다.

"하지만 백작 부인에게 이 일이 얼마나 고통스러웠을지 이해합니다."

"말도 마세요. 내가 내 영지에서 지내고 있을 때 아들이 내 집에 들렀죠. 심부름꾼이 편지를 들고 들렀고 그 애는 바로 답장을 써서 심부름꾼에게 들려 보냈어요. 밤에 내가 막 내 방으로 가려고 하는데 메리가 기차역에서 어느 귀부인이 몸을 던졌다고 말하더군요. 마치 무언가가 날 쿵하고 치는 듯한 느낌이 들었어요. 나는 그 순간, 그 귀부인이 그녀라는 것을 바로 알아차렸어요. 나는 아들에게는 전하지 말라고 했지만 이미 그 애는 벌써 그 소식을 들었더군요. 그 애의 마부가 그곳에서 모든 것을 보고 전한 것이죠. 내가 걱정되는 마음으로 그 애의 방으로 달려갔을 때 이미 그 애는 제정신이 아니었어요. 보기에 끔찍할 정도였죠. 그 애는 아무 말없이 말을 타고 그곳으로 질주했어요. 그곳에서 무슨 일이 있었는지는 모르겠지만 그 애는 죽은 사람처럼 되어 집으로 실려 왔지요. 나는 그 애를 못 알아볼 뻔했어요. 의사는 완전한 허탈 상태라고 말하더군요. 그 후로 광란의 상태가 시작되었죠."

"아 무슨 말을 해야 할지!"

"끔찍한 시간이었어요. 당신이 뭐라고 하든, 그 여자는 나쁜 여자예요. 그 모든 것은 특별한 무언가를 증명하기 위한 것이었어요. 그리고 그 여자의 바람대로 그 여자는 자신뿐 아니라 훌륭한 두 남자를 파멸시켰죠. 그 여자의 남편과 나의 불행한 아들 말이에요."

"그녀의 남편은 어떻습니까?"

세르게이 이바노비치가 물었다.

"그는 그녀의 딸을 데려갔어요. 알료샤도 처음에는 모든 것에 동의했지만 지금은 남에게 자기 딸을 넘겨준 것 때문에 매우 괴로워하고 있어요. 하지만 되돌리기에는 너무 늦었죠. 카레닌은 장례식에 왔어요. 하지만 우리는 카레닌이 알료샤와 마주치지 않도록 애썼어요. 어쨌든 마음이 더 홀가분해졌을 거예요. 그 여자가 그를 해방시켜 준 거죠. 하지만 가엾은 내 아들은 모든 걸 버렸죠. 사회적 성공 그리고 나까지도 말이에요. 그런데도 그 여자는 그 애를 가엾게 생각하기는커녕 그 애를 완전히 파멸시킨 거예요. 그 여자의 죽음은 종교가 없는 추악한 여자의 최후라고 생각해요. 아들의 파멸을 지켜보고 있으면 그 여자에 대한 증오를 참을 수가 없어요."

"그런데 지금 아드님은 어떠신가요?"

"세르비아 전쟁은 우리를 향한 하느님의 도움이에요. 난 늙은이라 아무것도 잘 모르지만 하느님은 아들에게 이 일을 보내셨어요. 물론 두렵기는 해요. 하지만 달리 뭘 할 수 있겠어요. 이것만이 그 애를 일으킬 수 있는 것을요. 야쉬빈은 그 애의 친구인데 그는 도박으로 돈을 모두 날리고 세르비아에 가기로 마음먹고 아들을 설득했죠. 이제 아들은 이 일에 몰두하고 있어요. 부탁이에요. 아들과 잠깐 이야기 좀 나누어 주겠어요? 지독한 슬픔으로 가득한 그 애가 기분 전환이라도 했으면 좋겠어요.

그 애는 운 나쁘게도 치통까지 앓고 있어요. 그 애가 당신을 보면 굉장히 기뻐할 거예요. 그 애는 저쪽에서 걷고 있으니 제발 그 애와 이야기 좀 나눠 줘요."

"브론스키와 이야기를 나누는 것은 저로서도 무척 기쁜 일입니다."

세르게이 이바노비치는 이렇게 말하고 기차의 반대편으로 걸음을 옮겼다.

5

플랫폼의 어슷한 저녁 그림자 속에서 긴 외투를 입고 모자를 깊숙이 눌러쓴 브론스키가 호주머니에 두 손을 넣은 채 우리에 갇힌 짐승처럼 왔다 갔다 걷기를 반복하고 있었다. 브론스키는 세르게이 이바노비치가 다가온 것도 모른 채 계속해서 걷기를 계속했다. 마치 그를 보고도 못 본 척하는 것처럼 보였지만 세르게이 이바노비치는 개의치 않았다. 그는 브론스키에게 어떤 사적인 감정도 갖고 있지 않았고 그의 눈에 비친 브론스키의 모습은 위대한 대의를 위한 중요한 활동가로 보였다. 브론스키를 격려하고 자신의 우호적인 감정을 보여 주는 것이 자신의 도리라고 생각한 그는 브론스키에게 다가갔다.

브론스키는 걸음을 멈추고 세르게이 이바노비치를 자세히 바라본 뒤에야 그를 알아보고 그를 향해 다가와 그의 손을 굳게 잡았다.

"당신이 날 만나고 싶어 하지 않을지도 모르지만 내가 당신에게 도움이 되지 않을까 해서요."

세르게이 이바노비치가 말했다.

"나로서는 당신만큼 덜 불쾌하게 느껴지는 사람도 없습니다. 용서하십시오. 내게는 인생에 기쁠 것이 하나도 없거든요."

브론스키가 말했다.

"이해합니다. 그래서 저는 당신에게 조금이나마 도움을 드리고 싶었습니다."

세르게이 이바노비치는 고통의 빛이 역력한 브론스키의 얼굴을 유심히 바라보면서 말했다.

"리스티치나 밀란에게 가져갈 편지를 써 드릴까요?"

"괜찮습니다."

브론스키는 그의 말을 가까스로 이해한 듯이 이렇게 대답했다.

"괜찮다면 같이 걷겠습니까? 객차 안은 너무 후텁지근해서요. 편지요? 아니요. 하지만 신경 써 주셔서 감사합니다. 죽으러 가는 것에 소개장은 필요하지 않아요. 터키 군에게 가져갈 소개장이 아니라면 말이죠."

그는 입술로만 미소를 지었고 그의 눈은 여전히 고통으로 가득 찼으며 그의 표정은 화난 듯했다.

"네, 어차피 그 사람들과 만날 수밖에 없다면 그런 것이라도 갖고 있는 편이 낫지 않을까 싶어서요. 어쨌든 관계는 피할 수 없는 것이니까요. 하지만 뜻대로 하세요. 난 당신의 결심을 듣고 기뻤습니다. 의용군에 대한 비난이 많은 지금, 당신 같은 분의 출정은 의용군들의 위상을 높여 주니까요."

"내가 가진 큰 장점은 나에게 인생이 아무런 가치도 없다는 것입니다. 내 안에는 적에게 쳐들어가 그들을 쳐부수거나 내가 전사하기에 충분한 육체적 힘이 있을 뿐이죠. 난 그것을 알고 있죠. 단지 내 생명을 내놓을 수 있는 목표가 있다는 것에 기뻐하고 있습니다. 내게 생명이라는 것은 역겨운 것이죠. 누군가에게는 쓸모가 있겠지만 말이에요."

그는 욱신거리는 치통 때문에 턱을 신경질적으로 실룩거리며 말했다. 치통은 그가 원하는 표정으로 말할 수 없게 방해했다.

"나는 당신이 새롭게 태어날 것이라고 예언합니다."

세르게이 이바노비치는 감동을 느끼며 입을 열었다.

"형제를 압제에서 구하는 것은 목숨을 걸 만한 가치가 있는 목표입니다. 하느님께서 당신의 외적인 성공과 함께 마음의 평화를 주시길."

그는 이렇게 말하며 손을 내밀었다.

브론스키는 세르게이 이바노비치가 내민 손을 잡으며 말했다.

"무기로서 나는 무언가에 쓸모가 있겠죠. 하지만 인간으로서 나는 폐인입니다."

그는 치통이 심해져 입안에 침이 가득 고여 더 이상 제대로 말을 할 수 없었다. 선로를 따라 천천히 들어오는 탄수차를 물끄러미 바라보며 침묵했다.

그런데 갑자기 통증이 아닌, 온몸을 휘감은 고통스럽고 내적인 답답함이 한순간 그의 치통을 잊게 했다. 그 불행 이후 지금껏 만난 적 없는 지인과의 대화가 문득, 그녀가 기차역의 창고로 미친 사람처럼 뛰어들어 갔을 때 그녀에게 아직 남아 있던 것을 떠올리게 했기 때문이다. 낯선 사람들 가운데 수치스러운 줄도 모르고 창고의 탁자 위에 뻗어 있던, 조금 전까지만 해도 생명으로 충만했던 피투성이의 그녀의 육체. 손상을 입지 않은 머리는 땋아 내린 무거운 머리채와 관자놀이 위로 곱슬곱슬하게 감긴 머리카락과 함께 뒤로 젖혀져 있었다. 그리고 입이 반쯤 벌어진 매혹적인 입가는 얼어붙은 듯 낯설고 애처로운 표정이 어려 있었고 닫히지 않은 고정된 눈동자에는 그들이 싸울 때 그녀가 그에게 했던 끔찍한 말, 그가 후회하게 될 거라고 한 말을 내뱉는 듯한 끔찍한 표정이 어려 있었다.

그는 자신의 뇌리에 떠오르던 마지막 순간의 잔혹하고 복수심에 찬 그녀의 모습이 아니라, 기차역에서 그녀를 처음 만났을 때처럼 신비롭고 매혹적이고 사랑 가득한 그녀의 모습으로 그녀를 기억하려 애썼다. 그래서 그녀와 함께했던 가장 아름다운 순간을 떠올리려고 애썼지만 그러한 순간은 독에 오염되어 돌이킬 수 없는 것처럼 그녀의 의기양양한 협박만이 기억났다. 그는 더 이상 치통을 느낄 수 없었고 흐느낌이 그의 얼굴을 일그러뜨렸다.

그는 걸으면서 자제심을 되찾고 침착한 모습으로 다시 세르게이 이바노비치에게 말을 걸었다.

"어제 이후 전보를 접하지 못하셨죠? 그들은 세 차례 격파당했고 내일 결전이 있을 것으로 예상됩니다."

그러고는 밀란의 왕위 선포와 그것이 불러올 엄청난 파장에 대해 잠시 대화를 나눈 뒤, 그들은 두 번째로 울리는 벨 소리가 들리자 각자 자신의 객차로 돌아갔다.

6

세르게이 이바노비치는 언제 모스크바를 떠날지 몰랐기 때문에 동생에게 마차를 보내 달라는 전보를 치지 않았다. 카타바소프와 세르게이 이바노비치는 작은 사륜마차를 타고 흑인처럼 시커멓게 먼지투성이가 되어 정오 무렵, 포크로프스코예 저택의 현관 입구에 도착했다. 그때, 레빈은 집에 없었다. 아버지와 언니와 함께 발코니에 앉아 있던 키티는 시아주버니를 알아보고 그를 맞으러 아래층으로 뛰어 내려왔다.

"온다는 얘기도 안 해 주시다니 부끄럽지 않으세요?"

그녀는 반갑게 그를 맞으며 그에게 손을 내밀고 이마를 가까이 대고 말했다.

"걱정을 끼치지 않고도 이렇게 잘 도착했잖아요."

세르게이 이바노비치가 말했다.

"난 온통 먼지투성이여서 혹시나 이것이 당신 몸에 닿을까 걱정됩니다. 그동안 너무 바빠서 언제 출발할 수 있을지 알 수 없었어요. 그런데 당신은 여전하군요."

그는 미소 지으며 말했다.

"거친 세상의 물결을 벗어나 자신의 고요한 웅덩이에서 고요한 행복을 누리고 있군요. 여기, 우리의 친구 표도르 바실리치도 함께 이곳에 올 결심을 했답니다."

"하지만 난 흑인이 아니에요. 나도 씻고 나면 인간처럼 보일 겁니다."

카타바소프는 평소처럼 농담을 하며 손을 내밀고는 빙그레 웃었다.

"코스챠가 무척 기뻐할 거예요. 그이는 농장에 갔어요. 이제 곧 돌아올 거예요."

"여전히 농사로 바쁘군요. 도시에 사는 우리에게 세르비아 전쟁 외에 아무것도 안 보이는데, 나의 친구는 어떤 태도를 보여 줄까요? 다른 사람과는 다른 무언가를 말해 주겠죠?"

"아니요. 다른 사람들과 똑같은걸요."

키티는 당황스러운 눈길로 세르게이 이바노비치를 쳐다보며 말했다.

"그럼 레빈을 찾으러 사람을 보낼게요. 참 우리 집에 아버지가 와 계세요. 얼마 전에 외국에서 돌아오셨죠."

키티는 레빈을 부르러 사람을 보내고, 먼지투성이의 손님들이 씻을 수 있도록 한 명은 서재로, 다른 한 명은 전에 돌리가 묵었던 방으로 안내했다. 그리고 손님들을 위해 식사를 준비하라 지시하면서 임신 중에 하지 못했던 빠르게 움직일 권리를 행사하며 발코니로 달려갔다.

"세르게이 이바노비치와 카타바소프 교수님이 오셨어요."

키티가 말했다.

"아, 날도 더운데 귀찮게 됐군!"

공작이 말했다.

"아니에요. 그분은 아주 훌륭한 분이세요. 코스챠도 그분을 좋아하고요."

키티는 아버지의 얼굴에 비친 시큰둥한 표정을 읽고 그에게 동의를 구하듯 생긋 웃으며 말했다.

"난 괜찮다."

"언니, 저분들에게 가서 말 상대가 되어 줘."

키티는 언니에게도 이야기했다.

"저분들이 기차역에서 형부를 만났는데 형부는 잘 있대. 난 미챠에게 가 봐야 해. 불쌍하게도 차 마실 때부터 아이에게 젖을 먹이지 못했어. 그 애는 아마 잠에서 깨어 울고 있을 거야."

그러고는 자기의 젖이 붇는 것을 느끼며 총총걸음으로 어린이 방에 갔다.

사실 그녀가 단순히 짐작한 것은 아니다.—그녀와 아기는 결속되어 있었다.—그녀는 자신의 젖이 붇자 아이가 배가 고플 것이라는 것을 분명히 알 수 있었다.

그녀는 아이 방에 채 이르기도 전에 아기가 울고 있다는 것을 알았고 아기의 목소리를 알아듣고 걸음을 더 재촉했다. 그녀가 걸음을 재촉할수록 아기는 더욱더 크게 울어 댔다. 활기차고 건강하게 들리지만 배가 고파서 안달하는 목소리였다.

키티는 의자에 앉아 젖 먹일 준비를 하며 황급히 보모에게 물었다.

"운 지 오래됐어? 자, 어서 그 애를 줘. 아, 보모 정말 답답하네. 모자는 나중에 씌워."

아기는 자지러질 듯 울다 지쳐 버렸다.

"그럼 안 됩니다. 마님!"

항상 아이 방에 있다시피 하는 아가피야 미하일로브나가 대답했다.

"옷을 제대로 입혀야 해. 까꿍!"

그녀는 키티는 신경 쓰지 않고 아기를 내려다보며 노래를 불렀다.

보모는 아기를 키티에게 데려갔고 아가피야 미하일로브나는 애정으로 가득한 얼굴로 그 뒤를 따랐다.

"알아봐요. 날 알아본다니까요. 하느님께 맹세해요. 마님 날 알아봤다니까요!"

그녀는 아기의 목소리가 묻힐 정도로 흥분하여 큰 소리로 말했다.

하지만 키티는 그녀의 말이 들리지 않았다. 그녀의 초조함은 아기의 초조함과 함께 커져 갔다. 초조함 때문에 일이 잘 풀리지 않았고 아기도 엉뚱한 곳을 물고는 짜증을 냈다.

아기가 숨이 막히도록 자지러지게 울며 젖이 아닌 엉뚱한 곳을 빨다가 결국 젖을 찾아 물자 아기도 어머니도 동시에 마음이 편안해짐을 느꼈다.

"가엾어라. 온통 땀에 젖었네."

키티는 아기를 만져 보며 이렇게 소곤거렸다. 그리고 아기의 눈동자와 규칙적으로 볼록해지는 자그마한 볼과 동그란 원을 그리며 꼬물거리는, 손바닥이 발그레한 손을 곁눈질하며 말했다.

"그럴 리 없어. 아기가 누군가를 알아본다면 어머니인 나일 거야."

키티는 아가피야 미하일로브나를 보며 생긋 웃으며 대답했다.

그녀는 비록 자신이 아가피야 미하일로브나에게 아기가 그녀를 알아볼 리 없다고 말했지만 사실 아기가 그녀를 알아볼 뿐 아니라 이미 모든 것을 인식하고 이해하며 아무도 모르는 많은 것들, 심지어 어머니인 자신조차 그 아이 덕분에 비로소 깨닫고 이해하기 시작한 것까지 이미 인식하고 이해한다는 것을 알았다. 아기는 보모에게, 할아버지에게, 심지어 아버지에게조차 단지 물질적인 보살핌만을 요구하는 생물에 불과했다. 하지만 어머니에게 있어 그는 이미 오래전부터 그녀와 정신적 관계의 완전한 역사를 공유하고 있는 정신적 존재였다.

"곧 잠에서 깨면 마님도 아기가 저를 알아보는 것을 두 눈으로 볼 수 있을 거예요. 제가 이렇게 하면 도련님도 환하게 웃는다니까요."

아가피야 미하일로브나가 말했다.

"네, 알았어요. 그때 보자고요. 이제 가요. 아기가 잠들려고 해요."

키티가 속삭였다.

7

아가피야 미하일로브나가 조심스럽게 뒤꿈치를 들고 방을 나갔다. 보모는 커튼을 치고 침대의 모슬린 휘장 안의 파리와 창문 유리에 부딪치며 파닥거리던 말벌을 쫓아낸 뒤, 의자에 앉아 자작나무의 마른 가지로 어머니와 아기에게 부채질을 해 주었다.

"이렇게 덥다니! 아 더워! 가랑비라도 내리면 좋을 텐데."

그녀가 말했다.

"그래, 쉬, 쉬……."

키티는 가볍게 몸을 흔들며, 손목을 실로 묶은 것처럼 포동포동한 아기의 작은 팔을 부드럽게 쥐었다. 미챠는 계속 그 손을 힘없이 저으며 눈을 떴다 감았다 했다. 그 손이 키티의 마음을 어지럽혔다. 그녀는 아기의 손에 입을 맞추고 싶었지만 행여 아기를 깨울까 싶어서 걱정스러웠다. 마침내 아기는 손의 움직임을 멈추었고 눈동자도 감겼다. 아주 가끔 아기는 계속 젖을 빨면서 위로 말린 긴 속눈썹을 살짝 들어 올린 채 어슴푸레한 빛 속에서 까맣게 보이는 촉촉한 눈동자로 어머니를 쳐다보았다. 보모는 부채질을 멈추고 졸기 시작했고 위층에서 우레 같은 노공작의 목소리와 카타바소프의 커다란 웃음소리가 들렸다.

키티는 생각했다.

'나 없이 대화가 시작되었나 보네. 하지만 코스챠가 없어 유감이야. 그는 아마 또 양봉장에 들렀을 거야. 그가 그곳을 자주 드나드는 게 슬프긴 하지만 그래도 그가 봄보다 명랑해지고 좋아져서 기뻐.'

'그때 그가 어찌나 우울해하고 괴로워하던지. 난 그 때문에 두려움마저 느낄 정도였어. 참 우스운 사람이야.'

그녀는 이렇게 중얼거리며 미소를 지었다.

그녀는 남편을 괴롭히는 것이 무엇인지 알고 있었다. 그것은 그의 무신론이었다. 그녀는 하느님을 믿지 않는 자에게 구원이란 있을 수 없다는 것을 인정하면서도 누구보다 남편의 영혼을 사랑했다. 그래서 그녀는 생글거리는 얼굴로 그의 무신론에 대해 생각하며 그가 우스운 사람이라고 혼잣말을 했다.

그녀는 그가 일 년 내내 철학책 같은 것을 읽은 이유에 대해 생각했다.

'만약 책 속에 모든 게 적혀 있다면 그는 그것들을 이해할 수 있겠지. 하지만 그 책들이 옳지 않다면 어째서 그것들을 읽어야 하지? 그런데 왜 그는 자신도 하느님을 믿고 싶다고 말하면서 믿지 않은 것일까? 아마 너무 많은 걸 생각해서겠지? 그는 늘 혼자 있어. 그는 우리에게 모든 것을 말하지 못해. 그는 카타바소프를 보면 기뻐할 거야. 그와 토론하는 것을 좋아하니까.'

그리고 그녀는 카타바소프의 잠자리에 대해 고민했다. 그리고 세르게이 이바노비치와 한방에 마련해 주어야겠다고 생각했다. 그러자 문득 그녀는 그녀를 흥분으로 부르르 떨게 하는, 심지어 미챠의 잠까지 방해하는 생각이 떠올랐다. 미챠는 그 때문에 그녀를 쏘아보았다.

'만약 내가 지시를 내리지 않으면, 아가피야 미하일로브나는 세르게이 이바노비치에게 빨지 않은 시트를 내놓을 거야.'

그 생각만으로도 키티의 얼굴이 확 붉어졌다.

'그래, 지시를 내려야겠어.'

그녀는 결심하고 조금 전의 생각으로 되돌아가 자신이 정신적으로 중요한 무언가에 대해 미처 다 생각하지 않았다는 점을 기억하고는 그게 뭐였는지 떠올렸다.

'그래, 믿음이 없는 코스챠에 대한 문제였지.'

그녀는 생긋 웃으며 생각을 이어 갔다.

'그래, 그는 무신론자야. 그를 슈탈 부인같이 되게 하거나, 내가 외국에 있을 때 되고 싶어 한 모습으로 있게 하느니 언제까지나 지금 그 모습으로 두는 게 나아. 그는 거짓 행세를 하는 사람이 아냐.'

그러자 그녀의 눈앞에 얼마 전에 본 그의 선량한 성품이 떠올랐다. 이 주일 전에 돌리에게 잘못을 뉘우치는 스테판 아르카지치의 편지가 배달되었고 그는 자신의 명예를 지켜 달라며 빚을 갚을 수 있게 영지를 팔아 달라고 애원했다. 돌리는 절망에 빠져 남편을 증오하고 경멸했으며 한편으로는 그를 불쌍히 여기다가 다시 이혼하겠다고 마음먹고 그의 요구를 거절하겠노라 결심했다. 그러나 결국 자신의 영지를 일부 파는 데 동의했다. 그 뒤로 키티는 남편이 당황스러워하던 모습, 그녀에게 모욕을 주지 않으면서 그녀를 도울 유일한 방법을 궁리한 후 돌리에게 키티의 영지의 일부를 주자고 제안하던 모습을 떠올리며 자기도 모르게 감동의 미소를 짓곤 했다.

'그는 이렇게 동정심이 많고 다른 사람들, 심지어 아이의 마음까지도 아프게 할까 저렇게 걱정하는데 왜 무신론자라는 거지? 남을 위해 무슨 일이든 하고 자신을 위해서 아무것도 하지 않는데 말이야. 세르게이 이바노비치는 자기의 집사 노릇을 하는 것이 코스챠의 의무라고 생각하지. 그의 누님도 마찬가지고. 이젠 돌리까지 아이들을 데리고 와서 그의 보살핌을 받고 있어. 게다가 마치 농부를 섬기는 것이 그의 의무인 것처럼 날마다 농부들이 그를 찾아와.'

그녀는 미챠를 보모에게 건네고 작은 뺨에 살짝 입을 맞추며 아이에게 아버지처럼만 자라 달라고 속삭였다.

8

레빈은 사랑하는 형이 죽어 가는 모습에 난생처음, 새로운 신념을 통해, 즉 스무 살에서 서른네 살에 걸쳐 자신도 모르게 어린 시절과 청년 시절의 믿음을 대신해 버린 새로운 신념을 통해 생사의 문제를 바라보게 되었다. 그 순간부터 그는 죽음보다 오히려 어디에서 왔는지, 어디로 가는지, 무엇을 위해 존재하는지, 그것이 무엇인지에 대한 지식이 전혀 없는 생명을 더 두려워하게 되었다. 유기체, 유기체의 쇠퇴, 물질의 불멸성, 에너지 보존의 법칙, 진화. 그가 품은 믿음을 대신한 단어들은 이런 것들이다. 그러한 단어와 그것에 결부된 개념들은 지적인 목적을 위해서 대단히 훌륭한 것들이었다. 그러나 그것들은 생명에 대해 아무것도 말해 주지 않았다. 그러자 레빈은 문득 따뜻한 털외투를 모슬린 옷으로 바꾸어 버린 뒤 난생처음 만난 얼어붙을 듯한 추위 속에서 벌거숭이나 다름없고 어쩔 수 없이 괴로운 최후를 맞이할 수밖에 없다는 것을 이성이 아닌 자신의 온 존재로서 확인하는 사람의 처지에 있다는 것을 깨달았다. 이때부터 레빈은 비록 그 점을 분명하게 깨닫지는 못하지만 끊임없이 자신의 무지에 대해 이런 공포를 느꼈다.

게다가 그는 자기가 신념이라 믿는 것들이 무지에 지나지 않을 뿐 아니라 자신에게 필요한 것을 인식하지 못하게 하는 사고방식이기도 하다는 것을 어렴풋이 깨닫고 있었다.

결혼 초, 그가 알게 된 새로운 기쁨과 의무는 이런 생각들을 완전히 삼켜 버렸었지만 아내의 출산 후 모스크바에서 하는 일 없이 빈둥거리는 동안 레빈에게 해결을 요하는 문제가 점점 더 자주 집요하게 떠오르기 시작했다.

그가 생각하는 문제는 다음과 같았다.

'만약 내가 생명에 대해 그리스도교에서 제시하는 답을 인정하지 않는다면 난 어떤 대답을 인정할 것인가?'

그러나 그는 이런 질문에 대해 해답은커녕 그 어떤 답도 발견할 수 없었다.

그는 마치 장난감 가게와 총기류 가게에서 식량을 찾는 사람의 처지에 놓여 있는 것과 같았다. 그는 이제 자기도 모르게 무의식적으로 모든 책과 모든 대화 그리고 모든 사람에게서 그 질문들에 대한 연관성과 해답을 찾고 있었다. 이때 무엇보다 그를 놀라게 하고 실망시킨 점은 그가 속한 사회의 많은 사람들이 자기처럼 예전의 믿음을 자신이 가진 새로운 신념으로 바꾼 후에도 그 속에서 전혀 두려움을 느끼지 않은 채 완전한 만족과 평온에서 살고 있다는 점이었다. 그래서 중요한 문제뿐 아니라 다른 문제들까지 레빈을 괴롭혔다.

'저 사람들이 과연 진실할까? 그들이 거짓 행세를 하는 것은 아닐까? 과학이 제시하는 해답들을 저들은 나보다 더 잘 이해하고 있는 것일까?'

그래서 그는 더욱더 그 사람들의 견해와 해답을 표명한 책들을 파고들었다.

그런 질문들이 그의 머릿속에서 시작된 이후 그가 알아낸 한 가지는 바로 그가 젊은 대학 시절에 종교는 이미 자신의 시간을 다 살았고 더 이상 존재하지 않는다는 가정을 끌어냄으로써 오류를 범했다는 점이다. 그와 가까이 지내는 반듯한 사람들은 모두 하느님을 믿었다. 노공작, 그가 좋아하게 된 리보프, 세르게이 이바노비치 그리고 모든 여자들이 하느님을 믿었다. 그의 아내 역시 하느님을 믿었다. 자신들의 삶으로 그에게 최고의 존경을 불러일으킨 러시아 농민들, 그들도 모두 하느님을 믿었다.

그가 많은 책들을 통해 확신하게 된 또 다른 한 가지는, 그와 똑같은 시각을 공유한 사람들이 그 시각으로 다른 어떤 것도 말하려 하지 않는다는 것이다. 그들은 아무것도 해명하지 않은 채 그로서는 도저히 해답 없이 살아갈 수 없을 것 같은 질문들을 단순히 부정하기만 했다. 그들은 단지 그가 흥미를 느낄 수 없는 전혀 다른 문제들, 예를 들어 유기체의 진화나 영혼에 대한 기계론적 설명 등을 해결하려 애쓰고 있었다.

아내가 출산하는 동안 그에게는 특별한 사건이 일어났었는데 바로 무신론자인 그가 자기도 모르게 기도를 하게 되었고 기도의 순간에 하느님을 믿었던 것이다. 하지만 그 순간이 지나자, 그는 자신의 삶 가운데 그 어떤 것도 당시의 기분에 맡길 수 없었다.

그때는 진리를 알았는데 지금은 잘못 알고 있다니, 그는 그것을 받아들이기 힘들었다. 그가 그 문제를 차분히 생각하기 시작하자마자 모든 것들이 산산조각으로 무너져 내렸다. 그렇다고 그때 착각을 한 것이라고 인정할 수도 없었다. 그 당시 그는 정신 상태를 소중히 간직하고 있었던 때라 그것을 착각이라고 인정해 버리면 그 순간을 더럽히는 셈이기 때문이다. 그는 자신과 고통스러운 갈등을 겪으며 그것에서 벗어나기 위해 모든 정신을 쏟았다.

9

이런 생각들은 때로는 약하게, 때로는 강하게 다가와 그를 괴롭히고 지치게 했다. 또한 그것들은 결코 그를 내버려 두지 않았기에 그는 읽고 또한 생각했다. 그런데 생각이 많아질수록 그는 자신이 추구하는 목적에서 점점 멀어지는 것을 느꼈다.

최근 그는 모스크바나 시골에서 유물론으로부터는 답을 찾을 수 없음을 확신하고 플라톤, 스피노자, 칸트, 셸링, 헤겔, 쇼펜하우어 등 삶을 유물론적으로 해석하지 않은 철학자들의 책을 다시 읽어 보거나 처음으로 통독했다.

그들의 사상은 유물론에 대한 반박을 찾으려 할 때 유용한 듯 보였다. 하지만 그가 직접 문제를 해결할 방법을 찾으려 할 때면, 언제나 곧 똑같은 것이 되풀이되곤 했다. 정신, 의지, 자유, 본질 같은 모호한 말들을 따라가는 동안 철학자들이나 그 자신이 그에게 쳐 놓은 말들의 덫에 일부러 빠지는 동안 그는 마치 무언가를 이해하기 시작한 듯했다. 하지만 그는 인위적인 사유 과정을 잊은 채, 삶에서 벗어나 그저 주어진 실마리를 따라 생각하면서, 자신에게 만족을 준 것으로 되돌아가기만 하면 되었다. 그러다 갑자기 그 인위적인 구조물 전체가 와르르 무너져 버리고, 그

구조물은 삶에서 이성보다 더 중요한 무언가와 상관없이 그저 치환된 것에 불과한 똑같은 말들로 만들어졌다는 사실을 분명하게 드러내곤 했다.

한때 그는 쇼펜하우어를 읽다가 의지라는 말 대신 사랑이라는 말을 넣어 보았다. 그러자 그 새로운 철학은 그가 철학을 벗어나기까지 이틀 동안 그를 위로해 주었다. 그러나 나중에 삶 속에서 그것을 바라보자, 그것 역시 와르르 무너지며, 몸을 따뜻하게 해 주지 못하는 모슬린 옷이었음을 드러냈다.

세르게이 이바노비치는 그에게 호먀코프의 신학 저서를 읽어 보라고 권했고 레빈은 호먀코프 전집 제2권을 읽었다. 처음에 논쟁적이고 우아한 재기발랄한 어조가 그를 밀쳐냈지만, 그는 교회 이론에 관한 깊은 감명을 받았다. 가장 먼저, 거룩한 진리의 이해가 사람이 아닌 사랑으로 결합된 사람들의 집합, 교회에 주어졌다는 사상이 그에게 감동을 가져다주었다. 지금도 살아 존재하고 모든 사람들의 믿음을 조성하는 교회, 그 교회를 믿는 것과 교회로부터 하느님과 창조와 타락과 속죄에 대한 믿음을 받아들이는 것이 하느님, 아득히 먼 신비의 하느님, 창조 등에서 출발하는 것보다 더 쉽다는 사상은 그에게 기쁨이었다. 그러나 나중에 가톨릭 필자가 쓴 교회사와 슬라브 정교 필자가 쓴 교회사를 읽고 본질상 같은 두 교회가 서로를 부인하는 것을 본 뒤, 그는 교회에 관한 호먀코프의 이론에도 환멸을 느꼈다. 그래서 그 구조물 역시 철학적 구조물과 같이 재가 되어 흩어지고 말았다.

올봄 내내 그는 내가 과연 무엇인지, 내가 왜 여기에 있는지를 알지 못한 채 세상을 살아갈 수 없다고 생각했기에 본래의 자신을 잃고 끔찍한 순간을 겪었다.

'무한한 시간 속에서, 물질의 무한성에서, 무한한 공간 속에서 거품 같은 유기체가 분리되어 나오고 그 거품은 잠시 버티다 터져 버린다. 그 거품은 바로 나다.'

그것은 고통스러운 거짓이었다. 그러나 인간의 사유가 그 방향으로 수 세기 동안 고심하여 이룬 유일한 최후의 결론이기도 했다.

그것은 거의 전 부문에 걸친 인간 사유의 탐구가 그 토대로 삼은 최후의 믿음이었고 지배적인 신념이었다. 그리고 레빈이 다른 설명들 가운데 그 스스로 언제, 어떤 식으로 그렇게 되었는지도 모를 만큼 부지불식간에 가장 분명한 것으로 받아들인 것이기도 했다.

하지만 그것은 거짓일 뿐 아니라, 어떤 사악한 힘, 혐오스럽고 절대 굴복해서는 안 되는 힘의 잔인한 조롱이었다. 그 힘에서 벗어나는 것은 각자의 손에 달려 있었다. 악에 대한 그러한 종속을 끊어야 했다. 그리고 한 가지 방법이 있다면 그것은 바로 죽음이었다.

그래서 행복한 가정을 가진 건강한 인간인 레빈은 자신의 목을 매지 않도록 끈을 숨기고 자신에게 총을 겨눌까 봐 총을 들고 다니는 것조차 두려워할 만큼 수차례 자살 직전까지 갔다.

하지만 레빈은 스스로 목을 매지도 않고 총으로 자살하지 않은 채 여전히 살아가고 있었다.

10

레빈은 자신이 무엇이며, 무엇을 위해 살고 있는가에 대해 생각할 때면 답을 찾지 못해 절망에 빠지곤 했다. 하지만 더 이상 그 문제에 대해 자문하기를 멈춘 순간만큼은 자신이 무엇인지, 무엇을 위해 사는지 알 것만 같았다. 왜냐하면 그는 확고하고 분명하게 행동하며 살아갔기 때문이다. 요즘같이 사회가 어수선한 때에도 그는 예전보다 훨씬 더 확고하고 분명하게 생활했다.

유월 초에 시골로 돌아 온 뒤, 그는 일상적인 업무로 돌아왔다. 농경, 농부들과 이웃과의 교류, 가정의 운영, 그의 손에 맡겨진 누님과 형의 일, 아내와 친척들과의 관계, 아기에 대한 걱정, 양봉이라는 새로운 관심사 등 이런 일들에 마음을 빼앗긴 것은 예전에 그랬던 것처럼 그것들을 어떤 일반적인 시각으로 스스로에게 정당화시켜서가 아니었다. 오히려 지금은 공공의 복지를 위한 예전 계획들의 실패에 환멸을 느끼기도 했고, 자신의 상념과 사방에서 쏟아지는 많은 일거리 때문에 너무 바쁘기도 해서, 그는 공공복지에 대한 모든 생각을 접었다. 그가 그런 일에 몰두했던 것은 단지 자신이 해 왔던 것들을 계속해야 할 것 같았기 때문이다.

예전에—그것은 어렸을 때부터 시작되어 완전한 성숙기에 접어들 때까지 계속 성장했다.—그가 모든 사람을 위해, 인류를 위해, 러시아를 위해, 현을 위해, 농촌 전체를 위해 도움이 되는 뭔가를 하려 했을 때, 그는 그것을 생각하는 것이 기쁜 일이라는 것을 알았다. 그러나 그것들을 실행하는 것은 언제나 어색했고 그 일에 대한 확신도 충분하지 않았다. 그래서 처음엔 너무나 크게 보이던 활동 자체도 점점 작아지고 작아져 아무것도 아닌 것이 되어 버리곤 했다. 그런데 결혼 후 자신을 위한 생활에 갇히게 된 지금, 그는 비록 자신이 활동할 때 느꼈던 그 이상의 어떤 기쁨도 맛보지 못하게 되었지만 자신의 일이 꼭 필요한 것이라는 확신이 있었고 그것이 점점 더 유익해지고 확장되어 가는 것을 목격했다.

이제 그는 자신의 의지에 반하여 마치 쟁기처럼 점점 더 깊이 땅속으로 파고들었고 그래서 그는 밭고랑을 뒤엎지 않고는 그 속에서 벗어날 수 없었다.

아버지들과 할아버지들이 가족을 위해 살아온 것처럼 자신 역시 똑같이 자녀를 키우며 산다는 것은 의심할 여지 없이 꼭 필요한 것이었다. 그것은 배가 고플 때 식사를 하는 것만큼이나 필요하고 당연한 것이었다. 그리고 그렇게 하기 위해서는 마치 식사에 준비가 필요한 것처럼 소득을 올릴 수 있도록 포크로프스코예에 농기계를 들여와야 했다. 레빈은 그가 그랬듯이 그의 아들도 땅을 물려받았을 때 아버지에게 감사할 수 있도록 조상의 땅을 잘 보존해야 한다는 것은, 빚이란 당연히 갚아야 한다는 것만큼이나 의심할 여지 없는 사실이었다. 그리고 그러기 위해서는 직접 농사를 짓고 가축을 기르고 밭에 거름을 대고 나무를 심어야 했다.

세르게이 이바노비치의 일, 누님의 일, 그에게 조언을 구하러 오는 것에 익숙해진 농부들의 일을 돌보지 않는다는 것은 마치 품에 안고 있는 아기를 내동댕이칠 수 없는 것과 같았다. 그의 초대를 받고 온 처형과 그녀의 아이들 그리고 그의 아내와 아기에게도 마음을 써야 했다.

그래서 그런 것들은 새 사냥과 양봉이라는 새로운 취미와 함께 레빈의 모든 생활을 가득 채웠다. 그러나 그런 생활도 그가 생각에 잠긴 동안만큼은 아무런 의미가 없었다.

하지만 그는 자신이 무엇을 해야 할지, 어떻게 해야 할지, 어떤 일이 중요한지 잘 알고 있었다.

그는 노동자들을 가능한 한 싼 임금으로 고용해야 한다는 것을 알았지만 그들의 가치보다 더 싼 임금을 선불로 주며 그들을 노예처럼 부려서도 안 된다는 것도 알았다. 그것이 많은 이익을 준다고 해도 말이다. 비록 농부들이 불쌍하긴 하지만, 사료가 부족할 때는 농부들에게 짚을 팔아도 괜찮다. 하지만 여인숙과 술집은 그곳이 수익을 낸다고 해도 없애야 했다. 불법 벌목은 엄격하게 처벌해야 하며 우리에서 벗어난 가축에 대해 벌금을 거둬서는 안 된다. 우리에서 벗어난 가축을 돌려주지 않는 것은 있을 수 없는 일이었다.

고리대금업자에게 한 달에 십 퍼센트의 이자를 지불하는 표트르에게는 그가 돈을 갚도록 돈을 빌려 주어야 한다. 그러나 소작료를 내지 않은 농부들은 눈감아 주거나 지불 기한을 연기해 줄 수 없다. 작은 목초지를 베지 않고 남겨서 풀을 못쓰게 만든 경우 집사를 용서해서는 안 된다. 또한 어린 묘목을 심은 팔십 제샤치나의 땅에서는 풀을 베면 안 된다. 아버지가 죽었다고 해서 작업 기간에 집으로 가 버린 노동자는 아무리 딱하다 해도 용서해서는 안 되고 그가 채우지 못한 개월 수만큼 임금을 깎아 지불해야 한다. 하지만 아무 짝에도 쓸모없는 하인이라고 해도 그에게 월급을 주지 않으면 안 된다.

또한 레빈은 집으로 돌아갔을 때 몸이 안 좋은 아내에게 가야 한다는 것, 세 시간 동안 그를 기다린 농부들은 좀 더 기다리게 해도 된다는 것을 알고 있다. 그리고 꿀벌 떼를 벌통에 모을 때 느끼는 기쁨에도 불구하고 때때로 그 기쁨을 접고 양봉장으로 자기를 찾아온 농부들과 의논하러 가야 한다는 것을 알고 있었다.

그는 자신이 잘 처신하는 건지 아닌지 알 수 없었다. 그리고 그는 그것에 대해 입증하거나 말하거나 생각하는 것도 피했다.

추론은 그를 끊임없는 의심으로 이끌었고 그로 하여금 무엇을 해야 할지, 말아야 할지 깨닫지 못하게 방해하기 때문이다. 그러나 아무 생각 없이 살아갈 때, 그는 자신의 정신 속에 두 가지 가능한 행위 가운데 어느 것이 더 좋은 것인지 판단하는 완전무결한 재판관의 존재를 느낄 수 있었다. 그래서 그는 마땅히 해야 할 일을 하지 않으면 즉시 그것을 느낄 수 있었다.

그는 자기가 무엇인지, 자기가 이 세상에서 무엇을 위해 사는지 인식할 가능성을 전혀 깨닫지도 보지도 못하면서 그러한 무지 때문에 자살을 걱정할 정도로 괴로워하면서, 그와 동시에 인생에서 자신만의 고유하고 일정할 길을 굳건하고 새롭게 만들어 나가며 살아가고 있었다.

11

형이 포크로프스코에에 도착한 날, 레빈은 가장 괴로운 날을 보내고 있었다. 농민들이 노동에서 자기희생이라는 노력이 발휘되는 가장 시급한 농사철이었고 그런 자기희생적 노력은 다른 어떤 일상적 조건에서는 발휘되지 않는 것으로 만약 그런 자질을 보여 주는 이들이 스스로에게 자부심을 갖고 해마다 그러한 노력을 하지 않는다면 수확의 기쁨을 얻을 수 없을 것이다.

호밀과 귀리를 베어 단을 묶어 나르거나 목초를 베는 것, 휴전(休田)을 다시 갈아 두는 것, 곡식 알갱이를 탈곡하고 가을 파종을 하는 것, 이 모든 것들은 간단하고 평범해 보인다. 하지만 그런 것들을 끝내려면, 노인부터 젊은이까지 온 마을 사람들이 크바스와 양파와 빵을 먹으며, 밤마다 탈곡을 하고 낟가리를 나르면서, 하루에 겨우 두세 시간만 자면서 서너 주 동안 쉬지 않고 평소보다 세 곱절이나 더 많은 일을 해야 했다. 그리고 이것은 해마다 러시아 전역에서 행해졌다.

삶의 대부분을 시골에서 농민들과 함께 살아 온 레빈은 언제나 농민들에게 공통된 그 흥분이 자신에게도 전해지는 것을 느꼈다.

아침부터 그는 첫 파종을 하는 호밀밭으로, 낟가리를 쌓는 귀리 밭으로 돌아다니다 아내와 처형이 일어날 무렵 집으로 돌아와 그들과 함께 커피를 마시고는 다시 농장으로 갔다. 그곳에서 그들은 종자를 준비하기 위해 새로 설치한 탈곡기를 시운전해야 했다.

그날 레빈은 농사일 외에 이 무렵 그를 사로잡고 있던 오직 한 가지만을 생각하며 모든 것 속에서 '나는 도대체 무엇인가? 나는 어디에 있는가, 무엇을 위해 여기에 있는가?'라는 자신의 물음과의 연관성을 찾았다.

아직 향긋한 잎사귀가 달려 있는 개암나무 가지 위에 갓 껍질을 벗긴 사시나무로 서까래를 얹고 짚으로 새로 지붕을 인 곡물 창고의 서늘한 공기 속에 서서, 레빈은 탈곡기의 건조하고 알싸한 먼지가 반짝반짝 날리는 열린 문간 너머로 뜨거운 햇살에 반짝이는 탈곡장의 풀잎과 방금 헛간에서 가져온 새 짚을 바라보기도 하고, 휘파람 같은 울음소리와 함께 지붕 아래로 날아와 날개를 퍼덕이며 문간의 빛줄기 속에 머물고 있는 머리가 알록달록한 흰가슴제비를 바라보기도 하고, 어두컴컴한 먼지투성이의 곡물 창고에서 꾸물거리며 일하는 농민들을 바라보기도 하면서 기묘한 생각이 들었다.

'이 모든 일은 어째서 일어나는 것일까?'

그는 생각했다.

'왜 나는 이곳에서 저들에게 일을 시키고 있는 걸까? 저들은 무엇 때문에 다들 바쁘게 일하고 내 앞에서 자기들이 열심히 일하는 모습을 보여주려 애쓰는 걸까? 저 마트료나 할멈은 왜 저렇게 열심히 일하는 걸까?'

그는 단단하고 울퉁불퉁한 탈곡장에서 쇠스랑으로 알곡을 긁어모으며 햇볕에 검게 그을린 맨발로 부자연스럽게 걸음을 내딛는 야윈 아낙을 쳐다보면서 생각에 잠겼다.

'저 할멈도 언젠가 땅에 묻히겠지? 능숙하고 부드러운 동작으로 왕겨에서 알곡을 떨어내는 빨간 줄무늬의 저 여자도 땅에 묻히고, 반점이 있는 저 거세마도 얼마 안 있어 곧 땅에 묻힐 거야. 그리고 중요한 것은 저

들뿐 아니라 나도 땅에 묻혀 흔적도 없이 사라지겠지? 무엇을 위해 우리는 사는 것일까?'

그는 그런 생각을 하면서 한 시간 동안 얼마나 탈곡했는지 계산하기 위해 시계를 보았다. 그는 하루 할당량을 정하기 위해 그것을 알아야 했다.

'벌써 한 시간이 다 되어 가는데 겨우 세 번째 낟가리를 시작하는군.'

레빈은 일꾼에게 다가가 큰 소리로 그에게 그것을 좀 더 천천히 넣으라고 말했다.

"너무 많이 넣잖아, 표도르. 봐, 여기가 꽉 막혔잖아! 그래서 기계가 느리게 돌아가는 거야. 골고루 펴서 넣어!"

땀이 송글송글 맺힌 얼굴에 들러붙은 먼지로 새까매진 표도르는 뭐라 알 수 없는 소리로 대답했다. 하지만 여전히 레빈이 원하는 대로 일하지 않았기 때문에 레빈은 원통형 기둥 쪽으로 가서 표도르를 밀어내고 직접 곡물을 집어넣기 시작했다.

그는 얼마 남지 않은 농부들의 점심시간까지 계속 일을 한 뒤, 일꾼과 함께 창고에서 나와 종자용으로 탈곡장에 쌓아 둔 깨끗하고 노란 호밀 낟가리 옆에서 이야기를 나누었다.

그 일꾼은 레빈이 전에 조합의 원칙에 따라 토지를 빌려 준 적이 있는 먼 마을에서 왔는데 지금 그 땅은 여인숙 주인에게 빌려 준 상태였다.

레빈은 표도르와 그 땅에 대해 이야기를 나눈 뒤 내년에 그 마을의 부유하고 선량한 농부 플라톤이 그 땅을 빌리지 않을까 물어보았다.

"지대가 비싸서 플라톤은 본전도 건지지 못할 겁니다."

농부는 땀에 젖은 품에서 이삭을 떼며 대답했다.

"그럼 키릴로프는 어떤 방법으로 지대를 낸 거지?"

"미추하―농부는 여인숙 주인의 이름을 경멸조로 그렇게 불렀다.―말인가요, 콘스탄친 드미트리치? 그 인간이 지대를 못 낼 리 없죠. 그 인간은 어떻게든 쥐어짜서 자기 몫은 챙기니까요. 그놈은 그리스도교 신자에게조차 동정을 베풀지 않습니다. 하지만 포카니치—그는 플라톤 노인을 그렇게 불렀다.—아저씨는 남의 살가죽을 벗기지 못합니다. 그분은 돈을 빌려 주기도 하고 용서해 주기도 하지요. 그것이 그분이 다 걷어 들이지 못하는 이유입니다."

"그러면서 그 노인이 사람들을 용서하는 이유는 무엇일까?"

"그래서 사람은 제각각인가 봅니다. 자기의 필요를 위해 사는 사람도 있고, 미추하처럼 자기 배만 채우는 사람도 있고, 포카니치처럼 공평하고 올바른 노인도 있으니까요. 그분은 영혼을 위해 살기 때문에 하느님을 기억합니다."

"하느님을 기억하는 것이 가능한가? 영혼을 위해 산다는 것은 무슨 의미인데?"

레빈은 거의 외치다시피 소리쳤다.

"누구나 알듯 진리에 따라, 하느님의 뜻대로 사는 거지요. 정말 사람들은 다 제각각이라니까요. 주인님 역시 남에게 모욕을 주지 않으시고……."

"그래 맞아."

레빈은 흥분으로 숨을 가쁘게 몰아쉬며 뒤돌아 지팡이를 들고 집으로 재빨리 걸었다.

새로운 기쁨이 레빈을 사로잡았다. 농부에게서 플라톤이 영혼을 위해, 진리에 따라, 하느님의 뜻에 따라 산다는 말을 들은 순간, 레빈은 어렴풋하지만 중요한 수많은 생각들이 어떤 꽉 막힌 공간에서 쏟아져 나오는 듯했다. 그 생각들은 한 가지 목적을 향해 돌진하면서 그의 머릿속에서 계속 맴돌았고 그 빛으로 그의 눈을 멀게 했다.

12

그는 큰길을 따라 걸으며 자신의 생각이라 아직 말할 수 없는—그는 아직 그것들을 구별해 낼 수 없었다.—그동안 한 번도 경험하지 못한 정신 상태에 귀를 기울였다. 농부의 말은 그의 영혼에 전기의 섬광과 같은 작용을 하면서 항상 그 주변에 맴돌던 산발적이고 무력한 개별적인 생각의 무리를 갑자기 변형시켜 하나로 결합했다. 그 생각들은 그가 토지 임대에 대한 이야기를 나누는 순간에도 무의식중에 그의 마음을 차지하고 있었던 것이다.

그는 영혼 속에서 새로운 무언가를 느꼈고, 그것이 무엇인지 명확하지는 않지만 그 새로움을 즐거운 마음으로 더듬었다.

'자신의 필요가 아니라 하느님을 위해 산다니. 하느님을 위해? 그의 말보다 더 무의미한 말이 또 있을까? 그는 자신의 필요를 위해 살아서는 안 된다고. 즉 우리가 이해하는 것을 위해, 끌리는 것을 위해, 원하는 것을 위해 살아서는 안 되며, 어떤 불가해한 것을 위해, 아무도 이해하지 못하고 정의 내릴 수 없는 하느님을 위해 살아야 한다고 말했지. 도대체 왜? 난 표도르의 그 무의미한 말을 이해하지 못했을까? 아냐, 난 그 말을 이해했어. 그것도 그가 이해한 것과 같은 방식으로, 난 인생의 그 어느 것보다 완전하게, 더 선명하게 그것을 이해했어. 난 지금껏 그것을 의심해 본 적도 없고, 의심할 수도 없었어. 그리고 나뿐 아니라 모든 사람이, 전 세계가 이것 하나만은 완전히 이해하고 있어. 다들 그 한 가지에 대해 의심 없이 언제나 동의하고 있지.'

'표도르는 여인숙 주인 키릴로프가 자기 뱃속을 채우기 위해 산다고 말해. 그것은 납득할 만하고 이성적인 행동이야. 우리는 이성적인 존재로서 자신의 이익을 채우는 것 외에 달리 살아갈 수 없어. 그런데도 갑자기 그와 전혀 다를 바가 없는 표도르가 자신만의 이익을 위해 사는 것은 악한 것이고, 진리를 위해, 하느님을 위해 살아야 한다고 말하고 있어. 그리고 난 암시만으로 그 말을 이해해 버렸어! 나, 그리고 수 세기 전에 살았거나 현재 살고 있는 수백만의 사람들, 농부들, 마음이 가난한 자들, 그것에 대해 생각하고 글을 남기고 모호한 언어로 똑같은 것을 말해 온 현자들, 우리 모두가 이 한 가지, 즉 무엇을 위해 살아야 하는지, 무엇이 선한 것인지에 대해 동의하고 있어. 나와 모든 사람은 확고하고 의심할 여지 없고 분명한 한 가지만을 말하고 있어. 그리고 그것은 이성으로 설명될 수 없어. 그 지식은 이성을 초월해 있고 어떤 이유도 없으며 어떤 결과도 가질 수 없기 때문이야.'

'만일 선에 이유가 있다면 그것은 이미 선이 아니야. 만일 그것이 결과로서 보상을 받는다면 그것 역시 선이 아니야. 따라서 선은 인과 관계의 사슬을 초월해 있는 것이야.'

'나는 그것을 알아. 그리고 우리 모두는 그것을 알아.'

'하지만 나는 기적을 찾았고 나를 납득시킬 만한 기적을 보지 못한 것을 안타까워했어. 그런데 여기, 유일하게 존재할 수 있고, 언제나 존재했던, 사방에서 날 에워싼 기적이 있어. 난 그것을 알아차리지 못한 거야!'

'이보다 더 큰 기적은 없을 거야!'

'과연 난 모든 것에 대한 해답을 찾아낸 걸까? 정말로 이젠 나의 고통

이 끝난 것일까?'

레빈은 무더위도 피로도 느끼지 못한 채, 오랜 고통이 사라진 것을 느끼며 즐거움에 온 마음이 흥분되었다. 숨이 가쁘고 더 이상 걸을 힘조차 없던 그는 길에서 벗어나 숲 속으로 들어가 사시나무 그늘이 드리워진 길게 자란 풀 위에 앉았다. 그는 땀에 젖은 머리에서 모자를 벗긴 뒤, 팔베개를 하고 잎사귀가 넓은 싱싱한 수풀에 누웠다.

'그렇다, 이것은 나의 마음에 뚜렷하게 새기고 잘 이해하지 않으면 안 된다.'

그는 눈앞의 밟히지 않은 풀들을 뚫어지게 바라보면서, 개밀의 잎자루를 따라 올라가다가 안제리키 잎사귀에 막혀 더 이상 올라가지 못하는 푸른 딱정벌레의 움직임을 좇으면서 생각했다.

'처음부터 완전히 다시 짚어 보지 않으면 안 된다.'

그는 딱정벌레가 건너갈 수 있도록 개쑥갓 잎을 젖혀 주고 또 다른 풀을 휘어 딱정벌레가 그 위로 건너가도록 해 주면서 혼잣말을 했다.

'무엇이 나를 기쁘게 하는 것일까? 나는 무엇을 발견한 거지?'

'예전에 나는 내 몸속에서, 이 풀잎과 딱정벌레의 몸속에서 물리적, 화학적, 생리적 법칙에 따라 물질의 교환이 일어나고 있다고 말했지. 사시나무와 구름과 성운과 더불어 우리 모두 안에서 발전이 이루어지고 있어. 무엇에서 발전한 것이지? 무엇을 향한 발전이지? 그래, 어떤 방향이나 무한과의 투쟁이 존재할 수 있어! 난 그 길을 따라 나의 생각을 최대한 쥐어짰는데도 삶의 의미가, 나의 충동과 갈망의 의미가 여전히 모습을 드러내지 않는 것에 놀랐지. 하지만 그 충동의 의미가 내 안에서 너무 선명했기에 난 언제나 그 의미에 따라 살고 있었어. 그래서 난 농부가 그것을, 하느님과 영혼을 위해 살아야 한다는 사실을 말했을 때 깜짝 놀라고 기뻐했던 거야.'

'난 아무것도 발견하지 못한 채 단지 내가 늘 알던 것을 인식했을 뿐이야. 난 삶이 과거뿐 아니라 지금도 주고 있는 그 힘을 깨달았어. 허위에서 해방된 거야. 주인을 인식한 거야.'

그는 지난 이 년 동안 자신이 밟아 온 사유의 과정을 간단하게 다시 반복해 보았다. 그 과정의 시작점은 불치병에 걸린 사랑하는 형을 보았을 때 떠오른 죽음에 대한 또렷하고 선명한 생각이었다.

그제야 비로소 그는 모든 사람과 자신의 앞에 고통과 죽음과 영원한 망각 외에 아무것도 없다는 것을 분명히 깨닫고는 그렇게 살 수 없다고, 삶이 어떤 악마의 사악한 조롱처럼 느껴지지 않도록 자신의 삶을 해명하든가, 총으로 목숨을 끊든가 해야겠다고 결심했다.

하지만 그는 그 어느 것도 하지 않고 계속 생을 유지하면서 생각하고 느꼈다. 심지어 그는 결혼을 하여 많은 기쁨을 맛보았고, 심지어 삶의 의미에 대해 생각하지 않을 때조차 행복을 느꼈다. 그것은 그가 모범적으로 살긴 했지만 올바르게 사색하지 않았음을 의미했다.

그는 어머니 젖과 함께 빨아들인 그 영적인 진리들에 따라 살면서도 그러한 진리를 의식하지 못했을 뿐 아니라 애써 피하면서 사고하고 있었다.

이제 그는 자신이 믿음 속에서 양육되었으며 자신이 지금껏 살아올 수 있었던 것도 그 믿음 덕분이었다는 것을 깨달았다.

'만약 내가 그러한 믿음을 갖지 않았다면, 나의 필요가 아닌 하느님을 위해 살아야 한다는 것을 몰랐다면, 강도짓을 하고 거짓말을 하고 살았을지도 모른다. 내 삶의 중요한 기쁨을 이루는 것들은 하나도 나에게 존재하지 않았을지도 모른다.'

그래서 그는 최대한의 상상력을 발휘하여 자기가 무엇 때문에 살고 있는지를 몰랐다면 아마 그렇게 되었으리라고 생각되는 짐승 같은 인간을 그려 보았다. 그러나 역시 그릴 수가 없었다.

'나는 내 의문에 대한 답을 찾아다녔다. 그러나 사상은 내 의문에 대한 답을 줄 수 없었다. 그것은 내 의문과 나란히 놓을 수 없는 것이었다. 해답은 삶 자체에서, 선악을 식별하는 나의 지식 속에서 찾을 수 있었다. 그리고 나는 이 지식을 무엇에 의해서 얻은 것이 아니다. 그것은 모두에게 그렇듯 나에게 그저 주어진 것이다. 내가 어디에서도 그것을 손에 넣을 수 없었기 때문에 주어진 것이다.'

'나는 어디에서 그것을 손에 넣은 것일까? 이웃을 사랑해야 하며 괴롭혀서는 안 된다는 것에 도달한 것은 과연 이성에 의해서였을까? 그것은 내가 어렸을 때부터 들었던 말이고 나는 그것이 나의 영혼에 이미 있는 것이었으므로 기꺼이 믿었다. 그러나 그것을 일깨운 것은 누구일까? 이성은 아니다. 이성은 생존을 위한 투쟁과, 자기 욕망의 만족을 방해하는 모든 것을 압도할 것을 요구하는 법칙을 발견했다. 그것이 이성의 결론이다. 이성은 타인에 대한 사랑을 일깨울 수는 없다. 왜냐하면 그것은 불합리하니까.'

'그렇다, 오만이다.'

그는 속으로 말했다. 배를 깔고 엎드려 부러지지 않도록 애쓰며, 풀줄기를 매듭짓기 시작하면서 생각했다.

'아니, 이성의 오만뿐 아니라 이성의 어리석음이다. 그리고 무엇보다 교활함, 바로 이성의 교활함이다. 정확히는 이성의 사기다.'

그는 되풀이했다.

13

그러자 얼마 전 돌리와 그녀의 아이들 사이에서 벌어졌던 소동이 그의 머릿속에 떠올랐다. 자기들끼리 남게 되자 아이들은 산딸기를 촛불에 태우고 우유를 입 안에 분수처럼 쏟아부었다. 아이들이 하는 짓을 본 어머니는 레빈이 보는 앞에서 그들이 망가뜨린 것에 대한 어른들의 수고가 많았음에 대해 훈계했다. 그리고 그러한 수고가 그들을 위해 행해지고 있으며, 만일 찻잔을 깨뜨리면 그들은 차를 마실 그릇을 잃게 되고 우유를 흘리면 그들은 먹을 것이 없어 굶어 죽게 된다는 것을 가르쳤다.

그런데 아이들이 어머니 말을 들을 때 보여 준 태도가 레빈을 놀라게 했다. 아이들은 재미있는 놀이가 중단된 것에 대해 속상해했으며 어머니의 말을 한마디도 믿지 않았다. 그들은 자기들이 누리는 것들의 범위를 전부 상상할 수 없었기 때문에 그들이 파괴하는 것이 바로 그들이 살아가는 데 필요한 것이라는 것을 알지 못했다. 그래서 어머니의 말도 믿을 수 없었던 것이다.

'그런 건 우리도 알고 있어요.' 하고 그들은 생각했을 것이다.

'그것은 재미있지도 않고 중요하지도 않아요. 당연한 것일 뿐이고 언제나 존재하고 앞으로도 존재할 것일 뿐이고, 늘 똑같이 있는 것들이었다. 우리는 그런 걸 생각할 필요도 없어요. 그보다도 우리만의 새로운 무언가를 생각해 내고 싶어요. 그러니까 산딸기를 찻잔에 넣고 촛불로 굽는 것과 우유를 분수처럼 서로의 입 안에 직접 쏟아붓는 것을 생각해 낸 거예요. 그것은 매우 재미있고 새로운 찻잔으로 마시는 것과 비교해서 조금도 나쁜 일이 아니에요.'

'우리도 그와 똑같은 짓을 하고 있는 것이 아닐까? 나 역시 이성으로 자연력의 중요성과 인생의 의미를 찾는답시고 똑같은 짓을 했던 것은 아닐까?'

그는 계속 생각했다.

'모든 철학의 이론들이 부자연스럽고 기이한 사유 방법을 통해 인간이 오래전부터 알고 있는 것, 그것 없이는 살아갈 수 없을 만큼 분명하게 알고 있는 것에 대한 깨달음으로 인간을 이끈다고 하면서 사실은 아이들과 똑같은 짓을 했던 것이 아닐까? 그 어떤 철학자의 학설도 농부 표도르만큼이나 분명히 삶의 중요한 의미를 알고 있으면서, 그저 미심쩍은 사유 방식을 거쳐 모든 사람이 알고 있는 것으로 되돌아가려는 것에 불과한 것을 보여 주고 있지 않은가?'

'가령 저 아이들처럼 직접 필요한 것을 구하고 식기를 만들고 우유를 짜게 그들끼리만 두게 된다면 그때도 아이들은 장난을 치기 시작할까? 아이들은 굶주려 죽을 거야. 우리를 유일한 하느님과 창조주에 대한 개념 없이, 선에 대한 이해도 없고 도덕에 따른 죄악의 해석도 없이 정욕이나 상념만 함께 내버려 둔다면 어떨까?'

'계속해 보시지. 그러한 개념 없이 무언가를 건설해 보자고!'

'아마 아이들처럼 정신적인 포만감에 젖어 그저 파괴만 할 뿐이겠지.'

'내가 농부와 공통으로 가진 즐거운 깨달음은, 내게 유일하게 영혼을 준 깨달음은 어디에서 온 것일까?'

'난 그리스도교 신자로서 하느님이라는 개념 속에서 길러지고 그리스도교가 내게 준 영적인 행복으로 나의 삶을 채웠으면서도 어린아이처럼 그 행복을 깨닫지 못한 채 파괴하고 있어. 말하자면 내가 살아가는 데 필요한 수단을 스스로 파괴하고 싶어 하는 거지. 그런데 인생의 중요한 순간이 닥치자마자, 추위와 굶주림에 내몰린 아이들처럼 난 하느님에게로 나아갔어. 그리고 버릇없이 굴려고 한 나의 유치한 시도가 유치한 장난 때문에 어머니에게 혼나는 아이들보다도 더 적은 효과를 보았다고 통탄하고 있는 것이다.'

'그래, 내가 알고 있는 것, 그것은 이성으로 안 게 아니야. 그것은 나에게 주어졌고 내 앞에 스스로 모습을 드러냈어. 그래서 난 그것을 가슴으로 깨닫고, 교회가 가르치는 중요한 것을 믿게 된 거야.'

'교회? 교회구나!'

레빈은 같은 말을 되풀이하며 반대편으로 돌아누워 팔베개를 하고는 저 멀리 시냇물 쪽으로 다가오는 가축 떼를 바라보았다.

'하지만 교회가 고백하는 것을 모두 믿을 수 있을까?'

그는 스스로를 시험하며 지금의 평안을 깨뜨릴 수 있는 것들에 대해 고민했다. 그는 일부러 언제나 가장 기이하게 느껴지고 그를 유혹에 빠뜨린 교회의 가르침을 떠올렸다.

'창조? 난 도대체 무엇으로 존재를 설명할 것인가? 존재로써? 무로써? 악마와 죄는? 난 무엇으로 악을 설명할 것인가? 구세주는?'

'하지만 난 아무것도 모르겠어. 모든 사람과 함께 들은 것 외에 아무것도 알 수가 없어.'

이제 그에게는 교회의 교리 가운데 그 어떤 것도 중요한 것, 즉 하느님에 대한 믿음, 인간의 유일한 사명인 선에 대한 믿음을 파괴하지 않을 것 같았다.

교회의 각 교리는 진리를 섬기는 것에 대한 믿음으로 가득했다. 그리고 각 교리는 그것을 파괴하지 않을 뿐 아니라 지상에서 끊임없이 나타나는 중요한 기적의 실현을 위해서도 반드시 필요했다. 그 기적은 현자, 어리석은 자, 아이, 노인, 농민, 리보프, 키티, 거지, 황제 등 모든 사람이 똑같은 것을 한 치의 의심 없이 이해할 수 있게 한다. 그것은 삶을 살 만한 것으로 만드는 유일한 것, 우리가 가치 있게 여기는 것으로 영혼이 삶을 영위할 수 있게 해 주었다.

레빈은 똑바로 누워 구름 한 점 없는 높은 하늘을 바라보며 하늘은 무한한 공간이며 둥그런 천구지만 그의 눈에는 둥글고 유한하게만 보인다고 생각했다. 그리고 그런 진실이 자신이 무한한 공간에 대해 알고 있다고 해도 자신이 견고하고 푸른 천구를 보고 있다면 그 너머를 보기 위해 안간힘을 쓰는 것보다 옳은 것이라 확신했다.

그는 더 이상 아무 생각도 하지 않았다. 그는 단지 자기들끼리 즐거운 듯, 걱정스러운 듯 뭔가에 대해 이야기를 나누는 신비한 목소리에 귀 기울이는 것 같았다. 그리고 그런 것이 바로 믿음이 아닐까 생각하며 자신의 행복을 믿기 두려워 하느님께 감사했다. 그는 북받쳐 오르는 감정에 눈에서 넘쳐흐르는 눈물을 닦으며 흐느낌을 삼켰다.

14

레빈은 눈앞을 응시하다 가축 떼를 보고는 검은 말이 이끄는 자신의 짐마차와 가축 떼 옆으로 마차를 몰며 가축지기와 이야기를 나누고 있는 마부를 알아보았다. 그런데 어느새 말이 콧김을 내뿜는 소리와 바퀴 소리가 그의 가까이에 들려왔다. 하지만 그는 자신만의 생각에 너무 빠져 있어서 마부가 그에게 왜 왔는지조차 생각하지 못했다.

마부는 그에게 다가와 형님과 어떤 신사분이 오셨다고 전하라는 마님의 심부름으로 왔다고 전했다. 레빈은 짐마차에 올라타 말고삐를 쥐었다. 레빈은 마치 꿈에서 깨어난 것처럼 오랫동안 정신을 차릴 수 없었다. 그는 넓적다리 사이와 말고삐가 스치는 목덜미에 땀이 흠뻑 밴 살찐 말을 쳐다보고 그의 옆에 앉은 마부 이반을 쳐다보고는, 자신이 형을 기다렸으며 분명 아내가 자신을 걱정하고 있을 거라는 것을 기억해 냈다. 그리고 형과 함께 온 손님이 누구일까 생각했다. 형도 아내도, 미지의 손님도, 이제 예전과 다르게 여겨졌고 그는 앞으로 자신과 사람들과의 관계가 달라질 것 같았다.

'이제 형과 있어도 우리 사이에 있던 서먹함은 없어지겠지. 논쟁도 없을 테고, 키티와 다툴 일도 없어. 그게 누구든, 모두에게 다정하고 친절하

게 대해 줘야지. 이제 모든 게 달라질 거야.'

콧김을 내뿜으며 거침없이 질주하게 해 달라고 간청하는 튼실한 말의 고삐를 잡아당기면서 그는 옆에 앉은 이반을 돌아다보았다. 그는 자신의 빈손을 어찌해야 할지 몰라 자신의 셔츠를 잡아당기고 있었다. 레빈은 그와 이야기를 나눌 구실을 찾다 이반에게 말의 뱃대끈을 너무 졸라맸다고 말하려고 했다. 그러나 그런 말은 왠지 질책처럼 들릴 것 같았다. 그는 다정한 대화를 하고 싶었지만 딱히 다른 화젯거리가 떠오르지 않았다.

"그루터기가 있으니 말을 오른쪽으로 모십시오."

마부는 레빈이 쥔 고삐를 바로 고쳐 주며 말했다.

"부탁이니 제발 날 가르치려 하지 마."

레빈은 마부의 참견에 늘 그렇듯이 불같이 화를 냈다. 그러고는 곧, 현실과 맞닥뜨렸을 때 정신 상태가 자신을 즉시 바꿀 수는 없다는 사실을 깨닫고 슬픔을 느꼈다.

집까지 약 사분의 일 베르스타 남은 지점에서 레빈은 그를 맞으러 나온 그리샤와 타냐를 알아보았다.

"코스챠 이모부, 어머니가 오고 계세요. 할아버지와 세르게이 이바노비치와 다른 한 분도 함께요."

그들은 짐마차에 기어오르며 말했다.

"누가?"

"굉장히 무서운 분이에요. 팔을 이렇게 하면서 걸어가요."

타냐는 짐마차 안에서 일어나 카타바소프의 흉내를 냈다. 레빈은 타냐의 흉내에 누군가를 떠올리며 미소 지었다.

'아, 불쾌한 사람만 아니면 좋을 텐데.'

레빈은 생각했다.

길모퉁이를 돈 뒤 맞은편에서 걸어오는 사람들을 본 순간, 레빈은 타냐가 흉내 낸 모습 그대로 팔을 흔들며 걸어오는 카타바소프를 알아보았다.

카타바소프는 철학에 대해 이야기하는 것을 좋아하며 철학을 공부한 적 없는 자연과학자들에게서 철학에 대한 개념을 취하곤 했다. 최근 모스크바에 있는 동안에도 레빈은 그와 많은 논쟁을 했었다.

그를 알아본 순간 레빈은 카타바소프가 자신이 우위에 있다고 생각했음에 틀림없는 대화가 떠올랐다. 그러자 그는 무슨 일이 있어도 더 이상 논쟁을 하지 않겠노라 생각했다.

레빈은 짐마차에서 내려 형과 카타바소프에게 인사를 한 뒤 아내에 대해 물었다.

"키티는 미챠를 데리고 콜로크—그곳은 집 주변에 있는 숲이다.—로 갔어요. 그 애는 아이와 함께 그곳에 머무르는 것을 좋아해요. 집 안은 너무 더워서요."

돌리가 말했다.

레빈은 아이를 데리고 숲에 가는 것은 위험하다고 생각했기 때문에 늘 아내에게 그렇게 하지 말라고 만류했다. 그래서 그는 그 소식에 불쾌함을 느꼈다.

"그 애는 아이를 데리고 또 여기저기 뛰어다니고 있을지도 모르지."

공작이 환하게 웃으며 말했다.

"난 그 애에게 아이와 함께 냉동고에 가 보라고 제안했다네."

"키티는 당신이 그곳에 있을 거라 생각하고 양봉장으로 오고 싶어 했어요. 우리도 그곳으로 가는 중이었고요."

돌리는 말했다.

"넌 무슨 일을 하고 있니?"

세르게이 이바노비치는 다른 사람과 떨어져 동생과 어깨를 나란히 하며 말했다.

"늘 그렇듯 농사일로 바쁘지. 형, 오래 머물 거지? 우리는 오래전부터 형을 기다렸어."

레빈이 말하자 세르게이 이바노비치는 모스크바에 할 일이 많아 이 주일 정도 머무를 거라고 대답했다. 이런 말들을 나누는 동안 두 형제의 눈이 서로 마주쳤다. 레빈은 언제나 이런 순간 형과 다정한, 솔직한 관계를 맺고 싶은 강렬한 열망에도 불구하고 형을 바라보기가 거북했다. 그는 눈을 내리깐 채 무슨 말을 해야 할지 몰랐다.

레빈은 형이 기뻐할 만한 화제, 모스크바에서 할 일에 대해 언급하며 암시한 세르비아 전쟁과 슬라브 문제에서 형의 주의를 돌릴 만한 화제를 골라 세르게이 이바노비치의 저서에 대해 말문을 열었다. 세르게이 이바노비치는 의도적인 레빈의 질문에 미소를 지었다.

"아무도 책에 관심이 없어. 난 다른 사람들보다 더 관심 없고."

그는 말했다.

"보세요, 다리야 알렉산드로브나. 곧 비가 올 것 같지요."

그는 사시나무의 우듬지 위로 보이는 하얀 비구름을 가리키며 이렇게 덧붙였다.

서로에 대해 적대적이지는 않지만 차가운 관계, 레빈이 그토록 피하고 싶어 했던 그런 관계가 형제들 사이에 또다시 자리 잡는 데는 이 정도의 말로 충분했다.

레빈은 카타바소프에게 다가가 이곳에 온 것은 정말 잘한 일이라고 말했다. 그는 레빈에게 스펜서를 읽었느냐고 물었고 레빈은 아직 읽지 못했다고 답했다. 카타바소프는 그 책을 읽지 않은 것에 대한 이유를 물었다. 레빈은 말했다.

"실은 스펜서나 그와 비슷한 사람들에게서 나를 사로잡은 문제의 해답을 찾을 수 없다는 것을 확신하게 되었기 때문이죠."

하지만 그는 불현듯 카타바소프의 침착하고 쾌활한 표정이 눈에 들어왔다. 그는 이 대화로 자신의 기분을 망친 것이 너무 유감스러워 자신의 결심을 떠올리고는 나중에 이야기하자고 말을 하며 입을 다물어 버렸다.

양봉장으로 가기 위해 그들은 오솔길을 따라 올라갔다. 좁은 오솔길을 따라 한쪽에 반짝이는 삼색오랑캐꽃이 끝없이 펼쳐졌다. 아직 풀을 베지 않은 초지에 이르자, 레빈은 어린 사시나무들의 짙고 시원한 그늘 아래 벌을 무서워하는 양봉장 방문객을 위해 마련한 벤치와 그루터기로 손님들을 안내했다. 그리고 아이들과 어른들에게 빵과 오이와 신선한 벌꿀을 주기 위해 양봉장 쪽으로 향했다.

레빈은 침착하게 행동하려고 노력하며 점점 더 빈번하게 그의 옆을 스치고 날아가는 벌들에게 귀를 기울이면서 오솔길을 따라 오두막에 도착했다. 문가에서 꿀벌 한 마리가 윙윙 소리를 내며 그의 수염에 얽혔다. 그는 벌을 조심스레 떼어 날려 보내고, 벽에 걸린 망을 내려 몸에 걸치고 호주머니에 손을 쑤셔 넣은 채 울타리를 친 양봉장으로 나갔다. 풀을 벤 자리의 가운데에는 보리수 속껍질로 말뚝에 묶은, 각각 그 나름의 역사를 가진 낯익은 묵은 벌집들이 있었다. 바자울의 벽을 따라 올해 분봉한 새 벌집들이 일정한 간격을 두고 늘어서 있었다. 벌집의 입구 앞에서 노는 꿀벌과 수벌은 한곳을 빙글빙글 돌며 눈앞에 아른거렸고 그 사이에 일벌은 계속 한 방향으로 숲 속에 만발한 보리수나무와 벌집 사이를 오가며 꿀을 나르고 있었다.

분주하게 일하며 재빠르게 날아다니는 일벌의 소리, 떠들썩한 소리를 내며 빈둥대는 수벌의 소리, 적으로부터 재산을 지키기 위해 언제라도 침을 쏠 준비가 되어 있는 병정벌의 소리가 끊임없이 그의 귓가에 울렸다. 반대편에는 노인이 테를 깎고 있었지만 레빈은 노인을 부르지 않고 양봉장 한가운데 가만히 서 있었다.

그는 현실로부터 냉정을 되찾을 수 있도록 지금과 같이 혼자 있을 수 있는 기회가 와서 기뻤다. 현실은 그의 기분을 몹시 너절하게 만들기 때문이다. 그는 이미 이반에게 화를 내고 형에게 냉정함을 보였으며 카타바소프와 경솔한 대화를 나눈 것을 떠올리며 아까 자신이 느꼈던 것이 순간적인 기분이었는지에 대해 생각했다. 하지만 바로 그 순간 아까의 기분을 되찾고 다시 한 번 자기 안에서 새롭고 중요한 일이 일어난 것을 기쁜 마음으로 느꼈다. 현실은 잠시 그의 정신적 평온을 가렸을 뿐, 그의 마음 안에 정신적 평온은 오롯이 살아 있었다.

그의 주위를 맴돌고 있는 꿀벌이 그를 위협하고 산만하게 하면서 충만한 육체적 평온을 앗아 가고 그로 인해 그의 몸을 움츠리게 만들듯이, 그가 짐마차에 올라탄 순간부터 그를 둘러싼 근심은 그의 정신적 자유를 앗아 가고 말았다. 하지만 그것은 그가 근심 속에 있는 동안만 지속되었을 뿐, 그가 인식한 그의 정신적 힘은 온전하게 살아 있었다.

15

돌리는 레빈에게 세르게이 이바노비치가 그를 만나러 오는 길에 브론스키를 만났으며 브론스키는 세르비아로 간다는 사실을 이야기했다. 브론스키가 혼자가 아니라 자비로 기병 중대를 이끌고 갔다고 카타바소프가 덧붙여 말했다. 레빈은 브론스키의 행동이 그 사람다운 것이라고 말하며 아직 정말로 의용군들이 출정하고 있는지에 대해 형에게 물었다.

세르게이 이바노비치는 아무런 대꾸 없이 하얀 벌집 한 칸이 들어 있는 찻잔에서 꿀에 빠진 살아 있는 벌 한 마리를 뭉툭한 나이프로 꺼냈다. 카타바소프는 의용군들이 아주 많이 출정하고 있으며 어제 역에서 벌어진 광경을 함께 보았더라면 좋았을 것이라고 대신 대답했다.

"세르게이 이바노비치? 의용군들이 어디로 가고 누구와 싸우는지 설명해 주시오."

노공작은 레빈이 없는 동안 시작된 대화를 계속 이어 나가려는 듯 이렇게 물었다.

세르게이 이바노비치는 꿀 때문에 검게 변한 채 무기력하게 다리를 버둥대는 꿀벌 한 마리를 구해 나이프에서 사시나무의 두꺼운 잎사귀 위로 내려놓으며 침착한 미소를 짓고 말했다.

"터키인들과 싸우지요."

"하지만 누가 터키인들에게 전쟁을 선포한 거요? 이반 이바니치 라고조프와 리디야 이바노브나 백작 부인과 슈탈 부인이오?"

"아무도 전쟁을 선포하지 않았습니다. 단지 사람들이 이웃의 고통에 공감하여 그들을 돕고 싶어 한 것뿐입니다."

이때 레빈은 장인의 편을 들며 공작이 원조에 대해 말하는 것이 아니라 전쟁에 대해 말하고 있으며 정부의 허가 없이는 개인이라도 전쟁에 참여할 수 없다고 말하는 것이라고 이야기했다.

"코스챠, 꿀벌이에요! 정말로 우리를 쏘려고 해요!"

돌리가 말벌을 쫓으며 말했다. 그러자 레빈은 그것은 꿀벌이 아니라 말벌이라고 답했다.

카타바소프는 그를 논쟁에 끌어들이려는 듯한 말투로 레빈에게 그의 의견을 물었다.

"왜 개인에게 그런 권리가 없다고 생각하죠?"

"전쟁은 너무나 동물적이고 야만적이며 끔찍한 것이어서, 그리스도교 신자는 물론이고 그 누구도 전쟁의 발발에 대해 개인적인 책임을 질 수 없으며 전쟁의 부름을 받은, 불가피하게 전쟁에 연루된 정부만 책임을 질 수 있습니다. 다른 한편으로 시민은 학문적으로나 상식적으로 국가의 문제, 특히 전쟁 문제에서 개인적인 의지를 포기한다고 생각합니다."

세르게이 이바노비치와 카타바소프는 준비된 반박과 함께 동시에 입을 열었다.

"문제는 바로 그것입니다. 정부가 시민의 의지를 실행하지 않을 때, 사회가 자신의 의지를 천명해야 합니다."

카타바소프가 말했다.

하지만 세르게이 이바노비치는 그 의견에 찬성하지 않는 듯 그의 말에 눈살을 찌푸리며 이야기를 했다.

"그 문제를 그런 식으로 제기하면 안 돼. 전쟁의 선포는 없었어. 다만 인간적인, 그리스도교의 감정의 표현만이 있을 뿐이야. 같은 피를 가진, 같은 종교를 가진 형제들이 살육당하고 있어. 만약 같은 종교를 가진 이들이 아닌 그저 아이들과 여자들 그리고 노인들이 살육당하고 있다고 가정해 보자. 감정이 격앙된 러시아인들은 그 끔찍한 일을 근절시키기 위해 힘을 보태고자 노력할 거야. 네가 길을 걷다 술주정뱅이가 여자나 아이들을 두들겨 패고 있다고 상상해 봐. 난 네가 그 인간에게 전쟁이 선포되었나 안 되었나를 묻기 전에 그에게 달려들어 그들을 보호하기 위해 애썼을 거라 생각하는데."

"하지만 죽이지는 않아."

레빈이 말했다.

"아니, 넌 죽였을 거야."

"모르겠어. 내가 만약 그런 장면을 보고 본능적으로 행동했다고 하더라도 미리 뭐라고 말하지는 못하겠어. 그리고 슬라브 민족의 박해에 대한 그런 본능적인 감정도 없고 그런 것은 있을 수도 없어."

"물론 너에게는 없을 수도 있어. 하지만 다른 사람들에게는 그런 감정이 있어."

세르게이 이바노비치는 불만스러운 듯 얼굴을 찌푸리며 말했다.

"민중에게는 이슬람교도의 압제 아래 고통받는 정교도에 관한 전설이 생생하게 살아 있어. 민중은 자신의 형제들이 겪은 고통에 대해 듣고 양심의 눈을 뜬 거야."

"그럴지도 모르지. 하지만 난 그렇게 생각하지 않아. 나 역시 민중이지만 그것을 느끼지 못하겠어."

레빈은 말했다. 그의 말에 공작도 동의했다. 자신도 불가리아의 끔찍한 사태가 일어나기 전에는 이해하지 못했으며 왜 러시아인이 갑자기 슬라브 형제들을 사랑하게 되었는지, 왜 자신은 그런 사랑을 느낄 수 없는지에 대해 괴로워했다고 말했다. 하지만 슬라브 형제가 아닌 러시아에만 관심 있는 사람이 있다는 것을 알게 되었고 콘스탄친도 마찬가지라고 했다.

세르게이 이바노비치는 개인적인 견해는 아무런 의미가 없으며 러시아 전체, 즉 민중이 자신의 의지를 천명할 때, 개인적 의견은 문제 되지 않는다고 말했다.

공작은 민중은 아무것도 모른다며 그의 말을 반박했다. 이때 대화에 귀를 기울이던 돌리가 일요일 교회에서 있었던 이야기를 하며 어떻게 그들이 아무것도 모를 수가 있느냐고 물었다.

"일요일 교회에서 무슨 일이 있었다는 거냐? 사제는 그것을 읽어 달라는 부탁을 받고 읽어 주었고 그들은 늘 그렇듯이 아무것도 이해하지 못하고 한숨만 쉬었어. 교회에서 영혼 구원의 문제로 모금을 한다고 하니 그들은 무엇을 위해서인지도 모른 채 일 코페이카씩 꺼내서 냈을 뿐이야."

"민중이 모를 리 없습니다. 민중들 안에는 언제나 자신의 운명에 대한 의식이 존재합니다. 현재와 같은 순간에도 그들은 그러한 의식을 분명히 자각하고 있습니다."

세르게이 이바노비치가 양봉장의 노인을 쳐다보며 말했다.

검은 수염 사이로 희끗한 털이 비치고 숱 많은 은발 머리를 지닌 잘생긴 노인은 꿀이 든 찻잔을 든 채 자신의 키 높이에서 다정하게 주인을 내려다보며 서 있었다. 그는 분명 아무것도 이해하지 못하고 이해하고 싶은 마음도 없어 보였다.

"아니, 그건 그렇습니다."

그는 의미 있게 고개를 끄덕이면서 세르게이 이바노비치의 말에 대꾸했다.

"그렇지, 이 사람에게 물어보면 되겠네요. 그는 아무것도 모르고 아무것도 생각하고 있지 않으니까."

레빈은 말했다.

"미하일리치, 자네도 전쟁에 대해 들었지?"

그는 노인을 바라보며 물었다.

"사람들이 교회에서 무엇을 읽던가? 자네는 어떻게 생각해? 우리는 기독교인을 위해 싸우지 않으면 안 되는 건가?"

"우리가 무슨 생각을 하겠습니까? 알렉산드르 니콜라이치 황제 폐하께서 우리를 생각해 주시는걸요. 지금도 우리의 모든 문제를 생각하고 계시지요. 그분이 더 잘 아시겠지요. 빵을 더 가져올까요? 저 젊은이에게 빵을 더 주어도 되겠습니까?"

그는 빵 껍질까지 먹어 치우고 있는 그리샤를 가리켰다.

"난 물어볼 필요도 없겠군."

세르게이 이바노비치가 말했다.

"우리는 수만 명의 사람들이 올바른 대의를 받들고자 모든 것을 버리고 러시아 방방곡곡에서 몰려와 자신의 생각과 목적을 분명하게 표현하는 것을 보았어. 그리고 지금도 보고 있지. 그들은 자신의 푼돈을 보내거나 직접 들고 와서 기부하든가, 아니면 직접 출정하고 있어. 그리고 무엇 때문인지를 솔직하게 이야기하지. 이것이 대체 무엇을 의미하나?"

"내 생각에는 말이지."

레빈은 흥분하며 대답했다.

"팔천만 민중들 가운데는 사회적 지위를 잃은 자들, 푸가초프의 난이든, 히바든, 세르비아든 언제라도 달려갈 준비가 된 무분별한 사람들이 수백이 아니라 지금처럼 수만 명이 있기 마련이야."

"너에게 분명히 말해 두지만, 그들은 무분별한 수백 명의 사람들이 아닌 민중의 대표자들이야!"

세르게이 이바노비치는 마치 자신의 마지막 재산을 지키려는 사람처럼 몹시 분개하여 말했다.

“그럼 기부금은? 모든 민중이 기부금을 통해 자신의 의지를 표명하고 있잖아.”

“그 민중이란 말은 너무 애매한 표현이야.”

레빈은 말했다.

“읍 서기들, 교사들, 어쩌면 천 명의 농민들 중 한 명은 어쩌면 그것에 대해 알고 있을지도 몰라. 하지만 미하일리치 같은 나머지 팔천만 명은 자신의 의지를 주장하지도 않을 뿐 아니라, 무엇에 대해 자신의 의지를 명백히 나타내야 하는지 최소한의 개념도 갖고 있지 않아. 그렇다면 우리는 무슨 권리로 그것을 민중의 의지라고 말할 수 있는 거지?”

16

세르게이 이바노비치는 논리적인 토론에 능숙했기 때문에 그 말에 반박하는 대신 화제를 다른 영역으로 돌렸다.

"만약 네가 산술적인 방법으로 민중의 정신을 알고자 한다면 말이야. 물론 그런 목적을 달성하는 것이 쉽진 않겠지. 우리나라에는 투표가 도입되지 않았고 도입될 수도 없어. 그것으로는 민중의 의지를 표현할 수 없으니까. 하지만 그것을 위한 다른 방법이 있지. 그것은 마음으로 느끼는 거야. 민중의 침체된 바다에서 움직이는 물밑의 흐름, 편견 없는 사람이라면 누구나 분명히 감지할 물밑의 흐름에 대해서 말이야. 좁은 의미의 사회에 대해 생각해 보지. 지식계급의 무수하게 다양한 당파들이, 예전에는 그토록 서로에게 적대적이었으면서 하나로 뭉쳤어. 모든 반목이 끝났고, 모든 사회 기관들이 한결같은 말을 하고, 모든 사람들이 자신들을 붙잡아 한 방향으로 이끄는 자연 발생적인 힘을 감지해 왔어."

"그렇소. 모든 신문들은 다 그렇게 똑같은 말만 합니다."

공작이 말했다.

"정말 그렇소. 마치 소나기 퍼붓기 전의 개구리들처럼 그렇게 똑같은 소리만 늘어놓지. 그것들 때문에 아무것도 들을 수 없다니까요."

"개구리인지 아닌지, 나는 신문을 발행하지도 않고 그들 대신 그들을 변호하고 싶지도 않소. 지식계급 사회가 한목소리로 같은 의견을 내고 있다는 것을 말하고 싶을 뿐이야."

세르게이 이바노비치는 동생을 쳐다보며 말했다.

레빈이 형의 말에 대답하려 하자 노공작이 그를 가로막았다.

"내 사위 스테판 아르카지치 말이오, 당신도 그를 알지요. 사위는 잘 기억이 나진 않지만 무슨 위원회의 위원직을 받게 된다오. 그것에는 할 일이 없어요. 돌리, 이건 비밀도 아니지 않으냐! 그런데 연봉이 팔천 루블이나 된다고 합니다. 그 사람에게 자신의 일이 유익한지에 대해 물어보시구려. 그는 당신들에게 그것이 대단히 필요한 일이라는 것을 증명할 거요. 물론 그가 정직한 사람이긴 하지만, 팔천 루블의 유능함을 갖고 있다고는 믿을 수 없구려."

"참, 그가 직함을 받게 되었다는 말을 전해 달라고 부탁했습니다."

세르게이 이바노비치는 이렇게 대답하며 공작이 뜬금없는 소리를 한다고 생각했다.

"신문들이 다 똑같은 소리를 하는 것도 다 그런 식이오. 전쟁이 나면 신문의 수입이 두 배로 뛴다는 이야기를 들은 적이 있소. 그러니 그들이 어찌 민중과 슬라브 민족과 그 모든 것에 대해 고려하지 않을 수 있겠소?"

"물론 저도 신문들을 좋아하지는 않지만 그런 말씀은 정당하지 못합니다."

세르게이 이바노비치는 대답했다.

"난 단지 한 가지 조건을 제안하고 싶소."

공작은 계속해서 말했다.

"알퐁스 카는 프러시아와의 전쟁을 앞두고 이런 멋진 글을 썼소. '당신들은 전쟁이 불가피하다고 생각하는가? 좋다. 전쟁을 설교하는 자를 특수 전초부대로 보내라. 돌격을 하든지 공격을 하든지 그를 맨 앞으로 내

보내라!'"

"편집자들이라면 누구보다 잘할 겁니다."

카타바소프는 공작의 말에 그가 아는 편집자들이 선발 부대에 소속되어 있는 장면을 상상하며 웃음을 터뜨렸다.

"아마 그들은 도망갈 거예요."

돌리가 말했다.

"그들은 모두 방해가 될 뿐이겠죠."

"그들이 달아나면 뒤에서 산탄총을 쏘든가 카자크인들에게 채찍을 들려 세워 두면 될 거야."

공작이 말했다.

"농담이시겠죠. 썩 좋은 농담은 아니군요. 용서하십시오, 공작님!"

세르게이 이바노비치가 말했다. 레빈은 그것이 농담이라 생각하지 않는다며 입을 열었다. 하지만 세르게이 이바노비치가 그의 말을 가로막았다.

"사회의 각 구성원들은 자신의 일을, 자신에게 맞는 일을 하도록 요구받습니다. 생각하는 사람들은 여론을 표명함으로써 자신의 일을 하고 있는 것입니다. 여론을 일치시켜 그것을 충분히 표명하는 것이 언론의 공로인 동시에 기뻐할 만한 현상입니다. 이십 년 전이라면 침묵했겠지만 지금은 한 명의 인간으로서 박해받는 형제들을 위해 자신을 희생할 준비가 된 러시아 민중의 목소리가 들립니다. 이것은 위대한 한 걸음이자 힘의 표시입니다."

"그것은 자신을 희생하는 것이기도 하지만 터키인들을 죽이는 것이기도 하지."

레빈은 머뭇거리며 말했다.

"민중은 자신의 영혼을 위해 희생할 준비가 되어 있지만 그 희생은 살인을 위해서가 아니야."

그는 자신도 모르게 그의 마음을 사로잡고 있던 상념들을 대화에 결부시키며 이렇게 덧붙였다.

"영혼을 위해서라는 말은 자연과학자로서 곤란한 표현입니다. 그 영혼이란 것이 의미하는 바가 무엇입니까?"

카타바소프는 이렇게 되물었다.

"아, 당신도 알고 있지 않습니까!"

"맹세코 난 절대 알 수 없습니다."

이렇게 말하며 그는 큰 소리로 웃어 댔다.

"나는 평화를 주러 온 것이 아니라 칼을 주러 왔노라고 그리스도는 말하지."

세르게이 이바노비치는 지극히 당연하다는 듯 복음서에서 항상 레빈을 당혹스럽게 만들 부분을 인용하며 말했다.

"아니, 그건 그렇습니다."

그들 주위에 서 있던 노인은 우연히 자기에게 향한 시선에 답하며 그의 말에 동의했다.

"어떤가, 당했군. 완전히 대패했어!"

카타바소프는 유쾌하게 외쳤다.

레빈은 화가 나서 얼굴을 붉혔다. 그것은 자신이 패했다는 사실 때문이 아니라 자신을 억누르지 못한 채 논쟁을 시작했다는 것 때문이었다.

'아니, 나는 이들과 논쟁할 수 없어.'

그는 생각했다.

'이들은 갑옷과 투구로 무장하고 있는데 나는 알몸이니까.'

그는 형과 카타바소프를 설득하는 것이 불가능하는 것을 알았다. 그렇다고 그들에게 동의하는 것은 더욱 불가능했다. 그들이 설교한 것은 그를 파멸시킬 뻔했던 바로 그 이성의 오만함이었다. 그는 형을 포함한 수십 명의 사람들이 수도에서 온 말 잘하는 수백 명가량의 의용군들에게 들은 것을 토대로 신문과 함께 민중의 의지와 생각을, 복수와 살인으로 표현되는 생각을 드러내고 있다고 말할 권리를 가졌다는 점에 동의할 수 없었다. 주위의 민중들에게서 그런 생각의 표현을 볼 수 없었을 뿐 아니라 자신에게서도—그는 자신을 러시아 민중을 구성하고 있는 한 사람으로밖에는 생각할 수 없었다.—그런 생각을 발견할 수 없었기 때문이다. 그리고 무엇보다 그와 민중은 공공복지가 무엇인지 모르지만 그것은 각 사람들에게 현시된 선의 율법을 엄격하게 지킬 때 획득할 수 있다는 것을 확실하게 알고 있었기 때문에 전쟁을 바랄 수 없었다. 바라크인들의 소명에 관한 전설로 자신의 생각을 표현하는 미하일리치는 러시아 민중과 함께 이렇게 말하고 있었다.

"우리의 대공이 되어 우리를 지배하소서. 우리는 기쁜 마음으로 온전한 복종을 약속하며 모든 노동, 모든 굴욕, 모든 희생은 우리가 짊어지겠습니다. 우리는 어떠한 판단도 결정도 하지 않을 것입니다."

그런데 형의 말에 따르면 민중들이 그토록 비싼 값을 치르고 얻은 그 권리를 이제 와서 포기했다는 것이다.

그는 만일 여론이 어떤 오류도 범하지 않는 심판자라면 어째서 혁명과 지방자치제는 슬라브 민족을 지키기 위한 운동처럼 합법적인 것이 될 수 없느냐고 말하고 싶었다. 하지만 이 모든 것은 아무것도 해결할 수 없는 사상에 지나지 않았다. 그는 지금의 논쟁이 형을 자극하니 논쟁을 벌이는 것이 좋지 않다는 사실은 분명히 알 수 있었다. 그는 먹구름이 모여들고 있으니 비가 오기 전에 집으로 돌아가자고 말하며 손님들의 주의를 돌렸다.

17

공작과 세르게이 이바노비치는 짐마차를 타고 떠났고 나머지 사람들은 걸음을 재촉하며 집으로 갔다. 때로는 검은 비구름이 너무나 빠르게 몰려와 비가 오기 전까지 집에 도착하려면 더욱 빨리 걸어야 했다. 그을음이 뒤섞인 연기처럼 검은색의 낮은 선두의 구름이 굉장히 빠른 속도로 하늘을 가르며 달렸다. 집까지는 아직 이백 걸음 정도 더 가야 하는데, 하늘에서는 금방이라도 폭우가 쏟아질 듯했다. 아이들은 두려움과 즐거움이 섞인 비명을 지르며 맨 앞에서 달렸다. 다리야 알렉산드로브나는 다리에 달라붙은 치마와 씨름하면서도 아이들에게서 눈을 떼지 못하며 뛰고 있었다. 남자들은 모자가 바람에 날아가지 않도록 꽉 잡고 성큼성큼 걸었다. 그들이 현관 입구에 도착하자마자, 굵은 빗방울이 쇠로 된 홈통의 가장자리를 때리며 부서져 내렸다. 아이들과 그 뒤에서 오던 어른들도 모두 유쾌하게 떠들며 지붕의 차양 아래로 뛰어들어 비를 피했다.

"카체리나 알렉산드로브나는?"

레빈은 대기실에서 그들을 맞이하던 아가피야 미하일로브나에게 물었다.

"우리는 당연히 주인님과 같이 계신 줄 알았어요."

그녀가 대답했다.

"그럼 미챠는?"

"틀림없이 콜로크에 계실 거예요. 아마 보모도 함께 있을 거예요."

레빈은 숄을 움켜쥔 채 콜로크를 향해 달렸다. 그 짧은 시간 동안 먹구름이 태양을 뒤덮어 일식 때처럼 갑자기 어두워졌다. 바람은 잎사귀와 보리수꽃을 잡아 뜯고, 자작나무의 하얀 가지를 추악하고 괴상망측하게 드러내고, 아카시아나무며 꽃이며 우엉과 풀까지도 모든 것을 한 방향으로 구부렸다. 안마당에서 일하던 농가의 처녀들도 소리를 지르며 하인 방의 처마 밑으로 비를 피했다. 폭우의 하얀 장막은 이미 멀리 보이는 숲 전체와 가까운 들판의 절반을 뒤덮고 콜로크 쪽으로 빠르게 나아갔다.

머리를 앞으로 숙이고 바람과 싸우며 달리는 동안, 레빈은 어느새 콜로크 부근에 도착하여 참나무 너머로 하얀 무언가를 보게 되었다. 그 순간 갑자기 모든 것이 강렬한 빛으로 빛나더니 대지 전체가 활활 타오르기 시작하고 마치 머리 위의 하늘이 쩍 갈라지는 것 같았다. 레빈은 부신 눈을 뜨다가 자신과 콜로크 사이를 가로막은 두꺼운 비의 장막을 통해 숲 한가운데 있는 낯익은 참나무의 초록색 우듬지가 묘하게 이동한 것을 가장 먼저 발견하고는 두려움을 느꼈다.

'정말로 벼락을 맞은 걸까?'

그가 이런 생각을 한 순간, 참나무의 우듬지는 점점 더 움직임을 재촉하며 다른 나무들 뒤로 자취를 감추었고 뒤이어 커다란 나무가 다른 나무들 위로 우지끈 쓰러지는 소리가 들려왔다.

번개의 빛, 천둥의 소리, 순간적으로 한기가 몸을 덮치는 느낌이 공포 그 자체였다.

"하느님! 제발 그들 위로 쓰러지지 않게 하소서!"

그는 이렇게 기도하며 이미 쓰러진 참나무에 그들이 깔려 죽지 않았기를 바라며 그의 기도가 무의미함을 깨달았지만 다른 어떤 것도 할 수 없었기에 계속 같은 말을 되풀이했다.

그는 그들이 평소 잘 가는 장소로 달려갔지만 그들을 찾을 수 없었다. 그들은 숲의 반대편 끝에 있는 보리수 고목 아래서 그를 불렀다. 어두운 색 옷을 입은 두 사람의 형체가 어떤 것 위에 몸을 구부리고 서 있었는데 그것은 키티와 보모였다. 레빈이 그들에게 달려갔을 때는 이미 비가 그치고 햇살이 비치기 시작했다. 보모의 옷자락은 젖지 않았으나, 키티의 옷자락은 흠뻑 젖어 그녀의 몸에 찰싹 달라붙어 있었다. 그들은 더 이상 비가 내리지 않았는데도 비가 퍼붓기 시작할 때 취한 자세 그대로 여전히 서 있었다. 두 사람 모두 녹색 차양이 달린 유모차 위로 허리를 구부리고 서 있었다.

"살아 있는 거지? 오, 하느님 감사합니다!"

그들의 살아 있음에 레빈은 하느님께 감사했다. 그는 뒤축이 닳아 물로 가득 찬 구두로 웅덩이를 절벅거리며 그들에게 달려갔다.

키티의 발그레한 젖은 얼굴이 그를 쳐다보며 모양이 헝클어진 모자 아래서 주저하는 듯한 미소를 띠었다.

"당신은 부끄럽지도 않아? 어떻게 이런 경솔한 행동을 할 수 있어! 정말 이해가 안 돼!"

그는 벌컥 화를 냈다.

"하느님께 맹세하지만, 내 잘못이 아니에요. 막 집으로 돌아가려는데 아기가 마구 보채서 보니까 아기의 기저귀를 갈아 주어야 했어요. 우리가……."

키티는 변명을 늘어놓았다.

미챠는 무사했고 비에 젖지 않은 채 계속 잠들어 있었다.

"하느님 감사합니다. 나도 내가 무슨 말을 하고 있는 건지 모르겠어!"

그들은 젖은 기저귀를 거두고 보모는 아기를 유모차에서 들어 올려 안고 갔다. 레빈은 아내에게 버럭 화를 낸 것이 미안해서 아내와 나란히 걸으며 보모가 모르게 슬며시 아내의 손을 잡았다.

18

하루 종일 온갖 다양한 대화를 하는 동안 레빈은 자기에게 일어나리라 믿었던 변화에 환멸을 느끼면서도 마음의 충만함에 끊임없이 귀를 기울이며 즐거워했다.

비가 온 뒤에는 땅이 젖어 질척거려서 산책을 할 수 없었고 먹구름이 여전히 하늘의 가장자리를 따라 여기저기 시커멓게 떠돌고 있어서 일행은 모두 집에서 남은 하루를 보냈다.

처음에는 카타바소프가 특유의 창의적인 농담으로 부인들을 웃겼다. 그와 처음 만난 사람들은 모두 그의 농담을 매우 좋아했다. 그러고 나서 그는 세르게이 이바노비치의 부추김으로 암컷 집파리와 수컷 집파리의 성격과 생김새의 차이와 생태에 대해 매우 흥미로운 관찰들을 들려주었다. 세르게이 이바노비치도 기분이 좋아져서 동생의 부추김에 못 이겨 동방문제의 전망에 대한 자신의 견해를 설명했고 그 이야기는 너무나 명쾌하고 훌륭해서 다들 그의 이야기에 정신없이 빠져들게 했다.

하지만 키티는 미챠를 씻기는 일에 불려 나가 그 이야기를 끝까지 들을 수 없었다. 키티가 나간 뒤, 몇 분 정도 지나 레빈도 어린이 방에 있는 키티에게 불려 나갔다.

레빈은 마시던 차를 남겨 두고 미챠에게 가면서 대화의 중단에 아쉬워하며 왜 자기를 불렀을지 불안해했다. 아이 방으로 그를 부르는 일은 중요한 경우에만 있는 일이기 때문이었다.

끝까지 다 듣지 못한 세르게이 이바노비치의 계획, 즉 해방된 사백만 슬라브 민족의 세계가 러시아와 더불어 어떻게 역사상 새로운 시대를 열어야 할 것인가에 대한 계획이 레빈의 흥미를 불러일으켰지만, 그리고 왜 자신을 불렀는지에 대한 불안과 호기심이 그를 초조하게 했지만, 그는 혼자 있게 되자 아침의 상념들을 곧 떠올렸다. 그러자 슬라브적 요소의 세계사적 의미에 대한 생각들이 너무 하찮게 느껴져, 그것을 순식간에 잊고 자신이 오늘 아침에 빠졌던 그 기분으로 옮겨 갔다.

그는 지금 사유의 전 과정을 자신이 이전에 전개했던 대로 떠올릴 필요가 없었다. 그는 즉시 자신을 이끄는 사유들과 결합된 감정으로 빠져들었다. 그리고 자신의 영혼 속에서 그 감정을 이전보다 훨씬 더 강렬하고 또렷하게 발견했다. 지금 그에게는 예전에 억지로 평온을 꾸며 내야 했을 때, 그가 감정을 발견하기 위해 사유의 과정을 되돌려 놓아야 했을 때의 일들이 일어나지 않았다. 지금은 오히려 기쁨과 평온의 감정이 생생하여 사유가 감정을 따라잡지 못할 정도였다.

그는 테라스를 지나면서 이미 어두워지기 시작한 하늘에 나타난 두 개의 별을 바라보며 생각했다.

'그래 내가 하늘을 보며 지금 바라보고 있는 천구는 거짓이 아니라고 생각했을 때, 거기에는 미처 내가 생각하지 못한 무언가가, 내가 스스로에게 감춘 무언가가 있었어. 그것이 무엇이든 이의는 없어. 생각해 볼 가치가 있어. 그렇다면 모든 것이 명백해질 거야!'

아이 방에 들어서는 순간, 그는 스스로에게 감추고 있던 것이 무엇인지 기억해 냈다. 그것은 신의 존재에 대한 중요한 증거가 선과 무엇인가에 대한 신의 계시라면 왜 그러한 계시가 그리스도교 교회에만 국한되는가 하는 것이었다. 마찬가지로 선을 설교하고 행하는 불교와 이슬람교는 그러한 계시와 어떤 관계가 있는 것인가? 그는 자신이 이 문제에 대한 해답을 갖고 있는 것처럼 느껴졌다. 하지만 그가 스스로에게 그것을 표현하기도 전에 아이 방으로 들어가고 있었다.

키티는 양 소매를 걷어붙이고 목욕통 안에서 첨벙거리는 아기를 내려다보며 서 있다가, 남편의 발소리를 듣자 그에게 얼굴을 돌리며 미소로 그를 자기 쪽으로 불렀다. 그녀는 반듯하게 누워 물에 뜬 채 다리를 바동거리는 통통한 아기의 고개를 한 손으로 받치는 한편, 다른 손으로 아기 위로 스펀지를 짜고 있었다.

"여기 봐요! 아가피야 미하일로브나의 말이 옳았어요. 아이가 사람을 알아봐요."

레빈이 목욕통 가까이 다가가자, 곧바로 그의 앞에 실험이 펼쳐졌고 그 실험은 대성공이었다. 그 실험을 위해 일부러 데려온 하녀는 키티를 대신하여 아기를 향해 몸을 구부렸고 아기는 인상을 쓰며 싫다고 고개를 흔들었다. 키티가 아기를 향해 몸을 구부리자 아기는 환하게 웃으며 자그마한 두 손으로 스펀지를 잡고서, 키티와 보모와 레빈까지도 미처 생각지 못한 황홀감에 빠져들 만큼 즐겁고 이상야릇한 소리를 내며 입술로 뽀글뽀글 물방울을 만들었다.

보모는 목욕통에서 아기를 들어 올려 물을 끼얹고는 수건으로 감싸고 물기를 닦았다. 아기의 찢어질 듯한 울음소리가 멈췄고 그녀는 아기를 키티에게 넘겼다. 키티는 보모로부터 아기를 받아 들며 남편에게 말했다.

"난 당신이 아기를 사랑하기 시작한 거 같아서 기뻐요. 그렇지 않다면 그것 때문에 무척 괴로웠을 거예요. 당신은 이 아이에게 아무런 감정도 느끼지 않는다고 했잖아요."

"아니야. 설마 내가 아무것도 느낄 수 없다고 했을까? 난 그저 실망했다고 말했을 뿐이야."

"실망이라고요? 아기에게 실망을 했단 말이에요?"

"아니 아기에게 실망을 한 것이 아니라, 나 자신의 감정 때문이야. 난 더 많은 어떤 것을 기대했거든. 난 내 안에서 뭔가 새롭고 즐거운 감정이 뜻밖의 선물처럼 피어나기를 기대했어. 난 더 많은 걸 기대했거든. 그런데 갑자기 그런 것들이 아닌 혐오감과 연민이……."

그녀는 미챠를 씻기기 위해 빼 두었던 반지를 손가락에 끼우면서 아기 너머로 레빈의 이야기를 경청했다.

"그런데 중요한 것은 기쁨보다는 두려움과 불쌍함과 가엾음이 더 컸다는 거야. 오늘 소나기가 내릴 때 공포를 경험한 뒤, 난 이 아이를 얼마나 사랑하는지 깨달았어."

키티의 얼굴이 미소로 환해졌다.

"많이 놀랐나 봐요."

그녀가 말했다.

"나도 그랬어요. 하지만 난 그 일이 지나가 버린 지금이 더 두려워요. 나중에 그 참나무를 보러 가려고요. 카타바소프도 정말 좋은 사람 같아요. 대체로 오늘은 즐거운 하루였어요. 당신도 마음만 먹으면 세르게이 이바노비치와 잘 지내잖아요. 자 이제 사람들에게 가 봐요. 아기를 목욕시키고 나면 이곳은 늘 덥고 김으로 자욱해서……."

19

레빈은 아이 방에서 나와 다시 혼자 있게 되자 조금 전의 생각을 다시 떠올렸다. 그는 사람들이 모여 있는 응접실로 가지 않고 테라스에 멈춰 서서 난간에 팔꿈치를 기댄 채 하늘을 바라보기 시작했다.

날은 이미 완전히 어둑해졌고 그가 바라보는 남쪽 하늘에는 먹구름이 없었다. 맞은편의 먹구름이 가득한 하늘에서는 이따금 번개가 번뜩이고 천둥소리가 아련히 들려왔다. 레빈은 정원의 보리수에서 떨어지는 규칙적인 물방울 소리에 귀를 기울이며 눈에 익은 삼각형 별자리와 그 한가운데를 가로지르며 쏟아지는 은하수를 바라보았다. 번개가 칠 때마다 은하수와 밝은 별들이 사라졌다. 그러나 번개가 사라지자마자 은하수와 밝은 별들이 그 자리에 다시 나타났다.

'음, 무엇이 내 마음을 어지럽혔었지?'

레빈은 아직 자신의 의혹에 대한 해답을 알 수 없었으나 그것이 자신의 영혼 속에 이미 마련되었다는 것을 예감한 채 혼잣말을 했다.

'그래, 신의 존재를 드러내는 분명한 한 가지 현상은 계시에 의해 전 세계에 드러난 선의 율법이야. 난 그 율법을 내 안에서 느껴. 그리고 그 율법을 인정함으로써 나는 교회라 불리는 신자들의 공동체 안으로 자진해서 결합한 것은 아니지만 이미 그 속의 많은 다른 사람들과 결합되어 있어. 내가 원하든 원하지 않든 말이지. 음, 그럼 유대교도, 이슬람교도, 유교도, 불교도는 도대체 뭐지?'

그는 스스로에게 위험하게 느껴지는 질문을 자신에게 던졌다.

'과연 그 수억의 사람들은 지고한 선을 갖고 있지 않는 걸까? 선이 없는 삶은 의미가 없잖아. 대체 나는 무슨 질문을 하고 있는 거지? 난 인류의 다양한 종교와 신적 존재에 대해 묻고 있어. 난 저 모든 성운을 포함한 세계 전체에 대한 신의 일반적인 현시를 묻고 있어. 이성으로 도달할 수 없는 지식이 나에게 내 마음에 의심할 여지 없이 모습을 드러냈는데 난 고집스럽게도 이성과 언어로 그 지식을 표현하고 싶어 하는구나. 내가 별들이 움직이지 않는다는 것을 모르지 않듯이 별들의 움직임을 바라볼 때 지구의 자전을 상상하지 못하겠어. 그런데 천문학자들은 지구의 온갖 복잡하고 다양한 운동을 고려하면 정말 무언가를 이해하고 산출할 수 있을까? 천체의 거리, 질량, 운행, 섭동에 대한 그들의 놀라운 결론들은 오로지 고정된 지구를 둘러싼 천체의 가시적인 운행에 기초한 것이지. 지금 내 앞에 보이는 바로 이 운행. 이 운행은 수 세기 동안 많은 사람들에게 그런 식으로 존재했고, 지금까지나 앞으로도 똑같을 테고 언제나 검증될 수 있을 테지. 이런 천문학자들의 결론이 무익하고 불확실한 것처럼, 모든 이들에게 언제나 존재했고 앞으로도 존재할 그리스도교에 의해 내 앞에 드러난, 언제나 내 영혼 속에 입증될 수 있는 그런 선의 이해에 기초하지 않은 나의 결론 역시 쓸모없고 불확실한 것이 될 거야. 나에게는 다른 종교들에 대한 물음, 그 종교들과 신적 존재의 관계에 대한 물음을 해결할 권리가 없고 그 가능성도 없어.'

"어머, 당신 안 갔어요?"

갑자기 키티의 목소리가 말을 걸어왔다. 별빛 속에서 그의 얼굴을 유심히 들여다보며 무슨 언짢은 일이 있었느냐고 걱정스럽게 물었다. 하지만 그녀는 번개가 별빛을 숨기고 다시 한 번 그를 비추지 않았다면 그의 얼굴을 볼 수 없었을 것이다. 그녀는 번갯불 아래에서 남편의 얼굴을 똑똑히 보았고 그가 평온과 기쁨에 젖어 있다는 것을 알고 그에게 미소를 지었다.

레빈은 키티가 자신을 이해하고 있으며 자신의 생각을 알고 있다고 믿었다. 그래서 키티에게 자신이 느낀 것에 대해 말을 하기 위해 입을 열려는 순간 그녀가 말을 꺼냈다.

"코스챠, 부탁이 있어요. 구석방에 가서 하인들이 세르게이 이바노비치를 위해 모든 것을 준비해 두었는지 확인해 줘요. 나는 좀 불편해서요. 하인들이 새 세면대를 갖다 놓았나요?"

"내가 꼭 가 볼게."

레빈은 일어나 아내에게 입을 맞추며 대답했다. 그는 아내가 그의 앞을 지나쳐 가자 생각에 잠겼다.

'아냐, 꼭 말할 필요는 없어. 이것은 나에게만 필요한, 말로 표현할 수 없는 중요한 비밀이야. 이 새로운 감정은 나를 변화시키지도 나를 행복하게 하지도 않아. 그리고 내가 상상하던 것처럼 나를 계몽시키지도 않아. 아들에 대한 감정과 마찬가지야. 역시 뜻밖의 선물은 없어. 나도 이게 무엇인지 모르겠지만 나도 모르는 사이에 내 영혼 속에 견고하게 뿌리를 내렸어.

난 여전히 마부 이반에게 화를 낼 것이고 여전히 논쟁을 벌이며 내 생각을 부적절하게 표현할 거야. 난 여전히 나의 두려움 때문에 아내를 비난하고 그것을 후회하겠지. 나의 이성으로는 내가 왜 기도를 하는지 깨닫지 못하면서 그러면서도 나는 계속 기도를 할 거야. 하지만 나에게 일어날 수 있는 그 모든 일에 상관없이, 이제 나의 삶은, 나의 모든 삶은, 삶의 매 순간은 이전처럼 의미 없지 않아. 내 힘으로 내 삶에 불어넣을 수 있는 명백한 선의 의미를 지니고 있어!'

비극과 희망의 쌍곡선《안나 카레니나》

왜《안나 카레니나》인가?

《전쟁과 평화》《안나 카레니나》《부활》 등 수많은 걸작을 남긴 레프 니콜라예비치 톨스토이. 그는 러시아의 부유한 귀족 지주였으며 문학뿐만 아니라 사상가로서도 인류에 큰 족적을 남긴 위대한 인물이다. 청렴한 도덕주의자로서의 삶을 표방한 그를 두고 누군가는 '인류의 스승'이라 부르기도 한다. 하지만 부유한 배경과는 달리 쾌락과 이상의 사이에서 지독한 내홍을 겪기도 했던 고통스러운 그의 삶은 오래도록 수많은 사람들에게 회자되고 있다.

《전쟁과 평화》의 성공으로 일찍이 대문호란 칭호를 얻고 있던 그가 50세를 몇 해 남기고 마무리한《안나 카레니나》는 그의 작품 중에서도 대중적, 문학적으로 정점에 이른 소설로 평가받는다.

50세 이후 톨스토이는 작품 활동보다 사상가로서 이전과 전혀 다른 인생을 살았기 때문에《안나 카레니나》의 작품 속에는 작가로서의 그의 결혼관, 종교관, 인생관, 나아가 세계관까지 파악할 수 있는 중요한 요소들이 담겨 있다.《안나 카레니나》는 세상사의 거의 모든 드라마를 함축하고 있기에 욕망 덩어리, 이른바 정념의 총체라 부를 정도로 방대한 서사를 자랑한다. 수많은 등장인물, 내밀한 심리묘사, 복잡하고 다난한 분량마저 보는 이를 주눅 들게 하는 작품을 도대체 어떻게 읽어야 하는가? 마지막 장을 덮으며 숨 고르기를 하고 있는 독자는 과연 무엇을 깨닫게 될 것인가.

전부인 사랑, 전부를 잃어버린 사랑

《안나 카레니나》는 표면적으로 한 여인의 운명적인 사랑과 그 비극적 말로를 그려 낸 연애소설의 구성을 하고 있다. 불륜을 저지른 부정한 여인을 처단하는, 우리가 주말 연속극이나 아침 드라마에서 흔히 접하고 있는 이야기이다. 하지만 톨스토이는 이런 뻔하고 지지부진한 연애담에 특유의 리얼리티와 디테일한 문장으로 수많은 인간 군상의 면면을 그려 냈다. 연애소설을 가장한 인간 생태 보고서와 같은 느낌이라 할 수 있다. 방대한 분량의 웅장한 서사는 생각보다 단순한 문장으로 시작된다.

행복한 가정의 사정은 다들 비슷비슷하지만 불행한 가정은 저마다 다른 이유가 있다.

_본문 중에서

흔히 '안나 카레니나의 법칙'이라 불리는 유명한 첫 문장이다. 톨스토이는 이 작품을 통해 '불행한 가정'의 '저마다 다른 이유'를 보여 주기 위해 위의 문장을 전면에 내세웠다. 마치 이 세상에 행복한 가정이란 애초에 존재하지 않는 것처럼 느껴지는 이 문장은, 이야기를 읽는 내내 독자의 머릿속을 괴롭히는 낙인이 된다. 그렇다. 처음부터 비극은 이미 예견되어 있었다.

주인공 안나는 오빠 스테판의 불륜과 그 문제 해결에 도움을 주기 위해 페테르부르크에서 기차를 타고 모스크바로 온다. 그곳에서 젊은 귀족 브론스키와 마주친다. 그는 사교계 활동을 통해 쌓아 온 감각으로 그녀가 상류사회 일원임을 알게 된다. 안나는 그 어떤 귀부인보다 당차고 기품 어린 행동으로 단번에 브론스키의 마음을 훔쳐 버린다.

붉은 입술 윤곽이 그리는 빛나는 미소와 맑은 눈동자 사이에서 퍼지는 생기 있는 표정이 그의 마음을 사로잡았다. 그녀 스스로 그런 분위기를 만들어 내려고 노력하는 게 아니라 마치 보이지 않는 힘에 휩싸여 있는 듯 자연스러웠다. 그녀는 일부러 빛을 꺼 버렸지만 그 빛은 그녀의 의지와 상관없이 다시 환하게 빛나기 시작했다.

_본문 중에서

본인의 의지와 상관없이 브론스키의 심장을 뛰게 한 안나. 이후 그녀는 스테판의 파경을 막기 위해 올케 돌리를 설득한다. 실은 자신이 돌리보다 더 큰 불행의 울타리 속에 있으면서 그것을 모르고 있던 그녀, 고관 카레닌의 아내로 큰 불만 없이 살아온 안나에게 가정이란 여성의 숙명과도 같은 공간이었다. 하지만 안나는 무도회에서 다시 만난 브론스키를 보고 마음이 흔들린다. 후에 어떤 고통이 자신에게 닥쳐올 줄도 모른 채, 세상의 모든 사랑이 그렇듯 저도 모르게 브론스키를 의식하고 만다. '불륜은 불온한 것'이라는 사실을 깨닫고 황급히 모스크바를 떠나지만 이미 운명은 그녀를 사랑이란 문 앞에 데려다 놓았다. 페테르부르크로 돌아가는 열차 안에서 그녀는 자신의 감정을 주체하지 못하는 지경에 이른다. 이미 사랑이 시작된 것이다.

도대체 책 내용이 눈에 들어오지 않았다. 그녀는 페이퍼 나이프를 유리창에 대고 그어 보았다. 그러고는 차갑고 매끄러운 유리 표면에 뺨을 갖다 댔다가 갑자기 유쾌해진 마음이 들어 소리 내어 웃을 뻔했다. (중략) 기차가 앞으로 가는지 아니면 뒤로 가는지, 그도 아니면 멈춰 버렸는지, 그런 생각이 끊임없이 그녀를 괴롭혔다.

_본문 중에서

열차를 따라 탄 브론스키는 그녀 마음속에 꿈틀대던 '영혼이 꿈꾸던 말'과 '이성이 피해 온 말'을 건네며 고백을 한다. 결국 안나는 사랑에 빠져든다. 이후 멀쩡한 남편 카레닌이 흉측하게 보이기 시작하고 평범했던 모든 일상이 폭력적으로 변했으며 앞으로의 삶이 공포로 느껴지기 시작한다.

이후 두 사람은 사교계 모임을 통해 은밀히 데이트를 즐긴다. 귀족 사회가 지니고 있던 침묵과 외면의 섭리를 교묘히 이용한다. 이른바 '불륜의 합리화'가 이뤄지던 그들만의 리그, 사교계. 그곳에서 두 사람은 진정한 불행의 싹을 틔운다. 결국 안나는 브론스키의 아이를 잉태한다. 그때부터 안나와 브론스키의 관계는 시쳇말로 육체적 관계에서 정신적 관계로 바뀌어 간다. 이후 이혼 문제와 출산, 양육권 분쟁 등으로 고통을 겪는 안나는 점점 더 정신적으로 피폐해져만 간다. 브론스키 또한 처음에는 그런 그녀를 위해 헌신적으로 노력하지만 쉽지만은 않다. 그나마 둘의 관계에 암묵적이었던 사교계마저도 둘의 사랑에 등을 돌리고 만다. 남편 카레닌은 두말할 필요도 없다. 결국 세상에 두 사람만 남겨진 꼴이 된 안나와 브론스키. 이렇듯 두 사람을 비극 속으로 몰아넣기까지 작가는 몇 가지 중요한 복선을 작품 곳곳에 배치해 둔다.

"너무나 비참한 죽음이야!"

어떤 신사가 그들을 앞서 가며 말했다.

"몸이 두 동강이 났다지?"

"글쎄, 하지만 순식간에 죽었으니 어쩌면 편안했을지도."

(중략)

카레니나는 마차에 올랐다. 스테판 아르카지치는 그녀가 입술을 파르르 떨며 눈물을 참고 있는 모습을 보며 놀랐다.

"왜 그러니, 안나?"

마차가 역에서 한참 멀어지자 그가 물었다.

"뭔가 불길해요."

_본문 중에서

안나가 브론스키를 처음 만난 역사에서 벌어진 끔찍한 사고 현장을 목격한 후의 반응이다. 그 끔찍한 사건은 안나가 스스로 죽음을 맞이할 때까지 자신을 괴롭히는 불길한 기억으로 자리 잡는다. 그와 반대로 브론스키는 현장에서 자신의 사려 깊은 행동으로 죽은 노동자의 가족을 위해 금전적인 도움까지 주는 멋진 남자로 자신을 드러냈다. 그 찰나의 시간이 안나에겐 악몽의 순간이었다면, 브론스키에게는 기회의 순간이었던 것이다.

다음은 브론스키의 애마 '프루프루'가 경마 도중 죽음을 맞이한 부분이다. 말의 죽음을 경험한 브론스키를 통해 훗날 그가 안나 또한 잃게 될 것이라는 복선이 깔려 있다.

브론스키는 창백하게 질린 얼굴로 아래턱을 덜덜 떨면서 발뒤축으로 말의 배를 걷어차며 말의 고삐를 세게 잡아당겼다. 그러나 말은 꿈쩍도 하지 않았다. 말은 콧잔등을 땅에 묻고서 애원하는 눈빛으로 주인을 응시했다.

"이럴 수가!"

브론스키는 머리를 움켜쥐고 중얼거렸다.

"아! 내가 무슨 일을 벌인 거지?"

그가 소리 질렀다.

"결국 이렇게 지다니. 게다가 굴욕적이고 용서받지 못할 잘못까지 저질렀어! 이 가엾고도 사랑스러운 말을 죽이다니! 대체 내가 무슨 일을 저지른 거지?"

_본문 중에서

'굴욕적'이며 '용서받지 못할 잘못'을 저질렀다는 브론스키의 한탄은 이후 그가 안나를 죽음으로 내몰고야 마는 상황을 암묵적으로 보여 준다. 결국 안나는 브론스키를 얻음으로써 모든 것을 잃기 시작한다. 고관의 아내로서 누리고 있던 모든 호사는 사라지고 사교계에서 눈총을 받으며 사랑하는 아들까지 만날 수 없는 현실에 봉착하게 되자 그녀는 필사적으로 브론스키에게 매달리게 된다. 두 사람이 파국으로 치닫기 직전 톨스토이는 다시 한 번 의미 있는 문장을 배치한다.

가정생활에서 무언가를 실제 행동으로 옮기기 위해서는 부부 사이에 완벽한 분열이나 애정 어린 화합이 필요하다. 그러나 부부 관계가 명확하지 못하고 이도 저도 아닌 경우에는, 그 어떤 것도 실행할 수 없게 된다.

_본문 중에서

명확하지 못한 관계를 유지하던 안나와 브론스키. 어떤 것도 실행할 수 없다는 건 무엇을 의미할까? 그렇다. 죽음이다. 귀족 신분으로, 또 군인으로서 사회와 떼려야 뗄 수 없던 위치에 있던 브론스키는 사랑에 빠지기 이전으로 돌아가려 한다. 그런 그의 제자리 찾기는 아무것도 남지 않은 벌거숭이 여인 안나에게 치명적인 불안을 선사한다. 젊음과 야망이 있던 브론스키에게 그녀의 일방적이면서 맹목적인 사랑은 부담이 되고 만다. 팽팽했던 사랑의 끈이 끊어지기 직전, 안나는 자살을 택함으로

써 스스로 그 끈을 놓아 버린다. 그녀의 죽음은 이루지 못한 사랑에 대한 고뇌의 결과물이 아니라 이 세상에 대한 복수, 욕망의 결과물이었던 셈이다. 결국 전부라 믿었던 사랑이 그녀의 모든 것을 앗아 가 버린 것이다. 안나가 비참한 심경 속에서 어린 시절을 떠올렸던 부분은 많은 생각을 하게 한다.

그때도 마차를 타고 갔지. 손이 빨간 소녀가 정말 나였을까? 그 시절 그처럼 아름답고 다가갈 수 없을 것처럼 보였던 것들 가운데 얼마나 많은 것들이 지금은 보잘것없이 되어 버렸나! 하지만 그 시절의 것들은 지금도 앞으로도 영원히 손에 잡을 수 없어. 그때 내가 이렇게까지 떳떳하지 못하게 될 거라고 상상이나 했을까?

_본문 중에서

도시 대 농촌

《안나 카레니나》는 주인공 안나의 비극적 사랑 이야기임과 동시에 당시 러시아의 사회적 모순을 꼬집은 사회소설이기도 하다. 톨스토이는 자신의 페르소나나 다름없는 청렴한 지주 레빈의 삶을 통해 도시의 허위와 농촌 생활의 진정성을 보여 주고자 했다. 다르게 보자면 한 남자의 기나긴 성장기라고 볼 수 있다. 안나와 브론스키의 사랑 얘기와 평행선에 놓여 진행되는 레빈의 이야기는 지옥을 향해 가는 여인과 천국을 향해 가는 남자의 이야기로 대치되어 소설의 힘을 더욱 탄탄하게 받쳐 준다.

작품의 주요 배경이 되는 모스크바와 페테르부르크는 도시의 모습을, 레빈의 영지가 있는 포크로포스코예는 농촌 지역을 대표적으로 보여 준다. 모든 정치, 행정, 문화, 사교의 중심이었던 도시는 불륜과 허위로 가득 찬 공간으로 설정하고 농촌은 순수한 땀의 가치만이 존재하는 공간으로 설정한 것은 마치 《안나 카레니나》 이후 도덕주의자로 살아갈 톨스토이의 삶을 예고하는 듯하다. 그뿐만 아니라 인생이란 무엇인가, 무엇이 진정 가치 있는 것인가, 죽음이란 무엇인가 등에 대한 레빈의 내적 갈등은 톨스토이 스스로의 고민이나 다름없다.

레빈은 스테판의 오랜 친구이자 그의 처제 키티를 사랑하는 농촌의 순박한 귀족이다. 오랜 기간 키티에 대한 사랑을 키워 온 그가 용기를 내어 그녀에게 청혼을 한다. 하지만 그녀에겐 이미 젊은 도시 귀족 브론스키가 결혼 상대자로 내정되어 있다. 상처를 받은 그는 귀농하여 농업 활동에 집중한다. 그에게 시골의 삶이란 사랑의 아픔을 치유하기 위한 과정이 아니라 진정한 삶의 의미를 찾아가는 여정이 된다. 그의 신분은 귀족이었지만 직접 낫을 들고 농부들 틈에 들어가는 경험을 통해 인격적 성장을 체험한다.

> 레빈은 그들 사이에서 풀을 베었다. 가장 더울 때였지만 풀베기가 그다지 힘들게 느껴지지 않았다. 온몸에 흐른 땀이 시원함을 느끼게 했고, 등과 머리와 팔꿈치까지 걷어 올린 팔에 쏟아지는 태양은 노동에 단단함과 끈기를 더해 주는 듯했다. 무아의 순간이 점점 더 자주 찾아왔고, 그럴 때면 자기가 무엇을 하고 있는지 아무런 생각도 나지 않았다. 낫이 저절로 풀을 벴다. 행복한 순간이었다.
>
> _본문 중에서

그는 농부들 틈에서 풀을 베고, 그들과 대단하지 않은 음식을 나눠 먹으며 행복감에 젖어 들었다. 그 경험은 나아가 농촌을 바라보는 객관적 시선을 가지게 되고, 그의 삶과 사상에도 큰 영향을 끼치게 된다. 이는 그의 형 세르게이와 사상적 대립을 통해 더욱 견고해진다. 도시인이지만 농촌의 삶에 대한 관심이 많았던 세르게이는 농노들의 삶에 대해 이러쿵저러쿵 논리를 펴지만 그건 어디까지나 이론적인 수준에 맴돌 뿐이다. 레빈은 그런 형의 행위에서 도시인의 모순을 발견한다. 형에게 전원생활이란 여름철 피서지 정도의 공간이며 '낚싯대' 드리우며 시 한 수 읊는 휴식의 공간일 뿐이다. 레빈은 이런 시선을 혐오하며 보다 사실적인 문제로 농노들의 문제에 접근하려 한다.

이후 키티와 재회하고 결혼에 골인하면서 레빈의 고민은 더욱 그 범위를 넓혀 가게 된다. 또 다른 형 니콜라이의 비극적인 죽음을 바라보면서 죽음에 대한 두려움과 앞을 예측할 수 없는 삶의 공포에 시달리기도 한다. 또한 현실적 결혼 생활에 문제점들이 속속 드러나며 결혼관에 대한 고민도 더욱 깊어 간다. 자신과는 달리 평범하고 현실주의자인 키티와의 생활은 이상적인 그를 고민에 빠뜨린다. 일례로 자신의 사랑스러운 아이가 태어났지만 생명의 경외에 대한 의문이 꼬리를 물기도 한다.

키티는 살아 있었고 그녀의 고통은 끝났다. 그리고 그는 말로 표현할 수 없을 만큼 매우 행복했다. 그는 그것을 이해하였고 때문에 그것으로 인해 더할 나위 없이 행복했다. 하지만 아기는 어디에서 어떤 이유로 왔으며, 도대체 누구란 말인가? 그는 도저히 이해하기 힘들었고 그런 생각에 익숙해질 수도 없었다. 아기는 단지 그에게 불필요한 무언가로, 지나친 과잉으로 여겨질 뿐이었다. 그래서 그는 오랫동안 아기에게 익숙해지기 힘들었다.

_본문 중에서

이런 식의 고민은 레빈을 차차 성장시켜 간다. 아이를 낳기 위해 모스크바에서 생활하면서 금전적인 문제에 부딪히고, 하느님을 믿을 수 없는 무신론자인 자신에 대해 고민하며 그 해답을 찾기 위해 노력한다. 그렇게 시골에 다시 돌아와 그가 얻은 답은 하나다. 소설의 마지막이 바로 그가 내린 결론이다. 레빈은 자기 스스로 '여전히 마부 이반에게 화를 낼 것이고, 여전히 논쟁을 벌이며 내 생각을 부적절하게 표현할' 것임을 깨닫는다. 그것이 바로 톨스토이가 레빈을 통해 궁극적으로 말하고 싶었던 사랑, 결혼, 인생, 종교에 대한 철학이다.

나의 이성으로는 내가 왜 기도를 하는지 깨닫지 못하면서 그러면서도 나는 계속 기도를 할 거야. 하지만 나에게 일어날 수 있는 그 모든 일에 상관없이, 이제 나의 삶은, 나의 모든 삶은, 삶의 매 순간은 이전처럼 의미 없지 않아. 내 힘으로 내 삶에 불어넣을 수 있는 명백한 선의 의미를 지니고 있어!

_본문 중에서

결혼은 미친 짓이다?

결국《안나 카레니나》는 부정한 여인에 대한 톨스토이의 가혹한 심판이며, 그가 꿈꾸던 이상적인 삶에 대한 이야기로 함축될 수 있다. 그렇다면 톨스토이는 왜 그런 이야기를 할 수밖에 없었을까? 그 해답은 톨스토이와 그의 아내 소피아와의 결혼 생활에서 찾아볼 수 있다.

1862년 독일계 의사 베르스의 딸 소피아와 결혼한 톨스토이는 그가 죽을 때까지 아내와 갈등을 빚었다. 그리고 당시에 그의 일거수일투족이 언론에 노출되어 있었다. 때문에 전 세계적으로 부부간의 비밀스러운 문제가 공개돼 있던 사실도 이상할 것이 없었다.《안나 카레니나》를 탄생시키고 난 이후, 그러니까 50세 이후 톨스토이는 이전의 모든 삶을 반성하고 새로운 인간으로 태어나기로 했다. 하지만 그 희망은 비단 자신의 변화뿐만 아니라 세상 모든 인간의 변화에까지 닿아 있었다. 그것이 소피아와의 결혼 생활이 악몽으로 거듭나게 된 시발점이다. 도덕주의자였던 톨스토이와 현실주의자였던 소피아는 처음부터 어긋난 톱니 바퀴 같은 생을 살았다.

우리는 흔히 3대 악처로 소크라테스의 아내 '크산티페', 모차르트의 아내 '콘스탄트', 그리고 톨스토이의 아내 '소피아'를 꼽는다. 그렇다면 과연 그녀는 소문대로 악처였을까? 톨스토이에게는 아무런 문제도 없었을까? 사실 톨스토이는 그가 도덕주의자로 삶을 추종하기 시작했을 때부터 매우 피곤한 인물이 되어 가족들을 힘들게 했던 건 사실이다. 도시를 떠나 농촌에서의 삶을 주장하고, 술과 담배의 해악에 대해 설파하고, 무조건적으로 소박하고 욕심 없이 살아야만 한다는 그의 '독불장군'식 행동은 당연히 아내를 힘들게 했을 것이다.

톨스토이가 어느 외딴 기차역에서 초라하게 생을 마감하게 된 것도 소피아와의 갈등 때문이었다. 두 사람의 문제는 자식들 간의 싸움으로 번졌고, 그의 작품 저작권으로 먹고살던 소피아는 모든 물적 욕심을 내려놓으려는 가장의 무책임함에 대항해 당연히 히스테릭해질 수밖에 없었다. 가출을 밥 먹듯 한 톨스토이, 자살 시도를 밥 먹듯 한 소피아. 하지만 두 사람이 끝까지 부부의 연을 놓지 않았던 건 무슨 이유에서일까?

톨스토이는 평생 결혼에 대해 고민했다. 그리고 그가 얻은 결론은 단 하나였다. '절대로 결혼하지 말라.'였다. 그럼에도 불구하고 소피아와 끝까지 함께한 톨스토이를 보면 삶의 아이러니가 느껴진다. 따지고 보면 《안나 카레니나》에서 안나는 죽을 때까지 이혼 서류에 도장을 찍지 못했고, 그녀의 올케 돌리도 스테판의 외도를 보면서도 묵묵히 삶을 살았다. 유일하게 행복한 가정을 꾸렸던 레빈과 키티만이 불행한 앞날을 보여 주지 않았다. 레빈이 톨스토이를 대신했던 인물이라면, 그의 행복은 어쩌면 결혼을 부정했던 작가의 이루지 못한 꿈을 이뤄 준 것은 아닐까.

톨스토이의 생애에 대한 평가는 매우 다채롭게 이뤄지고 있다. 그의 문학과 예술성엔 찬사를 보내면서 사상가로서는 부정적인 평가를 내리는 사람들도 있다. 모든 인간이 완벽할 순 없듯 그 또한 완벽한 인간일 수는 없었다. 그럼에도 분명한 사실은 톨스토이는 위대한 작가였고, 비록 성인(聖人)은 아니었지만 위대한 인간이었단 점이다.

《안나 카레니나》 속엔 수많은 논쟁이 들어 있다. 사랑에 대한 논쟁, 결혼에 대한 논쟁, 도시와 농촌에 대한 논쟁, 그리고 인간에 대한 논쟁까지. 논쟁은 인간을 성장시키고 비극은 인간의 삶을 정화시킨다. 레빈의 논쟁이, 안나의 죽음이 여전히 우리들 삶에 유효한 의미가 되는 까닭이 바로 거기에 있다.

작가 연보

1828년 8월 28일 러시아 야스나야 폴랴나에서 니콜라이 일리치 톨스토이 백작의 네 명의 아들 중 막내로 태어났다.

1830년 어머니 마리아가 사망했다.

1837년 가족이 모두 모스크바로 이사하지만 아버지가 뇌출혈로 사망했다. 이후 고모가 아들들의 법정 후견인이 된다. 그녀의 열렬한 신앙심이 톨스토이에게 큰 영향을 끼쳤다.

1841년 고모가 사망했다. 이후 카잔으로 이사했다. 또 다른 고모에 의해 길러졌다.

1844년 외교관의 꿈을 품고 카잔 대학 동양어학과에 입학하다. 하지만 딱딱한 교육법에 실망하였고, 성적도 좋지 않았다. 2년 만에 대학을 중도 포기했다.

1847년 평소 괴테와 루소의 저작을 탐독하고 영향을 받았다. 고향인 야스나야 폴랴나로 돌아가 농장을 경영했다. 모범적인 농민, 농노들의 아버지가 되겠다는 결심을 하고 농민들을 상대로 계몽 실험을 벌였으나 실패로 돌아갔다. 이후 모스크바와 페테르부르크에서 방탕한 생활을 했다.

1851년 군인이었던 맏형 니콜라이를 따라 입대했다. 카프카즈 포병 여단에 소속되어 코카서스 전쟁에 참여했다.

1852년 자전소설《유년시대》를 집필했다. 잡지《현대인》에 발표되어 신진 작가로 주목을 받았다.

1853년 크림전쟁이 발발하여 전쟁에 참여했다. 당시 전쟁 경험은 훗날 그의 비폭력주의에 영향을 끼쳤다.《소년시대》를 쓰기 시작했다.

1854년 《소년시대》를 발표했다. 전투 체험을 기록한 자전적 이야기《세바스토폴리》를 썼다.

1856년 11월에 제대를 하여 페테르부르크로 갔다. 사교계와 문학계에서 환영받는 유명 인사가 되었지만, 이내 도시 생활에 환멸을 느낀다.

1857년 유럽을 여행했다. 파리에 머물며 목격한 공개 처형에 큰 충격을 받아 물질문명에 대한 실망감을 갖게 됐다. 귀국 후 고향으로 돌아가 농업에 종사했다.

1859년 영지 학교를 설립하여 농민들의 자녀 교육에 관심을 가지게 되었다.

1860년 교육 문제에 지속적인 관심을 가지고 다시 외국을 여행했다. 교육 이론과 실천을 연구, 교육 잡지를 발행했다. 프랑스 남부에서 만형 니콜라이가 사망했다.

1861년 농노해방령이 선포되었다. 농지 조정 위원으로 임명되어 농노의 권리를 옹호했다가 1년 만에 사임했다. 기관지《야스나야 폴랴나》를 간행했다.

1862년 궁정 의사의 딸 소피아 안드레예프나 이슬레네프와 결혼했다. 이후 15년간 영지 경영과 창작 활동에 몰두했다.

1863년 맏아들 세르게이가 태어났다. 이후 열세 명의 아이들을 낳았다.

1869년 5년에 걸쳐 집필한《전쟁과 평화》를 완성했다.

1873년 푸시킨의 작품에 영감을 받아《안나 카레니나》를 쓰기 시작했다.

1877년 《안나 카레니나》를 탈고하고 간행했다.《참회록》을 쓰기 시작했다.

1884년 노자의《도덕경》을 번역했다. 아내와의 불화를 일기로 쓰기 시작했다.《나의 종교》를 발표하지만 발행이 금지되었다.

1885년 그의 작품《바보 이반》에 영향을 받은 최초의 병역 거부자가 탄생했다. 사유재산을 부정하여 아내와의 대립이 더욱 심해졌다. 모든 저작권을 아내에게 양도하고《이반 일리이치의 죽음》을 쓰기 시작했다.

1887년 《인생론》을 발간하지만 금지되었다.

1897년 《예술이란 무엇인가》 집필에 몰두했다.

1899년 두호보르 교도의 해외 이주 자금을 마련하기 위해 《부활》을 발표했다. 타락한 정부, 사회, 종교에 대해 통렬한 비판이 담긴 소설이었기에 정부와 교회에 의해 출판이 방해되었다.

1901년 러시아 정교회로부터 파면을 선고받았다. 하지만 그로 인해 대중의 지지는 더욱 두터워지는 결과를 얻었다.

1902년 니콜라이 2세에게 편지를 썼다. 폭정의 철폐, 교육과 신앙의 자유, 토지 사유의 폐지를 호소했다.

1905년 제1차 혁명이 발발했다. 국민과 정부의 갈등이 폭동과 탄압의 양상을 띠자 어느 쪽의 편도 들지 않는 비폭력 노선을 고집했다.

1908년 사형제 폐지를 호소했다.

1910년 가정불화로 인해 가출했다. 10월 31일 여행 중 급성 폐렴에 걸려 시골 역 아스타포보(현재 톨스토이 역)에 하차했다. 11월 7일 오전 6시 5분 역장 관사에서 폐렴으로 사망했다. 장례식엔 1만 명이 넘는 조문객이 몰렸다. 시신은 야스나야 폴랴나로 운구되어 묻혔다.

옮긴이 **장영재**

조선대학교 러시아어과를 졸업하고 한양대학교 콘텐츠학과 석사를 마쳤다. 학부 때부터 러시아 문학과 어학에 깊은 관심을 가져 대학원 입학 후부터 다수의 러시아 관련 도서 집필 및 번역을 하기 시작했다. 지은 책으로《러시아어 회화급소 80》《여행 러시아어》《러시아 여행》《패턴 러시아어 101》《후다닥 러시아어 회화》《러시아어 처음 글자 쓰기》 등이 있으며, 옮긴 책으로는《톨스토이 단편선》《고골 단편선》 등이 있다. 현재 국내에 아직 소개되지 않은 톨스토이 단편을 번역하는 중이다.

안나 카레니나 3

개정1쇄 펴낸 날 2020년 12월 1일
개정2쇄 펴낸 날 2021년 1월 30일

지은이 레프 니콜라예비치 톨스토이
옮긴이 장영재
펴낸이 장영재
펴낸곳 (주)미르북컴퍼니
자회사 더클래식
전 화 02)3141-4421
팩 스 02)3141-4428
등 록 2012년 3월 16일(제313-2012-81호)
주 소 서울시 마포구 성미산로32길 12, 2층 (우 03983)
E-mail sanhonjinju@naver.com
카 페 cafe.naver.com/mirbookcompany

* (주)미르북컴퍼니는 독자 여러분의 의견에 항상 귀 기울이고 있습니다.
* 파본은 책을 구입하신 서점에서 교환해 드립니다.
* 책값은 뒤표지에 있습니다.

더클래식

세계문학
컬렉션

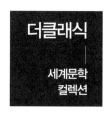

1 | 노인과 바다 | 어니스트 헤밍웨이
1953년 퓰리처상 수상작 / 1954년 노벨문학상 수상작 / 미국대학위원회 선정 SAT 추천도서

2 | 동물 농장 | 조지 오웰
미국대학위원회 선정 SAT 추천도서 / 〈타임〉지 선정 현대 100대 영문소설
한국 문인이 선호하는 세계명작소설 100선 / 서울시 교육청 추천도서
논술 및 수능에 출제된 책(1998~2005)

3 | 어린 왕자 | 앙투안 드 생텍쥐페리
전 세계 1억 부 이상 판매 기록 / 16개국 언어로 번역

4 | 사람은 무엇으로 사는가(톨스토이 단편선 1) | 레프 니콜라예비치 톨스토이
영어권 문학가들이 가장 좋아하는 작가 / 전 세계 거의 모든 언어로 번역된 필독서

5 | 검은 고양이(포 단편선) | 에드거 앨런 포
포 최고의 미스터리 세계를 보여 준 호러 문학의 걸작

6 | 예언자 | 칼릴 지브란
'현대의 성서'로 불리는 책

7 | 젊은 베르테르의 슬픔 | 요한 볼프강 폰 괴테
세기의 철학가와 문인들의 찬사를 받은 대표작

8 | 독일인의 사랑 | 프리드리히 막스 뮐러
잊히지 않는 낭만적 사랑의 향기 / 독일 낭만주의 시인 막스 뮐러의 유일 순수문학 작품

9 | 이방인 | 알베르 카뮈
노벨 연구소 선정 최고의 세계문학 100선 / 1957년 노벨문학상 수상작
대한민국 명사 101인의 대표 추천작 / 연세대학교 필독도서 / 미국대학위원회 선정 SAT 추천도서
〈타임〉지 선정 세상을 움직인 책 100권

10 | 데미안 | 헤르만 헤세
노벨문학상 수상 작가 / 20세기 일대 센세이션을 일으킨 성장 소설의 고전
서울시 교육청 추천도서

11 | 그리스인 조르바 | 니코스 카잔차키스
미국대학위원회 선정 SAT 추천도서 / 한국간행물윤리위원회 선정추천도서
한국출판인회의 출판인이 선정한 100권의 도서

12 | 위대한 개츠비 | 프랜시스 스콧 피츠제럴드
〈타임〉지 선정 현대 100대 영문소설 / 어니스트 헤밍웨이가 인정한 완벽한 일급 작품
20세기 100대 영문소설 1위 / 미국대학위원회 선정 SAT 추천도서 / 뉴욕 공립도서관 추천도서
대한민국 명사 101인의 대표 추천작 / WTO 북클럽 추천도서

13 | 도리언 그레이의 초상 | 오스카 와일드
미국대학위원회 고교 추천도서 101 / 대한민국 명사 101의 대표 추천작

14 | 벨 아미 | 기 드 모파상
모파상의 가장 매력적이고 파격적인 작품 / 19세기 파리를 뒤흔든 파격 스캔들
2012년 개봉한 영화 〈벨 아미〉 원작

15 | 이상한 나라의 앨리스 | 루이스 캐럴
난센스와 판타지의 대표작 / 아카데미 '미술상' 수상한 영화의 원작
19세기 가장 유명한 영국 아동문학 작가

16 | 두 도시 이야기 | 찰스 디킨스
영국이 낳은 가장 위대한 소설가 / 영화 〈다크나이트〉의 모티프
미국대학위원회 선정 SAT 추천도서 / 서울시 교육청 선정 청소년 필독도서

17 | 햄릿 | 윌리엄 셰익스피어
대한민국 명사 101인의 대표 추천작 / 서울대학교 권장도서 100선 / 서울대학교 동서고전 200선
연세대학교 필독도서 / 미국대학위원회 선정 SAT 추천도서 / 국립중앙도서관 선정 청소년 권장도서

18 | 오페라의 유령 | 가스통 르루
4대 뮤지컬 〈오페라의 유령〉 원작 소설 / 프랑스 최고 추리소설 작가

19 | 1984 | 조지 오웰
〈타임〉지 선정 세상을 움직인 책 100권 / 〈텔레그라프〉지 완벽한 도서관을 위한 권장도서 100
세계 3대 디스토피아 미래 소설 / 〈가디언〉지 권장도서 / 뉴욕 공립도서관 추천도서
하버드 대학생이 가장 많이 산 책 1위

20 | 수레바퀴 아래서 | 헤르만 헤세
대한민국 명사 101인의 대표 추천작 / 헤르만 헤세의 사춘기 시절 경험을 바탕으로 한 자전적 소설
노벨문학상 수상 작가/ 국립중앙도서관 선정 청소년 권장도서

21 22 23 | 안나 카레니나 1~3 | 레프 니콜라예비치 톨스토이
톨스토이 생애 최고의 리얼리즘 소설 / 서울대학교 권장도서 100선 / 서울대학교 동서고전 200선
연세대학교 필독도서 / 미국대학위원회 선정 SAT 추천도서 / 오프라 윈프리 북클럽 권장도서
논술 및 수능에 출제된 책(1998~2005)

24 | 오즈의 마법사 1 – 오즈의 위대한 마법사 | 라이먼 프랭크 바움
미국대학위원회 선정 SAT 추천도서 / 연세대학교 필독도서 / 국립중앙도서관 선정 우수 번역서

25 | 리어 왕 | 윌리엄 셰익스피어

대한민국 명사 101인의 대표 추천작 / 서울대학교 권장도서 100선 / 연세대학교 필독도서
미국대학위원회 선정 SAT 추천도서 / 〈가디언〉지 권장도서 / 세인트존스 대학교 권장도서
논술 및 수능에 출제된 책(1998~2005)

26 27 28 29 30 | 레 미제라블 1~5 | 빅토르 위고

저명한 문학비평가들이 극찬한 세기의 걸작 / WTO 북클럽 추천도서
2013년 개봉한 영화 〈레 미제라블〉의 원작 / 전자책 베스트셀러 1위(2013)

31 | 월든 | 헨리 데이비드 소로

미국대학위원회 고교추천도서 101 / 미국대학위원회 선정 SAT 추천도서

32 | 겨울 왕국(안데르센 단편선 1) | 한스 크리스티안 안데르센

어린이문학에 꽃을 피운 불멸의 작가 / 세계를 움직인 100권의 책 선정
노벨 연구소 선정 세계 100대 문학 작품

33 | 오만과 편견 | 제인 오스틴

서울대학교 동서고전 200선 / 연세대학교 필독도서 / 세인트존스 대학교 권장도서
〈텔레그라프〉지 완벽한 도서관을 위한 권장도서 100 / 〈가디언〉지 권장도서
미국대학위원회 선정 SAT 추천도서 / 국립중앙도서관 선정 청소년 권장도서

34 | 로미오와 줄리엣 | 윌리엄 셰익스피어

서울대학교 동서고전 200선 / 미국대학위원회 선정 SAT 추천도서
칼리지보드 선정 고교생 필독서 101권

35 | 바람이 분다 | 호리 다쓰오

미야자키 하야오의 애니메이션 영화 〈바람이 분다〉 원작

36 | 맥베스 | 윌리엄 셰익스피어

서울대학교 권장도서 100선 / 연세대학교 필독도서 / 미국대학위원회 선정 SAT 추천도서
국립중앙도서관 선정 청소년 권장도서

37 | 신곡 – 인페르노(지옥) | 단테 알리기에리

서울대학교 권장도서 100선 / 국립중앙도서관 선정 청소년 권장도서
미국대학위원회 선정 SAT 추천도서 / 〈뉴스위크〉지 선정 100대 명저

38 | 외투 · 코(고골 단편선) | 니콜라이 바실리예비치 고골

러시아 사실주의 문학의 지평을 연 작품

39 | 인간 실격 | 다자이 오사무

교육과학기술부 산하 사단법인 한국교육지원회 선정 아침독서 10분 운동 필독서
영화 평론가 이동진 추천도서

40 | 마지막 잎새(오 헨리 단편선) | 오 헨리

서울대학교 · 연세대학교 추천도서 / 서울시 교육청 추천도서
EBS 주최 북퀴즈 왕 선발 추천도서

41 | 오즈의 마법사 2 - 환상의 나라 오즈 | 라이먼 프랭크 바움
미국대학위원회 선정 SAT 추천도서

42 | 좁은 문 | 앙드레 지드
교육과학기술부 산하 사단법인 한국교육지원회 선정 아침독서 10분 운동 필독서

43 | 킬리만자로의 눈(헤밍웨이 단편선) | 어니스트 헤밍웨이
국립중앙도서관 선정도서 / 남산도서관 선정도서

44 | 벤자민 버튼의 시간은 거꾸로 간다(피츠제럴드 단편선 1) | 프랜시스 스콧 피츠제럴드
전미비평가협회 선정 '톱 10 작품', 영화 〈벤자민 버튼의 시간은 거꾸로 간다〉의 원작
2013 화제의 영화 〈위대한 개츠비〉 작가, 피츠제럴드 단편선

45 | 광란의 일요일(피츠제럴드 단편선 2) | 프랜시스 스콧 피츠제럴드
2013 화제의 영화 〈위대한 개츠비〉 작가, 피츠제럴드 단편선

46 | 천로역정 | 존 버니언
성경 다음으로 많이 읽힌 기독교 3대 고전 중 하나 / 2003년 국립중앙도서관 선정 고전 100선

47 | 세 가지 질문(톨스토이 단편선 2) | 레프 니콜라예비치 톨스토이
영어권 문학가들이 가장 좋아하는 작가 / 전 세계 거의 모든 언어로 번역된 필독서

48 | 갈매기(체호프 희곡선 1) | 안톤 체호프
미국대학위원회 선정 SAT 추천도서 / 서울대학교 권장도서 100선

49 | 개를 데리고 다니는 여인(체호프 단편선 1) | 안톤 체호프
서울대학교 동서고전 200선 / 노벨 연구소 선정 세계문학 100선

50 | 귀여운 여인(체호프 단편선 2) | 안톤 체호프
노벨 연구소 선정 세계문학 100선

51 | 폭풍의 언덕 | 에밀리 브론테
서울대학교 · 연세대학교 · 고려대학교 권장도서
1940 아카데미 상 최우수작 지명 〈폭풍의 언덕〉 원작

52 | 지킬 박사와 하이드 | 로버트 루이스 스티븐슨
2004 한국 문인이 선호하는 세계 명작 소설 100선 / 브로드웨이 뮤지컬 역사상 가장 아름다운 스릴러 / 〈지킬 앤 하이드〉 원작

53 | 바냐 아저씨(체호프 희곡선 2) | 안톤 체호프
서울대학교 권장도서 100선 / 노벨문학상 수상자 네이딘 고디머, 앨리스 먼로의 표본

54 55 | 이솝 이야기 1~2 | 이솝
어린이독서위원회, 서울 독서교육연구회 권장도서

56 | 오즈의 마법사 3 - 오즈의 오즈마 공주 | 라이먼 프랭크 바움
미국대학위원회 선정 SAT 추천도서

57 | 주홍색 연구(셜록 홈스 시리즈 1) | 아서 코난 도일
영국 BBC 제작, KBS 방영 〈셜록〉의 원작 / 대한민국 대표 추리 소설가 백휴의 작품해설 수록

58 | 네 개의 서명(셜록 홈스 시리즈 2) | 아서 코난 도일
영국 BBC 제작, KBS 방영 〈셜록〉의 원작 / 대한민국 대표 추리 소설가 백휴의 작품해설 수록

59 | 배스커빌 가의 개(셜록 홈스 시리즈 3) | 아서 코난 도일
영국 BBC 제작, KBS 방영 〈셜록〉의 원작 / 대한민국 대표 추리 소설가 백휴의 작품해설 수록

60 | 공포의 계곡(셜록 홈스 시리즈 4) | 아서 코난 도일
영국 BBC 제작, KBS 방영 〈셜록〉의 원작 / 대한민국 대표 추리 소설가 백휴의 작품해설 수록

61 | 페스트 | 알베르 카뮈
노벨문학상 수상 작가 / 1947년 프랑스 비평가상 수상 / 서울대학교 권장도서 100선

62 | 무기여 잘 있거라 | 어니스트 헤밍웨이
노벨문학상 수상 작가 / 〈타임〉지가 뽑은 20세기 최고의 문학 100선
미국 대학 위원회 선정 SAT 추천 도서 / 서울대학교 권장도서 200선

63 | 야간 비행 | 앙투안 드 생텍쥐페리
1931년 페미나 문학상 수상 / 작가의 경험이 들어간 직업 소설

64 | 톰 소여의 모험 | 마크 트웨인
미국 현대문학의 효시 마크 트웨인의 대표작 / 일본 후지TV 애니메이션 〈톰 소여의 모험〉 원작

65 | 프랑켄슈타인 | 메리 셸리
오늘날 SF소설의 선구 / 과학기술이 야기하는 사회적, 윤리적 문제를 다룬 최초의 소설

66 | 마음 | 나쓰메 소세키
서울대 권장도서 100선 / 일본의 셰익스피어 나쓰메 소세키의 대표작

67 | 노예 12년 | 솔로몬 노섭
2014 아카데미 시상식 3관왕 〈노예 12년〉 원작 / 노예 해방의 도화선이 된 작품

68 | 성냥팔이 소녀(안데르센 단편선 2) | 한스 크리스티안 안데르센
SBS 드라마 〈신의 선물-14일〉 메인 테마 도서 / 어린이문학에 꽃을 피운 불멸의 작가

69 70 | 제인 에어 1~2 | 샬럿 브론테
150년간 사랑받은 로맨스 소설의 고전 / 미국 대학위원회 선정 SAT 추천도서
영국 〈가디언〉이 선정한 세계 100대 최고의 소설 / 연세대학교 권장도서
영국 BBC 조사 영국인들이 가장 사랑하는 소설 100선 / 현대 여성들이 가장 사랑하는 필독서

71 | 예수의 생애 | 찰스 디킨스
2014년 개봉 〈선 오브 갓〉 원작 / 종교철학자 헤겔의 사상을 만든 고전
대문호 찰스 디킨스의 숨은 명작

72 | 싯다르타 | 헤르만 헤세
대한민국 명사 시인 장석남이 강력 추천한 작품 / 출간과 동시에 10만 부가 넘게 팔린 역작
진정한 자아를 깨닫기 위해 늘 고민하던 헤르만 헤세의 자전적 소설

73 | 신곡-연옥 | 단테 알리기에리
서울대 권장도서 100선 / 미국대학위원회 선정 SAT 추천도서
국립중앙박물관 선정 청소년 권장도서 / 〈뉴스위크〉 선정 100대 명저

74 75 | 테스 1~2 | 토머스 하디
미국 영국 BBC 선정 영국인이 사랑한 책 100선 / 서울대 추천 고등학생 권장도서 100선

76 | 신데렐라(샤를 페로 단편선) | 샤를 페로
프랑스 아동 문학의 아버지 / 영화 〈말레피센트〉원작

77 | 미녀와 야수(보몽 단편선) | 잔 마리 르 프랭스 드 보몽
변신 모티프의 전형을 완성 / 미야자키 하야오와 디즈니 애니메이션 원작

78 79 80 | 웃는 남자 1~3 | 빅토르 위고
빅토르 위고가 최고로 자부한 걸작 / 출간 당시 전 유럽을 충격에 빠트린 문제작
뮤지컬, 영화 등 여러 매체로 알려진 〈웃는 남자〉의 원작
한국간행물윤리위원회 선정 청소년 권장도서(2007)

81 | 마담 보바리 | 귀스타브 플로베르
사실주의 문학의 거장 귀스타브 플로베르의 대표작 / 서울대학교 추천 도서 100선
외설적이라는 이유로 19세기 교황청 금서목록에 선정된 작품 / 〈뉴스위크〉지 선정 100대 명저

82 | 별(도데 단편선 1) | 알퐁스 도데
자연주의와 인상주의의 절묘한 조화 / 서정적인 감수성과 아름다운 문체
부산시 교육청 선정 중학생 권장도서 / 포스코 교육재단 선정 중학생 필독도서

83 | 보이첵(뷔히너 단편선) | 게오르그 뷔히너
세계 최초로 한국에서 뮤지컬화 된 〈보이첵〉의 원작
시대를 폭로하는 천재 작가의 현실감 넘치는 작품

84 | 오셀로 | 윌리엄 셰익스피어
셰익스피어 4대 비극 중 하나 / 〈뉴스위크〉 선정 100대 명저 / 서울대학교 권장도서 100선

85 | 변신(카프카 단편선) | 프란츠 카프카
소외된 인간이었던 작가의 갈등과 고독을 반영 / 서울대 추천도서 100선 / 명사 101명이 추천한 파워클래식

86 | 피노키오 | 카를로 콜로디
월트 디즈니 인생 최고의 애니메이션으로 재탄생
스티븐 스필버그 감독의 2001년작 〈A.I〉의 모티브 / 260개 언어로 번역된 교훈적 내용

87 | 세상을 보는 지혜 | 발타자르 그라시안 · 쇼펜하우어
세기를 아우르는 저명한 철학자가 쓰고 철학자가 옮긴 대표적인 작품
세상을 살아가는 데 꼭 필요한 빛나는 지혜를 전수해 주는 인생 처세서

88 | 마지막 수업(도데 단편선 2) | 알퐁스 도데
중 · 고등학교 국어 교과서 수록 작품 / 교육청 선정 청소년 권장도서 100선

89 | 키다리 아저씨 | 진 웹스터
출간 이래 100년 동안 사랑받아 온 스테디셀러 / 세상의 편견을 뛰어넘은, 편지 형식 소설의 대명사

90 | 키다리 아저씨 2 —그 후 이야기 | 진 웹스터
미국 · 일본 · 한국에서 2차 창작된 작품의 속편 / 여성의 대외 활동을 고양시킨 사회적 걸작

91 92 93 | 피터 래빗 이야기 1~3 | 베아트릭스 포터
세상에서 가장 사랑받는 토끼 이야기 / 자연 보호와 동물 존중 사상이 담긴 작품

94 95 | 드라큘라 1~2 | 브램 스토커
지금까지 가장 많은 동명의 영화로 제작된 고딕 소설의 대명사
2004년 뮤지컬로 만들어져 브로드웨이 초연 이후 세계 각국에서 사랑 받아온 작품

96 97 98 99 | 카라마조프가의 형제들 1~4 | 표도르 도스토옙스키
신 · 종교, 삶 · 죽음, 사랑 · 욕망 등 인간 내면의 본성의 문제를 다룬 작품
정신분석학자 프로이트가 꼽은 세계문학사 3대 걸작 중 하나

100 | 하늘과 바람과 별과 시 | 윤동주 (양승갑 영작)
요절한 천재 민족 시인의 유고시집 / 대중성과 문학성을 겸비한 시인 김경주 추천작

101 | 정글북 | 러디어드 키플링
영미권 작품 최초, 최연소 노벨문학상 수상작 / 정글의 생명력을 담은 자연친화적 작품
가의 아버지 존 록우드 키플링이 직접 그린 삽화 및 기타 삽화가들 그림 삽입

102 | 거울나라의 앨리스 | 루이스 캐럴
난센스와 판타지의 대표작 《이상한 나라의 앨리스》 속편
거울 속으로 떠난 앨리스의 두 번째 모험 이야기

103 | 마테오 팔코네(메리메 단편선) | 프로스페르 메리메
프랑스 단편소설의 거장 메리메의 대표 단편선 / 비제의 오페라 〈카르멘〉의 원작자

104 | 빨강머리 앤 | 루시 모드 몽고메리
캐나다의 대표적인 소설가 몽고메리의 데뷔작 / 서울시 교육청 선정 청소년 권장도서
KBS TV '책을 말하다' 추천도서 / 일본 후지 TV 애니메이션 〈빨강머리 앤〉 원작

105 | 삶이 그대를 속일지라도(푸시킨 시선집) | 알렉산드르 푸시킨
러시아 리얼리즘 문학의 선구자이자 러시아 국민시인 푸시킨의 대표 시선집

106 | 도련님 | 나쓰메 소세키
일본의 셰익스피어 나쓰메 소세키를 인기 작가 반열에 올린 작품
'책으로 따뜻한 세상 만드는 교사들(책따세)' 권장도서
서울시 교육청 '청소년을 위한 고전 콘서트' 도서 / 서울대학교 지정 수능필독도서

107 | 은하철도의 밤(겐지 단편선) | 미야자와 겐지

일본이 가장 사랑하는 동화작가 미야자와 겐지의 대표 단편선
일본 후지 TV 애니메이션 〈은하철도 999〉의 모티브

108 | 자기만의 방 | 버지니아 울프

20세기 페미니즘 비평의 선구자 버지니아 울프의 수필집
국립중앙도서관 선정 권장도서 / 서강대학교 권장도서 100선

109 | 플랜더스의 개(위다 단편선) | 위다(매리 루이스 드 라 라메)

멜로 드라마풍의 작품으로 유명한 영국의 아동문학가
서울시 교육청 선정 청소년 권장도서 / 일본 후지 TV 애니메이션 〈플랜더스의 개〉 원작

110 | 크리스마스 캐럴 | 찰스 디킨스

셰익스피어와 함께 영국을 대표하는 작가 찰스 디킨스의 중편소설
책으로 따뜻한 세상 만드는 교사들(책따세)' 권장도서

111 | 탈무드

5000년에 걸친 유대인의 지혜가 담긴 책 / 서울대학교 지정 수능필독도서
포스코 교육재단 선정 초등학교 필독도서 / 경북교육청 선정 청소년 권장도서
백인제기념도서관 교양도서

112 | 호두까기 인형 | 에른스트 호프만

1892년 차이코프스키 발레 호두까기인형의 원작소설
2018 디즈니 애니메이션 호두까기 인형과 4개의 왕국의 원작소설

113 114 | 곰돌이 푸 1~2 | 앨런 알렉산더 밀른

2018 영화 '곰돌이 푸 다시만나 행복해' 원작 동화 / 곰돌이 푸가 건네는 따뜻한 감성 메시지

115 | 인형의 집 | 헨릭 입센

여성 평등을 그린 선구자적인 작품 / 페미니즘 희곡의 대명사 / 노벨연구소 선정 세계 100대 문학

* 더클래식 세계문학 컬렉션은 계속 출간될 예정입니다.